sie den Anstieg Richtung Johannelundstippen. Sie lief, vornübergebeugt, aus dem Gras stoben kleine Schwärme grüner Vögel. Lautlos, aber vorwurfsvoll. Justine kam einfach so daher und unterbrach sie bei einer wichtigen Beschäftigung, sie mit ihrem keuchenden Menschenleib, ihrem schweren, rasselnden Atem.



*Wir entgleiten einander.*

*Nein.*

*Du solltest mich jetzt sehen, du wärst stolz auf mich, ich könnte dir bis ans Ende der Welt folgen, und du würdest dich umdrehen und mich mit deinen Himmelsaugen anschauen, das ist Justine, die ich liebe, sie kann an der Wand laufen wie eine Fliege.*

*Wie eine Laus.*

Oben auf der Kuppe wehte ein kräftiger Wind, der ihr die Tränen in die Augen trieb. Unten breiteten sich die Häuser aus. Sie glichen kleinen Pappschachteln, aufgestellt in einem Gewimmel aus Straßen und Wendehämmern, umgeben von rankenden Rosenhecken. So musste auch das Modell ausgesehen haben, das ursprüngliche Gipsmodell des Architekten.

Um ein Haar wäre sie geradewegs in die Reste eines abgebrannten Feuerwerks getreten, in Flaschen und Plastikbecher. Eine Gruppe von Leuten war in der Silvesternacht hierher gekommen, um besser gesehen zu werden und höher schießen zu können als alle anderen und dann anschließend betrunken hinuntergetorkelt, nach Hause.

Manchmal fuhr sie mit dem Auto zu der neuen Reithalle in Grimsta. An Werktagen fand man dort immer einen Parkplatz. Pferde sah man nur selten, doch einmal, auf der schlammigen Weide direkt neben dem Stall, entdeckte sie ein paar Tiere mit langen Beinen, ihre Mäuler wanderten wie Staubsauger über die Erde. Sie konnte keinen einzigen Grashalm entdecken.

Justine verspürte unwillkürlich den Impuls, in die Hände zu klatschen, um eine unmittelbare Reaktion auszulösen, um zu erleben, dass eines, vielleicht das Leittier, sie entsetzt anstarrte und durchging, ohne zu begreifen, dass es an allen Seiten von Zäunen umgeben war. Voller Panik würde es an nichts anderes mehr denken können als an Flucht, und die anderen würden ihm folgen. Außer sich vor Angst würden sie durch den Morast donnern und völlig die Orientierung verlieren.

Natürlich tat sie es nicht.

Links von der Eisbahn begann eine beleuchtete Loipe. Sie folgte ihr nur ein kurzes Stück, bog dann ab auf das matschige Terrain unterhalb der Mietshäuser, ließ den Parkplatz am Maltesholmsbad hinter sich, wo sie im Vorbeigehen registrierte, dass die kaputte Fensterscheibe in einem der Wohnwagen, die dort standen, immer noch nicht repariert worden war, und setzte ihren Weg Richtung Wasser fort, wo sie eine Weile am Ufer entlanglief.

Vier Enten watschelten lautlos davon. Es war Januar, einige Grad über Null, über eine Woche hatte es ununterbrochen geregnet, aber an diesem Nachmittag war der Himmel bleich und weiß.

Sie atmete durch die Nase.

An den Hängen lagen Berge von Laub, der Verrottungsprozess schien beendet zu sein, sie waren braun und glitschig, erinnerten in nichts an Leder.

Wie dort.

Kein Laut, keine Vögel oder Tropfen, nur ihre eigenen rhythmischen Schritte, das dumpfe Stampfen, als sie sich den Hügel hochkämpfte, schließlich wurde es hallender, sie hatte die Holzbrücke erreicht und wäre beinahe hingefallen. Die vom Wasser aufsteigende Feuchtigkeit hatte einen tückischen Belag gebildet, der die Avia-Sohlen ins Rutschen brachte.

Nein! Nicht stehen bleiben, jetzt keine Schwäche zeigen, ihre Lungen brannten, ein stechendes und leises Röcheln, sie zwang sich weiter, als wäre sie er. Nathan.

*Du wärst stolz auf mich. Liebe mich.*

Zu Hause angekommen blieb sie gleich hinter der Tür stehen, lehnte sich gegen die Wand und schnürte sich die Schuhe auf. Riss sich die restlichen Kleider vom Leib, den roten, winddurchlässigen Overall, das Zeug darunter, den Sport-BH und die Unterhose. Breitbeinig stand sie da, streckte ihre Arme aus, ließ den Schweiß langsam verdunsten.

Der Vogel flatterte von oben auf sie herab. Das Rauschen seiner Schwingen, er kollerte, knurrte ohne Unterlass. Er setzte sich in ihr Haar, klammerte sich mit seinen groben, glänzenden Krallen fest. Sie bewegte den Kopf, spürte ihn als warmes Gewicht mitten auf ihrem Schädel.

»Hast du auf mich gewartet?«, fragte sie. »Du weißt doch, dass ich immer wiederkomme.«

Sie strich ihm über den Rücken und scheuchte ihn dann weg. Mit griesgrämigem Gurren verschwand er in der Küche.

Auf dem dicken Teppich im Esszimmer machte sie ein paar Stretchingübungen, die sie sich aus einem Gymnastikprogramm im Fernsehen abgeguckt hatte. Sie war nie besonders wild darauf gewesen, etwas gemeinsam mit anderen zu unternehmen. Scheu, hatte Nathan sie genannt. Anfangs war es das gewesen, was ihn am meisten angezogen hatte.

Sie war nach wie vor nicht gerade schlank, aber die Zeit dort in der Ferne hatte ihrem Körper eine neue Form gegeben, sie sah schmaler aus, auch wenn die Waage weiterhin achtundsiebzig Kilo anzeigte. Sie stand lange unter der Dusche, glitt mit dem Schwamm über ihren Bauch, die Schenkel, in die Kniekehlen.

Dort in der Ferne war kein Tag vergangen, an dem sie sich nicht nach sauberen europäischen Duschen gesehnt hätte, nach einem Fußboden unter ihren Füßen, gekachelten Wänden.

Martina und sie hatten in dem gelben Flusswasser gebadet, aber der Geruch von Staub und Schlamm fraß sich in die Poren und war nicht wegzubekommen. Anfangs widerstrebte es ihr, in den Fluss zu steigen. Sie dachte daran, was sich unter der Oberfläche alles bewegen mochte: Schlangen, Piranhas, Blutegel. Doch eines Morgens war ihnen nichts anderes übrig geblieben, als in voller Montur die Stromschnellen zu durchqueren. Es gab keinen anderen Weg. Danach hatte sie keine Angst mehr gehabt.

Sie trocknete sich sorgfältig ab und cremte sich ein. Die Roma-Flasche war inzwischen fast leer und hatte die gleiche Form wie der Schiefe Turm von Pisa. Sie schnitt sie mit einer Schere auf und kratzte den Rest mit dem Zeigefinger heraus. Betrachtete für einen Moment ihr Gesicht im Spiegel, rotfleckig von der Hitze, nicht mehr jung. Zog Striche um die Augen, wie sie es immer getan hatte, schon seit den Sechzigern. Niemand war es gelungen, ihr das abzugewöhnen.

Nicht einmal Flora.

In ihrem grünen Hauskleid ging sie anschließend in die Küche und holte sich eine Schüssel Naturjoghurt. Der Vogel hatte sich auf dem Fensterbrett niedergelassen. Er glotzte aus einem Auge und grummelte, als wäre er unzufrieden. Draußen auf dem Weg hüpfte eine Amsel, winterfett und aufgeplustert. Im Winter veränderte sich ihr Gesang, wurde eintönig und schrill, als schlage jemand eine hart gespannte Gitarrensaite. Der andere Gesang, der gleichzeitig wehmütig und jubilierend war, verschwand irgendwann im Spätsommer, um Ende Februar wieder zu neuem Leben zu erwachen. In der Krone eines sehr hohen Baumes.

Ihr ganzes Leben hatte Justine im gleichen Haus verbracht, in Hässelby Villastad, nahe am Wasser. Es war ein schmales, hohes und kleines Steinhaus, passend für zwei oder drei Personen. Mehr hatten hier auch nie gewohnt, von der kurzen Zeit mit dem Kind einmal abgesehen.

Justine war als Einzige noch da, sie konnte es so einrichten, wie sie wollte. Bisher hatte sie allerdings das meiste so belassen, wie es war. Sie schlief in ihrem Mädchenzimmer mit den ausgebleichten Tapeten, konnte sich nicht dazu überwinden, in Papas und Floras Schlafzimmer zu ziehen. Dort war das Bett gemacht wie immer, als könnten beide jeden Moment zurückkommen, und ein paar Mal im Jahr nahm Justine die Tagesdecke herunter und wechselte die Laken.

In der Kleiderkammer hingen ihre Kleider, Papas Anzüge und Hemden links und all die zierlichen Kostüme Floras auf der anderen Seite der Stange. Die Schuhe waren von einer dünnen Staubschicht bedeckt. Manchmal dachte Justine daran, die Staubschicht zu entfernen, brachte es aber nicht einmal über sich, sich zu bücken und die Schuhe zu berühren.

Die Kommode wischte sie ab, wenn sie Lust bekam, etwas zu pflegen. Sie ging mit Fensterputzmittel über das Glas des Spiegels und rückte die Haarbürste und die kleinen Parfümflaschen ein wenig hin und her. Einmal hatte sie Floras Bürste in Richtung Fenster gehalten und die langen grauen Haare angestarrt. Sie hatte sich fest in die Backe gebissen und eines der Haare mit einer schnellen Handbewegung losgerissen. Dann ging sie auf den Balkon und zündete es an. Es brannte, begleitet von einem beißenden Geruch, kräuselte sich und verschwand.

Es wurde bereits dunkel. Sie war jetzt im oberen Flur, zog einen Stuhl zum Fenster, schenkte sich ein Glas Wein ein. Das Wasser des Mälarsees glitzerte, schaukelnde Lichter von der Außenbeleuchtung des Nachbarhauses. Sie war programmiert, ein Timer schaltete sie in der Abenddämmerung ein. Nur selten war jemand zu Hause, und sie kannte die Leute auch nicht, die dort jetzt wohnten.

Das machte nichts.

Sie war allein. Es stand ihr frei, all das zu tun, was sie sich vorgenommen hatte, was getan werden musste, damit sie wirklich eins mit sich selbst werden konnte. Ein starker und lebendiger Mensch wie alle anderen.

Darauf hatte sie ein Recht.

## 2. KAPITEL

Er hatte die Weihnachtstage bei seinen Eltern verbracht, ruhige Tage, ereignislos. Heiligabend war es schön gewesen, die Bäume mit Raureif überzogen. Seine Mutter hatte eine Laterne in die alte Birke gehängt, so wie sie es immer getan hatte, als sie noch klein waren, und er erinnerte sich seiner und Margaretas überdrehter Aufregung, wenn sie am Morgen des Heiligabends erwachten.

Seine Mutter bestand darauf, dass er Weihnachten nach Hause kam. Was sollte er auch sonst tun? Trotzdem ließ er sich bitten, ließ sie betteln und flehen, als müsste er sich ständig vergewissern, wie viel er ihr immer noch bedeutete.

Wie das bei seinem Vater war, wusste er nicht so genau. Kjell Bergman war kein Mann, der Gefühle zeigte. Ein einziges Mal hatte Hans Peter gesehen, dass er die Fassung verlor, hatte er einen Ausdruck von Schmerz über das breite, fleischige Gesicht gleiten sehen. Es war in jener Nacht, als die Polizei kam, um ihnen mitzuteilen, dass Margareta von der Straße abgekommen war. Das war mittlerweile achtzehn Jahre her, damals hatte Hans Peter noch zu Hause gewohnt.

Der Tod seiner Schwester hatte für ihn zur Folge, dass er seinen Auszug von zu Hause verschieben musste. Er war als Einziger noch da, und seine Eltern brauchten ihn.

Er war fünfundzwanzig, als es geschah, und mitten in seinen Bemühungen, seiner Zukunft eine Struktur zu geben. Er studierte Theologie und Psychologie. Irgendwo in seinem Innersten gab es eine Sehnsucht nach etwas Höherem, er sah sich selbst in strengen, schwarzen Gewändern und empfand etwas, das innerem Frieden glich.

Drei Jahre blieb er noch bei ihnen. Dann packte er seine Sachen und ging fort. Seine Eltern hatten wieder begonnen, miteinander zu reden. Die erste Zeit schwiegen sie, saßen wie Marmorsäulen in ihren Fernsehsesseln und sagten kein Wort. Als wollten sie sich gegenseitig bestrafen, als wären sie auf eine irrationale Weise davon überzeugt, der andere sei schuld daran, dass Margareta von der Straße abgekommen war.

Sie hatte den Führerschein erst seit gut einer Woche gehabt, und es war das Auto ihrer Eltern gewesen, das sie an jenem Abend gefahren hatte, einen Saab, Baujahr 1972. Ohne dass es jemals gelang, die genaue Unfallursache zu ermitteln, kam sie in der Nähe von Bro von der Straße ab und fuhr direkt in einen Betonpfeiler.

Das Auto glich einem Schrotthaufen.

Ihr Zimmer wurde jahrelang nicht benutzt. Seine Mutter ging manchmal hinein und schloss die Tür. Wenn sie wieder herauskam, ging sie stets auf direktem Weg ins Schlafzimmer, zog sich aus und legte sich ins Bett.

Hans Peter litt darunter. Ganz allmählich und behutsam begann er, sie dazu zu überreden, ihm die Erlaubnis zu geben, hineinzugehen und aufzuräumen. Schließlich gab sie nach.

Er hatte das Zimmer ausgeräumt, Margaretas persönliche Sachen auf den Speicher getragen und ihr Bett und den kleinen, zierlichen Schreibtisch für sich beansprucht. Seine Eltern zeigten keine Reaktion, erwähnten es mit keinem Wort, nicht einmal, als ihnen die Leere aus dem frisch geputzten Zimmer entgegenstarrte. In der Tat, er war sehr gründlich gewesen, hatte die Wände mit Seifenlauge abgeschrubbt, war mit einem Wollmopp über die Decke gegangen, hatte sowohl die Fenster als auch den Fußboden geputzt.

Seine Mutter hatte immer von einem Esszimmer geträumt.

»Jetzt habt ihr eins«, hatte er gesagt. »Jetzt habe ich alles dafür vorbereitet.«

Und er hatte den IKEA-Katalog auf den Wohnzimmertisch geknallt und sie schließlich dazu bewegt, darin zu blättern und sich die Sachen anzuschauen. Sein Vater hatte ein wenig auf den Backen herumgekaut, die Zähne zusammengebissen und geschwiegen. Seine Mutter hatte geweint. Aber ganz allmählich hatten sie es akzeptiert. Er hatte sie dazu gebracht zu akzeptieren, zu begreifen, dass Margareta nie wieder zurückkommen würde und man ihr Andenken nicht befleckte, wenn man ihr Zimmer in etwas Praktischeres verwandelte als ein Museum.

Aber letztendlich aßen sie wohl nur, wenn er zu Hause war, in diesem Zimmer, um ihm einen Gefallen zu tun. Hans Peter glaubte nicht, dass sie jemals Gäste hatten. Sie hatten vorher keine gehabt, warum sollte sich das jetzt ändern? Nur weil sie ein Esszimmer bekommen hatten?

Es war, als hätten sie für mehr als die alltäglichen Arbeiten keine Kraft mehr. Sein Vater war ständig müde. Er hatte als Klempner gearbeitet, war aber schon seit vielen Jahren pensioniert. Sein Rücken war kaputt.

Seine Mutter war Realschullehrerin gewesen.

Hans Peter erinnerte sich, wie Margareta ihren Eltern einmal den Vorwurf gemacht hatte, sie würden sich isolieren. Sie war damals ungefähr dreizehn gewesen, hatte begonnen, ein wenig aufmüpfig zu werden. Ihr Vater hatte sie an den Oberarmen gepackt und gegen die Wand gedrückt.

»Wir leben auf unsere Art, und wenn das dem Fräulein nicht passt, kann es gerne ausziehen. Wir kommen ausgezeichnet zurecht, auch ohne dass eine Menge fremder Leute in unseren Angelegenheiten rumschnüffelt.«

Es war eine der seltenen Gelegenheiten gewesen, bei denen er aufbrausend reagiert hatte.

Er wollte fort und fand eine Wohnung in Hässelby Strand. Es war nicht weit zur U-Bahn, nicht weit ins Grüne, er mochte Spaziergänge, bewegte sich gern. Er studierte weiter, aber ohne dass dabei etwas Konkretes herauskam. Als er anfing, sich wegen der aufgelaufenen Studiendarlehen Sorgen zu machen, nahm er Gelegenheitsjobs an, trug Post aus, machte Umfragen für ein Meinungsforschungsinstitut. Dabei sprang zwar nicht besonders viel heraus, aber er kam auch mit wenig zurecht.

In der Bücherei von Åkermyntan, dem Einkaufszentrum von Hässelby Villastad, traf er Liv Santesson, eine frisch examinierte Bibliothekarin, die er nach einer Weile heiratete. Von Leidenschaft konnte keine Rede sein, weder von seiner noch von ihrer Seite. Sie mochten sich, das war alles.

Es wurde eine schlichte Hochzeit, Trauung im Rathaus mit anschließendem Essen im Restaurant Ulla Winbladh im Kreise der engsten Verwandten.

Ihr Bruder leitete ein Hotel in der Stadt. Hans Peter nahm dort die Stelle eines Nachtportiers an. Das war natürlich keine besonders gute Idee, nicht für jemanden, der gerade geheiratet hatte und von dem erwartet wurde, dass er seiner jungen Ehefrau den Hof machte, wie es sich für einen frisch verheirateten Mann gehört.

Kinder bekamen sie folgerichtig auch keine, und mit der Zeit stellten sie ihre sexuellen Aktivitäten gänzlich ein.

»Wir haben eine andere Art von Beziehung«, pflegte er zu denken, der festen Überzeugung, dass sie der gleichen Ansicht war. Das war sie nicht. An einem Samstagabend, ziemlich genau vier Jahre nach ihrer Hochzeit, teilte sie ihm mit, dass sie sich scheiden lassen wolle.

»Ich habe einen anderen Mann getroffen«, sagte sie, zupfte nervös an ihrem Ohrläppchen und duckte sich ein wenig wie vor einem Schlag.

Er blieb vollkommen ruhig.

»Bernt und ich passen zusammen. Auf eine ganz andere Art als du und ich. Wenn wir ehrlich sind, haben wir eigentlich kaum gemeinsame Interessen außer der Literatur, und von Literatur allein kann man nicht leben.«

Trauer überkam ihn, leicht und flatternd, kam und verschwand dann wieder.

Sie berührte ihn, ihre kleine, verfrorene Hand legte sich um seinen Hals. Er schluckte, schluckte.

»Du bist ein feiner Kerl«, flüsterte sie. »Es ist nicht so, als würde mit dir was nicht stimmen … Aber wir sehen uns ja fast nie und Bernt und ich, wir haben uns einfach …«

Hans Peter nickte.

»Verzeih mir, sag, dass du mir verzeihst.«

Jetzt weinte sie, die Tränen liefen ihr die Wangen herab, blieben an der Kinnspitze hängen, verloren den Halt und wurden vom Pullover aufgesaugt, ihre Nase war rot und glänzend.

»Da gibt es wohl im Grunde nichts zu verzeihen«, sagte er mit belegter Stimme.

Sie schluchzte auf.

»Dann bist du nicht wütend auf mich?«

»Eher enttäuscht, würde ich sagen, darüber, dass es nicht ging.«

»Vielleicht braucht man ja ein wenig mehr … Feuer?«

»Ja, vielleicht.«

Bereits am nächsten Tag zog sie aus der Wohnung aus. Nahm nur das Notwendigste mit, fuhr zu Bernt nach Hause. Später in dieser Woche kehrte sie mit einem Transporter zurück, den sie an einer Tankstelle gemietet hatte. Das verblüffte ihn. Sie war nie gerne Auto gefahren.

Er half ihr hinunterzutragen, was ihr gehörte. Die meisten Möbel und Haushaltssachen durfte er behalten. Bernt hatte bereits ein komplett eingerichtetes Heim. Er wohnte in einem Reihenhaus auf dem Blomsterkungsväg.

»Darf ich dir wenigstens eine Tasse Kaffee oder etwas anderes anbieten?«, fragte er, als sie fertig waren. Eigentlich wollte er das gar nicht, eigentlich wollte er, dass sie sich auf den Weg machte, damit er allein sein konnte. Er hatte keine Ahnung, warum er das gesagt hatte, die Worte kamen einfach aus seinem Mund.

Sie zögerte kurz, nahm dann an.

Gemeinsam saßen sie auf dem Sofa, aber als sie den Arm um ihn legen wollte, entzog er sich ihr.

Sie schluckte.

»Dann bist du also doch scheißsauer auf mich?«

Es war das erste Mal, dass er sie fluchen hörte. Er war so überrascht, dass er in Gelächter ausbrach.

Ein paar Jahre später traf er die beiden in Åkermyntan, mit Einkaufstüten beladen. Sie hatten ein paar Kinder dabei, sie nannte ihre Namen, aber er vergaß sie sofort wieder.

Ihr neuer Mann war groß und kräftig gebaut, hatte einen Bauch, der sich deutlich abzeichnete. Er trug eine Jogginghose.

»Dickwanst«, dachte Hans Peter, aber ohne Aggression.

Liv war beim Friseur gewesen, ihr Haar jetzt lockig.

»Komm doch mal auf einen Drink vorbei«, schlug sie vor. Der Mann neben ihr nickte.

»Klar, mach das. Wir wohnen drüben in Backlura, nimm einfach den Bus, den 119er.«

»Ja«, sagte er unverbindlich.

Liv griff nach dem Ärmel seiner Jacke.

»Ich möchte nicht, dass wir uns ganz aus den Augen verlieren«, sagte sie.

Er sah zu den ungeduldigen Gesichtern der Kinder hinab. Das eine war ein Mädchen, es betrachtete ihn abweisend.

»Nein«, antwortete er. »Das werden wir schon nicht.«

Von Zeit zu Zeit machte seine Mutter ihm Vorwürfe. Sie hatte sich Enkelkinder gewünscht. Sie sprach es nie offen aus, aber es kam vor, dass sie auf ein Kind in einer Zeitung zeigte und einen traurigen Kommentar abgab. Oder das Fernsehen: Mit Vorliebe schaltete sie den Fernsehapparat immer dann ein, wenn es Zeit für die Kinderstunde war, Werwiewas, Wiesoweshalbwarum.

Das machte ihn rasend. Aber er ließ sich nie etwas anmerken.

Er hatte verschiedene Damenbekanntschaften, nahm die Frauen manchmal mit nach Hause und stellte sie seinen Eltern vor, nicht zuletzt, um seiner Mutter wenigstens die Andeutung einer Hoffnung zu geben.

Er wusste, dass seine Eltern enttäuscht von ihm waren, weder eine ordentliche Arbeit noch eine Familie hatte er.

Er konnte ihnen deswegen keinen Vorwurf machen, im Gegenteil.

Alles hätte sich anders entwickelt, wenn die Sache mit Margareta nicht passiert wäre. Das hatte ihn jeglichen Schwung verlieren lassen.

Am ersten Weihnachtstag begann es zu regnen, und das regnerische Wetter hielt mehr als eine Woche lang an. Seine Mutter tat ihr Bestes, um ihn zu verwöhnen. Sie deckte kleine Frühstückstabletts, und wenn er im Bett lag und gerade dabei war, aufzuwachen, hörte er ihr vorsichtiges Scharren an der Tür.

»Mein großer Junge«, murmelte sie und stellte das Tablett auf den Nachttisch.

Da bekam er Lust, zu ihr zu kriechen, zu weinen. Aber er hatte einen schlechten Geschmack im Mund und blieb unter der Decke liegen, regungslos.

Er blieb bis zum Tag vor Silvester. Länger hielt er es nicht aus. Ihre Atemzüge, ihre Art zu kauen, das Geräusch des Fernsehapparats, der so laut gestellt sein musste. Sie waren beide über siebzig. Einer von ihnen würde natürlich als Erster dran glauben müssen. Er wusste nicht, für wen es am schlimmsten sein würde, weiterzuleben, einsam.

Sie kannten sich, seit sie zwanzig waren.

Er sehnte sich nach seiner stillen, kühlen Wohnung. Er würde eine Flasche Wein leeren und ein Kreuzworträtsel lösen, seine Musik hören, Kraus und Frank Sinatra.

Seiner Mutter sagte er, dass er bei guten Freunden zu einer Silvesterparty eingeladen war.

Er war kaum zur Tür hereingekommen, als auch schon das Telefon klingelte.

Eine seiner Damenbekanntschaften.

Mist, dachte er. Nicht mehr.

»Wie geht es dir?« Ihre zarte Mädchenstimme.

»Gut, ich bin gerade nach Hause gekommen.«

»Bist du bei Kjell und Birgit gewesen?«

Sie hatte die beiden ein einziges Mal getroffen, tat aber so, als gehörte sie schon zur Familie.

»Ja.«

»Habe ich mir fast gedacht, ich habe versucht, dich anzurufen.«

»Aha …«

»Hans Peter? Darf ich morgen zu dir kommen? Sollen wir zusammen Silvester feiern?«

Er hätte sagen können, dass er arbeiten musste, aber er brachte es nicht über sich.

Sie kam, und sie hatte sich schön gemacht. Ihm war nicht bewusst gewesen, dass sie so süß war, er begriff, dass sie sich Mühe gegeben hatte, seinetwegen, er bekam ein schlechtes Gewissen.

Sie waren sich bei gemeinsamen Freunden begegnet, danach hatten sie sich eine Zeit lang getroffen. Sporadisch, nichts Festes. Aber sie waren gemeinsam bei seinen Eltern in Stuvsta gewesen.

»Findest du mich aufdringlich?«, fragte sie ihn ohne Umschweife. »Eine Frau soll ja eigentlich nicht die Initiative ergreifen. Solche Initiativen, meine ich.«

»Ach, Unsinn!«

»Tja, jetzt bin ich jedenfalls hier.«

Sie hatte Lebensmittel mitgebracht, zwei Tüten voll, dazu Wein und Sekt.

Okay, dachte er. Sie will es so haben.

Etwas an ihr machte ihn geil, stärker als bei jeder anderen. Etwas in ihrer Art, den Kopf hängen zu lassen, schuldbewusst auszusehen.

Er erschreckte selbst ein wenig über seine Kraft.

Danach verließ sie sofort das Bett.

Er wusste, dass es für sie nicht schön gewesen war, es war zu schnell gegangen.

Er dachte, dass er ihr das sagen sollte, fand aber nicht die richtigen Worte.

Wir machen es noch mal, dachte er. Später.

Sie deckten gemeinsam den Tisch, und sie sagte nicht viel, aber als sie ein halbes Glas Wein getrunken hatte, begann sie zu weinen.

»Du ...«, sagte er besorgt. »Was ist los?«

Sie antwortete nicht, weinte nur noch mehr.

Er warf seine Gabel auf den Tisch.

»Ich bin ein großes Stück Scheiße!«, schrie er.

Sie drehte sich zur Seite und beruhigte sich.

»Mein kleines Dummerchen«, sagte er leise. »Warum wolltest du eigentlich zu mir kommen?«

»Ich hab dich doch gern, hab mich nach dir gesehnt, ich hab mich die ganzen beschissenen Weihnachtstage nach dir gesehnt.«

Er stand auf und ging um den Tisch herum, fasste sie an den Armen, zog sie hoch.

»Sollen wir weiteressen?«

Sie zog ein Taschentuch hervor. Sie nickte.

Nach dem Essen schlief sie auf dem Sofa ein, an seinen Arm gelehnt. Sie atmete schwer und geräuschvoll. Er saß unbequem, traute sich aber nicht, seine Stellung zu ändern, voller Angst, sie könne aufwachen und etwas von ihm fordern.

Einsamkeit erfüllte ihn.

# 3. KAPITEL

Nathan hatte die grüne Militärhose getragen, sie war viel zu dick dort im Dschungel, aber das hatte er nicht gewusst, als er sie kaufte, er fand einfach, sie sei praktisch und billig. Preiswert hatte er gesagt, Justine erinnerte sich genau an dieses Wort. Niemand sah, als er fortging, um für einen Moment seine Ruhe zu haben, niemand außer ihr.

Wahrscheinlich schrie er, als der Pfeil ihn traf. Wahrscheinlich schrie er, vor allem aus Überraschung, vielleicht tat es aber auch ein wenig weh. Er fiel im gleichen Augenblick, und unter ihm waren die Stromschnellen und die Wasserfälle, sie schluckten jeden Laut und hatten so viel Kraft, dass alles, was sie mitrissen, zerschmettert wurde.

Manchmal meinte sie, diesen Schrei zu hören. Sie war jetzt daheim, wieder daheim in ihrem Haus, aber dennoch. Und sobald sie diesen Schrei hörte, sah sie auch den Körper, wie er sich im Fallen einmal um sich selbst drehte, sah seine Arme und seine Hände, die sie geliebt hatte.

Ihr Haus war schmal und hoch, auf fast schon holländische Art. Ursprünglich war es nur zweigeschossig gewesen, also hatte Papa das Dachgeschoss ausbauen lassen, um etwas mehr Platz zu schaffen. Aber dann kam es doch nie dazu, dass sie dort oben saßen, im Sommer war es oft zu heiß und im Winter zu kalt.

Ihr Vater hatte keine praktische Veranlagung. Er hatte Handwerker beauftragt, junge Männer in Latzhosen, sie waren die Treppen rauf- und runtergerannt und hatten ihre Lippen lautlos zu eindeutigen Angeboten geformt, wenn sie im Nachthemd herausgekommen war.

Sie hatte krank im Bett gelegen, dagelegen und auf ihre Schritte und das Hämmern gelauscht, und ganz allmählich wurde ihr klar, dass sie kein kleines Mädchen mehr war.

In der hintersten Ecke des Kellers befand sich die Ölheizung. Der Tankwagenfahrer meckerte andauernd, wie schwierig es sei, an die Heizung heranzukommen, wenn er Öl liefern sollte, das Haus liege zu nah am Ufer, es sei praktisch unmöglich, Schläuche zu haben, die lang genug seien. Papa bestach ihn regelmäßig mit einer Flasche Whisky, eine Tradition, die Justine übernommen hatte. Natürlich war es nicht mehr der gleiche Lieferant. Ihrer war verknöchert und reizbar. Er sprach einen Dialekt, der es ihr sehr schwer machte, zu verstehen, was er sagte. Sie hatte das Gefühl zu schrumpfen, sobald sie das Motorengeräusch des großen Tanklastwagens hörte. Eine Zeit lang erwog sie, auf Öl zu verzichten, wusste aber nicht, wie sie sonst das Haus hätte heizen sollen. Es gab zwar einen offenen Kamin im zweiten Stock, aber sie ging davon aus, dass er nicht reichen würde. Die beißende Kälte setzte sich vom See herkommend in die Wände und in den Boden.

Außerdem war sie nur einmal im Jahr gezwungen, dem Tankwagenfahrer zu begegnen. Sie stellte die Whiskyflasche jeweils vor das Kellerfenster, verziert mit einem gekräuselten Papierband.

»Vielen Dank für das Öl«, schrieb sie auf einen kleinen Zettel, auf den sie die Flasche stellte. Der Zettel lag anschließend immer noch da, und die Tinte hatte begonnen, sich aufzulösen.

Im Keller stand auch jener altertümliche Waschzuber, den Flora unbedingt weiterbenutzen wollte. Zweimal im Monat machte sie dort unten große Wäsche, Tage, an denen sowohl Justine als auch ihr Vater schlechter Laune waren. Flora machte sich dann hässlich, und es hatte den Anschein, als genieße sie es geradezu, sich in ein abstoßendes Waschweib zu verwandeln. Sie band sich ein Tuch um die Haare und trug jenen nach Staub stinkenden, gemusterten Kittel, an dem mehrere Knöpfe fehlten. Sie durchlief eine Art umgekehrter Aschenputtelverwandlung, und ihre Finger hinterließen brennende, feuchte Abdrücke auf Justines Wangen.

Der Flur war winzig, aber trotzdem mussten sie hier ihre Hüte und Mäntel aufbewahren. Überhaupt gab es nur wenig Kleiderschränke. Als Erwachsene hatte sie sich manchmal darüber gewundert, dass sich Papa, bei seinem Vermögen, dazu entschlossen hatte, in einem so kleinen Haus zu bleiben, selbst wenn es direkt am Mälarsee lag. Es hatte etwas mit ihrer Mutter zu tun, mit etwas Nostalgischem.

Justine hatte Floras Mäntel und den Blaufuchspelz weggeräumt, alles in große Plastiksäcke gestopft, Papas Lodenmantel, seine Mützen und Hüte hatte sie in einen anderen Sack gelegt. Sie war fest entschlossen gewesen, das Ganze zu Emmaus oder Humana zu bringen, aber in letzter Minute hatte sie es sich anders überlegt und die Sachen in den Keller getragen. Der Gedanke, irgendwo auf der Straße einer unbekannten Frau zu begegnen, die Floras Pelz trug, erfüllte sie mit großem Unbehagen, Es war, als würden die Augen ihrer Stiefmutter sie dann aus dem fremden Gesicht anschauen, sie zum Rückzug zwingen.

Gleich rechts vom Flur ging das blaue Zimmer ab, das sie als Esszimmer benutzt hatten. Alles war dort blau oder weiß, der dicke Teppichboden, die Samtvorhänge, das Fensterbrett mit den Usambaraveilchen und Browallia. Die Pflanzen hatten nicht überlebt. Sie hatte alle gut getränkt, bevor sie fuhr, und Tüten aus braunem Karton über sie gestülpt. Es hatte nichts genützt.

Der Vogel dagegen hatte keine Not gelitten. Sie ließ ihn auf dem Speicher hausen, dort konnte er sich nicht verletzen. Sie hatte ihm Schüsseln mit Körnern und Wasser und einen ganzen Korb mit geschälten Äpfeln hingestellt. Er hatte sich ein paar schöne Tage gemacht.

Sogar in der Farbgebung der Bilder dominierte Blau, Winterlandschaften, Segelboote und ein gewebter Wandbehang aus dünnen Seidenfetzen, der die ganze Schmalwand einnahm. Justines Mutter hatte ihn gewebt, lange bevor Justine geboren wurde. Er hatte immer dort gehangen, war wie ein Teil ihrer selbst.

An ihre Mutter erinnerte sie sich nur bruchstückhaft:

Ein prasselnder Regenschauer, ein Stück Stoff, unter dem sie und die Mutter zusammengekauert saßen, durchnässte Strümpfe, die sich an ihren Zehen festsaugten.

Ein Duft von pelzigen Blumen, etwas Heißes mit Honig.

Widerwillig hatte ihr Vater erzählt.

Sie war beim Fensterputzen. Es war das Fenster zum Wasser hin, im ersten Stock, an einem Tag mit scharfen Konturen aus grellem Sonnenlicht und dem sirrenden Gesang der Meisen. Windstill war es, das Eis lag noch in der Bucht, hatte aber begonnen, brüchig zu werden, und vielleicht freute sie sich darüber, vielleicht trällerte sie vor sich hin im flutenden Sonnenlicht, vielleicht hatte sie daran gedacht, anschließend, sobald sie fertig war, hinauszugehen und sich eine Weile auf den Balkon zu setzen, das Gesicht gen Himmel gewandt. Sie hatte dieses typisch nordische Ritual des Genießens sehr schnell übernommen. Sie stammte aus Annecy, einer kleinen Stadt in Frankreich in der Nähe der Schweizer Grenze, und er hatte sie gegen den Willen ihrer Eltern von dort als seine Braut entführt.

Es war ein Donnerstag. Er war sieben Minuten nach vier heimgekommen. Da lag sie auf dem Boden neben dem Fenster, die Arme ausgestreckt wie eine Gekreuzigte. Er sah sofort, dass nichts mehr zu machen war.

»Wie sieht man das?«, fragte Justine. Sie war in einer Phase, in der sie fast schon besessen war von dem Wunsch, so viel wie möglich über ihre Mutter zu erfahren.

Er konnte nicht antworten.

»Vielleicht hat sie doch noch gelebt. Wenn du sofort einen Arzt gerufen hättest, wäre sie vielleicht noch zu retten gewesen.«

»Mach mir bitte keine Vorwürfe«, sagte er, und es zuckte ein wenig um seine Mundwinkel. »Wenn du irgendwann selbst einmal einen Toten siehst, wirst du verstehen, was ich meine.«

Zuerst hatte er geglaubt, sie wäre von der Leiter gefallen und hätte sich etwas Lebenswichtiges gebrochen. Aber die Obduktion ergab, dass in ihrem Gehirn ganz einfach eine Ader geplatzt war, durch die ihr Leben verronnen war.

»Ein Aneurysma!«

Jedes Mal, wenn sie sich während Justines Kindheit darüber unterhielten, was geschehen war, sprach er das Wort langsam und überdeutlich aus.

Sie machte sich manchmal Sorgen, es könne erblich sein.

Sie fragte ihn nach sich selbst.

»Wo war ich denn, Papa, was habe ich gemacht?«

Er erinnerte sich nicht.

Sie war erst drei Jahre alt gewesen, als es geschah, drei Jahre und ein paar Monate. Wie reagiert eine Dreijährige darauf, wenn ihre Mutter von einer Leiter stürzt und stirbt?

Sie musste irgendwo im Haus gewesen sein, musste geschrien und geweint haben.

Auch wenn sie nicht verstanden hatte, was geschehen war, musste sie die vollkommene Verwandlung der Mutter entsetzt haben.

Ab und zu erwachte sie von einem Traum. Davon, dass ihr Stirnbein schmerzte wie nach langem und heftigem Weinen. Sie betrachtete sich dann im Spiegel und sah, dass die Augenlider geschwollen und die Augen glasig waren.

Fragmente einer Beisetzung, Fragmente aus Lehm und aus Blumen, die nie geduftet hatten.

Ein Vater, der auf dem Eis stand und schrie.

Im Album sah sie Bilder der Frau, die ihre Mutter gewesen war. Das fremde Gesicht ließ sie eigenartig kalt. Dichtes, nach hinten gekämmtes Haar, an den Seiten gelockt, Justine war ihr nicht einmal ähnlich.

Es lag eine Distanz in den Augen dieser Frau, die schlecht mit ihren eigenen Vorstellungen von ihr in Einklang zu bringen war.

Eine steile und enge Treppe führte in die obere Etage. Hier oben hatte die Mutter gestanden und Fenster geputzt. Links lagen die Schlafzimmer, rechts öffnete sich der Flur zu einem Wohnzimmer mit Aussicht auf die Lambarinsel und über den Mälarsee. Bücherregale bedeckten die Wände, nur wenige Möbelstücke: eine Musikanlage, ein länglicher Glastisch und zwei Sessel.

Sie gehörten Papa und Flora.

Justine waren mehrmals große Summen für das Haus geboten worden. Die Makler ließen nicht locker, stopften Prospekte in ihren Briefkasten, riefen sogar von Zeit zu Zeit an. Einer von ihnen war besonders aufdringlich. Er hieß Jakob Hellstrand.

»Sie könnten ein paar Millionen für den Kasten bekommen, Justine«, schwadronierte er und benutzte ihren Namen, als wären sie eng befreundet. »Ich habe einen Kunden, der das Haus umbauen will, er hat immer schon von dieser Lage geträumt.«

»Es tut mir Leid, aber ich glaube, daraus wird nichts.«

»Warum denn nicht? Denken Sie einmal darüber nach, was Sie für das Geld alles bekommen könnten. Eine allein stehende Frau wie Sie, Justine, Sie sollten nicht hier draußen in Hässelby hocken und verstauben, kaufen Sie sich stattdessen eine Wohnung in der Stadt und fangen Sie endlich an, richtig zu leben.«

»Sie wissen wohl kaum, ob ich richtig lebe oder nicht. Vielleicht tue ich das ja schon längst?«

Er lachte in den Hörer hinein.

»Ja, da haben Sie natürlich Recht. Aber geben Sie zu, Justine, geben Sie zu, dass ein bisschen was dran ist an dem, was ich sage.«

Eigentlich hätte sie wütend werden sollen, wurde es aber nicht. Es kam nur selten vor, dass jemand ihren Namen aussprach.

»Sagen Sie mir Bescheid, wenn Sie sich entschieden haben, Justine. Sie haben doch meine Handynummer, oder?«

»Ja.«

»Es ist schwer für eine allein stehende Frau, sich um ein ganzes Haus zu kümmern, so ganz allein.«

»Ich rufe Sie an, wenn es so weit ist«, sagte sie. »Falls ich mich dazu entschließen sollte zu verkaufen.«

Sie hatte nicht die geringste Absicht zu verkaufen. Geld brauchte sie auch nicht. Ihr Vater hatte ihr bei seinem Tod genug vermacht. Sie konnte problemlos davon leben, bis ans Ende ihrer Tage.

Und Flora würde niemals mehr etwas für sich selbst fordern.

# 4. KAPITEL

Zu den Dingen, die am schwersten zu ertragen waren, gehörte der Geruch. Flora kannte ihn noch aus jenem weit zurückliegenden Sommer, als sie einen Nebenjob in einem Krankenhaus für psychisch kranke Frauen hatte. Es war ein ranziger Geruch aus Bohnerwachs, ungewaschenem Haar und Blumenwasser.

Diesen Geruch gab es nun in ihr selbst.

Im Gegensatz zu dem, was sie sich vorgestellt hatte, waren die Nächte allerdings gar nicht so schlimm. Nein, die Nächte gehörten ihr, nachts konnte sie damit rechnen, ihre Ruhe zu haben, niemand versuchte, sich mit ihr zu verständigen, es gab keine Aktivitäten, bei denen von ihr erwartet wurde, dass sie dabei war und mitmachte.

Meine Gedanken werde ich für mich behalten, meine Gedanken werdet ihr nie anrühren. Das bin ich, da drin, Flora Dalvik, ja, ich habe einen richtigen Namen, ich bin ein Individuum, den Menschen Flora Dalvik schütze ich mit meinem menschlichen Körper, wie gebrechlich und verkümmert er auch erscheinen mag. Er besteht jedenfalls immer noch aus einem Gehirn und aus Gedanken, aus Dingen, die Menschen haben, es ist der Leib eines lebendigen Menschen.

Die jungen Frauen, alle waren jung im Vergleich zu Flora, legten in ihren Bewegungen eine Ungeduld an den Tag, als könnten sie auf diese Weise den Arbeitstag beschleunigen und schneller vorbeigehen lassen. Damit sie zu ihren Spinden in den Umkleideräumen eilen konnten, ihre Arbeitskittel und Hosen ablegen, wieder Privatpersonen werden und nach Hause zu ihrem eigenen Leben fahren konnten. Auch nachts gab es natürlich Pflegepersonal, aber sie störten selten, kamen manchmal herein, wie Schatten eher, und drehten sie um. Sie wusste in etwa, wann sie die Tür öffnen würden, sie war bereit.

Sie waren dazu übergegangen, etwas öfter zu kommen, seit ein junges Mädchen im Polhemsgård in Solna die Vernachlässigung alter Menschen angeprangert hatte. ABC hatte Großaufnahmen von wund gelegenen Stellen und schwarz gewordenen Zehen gezeigt, und das Mädchen, das Angestellte im Polhemsgård gewesen war, hatte eine Art Tapferkeitsmedaille bekommen. Es war viel über Zivilcourage geredet worden.

Für Flora hatte die Geschichte zur Folge, dass die Weißhosen sie jetzt täglich aus dem Bett hoben, sogar an den Wochenenden – ja, vor allem an ihnen, weil an den Wochenenden die meisten Besucher auftauchten –, sie aufrichteten und in einem Rollstuhl festschnallten. Sie kämmten ihr schütteres Haar und flochten es zu zwei Zöpfen. Sie hatte sich nie die Haare geflochten. Das war nicht ihr Stil.

Was war ihr Stil gewesen?

Sie begann mehr und mehr, es zu vergessen.

Sie war dreiunddreißig, als sie bei Sven Dalvik und seiner fast fünfjährigen Tochter einzog. Flora war eine seiner Arbeitskolleginnen, besser gesagt, sie war angestellt als Sekretärin, um Herrn Direktor Dalvik in allen Angelegenheiten zu assistieren, bei denen er Hilfe benötigte.

Chefsekretärin. Existierte dieser Beruf heutzutage überhaupt noch? Sie war stolz darauf gewesen, hatte zunächst einen kaufmännischen Realschulabschluss erworben und dann die Berlitz School besucht. Solche Ambitionen waren ungewöhnlich in ihrem Bekanntenkreis. Die meisten in ihrem Alter hatten relativ bald nach der Schule geheiratet und Kinder bekommen.

Und sie? Warum hatte sie keinen netten, jungen Mann abbekommen und im passenden Alter geheiratet? Darauf wusste sie keine rechte Antwort. Die Jahre waren vergangen, ohne dass »der Richtige« sich gezeigt hatte. Natürlich hatte sie Anträge bekommen, mehrere übrigens, besonders in der Zeit, in der sie regelmäßig die Tanzlokale der Stadt und von Hässelby Strand besuchte. Dorthin kamen junge Männer aus ganz Stockholm, und sie kannte natürlich die Büsche und Verstecke, sie hätte also sehr wohl jemand zu einem lauschigen Plätzchen locken können, wenn sie nur gewollt hätte, und wie ihre Freundinnen es taten.

Nein. Sie fand das banal. Außerdem machte sie sich Sorgen, die Kerle aus der Stadt könnten sich hinter ihrem Rücken viel sagende Blicke zuwerfen. Denken, sie wäre ein Landei wie jede andere auch. Das war sie nicht. Sie war anders.

Sie lag auf dem Rücken und starrte an die Decke. Die Frau im Nachbarbett lag im Sterben. Die Weißhosen hatten einen Schirm zwischen die Betten gestellt, aber das Geräusch des Todes ließ sich nicht abschirmen. Sie glaubten wohl, dass sie es nicht verstand.

Flora lauschte den mühsamen Atemzügen, sie kamen in immer größeren Abständen. Die Sterbende war eine alte Frau, und es war ihr schlecht gegangen, seit sie vor vierzehn Tagen aufgenommen worden war. Für sie war die Zeit gekommen, alles Irdische hinter sich zu lassen, sie war weit über neunzig.

Ihr Sohn befand sich irgendwo im Zimmer und wanderte umher, es fiel ihm schwer, still zu sitzen. Auch er war alt. Als er ins Zimmer kam, nickte er Flora zu, unsicher, ob sie sich seiner bewusst war oder nicht. Sie schaffte es auf ihrem Kissen zurückzunicken.

Er hatte mit den Weißkitteln wegen eines Einzelzimmers getuschelt und sie hatten erklärt und bedauert: Platzmangel und Überbelegung. Dann senkten sie ihre Stimmen, und Flora begriff, dass sie von ihr sprachen.

Der Sohn schien Schmerzen zu haben, sie hörte, wie er

hinter dem Schirm jammerte. Jedes Mal, wenn er dies tat, wurden die Atemzüge seiner Mutter schneller, gleichsam zitternder, so als sehne sie sich nach jener Zeit zurück, als sie noch trösten konnte.

Sie hatten Flora heute Abend früh fertig gemacht. Man würde sie stören, die Weißhosen würden die ganze Nacht über rein- und rausrennen und in gedämpftem Ton sprechen, so als bekäme man dadurch nichts mit. Sie würden mit Taschenlampen leuchten, und der Duft von Kaffee würde aus dem Personalraum zu ihr herübersickern.

Es würde mit Sicherheit keine gute Nacht werden.

Sie dachte an Sven und fand es ungerecht. Sein Tod war so schnell gekommen. Sie wäre auch gerne auf die gleiche schmerzfreie, leichte Art gestorben, einfach alles hinter sich lassen und aussteigen. Stattdessen lag sie nun hier wie ein lebendiges Gepäckstück und wurde erniedrigt und gekränkt wie ein Kind.

Sie und Sven hatten von Anfang an Sympathie füreinander empfunden. Er bot ihr das Du an, was zu jener Zeit noch sehr ungewöhnlich war, ihre Zusammenarbeit jedoch zweifellos erleichterte.

Schon bald hatte sie seine Unbeholfenheit in gewissen Dingen durchschaut, tat aber ihr Bestes, damit er dies nicht merkte. Ein Firmenchef war er im Grunde nicht und Flora erkannte nach einer Weile, dass er das Familienunternehmen ohne große Begeisterung übernommen hatte. Er tat es, weil es von ihm erwartet wurde, seine gesamte Erziehung war darauf ausgerichtet gewesen. Sein Vater, Georg Dalvik, hatte die Firma gegründet. Er war es, der die heute fast weltweit berühmte Halspastille Sandy erschaffen und vermarktet hatte, »außen rau wie Sand, löscht aber deiner Kehle Brand«.

Sven war nicht unbedingt der Mann, den sie als sehr junges Mädchen in ihren Träumen vor Augen gehabt hatte, aber er war lieb. Er glaubte an sie, wandte sich an sie, wenn die

Dinge kompliziert wurden. Er fragte sie auch regelmäßig um Rat, wenn er Geschenke für seine französische Frau kaufen wollte. So gesehen hatte sie das Gefühl, sowohl ihn als auch seine Familie zu kennen, ohne jemals seine Frau oder das kleine Mädchen getroffen zu haben. Ein Foto von ihnen stand auf seinem Schreibtisch, eine dunkelhaarige Frau mit einem pummeligen und lachenden Kind auf dem Schoß. Das Kind reckte seine Arme nach hinten und schlang sie um den Nacken der Mutter.

Manchmal, wenn er im Ausland war, ging sie in sein Büro und betrachtete die Fotografie. Sie war im Freien aufgenommen worden, in Hässelby, wo er erst vor kurzem ein Haus gekauft hatte. Man konnte einen Dachgiebel erkennen. Flora wusste genau, wo das Haus lag.

Sven erzählte ihr oft von den Mühen des Gemüseanbaus. Er war auf dem Karlaväg, mitten in der Stadt aufgewachsen und hatte nur wenig Erfahrung mit Gartenarbeit, er zeigte ihr seine Handflächen. Einmal klagte er über die Himbeersträucher, sie schienen von einer seltsamen Krankheit befallen worden zu sein.

Flora bat ihn, sie zu beschreiben.

»Nun ja, es sind solche braunlila Flächen auf den Blättern und den Zweigen, die aufplatzen und dann grau gesprenkelt werden. Himbeeren wachsen auch keine, sie vertrocknen einfach. Ich finde es so traurig, wir wollten doch auf dem Balkon sitzen, meine Frau und ich, und frische Himbeeren mit Sahne essen.«

Sie wusste sofort, was los war.

»Rutenkrankheit«, sagte sie und es wurde ihr innerlich warm. »Es ist eine Pilzkrankheit, und leider muss ich dir mitteilen, dass es die schlimmste Krankheit ist, die einen Himbeerbestand befallen kann.«

Ihr Chef starrte sie an.

»Doch, es stimmt«, sagte sie voller Eifer. »Du musst alles wegschneiden und verbrennen, was angegriffen aussieht. Anschließend kannst du Kupferkalk und Kupfersulfat spritzen.«

»Zum Teufel, was du alles weißt!«

Er fluchte selten, jetzt tat er es.

»Du vergisst, dass meine Eltern eine Gärtnerei haben. Ich bin mit Kupfersulfat groß geworden.«

Er lachte und umarmte sie. Das war ungewöhnlich. Körperliche Berührungen waren zwischen ihnen fast nie vorgekommen.

Noch zweimal kam es dazu. Eines Abends arbeiteten sie länger, es wurde ziemlich spät. Flora setzte einen Tee auf und schmierte ein paar Butterbrote. Als sie das Tablett auf seinem Tisch abstellte, legte er ihr den Arm um die Taille, zog ihn aber unverzüglich wieder zurück. Sie begriff, dass er gedacht hatte, er wäre zu Hause. Er war müde. Er wurde rot.

Das zweite Mal passierte es auf einem von der Belegschaft auf einer Insel organisierten Krebsessen. Sie wurden betrunken, sowohl Sven als auch sie, keiner von ihnen war es gewohnt, Schnaps zu trinken. Sie saßen in dieser Nacht eine Weile zusammen auf einem Felsen und hielten einander an den Händen. Mehr war es nicht.

Als Svens Frau starb, war er sehr stark. Schon am nächsten Tag kehrte er in sein Büro zurück. Das Mädchen hatte er bei seinen Eltern gelassen. Er war verändert, aber nur äußerlich, schien an einem einzigen Tag mehrere Kilo an Gewicht verloren zu haben. Ansonsten war er wie immer. Ein bisschen still, ein bisschen traurig.

Flora stellte ihm einen Topf mit blauen Usambaraveilchen ans Fenster. Blau war die Farbe der Hoffnung und des Trostes. Sie wusste nicht, ob er es überhaupt merkte. Sie fragte, ob es etwas gebe, was sie tun könne. Da wandte er ihr das Gesicht zu, aber ohne sie zu sehen.

Nach der Beerdigung begann er, von seinem Kind zu sprechen. Das Mädchen hieß Justine. Sie war in einem schwierigen Alter, und dass sie ihre Mutter verloren hatte, machte die Sache nicht besser.

»Meine Eltern kommen nicht mit ihr zurecht«, sagte er, »sie haben sich nie besonders für Kinder interessiert. Außerdem ist mein Vater herzkrank.«

Flora hörte geduldig zu. Die ganze Zeit saß sie da und hörte zu und versuchte gerade dadurch zu trösten, versuchte, nicht aufdringlich zu wirken, nicht mit zu vielen Ratschlägen zu kommen.

Das erste Jahr löste er das Problem mit Haushaltshilfen, die sich um das Haus und das Kind kümmern sollten. Manchmal sprach er davon, das Haus zu verkaufen, aber seine Frau lag auf dem Friedhof von Hässelby begraben, und mehrmals in der Woche ging er dorthin.

»Glaubst du, sie würde wollen, dass ich es verkaufe?«, wollte er von ihr wissen. »Sie hat dieses Haus so sehr gemocht, ihr zuliebe haben wir es gekauft.«

Er hatte Probleme, seine Haushaltshilfen zu halten. Vielleicht war es zu einsam dort unten am Seeufer? Vielleicht fühlten sie sich isoliert?

Dass es an dem Mädchen liegen könnte, dieser Gedanke kam seinem armen, verstörten Gehirn nie.

## 5. KAPITEL

Die Bäume lösten sich aus dem Nebel, wurden schwarz, bekamen Kontur. Es war Morgen. Justine hatte die ganze Nacht in einem Sessel sitzend geschlafen, sie war durstig und zwischen den Schulterblättern völlig verspannt. Auf die gleiche Art wie dort, und doch wieder ganz anders. Dort: Sie konnte sich noch gut an die Erleichterung erinnern, die sie empfunden hatte, als sie endlich die Konturen erahnen konnte. Die kompakte tropische Dunkelheit hatte begonnen, sich zu bewegen, war auf dem Rückzug. Sie lag mit weit aufgerissenen Augen da und beobachtete, wie alles Schritt für Schritt wiederkehrte, die Stämme, die Blätter, wie sie in den Tag hineinwuchsen und Form annahmen. Erleichterung breitete sich in ihr aus, ihre Glieder entspannten sich. Sie hatte die ganze Nacht wach gelegen. Jetzt sank sie in einen kurzen Schlaf, während die anderen schon langsam begannen, sich in ihren Schlafsäcken zu räkeln.

Justine ging die Treppe hinab, hielt sich am Geländer fest wie eine müde und gealterte Frau. Ja, wie sich Flora zwischen den Etagen auf und ab geschleppt hatte, bevor sie ins Heim kam. Freiwillig wäre sie nie gegangen. Aber nach dem Anfall hatte sie keine Kraft mehr.

Unten lag die Küche im Dunkeln. Sie machte das Licht über dem Herd an und setzte einen Topf mit Wasser auf. Ihr Kleid war zerknittert, sie musste geschwitzt haben, während sie schlief. Sie hatte nicht gemerkt, dass die Nacht hereinbrach.

War es so, wenn man starb?

An die Wand gelehnt trank sie ihren Tee in langsamen Schlucken, spitzte ihre Ohren auf der Suche nach eventuellen Geräuschen. Empfand eine plötzliche Sehnsucht, ein Bedürfnis nach Worten, nach etwas anderem als dieser Stille. Sie rief den Vogel. Er saß vermutlich auf seinem Ast und schlief, den Kopf nach hinten gedreht und den Schnabel in die grauen Federn gebohrt. Er kam nicht, antwortete auch nicht, saß irgendwo in der Stille und erinnerte sich an seinen Ursprung.

Das Haus war daraus gemauert: aus kühler und brütender Stille. Wie eine Isolierung. Sie saß in den Steinen, im Kellergemäuer, saß in den Wänden, nicht einmal der Sonnenglut eines Augusttages gelang es, das Helle, Lebendige hervorzulocken.

Dort, im Dschungel. Dort existierte keine Stille. Überall lebte, kroch, pfiff und rieselte es, das Rascheln aus Laubschichten, in denen der Prozess endlos weiterging, ein knabberndes, dampfendes Vermodern, Millionen kleiner, schlemmender Kiefer, die niemals satt zu bekommen waren, die Schreie und das Rauschen des Regens, das Heulen einer Säge.

Sie hatte Nathan gefragt.

»Stehen die hier draußen im Dschungel mit einer Kreissäge. Ist es das, was man die Bedrohung der Regenwälder nennt?«

Er antwortete nicht, zwang sie, sich zu wiederholen. Erst dann drehte er sich um, und seine Augen waren so verändert, wie sie es seit Kuala Lumpur waren, wo Martina zu ihrer Gruppe gestoßen war.

Es war ein Insekt. Ein Insekt, das dieses ziehende Geräusch auslösen konnte, das ihr durch Mark und Bein ging und sie frieren ließ, obwohl es heiß war.

Martina … Sie war im Grunde auch nicht viel mehr als ein Insekt gewesen. So musste sie das sehen. Auf Insekten setzt man seinen Absatz und zermatscht sie. Insekten wie sie, Martina, haben es nicht besser verdient. So musste sie es sehen, genau so.

Sie selbst war wie das Haus, aus Stille gemacht und gemauert.

So als bräuchten die Worte Zeit, um Form anzunehmen, um ihren Weg in ihr und aus ihr heraus zu finden.

Es hatte dazu geführt, dass die Menschen die Geduld verloren.

Niemand hatte Lust, auf Worte zu warten.

Einige sahen es als ein Zeichen von Schüchternheit, andere als ein Zeichen von Überheblichkeit. Genau dieses Wort, überheblich, hatte ihre Lehrerin für sie gebraucht, schon nach wenigen Wochen Unterricht. An diesem Morgen, als sie daran dachte, wurde sie von Schwindel erfasst, sank in die Hocke, den Kopf zwischen die Knie gesenkt:

Flora stand auf dem Flickenteppich, mitten im beigen Feld, na ja, eher isabellfarben, dort stand jetzt Flora, und die schweren, braun geschminkten Augenlider wurden wie kleine Luken hochgezogen.

»Steh auf, Justine!«

Nein. Sie sank immer tiefer, in den Teppich hinab, hinein. Flora hatte Stiefel an, die feinen Stiefel mit den Pfennigabsätzen. Von hier aus sah sie deutlich diese Absätze, sah, wie ein kleines Blatt an einem von ihnen klebte, aufgespießt worden war. Floras Hand auf ihrem Scheitel, anfangs noch leicht wie zur Versöhnung. Dann die Finger, die sich krümmten, die Nägel, das Haar, wie ein Eisbrand in seinen Wurzeln, als sie hochgezogen wurde, aaaah …

»Du kannst ja doch noch den Mund aufmachen!«

Wie ein Pendel, hin und her, die kurzen, zerbrechlichen Haare, wie sie rissen.

Flora stellte sie auf dem Fußboden ab, es war kalt, sie hatte in ihrem Bett gelegen, aber gehört, wie Flora zur Haustür hereinkam. Nur im Nachthemd war sie dann die Treppe hinuntergegangen.

»Weißt du, was deine Lehrerin mir heute Abend erzählt hat? Weißt du das? Deine Lehrerin sagt, du bist aufsässig. Aufsässig und überheblich hat sie dich genannt. Ich war gezwungen, ihr leider Recht zu geben, ihr zu sagen, Fräulein Messer, leider: Es stimmt.«

»Das ist nicht wahr, das ist nicht wahr, sie hasst mich.«

»Nimm nicht solche Worte in den Mund, Justine, niemand hasst dich. Man nennt es Erziehung, und es ist ihre Pflicht gemäß dem Schulgesetz, ihren Schülern Manieren beizubringen.«

Verzeih mir, verzeih, aber sag, wie ich sein soll, wie ich sie dazu bringen kann, mich zu mögen …

»Wenn mir noch einmal Klagen von deiner Lehrerin zu Ohren kommen, werde ich Dinge mit dir machen, dass nicht einmal dein Vater dich noch wiedererkennt.«

Justine hielt sich die Ohren zu, die Augen traten ihr aus dem Kopf, ihr wurde hässlich und kalt am ganzen Körper, hässlich und siedend heiß. Sie senkte ihr Gesicht. Der gleiche Teppich, dieser?

Floras kleiner Stiefelfuß, ja, er war klein, sie hatte es Papa sagen hören, als sie nachts im Flur stand und die beiden dachten, sie würde schlafen. Drinnen konnte sie Flora erkennen, nackt und dünn wie ein Mädchen, mit ihren Stiefeln auf dem sauberen Laken.

Jetzt drückten die gewebten Ketten des Teppichs gegen ihre Schläfe, jede Erhöhung und Unebenheit, der Geruch von kalt gewordenem Essen. Sie presste leicht mit der Sohle, rieb mit dem Fuß über Justines Wange.

»Ich will, dass du es sagst, laut, dass du ein ekelhaftes und abstoßendes Kind bist, das niemand gern hat!«

Sie konnte es nicht.

»Dass du ein verwöhntes und böses und dreckiges Kind bist, das niemand in der ganzen Welt lieben kann, sag es!«

An mehr konnte sie sich nicht erinnern.

Es war weg.

Der Vogel kam, seine pfeifenden Schwingen. Sie kochte zwei Eier, gab dem Vogel das eine und nahm sich selbst das andere. Es war ein großes und gut gewachsenes Tier. Der Vogel schälte sein Ei mit dem Schnabel, verteilte Schale und Eikrümel in der ganzen Küche.

»Fritz?«, überlegte sie geistesabwesend. »Heißt du vielleicht so?«

Der Vogel schrie auf, schlug mit den Flügeln und flog ihr auf die Schulter. Sie steckte die Finger in seinen grau gefiederten Bauch und fühlte den Körper darunter wie einen warmen und lebendigen Broiler ganz tief unter den Federn.

»Ich sollte vielleicht einen Freund für dich anschaffen«, sagte sie leise. »Wir sind wohl beide etwas zu einsam, du und ich.«

Er schnappte nach ihrem Zeigefinger, nur ganz leicht, hob ihn hoch und stubste ihn wieder weg. Er war einen Tag, nachdem Flora es verlassen hatte, ins Haus gekommen. Justine hatte eine Anzeige in Dagens Nyheter gelesen: »Vogel zu verkaufen aufgrund veränderter Familienverhältnisse, lieb und handzahm.«

Veränderte Familienverhältnisse. Das galt auch für sie.

Ohne lange zu überlegen, griff sie zum Telefon. Der Vogel befand sich draußen in Saltsjöbad, und zuerst wollte das Auto nicht anspringen, aber nachdem sie eine Zeit lang mit »Startpilot« unter die Motorhaube gesprüht hatte, sprang er doch noch an. Es war ein alter Opel Rekord, und sie war immer ein wenig nervös, wenn sie ihn fahren sollte, er war ein wenig unzuverlässig.

An der Kreuzung bei Slussen verfuhr sie sich und kutschierte geraume Zeit planlos durch die Gegend, bis sie die Abfahrt Richtung Nacka entdeckte. Mit großen Bleistiftstrichen hatte sie sich eine Karte gezeichnet. Sie lag neben ihr auf dem Vordersitz, und ihr war es zu verdanken, dass sie schließlich den richtigen Weg fand.

Das Haus sah gepflegt und freundlich aus wie alle Häuser hier. Sie parkte am Zaun und klingelte. Einen Augenblick später kam ein Mann zur Tür und öffnete ihr. Am Telefon hatte sie mit einer Frau gesprochen. Der Mann war in ihrem Alter, das Gesicht streng und verschlossen.

Scheidung, dachte sie.

Er wusste sofort, wer sie war, und bat sie, einzutreten. Im Haus herrschte Chaos. Halb gepackte Kartons standen im Flur verteilt, etwas entfernt sah sie den Boden des Wohnzimmers. Er war mit verstreuten Büchern übersät, so als habe jemand in einem Wutanfall alles aus den Regalen gerissen, was sich in ihnen befand. Aus der Küche drang der Geruch von etwas Angebranntem.

Dort in der Küche saß auch der Vogel, in einem hohen und verschnörkelten Bauer. Er döste, ignorierte sie völlig.

»Oh«, sagte sie. »Ich hatte gedacht, es wäre ein Papagei.«

»Wie sind Sie denn darauf gekommen?«

»Papageien sind als Haustiere in der Regel etwas weiter verbreitet.«

»Ja, mag sein. Und jetzt haben Sie kein Interesse mehr?«

»Doch, doch. Die Art spielt eigentlich keine Rolle.«

Der Mann zog eine Glaskanne mit tiefschwarzem Kaffee vom Herd.

»Verdammter Mist, den habe ich in der Eile völlig vergessen.«

»O je …«

Er warf ihr ein schiefes Grinsen zu.

»Es ist alles ein bisschen viel im Moment.«

Sie sollte wohl etwas sagen, sich nach den Eigenheiten und Essgewohnheiten des Vogels erkundigen. Sie brachte es nicht fertig. Irgendetwas an diesem Vogel, an seiner struppigen, schwarzgrauen Gestalt brachte sie den Tränen nah. Als sähe sie sich selbst da drinnen, zusammengekauert, anderen zur Pflege überlassen.

Der Mann räusperte sich und zog einen Karton zur Seite.

»Wir sind im Aufbruch begriffen«, sagte er.

»Ja … Ich verstehe.«

»Ja, so ist das. Nach vielen gemeinsamen Jahren ist man eines Tages nicht mehr Mitglied einer Familie. Man hat das immer selbstverständlich gefunden. Sie! Finden Sie niemals etwas selbstverständlich. Tun Sie das bloß nicht!«

»Das tue ich auch nicht.«

»Das tuen aber viele. Ich zum Beispiel, ich habe es getan. Bis jetzt.«

Sie wusste nicht, was sie sagen sollte. Der Mann schwieg eine Weile, dann sagte er:

»Wie gesagt, hier haben Sie den Vogel. Er hat viele Jahre mit uns zusammengelebt … Er ist ein Teil der Familie gewesen. Meine Frau fand ihn als Küken hier draußen im Garten. Er war wahrscheinlich aus dem Nest gefallen. Eine Katze hatte ihn gefangen, eine Katze, die ein Spielzeug haben wollte. Wissen Sie, was ich mit dieser Katze gemacht habe? Ich habe sie erschossen.«

»Sie haben die Katze erschossen …?«

»Mit einem Luftgewehr. Sie war sofort tot.«

»Ist das denn erlaubt?«

»Das ist mir scheißegal. Es war in meinem Garten, und in meinem Garten mache ich, was ich will.«

»Und der Vogel …?«

»Um den haben wir uns dann gekümmert und ihn aufgezogen. Aber jetzt sind wir, wie gesagt, unterwegs in verschiedene Richtungen, meine liebe Frau und ich. Und der Vogel braucht ein Zuhause.«

»Er sieht ein wenig, wie soll ich sagen, mitgenommen aus … Er ist doch gesund und so?«

»Ja, wissen Sie, Tiere bekommen mehr mit, als man glaubt. Er hat monatelang unsere Diskussionen mit angehört. Er trauert, er ahnt, dass die Stunde des Aufbruchs naht. Er hat meine Frau immer geliebt. Sie konnte es übrigens nicht ertragen, dabei zu sein, als Sie kamen.«

»Wird er sich bei mir wohl fühlen, was meinen Sie?«

»Ich denke schon. Er will bei jemandem sein, der ihn auch haben will. Das spürt er instinktiv, und diesem Menschen tut er auch nichts zu Leide.«

Seite an Seite betrachteten sie den Vogel, der mit einem glänzenden und starren Auge zurückglotzte. Der Mann schluckte, fuhr mit den Fingern über die Gitterstäbe.

»Einige Vogelarten leben in Paaren, sie sind einander treu bis in den Tod!«, platzte er heraus, und kleine Speicheltropfen glänzten auf seinem Kinn. »Die Aras in Brasilien zum Beispiel, bis in den Tod!«

Sie nickte vorsichtig.

»Na, was meinen Sie, wenn Sie ihn haben wollen, nehmen Sie ihn doch gleich mit. Ich halte das nicht länger aus … Außerdem muss ich weiter … packen.«

»Wie viel wollen Sie für ihn haben?«

»Nehmen Sie ihn einfach mit, er gehört Ihnen!«

»Aber in der Anzeige …«

»Scheiß drauf. Scheiß drauf, was in der Anzeige stand. Ich will keine Öre haben. Nicht einmal für den Bauer.«

»Den Bauer … den kann ich leider nicht mitnehmen.«

»Sie wollen den Bauer nicht?«

»Nein. Ich glaube nicht, dass ich ihn ins Auto bekomme.«

Er ging zum Fenster hinüber, starrte eine Weile hinaus. Als er sich wieder zu ihr umdrehte, hatte er rote Augen. Er holte Luft, nahm Anlauf.

»Dann werde ich ihn wohl wegwerfen müssen oder aber versuchen, ihn zu verkaufen. Oh Scheiße, ich halte das nicht aus, mich mit noch mehr beschissenen Anzeigen abzugeben. Und dem Vogel müssen wir die Flügel stutzen. Er kann aus einem Impuls heraus einfach abhauen, verstehen Sie, und dann wird er nicht mehr als ein paar Minuten unbeschadet überstehen, ehe sich die Elstern über ihn hermachen. Sie hacken ihn in kleine Stücke.«

Justine entfuhr ein kleiner Schrei.

»Nein … Das können wir nicht tun!«

Hastig wickelte sie ihr Halstuch ab. Es war lang und dünn und mehrmals um ihren Hals geschlungen.

»Nicht die Flügel stutzen, nur das nicht … Lassen Sie mich das so machen … stattdessen …«

Sie hakte die Tür des Bauers auf und streckte ihren Arm hinein, langsam und steif. Sie hatte ein wenig Angst, der Mann machte sie nervös, sie wäre lieber allein gewesen. Der Vogel öffnete seinen Schnabel, er war schwarz und ein wenig gebogen, er ließ ein Zischen hören.

»Komm«, flüsterte sie. »Klettere auf meinen Arm und setz dich.«

Der Mann bewegte sich hinter ihr.

»Sie verstehen etwas von Tieren, nicht wahr?«

»Ja«, murmelte sie, und in gewisser Weise stimmte es ja auch. Der Vogel machte einen zögernden Schritt in ihre Richtung und saß auf einmal auf ihrer Hand. Er war schwer und warm. Sie zog den Arm zurück. Der Vogel blieb sitzen.

Sie schob ihn auf den Küchentisch hinunter und wickelte dann das Halstuch um seinen Rumpf und seine Flügel. Er machte keine Anstalten zu fliehen.

Sie nahm ihn in den Arm wie ein Kind.

»Soooo«, flüsterte der Mann. »Sooo ...«

Er sang ein wenig vor sich hin, summte mit eintöniger Stimme, wandte daraufhin die Lippen in Richtung Decke und gab einen Laut von sich wie aus einem samischen Jojk. Justine lief der Schweiß den Rücken hinunter.

Sie ging zur Tür und versuchte, sich die Stiefel überzuziehen.

»Ich werde Ihnen helfen!« Der Mann fiel neben ihr auf die Knie, presste ihre Füße in die Schuhe und verknotete die Schnürsenkel mit festen Doppelknoten. Er war verstummt. Er öffnete die Tür und folgte ihr hinaus. Als sie dabei war, ins Auto zu steigen, beugte er sich über den Vogel und küsste ihn schmatzend auf den Schnabel, wandte sich dann bestürzt ihr zu.

»Er hackt sonst immer nach einem, wenn man das macht, hackt einem Löcher in die Kleider.«

»Tatsächlich ...«

Justine legte den Vogel neben sich auf den Vordersitz. Er sah aus, als würde er schlafen.

»Sehen Sie mal, das Tier sieht jetzt aus wie eine Kohlroulade«, sagte der Mann, und sie bemerkte, dass er den Vogel nun zu etwas Neutralem gemacht hatte.

Während sie den Wagen anließ, blieb seine Hand auf dem offenen Autofenster liegen. Es war eine schmale und eigenartig kindliche Hand.

»Ich fahre dann mal«, sagte sie und legte den ersten Gang ein. Die Knöchel des Mannes wurden weiß.

»Ja«, kam es von oben.

Als das Auto sich in Bewegung setzte, ließ er los und machte eine Bewegung, als wollte er sie wieder zurückwinken. Erst als sie auf der Autobahn war, fiel ihr ein, dass sie vergessen hatte, nach dem Namen des Vogels zu fragen.

Sie ließ ihn in ihrem Zimmer wohnen. Aus dem Garten holte sie einen Baum herein, den sie in einen Weihnachtsbaumständer stellte, und mit Hilfe eines Hakens in der Wand festmachte. Der Baum wurde zum Schlafplatz des Vogels. Nach ein paar Stunden hatte er jedes einzelne Blatt von den Ästen abgebissen.

Er mochte es, in der Küche zu sein oder ihr Gesellschaft zu leisten, wenn sie dasaß und auf das Wasser hinausschaute. Überall fand sie seine eingetrockneten Spuren. Die erste Zeit achtete sie darauf, Zeitungen auszubreiten und alles wieder sauber zu machen. Mittlerweile geschah dies eher sporadisch, wenn ihr einfiel, dass das Haus ihr ganz allein gehörte und sie es pflegen musste, denn ihr Eigentum war es wert, gepflegt zu werden. Wie sie selbst.

*Die Wurzeln umgestürzter Bäume. Etwas, worunter man als Kind kriechen konnte; sie konnten wieder zurückklappen, aber das passierte nie, und sie saß dort, bis zum Hals in der Erde.*

*Die Tiere: Kleintiere, schnüffelnde Tiere, Pelze mit wuscheligem Glanz. Oder die Rehe, die regungslos genau dort standen, wo der Wald in Felder überging, die Feuchtigkeit der*

*Schnauzen, das Weiß in ihren Augen. Dort hinter der Wurzelwand war sie von ihnen umgeben, kauerte sich zusammen und war Schneewittchen, verlassen von dem Jäger. Sie dachte an ihn, und da schwoll es ein wenig an zwischen ihren Beinen, das Blut war jetzt zum ersten Mal aus ihr gekommen, aber sie war noch ein Kind. Und doch.*

*Und er führte sie in den Wald hinaus, und er hob sein Gewehr. Zielte direkt auf ihre linke Brust. Sie saß bei der toten Hindin, als er ging, sie schaute in die Wunde hinab. Er hatte darin gewühlt und geschnitten, das Herz mitgenommen. Was war eine Hindin? Sie wusste es nicht, aber der Körper war zerfleischt, und der Jäger trug nun das Herz zu jener Frau, die in Schneewittchens Zuhause wohnte.*

*Ich habe mit dem Mädchen getan, was du befohlen.*

*Für eine Sekunde zerbrechlich, griff dann nach dem Spiegel, sah ihr eigenes Bild.*

*Satisfaction.*

*Die Füchse kamen und die Mäuse. Und wie Flocken fielen die Federn der Eulen in das Wurzelloch hinab, in dem Schneewittchen saß. Wie warmer und schützender Schnee.*

Tiere machten Flora krank, sie bekam eine Gänsehaut und ekelte sich. Die Katze schlich sich in die Diele, Flora jagte sie mit einem Besen wieder hinaus. Das Fell sträubte sich ihr, sie hob den Schwanz.

Als Papa abends gute Nacht sagte, erzählte sie ihm davon.

Er machte ein aufgelöstes Gesicht, strich ihr schwach über die Hand, lange, aber schwach.

Abend für Abend bat sie Papa um ein Tier, eine Katze oder einen Hund oder einen Vogel. Vielleicht hatte er gewollt, aber er war ein Spielball in Floras Hand.

»Etwa ein paar verlauste Mäuse mit ihren Dreckslöchern«, würde sie sagen und die geschminkten Porzellanaugen würden ihn anstarren, gnadenlos. »Bakterien und Gestank. Tiere sind Tiere, sie gehören nicht in menschliche Behausungen.«

Mit ihrem Blaufuchspelz war das etwas anderes. Er war

tot. Sie bekam ihn an einem Wintertag. Er sollte sie besänftigen. Flora war jemand, der fast immer besänftigt werden musste.

## 6. KAPITEL

Berit Assarsson kam erst spät dazu, Mittagspause zu machen. Sie wusste nicht recht, wo sie essen sollte, ihr Hunger hatte sich mittlerweile schon wieder verflüchtigt, aber etwas musste sie auf jeden Fall zwischen die Zähne bekommen, wenn sie den Nachmittag überstehen wollte.

Sie redigierte gerade ein Buch über das Segeln. Sie verstand nicht besonders viel vom Segeln, aber da das Buch herauskommen sollte und sie den Auftrag bekommen hatte, sich darum zu kümmern, wollte sie sich möglichst keine Blöße geben.

Tor hatte ein Boot gehabt, als sie sich kennen lernten, und natürlich war es schön gewesen, zwischen den Schären hinauszugleiten und sich einen Ankerplatz für die Nacht in einer geschützten Bucht zu suchen. Aber alles andere! Er wurde so schnell gereizt, verlangte von ihr, die Übersicht über alle Leinen und Taue zu behalten, und in Krisensituationen vergaß er völlig, dass sie dazu nicht in der Lage war. Dann gab es Streit und unangenehme Szenen.

Sie verkauften das Boot und kauften sich stattdessen ein Wochenendhäuschen. Oder was man so Häuschen nennt. Es handelte sich um ein recht großes Haus, Anfang des Jahrhunderts gebaut und auf der Insel Vätö gelegen. Winterfest, so dass sie Weihnachten dort feiern konnten, was sie auch regelmäßig taten. Letztes Mal waren ihre beiden Söhne gekommen und hatten ihre Freundinnen mitgebracht.

Berit ging in die Markthalle am Hötorg. Es war kurz nach

eins. Um diese Zeit war der größte Andrang schon vorbei. Sie bestellte einen Avocadoteller mit Krabben und einen großen Café au lait und setzte sich an einen der Tische in der Nähe der Blumenabteilung. Wie viele hübsche Tulpen es im Moment gab, welch herrliche Farben! Wenn das Thermometer jetzt noch ein paar Grad unter Null fiele und es ein wenig Schnee gäbe, sähe alles schon viel heller und freundlicher aus.

Die Avocado war ein wenig hart. Sie erwog, mit ihrem Teller zum Tresen zurückzugehen und sich zu beschweren, blieb dann aber doch sitzen. Wie oft hatte sie schon in dieser Markthalle gegessen? Mindestens einmal die Woche in all den Jahren, die sie die Stelle im Verlag hatte. Sie versuchte, es im Kopf auszurechnen, sagen wir sechsundvierzig Wochen mal vierzehn, das macht, das macht, das macht ...

Moment, letztes Jahr, als sie fünfundvierzig wurde, war sie verreist. Tor hatte sie mit den Tickets zu einer Weltreise überrascht.

»Konntest du nicht warten, bis ich fünfzig werde!«, rief sie aus, fast bestürzt über seine plötzliche Großzügigkeit.

Er hatte sie umarmt, schnell und unbeholfen.

»Wer weiß, ob wir noch so lange leben.«

Sie reisten und blieben fast zwei Monate fort. Das machte acht Wochen und dementsprechend achtmal, die sie nicht hier in der Halle gegessen hatte. Sie wühlte in ihrer Handtasche nach ihrem Taschenrechner, konnte ihn aber nicht finden.

Stattdessen war sie gezwungen, einen Kugelschreiber hervorzuholen und es schriftlich auszurechnen, genau wie Fräulein Messer es ihnen damals vor sehr langer Zeit in der Schule beigebracht hatte.

Sie kam auf weit über sechshundert Mal.

Also, weit über sechshundert Mal hatte sie hier unten in diesem kleinen Restaurant unterhalb der Rolltreppe gegessen.

Das ist dein Leben, Berit!

Immer öfter hatte sie ihr Leben satt. Immer öfter überkam sie das Gefühl, dass ihr Leben seinen Zenit überschritten hatte, als hätte es das bereits vor langer Zeit getan, und als wäre jetzt alles zu spät.

Alles, was denn alles?

Berit redete manchmal mit Annie darüber, die ihr Büro nebenan hatte. Sie hatten ungefähr gleichzeitig im Verlag angefangen, waren beide vorher länger mit den Kindern zu Hause gewesen, hatten beide Söhne.

Ja, alles … Worauf man gewartet hatte, etwas, das noch kommen sollte.

Annie gab ihr Recht. Sie war vier Jahre jünger und gab ihr trotzdem Recht.

Ich frage mich, wann es aufgehört hat, dachte sie. Ich frage mich, wann man sich aus einem aktiven und jungen Menschen voller Erwartungen in eine roboterähnliche Maschine verwandelt hat.

Sie war wirklich noch nicht alt. Es kam vor, dass die Männer sie mit diesem besonderen Ausdruck im Blick betrachteten, aber in der Regel erst, wenn sie ihr vorgestellt worden waren. Ansonsten fiel sie kaum noch auf. Sie pflegte ihren Körper, pflegte ihr Gesicht, zeigte sich nie ungeschminkt, nicht einmal auf dem Land. Alle fünf Wochen ging sie zum Friseur, einem schwarzen und schönen Mann, der genau wusste, wie sie die Haare haben wollte.

Schade, dass er »andersrum« ist, fuhr es ihr plötzlich durch den Kopf, ich habe noch nie mit einem Neger gebumst. Sie wurde rot, als würde sie sich schämen.

Sie ließ den Blick über die Verkaufsstände schweifen. Fast immer traf sie irgendeinen Bekannten hier unten, so war es auch heute, da drüben glitt soeben Elisabet über den Boden der Markthalle, sie hatte eine ganz eigene Art, gleichsam vorwärts zu fließen, alles beiseite zu wischen, was sich ihr in den Weg stellte.

Jetzt entdeckte sie Berit, ihr Mund verzog sich zu einem Lächeln.

»Liebste, kleine Berit, sitzt du hier ganz solo? Darf ich mich einen Moment zu dir setzen und einen ... was trinkst du, café latte? Ich nehme auch so einen.«

»Eigentlich hatte ich gerade vor zu gehen. Aber setz dich ruhig, einen Moment kann ich ruhig noch bleiben.«

Elisabet war auch in der Verlagsbranche tätig, arbeitete aber in dem großen, weißen Haus am Sveaväg, dem Albert Bonniers Verlag.

»Wie geht es dir, Schätzchen, siehst du nicht ein bisschen blass aus?«

»Wirklich?«

»Ach was, das ist vielleicht nur das Licht hier. Ja, ganz bestimmt ist es das.«

»Um ehrlich zu sein, ich fühle mich ein wenig müde.«

»Tatsächlich? Wir haben doch über Weihnachten ein paar Wochen frei gehabt, oder hast du etwa Weihnachten gearbeitet?«

»Nein, das nicht. Aber ... nicht auf diese Art müde.«

»Ich weiß, was du meinst, es ist dieses ewige graue Wetter. Wenn es wenigstens etwas kälter würde, ich sehne mich nach Eis. Wir sind noch kein einziges Mal mit den Schlittschuhen unterwegs gewesen. Und dabei ist es Mitte Januar. Ob das wohl an El Niño liegt, was meinst du? Ist er es, der uns alles verdirbt, kommt der so hoch in den Norden?«

»Keine Ahnung.«

»So oder so, es ist ein Trauerspiel. Und, gibt es was Neues?«

»Nicht dass ich wüsste. Und bei euch, wie läuft es bei euch?«

»Bestens, viel zu tun.«

»Bei uns auch. The same procedure ... Alles wiederholt sich. Ich glaube, ich verliere allmählich die Lust.«

»Aber Kleines ... Habt ihr denn gar keinen Spaß?«

»Wie man's nimmt.«

Elisabet lehnte sich über den runden, weißen Eisentisch.

»Ist denn was dran an der Sache, dass ... Curt Lüding verkaufen will?«

Curt Lüding war Berits Chef. Er hatte den Verlag Mitte der siebziger Jahre gegründet, gehörte damals zu den jungen Oppositionellen, die auf die Barrikaden gingen. Zu jener Zeit hatte er Undergroundliteratur und gesellschaftskritische Romane verlegt. Damit hatte er inzwischen aufgehört. Die Zeiten hatten sich geändert.

»Dieses ständige Gerede«, sagte sie, verspürte aber doch ein Rumoren in der Magengegend.

»Du hast also nichts gehört?«

»Nein, du etwa ...«

»Ach, ich weiß nicht ... Nein, es ist bestimmt nichts dran.«

»Meinst du etwa, dass Bonniers kaufen will?«

»Ja.«

Berit pickte mit ihrer Gabel ein Maiskorn auf und stopfte es sich in den Mund.

»Solche Gerüchte sind irgendwie unangenehm«, sagte sie. »Vielleicht geht es einem deshalb so schlecht. Man weiß, was man hat, oder so ähnlich. Ich werde mich dieses Wochenende den Teufel um den Job scheren, ich werde keinen einzigen Gedanken an ihn verschwenden! Stattdessen werde ich zusehen, dass ich viel draußen bin, einen langen Spaziergang machen, so werde ich den Samstag verbringen. Ich fahre raus nach Hässelby und sehe nach dem Grab, dann kann ich da draußen ein wenig spazieren und nostalgisch werden. Ich bin schon seit Ewigkeiten nicht mehr da gewesen.«

Auf dem Rückweg schaute sie noch schnell in ein Geschäft für extravagante Unterwäsche herein, das auf der Drottninggata lag. Sie probierte ein paar BHs an und entschied sich für einen glänzenden, roten Bügel-BH und einen dazu passenden Slip. Das grelle Licht in der Umkleidekabine ließ ihre Hüften und ihren Bauch schlaff und blass aussehen.

Mein Rumpf, dachte sie. Wie in einem Obduktionsbericht.

Sechshundertneunzig Kronen.

Aber was tut man nicht alles für sein Glück!

Sie hatte Heißhunger auf Schokolade und ging schnell,

schnell vorbei an dem Geschäft mit den belgischen Leckereien. Dort hatte sie vor Weihnachten eingekauft, kleine, erlesene, von Hand gefertigte Schokoladenschnecken für die Freundinnen ihrer Söhne. Sie waren dünn wie Bohnenstangen, ein bisschen Fett konnte ihnen nicht schaden.

Die beiden waren ihr fremd. Sie glichen einander, eckig, blond, mit platten Brüsten. Die ganze Zeit hingen sie an den Jungen, fummelten an ihnen herum und winselten wie zwei verwöhnte kleine Kinder. So hätte sie sich einmal bei Tor zu Hause benehmen sollen! Seine Mutter hätte sie hinausgeworfen.

Helle und Marika. Helle war Dänin, weiß der Himmel, wie sie in Stockholm gelandet war. Berit hatte versucht, sich mit ihnen zu unterhalten, etwas über ihre Familien zu erfahren. Sie waren kurz angebunden und verschwiegen oder vielleicht auch nur schüchtern. Den Jungen zuliebe bewahrte sie gute Miene.

Mittlerweile regnete es stark, sie spannte ihren Regenschirm auf und richtete ihn wie einen Schild gegen den Wind. Als sie an dem russischen Restaurant vorbeikam, musste sie die Straßenseite wechseln. Das ganze Lokal wurde abgerissen, ein Bagger blockierte den Bürgersteig. Sie fragte sich, was jetzt wohl in das Haus kam. Sie war manchmal dort gewesen und hatte gegessen, deftige Eintöpfe und Pirogen. Es war gemütlich und warm gewesen, und wenn sie niedergeschlagen war, hatte sie dort gesessen und neue Kräfte gesammelt.

Der Aufzug zu den Büroräumen des Verlags war außer Betrieb. Sie ging die vier Stockwerke hoch, hinterließ mit ihrem Regenschirm eine nasse Spur, hängte ihren Mantel auf und ging zu ihrem Büro. Es war eigentümlich still überall, gab es etwa eine Besprechung, die sie vergessen hatte? Nein, Annie saß an ihrem Schreibtisch, sie ließ die Arme hängen und arbeitete nicht, saß einfach nur da mit einem ausdruckslosen und leblosen Ausdruck im Gesicht.

»Was ist los, Annie, ist etwas passiert?«

Annie gab ihr ein Zeichen:

»Komm rein!«

Dann stand sie auf und schloss die Tür.

»Jetzt, meine Liebe«, sagte sie dumpf. »Jetzt ist hier was im Gange!«

Berit lief ein Schauer über den Rücken.

»Was meinst du?«

»Curt läuft auf Hochtouren.«

»Aha. Inwiefern?«

»Er beruft eine Personalversammlung ein. Aber nicht heute, auch nicht morgen, sondern ausgerechnet am Montag.«

»Eine Personalversammlung?«

»Ja. Offensichtlich hat er uns etwas zu sagen.«

»Will er uns etwa entlassen?«

»Tja. Wer weiß!«

»Aber …? Wo ist er jetzt?«

»Abgehauen zu einer Versammlung, den Rest des Tages nicht da, morgen auch nicht.«

»Oh, Annie … Was sollen wir nur tun?«

»Tun! Wir können nichts anderes tun als warten. Den ganzen langen Freitag, das ganze lange Wochenende.«

»Warum musste er das denn heute schon erwähnen, konnte er nicht bis Montag warten?«

Annie zuckte mit den Schultern. Ihre Haare sahen ungepflegt aus, sie sollte etwas dagegen unternehmen.

»Wie sah er aus, wie hat er es gesagt?«

»Seine Birne sieht doch eigentlich immer aus wie ein Port-Salut-Käse!«

Berit nahm eine Büroklammer, die auf dem Schreibtisch lag, begann, sie zu verformen, an ihr zu ziehen, sie zu verbiegen.

»Ich habe Elisabet in der Mittagspause getroffen, du weißt schon, die Blonde, die bei Bonniers arbeitet.«

»Ach, die kleine Klatschtante.«

»Komm schon, sie ist in Ordnung. Aber sie stellte ein paar seltsame Fragen über Lüding, ob Curt vorhabe zu verkaufen.«

»Das hören wir ja nicht zum ersten Mal, ohne dass was daraus geworden wäre.«

»Stimmt. Aber was ist, wenn es jetzt so weit ist, warum sollte er denn sonst eine Personalversammlung einberufen?«

»Auch wieder wahr. Wir als Angestellte bei Bonniers?«

»Du vielleicht, du bist ja noch relativ jung. Aber ich werde dieses Jahr sechsundvierzig. Wer weiß, ob dieser vornehme Haufen eine sechsundvierzigjährige alte Schachtel übernehmen wird?«

Annie schwieg einen Moment.

»Aber wenn er verkauft, dann verkauft er uns doch im Grunde auch!«, platzte sie dann heraus. »Ich meine … Wir gehören doch sozusagen zur Verkaufsmasse. Ansonsten muss er uns doch irgendwie abfinden, irgendeine Form von Abfindung zahlen?«

»Ha! Hast du das in deinem Vertrag?«

»Nein.«

Die Büroklammer brach entzwei und piekste sie in den Daumen.

»Was meinen die anderen?«

»Das Gleiche wie wir, alle haben eine Scheißangst. Lotta bekam Bauchschmerzen und musste nach Hause fahren.«

Berit ging in die Küche und setzte eine Kanne Kaffee auf. Der Raum war schmutzig und unaufgeräumt wie immer, ungespülte Kaffeetassen und die leere Verpackung eines Fertiggerichts. Sie drückte den Pappkarton in den Papierkorb und fluchte.

»Ein beschissener Miststall ist das hier!«

»Es gibt Kaffee!«, rief sie anschließend einfach in den Flur hinaus, wütend, wie einen Befehl. Die anderen kamen, stumm und bekümmert.

Der Verlag hatte zwölf Angestellte, Curt Lüding eingerechnet. Sachbücher verkauften sich am besten. Vielleicht sollte man jetzt eher sagen, hatten sich am besten verkauft. Sie hatten eine belletristische Bestsellerautorin, Sonja Karlberg. Sie schrieb eine Art historischer Schinken, die in adligen Kreisen spielten, aber seltsamerweise vom Publikum angenommen wurden. Sie war eine zarte, zerbrechliche alte Dame, zumindest sah sie so aus. Annie, die ihre Lektorin war, bekam schon schlechte Laune, sobald Sonja Karlberg nur ihren Besuch ankündigte. Sie konnte wegen eines Satzfehlers rasend werden, einmal schmiss sie ein Buch direkt auf Annies Tastatur, so dass beides zu Bruch ging.

Schweigend setzten sie sich hin, schlürften aus ihren Kaffeetassen. Es begann zu dämmern, die Regentropfen glitzerten auf den Fensterscheiben. Berit betrachtete die Töpfe mit Grünpflanzen am Fenster. Niemand hatte sie getränkt, sie ließen die Köpfe hängen. Ihr zog sich der Magen zusammen, sie liebte das hier trotz allem, die bedrückten Gesichter um den Tisch, die Schlamperei, die Stapel von Manuskripten, den Stress und die Druckfahnen, all das, was ein Teil ihrer Arbeit war.

Nach dem Abitur hatte sie Sprachen studiert. Sie hatte keine Ahnung, was sie eigentlich werden wollte, und es war mehr oder weniger ein Zufall, der sie in die Verlagswelt geführt hatte. Eine winzige Anzeige eines winzigen Verlags, der eine Korrekturleserin suchte. Der Verlag hieß Strena, es gab ihn schon lange nicht mehr. Aber ein paar Jahre lang las Berit gut gehende Thriller Korrektur, während sie heiratete und ihre Kinder aufzog.

Auf einem Verlagsfest kam sie mit Curt Lüding ins Gespräch. Der Zufall wollte es, dass er sich mit seinem Verlag gerade in einer expansiven Phase befand, und er stellte sie augenblicklich ein, ohne formale Qualifikationen zu fordern. Aber so war es vielen in der Branche ergangen, das begriff sie mit der Zeit. Ein wohlwollender Zufall hatte ihnen den Weg gewiesen.

Berits Mann Tor war Wirtschaftsprüfer. Die ersten Jahre wohnten sie zusammengepfercht in seinem kleinen Einzimmerappartement in der Thulegata. Es war eine sehr schwere

Zeit. Als die Jungen zwei und drei Jahre alt waren, konnte die Familie endlich in ein eigenes Haus in Ängby ziehen.

Mittlerweile waren die Jungen ausgeflogen.

Aus dem Nest.

Von Zeit zu Zeit erfüllte es Berit mit Trauer, sie nicht mehr bei sich zu haben. Sie waren jetzt erwachsene Männer und verloren für sie, für immer.

Sie verließ den Verlag an diesem Tag schon um vier. Auf dem Heimweg kaufte sie zwei Scheiben Rinderfilet und eine Flasche schweren Rotwein. Tor war noch nicht heimgekommen, und sie deckte im Esszimmer, mit Kerzen und Stoffservietten.

»Er wird glauben, es gäbe etwas zu feiern«, dachte sie grimmig.

Als sie hörte, wie er in die Garage fuhr, gab sie Butter in die Bratpfanne und entkorkte den Wein.

Jetzt öffnete er die Haustür und hängte seinen Mantel auf, sie hörte das Plumpsen seiner Schuhe, als er sie aufschnürte und gegen die Wand schob. Er stand in der Küche, sah abgekämpft aus.

»Ich fand, wir sollten uns einmal etwas gönnen«, sagte sie.

»Aha. Warum?«

»Warum nicht?«

»Ist etwas Besonderes? Hat einer Geburtstag oder so?«

»Nicht dass ich wüsste, man wird doch wohl noch das Recht haben, sich an einem gewöhnlichen Donnerstagabend etwas zu gönnen, meinst du nicht?«

»Tja.«

Während des Abendessens schwiegen sie. Berit trank von dem Wein, der ihr sofort zu Kopf stieg und sie benebelte.

»Was ist los mit dir?«, fragte er.

»Was soll schon los sein mit mir?«

»Du hast doch was, das sehe ich.«

»Tor. Sag mir ehrlich, findest du mich begehrenswert?«

»Berit!«

»Nun sag doch. Bin ich das? Begehrst du mich, wirst du geil, wenn du mich ansiehst?«

Er schob seinen Teller zur Seite.

»Warum fängst du gerade jetzt davon an?«

»Ich fange nichts an. Ich stelle dir eine klare Frage und will eine klare Antwort. Ist das so verdammt schwierig?«

»Du bist doch meine Frau.«

»Eben deshalb.«

Sie stand auf und ging um den Tisch, stellte sich hinter ihn und nahm seinen Kopf. Er hatte eine kahle Stelle auf dem Scheitel bekommen, dort streichelte sie ihn, ließ dann die Hände abwärts gleiten, den Ärmeln seines Hemds folgen, zu seiner Mitte.

»Berit«, sagte er. »Wir essen gerade!«

Am Samstag nahm sie die U-Bahn nach Hässelby. Es war etwas Besonderes, U-Bahn an einem Tag zu fahren, der kein normaler Arbeitstag war. Ganz andere Fahrgäste, viele Kinder mit ihren Eltern, helle Wagen, andere Farben, andere Geräusche. Es fiel einem viel mehr auf, wie heruntergekommen und schmutzig alles aussah. Der Boden des Wagens war mit Dreck und einer ausgelaufenen Flüssigkeit beschmiert, mehrere Sitze waren schwarz bemalt worden.

In der Nacht war Schnee gefallen, Schnee, der liegen blieb. Sie stieg an der Endhaltestelle aus, und die Erinnerungen kehrten zu ihr zurück, die Erinnerungen an ihre Jugendzeit. Als sie zur Bushaltestelle ging, fiel ihr auf, dass man vor der U-Bahnhalle umgebaut und alles freundlicher gestaltet hatte. Der Lebensmittelladen war verschwunden, stattdessen befand sich dort jetzt ein Supermarkt mit schreiend roten Sonderangebotsschildern.

Sie hatte vorgehabt, zum Friedhof zu gehen, aber weil der Bus nun einmal dastand, fuhr sie die wenigen Haltestellen. Die Sonne glitzerte auf der Schneedecke, ließ ihre Augen tränen. Sie hätte eine Sonnenbrille mitnehmen sollen!

Der Friedhof sah idyllisch aus, fast ländlich mit seinen

schneebeschwerten Grabsteinen und den Blaumeisen, die in den Ästen hingen. Rechter Hand der kleinen Kapelle lag ein Haufen schneebedeckter Kränze. Der Freitag war ein typischer Beerdigungstag. Beide Eltern waren an Freitagen beerdigt worden, zuerst die Mutter, zwei Jahre später ihr Vater.

Abgesehen von vereinzelten Autos, die oben auf dem Sandviksväg vorbeifuhren, war es hier still und friedvoll. Der Friedhof ist die Ruhestatt der Toten, so pflegte es am Eingang zu stehen, hier durfte man nicht stören und keinen Streit vom Zaun brechen. Davon hatten die Toten in ihrem Leben schon genug abbekommen. Nun hatten sie das Recht, in Ewigkeit zu ruhen.

Sie war allein. Sie sah sich um, in einem der Mietshäuser an der Fyrspannsgata war die junge Tochter eines Arztes von einem Psychopathen gefangen gehalten worden. Das mochte jetzt wohl ein Jahr her sein. Sie erinnerte sich plötzlich an eine Reihe von Details. An einem dieser Fenster hatte das junge Mädchen gestanden und hinausgeschaut, gehofft, jemand würde sie sehen und auf sie aufmerksam werden. Aber wer wird schon aufmerksam, wenn ein Mädchen an einem Fenster steht? Nicht einmal, wenn sie geschrien und um Hilfe gerufen hätte, wäre sie beachtet worden.

Wie war es diesem armen Mädchen seitdem ergangen? Den Zeitungsberichten zufolge war sie mit dem Leben davongekommen, aber was war mit ihrer Psyche? Die dürfte doch für immer Schaden genommen haben?

Berit fragte sich, welches Fenster es wohl war. In den Boulevardzeitungen hatte es bestimmt Bilder des Hauses gegeben, auf denen das Fenster eingezeichnet war. Bestimmt waren Schaulustige dorthin gepilgert, um zu gaffen. Um den Versuch zu machen, sich in die Lage eines Menschen zu versetzen, der in den Händen eines Verrückten ist.

Ein Gedanke schoss ihr durch den Kopf: ein Buch über dieses Mädchen zu machen. Sie zu überreden, eine Art Tagebuch über diese furchtbare Zeit als Eingesperrte zu schreiben. Sie wunderte sich, dass Melin & Gartner das noch nicht gemacht hatten, das war doch sonst ein Verlag, der immer auf Draht war. Verbrecher und ihre Opfer, suspekte Gestalten, das ließ sich verkaufen.

Jetzt stand sie also doch da und dachte schon wieder an ihren verdammten Job! Obwohl sie sich fest vorgenommen hatte, es nicht zu tun!

Suchend ging sie den geräumten und gestreuten kleinen Weg hinab. Hinten links lag es, das Familiengrab, das wohl kaum mehr als zwei Personen beherbergen würde. Familiengrab, so etwas hatte es früher einmal gegeben, als die Leute noch zu Hause blieben.

Das Grab war verschneit. Mit den Handschuhen fegte sie den Stein sauber und sprach die Namen der beiden Menschen aus, die ihre Eltern gewesen waren. Es versetzte ihr einen Stich, sie sollte wirklich etwas öfter herkommen.

Sie hatte Grablichter gekauft, für jeden der beiden eins.

»Eins für Mama und eins für Papa«, flüsterte sie, während sie versuchte, die beiden Dochte anzuzünden, was schwerer war, als sie gedacht hatte. Der kleinste Lufthauch ließ das Streichholz wieder erlöschen. Dabei war es so gut wie windstill.

»Ich denke auf jeden Fall an euch«, flüsterte sie. »Auch wenn es nicht immer danach aussieht, auch wenn ich nicht so oft herkomme. Ich denke manchmal an euch, das wisst ihr doch hoffentlich. Könnt ihr mich jetzt sehen, bewegt ihr euch jetzt über mir, unsichtbar, haltet ihr ein wachsames Auge auf mich? Gerade im Moment würde ich mir wünschen, dass ihr das tätet.«

Sie waren beide an Krebs gestorben. Ihr Vater war Kettenraucher gewesen, seine mühsamen Atemzüge standen ihr noch vor Augen, sein Kratzen am Hemdkragen, wenn er nicht genügend Luft bekam.

»Was immer du tust, Mädchen, fange nie mit dem Rauchen an«, hatte er ihr gesagt. Jedes Mal, wenn sie ins Krankenhaus kam, hatte er seine Worte wiederholt, »fange nie mit dem Rauchen an!«

Er wusste nicht, dass sie bereits angefangen hatte. Nicht einmal der Anblick der ausgemergelten Gestalt dort auf dem Bettlaken konnte sie dazu bewegen, wieder aufzuhören.

Ihre Mutter hatte Hautkrebs gehabt, die gleiche Krankheit, an der Tage Danielsson, der Kabarettist, irgendwann in den achtziger Jahren gestorben war.

Sie waren schon alt, als sie Berit bekamen, so alt, wie sie selbst heute war. Sie hätten ebenso gut an Altersschwäche sterben können. Ihre Mutter hatte ihr erzählt, dass sie glaubte, unfruchtbar zu sein. Aber als sie eine ganze Woche lang jeden Morgen das Frühstück wieder erbrach, musste sie einsehen, dass sie es nicht war.

Berit verließ das Grab mit den beiden Kerzenflammen, die in der Januarsonne kaum zu erkennen waren. Sie folgte dem Hässelby Strandväg und ging an dem Haus vorbei, in dem sie aufgewachsen war. Es hatte sich nicht verändert. Sie fragte sich, wer jetzt dort wohnte, aber es regte sich nichts, der Gang zur Haustür war weiß und nicht freigeschaufelt.

Hier war sie als Kind täglich gegangen, auf ihrem Weg zur Schule, die ein ganzes Stück entfernt lag. Es waren mehr Häuser geworden, ansonsten schien die Zeit hier seltsam stillzustehen. Sie hatte keinen Kontakt mehr zu ihren früheren Klassenkameraden, erinnerte sich kaum noch an ihre Namen.

Der Mälarsee lag ruhig da, es dampfte leicht von seiner Oberfläche. Sie sehnte sich nach Eis, danach, sich die Schlittschuhe anzuziehen und geradewegs auf den Horizont zuzulaufen. Fort von allem, was sie umgab, vom Alltag, den Menschen, fort von sich selbst. Plötzlich fror sie an den Händen und merkte, dass sie ihre Handschuhe am Grab vergessen hatte.

Sie stand vor einem schmalen und hohen Steinhaus. Sie erinnerte sich an den Anblick dieses Hauses, sie war ein Kind.

*Justind verschwind, Justind verschwind!*

Ein Chor aus hellen Stimmen, und sie war ein Teil dieses Chors, und ihre Stimme war eine von denen, die sangen.

*Justein, herein, Justind verschwind, Justein herein und pisse fein.*

Es rauschte ihr in den Ohren, ihr wurde schwindlig.

Eine Frau stand auf der Treppe. Sie hatte kurze, lockige Haare, trug eine geblümte Hose. Eine Frau stand auf der Treppe, und etwas an dieser Frau kam ihr bekannt vor. Berit hob den Arm.

»Justine?«, sagte sie zögernd. »Ist das denn die Möglichkeit? Bist du es wirklich, Justine?«

Da kam die Frau ihr entgegen, und ihre Augen waren grün und ihr Blick direkt.

»Berit Blomgren! Wie eigenartig! Ich habe gerade an dich gedacht.«

Die Worte hallten ihr entgegen.

»Hast du?«, flüsterte sie.

Die andere lachte.

»Ja!«, rief sie. »Stell dir vor, das habe ich getan.«

»Ich heiße jetzt allerdings Assarsson ...«

»Aha. Ja natürlich, du bist bestimmt verheiratet.«

»Genau.«

»Ich war gerade dabei, den alten Tretschlitten rauszuholen. Du weißt schon, so einen, der vorne eine Ladefläche hat und bei dem man sich hinten auf die Kufen stellen kann. Man hat ja nicht mehr so oft Gelegenheit, ihn zu benutzen. Aber jetzt scheint es tatsächlich Winter zu werden.«

»Wir hatten alle Tretschlitten, als wir klein waren. Ich bekam einen roten, den Papa selbst gestrichen hatte.«

»Ich hatte nur einen ganz gewöhnlichen, lackierten. Er steht da draußen im Schuppen. Aber möchtest du nicht auf einen Sprung reinkommen, du siehst aus, als würdest du frieren.«

»Ja ... warum nicht? Ich bin auf dem Friedhof gewesen. Ich muss meine Handschuhe dort vergessen haben.«

»Möchtest du ein bisschen Glühwein, ich habe von Weihnachten noch eine Flasche übrig.«

»Glühwein? Ja, das wäre jetzt genau das Richtige, das wärmt einen von innen.«

Die Sonne flutete über den Fußboden. Berit trank von ihrem Glühwein und spürte, wie die Wärme zurückkehrte. Justine saß, das Kinn in die Hände gestützt, vor ihr und sah sie an. Ihr Gesicht war rund und weiß, sie hatte heute weniger Sommersprossen als früher. Sie war von Sommersprossen übersät gewesen.

»Wie viele Jahre ist das jetzt her …«, murmelte Berit, »seit wir uns das letzte Mal gesehen haben?«

»Das war 1969, als wir mit der Realschule fertig waren.«

»Ja … Da muss es wohl gewesen sein.«

Sie dachte eine Weile nach.

»Mein Gott, das ist ja fast dreißig Jahre her!«

»Ja.«

»Hast du hier … Du bist anscheinend hier geblieben, im Haus deiner Eltern?«

»Ja.«

»Hast du die ganze Zeit hier gewohnt?«

»Ja.«

»Sind sie tot … Ja, ich erinnere mich, dass ich es in der Zeitung gelesen habe, als dein Vater gestorben ist. Da stand ziemlich viel über ihn drin.«

»Stimmt. Papa ist tot. Flora ist in einem Pflegeheim.«

»Flora, ja … So hieß sie, deine Mama. Ich fand immer, dass es ein unheimlich schöner Name war. Sie war auch sehr schön, sie roch so gut.«

»Sie war nicht meine richtige Mama.«

»Nein, ich weiß.« Sie trank noch einen Schluck Glühwein, er war stark und würzig.

»Meine Eltern liegen hier auf dem Friedhof begraben. Sie waren schon ziemlich alt, du erinnerst dich vielleicht. Ich blieb nicht sehr lange hier. Ich wollte weg. Außerdem traf ich recht früh meinen Mann, Tor heißt er, er ist Wirtschaftsprüfer. Klingt ziemlich trocken, nicht wahr?«

Justine lächelte.

»Nimm noch etwas Glühwein, wir können die Flasche ruhig leer machen, Weihnachten ist ja eh vorbei.«

»Skål.«

»Skål. Auf unser Wiedersehen.«

»Aber, sag mal ... Warum hast du denn gerade heute an mich gedacht? Das kommt mir so komisch vor. Ausgerechnet an einem der ganz seltenen Tage, an denen ich einmal nach Hässelby komme, ja, da denkst du an mich, und dann treffen wir uns auch noch rein zufällig.«

»So zufällig war es nun auch wieder nicht, du bist immerhin hierher gekommen.«

»Stimmt ... Aber ich lief mehr herum und versuchte, ein wenig nostalgisch zu werden.«

»Die fernen Kindertage.«

»So ungefähr, ja.«

»Hast du Kinder, Berit?«

»Ja, zwei Jungs, einundzwanzig und zweiundzwanzig Jahre alt. Sie sind von zu Hause ausgezogen, wir sind jetzt allein, Tor und ich. Jetzt haben wir endlich einmal Zeit füreinander, wie man so sagt. Und du?«

Justine schüttelte den Kopf.

Dann steckte sie die Finger in den Mund und pfiff kurz und durchdringend. Irgendwo hinter ihnen begann ein Rauschen, das Zimmer schien zu schrumpfen, es zischte und heulte, etwas Scharfes landete auf Berits Kopf, etwas, das sich in ihrem Haar verfing.

»Oh, mein Gott, was ist das!«

Sie schrie und fuhr hoch, so dass sie ihr volles Glas Glühwein über ihre Hose verschüttete.

# 7. KAPITEL

Im Wald lag ein Tier. Es sah aus wie ein Hund.

Erst sah sie nur den Kopf, der Rest waren Blätter und Moos. Sie sah nur den Kopf, bekam aber keine Angst, ungesehen lief sie zum Haus zurück.

Am Kellerfenster fand sie die Schüssel, in der Flora die Wäscheklammern aufbewahrte. Sie kippte die Klammern in der Ecke aus, füllte die Schüssel mit Wasser und lief zurück.

Das Tier trank. Ein Teil rann ins Moos, aber seine Kehle bewegte sich und schluckte, sie sah, dass das Tier durstig war, dass es lange nichts getrunken hatte.

War es ein Hund? Sie berührte den verfilzten Pelz. Da kräuselte sich die Schnauze, ein Fletschen gelber Zähne.

Das Tier trug kein Halsband.

Der Körper inmitten von Moos und Preiselbeerkraut war zart und rot.

»Du kannst nicht mit zu mir nach Hause«, sagte Justine. »Es wohnt eine Hexe in unserem Haus. Ich will nicht, dass ihr Blick dich trifft. Aber ich werde herkommen, ich werde dafür sorgen, dass du etwas zu essen und zu trinken bekommst, das verspreche ich dir.«

Es hatte ein kräftiges Genick, sie gab ihm einen Namen.

Sie sagte seinen Namen so laut sie sich traute, aber es bewegte seinen Körper nicht, und der Schwanz lag im Moos.

Am nächsten Tag nahm sie Fleisch mit. Ohne dass Flora etwas davon merkte, nahm sie ein Stück ihres Koteletts von ihrem Teller herunter und wickelte es in ein Taschentuch.

Das Tier lag da wie zuvor.
Sie konnte seine Augen nicht länger sehen.
Als sie den Fleischbissen an seine Schnauze hielt, fuhr die Zunge ein wenig heraus.
Aber es aß nicht.

Dann sah sie es nie wieder.

Papa kam am Abend zu ihr.
»Wollen wir dein Abendgebet sprechen?«

»MüdebinichgehzurRuh, schließebeideÄugleinzu,
VaterlassdieAugendein, übermeinemBettesein,
HabichUnrechtheutgetan, sieheslieberGottnichtan,
DeineGnadundJesuBlut, machenallenSchadengut,
allediemirsindverwandt, GottlassruhnindeinerHand.«

Er beugte sich zu ihr herab, küsste sie unter dem Ohr.
»Und an wen denken wir beide jetzt? Nur wir zwei?«
»An Mama«, flüsterte sie.
Sein Gesicht war lang und traurig.
»Ich muss dir leider noch sagen, dass ich morgen nicht da bin, wenn du wach wirst.«
Sie war mit einem Satz aus dem Bett.
»Doch!«, schrie sie.
»Justine …«
Er flehte, was sie sehr wütend machte.
»Du sollst aber hier sein!«
»Ich muss in die Schweiz reisen.«
Er senkte die Stimme.
»Du weißt doch, in die Nähe von da, woher deine Mama kam.«
»Dann will ich mitkommen.«
»Mein liebes Kind, das geht leider nicht, das verstehst du doch. Ich reise geschäftlich dahin, und du musst in die Schule. Ich habe meine Arbeit, du hast deine Schule, wir alle haben unsere täglichen Pflichten.«

Sie schlug seine Hände, schlug seine dummen Beine.

Er legte sie ins Bett und ging nach draußen.

Am Morgen war er abgereist.

Sie dachte an das Tier. Das Tier könnte ihre tägliche Pflicht sein.

Aber Flora holte sie von der Schule ab. Damit hatte sie nicht gerechnet.

Flora trug ihr schwarzes Kleid und die Perlenkette. An ihrem Handgelenk baumelte eine Handtasche an einer Messingkette.

»Wir fahren nach Vällingby«, sagte sie. »Wir gehen in eine Konditorei.«

Sie begannen, den Hügel hinabzugehen.

»Guck doch mal etwas fröhlicher, Kindchen! Wenigstens einmal!«

Flora hielt sie an der Hand, trippelte mit kurzen Schritten, so wie Tanten trippeln, wenn sie schön sein wollen.

Flora war schön.

»Erzähl doch mal, was ihr heute in der Schule gemacht habt«, sagte sie.

»Ich weiß nicht.«

»Natürlich weißt du das.«

»Wir haben gelesen, glaube ich, und gerechnet.«

Ihre Hand fest um Justines Finger.

»Gelesen und gerechnet, glaube ich!«

Justine musste mal Pipi. Sie wollte ihre Hand zurückziehen, aber Flora würde es nicht gefallen, wenn sie das tat. Flora war jetzt ihre Mama, und sie war ihr Kind.

In Vällingby ging Flora in Geschäfte. Justine durfte ihre Tasche halten, während sie hinter verschiedenen Vorhängen verschwand.

Ein nackter Arm, der auftauchte.

»Fräulein, das hier ist viel zu groß. Wollen Sie bitte so freundlich sein und mir stattdessen eins in Größe 34 bringen.«

Das Stolzieren der Verkäuferinnen, wie sie ihr um den Bart gingen und Sachen herbeitrugen. Sie kam in neuen Kleidern heraus, schritt durch die Boutique und präsentierte sich.

»Und, Justine, was meinst du? Soll ich es nehmen? Glaubst du, es würde Papa gefallen, mich hierin zu sehen?«

Erst jetzt schien sie von ihnen wahrgenommen zu werden. Sie setzten ein freundliches Gesicht auf – ist sie nicht fein, deine Mama!

In der Konditorei durfte sie endlich Pipi machen.

Als sie zurückkam, hatte Flora bereits bestellt, Limonade und einen Bienenstich.

Sie selbst aß nichts, trank nur Kaffee aus einer sehr kleinen Tasse.

Auf den Tischen lagen karierte Tischdecken. Der Raum war sehr verraucht. Am Nebentisch saß ein Kind in Justines Alter zusammen mit einer älteren Frau, die gerade ihr Taschentuch mit Speichel befeuchtete und dem Kind den Mund abwischte.

»Oma!«, sagte das Mädchen, aber ohne sich zu wehren.

Sie biss in ein Teilchen, und als niemand hinguckte, streckte sie Justine die Zunge raus, die voller Teigklümpchen war.

Floras roter Nagel.

»Jetzt iss schon, Justine! Iss!«

An einem anderen Tisch, ein Mann mit einer Zeitung. Er schaute in ihre Richtung. Er lächelte Justine an und blinzelte ihr zu, sein Haar wie ein glänzend schwarzer Kuchen.

Als Flora eine Zigarette aus der Packung schüttelte, war er unverzüglich zur Stelle und hielt ein Feuerzeug bereit.

Sie beugte gnädig den Nacken.

»Iss, Justine!«, wiederholte sie. »Du musst aufessen, ich warne dich, lass bloß nichts übrig, ich kaufe doch keine Teilchen, nur damit du die Hälfte liegen lässt.«

»Kinder sind schon lustig«, sagte der Mann.

Flora stieß Rauch aus. Ihre Lippen hinterließen rote Spuren auf der Zigarette.

»Manchmal sind sie gar nicht lustig!«, sagte sie.

Justine aß in kleinen, kleinen Bissen. Die obere Schicht hatte sie zuerst gegessen. Der Rest lag auf dem Teller wie ein fettiger und sahniger Brei.

Sie dachte an das Tier. Sie würde heute nicht zu ihm gehen können.

Der Mann hatte inzwischen seinen Stuhl ein wenig in Richtung ihres Tisches gezogen. Das Mädchen und seine Oma waren gegangen.

»Kannst du singen?«, fragte der Mann und lächelte Justine wieder an. Seine Lippen waren trocken und schmal. Sein Schlips saß mit Hilfe eines dunkelgrünen Steins, dessen Farbe sich veränderte, sobald der Mann sich bewegte.

Sie starrte ihren Löffel an. Der ganze Stiel war klebrig.

»Alle Mädchen können singen«, fuhr der Mann fort.

Flora begann zu kichern, sie klang wie ein Kind, babykleine, weiße Zähne.

»Wenn du singst, bekommst du eine Krone«, sagte der Mann und legte seine Hand auf den Tisch, kurze schwarze Haare, die Nägel breit und flach. Er trommelte einen Moment lang mit den Fingerspitzen.

»Kleine!«

Floras Eisenklammer um ihren Kiefer, ihre Haut, die zusammengepresst wurde.

»Jetzt zeig dem Onkel doch mal, dass du wirklich singen kannst!«

Sie wand sich aus ihrem Griff.

»Wie heißt sie?«

»Justine.«

»Komischer Name.«

»Französisch.«

»Dann versteht sie vielleicht gar nicht, was wir ihr sagen?«

»Sie hat die Fähigkeit, einfach abzuschalten. Aber sie versteht natürlich alles. Und wenn sie nicht augenblicklich aufisst, dann weiß sie, was sie erwartet, wenn wir nach Hause kommen.«

»Und was erwartet sie dann, junge Frau?«
»Sie bekommt eine Tracht Prügel.«
»Von Ihnen?«
»Von mir, ja!«
»Dann sind Sie also eine ganz Strenge, junge Frau?«
»Das bin ich, ja!«
»Sind Sie vielleicht auch von da?«
»Wie bitte?«
»Sind Sie selbst auch Französin?«

Flora kicherte wieder. Sie sagte einen Namen, es klang wie Bertil. Inzwischen hatte der Mann seinen Stuhl zwischen Floras und Justines geklemmt. Er saß jetzt so nah, dass Justine sein Rasierwasser riechen konnte. Es war stark, stärker als Parfüm, ihre Nase begann zu jucken und zu laufen.

»Schüstinn«, sagte er.

Sie wagte nicht, ihn anzusehen, schaute stattdessen auf ihren Teller hinab, das geflochtene Blattmuster, den Teig.

»Isst du jetzt bald mal!«

Floras Porzellanaugen, ihre Wimpern waren lang und in mehreren Schichten geschminkt. Jeden Morgen stand Flora im Badezimmer und bestrich sie mit Hilfe einer kurzen und kräftigen Bürste mit Farbe.

»Ich ... kann nicht mehr!«

Die Worte kamen in Form eines Schreis, das hatte sie nicht gewollt, sie hatte flüstern wollen, aber der Schrei hatte sich einen Weg in ihr gebahnt und war aus ihr herausgeplatzt. Tränen brannten auf ihrer Hand, ihr Mund verharrte noch im Schrei, der in lauthalses Weinen überging.

Flora schlug sie. Mitten in der Konditorei gab Flora ihr eine Ohrfeige. Das Weinen hörte auf, wurde schlagartig abgeschnitten.

»Justine neigt zur Hysterie«, sagte Flora, und ihre Lippen waren rot und hatten auch auf der Kaffeetasse ihre Spuren hinterlassen.

»Ihre französischen Nerven?«, sagte der Mann, einen Akzent nachahmend.

Floras kurzes, neuerliches Lachen, dumpf und gurrend.

Auf dem Heimweg nahmen sie ein Taxi, der Rücksitz war voller Tüten. Der Taxifahrer machte Scherze über die Tüten, haben Sie vorgehabt, ganz Vällingby leer zu kaufen, meine Dame? Flora ging auf seine Scherze ein. Der Duft des Manns war ihnen bis in das Auto hinein gefolgt.

Daheim packte sie alle Kleider aus und hängte sie im Schlafzimmer auf Bügel. Es waren zwei Kleider, eine Bluse und ein Rock. Ihre Bewegungen waren ruckartig. Sie zerrte eins der Kleider wieder herunter und warf es auf das Bett.

»Warum habe ich das bloß gekauft! In diesem Licht sieht man doch, dass es überhaupt nicht zu meinem Teint passt. Jetzt kann ich mich überhaupt nicht mehr darüber freuen. Das ist deine Schuld, Justine, wegen dir habe ich jetzt schlechte Laune. Du bist verzogen und verwöhnt.«

Und sie packte Justine an den Handgelenken und wirbelte sie herum, immer wieder herum, in einem immer rasenderen Tempo. Vollkommen gestreckt war ihr Körper, das Hirn fuhr ihr in die Füße, die Übelkeit war wie eine Welle. Ihre Beine schlugen hart gegen das Kopfende des Betts, Flora verlor die Balance und fiel hin. Justine lag an der Wand, die Knie ganz dicht an der Wandleiste.

Flora brachte sie in den Keller. Sie ließ Wasser in den Waschzuber ein, Justine saß auf der Bank, in Unterhose und Unterhemd.

»Weißt du, wie man die Wäsche sauber bekommt? Hast du mich beim Waschen gesehen? Hast du gesehen, dass ich die Wäsche koche, damit sie richtig sauber wird. Aber erst lasse ich sie einweichen.«

Und ihre kalten Fingerspitzen hoben Justine über den Rand. Sie saß jetzt im Waschzuber, das Wasser bis zum Bauch. Sie schlang die Arme um ihre Beine, drückte sie gegen den Nabel.

Flora war gegangen. Sie war die Kellertreppe hochgestöckelt und Justine hatte gehört, wie sie den Schlüssel zweimal umdrehte. Als Justine vorsichtig ihre Stellung änderte, platschte das Wasser gegen die verbeulten Seiten des Waschzubers.

Das Wasser war jetzt kalt. Aber wenn Flora nun zurückkam und Feuer machte? Welche Temperatur konnte sie aushalten? Würde sie wie die Hechte werden, die mit weißen Augen auf der Servierplatte lagen? Würde ihr Fleisch die gleiche Farbe annehmen und so lose werden, dass man es vom Skelett abheben konnte?

Das würde Flora nicht tun, sie würde es nicht wagen.

Einmal, als Papa verreist war, hatte Flora sie bis spät nachts im Keller gelassen. Sie war in ihrem Morgenrock heruntergekommen, hatte mit der Streichholzschachtel gewedelt, sie aber schließlich weggelegt. Dann hatte sie das Wasser abgelassen und Justine auf ihren Schoß genommen. Die Füße waren aufgequollen und runzelig gewesen, die Zehennägel fühlten sich an, als würden sie sich lösen.

Flora war mit einem Handtuch und Justines Schlafanzug gekommen. Sie hatte Justine im Keller abgetrocknet und ihr den Schlafanzug angezogen. Dann hatte sie Justine die ganzen Treppen hochgetragen und bei sich ins Bett gelegt, die Decke über sie beide gezogen. Floras Arm hatte auf Justines Brustkorb gelegen, und Justine hatte Floras knochiges Becken die ganze Nacht an ihrem Rücken gespürt.

Wenn sie ganz still saß, hatte sie das Gefühl, Stimmen zu hören. Sie dachte, dass Papa nach Hause gekommen war und jetzt sehr wütend werden würde. Dann verstummten die Stimmen.

Sie konnte zwar aus dem Zuber klettern, aber nicht auf den Fußboden kommen. Dazu musste sie erst noch etwas wachsen. Sie sah, wie eine Spinne über die Wand lief. Sie hatte Angst vor Spinnen, und sie starrte die Spinne an, bis sie die Richtung wechselte und in ihrem Schlupfloch verschwand. Ihr Schienbein, das gegen das Bett geschlagen war, als Flora sie herumschleuderte, tat ihr weh. Flora behauptete, dass es

Menschen, die zu Hysterie neigten, gut tat, ordentlich herumgeschleudert zu werden. Einmal packte sie Justine an den Fußgelenken und wirbelte sie herum, bis ihr schwarz vor Augen wurde.

»Das haben die Ärzte früher mit allen gemacht, die krank im Kopf waren. Das Blut wird ins Gehirn geschleudert, damit mehr Sauerstoff hineingelangt. Es hilft auch, sich zu erbrechen, dann kommt die Verrücktheit heraus. Ich würde dich noch viel länger herumwirbeln, wenn ich könnte. Du bist so schwer geworden.«

Papa kam von seiner Reise zurück. Er schenkte ihr ein Instrument, glänzend wie Gold und mit Quasten versehen.

»Wenn du groß bist, kannst du ein ganzes Orchester gründen.«

Sie sollte sich mit dem Instrument draußen aufhalten, ganz hinten im Garten. Sie blies hinein, und es kamen Töne. Ihr Vater kam herunter und hörte zu. Er rief Flora, und sie standen unter dem Apfelbaum und hörten, wie sie in das goldene Horn blies.

»Das ist weiß Gott nicht leicht, sie ist offensichtlich begabt. Hörst du? Ich werde dafür sorgen, dass sie Unterricht bekommt.«

»Mädchen spielen doch nicht Trompete!«

»Das ist ein Horn, Flora, ein altes Posthorn aus Luzern.«

Weder ihm noch Flora gelang es, dem Horn Töne zu entlocken. Justine setzte nochmals an, ihre Lippen wurden taub.

Papa gelang es, einen Haken über ihrem Bett festzuschrauben. So etwas konnte er nicht gut, er wurde stets gereizt, wenn er Schrauben anbringen und Nägel einschlagen musste. Aber jetzt hing das Horn an seinem roten Seidenband an der Wand.

Die Sache mit dem Unterricht vergaß er wieder. Justine erinnerte ihn von Zeit zu Zeit daran, oh, sagte er jedes Mal, das habe ich ja völlig vergessen. Sie stand meistens unten am Ufer und blies das Horn. Sie sah sich selbst in Jacke und kurzem

Faltenrock bei einer Parade. Die Straßen der Stadt waren abgesperrt. Justine ging voran, die anderen Musiker folgten ihr wie Ratten.

## 8. KAPITEL

Wenn er nachts im Hotel gearbeitet hatte, schlief Hans Peter in der Regel vormittags bis halb elf. War nicht viel los, gelang es ihm manchmal auch, während der Nacht auf einer Pritsche hinter dem Vorhang der Portiersloge ein wenig zu schlummern. Er dachte oft, dass er so viel hatte. Viel Zeit.

Seine Zeit verbrachte er damit, Sport zu treiben und zu lesen. Auf der Rückseite einer amerikanischen Literaturzeitschrift hatte er eine Liste der wichtigsten klassischen Werke der Weltliteratur gefunden, was ihn auf die Idee gebracht hatte, all diese Bücher zu lesen. Alles war dort vertreten, von der Ilias und der Odyssee bis hin zu Karl Marx' »Das Kapital«. Das meiste konnte man nicht kaufen – nicht einmal antiquarisch – so dass er gezwungen war, die Stadtbücherei am Sveaväg zu besuchen, um dort nach den Büchern zu suchen. Gezwungen war wirklich das richtige Wort. Die Atmosphäre in dem großen, runden Lesesaal war oft eigenartig beklemmend, er konnte nicht begreifen, warum. Menschen, die sich täglich mit Büchern befassten, die täglich lesehungrigen Ausleihern begegneten, sollten sie nicht etwas positiver eingestellt sein, es gab doch auch nette Dinge? Jedes Mal, wenn er sein Buch und seinen Ausweis zur Registrierung abgab, war er verunsichert, so als bereite er den Frauen an der Ausleihe schon durch seine bloße Anwesenheit Probleme. Sie waren sogar unfreundlicher als das Personal in jenem Kaufhaus in Bukarest, das er einmal in den Achtzigern besucht hatte, vor Ceaucescus Sturz.

Auch als er noch ein Junge war, hatte es Probleme beim Ausleihen gegeben. Er schaffte ganze Stapel Bücher herbei, aber die Bibliothekarin erklärte ihm, dass man jedes Mal höchstens drei Stück ausleihen dürfe. Und dann hielt sie die Bücher vor ihm hoch, Buch für Buch, willst du das lieber hier lassen, willst du das lieber hier lassen? Schließlich war er so verwirrt, dass er jahrelang nicht mehr hinging. Seine Mutter hatte die drei Bücher für ihn zurückgegeben.

Im Moment las er »Don Juan« von Lord Byron in C.V.A. Strandbergs Übersetzung. Es war ein dickes und seltsam humoristisches Buch in Versen, er hatte es in einem Antiquariat gefunden. 1919 war es in Fritzes Buchverlag herausgegeben worden. Einem Ex libris auf dem Vorsatzblatt ließ sich entnehmen, dass es einmal einem Mann namens Axel Hedman gehört hatte.

Solche Informationen konnten Hans Peters Neugierde wecken. Er begann unverzüglich mit Nachforschungen, und nach einer umfassenden Suche gelang es ihm herauszufinden, dass Axel Hedman ein alter Lateinlehrer war, der wenige Jahre, nachdem das Buch erschienen war, wegen Totschlags an seiner Haushälterin verurteilt worden war.

Sie ist bestimmt mehr als nur seine Haushälterin gewesen, dachte Hans Peter. Die Frau war noch recht jung gewesen, wie er in einer Zeitung aus jener Zeit, die ein Foto der Toten veröffentlicht hatte, sehen konnte. Sie hatte volle, geschwungene Lippen und sah auf eine schwer beschreibbare Art sinnlich aus. Lehrer Hedman verteidigte sich, die Frau habe ihn ausgenutzt und versucht, seine Ersparnisse zu stehlen. Offensichtlich hatte das Gericht dem keine Bedeutung beigemessen.

Vielleicht hatte Lehrer Hedman in seiner Zelle auf Långholmen gesessen und in ebendiesem Buch gelesen? Hans Peter selbst saß jetzt an der Rezeption, das Buch aufgeschlagen unter einer Zeitung, die er darüber legte, sobald jemand kam und seine Hilfe benötigte.

Was nicht besonders oft der Fall war. Im Grunde hätte man

jedem Gast einen Schlüssel für die Hoteltür geben und dann sich selber überlassen können. Das hätte gereicht. Aber Ulf, der Besitzer des Hotels, wollte das nicht. Er wollte, dass sein Betrieb Klasse hatte. Und Klasse könne man ohne einen Nachtportier nicht haben, behauptete er.

Das Hotel hieß »Drei Rosen« und lag im Stadtzentrum, mitten auf der Drottninggata. Es verfügte über zehn Doppelzimmer und ebenso viele Einzelzimmer. Die Ausstattung war einfach, Waschbecken auf den Zimmern, Toilette und Dusche auf dem Flur. Viele Gäste waren Stammgäste, und in einem der Zimmer schien ein fünfzigjähriger Mann für immer eingezogen zu sein.

»Das geht schon in Ordnung«, sagte Ulf. »Er zahlt und benimmt sich. Er will zentral wohnen, sich aber nicht um eine ganze Wohnung kümmern müssen.«

Manchmal kamen Paare mittleren Alters, die offensichtlich nicht miteinander verheiratet waren. Hans Peter hatte gelernt, die Zeichen richtig zu deuten. Sie bezahlten im Voraus, und gegen Mitternacht verließen sie oft gemeinsam das Hotel. Sie hatten dann eine andere Haltung, ihre Augen glänzten mehr, sie sprachen mit sanften Stimmen.

»Wir machen nur einen kleinen Spaziergang«, sagte der Mann dann oft, wenn er den Schlüssel auf den Tresen legte.

Aber sie kehrten nicht mehr zurück. Jedenfalls nicht in dieser Nacht.

Ulf besaß mehrere Hotels. In regelmäßigen Abständen lud er Hans Peter ein, er meinte wohl, eine gewisse Verantwortung für ihn zu haben, weil sie einmal verschwägert gewesen waren.

»Ihr Bücherwürmer«, sagte er und meinte damit auch seine Schwester, die Bibliothekarin.

Er selbst hielt nicht viel vom Lesen.

»Erfundene Geschichten, was bringt das? Menschen, die sich irgendein Typ zusammengereimt hat … Ist es nicht wichtiger, sich um die bereits existierenden zu kümmern?«

»Das eine schließt das andere doch nicht aus, oder?«

»Das genau ist die Frage. Hättest du nicht mehr davon, wenn du ausgingst und ein neues kleines Frauchen fändest, mit dem du dich zusammentun könntest?«

Manchmal besuchte er Hans Peter zu Hause und staunte über die ganzen Bücherregale, strich über die Buchrücken und wollte wissen, wie viele es waren.

»Hast du die alle gelesen?«

»Das fragst du mich jedes Mal.«

»Wie viele sind es? Wie viele hundert Bücher sind es?«

»Hundert? Es sind weit über tausend.«

Sie waren sehr verschieden, verstanden sich aber gut. Auch Ulf war geschieden, und einige Zeit nach Hans Peters Scheidung machten sie gemeinsam eine Reise nach London, wo sie von einem Pub zum nächsten zogen und sich über das Leben ausließen.

Er hatte einen guten Job bekommen. Ulf war ein guter Chef. Es war nicht unbedingt hoch angesehen, als Nachtportier zu arbeiten. Aber das Wichtigste musste doch wohl sein, wie er selbst es empfand.

Ende Januar wurde es kalt. Es schneite viel, und Hans Peter unternahm lange Spaziergänge, sobald er kurz vor Mittag erwacht war. Von Zeit zu Zeit dachte er daran, sich einen Hund zuzulegen, einen Boxer vielleicht oder eine andere gutmütige Rasse. Sein Problem war, dass er den Hund nicht mit zur Arbeit nehmen konnte. Manche Menschen waren allergisch, das Hotel würde Gäste verlieren.

Er dachte an den Hund, um den er sich einmal gekümmert hatte. Zu der Zeit war er noch ein kleiner Junge gewesen. Sie hatten mit der Familie ein Haus in einer Ferienhaussiedlung auf Gotland gemietet. Neben ihnen wohnte ein älteres Paar mit einem kleinen und dicken Dackel. Er glich einer Wurst, und in den ersten Tagen hatte Hans Peter Angst vor ihm. Die Frau brachte ihm bei, seinen Handteller mit einem Stück Sandkuchen darauf auszustrecken und daraufhin »sitz« zu sagen. Dann knickte der Hund die Hinterbeine ein und saß.

Er sah den langen Bauch und die kleinen, hellen Zitzen. Der Hund rührte den Sandkuchen erst an, wenn Hans Peter ihm das erlaubte. »Bitte schön«, sollte man sagen. Dann neigte der Hund den Kopf ein wenig und schnappte sich den Kuchen irgendwie von der Seite.

Er hatte vergessen, wie der Hund hieß, erinnerte sich aber noch daran, dass die Frau ihn mit dem Hund an der Leine gehen ließ. Bis zum Bauch sank er im losen Sand ein, grunzte und wollte getragen werden. Margareta war auch dabei, sie war damals noch klein, zwei oder drei Jahre alt. Sie fasste den Hund mit ihren kleinen, festen Händen an, und er kläffte los, tat ihr aber nie etwas. Es schien, als habe er verstanden, dass Margareta nur ein Welpe war.

Er saß auf seinem Stuhl an der Rezeption, und der Schnee stob wie Rauch durch die Straßen draußen, es war dunkel, und die Geschäfte hatten geschlossen. Hätte er heute einen Hund, könnte er Bella heißen und würde jetzt zu Hause in seinem Bett liegen und auf ihn warten, es für ihn wärmen. Er hatte immer eiskalte Füße, wenn er die ganze Nacht im Hotel gesessen hatte. Aber konnte man einen Hund so lange allein lassen? Ja. Das müsste eigentlich gehen. Hundebesitzer brauchten doch nicht mitten in der Nacht aufzustehen, um sich mit ihren vierbeinigen Freunden zu beschäftigen oder mit ihnen vor die Tür zu gehen.

Aber stimmte das auch? Was war, wenn Bella ihn vermisste? Wenn sie ihre Schnauze in Richtung Decke hob und jaulte? Nacht für Nacht. Wohin würde das führen? Ihm würde vielleicht sogar die Wohnung gekündigt werden, mit der er so zufrieden war.

Die Rezeption war nicht sonderlich groß, aber gemütlich eingerichtet, mit einer Sitzgruppe aus Rattan und geblümten Kissen direkt vor seinem Tresen. Auf der gläsernen Tischplatte lagen ein paar Nummern von »Essen & Trinken«, einer christlichen Zeitung, die »Der Wachturm« hieß, ein paar zerlesene Nummern von »Das Beste«, »Dagens Nyheter« und »Svenska Dagbladet«. Rechts davon stand auf einem Podest ein Aquarium mit zwei Arten von Fischen, schwarzen und durchsichtigen. Hans Peter glaubte, dass man die schwarzen Black Mollies nannte. Die Putzfrau hatte ihm das einmal gesagt, aber sie sprach nur schlecht schwedisch, und es kam vor, dass er sie nicht richtig verstand.

Um das Aquarium kümmerte sich die Putzfrau. Sie fütterte die Fische und saugte einmal in der Woche Schmutz und Fäkalien mit einem Plastikschlauch ab. Sie war Griechin und hieß Ariadne.

Natürlich, dachte Hans Peter, als er sie zum ersten Mal traf. Wie soll eine Griechin auch sonst heißen! Er hatte versucht, mit ihr über das Labyrinth von Knossos zu sprechen, aber sie hatte nur die Hände an den Mund gelegt und gelacht. Ihr Zahnfleisch war bemerkenswert.

Gelang es ihr nicht, einen Babysitter zu finden, nahm sie ihre Tochter mit ins Hotel. Die Tochter war blind. Sie lag dann auf der Pritsche hinter der Portiersloge. Hans Peter merkte sofort, wenn sie da gewesen war, das Kopfkissen roch dann nach ihr, und manchmal war der Kissenbezug nass und ein wenig klebrig. Das Mädchen lag oft auf der Pritsche und lutschte Weingummis mit Himbeergeschmack.

Neben dieser Pritsche befand sich eine Tür, die zu einer Kochnische führte. Äußerte jemand einen entsprechenden Wunsch, konnte Hans Peter dort nächtliche Sandwiches zubereiten, mit Krabben oder Cheddarkäse und grünen Oliven, die er in der Mitte durchschnitt und mit halben Zahnstochern befestigte. Zu seinen Arbeitsaufgaben gehörte es auch, nachts um zwei eine Runde durch die Korridore zu machen und die Schuhe einzusammeln, die eventuell herausgestellt worden waren, damit sie geputzt wurden. Diesen Service aus früheren Zeiten hatte Ulf beibehalten wollen. Er legte Wert auf diese Art von Service, und Hans Peter hatte nichts dagegen, denn auf diese Weise bekam er ein wenig Abwechslung von seiner doch recht eintönigen Wache. Mit einem großen Korb unter dem Arm ging er rund und sammelte die Schuhe ein, markierte sie auf der Sohle mit Kreide, schrieb die Zimmernummer darauf. In seiner allerersten Nacht hatte er geglaubt, sich daran erinnern zu können, welche Schuhe zu den einzelnen Zimmern gehörten, was sich allerdings als schwerer herausstellte, als er gedacht hatte. Er musste raten. Zwei Paar Herrenschuhe landeten im falschen Zimmer, aber die Gäste hatten sich nicht darüber aufgeregt, sondern es eher als eine lustige Episode betrachtet, etwas, wovon sie später erzählen konnten, wenn sie wieder zu Hause waren.

Heute Nacht war das Hotel wie gewöhnlich ausgebucht. Hans Peter machte es sich auf seinem Stuhl bequem und legte die Zeitung zur Seite. Er war im Don Juan bis zum siebten Gesang gekommen und wollte gerade anfangen zu lesen, als sich die Hoteltür öffnete und ein Schwall von Schneeflocken hereingesogen wurde. Ein Mann stand an der Rezeption, er hatte nasse Haare, die ihm in Strähnen in die Stirn fielen.

»Kann ich irgendwie behilflich sein?«, fragte Hans Peter.

Der Mann schloss die Tür und stampfte den Schnee von den Schuhen.

Hans Peter fragte nochmals, womit er zu Diensten sein könne.

»Ich möchte einen Ihrer Gäste besuchen«, sagte der Mann, und als er sprach, hörte Hans Peter, dass er getrunken hatte.

»Aha, und wen … bitte?«

»Agneta Lind.«

Hans Peter blätterte im Gästebuch. Der Name sagte ihm nichts, aber er hatte früher schon ähnliche Situationen erlebt, verheiratete Männer, die ihre untreuen Ehefrauen suchten.

»Bedauere, aber einen Gast dieses Namens haben wir leider nicht.«

»Machen Sie keine Witze. Ich weiß, dass sie hier ist.«

Hans Peter schüttelte den Kopf. Jetzt kam es darauf an, taktisch klug vorzugehen. Der Mann war groß und kräftig, trug einen offen stehenden, ein wenig abgewetzten Ulster, und um den Hals hing eine Goldkette mit einem Amulett.

»Sie hat sich unter einem falschen Namen eingetragen, so muss sie es gemacht haben.«

»Ja, so etwas lässt sich natürlich schwer sagen.«

»Sind Sie nicht verpflichtet, einen Ausweis zu verlangen?«

»Nein.«

Der Mann hatte sich aufgeplustert, trat jetzt aber ein paar Schritte zurück, sank auf das Sofa und verbarg sein Gesicht in seinem Arm. Es klang, als würde er weinen.

»Verdammt … Wenn Sie wüssten, wie demütigend das ist.«

Situationen dieser Art waren ausgesprochen heikel. Was sollte er sagen? Was immer er tat, es konnte verkehrt sein. Er wartete ab.

Der Mann weinte ein wenig, wurde immer leiser. Als er den Arm senkte, war sein Gesicht eingefallen und nass.

»Wenn ich sie beschreibe … Würden Sie sie dann wiedererkennen?«

»Bitte … Wir können so etwas nicht machen, wir müssen die Privatsphäre unserer Gäste schützen.«

Der Mann hörte ihm gar nicht zu.

»Sie ist … achtunddreißig, obwohl man das gar nicht glauben würde, alle finden, sie sehe jünger aus. Sie hat kurzes, gefärbtes Haar, es ist rot, allerdings nicht überall … und jetzt will dieses Schwein …«

»Warum möchten Sie Kontakt zu ihr aufnehmen?«

»Sie ist meine Frau, verdammt noch mal. Sie ist hier mit ihrem Geliebten, ich verwette meinen Arsch darauf, dass sie hier ist, ich bin ihr auf die Schliche gekommen, ›Drei Rosen‹ stand in ihrem Kalender, besonders clever ist sie noch nie gewesen, ›Drei Rosen‹, ist das vielleicht nicht hier? Heißt dieses beschissene Hotel etwa nicht ›Drei Rosen‹?«

»Doch, das tut es. Aber es ist nicht so ein Hotel!«

»Wie meinen Sie das, so ein Hotel?«

»Na ja … kein schlechtes Hotel.«

»Das spielt doch jetzt gar keine Rolle.«

»Nein …. aber … Jedenfalls ist keine solche Person hier.«

»Und ihr Liebhaber … Ich weiß, wer er ist, ich habe ihn gesehen, er trägt eine Brille und schicke Klamotten, irgend so ein dreckiger Rechtsanwalt, der jetzt da oben liegt und es ihr besorgt, ich bringe sie um, beide!«

Er sollte den Mann hinauswerfen oder Hilfe rufen. Das wäre das einzig Vernünftige.

Er sagte: »Möchten Sie eine Tasse Kaffee?«

Er machte dem Mann ein Brot mit Krabben und setzte eine große Kanne Kaffee auf. Misstrauisch biss der Mann in das Brot, ein paar Krabben fielen ihm auf den Schoß, er kaute geräuschvoll und sah sich mit schnellen Blicken um. Ich hoffe bloß, dass Ulf jetzt nicht auftaucht, dachte Hans Peter. Er wäre nicht gerade begeistert über mein Vorgehen. Fremde Menschen, die hereinplatzten und es sich im Hotelfoyer gemütlich machten, hinterließen keinen guten Eindruck.

Als der Mann eine Tasse Kaffee getrunken hatte, wurde er ruhiger. Hans Peter dachte, dass er bald gehen würde.

»Das hat gut geschmeckt!«, sagte der Mann und schluckte den letzten Bissen seines Brots. »Hier wird man ungewöhnlich freundlich empfangen, das muss ich schon sagen.«

»Danke.«

»Björn heiße ich. Björn Lind.«

Hans Peter wollte gar nicht wissen, wie der Mann hieß. Er wollte auch nicht, dass der Mann nähere Bekanntschaft mit ihm schloss. Aber gegen seinen Willen begann er zu reden. Es passierte ihm oft, dass er in Situationen hineingeriet, denen er leicht aus dem Weg hätte gehen können.

»Sind Sie schon lange verheiratet, Sie und Ihre Frau?«, hörte er sich fragen.

»Immerhin schon ein paar Jahre.«

»Aber bei Ihnen läuft es offensichtlich nicht mehr so gut?«

»Ich finde eigentlich schon.«

»Und sie?«

»Keine Ahnung. Ich habe noch nicht gehört, dass sie sich beklagt hätte.«

»Haben Sie darüber gesprochen, sich scheiden zu lassen?«

»Keine Spur. Aber ich weiß, dass sie andere hat, so etwas

spürt man. Sie sagt, dass sie mit irgendeiner Freundin ins Kino will, aber in Wirklichkeit …«

»Vielleicht ist sie wirklich im Kino?«

»Nie im Leben!«

»Was machen Sie beruflich?«

»Ich bin selbstständig. Ich betreibe einen Kurierdienst mit ein paar Wagen. Sie ist für mich gefahren, so haben wir uns kennen gelernt.«

Ein Fisch schwamm zur Oberfläche und schnappte nach Luft. Das taten sie manchmal, wenn sie noch mehr Sauerstoff brauchten. Er fragte sich, ob sie merkten, dass sie eingesperrt waren. Auf jeden Fall konnten sie durch das Wasser und das Glas hinausschauen. Wenn Ariadne näher kam, schwammen sie alle zur Oberfläche, sie wussten, dass sie ihnen das Futter brachte, die Fische erkannten sie.

»Wenn Ihre Frau sich mit anderen Männer trifft, gibt es dafür vielleicht einen Grund«, sagte er vorsichtig.

»Was denn für einen Grund?«

»Was weiß ich. Aber sie ist offenbar nicht unbedingt zufrieden damit, wie Sie zusammenleben. Jedenfalls habe ich den Eindruck.«

»Im Leben ist man nun mal nicht immer auf Rosen gebettet, oder?«

»Nein, das ist wahr.«

»Aber das ist man vielleicht im ›Drei Rosen‹, ha, ha?«

Hans Peter lachte.

»Und Sie?«, sagte der Mann. »Sind Sie verheiratet?«

»Gewesen.«

»Da sehen Sie, wie schnell das geht.«

»Stimmt.« Hans Peter seufzte.

»Ist sie abgehauen? Oder etwa Sie?«

»Regelrecht abgehauen ist eigentlich keiner von uns. Wir hatten uns wohl … irgendwie auseinander gelebt.«

»Aber Agneta und ich, wir …«

»Können Sie miteinander reden? So lange man das noch kann …«

»Wie man's nimmt.«

Der Mann verstummte. Er nahm sich eine der Zeitungen und begann, in ihr zu blättern, vor allem, um etwas zu haben, womit er seine Hände beschäftigen konnte. Jemand ging in der ersten Etage über den Flur. Und wenn es wirklich eine Agneta Lind unter den Gästen gab? Und sie jetzt mit ihrem Geliebten im Schlepptau herunterkam? Hans Peter versuchte, sich zu erinnern, wer sich an diesem Abend ins Gästebuch eingetragen hatte, wie hatten die Leute ausgesehen, war eine Frau mit kurzen, roten Haaren dabei? Er glaubte eigentlich nicht.

»Wissen Sie was«, sagte Björn Lind und stand schwerfällig auf. Er schien jetzt vollkommen nüchtern zu sein. »Ich verziehe mich. Ich möchte Ihnen ganz herzlich danken. Ich weiß zwar nicht recht wofür, aber jedenfalls vielen Dank. Wenn schon für sonst nichts, dann wenigstens für den Kaffee.«

Er konnte nicht mehr lesen. Verstand kein Wort mehr von dem, was er las. Er spülte die Tasse und den Teller, wusch die Kaffeekanne aus. Er fühlte sich etwas niedergeschlagen, ohne dass er eigentlich verstand, warum. Er wünschte, die Nacht würde schnell vergehen, damit er nach Hause gehen und sich hinlegen konnte. Seine Glieder schmerzten, als wäre er auf dem besten Weg, krank zu werden.

## 9. KAPITEL

Nach langer Zeit hatte das Mädchen wieder begonnen, sie zu besuchen. Sie war verändert. Etwas kam ihr fremd vor an ihr, etwas an ihrer Haltung. Als hätten sich die Wirbel in ihrem Rückgrat wieder gestreckt, als wäre sie in sich gegangen und hätte die kleine Justine wiedergefunden, so wie sie früher einmal gewesen war. Und Justine hielt sie nun wie einen Schild vor sich, wenn sie den Raum betrat.

Ja, schon dieser Moment, allein schon ihre Art zu gehen war anders, glich nicht diesem vorsichtigen Schleichen, das sich Angehörige kranker Menschen angewöhnen. Stattdessen hieß es jetzt, die Tür auf und hereinspaziert. Mit einem unangenehmen Quietschen zog sie dann immer einen Stuhl an das Bett heran und saß vollkommen regungslos da, hoch gewachsen und kühl. Saß da und starrte sie mit dem gleichen verschlagenen Blick an, wie sie es schon einmal vor langer Zeit getan hatte.

Eine schleichende Angst überkam Flora in ihrem Bett dann immer. Die Decke lag ihr dann schwer auf der Brust. Bei diesen Gelegenheiten war es ihr, als könnte sie ihren Körper wieder mit aller Sensibilität bis in die letzte Zelle hinein spüren wie vor dem Anfall. Sie versuchte, die Augen zu schließen und so zu tun, als schlafe sie, aber immer wieder musste sie die Augen einen Spalt weit öffnen, um zu kontrollieren, ob das Mädchen noch da saß, um zu sehen, ob ihre Stellung sich verändert hatte. Es wurde eine Art Zwang.

Sie ertappte sich dabei, auf die Schritte des Mädchens zu

lauschen, sogar in den Nächten. Wenn sie diesen verdammten Weißhosen doch nur klar machen könnte, dass sie keinen Besuch mehr wünschte, von niemandem. Nicht einmal von ihren nächsten Angehörigen.

Die erste Zeit war Flora nicht bei Bewusstsein gewesen und hatte nicht gewusst, ob sie Besuch bekam oder nicht. Als sie dann langsam das Bewusstsein wiedererlangte, stand das Mädchen an ihrem Bett, und sie hörte ihre dünne Stimme, ihre flehende Stimme:

»Kannst du mich sehen, Flora? Kannst du mich hören?«

Ihr Zunge fühlte sich an wie ein Stück vertrockneter Rinde.

Das Zimmer war hell, eine Krankenschwester kam herein.

»Versteht sie, was ich sage?«

Der Blick der Krankenschwester, ehe sie gemeinsam hinausgingen. Flora versuchte, die Hand zu heben, um die Decke zur Seite zu schlagen. Sie wollte aufstehen, sie musste einen Spiegel finden, um zu sehen, was mit ihr geschehen war. Man hatte ihr Beruhigungsmittel gegeben, sie hatte vergessen, wie sie hierher gekommen war.

Aber sie konnte ihre Hand nicht heben.

Sie nicht einmal bewegen.

Anfangs hatte man sie noch einer ganzen Reihe von Tests und Blutuntersuchungen unterzogen. Täglich hatten sie Flora fortgerollt, zu Behandlungsräumen und Röntgenapparaten. Sie hatten Nadeln in ihre Arme gestochen, Instrumente über ihre Fußsohlen gezogen und Fragen gestellt, fühlen Sie wirklich überhaupt nichts, Frau Dalvik, auch nicht den geringsten Druck?

Nach einer Weile hatten sie aufgegeben.

Sie hatten Flora auf einer Bahre festgezurrt, und zwei junge Sanitäter hatten sie hinausgerollt. Es war das erste Mal seit sehr langer Zeit, dass Flora an der frischen Luft war, und in diesem Moment begriff sie vollends, dass das Leben, was sie betraf, vorbei war. Als der Krankenwagen aus dem Wendehammer fuhr, fiel ihr Blick kurz auf das große Unfallkrankenhaus, und sie erinnerte sich an Sirenen.

Im Pflegeheim hatte man es nicht so eilig.

In den Nächten spürte sie manchmal eine Art Nähe, als ob Sven wieder bei ihr wäre. Er war dann so stark und jung, wie er ganz zu Anfang gewesen war. Sie wollte ihren Kopf mit der Decke verhüllen, er sollte sie nicht so sehen, so gealtert und erniedrigt. Geh, wollte sie ihm zurufen. Geh zurück zu deiner französischen Frau.

Diese Frau war in der Blüte ihrer Jahre gestorben. Sie hatte er auserwählt, sie hatte ihm ein Kind geschenkt. Flora konnte nie mehr sein als ein unvollkommener Ersatz, sosehr er dies auch verneinte.

Wenn er wenigstens damit einverstanden gewesen wäre, das Haus zu verkaufen. Dadurch hätte er den Beweis geliefert, dass er auch meinte, was er sagte. Dass er ein neues Leben anfangen wollte. Er weigerte sich. Vieles konnte sie bei ihm durchsetzen, aber das nicht, das Haus war ihm heilig, seine französische Ehefrau hatte es ausgesucht und dort diese Missgeburt von einem Kind hinterlassen, zur ständigen Erinnerung.

Ihre eigene Muttererde war unfruchtbar.

Jetzt war es wieder Morgen. Tellerklappern und Schritte auf dem Korridor, das Licht, die Vorhänge. Sie sah zum Fenster, schwarz und spiegelnd, noch brannten die Straßenlaternen.

Die klirrende Stimme einer Weißhose:

»Guten Morgen, Flora. Gut geschlafen?«

Wer hat dir das Recht gegeben, mich beim Namen zu nennen? Fort mit der Decke, Hände an den Hüften, am Becken. Das konnte sie noch, Wasser lassen.

War nicht gezwungen, ihre schlaffen Schenkel zu sehen und das Schwarze, das zu einem Grau ausgedünnt war.

Die Weißhose säuselte, sie war ein Kind mit blonden Locken.

»Jetzt ist es endlich Winter geworden, Flora. Herrlich, was! Diese Nacht hat es unheimlich viel geschneit, und es war kalt, fast elf Grad unter Null. Mein Freund hat mich zur Arbeit gebracht. Wir wären die Steigung fast nicht hochgekommen. Er hat allerdings auch nur Sommerreifen, ziemlich abgefahrene noch dazu.«

Ja, Schnee. Das dumpfe Scharren der Schneepflüge da draußen, es war den ganzen Morgen da gewesen.

»Jetzt komme ich gleich zu dir und wasche dich, und dann möchtest du sicher auch etwas Leckeres essen!«

Dieser zwitschernde, naive Optimismus. Als ob einem Menschen in ihrer Situation das Essen noch jemals schmecken würde.

Schnee ... Es lag Schnee, als er sie das erste Mal zu sich nach Hause mitnahm. Sie schlitterte den Hang am Haus hinunter und wäre fast gefallen. Da hielt er sie am Ärmel ihres Mantels, aber nicht fest, nicht, als wolle er sie besitzen.

Es gab eine Frau im Haus, eine Haushälterin. Sie hatte das Essen gekocht und in dem Zimmer gedeckt, das Flora später in ihr blaues Zimmer verwandeln sollte. Es zog kalt von der Haustür und von der Tür zum Keller. Irgendetwas stimmte nicht mit der Heizung, sie war ganz neu. Er war so rührend unpraktisch.

Flora bekam kalte Füße, denn sie hatte keine Pantoffeln mitgenommen. Sven holte ein Paar seiner Wollsocken, die viel zu groß waren, und sie fror weiter, bis sie ein Glas Wein getrunken hatte. Dann wurde ihr heiß, und sie lachte viel.

Die Haushälterin war mit dem Mädchen hereingekommen. Sie ähnelte ihrem Vater, die helle Haut und das Kinn.

»Das hier ist meine Tochter Justine«, sagte Sven und hob sie auf seinen Schoß. Sie umklammerte seinen Hals und weigerte sich, Flora die Hand zu geben. Sie hatte ihre Hand wieder zurückziehen müssen; hatte sich dadurch gedemütigt gefühlt.

Sie beendeten die Mahlzeit und saßen anschließend an einem kleineren Tisch, um Kaffee zu trinken. Das Kind klammerte sich an Sven, schaute kein einziges Mal auf. Schließlich trug er sie aus dem Zimmer.

»Du musst sie entschuldigen«, sagte er, als er zurückkam. »Du weißt ja, was passiert ist. Sie ist in einem schwierigen Alter.«

Ein paar Wochen später lud Flora ihn zu sich nach Hause ein. Sie war erst vor kurzem in eine Zweizimmerwohnung am Odenplan gezogen, in der Nähe der Gustav-Vasa-Kirche, aber nach hinten hinaus. Sie fuhr an diesem Tag schon mittags nach Hause und konnte sich noch erinnern, was sie für ihn gekocht hatte. Überbackenes Rinderfilet mit in Butter geschwenkten Pfifferlingen, und zum Nachtisch gab es frische Erdbeeren. Ihre Eltern hatten ihr geholfen, an Erdbeeren und Pfifferlinge zu kommen. Er war ganz offensichtlich beeindruckt.

An diesem Abend schliefen sie miteinander. Er war so lange allein gewesen, dass er fast sofort kam. Sie blieben im Bett liegen, und sie schloss die Hände um seine mageren Pobacken und fühlte eine Woge der Zärtlichkeit.

»Sven«, flüsterte sie.

Ja, sie flüsterte seinen Namen, und er war nicht länger ihr Chef, sondern ein Mann, der in ihr gewesen war, und sie nahm seine Finger und führte sie zwischen ihre Beine. Da schwoll und wuchs er wieder, und sie legte sich auf ihn und führte ihn auf eine Art ein, wie sie es nie zuvor mit jemand anderem getan hatte.

Er mochte sie. Ja, er liebte sie beinahe. Abend für Abend kam er zu ihr. Sie lag in seinen Armen, und sie erzählte ihm von Hässelby und von sich selbst.

»Du hast so einen schönen Namen«, sagte er. »Er ist so … blumig.«

»Tja, nicht umsonst ist man die Tochter eines Gärtners.«

Er lachte und kitzelte sie mit seiner Zungenspitze rund um den Nabel. Sie drehte sich um, ihr Mund an seinem Knie.

Von dort unten erzählte sie.

»Meine Eltern haben die Gärtnerei seit dreißig Jahren. Sie haben sie von meinem Großvater übernommen. Es war wohl so gedacht, dass sie in der Familie bleiben sollte. Aber … Nun, daraus wird wohl nichts. Wir sind vier Schwestern, alle haben Gärtnernamen, aber es nützt nichts, wir haben keine Lust, Blumen zu züchten. Ich bin die Jüngste. Rosa ist die Älteste, dann kommen Viola und Reseda.«

»Reseda?«

»Ja, sie heißt wirklich so.«

»Und wenn sie nun Jungen bekommen hätten?«

»Tja, dann lägen wir zwei jetzt nicht hier.«

Sie glitt wieder zu ihm hinauf und folgte seinem Haaransatz mit dem Zeigefinger. Die Brille lag auf dem Tisch, seine Augenbrauen waren hell, fast unsichtbar.

»Ich meinte, welche Namen hätten sie bekommen?«

»Das habe ich schon verstanden. Wurzel und Stamm vielleicht? Aus Jesse Wurzel zart … Obwohl sich Mama und Papa tatsächlich Jungen gewünscht haben. Keins von uns Mädchen kann sich vorstellen, die Gärtnerei zu übernehmen. Wir haben die Nase voll.«

»Durftet ihr oft helfen, als ihr klein wart?«

»Na ja, durften. Wir mussten.«

Ihr Vater hatte sie mit Bambusstöcken geschlagen, wenn sie ihm nicht gehorchten. Flora schlug er fast nie, aber auf Rosa, ihre älteste Schwester, hatte er es oft abgesehen. Auf sie, die es besser hätte wissen müssen. Rosa hatte keine Geduld. Sie hasste es, raue und aufgeplatzte Finger zu bekommen, sie hasste die Erde und ihren Geruch. Sie schlich sich immer vom Unkraut jäten davon und ging zum Strand, um zu schwimmen. Obwohl sie sich eigentlich hätte denken können, was sie erwartete, sobald sie zurückkam. Es war, als vergäße sie es sofort wieder.

Flora konnte sich noch an ihr Weinen erinnern, wenn der Vater sie in den Geräteschuppen schleppte. Nachher war ihr ganzer Rücken voller Streifen und geschwollen. Die Schwestern fächelten ihr dann mit Rhabarberblättern Luft zu und kühlten ihren Rücken mit Wasser. Allen vier Mädchen war es später gut ergangen. Rosa hatte einen Schiffsreeder geheiratet und war nach Göteborg gezogen. Viola hatte eine Stelle in dem vornehmen Kaufhaus NK bekommen, und Reseda wurde Rektorin einer Mädchenschule.

Keine von ihnen lebte noch, keine außer ihr, Flora.

Haferschleim. Was sollte sie sonst auch hinunterbekommen. Wer sollte die Zeit haben, bei ihr zu sitzen und zu warten, bis sie etwas hinuntergeschluckt hatte, das erst gekaut werden musste. Der schleimige, salzige Geschmack verursachte ihr Übelkeit. Ihr war schlecht, aber sie riss sich zusammen und schluckte.

Die Weißhose redete mit einer älteren Kollegin.

»Stell dir vor, wir würden ihnen wasserdichtes Zeug anziehen und sie dann hier draußen auf Snowboardbretter setzen oder auf Schlitten. Wir könnten sie durch ganz Råcksta ziehen, es würde ihnen gefallen, meinst du nicht?«

»Uns würde es aber nicht gefallen.«

»Ach, Ing-Marie, sei nicht so streng. Man muss sich ein Stück Kindlichkeit bewahren.«

»Ja, ganz genau. Bewahr du nur ein Stück in dir! Zeig es bloß nicht uns anderen!«

Die Jüngere wischte Flora den Mund ab.

»Flora, würde dir das keinen Spaß machen? Du bist doch bestimmt auch Schlitten gefahren, als du noch klein warst? Das hat doch bestimmt Spaß gemacht, das hast du doch nicht vergessen, oder? Du, Ing-Marie, man kann sie tatsächlich wieder dazu bringen, aufzuleben, indem man ihnen hilft, sich an Dinge aus der Vergangenheit zu erinnern. Ich habe was darüber gelesen, es stimmt.«

Jetzt hätte sie gerne gehustet, jetzt hätte sie gewollt, dass ihr der Brei in die falsche Röhre geriet und der Husten und der Schleim dieses Frühstück im Grünen beendeten. Aber daraus wurde nichts. Sie schluckte ganz artig und tüchtig.

Einen Tag vor Mittsommer fragte Sven, ob sie sich vorstellen könne, wieder nach Hässelby zu ziehen, aber diesmal in sein Haus, um die Mutter seiner Tochter und seine Frau zu werden. In dieser Reihenfolge sagte er es. Mutter seiner Tochter und seine Frau.

Es war ein lauer und schöner Abend gewesen. Sie hatten in einem Restaurant gegessen. Jetzt gingen sie die St.-Eriksgata entlang, und der Wind fuhr ihr warm über Hals und Arme. Sie empfand eine solche Freude, sie blieb mitten auf dem Bürgersteig stehen und schloss ihn in ihre Arme.

Dann dachte sie an das Kind.

»Sie wird sich daran gewöhnen«, sagte Sven. »Jetzt kommt endlich Kontinuität in ihr Leben. Lass ihr nur etwas Zeit, sie wird dich ebenso sehr lieben wie ich.«

Kurz darauf heirateten sie. Flora hatte immer von einer großen kirchlichen Hochzeit geträumt, sah aber ein, dass dies anstößig wirken konnte, so kurz nach dem Tod seiner französischen Frau. Also heirateten sie ganz schlicht. Dafür gelang es ihr, durchzusetzen, dass sie eine Hochzeitsreise nach London machten, wo sie immer schon hingewollt hatte.

Das Hotel lag in einer kleinen Straße in der Nähe der Oxford Street, sie hatte vergessen, wie es hieß. Er führte sie ins Theater aus, er war viele Male in London gewesen, und eine der Filialen des Sandy-Konzerns hatte ihren Sitz in der Stadt. Sie besuchten die Filiale gemeinsam und wurden durch die ganze hypermoderne Anlage geführt. Flora durfte ihr Englisch erproben, alles war noch da, hatte nur dagelegen und darauf gewartet, Verwendung zu finden. Sie merkte, dass sie Eindruck auf ihn machte.

Sie war gerade dabei, sich umzuziehen, sie wollten in die Royal Albert Hall, alles wollte sie sehen und erleben, alles, was sie gehört und wovon sie gelesen hatte.

Es war später Nachmittag, ihr dritter Tag. Da klopfte es an der Tür.

Ein Mann stand davor. Ein Telegramm war von Svens Eltern gekommen. Es war dringend. Es ging um das Mädchen. Es war krank.

Frühmorgens fuhren sie nach Hause. Sven wollte schon am Abend fahren, aber sie konnten keinen Flug mehr bekommen. Während der ganzen Heimreise war er schweigsam und zerstreut, sie sah ihm an, dass er litt, sich Vorwürfe machte, das Mädchen allein gelassen zu haben, dass er den Verlust ihrer Mutter aufs Neue durchlitt.

Justine ging es natürlich gut. Sie hatte nur einen fiebrigen Infekt gehabt. Aber die Temperatur war auf über vierzig Grad gestiegen, so dass Svens Mutter es für angebracht gehalten hatte, ihn zu rufen.

Aber war es bei Kindern nicht oft so, dass sie hohes Fieber bekamen? War das nicht ganz normal?

Sie hörte auf, in der Firma zu arbeiten. Nachts lag sie neben Sven im Bett, lag da und lauschte seinem leisen Schnarchen und versuchte zu vergessen, dass das Kind auf der anderen Seite der Wand lag. Sie würde ein eigenes Kind bekommen, es würde in ihr wachsen und sie zur Mutter machen, zu einer richtigen.

Er sollte nie bereuen, dass er sie zu sich genommen hatte. Sie würde seine schöne, repräsentative Ehefrau sein, die feine Essen für seine Geschäftsfreunde gab. Sie würde mit ihnen auf Englisch Konversation betreiben, und sie würden staunen: What a beautiful and talented young wife you have got, Mr Dalvik.

Das Mädchen und sie. Sie waren allein im Haus. Sven war zur Arbeit gefahren. Justine hatte den Frühstückstisch verlassen, ohne einen einzigen Bissen gegessen zu haben.

»Sie muss doch was essen«, flüsterte Flora. »Du siehst doch, wie mager und unterernährt sie ist. Kinder müssen gut essen, damit sie wachsen.«

»Das kommt schon noch. Lass ihr etwas Zeit, hab ein wenig Geduld.«

Sie stand am Küchenfenster und sah, wie er in sein Auto stieg. Er hob die Hand und winkte, warf ihr eine Kusshand zu. Das immer währende, klassische Bild.

Sie bekam Lust, ihn zurückzurufen, nimm mich mit, ich will mitkommen, will mit dir zusammen sein, nicht mit dem Kind. Sie war im Haus. Sie spülte das Frühstücksgeschirr und ging dann in die obere Etage, um die Betten zu machen. Das Mädchen lag in Svens Bett. Sie hatte sich in seine Decke eingerollt, den Kopf ins Kissen gedrückt.

Flora setzte sich neben sie.

»Justine«, sagte sie langsam. »Du und ich, wir müssen Freunde werden. Ich will deine Freundin sein, willst du nicht auch meine sein?«

Das Kind antwortete nicht. Ihr fiel ein, dass sie das Mädchen nur äußerst selten sprechen hörte.

Sie legte ihre Hand auf die Decke. Der dünne Körper fuhr zusammen.

»Ich bin hergekommen, um deine Mama zu sein«, sagte Flora, und jetzt erhob sie die Stimme. »Du wirst jetzt damit aufhören, mich zu ignorieren. Ich bitte dich lieb, dass du und ich Freunde werden. Dann sollst du mich ansehen und mir antworten.«

Das Mädchen fuhr aus dem Bettzeug, glitt an Flora vorbei auf den Fußboden wie ein schlüpfriges und giftiges Tier. Sie stand im Türrahmen und machte ein schnippisches Gesicht.

»Du bist nicht meine Mama, du bist eine verdammte Hure.«

Sie war nicht wütend geworden. Sie war ins Badezimmer gegangen und hatte sich eingeschlossen, hatte vor dem Spiegel gestanden und geweint. Das Kind hatte sie zum Weinen gebracht, Svens Kind. Aber das würde er nie erfahren.

»Wach auf, es ist Tag, jetzt wird nicht mehr geschlafen. Du wirst zur Abwechslung einmal im Sessel sitzen, ist das nicht eine gute Idee?«

Die Weißhosen. Auf dem orangegelben Stuhl sitzend sah sie, wie sie ihr Bett machten und darunter den Boden mit dem Aufnehmer putzten. Dort sammelte sich der Staub immer in kleinen Bäuschen.

Dann sah sie das andere Bett und entdeckte, dass es leer war. Ja. Die Frau war gestorben. Aber war es diese Nacht passiert oder in einer anderen Nacht, die Menschen starben immer nachts.

Sie hatten ihr einen rosa Kittel mit großen, weißen Knöpfen angezogen. Rosa hatte ihr früher einmal gestanden. Sie hatte sich die langen Wimpern geschminkt, und das rosa Abendkleid hatte geknistert, als sie es sich über den Kopf zog. Das Knistern von Blumen, das Knistern von Tönen, er tanzt wie ein junger Gott, mein Mann. Und sie schreitet durch die Spiegelsäle, Treppen hinab, die so breit sind wie Avenuen.

»Das hier ist Märta, deine neue Zimmergenossin.«

Ein faltiges Altfrauengesicht, misstrauisch.

»Ich hoffe, ihr werdet euch verstehen.«

»Wenn nur eine von beiden sprechen kann, wird es hoffentlich auch keinen Streit geben!«

Jetzt saßen sie sich am Tisch gegenüber.

Wie viele Zimmergenossinnen hatte man ihr schon vorgestellt? Sollte sie etwa alle überleben, das war nicht richtig!

Sie kaufte dem Mädchen eine Puppe. Es war eine schöne Puppe, so eine, wie Flora sie sich gewünscht hatte, als sie noch klein war. Sie hatte richtiges Haar mit einer Schleife darin und konnte die Augen schließen. Man verpackte sie ihr in einem Karton.

Als Sven am nächsten Tag gefahren war, ging sie in das Zimmer des Mädchens hinauf und legte das Paket auf ihr Bett. Justine saß zusammengekauert in der Fensternische, ihre Haare waren ungewaschen, ihr Mund schmal geworden.

»Du sollst doch nicht so am Fenster sitzen, du könntest runterfallen!«

Justine schaute weg.

»Geh dich jetzt waschen, dann wollen wir sehen, was du anziehen kannst. Wenn du dann fertig bist, darfst du das Paket aufmachen.«

Das Mädchen ging mit steifen Schritten davon. Als sie ins Badezimmer gekommen war, schloss sie ab und weigerte sich, die Tür zu öffnen.

Flora tat, als verließe sie das Haus. Sie kauerte sich hinter eine Kommode und muckste sich nicht.

Es war ein Stellungskrieg, der reinste Stellungskrieg. Die Kleine war da drinnen, lud ihre Kanonen, sie selbst lag im Schützengraben.

Was geschah dann?

Die Hitze von der Haut des Kindes, ihre Hände, die schlugen und schlugen, nackt verkroch sie sich in den Ecken.

»Du wirst tun, was ich dir sage, du kleines Biest, bist du ein Mensch oder ein Tier, ich werde dich umbringen, wenn du mir nicht gehorchst, wenn du mich weiter erniedrigst und nicht beachtest, hör zu, schau nicht weg, von jetzt an werden hier andere Saiten aufgezogen. Von jetzt an will ich nicht länger versuchen, deine Mutter zu sein.«

»Was hast du mit ihr gemacht«, fragte Sven, aber in seiner Stimme lag kein Tadel, nur stummes Erstaunen.

Das Mädchen zwischen ihnen, mit sauberen Haaren, rosig.

## 10. KAPITEL

Curt Lüding bat sie am Montagmorgen um neun zur Besprechung. Er hatte seine Assistentin Jenny losgeschickt, um einen Hefezopf zu besorgen, der jetzt mitten auf dem Tisch des Konferenzraums stand, klebrig und in viel zu dicke Scheiben geschnitten.

»Bitte, bedient euch!«, nötigte er sie.

Seine langen, gepflegten Finger drehten nervös an einem Kugelschreiber, auf dem »Der Norrbottenkurier« stand, wie Berit auffiel. Ja, warum auch nicht? Er stammte ja irgendwo aus dem Norden.

Niemand aß von dem Hefezopf, auch Curt Lüding nicht.

Er saß am Kopfende des Tischs und führte den Plastikbecher mit Kaffee zum Mund, ein aufs andere Mal, vorsichtige, kleine Schlucke. Er fragte nicht, wie das Wochenende gewesen war, Plaudereien dieser Art fielen an diesem Montagmorgen aus. Er trug den dunklen Anzug, den er seit Anfang des Winters trug, früher hatte er meist Pullover und Manchesterhosen getragen. Etwas ist mit ihm geschehen, dachte Berit. Er ist dabei, so … untadelig zu werden.

Sie warteten. Annie starrte in ihre Kaffeetasse. Lotta räusperte sich und hüstelte, als wäre sie dabei, sich zu erkälten. Lilian gab ein schwaches, kaum hörbares Summen von sich, was sie immer tat, wenn sie wütend wurde oder sich Sorgen machte. Statt etwas zu sagen, lief sie summend durch die Gegend.

Draußen fuhr ein Krankenwagen mit gellender Sirene vorbei.

Das Telefon klingelte.

»Ist der Anrufbeantworter nicht eingeschaltet?«, fragte Curt Lüding.

»Doch, doch«, antwortete Jenny.

»Gut. Dann fangen wir am besten an. Ja, wie ihr euch denken könnt, gibt es einen Grund dafür, dass ich euch an einem Montagmorgen hergebeten habe. Wie ihr wisst, war ich einer von denen, die diesen Verlag in grauer Vorzeit einmal gegründet haben, und dann, als die anderen nicht mehr mitmachen wollten, war ich es auch, der Kapital in den Verlag steckte und ihn übernahm. Nun gut, ihr kennt die Geschichte. Und dann sind die Jahre vergangen. Es ist nicht immer ganz leicht gewesen, damit will ich nicht hinter dem Berg halten. Aber ihr alle habt gute Arbeit geleistet, ohne euch wäre es nicht gegangen. Viele von euch sind schon sehr lange dabei, du, Berit, zum Beispiel, und auch Margit ... Ich glaube zu wissen, dass euch dieser Verlag fast genauso viel bedeutet wie mir.«

Er verstummte und sah aus dem Fenster.

Draußen lag immer noch Schnee. Das Thermometer zeigte fünf, sechs Grad unter Null, und zum ersten Mal in diesem Winter hatte Berit ihren Pelz tragen können.

Komm endlich zur Sache, dachte sie. Zur Sache, du verdammter Heuchler!

Berit sehnte sich nach einer Zigarette. Sie versuchte, sich das Rauchen abzugewöhnen und probierte es seit ein paar Wochen mit Nikotinkaugummis. Es war nicht unbedingt der beste Zeitpunkt, um aufzuhören.

»Wie ihr wisst«, fuhr ihr Chef fort, »wie ihr wisst, bin ich oben im Norden, in Norrbotten, geboren und dort auch aufgewachsen, in einem kleinen Dorf, das Sangis heißt. Mein Vater war dort Waldarbeiter, meine Mutter Gemeindeschwester. Dort bin ich zwischen diesen Unmengen von Tannen aufgewachsen. Ja, ihr kennt mich ja alle so lange, dass ihr schon einmal gehört habt, wenn ich den wüsten Dialekt meiner Heimat spreche, sobald ich mich nicht mehr bremsen kann. Nicht zuletzt auf unseren Festen ...«

Ja, das stimmte. Vor ein paar Jahren hatte er noch Spaß an Betriebsfesten gehabt, war er immer eine der treibenden Kräfte gewesen, hatte ihnen in seinem Haus auf dem Lande beigebracht, norrländische Spezialitäten wie Mandelkartoffeln und gegorenen Strömling zu essen und ihnen etwas vorgesungen, wehmütige Lieder aus dem Norden. Seine Frau Maud war zu jener Zeit auch noch dabei gewesen, eine fröhliche und üppige Frau, auch sie aus dem Norden.

Nach der Scheidung hatte er sich verändert. Maud verliebte sich in einen anderen und verließ ihn, zog ins Ausland mit ihrem Neuen, nach Maastricht, es ging irgendwie um das Europaparlament. Von diesem Schlag hatte sich Curt Lüding nie wirklich erholt.

»Und jetzt, meine Freunde, komme ich dazu, worum es heute eigentlich geht. Es geht um Folgendes: Haltet euch fest, denn es stehen große Veränderungen bevor. Ich habe vor, den Verlagssitz in den Norden, nach Luleå, zu verlegen.«

Er verstummte und sah sie an, einen nach dem anderen. Ein Auge zuckte ein wenig.

»Ihr seid überrascht? Das kann ich mir vorstellen.«

In einiger Entfernung konnte man hören, wie jemand im Haus bohrte. Andauernd wurde irgendetwas repariert und umgebaut. Fast jeden Monat bekamen sie Mitteilungen vom Vermieter: »Wir bitten um Verständnis, aber in der und der Woche ...«

»Warum gerade Luleå, fragt ihr euch bestimmt. Tja, das kann ich erklären. Es ist im Moment ausgesprochen vorteilhaft, einen Verlag von dort aus zu betreiben, der Provinziallandtag hat Gelder bereitgestellt, die schreien förmlich nach einem guten und renommierten Verlag da oben. Das ganze Gebiet der Nordkalotte mit seinen vielen spannenden Autoren liegt da und wartet auf uns.«

Er nippte an seinem Kaffee, mit glänzenden Augen, lächelte kurz, hatte sich entspannt.

Er spinnt, dachte Berit. Sie biss sich auf die Zunge, ohne es zu merken, das Gebiet der Nordkalotte!

»Und was ist mit uns?«, fragte jemand, es war Annie, sie war aufgestanden, und das Haar fiel ihr ins Gesicht. »Hast du dir darüber Gedanken gemacht, was aus uns werden soll?«

Curt Lüding legte seinen Stift auf den Tisch und stubste ihn mit den Fingern an. Er begann sich zu drehen, fiel dann klappernd auf die Erde.

»Ich möchte es einmal so ausdrücken«, sagte er und lächelte immer noch. »Jede Organisation muss von Zeit zu Zeit wieder auf Trab gebracht werden, damit ein Höchstmaß an Effektivität erreicht wird. Das kann wehtun, dessen bin ich mir bewusst.«

»Curt, das ist keine Antwort auf meine Frage!«, sagte Annie gellend. Ihr ganzer Hals war mit roten Flecken übersät.

»Genau«, rief Berit. »Was wird aus uns?«

»Aber … Ihr könnt natürlich herzlich gerne mitkommen, ihr alle. Ich rechne damit, den Umzug während des Sommers über die Bühne zu bringen. Dann geht es von August an wieder mit voller Kraft weiter. Und, meine Freunde, Luleå ist eine unheimlich schöne Stadt. Darauf gebe ich euch mein Wort.«

»Er spinnt. Er ist schlicht und ergreifend verrückt geworden!«

Berit und Annie saßen in dem Sushirestaurant auf der Upplandsgata, das Sushi schmeckte an diesem Tag anders, so als wäre es nicht richtig frisch. Sollte das stimmen, würden sie wohl gegen Abend Bauchschmerzen bekommen. Aber was machte das schon!

»Die Nordkalotte! Wer, zum Teufel, interessiert sich denn schon für die Nordkalotte!«

»Nein«, sagte Annie. »Es ist schlimmer, als wir uns das jemals ausmalen konnten. Bei Bonniers zu arbeiten hätte man sich ja noch vorstellen können. Aber da oben! In der Lappenhölle! Das spukt ihm bestimmt schon lange im Kopf herum, diesem Schwein. Und nichts hat er gesagt, nicht einmal eine Andeutung gemacht.«

»Er ist so seltsam und spinnert geworden. Er ist verdammt noch mal ein ganz anderer Mensch geworden. Wenn doch nur Maud bei ihm geblieben wäre. Sie hätte das niemals zugelassen. Warum musste ihr auch dieser EU-Typ über den Weg laufen!«

»Was wirst du tun, Berit. Gehst du mit?«

»Man ist ja nicht allein, das ist doch das Problem. Tor würde im Traum nicht daran denken, Stockholm zu verlassen.«

»Und wenn du allein wärst, was dann?«

»Nein! Hier ist mein Zuhause, hier bin ich geboren, hier habe ich meine Wurzeln.«

»Ja, zum Teufel, da oben ist doch das ganze Jahr über Winter, Anfang September fängt es an zu schneien, habe ich gehört, und der Schnee bleibt dann liegen bis Mittsommer. Das könnte ich nicht ertragen. Und die Dunkelheit! Und die Mücken!«

»Dieses Schwein rechnet auch gar nicht damit, dass wir mitkommen. Darauf gehe ich jede Wette ein. Er hat doch gar keine Chance, da oben so viele Angestellte zu halten. Die eine oder andere geht vielleicht mit, Jenny vielleicht und Ann-Sofi, die ist doch von da oben, redet sie nicht auch so?«

»Die Frage ist nur, was macht man dann?«

»Du! Dir wird man bestimmt bald einen anderen Job anbieten, du hast einen guten Ruf, die Leute wissen doch, dass du die Lektorin der alten Karlberg bist, das allein reicht schon!«

»O Gott, ja. Die bin ich dann vielleicht endlich los. So hat doch alles sein Gutes.«

Es war ein seltsames Wochenende gewesen. Im Hinterkopf immer die Sorge, worüber Curt Lüding mit ihnen sprechen wollte. Aber diese Sorge war durch den Besuch in Hässelby betäubt und gedämpft worden.

Es stimmte, was Justine zu Berit gesagt hatte, dass es Berit zum Haus der ehemaligen Klassenkameradin regelrecht gezogen hatte. Sie wollte nachsehen, ob sich etwas verändert hatte, hatte entsetzliche Angst gehabt, Justine zu begegnen, aber dennoch insgeheim gehofft, dass sie dort auf ihrer Treppe stehen würde, dreißig Jahre älter und stark. Dass sie dort in ihrer geblümten, weiten Hose stehen und zu ihr sagen würde: Komm herein.

Und dann tat sie es!

Berit hatte alles, was geschehen war, verdrängt, während ihres ganzen erwachsenen Lebens hatte sie es beiseite geschoben, aber als sie sich dann dem Haus näherte, schlug es über ihr zusammen, sie hätte sich am liebsten in den Schnee geworfen und gerufen: Verzeih mir, Justine, wir waren damals doch nur Kinder, verzeih mir!

Sie saßen bei Justine in der oberen Etage und tranken Glühwein, sie sahen, wie der Himmel seine Farbe veränderte und rot und funkelnd wurde, als brenne es auf der anderen Seite des Mälarsees. Es war ein kalter und majestätischer Wintertag, und vielleicht erzählte sie zu viel, vielleicht gab sie mehr von sich preis, als sich eigentlich gehörte. Sie war es nicht mehr gewohnt, sich auf diese Weise mit jemandem zu unterhalten.

Justine. Justine hatte sie irgendwie schon immer gekannt.

Aber keine von ihnen erwähnte die Kindheit.

Der große Vogel hatte sie fast zu Tode erschreckt. Berit hatte keine Angst vor Vögeln, die Jungen hatten Wellensittiche gehabt, als sie noch klein waren, und sie hatte die Vögel gemocht, obwohl sie einen fürchterlichen Dreck machten. Aber dieses enorme Wesen, das plötzlich einfach auftauchte, es erschreckte sie, schlug seine Klauen in ihr Haar und verhedderte sich in ihnen.

»Ruhig, ganz ruhig«, sagte Justine beschwörend, »setz dich einfach wieder hin und bleib still sitzen.«

Sie wurde ein wenig hysterisch.

Justine hatte sie schließlich an den Schultern packen und wieder auf den Stuhl drücken müssen.

»So bekommt er doch Angst, verstehst du, wenn du schreist und so ein Theater machst.«

Langsam hatte sie Berits Kopf von den scharfen, schwarzen Klauen befreit. Berit zitterte vor Angst, sie sah den kräftigen Schnabel und brach in Tränen aus.

Es war nicht Berit Assarssons Art zu weinen.

»Er ist nur ein bisschen neugierig …«

»Ich habe solche Angst bekommen! Warum hast du denn so einen im Haus?«

Nach einer Weile beruhigte sie sich wieder, ging auf den Balkon hinaus und rauchte. Als sie wieder reinkam, saß der Vogel oben auf dem Bücherregal.

»Spielst du Ase, oder was soll das? Ist der da Hugin oder Munin?«

»Ase? Ach so. Das ist aber gar kein Rabe.«

»Er sieht jedenfalls aus wie einer.«

»Raben sind viel größer.«

Justine hatte den Glühwein wieder erhitzt, ihre Tasse aufgefüllt.

»Wie ist es mit deinen Kleidern, haben sie etwas abbekommen?«

»Das macht nichts«, flüsterte sie.

Ich mache mich lächerlich, aber das ist mir scheißegal.

Sie ging ins Badezimmer hinunter und versuchte, das Schlimmste abzuwaschen. Als sie wieder hochkam, hatte Justine Feuer im Kamin gemacht, du musst erst trocken werden, ehe du gehst, es ist kalt geworden, ein paar Grad unter Null.

Und sie hatte ihr über die Wange gestrichen und ihr auf den Stuhl geholfen, sie in eine Decke gewickelt und ihr noch etwas zu trinken gegeben.

»O Gott, Justine, davon werde ich bestimmt total besoffen!«

»Meinst du …?«

»Und wenn schon.«

Sie hatten eine lange Zeit dort gesessen, und das Kaminfeuer hatte gewärmt, und sie dachte, dass es schon lange her war, dass sie sich so entspannt gefühlt hatte – und das, obwohl Curt Lüding für Anfang nächster Woche eine Personalversammlung einberufen hatte. Sie war beinahe etwas schläfrig geworden und hatte sich danach gesehnt, dass ihr jemand die Fußsohlen massierte, und während sie noch da sitzt und sich danach sehnt, rutscht Justine auch schon auf den Boden hinunter und zieht ihr die Socken aus.

Ihre Hände waren schnell und warm, sie kneteten, drückten und pressten, oh, wie gut und lieb du bist, Justine, wie gut du das kannst, wo hast du das gelernt?

»Ich weiß nicht, ich habe es eigentlich gar nicht gelernt …«

»Aber du kannst es wirklich … Ooh, mein Gott, wie schön …«

Die Waden hinauf knetete sie, massierte und zog.

»Du bist verspannt, Berit, woran liegt das, geht es dir nicht gut?«

»Doch, doch, mir geht es sehr gut, was du da machst, ist göttlich …«

»Ich meine nicht jetzt. Ich meine sonst, dein Leben.«

Sie verzog das Gesicht, unterdrückte ein Weinen, schluchzte auf.

»Manchmal habe ich das Gefühl, als wäre alles vorbei«, sagte sie heiser. »Hast du das nicht auch an manchen Tagen?«

Ihre Hände massierten und drückten.

»Hier hast du eine Verhärtung, Berit, genau unter dem Fußballen.«

»Ich weiß. Ich habe das Gefühl, dass ich die ganze Zeit nur gebe und gebe und irgendwie … nie etwas zurückbekomme. Die Jungen sind jetzt erwachsen, sie sind gar keine Jungen mehr, sie sind junge Männer, hübsch sind sie, unverschämt hübsch, ich kann es sehen, obwohl ich ihre Mama bin, sie haben ihren Wehrdienst abgeleistet und sind in Uniform auf Urlaub gekommen. Wenn ich sie sehe, bei den wenigen Gelegenheiten, zu denen ich sie noch sehe … kann ich mir nicht mehr vorstellen, dass ich sie jemals ausgetragen habe, sie in mir gewesen sind und ich sie unter Schmerzen geboren habe, dass sie an meiner Brust getrunken haben, ich ihre Windeln gewechselt und gesehen habe, wie sie groß geworden sind …

Wir können nicht mehr miteinander reden, Justine. Doch, wir könnten vielleicht schon, wenn wir nur etwas Zeit hätten, wenn ich allein mit ihnen auf einer einsamen Insel wäre, wo es nichts anderes gäbe, nichts Lebendigeres als ihre alte Mutter.«

»Und dein Mann …?«

»Ich merke, dass … ja … seit nur noch er und ich übrig sind … Es ist schwierig. Hättest du selber Kinder gehabt und wärst verheiratet gewesen, würdest du verstehen, was ich meine. Denn viele, viele Jahre dreht sich alles nur um die Kinder, man gibt sein Bestes, um alle Gefahren und Versuchungen von ihnen fern zu halten, alles im eigenen Leben zielt darauf ab, gute Eltern zu sein, für den Partner bleibt da kein Platz mehr … Man hat einfach nicht die Kraft … Man arbeitet ja den ganzen Tag … und dann, eines Tages, ist das alles vorbei. Die Kinder sind flügge geworden und haben das Nest verlassen. Dann steht man da, Mann und Frau starren sich an, und keiner weiß, wie man sich verhalten soll.«

»Könntet ihr nicht reisen und Dinge unternehmen, die euch Spaß machen?«

»Wir sind gereist. Er hat mir letztes Jahr eine Weltreise geschenkt.«

»Und?«

»Ich weiß nicht. Er war nicht mehr der Mann, mit dem ich mich einmal verlobt hatte, der mich begehrte und ein paar Mal am Tag mit mir schlafen wollte.«

»Na, hör mal … Was erwartest du denn?«

»Jedenfalls nicht diese Entfremdung. Sie macht mir Angst, Justine, eine Scheißangst.«

Sie lag halb in ihrem Stuhl, war fast auf die Erde gerutscht. Sie hatte Schmerzen hinter den Augenhöhlen, vom Glühwein, von den Tränen.

»Hast du denn nie so ein Gefühl von Entfremdung, Justine, bist du zufrieden mit deinem Leben?«

»Ich bin dabei, es zu werden.«

»Bin dabei, was meinst du mit, bin dabei, du hast nicht das

Geringste über dich selbst erzählt, hier rede nur ich mir den Mund fusselig.«

»Da gibt es nicht viel zu erzählen.«

»Gibt es doch, oder?«

»Ja, vielleicht. Was machst du eigentlich beruflich?«

»Ich arbeite in einem Verlag. Habe gearbeitet, muss ich wohl demnächst sagen. Er wird uns entlassen, da gehe ich jede Wette ein.«

»Steht das zur Debatte?«

»Die Zeiten sind hart, weißt du. Auf dem Arbeitsmarkt hat man doch keine Chance mehr, man ist zu alt.«

»Tja.«

»Ich bin fünfundvierzig, Justine, ja, das bist du natürlich auch. Ich kann nichts anderes, als mit Manuskripten zu arbeiten. Was soll ich nur tun, wenn ich das nicht mehr machen darf?«

»Kannst du keinen eigenen Verlag aufbauen. Bücher werden doch immer gebraucht?«

»Du bist verrückt. Was meinst du, wie schwer das ist!«

»Und dein Mann?«

»Ja, glaubst du denn, ich will ihm auf der Tasche liegen? Nein, Justine, die Freiheit ist das Wichtigste, was ein Mensch besitzt. Ja, du verstehst bestimmt, was ich meine, vielleicht hast du ja deshalb selber nie geheiratet.«

»Man braucht nicht verheiratet zu sein, um sich unfrei zu fühlen.«

»Nein ...«

Der Vogel krächzte kurz oben auf dem Regal und flog wie ein großes schwarzes Tuch herunter. Er landete auf dem Fußboden und hüpfte zu Justine. Berit schrie auf und zog ihre Füße zurück.

»Er liebt es, in die Zehen alter Klassenkameradinnen zu beißen«, sagte Justine.

Sie kitzelte ihn im Nacken, er plusterte sich auf und machte sich dick.

»Entschuldige ... Aber sie sind ein wenig eklig ...«

»Über Geschmack lässt sich streiten.«
»Er ist wie ein Kind für dich, nicht wahr?«
»Ja … Er bedeutet mir wohl noch mehr.«
»Tiere enttäuschen einen nie. Stimmt das, Justine, so sagt man doch, oder? Stimmt es?«
»Das hängt wahrscheinlich davon ab, was man von den Tieren erwartet.«
»Ich erinnere mich an eine Sache … die Jungen … Sie sind fast gleich alt. Sie heißen Jörgen und Jens. Die Polizei rief uns an … Wir mussten sie auf der Polizeiwache am Mariatorg abholen. Sie hatten so viel getrunken, dass sie es nicht mehr alleine nach Hause schafften. An so was kann man sterben, sie hatten eine Alkoholvergiftung. Am dreckigsten ging es Jens, er war noch so klein, er lag da wie ein Embryo, als ich kam, ich hätte am liebsten geschrien, Justine, mein kleines Kind. Warum kann man sie nicht immer bei sich haben?«

## 11. KAPITEL

Sie kaufte sich ein Auto, einen Volvo. Er war so neu, dass er keinen früheren Besitzer gehabt hatte, war aber dennoch nicht ohne Persönlichkeit. Rot und elegant stand er im Schaufenster des Autohauses, und Justine trat ein und öffnete die Fahrertür. Sogar der Geruch war neu. Er war warm, bequem und hatte eine automatische Schaltung. Sie hätte den Preis sicher noch herunterhandeln können, aber auf die Idee kam sie gar nicht.

Sie hob Geld ab und kehrte am nächsten Tag zurück.

Der Verkäufer sagte:

»Das ist ein Spitzengefährt, da steckt viel Power drin. Sie werden es nicht bereuen.«

»Ich weiß.«

»Der fährt schnell wie der Blitz. Wenn Sie damit im guten alten Deutschland auf der Autobahn fahren, werden Sie sogar schneller als ein Porsche sein.«

»Dort werde ich nicht fahren«, sagte sie. »Trotzdem danke für die Information.«

Es schneite. Kleine, leichte Flocken, sie wirbelten im Wind umher und erschwerten die Sicht. Die Winterreifen lagen im Kofferraum. Der Verkäufer hatte erklärt, er könne sie aufziehen lassen. Aber dann hätte sie noch einen Tag warten müssen.

»Aber Sie können sich auch mit den Reifen, die jetzt drauf sind, sicher fühlen. Das sind solide Allroundreifen, angepasst an das Klima hier im Norden.«

Im Kreisverkehr von Vällingby geriet sie ins Schleudern, bekam den Wagen aber mühelos wieder unter Kontrolle.

Ein lustiges und fremdartiges Wort kam ihr in den Sinn.

Luftläufer. Ja, warum nicht.

Flora saß am Fenster in einem Sessel. Man hatte sie mit Hilfe von Kissen in eine aufrechte Position gebracht und mit einem Gurt an der Rückenlehne festgezurrt.

Justine war die Treppen hinaufgelaufen. Jetzt stand sie im Zimmer, und die Schneeklumpen an ihren Stiefeln schmolzen.

»Gut, dass du auf bist«, sagte sie. »Ich möchte dich mitnehmen.«

Um die Lippen der Frau zuckte es, ein Faden aus dünnem Speichel.

Die Tür glitt auf, eine Krankenschwester mit einem Rollstuhl. Eine fremde Frau saß in dem Rollstuhl, ihre langen, geäderten Hände hantierten an etwas auf ihrem Schoß herum.

Die Krankenschwester sagte:

»Wie schön, Flora, du hast Besuch. Das ist aber schön, dass deine Tochter vorbeigekommen ist.«

»Ich habe mir ein neues Auto gekauft«, sagte Justine.

Das Radio war an, auf dem Korridor weinte jemand.

»Das würde ich auch gerne«, sagte die Krankenschwester.

»Warum tun Sie's nicht?«

»Hm. Glauben Sie, ich kann es mir leisten, ein Auto zu kaufen! Haben Sie eine Ahnung, was eine Krankenschwester verdient?«

»Dann nehmen Sie doch meinen alten. Er ist noch völlig in Ordnung, im Großen und Ganzen jedenfalls. Macht er Probleme, muss man ihn nur mit ›Startpilot‹ einsprühen. Dann läuft er wie ein Uhrwerk. Ich brauche ihn nicht mehr, es ist ein Opel Rekord, nehmen Sie ihn als Dauerleihgabe, wenn Sie möchten, und fahren Sie ihn, bis er den Geist aufgibt.«

Die Krankenschwester wurde rot.

»Aber das kann ich doch nicht ...«

»Ich fahre ihn sonst zum Schrottplatz.«

»Aber er funktioniert doch noch?«

»Sicher.«

»Das verstehe ich nicht … Warum kaufen Sie sich dann einen neuen?«

»Man hat nur ein Leben. Wenn man's kann, dann kann man's halt.«

»Ja, so kann man es natürlich auch sehen.«

»Vielleicht hängt es auch damit zusammen, wie man sich selber sieht.«

»Wie bitte …?«

»Schon gut, nichts.«

Justine machte eine Geste in Floras Richtung.

»Wie geht es ihr?«

»Ganz gut.«

»Ich wollte sie zu einer Probefahrt mitnehmen.«

»Aber ist das Wetter dazu nicht ein bisschen schlecht?«

»Na und?«

»Ja … Warum eigentlich nicht? Wenn man's kann, dann kann man's. Waren das nicht Ihre Worte?«

»Ganz genau.«

»Es ist nur, weil … Können Sie Flora vielleicht selber anziehen, was meinen Sie? Wir sind heute ein wenig unterbesetzt. Ich muss mich um Märta kümmern, sie ist übrigens Floras neue Zimmergenossin.«

Sie war dünn wie eine Ausschneidepuppe, Arme und Beine völlig unkontrolliert.

Würde man sie mehrmals hin und her schlenkern, gerieten sie bestimmt aus den Fugen.

Justine hatte sie aufs Bett getragen, sie wog kaum mehr als der Vogel. Jetzt zog sie ihr Socken an, eine Flanellhose, eine Strickjacke und die Jacke. Sie bekam ein Paar karierter Stoffpantoffeln an die Füße, um den Kopf einen Schal.

Dann rief sie die Krankenschwester.

»Reicht es so, was meinen Sie?«

»Bestimmt. Es ist übrigens leichter, sie anzuziehen, wenn sie sitzen.«

Justine nahm ihre Stiefmutter in die Arme. Durch die Kleider hindurch spürte sie, wie der abgemagerte Körper zitterte. Sie bekam einen komischen Geschmack im Mund.

»Bringen Sie sie im Rollstuhl nach unten!«

»Das geht schon. Sie wiegt nicht mehr als ein Brief mit etwas höherem Porto.«

»Es macht sich aber besser mit Rollstuhl.«

Die Krankenschwester zog leicht an dem Knoten unter Floras Kinn.

»Flora«, lachte sie, »du siehst haargenau aus wie eine alte Hexe.«

Sie nahm den Aufzug nach unten, mit dem Rollstuhl an ihrer Seite.

Zwei Frauen in weißer Kleidung stiegen mit ihr ein.

»Oh, es geht mal etwas raus, das ist aber eine Freude, nicht wahr?«

»Sie kann nicht sprechen«, sagte Justine.

Aus Floras Kehle drangen Geräusche, gurgelnde Laute und Geräusche.

Die Frauen redeten bereits über etwas anderes. Jetzt waren sie unten angekommen, und eine von ihnen half ihr dabei, den Rollstuhl aus dem Fahrstuhl zu bugsieren.

Sie stellte ihn in der Eingangshalle ab, während sie das Auto holte und direkt vor die gläsernen Eingangstüren fuhr. Sie schob ihre Hände unter Floras Körper und hob sie auf den Beifahrersitz. Dort schnallte sie Flora an. Floras Augen irrten hin und her, der Schal rutschte ihr in die Stirn.

»Es ist lange her, dass du draußen warst, nicht wahr? Bist du überhaupt schon einmal draußen gewesen, seit du …?«

Sie gab Gas und geriet augenblicklich ins Schleudern.

»Hoppla! Das kann in der Tat ein wenig riskant werden. Wohin willst du fahren? Doch nicht nach Hause, da kennst du ja doch alles. Nein, wir machen stattdessen eine Spritztour auf der Autobahn. Ich will doch mal sehen, was er so hergibt.«

In der Kurve zur E 18, gleich hinter IKEA, geriet sie so sehr ins Schleudern, dass sich das Auto drehte und mit der Motorhaube in Gegenrichtung stehen blieb. Aus Flora drang ein hicksender, keuchender Laut. Ihre Hände lagen wie verdorrtes Laub in ihrem Schoß. Justine berührte sie, sie waren eiskalt. Sie drückte ein paar Knöpfe, bekam die Heizung an. Dann wendete sie das Auto und fuhr auf die Autobahn.

Sie machte das Radio an, stellte den gleichen Sender ein wie im Pflegeheim, Megapol. Sie erkannte die Melodie, ein Stück aus der Zeit mit Nathan, es traf sie wie ein Schlag in die Magengrube. Sie stellte lauter, er war jetzt bei ihr, saß auf dem Rücksitz und beugte sich zu ihr vor, seine Hände hielten ihre Brüste. Und alles war wie damals, bevor sie das Flugzeug bestiegen, er war gut zu ihr und zärtlich.

Nein. Jetzt war es Flora ... Justine zog den Wagen auf die linke Spur und schrie. So als müsse sie das Motorengeräusch übertönen. So als hätten der Schnee und der Wind sie geschwächt. »Ich fahre ihn zum ersten Mal. Ich meine, richtig. Ich wollte, dass du dabei bist.«

Das Gaspedal weiter runtertreten, diese lausigen Kleinwagen, sie war jetzt auf der Autobahn, warum nicht, sie betätigte die Lichthupe, aber sie blieben wie Bremsklötze vor ihr. Da zog sie mit einem Ruck nach rechts, überholte sie stattdessen dort. Trat das Gas noch etwas weiter runter, spürte, wie das Auto reagierte.

»Mein Luftläufer!«, rief sie.

Man nannte es Turbo, hatte der Verkäufer ihr erklärt. Er hatte mit einer ganz besonderen Stimme gesprochen, die offensichtlich für Frauen reserviert war. Sie sah, dass er verheiratet war, sah, wie er sich im ehelichen Bett über seine Frau wälzte, ihr seinen Turbo hineinstieß.

»Power!«, sagte er und öffnete die Motorhaube. Alles darunter war neu und rein. Er strich über den Motor, seine Hand war rosig und glatt.

Als er ihr den Schlüssel übergab, packte er ihr Handgelenk und hielt sie fest.

»Hier haben Sie meine Visitenkarte«, sagte er. »Sollten Sie mich irgendwie brauchen, rufen Sie einfach an.«

Die Frau neben ihr hatte den Kopf gesenkt, so als schlafe sie. Ein schwacher Geruch entströmte ihren Poren, verschmolz mit dem Geruch von neuem Material.

»Wie viel fährt er, was meinst du?«, rief Justine.

Der Tacho vibrierte jetzt bei einhundertachtzig, zitterte. Es war Vormittag, recht viel Verkehr. Abfahrtsschilder, Schutzwälle. Sie fuhr weiterhin auf der linken Spur, jetzt war keiner mehr vor ihr. Aber hinter ihr. Die Polizei? Nein. Ein weißer Mercedes, gefahren von einem einsamen Mann. Er war dicht hinter ihr, hing ihr am Heck. Sie gab noch mehr Gas, im Rückspiegel fiel ihr sein runder Mund auf.

Er war zäh. Schob sich nach rechts, in der Absicht, sie dort zu überholen.

Oh, nein. Den Luftläufer überholte man nicht so mir nichts dir nichts.

Sie fuhr schneller, er drohte ihr mit dem Finger, dann sah sie, wie sein Auto ausbrach und von der Straße abkam, geradewegs in den Wildsperrzaun fuhr.

Ihr Griff um das Lenkrad entspannte sich.

Sie schwenkte auf die rechte Fahrbahn und blieb dort, bis sie nach Enköping kamen. Dort bog sie zu einer OK-Tankstelle ab, parkte. Hörte hinter sich Nathans helles Lachen: Lieblingsmädchen, Amazone.

*Ich könnte mir deinetwegen die Brust abschneiden, weißt du das.*

Sie griff nach Floras Kopf, hob ihn hoch. Strich ihr mit dem Ärmel über die Wange. Die seichten Höhlen der Augen, jetzt waren sie völlig überschwemmt.

»Hab keine Angst«, sagte sie heiser. »Das ist nur der Fahrtwind.«

Als sie losließ, fiel der Kopf wieder auf die Jacke herab.

»Möchtest du etwas? Einen Kaffee oder lieber etwas anderes? Wir sind immerhin auf einer Art Ausflug. Du kannst ja mal überlegen, Flora. Ich gehe in der Zwischenzeit auf Toilette.«

Sobald sie die Tankstelle betrat, begannen ihre Beine zu zittern.

Nein! Das durfte Nathan niemals sehen!

Sie fand die Toilette, ging hinein und schloss ab. Jemand hatte die Wände beschmiert, etwas über Gewalt geschrieben.

Sie nahm eine Kopfschmerztablette, trank Wasser direkt aus dem Kran, blieb eine Weile stehen und beruhigte sich.

Im Spiegel sah sie ihre Augen, das Gesicht steif und straff. Sie sah sich ähnlich und dann auch wieder nicht.

»You Bastard«, sagte sie und sah, wie die Frau im Spiegel anfing zu lachen.

# 12. KAPITEL

Berit ließ Wasser ein und nahm ein ausgedehntes, warmes Bad. Sie fror innerlich. Sie lag in der Badewanne und dachte, dass all die kleinen Knochenteile in ihrem Körper durch und durch vereist waren.

Sie hatten zu Abend gegessen, Tor und sie, jeder eine Tiefkühlpizza. Sie hatte keinen Hunger, aß nur ein bisschen von der Mitte. Er schaute auf ihren Teller, als sie den Tisch abräumte, sagte aber nichts.

Sie selber sagte:

»Ein Hund wäre jetzt nicht schlecht, meinst du nicht?«

Er zuckte mit den Schultern.

Dann zog er sich in das kleine Zimmer im zweiten Stock zurück, das er als sein Büro bezeichnete und das vor langer Zeit einmal das Spielzimmer der Jungen gewesen war. Eine Autorennbahn hatte sich von Wand zu Wand erstreckt, und die Jungen und ihre Spielkameraden hatten dort gesessen und mit Legosteinen gebaut. Eine richtige kleine Stadt hatten sie gemacht. Heute war das alles in Kartons verpackt und stand in der Garage oder im Keller, sie erinnerte sich nicht mehr. Eines Tages würde man die Sachen vermutlich wieder rausholen, wenn die Enkelkinder kamen.

Tor hatte sich das Zimmer eingerichtet, und sie hatte nichts dagegen gehabt. Immer gab es irgendwelche Papiere, die er bearbeiten, und Telefongespräche, die er führen musste. Sie waren zu IKEA rausgefahren und hatten den Schreibtisch Kavaljer gekauft, den Drehstuhl Kristofer und den

Computertisch Jerker. Sie verbrachten ein Osterfest damit, die Wände mit weißer Farbe zu streichen und Gipsplatten an die Decke zu nageln. Berit fand einen Stoffrest, der genau für eine Gardinenbahn reichte. Dann war es fertig, das kleine heimische Büro.

Nach dem Abendessen zog er sich immer dorthin zurück. Gleichzeitig entzog er sich so allen Diskussionen. Von Problemen wollte er lieber nichts hören, das hatte sie in all den Jahren, die sie einander kannten, gelernt. Alles sollte leicht und locker laufen. Funktionierte das nicht, verzerrte sich sein Gesicht, und er sprach von einer beginnenden Migräne.

Berits Mutter behauptete, sie habe es ihm angesehen, lange bevor sie ihn richtig kennen gelernt habe.

»Ich will dir keinen Kummer bereiten, meine Kleine, aber du musst darauf gefasst sein, der stärkere Partner in eurer Ehe zu sein.«

»Aber Mama ... Wie kannst du nur so etwas sagen?«

»Eine Mutter sieht so etwas«, hatte sie etwas kryptisch geantwortet.

Eine Mutter sieht so etwas. Berit war doch auch Mutter, was sah sie selber bei Jörgen und Jens und ihren Freundinnen? Wer war bei ihnen der schwächere Part?

Im Großen und Ganzen hatte Berits Mutter jedenfalls Recht behalten, zum Beispiel als die Jungen geboren wurden ... Tor war mit ihr ins Krankenhaus gefahren, hatte es aber nicht über sich gebracht, dort zu bleiben und zu warten. Der Krankenhausgeruch fraß sich in seine Schleimhäute, ließ ihn erblassen, ihm wurde übel. Alleine hatte sie dort liegen und sich durch die langen und qualvollen Stunden kämpfen müssen, und dann, als es vorbei war, konnte die Hebamme ihn nicht zu Hause erreichen.

Später hatte er erklärt, er sei die ganze Nacht herumgeirrt und habe an sie gedacht, deutlich und intensiv habe er ihr Bild heraufbeschworen, um ihr Kraft zu geben, das müsse sie doch gespürt haben. Oder etwa nicht?

Und später, als die beiden die Masern bekamen und die

ganzen anderen Kinderkrankheiten – Jörgen hatte im Übrigen ständig etwas an den Ohren – wer durfte dann alles ausbaden? Sicherlich war Berit in den ersten Jahren mit ihnen zu Hause gewesen, aber sie hätte durchaus ein wenig Entlastung gebrauchen können. Aber nein. Er schob sogar noch Krankheiten vor und wäre wohl in dieser Zeit am liebsten in ein Hotel gezogen, wenn es nicht allzu erbärmlich ausgesehen hätte.

»Männer, die wirklich zählen«, pflegte ihre Mama zu sagen und bekam dabei einen ganz besonderen Gesichtsausdruck.

Berits Vater baute Gurken an.

Sie stieg aus der Badewanne und trocknete sich sorgfältig ab. Es war neun Uhr. Sie konnte genauso gut direkt den Schlafanzug anziehen und sich hinlegen. Ihr war jetzt etwas wärmer geworden, und es würde das Beste sein, sich hinzulegen, ehe die Kälte zurückkehrte.

»Tor, ich gehe schon einmal ins Bett«, rief sie. »Du bleibst doch bestimmt noch etwas auf, oder?«

»Ja, der Abend hat ja gerade erst begonnen!«

Er stand in der Tür, sie hüllte sich in das Badelaken, scheu.

»Du wirst doch nicht etwa krank?«

»Natürlich nicht«, fuhr sie auf. »Ich bin nur müde. Es ist ein total beschissener Tag gewesen.«

Da überraschte er sie damit, dass er das Badezimmer betrat und sanft und vorsichtig ihr Handtuch löste. Er sah sie an, nahm seine Brille ab.

»Was ist denn?«, fragte sie gereizt.

»Wenn ich so darüber nachdenke, könnte ich eigentlich auch ins Bett gehen.«

Wollte er jetzt etwa mit ihr schlafen? Das konnte sie nicht. Ihr schoss durch den Kopf, dass sie sich nicht mehr daran erinnerte, wann sie zuletzt miteinander geschlafen hatten.

Sie lag auf dem Rücken und wartete, während er die Runde durchs Haus machte und überall das Licht löschte. Die Spülmaschine begann zu laufen, ach genau, sie war randvoll. Sie hatte ihren Trikotschlafanzug angezogen und die dicken, grauen Strümpfe. Dann kam er, und sie schloss die Augen und tat, als schlafe sie schon.

Er legte sich erst auf seine Seite, aber nach einer Weile schlug er ihre Decke zur Seite und rückte herüber.

»Tor … Ich will nicht.«

»Ich doch auch nicht«, sagte er.

Er klang verletzt, jetzt würde sie ein wenig schön Wetter machen müssen, um zu versuchen, ihn wieder zu besänftigen.

»Entschuldige«, flüsterte sie und drehte sich zu ihm um.

Nach einer Weile sagte sie: »Tor?«

»Ja.«

»Könntest du dir vorstellen, nach Luleå zu ziehen?«

Er kicherte trocken.

»Doch, im Ernst. Könntest du?«

»Ausgerechnet nach Luleå? Nein, beim besten Willen nicht.«

»Dann muss ich eben alleine umziehen, das heißt, falls ich auch in Zukunft arbeiten möchte. Curt will den ganzen Verlag dahin verlegen.«

Sein Arm fuhr aus dem Bettzeug, scharrte die Wand entlang und suchte, fand die Lampe. Er saß im Bett und schaute sie an, ohne sie richtig zu sehen, weil seine Brille auf der Kommode lag.

»Nach Luleå?«, sagte er, und in diesem Moment hatte sie ihn so satt, dass sie sich beherrschen musste, um nicht laut zu schreien.

»Ja! Nach Luleå! Er wird massenhaft Subventionen bekommen, er stammt von dort. Aus der Lappenhölle.«

»Berit …«

»So sieht es aus! Scheiße!«

»Wann hast du es erfahren?«

»Er hat es uns am Montag gesagt. Aber du bist ja nicht zu Hause gewesen. Deshalb konnte ich es dir noch nicht erzählen.«

»Werdet ihr entlassen?«

»Aber nein. Das ist noch das Raffinierteste an der Sache, denn natürlich haben nur ein oder zwei von uns die Möglichkeit, mitzukommen. Da will doch keiner freiwillig hin.«

»Aber braucht er euch denn nicht?«

»Brauchen! Er wird sich bestimmt verkleinern. Und im Übrigen gibt es natürlich jede Menge Leute aus dem Norrland, die er anstellen kann. Wenn nötig. Falls er doch vorhaben sollte zu expandieren.«

»Ihr müsst mit der Gewerkschaft sprechen, Berit. Damit kommt er nicht durch, nicht ohne Mitbestimmung und Abfindung, für so etwas gibt es Bestimmungen.«

Sie schnaubte und setzte die Füße auf den Boden.

»Gewerkschaft! Glaubst du wirklich, einer von uns ist in der Gewerkschaft! Das ist nicht üblich in dieser Branche, verstehst du.«

Er sagte:

»Wir gehen runter und reden darüber. Wir gehen runter und genehmigen uns einen Kognak.«

Er zündete ein Feuer an und breitete eine Decke über sie, reichte ihr den Kognakschwenker.

»Das ist ja vielleicht ein Ding«, sagte er schließlich. »Luleå!«

»Ich werde arbeitslos, Tor. Im Alter von fünfundvierzig, fast sechsundvierzig Jahren.«

»Dann wirst du wohl wieder Hausfrau werden müssen.«

»Nie im Leben!«

»Dann bräuchte man zumindest keine Tiefkühlpizzen mehr essen ...«

»Wie meinst du das, stimmte mit der Pizza vielleicht was nicht?«

»Das brauchst du mich nicht zu fragen.«

»Ich hatte keinen richtigen Hunger«, sagte sie und nippte an ihrem Kognak. »Vielleicht kannst du das verstehen unter diesen Umständen.«

»Berit«, sagte er sanft. »Du darfst jetzt nicht die Flinte ins Korn werfen. Du bist immer noch jung. Du musst dich jetzt schon nach etwas anderem umsehen. Es wird schon klappen.«

»Weißt du eigentlich, wie hoch die Arbeitslosigkeit in diesem Land ist? Bekommst du das überhaupt mit? Heute erst habe ich von einem jungen Mann gelesen, fünfundzwanzig Jahre alt, der arbeitslos ist, seit er die Technische Hochschule abgeschlossen hat. Ein gut ausgebildeter, hoch qualifizierter Mann, der sich auf massenhaft Stellen beworben hat, er hatte einen ganzen Ordner voller Ablehnungen … oder wie heißt das noch, Absagen. Mehr als vierzig Absagen von verschiedenen Stellen, auf die er sich im ganzen Land beworben hat. Sogar in Luleå, mein Lieber.«

»Hör zu, mach jetzt nicht aus einer Mücke einen Elefanten, nicht bevor du dich vergewissert hast, dass es wirklich so schlecht steht, wie du befürchtest.«

Sie leerten ihre Gläser und gingen wieder hinauf in ihr Schlafzimmer. Es gab nichts mehr zu sagen.

Er legte sich auf seine Seite, strich ihr kurz über die Wange.

»Da ist noch etwas«, flüsterte sie. »Eine Sache, die mir wirklich furchtbare Angst macht.«

Er murmelte leise etwas, hatte sich schon in Schlafstellung begeben.

»Weißt du, als ich am Samstag in Hässelby war, als ich so spät nach Hause kam. Diese frühere Klassenkameradin, von der ich dir erzählt habe … die mit dem französischen Namen …«

Was war mit ihr gewesen, warum war es gekommen, wie es kam? Was machte ein Kind zu einem Opfer?

Und was war mit mir los? Woher kam diese Grausamkeit?

Kinder müssen gleich sein, aber da war die Sache mit ihrer Mutter, das trennte sie von uns. Sie hatte keine richtige Mutter. Ihre Mutter war auf irgendeine mystische Art und Weise in ihrem Haus gestorben, als Justine noch klein war. Dann hatte ihr Vater wieder geheiratet, seine Sekretärin, es wurde natürlich geredet, wir müssen es von den Erwachsenen aufgeschnappt haben, beim Kaffeekränzchen im Wohnzimmer. Es war in der Grundschule, in der ersten Klasse, wir gingen damals in dieses Backsteinhaus … Justine saß neben mir, ich hatte neben Jill sitzen wollen, aber es gab irgendein Missverständnis. Unsere Lehrerin sagte, ja, so ist es gut, Mädchen, so bleibt ihr sitzen. Justine war hässlich und dünn wie ein Fisch. Aber das waren wir wahrscheinlich alle …? Sie hing wie eine Klette an mir. Nur weil wir zufällig nebeneinander saßen, dachte sie, dass wir auch die besten Freundinnen sein würden. Ich glaube, dass ich ihr sofort klarzumachen versuchte, dass daraus nichts würde, aber sie war irgendwie schwer von Begriff, sie kapierte es nicht, jeder normale Mensch hätte es kapiert, sie nicht. In den Pausen klammerte sie sich an Jill und mich, was sollen wir jetzt spielen, darf ich mitmachen. Wir waren gezwungen, sie zu schlagen, um sie wieder loszuwerden. Geld hatte sie, ihr Vater war ja steinreich, sie schlich hinüber zum Geschäft und kaufte in der Frühstückspause Süßigkeiten, unglaubliche Mengen von Süßigkeiten. Sie versteckte sie für uns an verschiedenen Stellen, und wir krochen herum und wühlten danach. Ich erinnere mich, dass mich auch das wütend machte. Fräulein Messer kam ihr später auf die Schliche, es war natürlich verboten, den Schulhof zu verlassen, verboten, Süßigkeiten dabei zu haben, ich glaube, sie musste nach der Schule in der Klasse bleiben, die verknöcherte Alte wagte es bestimmt nicht, sie anzurühren, sie musste wohl einfach nur da sitzen und sich schämen.

Mit der Zeit machte sie uns wahnsinnig, sie war selbst schuld, wir waren nur Kinder, wir wussten es nicht besser …

Sie versuchte, mich zu kaufen. Und wer kaufen muss, ist immer unterlegen.

»Komm mit zu mir nach Hause nach der Schule, Berit, ich habe eine ganze Kiste voller Sandy-Pastillen.«

»Und was ist mit Jill?«

»Na gut, dann eben auch Jill.«

Es war dieses Haus, es lag unten am See, und sie hatten einen Badesteg, der geradewegs hinausführte, und ein großes, schönes Boot. Ihrem Papa gehörte der ganze Sandy-Konzern.

»Flora ist nicht zu Hause«, sagte sie.

»Flora … Ist das deine Mama?«

Sie zuckte mit den Schultern.

»Deine Mama ist tot, ne?«

»Ja.«

»Liegt sie auf dem Friedhof?«

»Ja.«

»Sie war Ausländerin, ne?«

»Sie kam aus Frankreich. Und wenn ich groß bin, ziehe ich auch dahin.«

»Konnte sie gar kein Schwedisch, deine Mama?«

»Doch.«

»Kannst du Französisch?«

»Papa bringt es mir bei. Wenn er Zeit hat. Aber im Moment hat er zu viel zu tun. Mit den Fabriken.«

Als wir uns dem Haus näherten, sagte sie, wir sollten leise sein. »Für den Fall, dass Flora noch nicht weggefahren ist.«

Was sie auch nicht war. Wir lagen hinter einem großen Steinblock und sahen, wie sie auf die Treppe hinaustrat. Sie war anders als unsere Mütter. Meine Mutter war alt, das wurde mir klar, als ich Flora sah. Sie war fast ebenso schmal wie wir. Sie war geschminkt wie ein Filmstar. Sie hatte Probleme, mit ihren hohen Absätzen über den Schotter zu gehen, sie sanken ein. Ein Wagen wartete oben an der Straße auf sie. Wir sahen, wie sie sich auf den Rücksitz setzte, der Fahrer hielt ihr die Tür auf und schloss sie wieder.

Sie bemerkte uns nicht.

»Sie fährt einkaufen«, sagte Justine. »Sie liebt es, einkaufen zu gehen.«

Sie trug den Schlüssel an einer Kette um ihren Hals. Sie musste sich auf die Zehenspitzen stellen, um aufzuschließen. Es war ein bisschen unheimlich, sich bei Justine zu Hause hereinzuschleichen, so als tue man etwas Verbotenes, als tue selbst sie etwas, was man nicht tun durfte.

Ihr Zimmer lag im ersten Stock. Es ähnelte meinem. Bett, Schreibtisch, Bücher, ein paar Puppen und Stofftiere. Sie kniete sich hin und zog eine Kiste unter dem Bett hervor.

»Tadaa!«, sagte sie und zerrte den Deckel herunter. Mit einer Geste, als würde sie zaubern.

Die ganze Kiste war voller Pastillenschachteln.

»Bedient euch«, sagte sie.

Wir nahmen jeder vier, Jill und ich, mehr konnten wir nicht tragen.

»Jetzt gehen wir aber, oder?«, sagte Jill.

Justine sprang auf und stellte sich in die Türöffnung.

»Wollt ihr sehen, wo meine Mama gestorben ist?«

Wir sahen einander an.

»Ja«, sagte ich.

»Dann kommt mit!«

Es war an dem großen Fenster im ersten Stock.

»Hier auf dem Fußboden lag meine Mama und starb.«

»Woran ist sie gestorben?«

»Da war etwas im Gehirn, was kaputtgegangen ist.«

»War deine Mama etwa verrückt?«, fragte Jill und kicherte.

»Nein ...«

»Du bist doch verrückt, vielleicht hast du das von ihr«, sagte Jill.

»Das bin ich überhaupt nicht!«

Ich schielte zu dem glänzenden, braunen Fußboden hinüber und versuchte mir vorzustellen, wie die Frau, die Justines richtige Mama gewesen war, dort gelegen und ein wenig geröchelt hatte, ehe sie ihren letzten Atemzug tat.

»Hast du geweint?«, fragte ich.

»Wieso geweint?«

»Als deine Mama hier auf dem Fußboden lag und gestorben ist.«

»Bestimmt.«

Sie lief vor uns die Treppe hinunter.
»Wollt ihr noch etwas sehen?«
»Nein.«
»Doch, bitte. Wollt ihr? Wollt ihr noch etwas sehen?«
»Was denn?«
»Im Keller.«
»Wie, im Keller?«
Sie hatte schon die Tür zum Keller geöffnet und begann, die Treppe hinunterzugehen.
Jill sah mich an.
»Nun mach schon.«
An dem Keller war nichts Besonderes. Die große Ölheizung, eine Wäscheschnur, auf der Laken zum Trocknen hingen. Am Fenster eine Mangel und ein Haufen mit viereckigen Steinen, auf denen leere Blumentöpfe standen.
»Was ist mit dem Keller?«, fragte ich.
Sie tat geheimnisvoll. Die Spange in ihrem Haar hatte sich gelöst und hing nur noch an ein paar Haaren. Sie öffnete die Tür zu einem kleineren Raum.
»Da!«, sagte sie und zeigte hinein.
Ein Waschzuber stand in dem Raum, so einer, in dem man Wäsche kocht. Sonst nichts.
»Was ist denn damit? So einen haben meine Oma und mein Opa.«
»Flora setzt mich da manchmal rein.«
»Was?«
»Wenn sie wütend auf mich ist.«
»Sie setzt dich da rein?«
»Ja.«
»Warum tut sie das?«
»Sie schüttet Wasser rein und sagt, dass sie meinen Trotz wegkochen wird.«
Ein Schauer lief mir über den Rücken, nicht aus Angst oder Mitgefühl, es war etwas anderes, es war ein schönes Gefühl.

Ich habe in den letzten Tagen oft daran gedacht. Kindern scheint jedes Einfühlungsvermögen zu fehlen. Aber gilt das für alle Kinder? Oder war da was mit mir ... mit meinem Zuhause? Ich hatte anständige, liebe Eltern, die mich gut behandelten. Vielleicht verwöhnten sie mich etwas, sie waren ja schon ziemlich alt, als ich zur Welt kam. Ich war ihr einziges Kind, es gab keine Geschwister, an denen man sich reiben konnte. Es ist klar, dass man da etwas verwöhnt wird.

Aber hatte man nicht das Recht, sich seine Freunde selber auszusuchen? Sie hätte sich doch an andere hängen können, nicht die ganze Zeit nur an mich. Sie hatte Sandyschachteln in der Schultasche, wir durften zwischen Menthol und Honig wählen, konnten wir uns nicht entscheiden, bekamen wir beide. Mein Gott. Wie sehr wir sie loswerden wollten.

Ich glaube, dass ich es war, die den Vorschlag machte, zum Friedhof zu gehen. Es war ziemlich weit dorthin, den ganzen Sandviksväg hinunter, wenn man den direkten Weg nahm und nicht die Seitenstraßen entlanglief.

Sie klebte an unseren Fersen. Jill und ich unterhielten uns und beachteten sie gar nicht, aber ich wusste, dass sie mitkommen würde, genau darauf hatte ich gezählt.

Es muss irgendwann im September oder Oktober gewesen sein, denn die Blätter waren noch grün, während die Luft schon etwas kühl war. Wir trugen Jacken und lange Hosen und außerdem noch unsere Schultaschen, die wir immer bei uns hatten. Wir waren noch ziemlich stolz auf sie und darauf, in die Schule zu gehen.

Die Pastillenschachteln reichten den ganzen Weg bis zum Friedhof.

»Was wollen wir jetzt machen?«, fragte Justine.

»Wir werden deine Mama besuchen.«

Mit etwas Mühe gelang es uns, das schwere Eisentor aufzubekommen, aber dann hatten wir keine Ahnung, wie wir es wieder schließen sollten. Wir ließen es offen. Justine wusste genau, wo das Grab lag. Sie führte uns zunächst ein Stück geradeaus, dann nach rechts. Der Stein war hoch und weiß, und es stand ein Name darauf, an den ich mich nicht mehr erinnere.

»Ich frage mich, wie sie jetzt aussieht.«, sagte ich. »Es sind bestimmt nur noch Haut und Knochen übrig. Und eine Masse Haare. Ich habe gehört, die Haare der Toten wachsen im Sarg weiter. Die Haare und die Nägel.«

Wir hielten unsere Handflächen gegen die Sonne und meinten, die Skeletthände in ihnen erkennen zu können. Jill gab einen Schrei von sich, der uns durch Mark und Bein ging. Sie konnte einem manchmal wirklich auf die Nerven gehen.

»Ich will kein Skelett sein!«, schrie sie. »Ich will nicht, dass meine Nägel weiterwachsen!«

»Das will niemand«, sagte ich.

Justine sagte:

»Man muss ein Skelett in sich haben, sonst stürzt ja alles zusammen.«

Wir entfernten uns in Richtung des weißen Gebäudes, das ein Stückchen weiter weg lag. Gleich dahinter harkte ein älterer Mann.

»Das ist das Haus der Toten«, sagte ich. »Da drinnen liegen die Leichen, die beerdigt werden sollen, sie liegen da und warten darauf, dass sie an der Reihe sind.«

Der Mann hörte auf zu harken und rief uns etwas zu. Wir taten, als hätten wir nichts gehört, und versteckten uns hinter einer Hecke. Dort hockten wir und beobachteten, wie er Ausschau nach uns hielt. Nach einer ganzen Weile hängte er die Harke auf und ging. Er verschwand durch das Tor und schloss es sorgfältig hinter sich. Jetzt waren wir allein auf dem Friedhof.

Eine Tonne stand neben dem Haus der Toten. So eine Tonne, in der man Regenwasser auffängt. Es war recht viel Wasser in der Tonne, wie ich sah, als ich hineinschaute, und die Innenseiten waren glitschig von Algen.

»Sollen wir Fisch spielen?«, sagte ich, denn ich merkte, Jill würde sonst bald sagen, dass sie nach Hause wollte.

»Wie meinst du das, Fisch spielen?«, fragte Justine.

»Aquarium«, sagte ich. »Die Tonne soll unser Aquarium sein.«

Jill sagte:

»Wir dürfen hier eigentlich nicht spielen.«

»Der Mann ist doch nicht mehr da.«

Es war vollkommen still, der Wind fuhr durch das Birkenlaub, doch Vögel waren nicht zu hören. Sie waren wohl in wärmere Länder gezogen. An all das erinnere ich mich unheimlich deutlich. Es ist seltsam. Ich war doch erst sieben Jahre alt.

»Justine soll der Fisch sein«, sagte ich, und ich sah, dass sie erst protestieren wollte, sich dann aber etwas duckte, als müsse sie erst einen Anlauf nehmen, um sich zu trauen, Ja zu sagen.

»Muss ich mich ausziehen?«, fragte sie.

»Was meinst du, Jill? Muss sie sich ausziehen?«

Jill biss die Zähne zusammen und nickte. Dann begann sie zu kichern. Es war typisch für sie, plötzlich in einen Lachanfall auszubrechen. Ich kicherte auch. Wir befahlen ihr, sich auszuziehen, und sie tat es. Sie hätte es doch auch lassen können, jeder Mensch hat doch seinen freien Willen. Aber in gewisser Weise schien sie es auch zu mögen. Vielleicht mochte sie es auch, wenn Flora sie in den Waschzuber setzte? Sonst hätte sie uns das doch nicht so stolz erzählt.

In ihrer Unterhose waren Pipispuren, das sah ich, als sie die Hose auf die Seite legte. Sie bekam eine Gänsehaut. Alleine schaffte sie es nicht, in die Tonne zu klettern. Wir mussten ihr helfen. Es platschte, als sie hineinglitt. Sie schrie auf, das Wasser schlug kalt gegen ihren nackten Bauch.

»Jetzt bist du unser Fisch«, sagte ich.

Sie plantschte ein wenig, als spiele sie, wir würden schwimmen.

»Wir werden dich füttern, was fressen Fische?«

»Die fressen bestimmt ... Würmer.«

Da geschah etwas mit Justine, sie stand kerzengerade in der Tonne, und ihre Augen waren weit aufgerissen.

»Keine Würmer! Versprecht es! So ein Fisch bin ich nicht, ich fresse nur Blätter.«

»Sei still!«, sagte ich. »Fische können nicht sprechen.«

Wir rupften ein paar Blätter von den Sträuchern und schütteten sie über Justines Kopf in die Tonne. Sie beruhigte sich wieder. Ihre Haare waren nass geworden, und sie hatte begonnen, mit den Zähnen zu klappern.

Ich weiß nicht, wer ich war, ich weiß nicht, was mit mir los war, ich war nur ein Kind, ich war erst sieben Jahre alt. Ich sah den Schlauch, der an der Hauswand hing, ich rollte ihn etwas ab und drehte am Wasserhahn.

»Du sollst noch mehr Wasser in dein Aquarium bekommen«, sagte ich zu Justine, und sie begann, auf und ab zu springen und zu protestieren.

Ich habe später darüber nachgedacht. Ich wollte wirklich sehen, wie das Wasser ihr bis zum Kinn, ja, bis zu Nase und Mund reichte. Ich weiß, dass ich dachte, sie könnte ertrinken, aber es war, als ginge mich das nichts an. Oder als wäre es einfach interessant zu sehen, wie so etwas vonstatten geht. Wenn Menschen ertranken. Ich führte den Schlauch über den Rand der Tonne und begann zu spritzen.

Anfangs schrie sie etwas und schlug um sich, dann wurde sie still und stand einfach nur da. Ich konnte nicht aufhören, ihren Kopf mit Wasser zu bespritzen. Es lief ihr Gesicht herunter und in die Mundwinkel. Später habe ich daran gedacht, dass es sehr kalt gewesen sein muss. Das Wasser reichte ihr bis zum Kinn.

Jill sagte:

»Jetzt musst du das Wasser abdrehen!«

Es war, als könnte ich das nicht.

Sie sagte es noch einmal:

»Dreh ab, Berit, dreh ab!«

Als ich nicht reagierte, ging sie selbst hin und drehte ab. Justine fror so sehr, dass sie am ganzen Leib zitterte.

Ich ging ein bisschen zur Seite, dachte nach. Dann nahm ich einen Stock, der auf der Erde lag.

Ich hielt ihn ein wenig über die Tonne.

»Schau her, ich angele!«

Jill lief los und holte sich auch einen Stock.

»Bei wem beißt einer an!«, rief ich. »Jetzt werden wir sehen, bei wem einer anbeißt!«

Ich hatte mir wahrscheinlich vorgestellt, dass sie nach einem der Stöcke greifen und wir sie dann rausziehen würden. Sie würde sich dann wieder anziehen dürfen. Aber sie tat es nicht. Sie stand in der Tonne und schmollte. Ich schlug sie mit meinem Stock, direkt aufs Ohr. Jill sah mich an, dann machte sie es mir nach.

Wenn sie wenigstens geweint hätte.

Dann erinnere ich mich nur noch, dass wir Schritte auf dem Kiesweg hörten und Jill und ich unsere Stöcke wegwarfen und davonrannten. Gütiger Himmel, wie wir liefen, an jenem Hügel vorbei, auf dem heute die Gedenkstätte liegt, durch das Tor hinaus, rechts in den Wald, dort warfen wir uns schließlich ins Unterholz. Ich kann mich nicht entsinnen, dass wir auch nur einen einzigen Gedanken an Justine verschwendet hätten, wie es ihr ergangen war, ob wir ihr wehgetan hatten. Wir machten uns einzig und allein Sorgen, sie könnte petzen und wir könnten bestraft werden.

Sie konnte nicht schlafen. Auf dem selbstleuchtenden Zifferblatt sah sie, dass es halb eins war. Tor lag mit dem Gesicht ihr zugewandt, er schnarchte schwer und laut. Sie stand auf. Draußen im Badezimmerschrank musste es etwas Beruhigendes geben, sie hatte einmal Valium verschrieben bekommen, als sie mit ihren Nerven am Ende war, aber sie hatte die Packung nie geöffnet. Richtig. Dort war sie. Möglich, dass das Medikament zu alt war, sie konnte es ohne ihre Lesebrille nicht erkennen. Sie stopfte sich ein paar der kleinen, weißen Tabletten in den Mund und schluckte sie mit Wasser aus ihrem Zahnputzbecher hinunter.

## 13. KAPITEL

Hans Peters Wohnung lag auf der Fyrmannsgata, mit Aussicht auf den Friedhof von Hässelby Villastad. Allerheiligen zündete er abends immer zwei Kerzen an und stellte sich eine Weile an das Wohnzimmerfenster. Draußen leuchteten die Grablichter mit ihrem schwachen Lichtschein. Es war der einzige Tag im Jahr, an dem der Parkplatz am Friedhof voll besetzt war und die Autos sogar an der Sandviksgata geparkt wurden.

Zu dieser Zeit, im November, wenn die Dunkelheit sich wie eine Glocke über Stadt und Land legte, war es nur natürlich, dass er an seine Schwester dachte. Sie wäre jetzt achtunddreißig gewesen, wahrscheinlich eine blühende Mutter von zwei Kindern und vielleicht Vorschullehrerin oder Inhaberin eines Reformhauses. So stellte er sie sich vor. Sie und ihr Mann hätten durchaus in einem Haus in Stuvsta wohnen können, in der Nähe seiner Eltern. Oh, wie seine Mutter das gefreut hätte.

Er erwachte an diesem Morgen von der Helligkeit und vom Geräusch eines Schneepflugs, der auf und ab fuhr und die Bürgersteige räumte. Ein dumpfes Mahlen, fast wie ein Schmerz, drückte auf seine Schläfen. Er hatte nicht schlafen können, als er gegen Morgen nach Hause gekommen war, hatte im Halbschlaf dagelegen, etwas Seltsames und Krankes geträumt. Wie viel Uhr war es jetzt? Halb elf. Da konnte man sich genauso gut anziehen.

Draußen auf dem Friedhof lag der Schnee wie eine dicke

Schicht Schlagsahne. Hans Peter kochte Kaffee und schmierte sich ein paar Knäckebrote mit Schinken und Tomatenscheiben, die er mit Salz und schwarzem Pfeffer würzte, setzte sich an den Küchentisch, überflog die Zeitung.

Er las einen langen Artikel über jene Frau in Texas, die in dieser Nacht mit einer Giftspritze hingerichtet werden sollte. Sie hieß Karla Faye Tucker und war wegen Mordes verurteilt worden. Sie war genauso alt, wie seine Schwester heute wäre. Karla Faye Tucker hatte dichtes Haar und schöne, ruhige Augen. In dem Artikel hieß es, sie habe zu Gott gefunden und sei umgekehrt. Sogar der Papst hatte um Gnade für sie gebeten, aber wahrscheinlich ohne Erfolg, wahrscheinlich würde sie um ein Uhr in der Nacht auf dieser Bahre in der Todeszelle festgeschnallt werden, während er selbst in seiner Portiersloge saß, ein Mann aus dem Hinrichtungskommando würde ihren Ärmel hochkrempeln und nach der Vene suchen und ihr dann, wenn er sie gefunden hatte, die tödliche Flüssigkeit injizieren.

Man hat sein Leben und muss versuchen, etwas daraus zu machen, dachte er. Karla Faye Tucker hatte es nicht versucht, als es noch Zeit dafür gewesen war.

Er fühlte sich immer noch etwas niedergeschlagen, was jedes Jahr ein paar Mal vorkam. Es hatte nichts mit Depressionen zu tun, jedenfalls glaubte er, dass Depressionen schwerer, tiefer, härter waren. Nein, es war eher eine Art Überdruss. Angesichts der Tage und wie sie verstrichen, angesichts der Einförmigkeit. Ein langer Spaziergang würde ihn vielleicht auf andere Gedanken bringen. Er zog sich die gefütterten Winterstiefel und den Anorak an, den er einmal von Liv zum Geburtstag bekommen hatte. Er war nicht sonderlich warm, aber windundurchlässig, und wenn man einen ordentlichen Pullover darunter anzog, fror man überhaupt nicht. Er sprühte ihn nach jedem Waschen mit Imprägnierspray ein und redete sich ein, dass es was nützen würde.

Als er gerade losgehen wollte, klingelte das Telefon.

Es war seine Mutter. Er sagte, er sei auf dem Sprung, gab es etwas Besonderes, konnte er sie zurückrufen?

»Dein Vater hat heute Geburtstag, Hans Peter.«
»Oh, verdammt. Stimmt ja!«
»Demnach hast du es vergessen?«
»Auf der Arbeit war so viel zu tun, ja, ich habe es völlig vergessen.«
»Es gibt eigentlich nicht besonders viele Menschen, an die du denken musst, nahe Angehörige, meine ich.«
Ihre Worte versetzten ihm einen Stich.
»Ich weiß! Ich habe es vergessen, das war unverzeihlich von mir.«
»Er hat nach der Post geschaut, als der Briefträger kam.«
»Ist ja gut, Mama!«
»Kommst du uns am Wochenende besuchen? Dann können wir den Geburtstag mit einem Essen feiern. Nur wenn du Zeit hast, natürlich.«
»Ja natürlich, das mache ich, ich komme.«

Er folgte den Haltestellen am Sandviksväg und bog am gelben Kiosk links ab. An manchen Stellen kam man wegen des Schnees nur schwer voran. Die Autos fuhren im Schritttempo, mehrere Räumfahrzeuge waren unterwegs, schaufelten den Schnee zur Seite und streuten Sand. Er sah, wie ein junger Briefträger auf seinem voll bepackten Fahrrad hin und her schlidderte und erinnerte sich an die Zeit, in der er selbst Post ausgeteilt hatte. Schön, dass dies vorbei war. Er war jetzt einfach zu alt für so etwas.

Bald war er für alles zu alt.

Er ließ den Hang, der zum öffentlichen Badeplatz hinabführte, der an diesem Tag nicht die geringste Ähnlichkeit mit einem Bad hatte, hinter sich. Der Schnee bedeckte den Strand, die Badestege und lag auch auf dem Eis, so dass man nicht einmal erkennen konnte, wo die Uferlinie verlief. Es schneite immer noch, aber keine dicken Flocken, sondern diese scharfen, kleinen Körner, die einem in die Augen wirbeln und von denen man Kopfschmerzen bekommt. Noch stärkere, als man eh schon hat. Er zog seine Mütze noch etwas tiefer und folgte der Uferpromenade in Richtung Riddersvik.

Hier sollte man wohnen, in einem dieser Reihenhäuser mit ihrer fantastischen Aussicht auf den See. Aber die kosteten natürlich ein Vermögen, und dann ein allein stehender Mann wie er. Von Zeit zu Zeit hatte er überlegt, sich stattdessen eine Wohnung in der Stadt zu besorgen, aber es gefiel ihm in der Natur, er war kein Stadtmensch, das hier war eine Kombination aus Stadt und Land, die ihm ausgezeichnet passte.

Seit ein paar Jahren verlief ein Weg aus Holz am Berghang entlang und ragte über das Wasser hinaus wie ein Balkon. Er bildete eine Abkürzung nach Riddersvik und Tempeludden. Man fühlte sich der Natur nahe hier draußen, der unendlichen Weite. Wenn der See zufror, glitten Trauben von Schlittschuhläufern aus Enköping und noch weiter entfernten Orten vorbei. Er fragte sich, ob das Eis trug, sah aber keine menschlichen Spuren, nur schwache Abdrücke kleinerer Tiere. Die Sträucher waren gefroren, eis- und schneebedeckt glichen sie starren Korallen. Er beugte sich über das Geländer und bewunderte sie, er hätte seinen kleinen Fotoapparat mitnehmen sollen, warum hatte er nicht daran gedacht? Dass man auch im Winter fotografieren konnte.

Da hörte er Geräusche und sah eine Frau mit einem großen, schwarzen Hund über den Brückenweg kommen. Der Hund war kräftig, sie hatte Schwierigkeiten, ihn zu halten. Die zottige Schnauze war voller Schnee, sie sah so lustig aus, dass er lächeln musste.

Jetzt blieb sie stehen und stopfte sich ein paar Haarsträhnen unter die Kapuze. Ihr Gesicht war rot und ungeschminkt, die Jacke knallgelb.

»Schöner Hund«, sagte er, wusste aber nicht recht, ob er es wagen sollte, ihn zu streicheln.

»Ja«, sagte sie. »Er gehört meiner Tochter.«

»Macht er einen Spaziergang mit Ihnen oder umgekehrt?«

»Das ist eine gute Frage«, lachte die Frau.

Sie zog an der Leine und sagte etwas, das wie Freja klang.

»Heißt er Freja? Wie dieses Radioprogramm?«
»Nein. Feja heißt sie. Und eigentlich ist sie gar nicht so stur. Nur bei mir … Meine Tochter und ihr Freund sind dabei, sie zum Spürhund auszubilden.«
»Tatsächlich? Was soll sie denn aufspüren?«
»Na ja …«, sagte sie vage. »Leute, die vermisst werden oder unter eingestürzten Häusern verschüttet sind und so weiter.«
»Das klingt interessant.«
»Aber sie ist noch sehr jung, erst drei Jahre alt.«
»Das ist doch ein Schnauzer, nicht wahr?«
»Ja, ein Riesenschnauzer. Im Moment ist sie läufig, deshalb will sie nicht richtig folgen. Aber jetzt müssen wir wirklich gehen. Komm her, Feja!«
Er blieb stehen und sah, wie sie hinter der Rundung des Berges verschwanden.
Wieder einmal erwachte seine Sehnsucht nach einem Hund.
Wenn er einen gehabt hätte, ja, dann hätten sich die beiden Tölen jetzt eine Weile beschnuppert, am Hintern, wie Hunde das so machten, und dann wäre er weitergegangen, genau wie er es jetzt tat. Oben rechts lag jetzt Riddersviks gård und unterhalb davon die ganzen Schrebergärten, Bella hätte von hier an ohne Leine laufen dürfen, sie wäre den Hügel hoch- und wieder hinuntergelaufen wie eine Verrückte und hätte sich im Schnee gewälzt. Vielleicht hätte er einen Stock geworfen, den sie dann geholt hätte.
Er kämpfte sich den Hügel hinauf, auf dem der eigenartige Pavillon mit seinen Säulen stand, der wie ein Tempel aus einem Märchen aus Tausendundeiner Nacht wirkte. Schwarze Eisengitter versperrten die Eingänge, es sang und pfiff in ihnen wie ein Orchester, wenn der Wind vom Mälareis her auffrischte. Es klang schön und ein wenig verlassen. In der Mitte der Decke hing ein schwerer Haken. Hatte sich dort jemand erhängt? Er konnte es fast vor sich sehen, ein baumelnder, schaukelnder Körper.

Er entdeckte sie ein Stück unterhalb des Hügels. Sie lag halb hinter einem großen und hohlen Baumstamm verborgen, und später dachte er, dass er sie sofort aufgespürt hätte, wenn er einen Hund dabei gehabt hätte. So hätte er sie fast übersehen.

Sie lag gegen den Baumstamm gelehnt, und der Schnee fiel auf sie herab, sie hatte ihn weggebürstet, solange sie konnte, aber jetzt hingen die Arme auf die Erde herunter, und ihr Kopf war ein wenig zur Seite gekippt.

Zuerst glaubte er, sie wäre tot. Er hockte sich neben sie und berührte vorsichtig ihr Kinn. Es war kalt, aber sie atmete. Dann legte er sie in den Schnee und hob ihre Beine. Er erinnerte sich dunkel, dass man es so machen musste, jedenfalls wenn es um jemand ging, der ohnmächtig geworden war.

Nach kurzer Zeit gab sie Laute von sich und öffnete die Augen. Ihr Gesicht war weiß wie der Schnee.

»Oh, Sie leben, Gott sei Dank!«, rief er und fiel neben ihr auf die Knie. Sie schmatzte trocken mit den Lippen, schluckte mehrmals.

»Sie müssen ohnmächtig geworden sein, ich habe Sie hier an diesen Stamm gelehnt gefunden.«

»Ich bin gelaufen …«, sagte sie heiser, und jetzt sah er, dass sie Joggingschuhe trug und eine Art Overall.

»Was ist passiert? Sie müssen gestürzt sein.«

Sie versuchte, sich aufzurichten, und er packte sie an den Armen und half ihr.

»Vorsichtig, sonst liegen Sie gleich wieder auf der Erde.«

Sie stöhnte und fasste sich an den linken Fuß, stand mühsam auf, seinen Anorak die ganze Zeit über fest im Griff.

»Es ist der Fuß … Ich erinnere mich jetzt, er ist einfach umgeknickt.«

»Können Sie auftreten?«

»Nein, vielleicht doch …«

»Wahrscheinlich ist er verstaucht.«

»Es ist eine alte Verletzung. Der Fuß knickt einfach um, ich hätte daran denken müssen.«

»Sie müssen in ein Krankenhaus.«

»Aber nein. Es reicht, wenn ich irgendwie nach Hause komme.«

Sie war in seinem Alter, vielleicht etwas älter. Ihre Stimme war hell und mädchenhaft. Er dachte, dass er nicht genug Kraft hatte, sie zu tragen.

»Wenn ich mich an Ihnen festhalten darf …?«, sagte sie.

»Wo wohnen Sie?«

»Ein Stückchen weiter. Man sieht das Haus, wenn man auf die Brücke kommt.«

Sie legte einen Arm um seinen Hals, und sie machten sich schleppend und humpelnd auf den Weg. Es war sehr mühsam. Ab und zu, wenn sie aus Versehen mit dem Fuß auftrat, stöhnte sie auf.

»Wenn er gebrochen ist, muss er gegipst werden«, sagte er.

»Er ist nicht gebrochen.«

»Wie können Sie sich da so sicher sein?«

»Ich bin es einfach.«

»Ich sollte mich vielleicht vorstellen. Hans Peter Bergman. Ich wohne in Hässelby Strand, dachte, ich mache mal einen Spaziergang.«

»Da ist jetzt wohl nichts draus geworden.«

»Das macht nichts.«

»Ich heiße Justine Dalvik.«

»Kristin?«

»Nein. Justine.«

Sie waren zu ein paar Gebäuden und einer Koppel mit Pferden gekommen. Die Tiere trugen feuchte Decken, scharrten mit den Hufen im Schnee und sahen so aus, als wollten sie in den Stall.

»Sollen wir bei dem Haus anklopfen und fragen, ob wir von dort aus einen Krankenwagen rufen können?«

»Bloß nicht … Man muss es ja nicht dramatisieren …«

In diesem Moment trat ein Mann auf die Treppe hinaus. Er warf ihnen einen gleichgültigen Blick zu, ging anschließend zu einem Auto, das vor dem Tor geparkt stand.

»Hallo?«, rief Hans Peter.

Der Mann blieb stehen.
»Wir könnten Hilfe gebrauchen.«
Er kam ihnen entgegen und breitete die Hände aus.
»Ich schlecht sprechen Schwedisch«, sagte er entschuldigend.
»Das macht nichts, Hauptsache, Sie können fahren.«
»Kann fahren. Euch fahren?«
»Danke, das wäre nett. Die Dame hier hat sich den Fuß verletzt. Wir könnten jemand gebrauchen, der uns ein Stück mitnimmt, sie wohnt nicht besonders weit von hier.«

Jetzt waren sie am Haus angekommen. Sie sagte:
»Vielen Dank für die Hilfe.«
So wie sie es sagte, klang es ein wenig, als wolle sie, dass er noch bleibe.
Er sagte: »Ich kann mir ja den Fuß einmal ansehen. Ich habe beim Militär ein wenig über Krankenpflege mitbekommen.«
»Nun, wenn Sie wollen … Wir können in die Küche gehen.«
Auf der Spüle saß ein großer Vogel. Er trank Wasser aus einer Schale.
»Ich hoffe, er stört Sie nicht«, sagte sie leise.
»Wie meinen Sie das?«
»Einige Leute haben Angst vor dem Vogel.«
»Ich finde es nur ein wenig ungewöhnlich. Gehört er Ihnen?«
Sie nickte. Er zog ihr die Schuhe aus und setzte sich ihr gegenüber, legte ihr Bein auf seinen Schoß.
»Ist das eigentlich eine gute Idee, bei so einem Glatteis laufen zu gehen?«
Sie hatte jetzt wieder etwas Farbe im Gesicht.
»Offensichtlich nicht«, sagte sie trocken.
Der Fuß hatte eine komische Form, mit kleinen, ein wenig gebogenen Zehennägeln. Er dachte an etwas, das er gelesen hatte. Männer haben flache Nägel, Frauen gebogene. Er fragte sich, warum.

Direkt neben dem Fußknöchel war eine schwache Schwellung zu erkennen. Er nahm den Fuß und bewegte ihn ein wenig hin und her.

»Tut das weh?«

»Ein bisschen.«

»Gebrochen ist er anscheinend nicht. Ich kann Ihnen einen Verband machen.«

»Das wäre nett. Oben in meinem Schlafzimmer gibt es einen Schrank mit Medikamenten. Dort müsste es auch eine elastische Binde geben. Es ist das Zimmer, in dem nur ein Bett steht.«

Er ging in den Flur hinaus und die steile Treppe hinauf. An den Wänden hingen hinter Glas zwei Plakate aus den vierziger Jahren. Sie warben für Halspastillen. Oben mündete der Flur in ein großes Zimmer voller Bücher. Er warf einen Blick auf die Titel, wagte es aber nicht, zu lange zu bleiben. Die Tür zu ihrem Zimmer stand einen Spalt weit offen. Das Bett war ordentlich gemacht, aber der Fußboden war schmutzig, Federn und Körner. Ein großer Ast schien aus dem Boden zu wachsen. Dann begriff er, dass er in einem Weihnachtsbaumständer stand. Offenbar hielt sie den Vogel in diesem Zimmer, im gleichen Zimmer, in dem sie auch schlief.

»Kommen Sie klar?«, rief sie von unten aus der Küche.

»Was haben Sie gesagt, wo der Schrank steht?«

»Links vom Fenster, sehen Sie ihn?«

Ja, da war er. Er hockte sich hin und öffnete ihn, jede Menge kleiner Flaschen und Döschen und ganz hinten aufgewickelt eine elastische Binde. Als er sie herausnahm, war der Vogel da, irgendwo hinter ihm. Er setzte sich auf seinen Ast, gab einen krächzenden Laut von sich. Hans Peter blieb in der Hocke, bewegte sich nicht.

»Keine Angst«, rief sie von unten. »Er tut nichts.«

Der Vogel glotzte ihn mit einem Auge an. Er hatte ein Bein hochgezogen und klapperte mit dem Schnabel. Hans Peter war nicht wohl bei der Sache. Würde er sich auf ihn stürzen, sobald er sich bewegte? Er hob schützend seine Arme und ging seitwärts zur Tür hinaus. Der Vogel schlug mit den Flügeln, blieb aber sitzen.

»Warum haben Sie diesen Vogel?«, fragte er später, als er ihren Fuß verbunden und ihnen beiden eine heiße Milch gemacht hatte. Heiße Milch hatte er seit seiner Kindheit nicht mehr getrunken. Sie waren in das große Zimmer mit den Büchern umgezogen. Er sagte, dass er jetzt gehen werde, mehrere Male hatte er das gesagt.

»Unter anderem, damit er mir Gesellschaft leistet.«

»Sind die nicht am liebsten draußen, solche großen Vögel?«

»Das hat bei ihm keinen Sinn. Er ist zu stark von Menschen geprägt worden. Lässt man ihn frei, wird er augenblicklich von anderen Vögeln angegriffen.«

»Haben Sie es mal versucht?«

Sie nickte.

»Er flog rauf in die Eiche da draußen. Schwupps war der ganze Himmel voller Elstern. Ein paar haben sich auf ihn gestürzt, was wahrscheinlich sein Glück war, denn er verlor den Halt und stürzte direkt in meine Arme. Seitdem bekommt er Angst, sobald man ein Fenster öffnet.«

»Wohnt sonst niemand hier?«

Sie schüttelte den Kopf.

Auch hier oben hingen gerahmte Plakate mit Sandypastillen. Er zeigte auf die Plakate und fragte, warum sie dort hingen.

»Sven Dalvik war mein Vater. Der Sandy-Konzern, na, Sie wissen schon.«

Er wusste nicht, was sie seltsamerweise zu freuen schien.

Er ging an den Bücherreihen entlang und schaute.

»Lesen Sie gern?«, fragte sie.

»Ja. In meinem nächsten Leben werde ich Antiquar.«

»Und was machen Sie in diesem Leben?«

»Ach, ich bin Nachtportier.«

»Sie hätten Arzt werden sollen. Wenn man bedenkt, in welchem Tempo Sie meinen Fuß versorgt haben.«

Er sah sie ernst an.

»Du hast da im Schnee gesessen, als wärst du tot. Als wärst du ermordet worden.«

»Ermordet! Warum sagst du so etwas?«

»Es sah einfach so aus. Wie man es in Filmen gesehen hat.«

»Oh Gott ...«

»Wenn ich nicht gekommen wäre ...«

»Ich wäre nach einer Weile schon aufgewacht. Das ist mir auch früher schon passiert. Der Fuß knickt um, es tut höllisch weh, durch den Schmerz werde ich ohnmächtig.«

»Aber wie kommt es überhaupt dazu?«

»Ich habe ihn mir einmal vor langer Zeit gebrochen. Seitdem ist er nicht mehr richtig in Ordnung. Ich versuche ihn zu trainieren, indem ich laufe. Das muss ich jetzt erst mal sein lassen.«

»Ja, der Meinung bin ich allerdings auch!«

Er betrachtete die Bücherregale.

»Hast du dir die Bücher alle selbst gekauft?«

Sie lachte auf, ein kurzes und ein wenig höhnisches Lachen. »Glaubst du, dazu wäre ich nicht in der Lage?«

»So habe ich das nicht gemeint!«

»Nein, entschuldige. Doch, sie gehören mir. Es hat in diesem Hause nie jemand gegeben, der so etwas wie Lust am Lesen verspürte. Außer mir.«

»Wohnst du schon lange hier?«

»Ich bin hier aufgewachsen.«

»So ist das also ... Ich sehe hier gerade, dass du Bernard Malamud hast. Kennst du dich bei ihm aus?«

»Wie man's nimmt. Ich habe ihn vor ein paar Jahren gelesen und mochte, was er schrieb. Ich glaube, da müssten drei oder vier Bücher von ihm stehen.«

»Oh, ich mag seinen Stil auch. Ich habe bisher zwar nur eins seiner Bücher gelesen, ›Der Gehilfe‹, aber das hat mich sehr berührt.«

»Du kannst dir eins ausleihen, wenn du willst.«

Er empfand eine eigenartige Freude.

»Das würde ich sehr gerne tun«, sagte er.

## 14. KAPITEL

Das Licht:

Das sehr schnell in eine schwarze und schwingende Dunkelheit stürzte. Das Blitzen einer Scherbe, eines Auges. Der Schrei der Mutter und der Schwestern, Flora, Flora, oder die Schreie der Möwen aus weiter Ferne.

Erinnerte sie sich daran? Sie war noch ein sehr kleines Kind und lag in einem Korb unter den Bäumen.

Nein.

Man hatte ihr davon erzählt.

Wie du dalagst und wie Mama uns davonlief, wie sie schrie.

Warum schrie sie?

Nun, ein Vogel saß auf der Brust des Kindes.

Er hackte mit seinem kräftigen, schwarzen Schnabel nach dem Auge des Kindes.

Doch. Natürlich war es da. In ihr. Der Geruch aus dem weit aufgerissenen Vogelschlund, der Geruch von Kropf, Wühlmäusen, Würmern, Dreck. Ein Speicheltropfen spritzte auf ihre Wange, und obwohl sie zu klein war, um schon Angst zu haben – bekam sie Angst. Sie schrie im Schrei der Mutter. Und der Schrei des Vogels und wie er aufflog, denn ihre Schwestern kamen, sie hoben Steine von der Erde auf und warfen, wie er dennoch weiter über dem Baum kreiste, noch lange danach.

»Flora, du bist es doch, oder? Erkennst du mich denn nicht?«

Sie drehte den Kopf. Morgen.

Die Frau in dem anderen Bett hatte dagelegen und sie beobachtet. Wie lange schon?

»Ich verstehe ... dass du nicht sprechen kannst. Aber du musst mich doch erkennen, Märta Bengtsson. Dein Vater hatte Klintgårdens Gärtnerei, wir kamen immer zu euch und kauften Rote Bete.«

Das schlappe Grau unter dem Kinn, die trüben Augen, ein geäderter Arm, der in ihre Richtung zeigte.

»Wer hätte gedacht, dass wir einmal hier landen würden ... noch dazu im gleichen Zimmer. Die bezaubernde Flora Dalvik und ich.«

Oh ja, sie erinnerte sich sehr wohl. Ein plärrendes und anhängliches Kind, niemals richtig sauber. Ihre Schwester hieß ...

»Ihr gingt tanzen, meine Schwester und du. Oh, was war ich neidisch. Ihr wart so schick in euren Kleidern ... und du trugst immer Sachen, die rosa waren, ja, ich meine, es wäre rosa gewesen ... aber du nanntest es Aprikose! Aprikose! So viel wusste man schon noch, dass das nur eine Obstsorte war und nichts anderes.«

Märta Bengtsson war es gelungen, an den Galgen über ihrem Bett zu kommen, und sie versuchte, sich hochzuziehen. Ihre gefleckten Arme streckten sich. Sie schaffte es nicht, fiel in die Kissen zurück und furzte gleichzeitig geräuschvoll.

Glucksendes Gekicher, zahnlos.

»Dass es mit uns einmal so enden würde! Das hätte ich nie gedacht.«

Flora schloss die Augen. Siv hieß sie, Siv. Siv mit den langen Zehen. In ihrem Zimmer lernten sie tanzen, Floras Schwestern waren auch dabei. Eine von ihnen, welche? Rosa, die so gerne tanzte?

Sie wurde dann schwanger, Siv war in anderen Umständen. Die gespannte Haut über ihrem Bauch, wie sie trotzdem nicht im Boden versank. Sondern lächelte. Die ganze Zeit lächelte und lachte, bis das Baby eines Nachts herausplumpste und geboren war.

Eine Schande? Ja, sicher. Es war immer eine Schande, wenn so etwas herauskam. Dass man ohne den Segen eines Priesters einen Mann in die Arme geschlossen und empfangen hatte. Sie selbst hatte Sven Dalvik mit allen erdenklichen Segenssprüchen empfangen. Genutzt hatte es trotzdem nichts.

»Du weißt, dass Siv tot ist, oder? Das ist jetzt schon einige Jahre her, es war 1992. Lag im Bett und starb einfach. Warum ist uns das nicht vergönnt gewesen, Flora? Im Bett zu liegen und einfach zu sterben.«

Die Weißhosen. Plätschern und spritzen mit Wasserschüsseln. Das Nasse zwischen den Beinen, endlich war es fort. Sie fror immer, nachdem sie ihr die Windel ausgezogen hatten, eine Gänsehaut zog sich über Bauch und Schenkel. Liegen und dampfen. Wie ein frisch aufgeschnittener Fisch. Sie fixierte ihre jungen Gesichter. Würde es ihnen gelingen, sich zu beherrschen, für sich zu behalten, was sie wirklich fühlten? Die klebrige, braune Brühe. Ja, die Verdauung hatte sich selbstständig gemacht, Albtraum oder Wirklichkeit. Flora hatte sie in der Nacht gehört, die Schritte der Mädchen, sie hatten sich im Gleichschritt genähert wie marschierende Soldaten, sie hatte die Tür angestarrt, aber sie war nicht aufgegangen. Es war Nacht gewesen.

»Hast du etwas gegessen, was du nicht verträgst, Flora? Ich glaube, heute gibt es für dich nur Tee, keinen Kaffee mehr.«

»Mein Gott, wie das stinkt.«

»Ja, ja, Märta, wir machen ein Fenster auf.«

Jetzt saß sie in dem knallgelben Sessel, Märta Bengtsson ihr gegenüber. Wie die dicksten Freundinnen.

»Eins verstehe ich allerdings nicht. Was du in einer solchen Abteilung hier machst. Nicht, dass es mich etwas angeht …

Aber es gibt doch private Pflegeheime. Ja. Ich weiß, das hier nennt sich auch privat, aber es ist doch so ein Partena-Haus oder wie die heißen. Ich meine etwas richtig Feines. Fast wie eine private Krankenschwester. Du müsstest dir so was doch leisten können, oder? Wenn man das Vermögen der Dalviks bedenkt. Das habt ihr doch nicht alles verjubelt, als ihr noch lebtet. Aber was rede ich da. Als Sven Dalvik noch lebte, meine ich natürlich. Obwohl ihr bestimmt ein ganz anderes Leben geführt habt als ich und … Man sah euch manchmal in den Schlagzeilen. Richtige Hochglanzbilder. Du hast ein reiches Leben gehabt, Flora. Ich muss es einfach noch mal wiederholen: Wer hätte gedacht, dass wir so enden?«

Ein reiches Leben? Ja, was das Geld anging. Ja, sehr reich.

Und als sie die Kleine in den Griff bekommen hatte, wurde es etwas leichter. Sie war mit Liebe angetreten, mit der Bereitschaft, anzunehmen und zu lieben. Aber dann stellte sich heraus, dass dies der falsche Weg war. Belagern musste man, belagern und besiegen.

Sie brachte Justine von Zeit zu Zeit in den Keller und versetzte ihr eine Tracht Prügel, setzte sie in den Waschzuber und machte Feuer. Nie so, dass sie sich verbrannte, nie so.

Aber ein Kind muss wissen, wo seine Grenzen sind.

Svens Unterwürfigkeit dem Mädchen gegenüber ging ihr auf die Nerven.

Der Blick in ihren Augen, wenn er sie in den Arm nahm und mit Küssen und Zärtlichkeiten überhäufte. Die Augen des Mädchens wichen dann keine Sekunde von ihr. Triumphierend strahlten sie ihr entgegen.

Sie hatte etwas Krankhaftes an sich. Etwas Geisteskrankes.

Sie versuchte, mit Sven darüber zu reden. Wenn sie sich geliebt hatten, nur dann. In diesem Moment war er für alles offen und empfänglich. Auch wenn er nicht ihrer Meinung war.

»Nein!«, sagte er. »Mit dem Mädchen ist alles in Ordnung. Aber du musst versuchen, sie zu verstehen. Sie trauert noch um ihre Mutter.«

»Sven, Liebling, sie kann sich unmöglich an ihre Mutter erinnern.«

»Es ist dieses Gefühl, es frisst sie innerlich auf, nagt ein Loch in sie. Wir dürfen das nicht zulassen, wir werden ihr unsere ganze Liebe geben.«

Die ganze?, dachte sie. Unsere ganze Liebe?

Und sie breitete Arme und Beine aus, komm und nimm mich noch einmal, mein Geliebter, säe in mir, bring mich dazu, Frucht zu tragen.

»Sie hört doch, was man sagt, das tut sie doch, Schwester?«

»Das kann man nie wissen. Trotzdem ist es das Beste, sich in Acht zu nehmen, was man sagt.«

»Wussten Sie eigentlich, Schwester, dass sie eine gute Freundin meiner Schwester Siv war?«

Nein, in Wirklichkeit waren wir nie gute Freunde. Nur locker befreundet, falls du das mit deinem armen, verkrüppelten Hirn verstehen kannst. Sie war grobschlächtig und ungelenk, genau wie du, wie eure ganze Familie, und jetzt sehe ich euren Vater vor mir, wie er am Samstagnachmittag nach Hause torkelte, dieser ruckende, zuckende Gang ... und wie ihr wie kleine Ratten das Haus verließt. Manchmal schlug er Siv, sie lief dann zu uns nach Hause und weinte. Allein schon, dass sie so etwas überhaupt erzählte. Sie gab fast damit an, zeigte uns ihre blauen Flecken. Aber als dann diese Sache passierte, ihre Schwangerschaft, ja, da hat er es trotz allem ganz anständig aufgenommen. Es war eine Art religiöser Erweckung, er war wie ausgewechselt, wurde der Lieblingsopa des Jungen.

Vorher dagegen. Raus in die Kälte mit euch, Frau und Kinder, hier komme ich, der große Herrscher. Meine Mutter hätte sich nie, nie damit abgefunden, so hinausgeworfen zu werden. Aus ihrem eigenen Haus. Wenn mein Vater Schnaps getrunken hätte, nur um voll zu werden ... Ich glaube, sie hätte ihn in einem der Beete vergraben.

Deine Mutter hatte Landstreicherblut in sich. Deswegen

hatte sie ihm wahrscheinlich nichts entgegenzusetzen. Die Schuld steckte in ihr, der Stempel des Hausierens. Er schlug ihr einmal dermaßen auf den Mund, dass ihre Lippen blutend aufplatzten. Wir sahen es durchs Fenster, Siv und ich. Schlampe, schrie er sie an, sie war barfuß und nur halb angezogen. Dass sie sich so etwas gefallen lässt, sagte ich später zu Siv. Daraufhin bekamen wir wirklich Krach.

»Dann hast du den feinen Direktor und Witwer Dalvik geheiratet, ihn dir einfach so gekrallt. Hast unsereins dann kaum noch gegrüßt. Meine Tochter Rosmarie ging in die Klasse seiner Tochter. Wir sahen euch manchmal auf Elternabenden. Du hattest dich so süß an seinem Arm eingehängt. Du hast so getan, als würdest du mich nicht wiedererkennen. Aber ich hatte mich nicht besonders verändert, Flora, du warst es, die sich verändert hatte. Trotzdem hatte ich keine Probleme, dich zu erkennen. Man kann sich nie verstecken, verstehst du, egal, in welch feine Stoffe man sich hüllt. Seide oder Samt oder Stofffetzen oder Lumpen.«

Sie ähnelten ihrem Vater, hatten seinen grobschlächtigen Körperbau, fettige Haut und Schuppen. Flora war so zierlich.

»Du bist so klein wie ein Mädchen«, sagte Sven Dalvik und zog sie in seine Arme. Da schlief seine Tochter endlich, jetzt widmete er sich ganz seiner Frau. Fasste ihre schmalen Hüften an, würde dort Platz für ein Kind sein? Ihre kleinen, rosigen Brustwarzen, flach wie bei einem Jüngling. Sie trug ihr Haar damals kurz, er nannte sie seinen Jungen.

Das Mädchen schlief, aber man konnte nie sicher sein. Sie konnte aufwachen und in der Tür stehen, mit hellwachen Augen stieren, mit ihrem Was-machst-du-mit-meinem-Papa-Blick.

Sie bekam keinen Orgasmus mehr.

Doch das kümmerte ihn wenig. War er sich dessen überhaupt bewusst?

»Ich kann mich nicht entspannen, etwas verkrampft sich, alles in mir verkrampft sich.«

»Denk nicht so viel daran. Weil du so viel daran denkst, geht es nicht.«

»Lass uns wieder verreisen, unsere Reise nach London wurde doch unterbrochen. Lass uns die Reise fortsetzen, lass uns diesmal nach Paris fahren.«

Er wollte das Mädchen nicht wieder allein lassen, nicht nach so kurzer Zeit. Er war sowieso schon so oft unterwegs. Später, Flora, später.

Die Zeit verging, und Justine kam in die Schule.

»Wer sollte sich um sie kümmern?«, fragte er. »Wenn wir verreisen würden, du und ich? Wer würde sie anziehen und mit der Schultasche auf den Weg schicken?«

»Dafür hast du doch früher eine Lösung gefunden.«

»Das ist jetzt etwas anderes. Ich kann sie nicht noch mehr enttäuschen.«

Er reiste allein, kehrte heim mit teuren Geschenken, einem Versöhnungsring mit Brillanten und für die Kleine eine Art Trompete.

»Wenn du im Haus darauf spielst, ziehe ich aus!«

Überhaupt, spielen?

Das Mädchen ging ans Ufer hinunter und strengte sich so sehr an, dass ihr ganzer Körper sich krümmte. Die Enten schwammen heran, angelockt durch den Lärm, sie hätten es besser wissen müssen. Aber sie freute sich offensichtlich darüber.

»Ich spiele für die Vögel, Papa.«

»Mein hübsches, tüchtiges Mädchen. Dann gründest du ein Orchester.«

Die Enten kletterten auf den Steg und verdreckten alles mit ihrem Kot. Wer soll das nachher wegschrubben! Glaubst du, ich bin hierher gezogen, um Vogelscheiße von alten Stegen zu schrubben!

Nein.

Mit diesem Mann ließ sich nicht streiten. Er gab ihr eine scharfe Antwort und verstummte dann, bis sie selbst zu Kreuze kriechen musste.

Die Kleine. Sie war an allem schuld. Zu behütet und verwöhnt.

Sie war auf dem Stuhl zusammengesunken. Sie war sehr müde. Märta Bengtsson hatte sie angestarrt, Flora ihre Ruhe genommen.

»Schwester! Können Sie bitte kommen. Ich glaube, Frau Dalvik ist ohnmächtig geworden.«

»Aber nein. Das sieht nur so aus. Wir müssen sie nur wieder etwas aufrichten. So!«

»Vielleicht ist sie müde und möchte sich hinlegen?«

»Aber es ist gut für euch, wenn ihr auf sein könnt. Dann werden die Tage nicht so lang.«

Das war jedenfalls richtig nett gewesen. Von Märta Bengtsson. Flora sah sie an und nickte. Märta Bengtsson nickte zurück.

»Hätte man das jemals gedacht? Dass es mit uns so enden würde.«

Sie konnte plötzlich von Wut gepackt werden. Nicht auf Märta, nicht auf die Pfleger. Nein, auf Sven. Siebzig Jahre alt und bis zu jenem Tag völlig gesund, hatte er sich eines Nachmittags ans Herz gefasst und war auf der Vortreppe des Hauses niedergesunken. Sie hatte am Fenster gestanden und ihn gesehen, hatte augenblicklich einen Krankenwagen gerufen. Er lag so, dass sich die Tür nicht öffnen ließ. Sie musste all ihre Kraft aufbringen, um ihn langsam zurückzuschieben, so dass sich ein Spalt öffnete, der groß genug war, damit sie hindurchschlüpfen konnte. Er lag auf der Treppe, und etwas Schaum rann aus einem Mundwinkel.

Am nächsten Morgen war er tot.

Sie saß bei ihm und hielt seine Hand, Justine saß auf der anderen Seite. Er hatte sie beide bei sich, und trotzdem, trotzdem verließ er sie.

Wer wird bei mir sitzen, kannst du mir das sagen?

Ich will nicht sterben. Ich will leben.

## 15. KAPITEL

An manchen Tagen fielen alle über sie her. Die ganze Klasse. Nahmen sich an den Händen, Fäustlingshänden mit nassen Daumen, bildeten einen Kreis. Die Lehrerin sah nur, dass die Kinder Kreisspiele spielten, das Plündern des Weihnachtsbaums noch frisch in Erinnerung. Wie der Wind an ihren Halstüchern zerrte, ihre hellen Stimmen. Spürte sie dann, wie es ihr warm ums Herz wurde, dachte sie an sich selbst zurück. Genauso unschuldig und klein.

»Justind verschwind, Justind verschwind, Justind verschwind, und die Pisse rinnt.«

Denn Justine musste ständig. Vergaß aber, aufs Klo zu gehen. Oder versuchte, es zu halten. Vielleicht eher Letzteres. Die Mädchen hatten sie da unten festgehalten und sich über sie lustig gemacht.

Flora wurde natürlich wütend, hielt ihr die bepinkelten Hosen unter die Nase.

Immer so nass herumzulaufen. Sie wurde wund und bekam rote Stellen.

Jetzt lag sie im Schnee, niemand hatte sie gestoßen, sie hatte sich freiwillig hingelegt, und der Kreistanz ging weiter, die abgenutzten Skischuhe der Kinder. Sie lag da wie ein Lamm, ein Opferlamm. Etwas Hartes an ihrer Seite, der Schnee war jetzt pappig, und es war nicht kalt. Sie bauten um sie herum, bauten einen Brunnen, sie selbst an seinem Grund.

Die unebenen weißen Wände. Dort oben das Licht, grau und blendend. Das Klingeln. Geht rein.

»Wir gehen jetzt«, rief Berit. Sie war der Lichtengel, sie hatte das Sagen. »Beeil dich, sonst kriegst du Ärger mit der Lehrerin.«

Sie konnte hochkommen. Sie konnte sich gegen die Wand stemmen und sie zum Einstürzen bringen, es würde vermutlich nicht allzu schwer sein.

Sie tat es nicht.

Die Lehrerin und Flora und sie. Das Ticken der Uhr an der Wand.

»Sieh uns an, wenn wir mit dir reden!«

»Sie wissen ja, dass sie ihre Mutter verloren hat ...«

»Aber das ist schon viele Jahre her. Sie hat eine neue Mutter bekommen, sie kann nicht den Rest ihres Lebens so einen Aufstand deswegen machen. Wir müssen versuchen, sie da rauszuholen, ihr zu helfen. Sonst wird sie noch große Probleme bekommen.«

Flora in ihrer weißen Bluse.

»Wir wollen doch nur dein Bestes, Justine, das weißt du doch wohl.«

Die Lehrerin mit der Kreidehand.

»Sie ist nicht unbegabt. Aber sie muss sich einfach mehr anstrengen, darf im Unterricht nicht so still sein. Ich weiß, dass sie etwas kann. Sie muss Verantwortung übernehmen für ihr Leben, das müssen alle Menschen, auch Schulkinder.«

»Sonst müssen wir mit Papa sprechen, Justine. Und das willst du doch nicht?«

Nein. Da traf sie den Nagel auf den Kopf. Papa sollte verschont bleiben, er sollte nichts wissen müssen, er hatte es schon schwer genug mit der Hexe, die Tisch und Bett mit ihm teilte.

*Jetzt denken wir an jemanden, Justine, von dem nur du und ich wissen.*

*Ja, Mama.*

Flora schlug sie. Aber nie, wenn Papa zu Hause war. Sie schloss sie im Keller ein mit ihren Schulbüchern, schaffte es aber nicht mehr, sie in den Waschzuber zu zwingen.

»Ich höre dich gleich ab. Obwohl es eigentlich keinen Sinn hat. Du bist ja doch verloren.«

Wieso verloren?

Es kam vor, dass sie vom Schulhof floh. Aber dann wurde es umso schlimmer, wenn die anderen sie einfingen. Berit hielt sie fest, zeigte auf ihren Körper.

»Schaut euch Justine an, ihre französische Nase.«

»Buh, was für eine hässliche und ekelhafte Nase!«

»Schaut euch Justine an, ihr französisches Kinn!«

»Buh, was für ein hässliches und ekelhaftes Kinn!«

»Schaut euch Justine an, ihren französischen Hals!«

»Buh, was für ein hässlicher und ekelhafter Hals!«

Hände, die an ihren Kleidern zerrten, Knöpfe und Reißverschlüsse öffneten. Da riss sie sich los und lief davon. Ihre unerwarteten Bewegungen überraschten die anderen. Sie spielte sonst so willig die Rolle des Opfers.

Aber jetzt war sie auf der Flucht, lief ihnen davon.

Ein umgestürzter Baum und Unterholz. Sie war einmal mit dem Jäger dort gewesen. Wenn sie aus der Schule weggelaufen war, traf sie ihn dort oft. Er trug seine Lederjacke und duftete nach Laub und Erde.

Der Jäger ging in die Hocke, er betrachtete sie.

Wie kein anderer.

Er nahm sie mit zu sich nach Hause. Dort gab es eine Katze mit weißem Schnurrbart und einen gusseisernen Herd. Auf dem Hügel hackte er Holz für den Herd. Die Küche war brüllend heiß.

Er sagte nicht, dass sie nichts darauf geben sollte. Er sagte nichts.

Aber er strich ihr sanft über den Rücken.

Sie saßen an seinem Tisch und legten Patience. Er hatte

kleine, winzig kleine Kartenspiele mit japanischen Blumen auf der Rückseite. Es ging darum, wessen Patience zuerst aufging.

Die Katze lief mit vorsichtigen, geschmeidigen Schritten über den Tisch. Wenn sie sich hinlegte, kratzte er sie mit dem Nagel unter den Zehenballen. Dann zuckte es im ganzen Katzenkörper.

»Bist du auch so kitzlig, Stina?«

Stina war sein Name für sie, nie das französische Justine.

Wie der Jäger hieß?

Sie würde nie jemand von dem Jäger erzählen. Es gab eine Hexe in ihrem Haus. Der Blick der Hexe konnte auf den Jäger fallen, und gegen diesen Blick halfen nicht einmal Gebete.

Manchmal wollte Papa mit ihr sprechen. Über ernste Dinge. Sie spürte es an seiner Art, die Schultern hochzuziehen, schon beim Essen spürte sie es, und sie verlor den Appetit.

Am Abend kam er dann in ihr Zimmer.

Schnell fragte sie:

»Musst du jetzt wieder verreisen?«

»Nein, wie kommst du darauf?«

»Wenn du wieder verreisen musst, darf ich dann mitkommen?«

»Ich verreise aber gar nicht, meine Kleine.«

»Nein, aber wenn.«

»Irgendwann einmal kannst du bestimmt mitkommen.«

»Wohin reisen wir dann?«

»Vielleicht nach Frankreich.«

Ihre Finger spielten mit der Schreibtischunterlage. Sie hatte darauf gezeichnet, Blumen und schlafende Tiere. Wenn er doch nur weiterreden würde, wenn er doch nur auf Details eingehen würde, was brauchen wir alles, wenn wir verreisen, genau, Pass und Reisetasche, und dann müssen wir dir etwas Neues für die Reise kaufen, etwas zum Anziehen.

Aber Papa hustete, als wäre er erkältet.

»Hast du deine Hausaufgaben auch ordentlich gemacht?«

»Natürlich.«

»Gefällt es dir in der Schule, Justine?«

»Ja.«

»Wenn nicht, musst du es mir sagen, versprichst du mir das?«

»Ja.«

»Die Zeit des Lernens ist so kurz und so wichtig. Man muss diese Zeit des Lernens nutzen. Wenn du verstehst, was ich meine.«

Sie verstand nicht richtig. Aber sie nickte.

»Man muss seine Kindheit auskosten. Leider begreift man das meistens erst, wenn die Kindheit schon vorbei ist. Die Probleme, die man als Kind haben mag … sind klein, verglichen mit denen, die kommen, wenn man erwachsen ist. Verstehst du mich, Justine?«

Sie nickte wieder.

Sobald er gegangen war, fing sie jedes Mal an zu weinen. Solange er sich im Zimmer befand, hegte sie große Erwartungen, hoffte, dass er geradewegs in sie hineinsehen könnte, sie mit einem Ruck vom Stuhl und mitten ins Licht heben würde.

Alles war danach so hässlich und leer.

Sie lag auf dem Bauch im Bett, und das Kissen war warm und nass.

Justine lief in den Wald, zum umgestürzten Baum. Ein Gewimmel aus glänzenden Fäden. Es lag kein Schnee mehr, braunes, nasses Gras. Das Hämmern eines Spechts gegen einen Stamm.

Im Zimmer des Jägers stand noch der Weihnachtsbaum mit hellgrünen, weichen Nadeln.

Er nannte sie Stina.

Er hatte einmal eine Frau gehabt, eine Frau, die Dora hieß. Etwas war geschehen, er erwähnte es manchmal, und sein Gesicht wurde alt. Dann war er nicht mehr nur der Jäger, und das störte sie, aber gleichzeitig musste sie es hören. Wieder und wieder musste sie es hören.

Er hatte eine kleine Firma besessen, die Gartenartikel vertrieb. Er betrieb die Firma gemeinsam mit seinem besten Freund Jack. Dora führte die Bücher, sie war verdammt gut im Rechnen.

»Hattet ihr keine Kinder?«

Sie musste fragen, um es hinauszuzögern.

Er machte ein verwirrtes Gesicht.

»Nein. Kinder haben wir keine bekommen.«

Dann näherte er sich dem Schweren. Aber Unausweichlichen.

»Eines Tages, als ich in den Schuppen kam ...«

Sie sah es, er hatte es ihr so oft erzählt, dass sie es genau vor Augen hatte, die Details, die Farben, ja sogar den Duft von Doras Lilientalk ahnte, den sie sich jeden Morgen unter die Arme strich, wenn sie sich gewaschen hatte.

Sie sah den anderen Mann, den Freund des Jägers, wie er sich über die Frau beugte, sie sah es wie in einem Buch, ein Liebesbild aus der Bibliothek der Herzen. Die Frau trug das Haar in einem Pagenschnitt, schwarz und glatt, es ergoss sich über die Bank. Das Hemd des Mannes aus Hirschleder, etwas aufgeschnürt, sie sah, wie sich ihre Lippen näher kamen, bebend vor Lust, sie bekam kalte Finger, sie bekam etwas, das wie Atemnot war.

»Was geschah dann?«, flüsterte sie, und die Katze machte einen Satz auf den Boden hinunter und ging mit steifen Beinen zur Tür.

»Ich weiß es nicht«, sagte er mit belegter Stimme. »Ich habe keine Ahnung, was aus ihnen geworden ist.«

Da näherte sie sich dem Jäger und berührte seine Wange. Und es war warm in der Küche, und der Herd hatte begonnen zu glühen.

»Wenn du groß bist, wirst du mich vergessen«, sagte er, und das Kartenspiel verschwand in seinen Pranken.

»Niemals«, rief sie und weinte dann, denn sie wuchs ständig, war auf dem besten Wege, groß zu werden.

»Ich stelle mich oft auf den Berg und schreie«, sagte der Jäger. »Es hilft. Die Leute glauben wahrscheinlich, dass man verrückt ist und sorgen dafür, dass man nach Beckomberga kommt. Aber es hilft, auf dem Berg zu stehen und zu schreien.«

Sie ging hinaus. Das Küchenfenster war erleuchtet, aber er schaute ihr nicht nach, er saß an dem Tisch mit der geblümten Wachstuchdecke und legte eine Patience nach der anderen. Sie kletterte bis zur Kuppe hinauf. Wind in ihren Augen, Wind im Mund, als sie den Mund aufriss wie beim Zahnarzt.

Aber es kam kein Schrei.

»Was sagen deine Eltern dazu, dass du hierher kommst?«, fragte er und senkte den Kopf ein wenig, damit er sie über die Brille hinweg ansehen konnte.

Sie war drauf und dran, die Hexe zu erwähnen. Aber sie war jetzt älter, das Wort hatte begonnen zu verblassen.

»So ein einsamer Mann muss doch etwas auf dem Kerbholz haben«, murmelte er.

»Meine ist aufgegangen, hast du gesehen, ich habe gewonnen!«

»Ich rede jetzt von etwas anderem.«

Ja. Das hatte sie schon verstanden. Jetzt waren es die Gedanken des erwachsenen Menschen, die sein Gehirn füllten und drohten, es zu überschwemmen.

Sie nahm ihre Jacke und ging.

Sie jagten sie den Hang am öffentlichen Badeplatz hinunter, der ganz in der Nähe ihres Zuhauses lag. Aber sie war hier trotzdem nicht zu Hause. Der Lichtengel Berit mit flatternden Locken, hinter ihr Evy und Gerda, ein Mädchen aus der Stadt. Sie war als Pflegekind gekommen. Ihre Eltern hatten sich scheiden lassen und waren vom Winde verweht worden. Justine hatte gehört, wie Flora dies zu Papa sagte.

Vom Winde verweht.

Gerda war lang und mager, gewohnt, eine große Lippe zu riskieren. Schon am ersten Tag hatte es sie in Berits Bannkreis gezogen, und sie hatte die Reime und Schmähverse gelernt.

Sie waren noch nicht bis zum Äußersten gegangen. Sie zu entblößen, sie ans Licht zu holen und zu bespucken, was sie sahen. Sie wusste, dass es ihnen eines Tages gelingen würde, und das gab ihr die Kraft zu fliehen.

Aber Gerda mit den kräftigen, langen Beinen. Ganz nah jetzt bei ihr, warf sie um. Sie schrie und wehrte sich, Glattes und Festes unter ihren Nägeln.

»Schau mal, wie sie dich gekratzt hat«, schrie Berit. »Das Blut läuft dir den Hals runter.«

Gerda saß auf ihrem Bauch, ihre Arme lagen festgeklemmt unter dem Rücken. Sie gab ihr Ohrfeigen, eins, zwei, eins, zwei. Die Jacke wurde ihr über den Kopf gezogen, dort verknotet. Sie machten etwas mit ihrer Hose, harter Untergrund und eisige Kälte.

Da war es, als würde sie von der Kraft eines wilden Tieres erfasst, und sie wälzte sich abrupt zur Seite. Als sie weglaufen und gleichzeitig ihre Kleider in Ordnung bringen wollte, verdrehte sich ihr Knöchel, und sie fiel hin. In der Dunkelheit sah sie die Augen der anderen, wie sie weiß wurden und entglitten.

Flora fand sie. Zwei Mädchen waren zu ihr nach Hause gekommen und hatten geklingelt. Justine ist auf dem Berg gestürzt. Sie griff sich ihren Mantel und kam.

»Ich habe meinen Mantel genommen und bin so schnell gekommen, wie ich konnte. Warum lauft ihr auch hier auf dem Berg herum?«

Justine war aufgewacht. Sie war liegen geblieben und hatte in den diesigen Himmel hinaufgeschaut, sie konnte nicht gehen.

So jemand wie Flora? Wie sollte sie ihr helfen können?

»Ihr müsst mir helfen, sie zu tragen, Mädchen. Ihr nehmt die Beine, und ich packe sie an den Schultern.«

Als die Mädchen sie wieder anfassten, begann sie zu frieren.

Gerda und Berit fielen sich gegenseitig ins Wort.

»Wir waren hier unten und haben gespielt und plötzlich, da ist Justine ausgerutscht und hingefallen, und wir haben totale Angst bekommen, denn sie wurde so komisch, hat irgendwie nicht geantwortet, und da haben wir uns gesagt, am besten, wir laufen nach Hause zu Justines Mama, und da sind wir sicherheitshalber zusammengelaufen, wir zwei, und Evy sollte hier warten.«

»Dich kenne ich gar nicht«, sagte Flora und betrachtete Gerda neugierig.

»Nein, ich bin ein Pflegekind, ich wohne bei Östmans.«

»Ach so, da. Und deine richtigen Eltern?«

»Sie haben sich scheiden lassen, keiner von ihnen kann sich um mich kümmern.«

»Nicht?« Flora klang amüsiert.

Sie trugen Justine ins Haus, legten sie auf den blauen Teppich. Sie sahen Justine nicht an, sagten, dass sie jetzt nach Hause laufen müssten, dass es Zeit zum Abendessen sei.

»Lauft ruhig«, sagte Flora.

Als Papa an diesem Abend nach Hause kam, verfrachtete er Justine ins Auto und fuhr mit ihr ins Krankenhaus.

Sie lag auf dem Rücksitz, und Flora saß ihr zugewandt und hielt ihre Hand.

»Sie spielen und toben herum wie Kälber auf der Weide«, sagte sie. »Sind sie nicht allmählich etwas zu groß dafür?«

Papa schwieg, er fuhr wie ein Irrer über die Tranebergsbrücke. Am Krankenhaus angekommen hob er sie hoch und trug sie den ganzen Weg ins Krankenhaus.

Der Knöchel war gebrochen. Das Bein wurde bis zum Knie eingegipst. Sie fühlte sich schwer und glücklich.

»In den kommenden sechs Wochen muss sich das Mädchen möglichst ruhig verhalten.«

Papa sagte: »Ich besorge einen Aushilfslehrer für sie. Es sind sowieso bald Sommerferien.«

Flora: »Ansonsten kann ich sie ja auch unterrichten.«

Papa: »Das kannst du bestimmt. Aber ich kenne einen jungen Mann, der gerade Zeit hat. Mark, der Sohn meines Cousins Percy. Ich gebe ihm etwas Geld dafür, dass er jeden Tag ein paar Stunden zu uns kommt.«

Marks Eltern waren Diplomaten. Sie hatten mehrere Jahre in Washington verbracht, waren aber soeben nach Stockholm zurückgekehrt. Wo sie demnächst landen würden, stand noch nicht fest.

Mark tauchte schon am nächsten Tag mit einem Strauß gelber Tulpen auf.

»Für die Kranke«, sagte er und betrat vorsichtig das Zimmer. Er war schlank und nicht besonders groß, seine Hände kalt von Feuchtigkeit. Seine Augen waren braun wie Nüsse.

»Was willst du lernen, Kusine zweiten Grades«, fragte er mit der Stimme eines Erwachsenen.

»Zweiten Grades?« Sie saß im Bett, an die Wand gelehnt, die Beine ausgestreckt und steif.

»Du und ich sind Kinder zweier Personen, die Cousins sind. Dein Papa und meiner. Das nennt man dann zweiten Grades.«

Sie fand, dass es seltsam klang. Das ignorierte er.

»Wie gesagt«, sagte er. »Sag schon. Was willst du jetzt lernen?«

Plötzlich wurde sie verwegen.

»Nichts, ich kann schon alles.«

»Really?«

»Nein … war nur ein Witz …«

Mark suchte aus seiner Rocktasche ein Buch hervor. Blätterte darin, schlug es auf. Die Schrift war klein und eng gedruckt, alles schien ineinander zu fließen.

»Du kannst diesen Abschnitt hier auf Englisch lesen. Dann frage ich dich anschließend die Vokabeln ab.«

Sie wurde rot, konnte die Worte nicht mehr aussprechen, weder auf Schwedisch noch auf Englisch.

Er lächelte spöttisch.

»Es stimmt anscheinend, was man so über die schwedische Schule sagt. Sie ist einfach nur shit.«

»Ich habe Schmerzen im Fuß«, flüsterte sie.

»Das glaube ich dir nicht.«

»Es ist aber wahr!«

»Wo tut es denn weh, wo genau?«

Sie zeigte auf den Gips. Da schlug er den Saum des Rocks um und umfasste mit seinen Handflächen ihr Bein, gleich oberhalb des Knies.

Als er gegangen war, machte sie das Gleiche wie er, legte ihre Hand auf die gleiche Stelle. Sie führte die Hand langsam aufwärts, bis zwischen ihren Beinen eine heiße und schmerzende Schwellung entstand. Ein Schmerz, der pulsierte und ins Gehirn fuhr.

## 16. KAPITEL

Schon am nächsten Samstag fuhr Berit wieder nach Hässelby. Sie hatte eine Flasche Rioja und einen Topf mit keimenden Krokussen gekauft, sie hatte nicht angerufen, bevor sie fuhr, sich einfach auf den Weg gemacht.

Es war ein nebelverhangener Tag. Sie nahm nicht den Bus, beschloss stattdessen, von der Endhaltestelle der U-Bahn aus zu gehen, nahm den Weg am Ufer entlang. Ihre Angst wuchs, doch sie sah keinen anderen Weg, als sich wieder mit Justine zu konfrontieren.

In dieser Nacht hatte sie geträumt, Tor hätte sie geschüttelt, sie solle aufwachen.

»Hast du schlecht geträumt?«, hatte er gefragt. »Oder ist es dein Chef?«

Es war etwas mit einem Verlagsfest gewesen. Alle waren gekommen, wie man so sagt, erstaunlicherweise auch Justine. Im Traum trug Berit ein allzu elegantes Kleid, hinten wie vorne tief ausgeschnitten. Nichts war, wie es sein sollte. Sie schlenderte umher und versuchte, mit den Leuten ins Gespräch zu kommen, aber es war, als würde sie von niemand gesehen.

Vielleicht lag es an den Valiumtabletten, sie nahm sie jetzt immer, bevor sie zu Bett ging, es fiel ihr inzwischen schwer, ohne sie einzuschlafen. Vielleicht lag es aber auch an all dem Vergangenen, ihrer Kindheit.

Tor schlug ihr vor, ihn nach Vätö zu begleiten, er wollte hinfahren und über Nacht bleiben, er meinte, es werde ihr gut tun. Die frische Meeresluft.

»Ich kann Blinis machen. Wir haben doch noch Kaviar in der Tiefkühltruhe, oder nicht?«

»Ich will nicht«, sagte sie. »Ich kann jetzt nicht, ich will nicht.«

Auf dem Eis schwamm eine dünne Schicht aus Wasser. Ein paar Enten flogen herbei, landeten auf dem Eis und rutschten ein Stück, ehe sie zum Stehen kamen. Ein altertümlicher Kutter lag am Pier vertäut, wo das Wasser wegen der Abwasser vom Heizkraftwerk nie fror. Ein paar dunkel gekleidete Männer auf dem Kai. Verschwommen konnte sie den Namen des Segelschiffs entziffern, Sir William Archibald aus Stockholm.

Dann: ein entferntes Geräusch, das langsam lauter wurde. Der schmetternde Lärm eines Hubschraubers. Der Nebel war zu dicht, um ihn schon erkennen zu können, aber er kam näher und näher.

Sie konnte das Geräusch eines Hubschraubers nicht mehr hören, ohne sich an eine Vorstellung von Miss Saigon zu erinnern, die sie in London zusammen mit ein paar Freundinnen besucht hatte. Sie saßen auf den besten Plätzen, hatten aber fast etwas Angst bekommen angesichts des überraschend lauten Motorengeräuschs des Hubschraubers in der Eingangsszene. Sie erinnerte sich an das Ende, den fallenden Vorhang, das grelle Licht direkt in die Augen, viele hatten geweint, sentimental, schon wahr, aber so unendlich traurig.

Nachher waren sie in ein Pub gegangen, dort war Berit mit einem hübschen, arbeitslosen Jüngling ins Gespräch gekommen, der sich nicht davon abbringen ließ, sie »Mum« zu nennen.

Dort, in diesem Pub, hatte sie Spaß daran gefunden, hatte mitgespielt und sich über ihren großen Wortschatz gewundert. Am nächsten Morgen hatte sie vor allem Lust, nach Hause zu fahren.

Jetzt, einige Meter über ihr am Himmel, ahnte sie zwei Scheinwerfer, und das Geräusch war jetzt sehr nah. Sie wurde plötzlich von Panik erfasst – wenn er sie nun nicht sah, wenn er vorhatte, gerade hier zu landen? Sie lief ein paar Schritte in die Schneehaufen hinein.

Die große Maschine glitt in so geringer Entfernung an ihr vorbei, dass Wassertropfen von den Bäumen geschüttelt wurden und ihr Gesicht trafen. Der Hubschrauber gehörte zur Marine. Er schnüffelte an der Uferlinie hin und her, und sie sah den Piloten als eine zusammengekauerte Silhouette. War jemand auf dem Eis verschwunden? Jemand, der in diesem Moment da draußen im eiskalten Wasser des Mälarsees lag und um sein Leben kämpfte?

Justine war vielleicht nicht einmal zu Hause, fiel ihr ein, als sie die Treppe hinaufstieg und klingelte. Niemand öffnete. Sie wartete ein wenig und klingelte dann noch einmal. Dann hörte sie schwache polternde Geräusche aus dem Haus und trat eine Treppenstufe nach unten.

Es war Justine, sie war zu Hause, ihre Kleider waren verknittert, als habe sie gelegen. An einem Fuß trug sie eine dicke Wollsocke.

»Berit?«, sagte sie.

»Ja, ich … Darf ich auf einen Sprung hereinkommen? Oder bist du beschäftigt?«

Justine trat zur Seite.

»Nein, komm rein.«

»Ich habe ein paar Blumen mitgebracht und dann noch … diese Weinflasche hier. Letzten Samstag habe ich dir immerhin den ganzen Glühwein weggetrunken … Ich dachte nachher … einfach so hereinzuschneien und dich mit meinem Besuch zu überfallen.«

»So ein Blödsinn! Leg ab.«

Als sie in die Küche ging, sah Berit, dass sie humpelte. Sie blieb mit hängenden Armen stehen.

»Was hast du gemacht?«

»Ach, ich bin beim Joggen ausgerutscht. Es ist schwachsinnig, im Winter zu joggen, das habe ich jetzt immerhin begriffen. Aber das gibt sich schon wieder, es ist schon besser geworden.«

»Dann hast du dir also nichts gebrochen?«

»Nein. Der Fuß ist nur ein bisschen schwach, ist er immer gewesen. Ich verstauche ihn mir regelmäßig.«

»Wirklich?«

»Wenn du das nächste Mal vorbeischaust, ist er wieder völlig in Ordnung, dann können wir vielleicht einen Spaziergang machen, uns Plätze aus der Vergangenheit anschauen. Die Schule und ...«

»Ja... Was machst du grade? Habe ich dich bei etwas Wichtigem unterbrochen?«

»Überhaupt nicht.«

»Hast du etwas dagegen, wenn ich ein wenig bleibe?«

»Nein, im Gegenteil. Den Wein können wir wohl noch nicht aufmachen, was meinst du? Wie viel Uhr ist es?«

Justine musste lachen.

»Der alte Luther sitzt einem doch immer im Nacken.«

»Der Wein sollte eigentlich für dich alleine sein, so war es nicht gedacht, dass ich hier sitze und den auch noch bechere.«

»Machst du bitte die Flasche auf! Der Korkenzieher liegt in der obersten Schublade in der Küche. Dann setzen wir uns in die Bibliothek, wo wir auch letztes Mal saßen. Da ist es am gemütlichsten.«

Sie gingen die Treppe hinauf. Berit sah die Plakate der Pastillenfabrik von Justines Vater, sie hingen im Treppenhaus, wie sie das immer getan hatten, alles kehrte zurück.

»Erinnerst du dich an die Sandypastillen, die wir immer von dir bekamen?«, fragte sie vorsichtig.

»Gut möglich, dass ihr welche bekommen habt.«

»Du hattest immer jede Menge Schachteln.«

»Papa brachte sie mit, mit der Zeit hatte ich sie über. Man wollte doch lieber etwas anderes als diesen Sandy-Geschmack im Hals haben.«

»Auf jeden Fall warst du zu beneiden ... Ein Vater, der eine Süßigkeitenfabrik besaß!«

»Tja!«

Als sie in die Bibliothek kamen, saß dort der Vogel am Fenster. Er wandte ihnen den Kopf zu und schrie. Berit zuckte zusammen, sie hätte fast die Flasche fallen gelassen.

»Oh, hat er dich erschreckt?«

»Na ja ...«

»Er gibt uns nur ein Zeichen.«

»Was denn für ein Zeichen?«

»Damit wir nicht vergessen, dass es ihn gibt.«

»Keine Sorge. Fällt er nie über dich her?«

»Über mich? Nein. Wieso sollte er das tun?«

»Ich weiß nicht. Aber ich würde es nie wagen, einem wilden Tier so zu vertrauen.«

Justine nahm ihr die Flasche ab und schenkte ein. Sie hoben die Gläser und prosteten sich zu, probierten den Wein.

»Mmmm«, sagte Berit. »Gar nicht schlecht. Ich trinke eigentlich zu viel Wein. Aber Wein ist so lecker, er tut einem in der Seele gut.«

Jetzt war der Hubschrauber wieder da, er schien gleich vor dem Haus zu sein. Der Vogel schlug mit seinen großen Flügeln, wiegte den Kopf hin und her.

»Jemand ist im Eis eingebrochen«, sagte Justine.

»Woher weißt du das?«

»Ich habe es eben gehört. Im Lokalradio.«

»Furchtbar.«

Justine nickte.

»Das passiert jedes Jahr. Ich wohne so, dass ich es immer mitbekomme.«

»Aber ist das Eis nicht zu dünn, um darauf zu gehen?«

»An manchen Stellen trägt es. Dann wird es plötzlich zu dünn. Die Leute sollten wirklich etwas vorsichtiger sein. Aber es gibt eine Menge Dummköpfe.«

Justine lachte und erhob wieder ihr Glas.

»Trinken wir auf sie!«, sagte sie. »Trinken wir auf die Dummköpfe!«

Nach einer Weile fragte sie, wie die Sache mit ihrer Arbeit ausgegangen war.

»Hat man dich jetzt entlassen, oder was hat es gegeben?«

»Der Verlag zieht nach Luleå um. Mein Chef sagt, dass wir mitkommen können. Aber wer will schon nach Luleå?«

»Hast du denn eine Wahl?«

»Ich weiß nicht … Ich weiß gar nichts mehr … Ich kann nachts nicht schlafen, ich …«

Und ihr kamen die Tränen, schwächten sie und lieferten sie aus.

»Ich komme anscheinend immer hierher und … flenne.«

»Du hast eben auch an einem Stück Verzweiflung zu tragen, wie wir alle …«

Sie streckte ihren Arm aus und ließ ein gurrendes Geräusch ertönen. Der Vogel am Fenster machte ein paar trippelnde Schritte und flog dann mit plumpen Flügelschlägen zu ihr.

»Auch der Vogel«, sagte sie. »Er sehnt sich nach einem Weibchen. Er versteht es nicht richtig, aber in ihm wächst etwas, lässt ihn schwach werden. Bald wird es hell, bald kommt der Frühling. Dann wächst diese Sehnsucht in Form von Wehmut, so ist es bei allen, die leben.«

»Justine … Als wir klein waren. «

Sie weinte hemmungslos, kam ins Stocken.

Justine sagte schnell:

»Erzähl mir von deinen Söhnen.«

»Meinen … Söhnen?«

»Ja. Wie leben sie ihr Leben, diese jungen Menschen, die noch alles vor sich haben? Kennen auch sie so etwas wie Wehmut?«

Berit fischte ein paar Papiertaschentücher aus ihrer Handtasche, putzte sich die Nase, ihr Kopf pochte.

»Wehmut? Oh nein, das glaube ich nicht.«

»Arbeiten sie?«

»Sie … sie studieren beide. Aber sie wissen noch nicht, was sie werden wollen. Auf jeden Fall nichts in der Verlagsbranche, davon habe ich ihnen abgeraten.«

»Haben sie Freundinnen?«

Sie nickte.

»Aber die kommen aus einer ganz anderen Welt. Jung, schlank, schön. Wenn ich sie sehe, empfinde ich mehr denn je, dass ich passé bin.«

Justine setzte den Vogel zwischen ihnen auf den Tisch. Er wandte Berit den Schnabel zu und zischte.

»Mein Gott, Justine ... kannst du ihn nicht ...«

»Du hast Angst vor ihm. Er merkt das sofort. Versuch einmal, natürlich zu sein, entspann dich.«

Berit trank von ihrem Wein, streckte anschließend zögernd ihre Hand aus. Der Vogel öffnete den Schnabel, und sein Inneres war rot und groß.

»Er durchschaut mich«, flüsterte sie. »Er mag mich nicht.«

»Doch. Ignoriere ihn einfach. Na ja, ich kann ihn natürlich auch woanders absetzen.«

Sie stand auf und humpelte zum Bücherregal. Der Vogel folgte ihr, setzte sich auf ihre Hand. Sie hob ihn auf das oberste Regalbrett, und er nahm dort Platz wie ein brütendes Tier aus grauer Vorzeit.

Die Felsen, der runde Berg, Justines Körper. Die Jacke über den Kopf, sie hatte begonnen, Brüste zu bekommen, sie waren schon groß. Dieses Mädchen, das ein Pflegekind war, wie sie sich rittlings auf Justine setzte und anfing, ihr die Hose auszuziehen. Wie sich dann alles veränderte, denn Justine machte sich frei und begann zu laufen, rutschte aber aus und fiel der Länge nach auf die Felsplatten.

Wie sie dann liefen, liefen.

»Wir haben sie umgebracht.«

»Wir hauen ab.«

»Bist du verrückt, wir müssen jemand holen, ihre Mutter.«

»Nein, nein, wir hauen ab.«

»Das können wir nicht tun. Wir müssen Hilfe holen.«

»Dann bist du selber schuld, verdammte Scheiße. Wenn sie uns verpetzt!«

Gerda hieß sie, der Name tauchte plötzlich einfach auf. Es war Gerda, die sie dazu gebracht hatte, zum Haus zu laufen.

»Wir sagen, dass sie gestolpert ist, dass wir gespielt haben, dass sie einfach gefallen ist.«

Sie klingelten Sturm an der Türklingel, wieder und immer wieder. Nach einer Weile stand Justines Mama da, den Kopf voller Lockenwickler. Sie sah die beiden misstrauisch an. Sie sagte, sie habe es eilig.

Sie mussten warten, während sie ihr Haar in Ordnung brachte, mussten im Flur stehen bleiben, der Geruch von Shampoo und Rauch. Die Frau griff sich ihren Mantel, starrte hinten auf ihre Wade.

»Jetzt seht euch den Strumpf an! So ein Mist!«

»Komm jetzt, Tante …« Gerda griff nach dem Mantel. Dass sie sich das traute.

»Wo ist es denn?«

»Da hinten bei den Felsen.«

»Wie oft habe ich gesagt, dass ihr vorsichtig sein sollt. Sie hört nie, und ihr seid offensichtlich genauso ungehorsam.«

Genau dieses Wort. Ungehorsam. Sie schimpfte im Gehen vor sich hin. Gummistiefel und Mantel. Justine ausgestreckt auf den Felsplatten. Sie hatte ihre Kleider wieder ordentlich an, aber die Jacke lag mit verknoteten Ärmeln neben ihr. Justine sah sie an wie ein Opfer.

»Sieh mal, jetzt haben wir die Flasche in null Komma nichts leer gemacht«, sagte Berit. »Dabei solltest du sie doch bekommen, es war ein Geschenk für dich.«

»Ist es dir schon einmal aufgefallen? Es ist heutzutage viel weniger in den Flaschen als früher.«

Berit zerknüllte das Taschentuch und stopfte es zurück in ihre Handtasche.

»Ist mir auch schon aufgefallen«, sagte sie.

»Im Keller ist noch Wein.«

»Aha …?«

»Du musst ihn holen, ich schaffe es nicht, bis da runter.«

»Ja, aber, bist du sicher … Sollen wir wirklich?«

»Er steht auf der linken Seite unten … im gleichen Raum wie der alte Waschzuber. Na, du wirst es schon finden.«

Sie stand steif auf, voller Angst, dass der Vogel durch ihre Bewegungen gestört werden könnte. Justine lachte, und es gab einen Tonfall in ihrem Lachen, den Berit noch nie zuvor gehört hatte.

»Du gehst wie ein Spastiker. Sei doch nicht so ein Angsthase. Es ist doch verdammt noch mal nur ein Vogel.«

Es war nicht nur der Vogel. Sie war wieder in der Vergangenheit, genau diese Treppen, sie und Jill, ihre Stärke, wenn sie sich zusammenrotteten, der Geruch von Unterwerfung, von Erniedrigung. Und sie erinnerte sich daran, was das Kind Justine gesagt hatte, über den Waschzuber. Flora. So hieß die Frau mit den geschminkten Augen, die Puppenfrau, die ihre Rolle als Mutter spielte.

Sie entdeckte die Weinflaschen sofort. Sie waren in einem Regal aufgestapelt, genau wie Justine es beschrieben hatte. Es war dunkel hier unten, sie hatte den Lichtschalter nicht gefunden. Scheu betrachtete sie den Waschzuber, sah ihn mit dem Blick eines kleinen Mädchens. Der Verschlag für das Brennholz. Setzte sie das Kind in den mit Wasser gefüllten Zuber und zündete an? Dort zu sitzen und auf das heiße Wasser zu warten, das brühend heiße Wasser.

Sie drückte die Flasche an die Brust und eilte wieder hinauf.

»Justine … Es gibt eine Menge, worüber wir uns aussprechen müssen.«

Justine schüttelte den Kopf.

»Doch, doch! Du musst mich anhören, es zehrt an mir, ich bekomme keine Ruhe.«

Ein eigenartiger Ausdruck war in Justines Augen getreten.

»Du willst, dass ich einen Schlussstrich unter alles ziehe, was gewesen ist, nicht wahr?«

»Ja …«

»Lern des Lebens schweres Streben, lieben, vergessen und vergeben.«

»So ungefähr, ja, eine Art Vergebung oder … Versöhnung …«

Justine betrachtete sie, ohne etwas zu sagen. Sie fuhr sich mit den Fingern durch die Haare. Sie standen ihr zu Berge. Sie brach in ein gewaltiges, rasselndes Lachen aus.

»Bekommst du diesen Scheißkorken heute noch raus!«

# 17. KAPITEL

Mark kam täglich, um mit ihr zu lernen. Er berührte sie, aber nicht oft. In seinen Augen war sie nur ein Kind.

Das provozierte sie. Ihre Brustwarzen hatten begonnen, sich zu verändern, und die Haut um sie herum schmerzte und war empfindlich. Sie zog ihre Haarspange aus und legte sie beiseite, um sie nie wieder hervorzuholen.

»Erzähl mir von Amerika«, bat sie.

Da begann er Englisch zu sprechen, so schnell, dass sie nicht die geringste Chance hatte, ihm zu folgen. Sie warf ihr Kissen nach ihm, mitten in sein spöttisches Gesicht.

Er legte sich auf sie, presste ihre Arme nach unten.

»Was bist du doch bloß für ein kleiner Haufen Scheiße.«

Rasend vor Wut schwang sie ihr gesundes Bein hoch, stieß ihm mit dem Knie in den Schritt. Er wurde bleich und fiel neben dem Bett zu Boden.

Er hatte eine Freundin in Washington.

»Wie sah sie aus?«

»Sieht sie aus!«, korrigierte er.

»Gut, wie sieht sie nun aus?«

»Braune Augen, große Titten.«

Das klang so hässlich.

»Sie heißt Cindy. Wir schreiben uns jede Woche einen Brief.«

»Liebst du sie?«

Er grinste.

»Los, nun antworte schon, tust du das?«

Da stellte er sich ans Fenster und stieß mit dem Unterkörper, die Hand auf den Hosenschlitz gelegt.

»Jetzt fang schon an und lies aus dem Buch vor. Für dieses Gelabere werde ich nicht bezahlt.«

»Das ist viel zu schwer. Ich kann das nicht.«

»Lies jetzt!«

»The new man stands looking a minute, to get the set-up of the day room.«

»Njoooo. Nicht neu. Njoooo.«

»The njooo man …«

»Das ist ein verdammt gutes Buch, weißt du, aber du bist noch zu klein dafür, Justine. Tut mir Leid. Du bist viel zu klein dafür, dir entgeht das meiste.«

Er brachte sie ganz durcheinander.

»Was kann ich machen?«

»Da kann man nichts machen. Das ist einfach so!«

»Wie dumm du bist!«

»Wie geht es deinem Fuß? Wird der auch mal wieder gesund?«

»Das wird er schon noch.«

»Wie ist das eigentlich passiert?«

»Bin gestolpert. Auf den Felsen.«

»Du musst eben ordentlich gehen.«

»Ich bin ordentlich gegangen. Aber ich bin ausgerutscht.«

Nein. Sie war überhaupt nicht zu klein. Abends lag sie mit dem Gesicht zur Wand und malte sich aus, wie es sein könnte. Mark und sie, auf eine ganz andere Weise. Sie tastete ihre Brüste ab, ob sie gewachsen waren, und ihre Hand bewegte sich unmerklich zu jener sündigen Stelle hinab, deren Berührung so atemberaubend schön war. Rastlosigkeit überkam sie, sie wollte raus, fort. Aber der Gips war wie eine Fessel, er schützte sie zwar vor allem, was da draußen war, machte sie aber gleichzeitig zu einer Gefangenen.

Dann, eines Tages, als der Winter vollends vertrieben worden war, nahm man ihr den Gips ab, sägte und schnitt. Ein kraftloses und verkümmertes Bein tauchte auf, ein säuerlicher Geruch.

Aber sie war genesen. Und jetzt war die Schule vorbei, und der Schulhof hatte sich mit Schülern in farbenfrohen Kleidern gefüllt, die Lehrerinnen waren beim Friseur gewesen, die Flagge war hervorgeholt und gehisst worden.

All dem war sie aus dem Weg gegangen.

Sie dachte, dass es schwer sein würde, dieses streichholzdünne Bein zu benutzen, entdeckte aber, dass es letztlich so kräftig war wie zuvor. Abends schwoll das Gelenk manchmal an und schmerzte. Aber gehen und laufen konnte sie wie zuvor.

Sie stand im Schutz des umgestürzten Baums. Bonbonpapiere lagen auf der Erde.

Sie war allein.

Sie folgte den Wegen.

Der Jäger saß auf der Treppe vor seinem Haus und schnitzte etwas aus einem Stück Holz.

Scheu trat sie auf den Hof.

Er sah sie. Er schwieg.

Sie setzte sich neben ihn, sein Rücken war gespannt, seine Hände, die schnitzten und schnitzten.

Sie saß neben ihm und legte ihre Hand auf seinen Arm. Die Haut war braun und alt.

Nein.

Nicht alt.

Sie ging in seine blitzsaubere Küche, das Wachstuch abgewischt, die Spüle blinkend, der Fußboden weiß und geputzt.

Da stand er auf und kam ihr nach.

»Was willst du hier?«

»Entschuldige«, flüsterte sie. »Ich konnte nichts dafür.«

»Ich möchte, dass du gehst.«

»Nein …«

»Ich möchte, dass du auf der Stelle gehst.«
Er stand mit dem Gesicht zur Wand. Sie ging zu ihm, ihre Hüften am Stoff seiner Jeans.
»Stina!«
»Umarme mich, ich bin so allein gewesen.«

Sie schloss seine Tür und verriegelte sie. Sie legte sich auf seine Bettdecke. Sie war grau und noch warm von der Katze. Sie zog die Knie an den Körper, machte sich rund.
Sein Körper wie ein Schattenriss vor dem Fenster.
»Ich hatte mir das Bein gebrochen«, flüsterte sie, obwohl sie es ihm eigentlich nicht sagen wollte.
»Stina …«
»Komm, leg dich zu mir, wärme mich.«
»Ich hab gesagt, ich möchte, dass du gehst.«
»Sei still!«, flüsterte sie.
Ihr Kinn an seiner Brust, die kurzen, gelockten Haare. Der Geschmack von Luft, von Salz. Ihre Hände waren jetzt so stark, sie war jung, er war alt. Oh, sein Bauch, ausgeliefert und weich, wie sie ihre Zunge in ihn tauchte, die Lippen.
Dann.
Der Mann.

Sie brachte ihn zum Weinen. Das machte ihr Angst. Als er ihre Angst sah, wurde er wieder stark, und er hielt sie gegen seine Mitte, so dass ihre Beine sich hinter seinem Rücken verschränkten.
»Stina«, flüsterte er. »Weißt du eigentlich, dass das verboten ist?«
»Wer sagt das?«
Und sie senkte sich auf ihn herab, und sie machten es noch einmal, er bewegte sich in ihr, und sie wand sich, aber ließ ihn bleiben, wo er war.
Nachher bereute er es immer.
Sie musste ihn streicheln und nach Worten suchen, sie musste weinen und ihn wieder öffnen.

»Ich werde wieder zu dir kommen, ich werde dich nie verlassen.«

Tag für Tag. Der umgestürzte Baum. Das Haus.

Es kam vor, dass er abschloss und nicht da war. Sie wartete auf dem Hof. Dann lernte sie, das Scharnier des Fensters aufzubrechen. Sie lag in seinen Laken, sein Duft legte sich an ihre Lenden.

Ein kalter Lufthauch. Er stand im Licht, die Decke in seiner Hand. Sein Gesicht wandte sich von ihr ab.

Mit den Händen auf den Tisch hämmernd: Nein!

»Das darfst du nicht«, flüsterte sie, und ihr Mund und ihr Kiefer schmerzten. »Du darfst mich nicht rausschmeißen.«

Nackt auf seinem Schoß, die Nähte der Jeans. Ein Tag, an dem es leise regnete.

»Hörst du die Amsel da draußen?«, flüsterte sie.

»Du meinst die Drosseln.«

»Hörst du ihren Gesang?«

»Warum machst du mich nur so schwach, warum machst du mich …?«

Der Stoff hob sich an ihrem Schenkel.

»Doch nicht so schwach … oder?«

Momente des Lachens, des Glücks. Als er sie wie einen zarten und flatternden Schmetterling hochhob. Sie zwischen den Wänden umherwirbelte. Ihre Blätter öffnete. Sie war jedes Mal überrascht, sie war schmal wie ein Schilfrohr und er …

»Ich glaube, du spaltest mich …«

Doch in diesem Moment, in diesem weißen Augenblick, vermochte er nicht zuzuhören, war er wie ein zappelnder Fisch, Glitzern auf ihrem Bauch.

Danach stand er auf und schrumpfte.

Eines Tages musste sie ihm von der Insel erzählen.

»Wir reisen morgen in die Schären. Wir werden dort einige Zeit verbringen. In einem alten Haus, das meinen Großeltern gehört hat. Es liegt auf einer Insel. Wir müssen mit dem Boot fahren. Nur so kommt man dahin.«

Wenn sie geglaubt hatte, er würde verstummen, sah sie sich getäuscht.

Alles wollte er wissen.

»Papa hat sich freigenommen. Wir werden dort eine Weile wohnen. Es gibt nur wenige Häuser auf der Insel, nur ein paar, Lebensmittel kommen mit dem Schärenboot. Trotzdem gibt es Leute, die das ganze Jahr dort wohnen, ob sie wohl fischen, wie kommen sie zurecht? Ich darf mir eins der Zimmer einrichten, es wird mein Zimmer, ich darf beim Streichen helfen. Papa hat Tapetenmuster mitgebracht, ich hab mir schon was ausgesucht.«

Er sah sie mit ernster Miene an.

»Ich möchte, dass du mir jetzt gut zuhörst. Ich werde fort sein, wenn du zurückkommst, und in gewisser Weise bist du es, die mich dazu zwingt, aber ich gebe dir keine Schuld. Keine, überhaupt keine Schuld.«

Sie war zu sehr von der Zukunft erfüllt, um richtig zuzuhören. Sie saß auf seinem Schoß, streichelte seine weichen Ohren.

»Wenn die Äpfel reif sind, werden wir sie pflücken, und ich werde dich in einen Apfelkuchen einbacken und dich unbeschadet ausschneiden. Dann werde ich dich mit Eis und Vanillesoße aufessen. Aber jetzt muss ich nach Hause.«

## 18. KAPITEL

Svens Eltern hatten Flora immer wieder überrascht. Sie hatten etwas Vulgäres an sich, etwas, das nicht zu ihrer gesellschaftlichen Stellung oder Klasse passte. Beide waren hoch gewachsen und laut, ihr Schwiegervater war zudem noch schwerhörig, was zur Folge hatte, dass ihre Schwiegermutter noch lauter sprechen musste, damit er sie verstand. Beide drückten sich grob und ungehobelt aus und schienen dies zu tun, um zu schockieren. Mit kindlicher Vorfreude betrachteten sie ihre Umgebung, warteten auf Reaktionen.

Sven hatte sie vorgewarnt.

»Sie sind etwas eigen, ich wollte es dir nur sagen, damit du Bescheid weißt.«

In der Zeit, als sie noch als Sekretärin arbeitete, war Ivar Dalvik mehrmals ins Büro gekommen, und sie waren einander vorgestellt worden. Er hatte fest ihre Hand gedrückt und zweimal nachgefragt, wie sie heiße.

»So so, Flora … Kann man das Fräulein etwa aufschlagen?«, hatte er gescherzt. »Falls man mehr über das innere Wesen der Blume erfahren will?«

Mit dieser Art von Humor tat sie sich schwer.

Ihre werdende Schwiegermutter traf sie erst, als sie schon mit Sven verlobt war.

Sie hatte nie das Gefühl, von ihnen wirklich akzeptiert zu werden. Sven und sie sprachen von Zeit zu Zeit darüber. Er verstand sie nicht, war der Meinung, dass sie die Angelegenheit zu ernst nahm.

»Sie finden, dass ich zu einfach bin für ihren feinen Sohn, darum geht es.«

»Nein, Flora, das stimmt nicht, in Wirklichkeit ist es ihnen völlig egal, wen ich zu meiner Frau mache. Ich weiß, das klingt seltsam, aber es ist so. Sie sind, wie sie sind, zwei egozentrische alte Menschen, kümmere dich einfach nicht um sie. Wir leben unser Leben, sie leben ihres.«

Es half nichts. Sie hatte trotzdem das Gefühl, nicht zu taugen. So als hätte sie lauter auftreten sollen, mit weitschweifigen Gesten, ungefähr wie sie.

Besonders viel Kontakt hatte sie im Grunde nicht zu ihnen. Aber auch das konnte man so und so sehen. Auf der einen Seite verachtete sie die beiden. Auf der anderen Seite hätte sie sich gewünscht, von ihnen als die umtriebige und tüchtige Frau gesehen und anerkannt zu werden, die sie war.

Sie waren vernarrt in Justine und schickten ihr kleine Geschenke, aber wenn sie Justine dann einmal trafen, überhäuften sie das Mädchen mit Fragen, hatten aber nicht die Geduld, ihre Antworten abzuwarten. Letztendlich blieben sie alten Vorstellungen verhaftet. Mädchen waren süß anzuschauen. Aber sie waren nichts, worauf man setzen konnte in der Zukunft. So war beispielsweise nie die Rede davon, Justine darauf vorzubereiten, einmal die Firma zu übernehmen. Da holte man sich lieber jemand von außen. Einen Mann.

Als sie die Siebzig überschritten hatten, verloren sie im Übrigen das Interesse für den ganzen Sandy-Konzern. Sie hatten ihn an ihren einzigen Sohn übergeben. Jetzt war es seine Sache, die Geschäfte weiterzuführen und für den Gewinn zu sorgen. Wie ihm das gelang, darum kümmerten sie sich nicht mehr.

Sie starben fast gleichzeitig, ihr Schwiegervater zuerst. Als es passierte, befanden sie sich auf einer Reise irgendwo in Italien. Bei ihrer Rückkehr lebte er noch, starb aber ein paar Tage später in einem Zimmer im Karolinska Krankenhaus.

Flora erinnerte sich an jedes Detail, das Telefongespräch,

Sven, der an den Apparat ging, die Art, wie er dabei sozusagen stramm stand. Als er den Hörer aufgelegt hatte, drehte er sich zu ihr um und sagte mit vollkommen neutraler Stimme:

»Es geht aufs Ende zu bei ihm, es wird Zeit, dass wir kommen.«

Seine Mutter erwartete sie an der Eingangshalle, bekleidet mit einer ärmellosen, hellblauen Bluse, die ihre schlaffen Oberarme entblößte. Sie stand vor der Tür und rauchte. Als sie vor ihnen den Aufzug betrat, wäre sie fast hingefallen, es fiel ihr schwer zu sprechen, ihre Stimme war schwächer geworden, geradezu erstickt.

Flora hatte nie einen Menschen sterben sehen. Nicht einmal in jenem Sommer, als sie in der Psychiatrie gearbeitet hatte. Die Frauen dort waren zäh und bösartig gewesen, manchmal hatte sie ihnen den Tod gewünscht. Diese Frauen verhöhnten sie und nannten sie eine Hure. Es war eine besondere Art von Frauen, sie meinten nicht, was sie sagten, sie waren krank und nicht richtig im Kopf. Aber es half nichts. So sehr sie sich dies auch einredete, wurde sie doch von Widerwillen erfüllt, sobald sie sich der Krankenhauskaserne nur näherte.

Sobald sie das Zimmer ihres Schwiegervaters betrat, bemerkte sie diesen besonderen Geruch, der ankündigt, dass ein Menschenleben bald enden wird. Sie erkannte ihn augenblicklich. Sie würde ihn nie beschreiben können, er war einfach da.

Der alte Mann lag auf dem Rücken, angeschlossen an Schläuche und Apparate. Die Nase stand wie ein Haken aus dem eingefallenen Gesicht. Für ein paar Sekunden öffnete er die Augen, sah aber niemanden an, sein Blick rollte zur Decke. Er suchte und scharrte mit den Händen, tastete nach etwas, das ihn zurückhalten könnte.

Ihre Schiegermutter brach zusammen.

»Ivar!«, schrie sie. »Du verlässt mich verdammt noch mal nicht. Im Ernst, ich verbiete dir ...«

Ein Zucken durchlief seinen Körper, das Kinn fiel nach

vorn und klappte herunter. Das brachte sie dazu, an seinen Laken zu reißen, sich am Kopfende des Betts festzuklammern, zu jaulen.

Ihr Auftreten hatte keine Würde. Zwei Krankenschwestern mussten sie hinausführen, um sie mit Beruhigungsmitteln vollzupumpen. Ihr Mann lag tot und einsam im Zimmer.

»Wir richten ihn her und zünden ein paar Kerzen an«, sagte eine Krankenschwester. »Gehen Sie bitte solange hinaus und warten Sie draußen. Kümmern Sie sich um seine Frau.«

Sven war offensichtlich erschüttert.

»Nein, es sind keine Kerzen mehr nötig, wir haben bereits ... Abschied genommen ...«

Er wollte so schnell wie möglich fort.

In der darauf folgenden Woche war ihre Schwiegermutter dann an der Reihe. Eine lebensgefährliche Grippewelle war damals über das ganze Land geschwappt. Die Grippe packte sie mit ihren Klauen und gebrochen, wie sie aus Trauer und Schock war, hatte sie nicht mehr die Energie, ihre Abwehrkräfte zu mobilisieren.

Die Doppelbeerdigung wurde zu einer wahren Orgie aus Musik und Rosen. Denn so hatten es die beiden Alten bestimmt, so stand es in ihren hinterlassenen Papieren. Als wären sie sich der Tatsache bewusst gewesen, dass sie zur gleichen Zeit sterben würden.

Sie hinterließen eine ganze Reihe von Häusern, die Sven unverzüglich verkaufen ließ. Es handelte sich dabei um eine Sechszimmerwohnung auf dem Karlaväg, eine Villa an der spanischen Mittelmeerküste und eine Hütte im Wintersportort Åre. Dann war da noch das gelbe Haus mit den Veranden und Erkern draußen in den Schären.

Flora und Sven hatten mehrere Male in diesem Haus auf der Insel übernachtet. Sie hatte da draußen eine Art Freude empfunden, ein Gefühl von Zufriedenheit. Sie bat Sven, das Haus zu behalten. Sie hatte Lust bekommen, es wirklich in ihr eigenes Haus zu verwandeln, ihm ihren persönlichen Stempel aufzudrücken. Sven empfand das Gleiche. Während einiger heiterer und enthusiastischer Wochen arbeiteten sie gemeinsam daran, planten und fantasierten.

Sie transportierten mehrere Wagenladungen mit allem, was sie benötigen würden, hinaus. Bauholz, Putz, Spachtel und Farbe. Ein Mann auf der Insel, einer der ganzjährigen Inselbewohner, hatte versprochen, ihnen zu helfen. Sven war nun einmal, wie er war, wenn es um praktische Dinge ging.

Die Februardämmerung senkte sich auf das Zimmer herab. Geruch von Fisch, der gebraten wurde. Scheppern auf dem Korridor, wieder einmal Zeit für das Abendessen.

»Was es heute wohl gibt?«, murmelte Märta Bengtsson. Die Mahlzeiten waren für Floras Zimmergenossin der Höhepunkt des Tages. Sie schien einen fast schon grotesken Appetit zu haben. Etwas an ihrer Art erinnerte Flora an ihre Schwiegermutter.

Sie saß in ihrem Rollstuhl, die Serviette um den Hals gebunden, und versuchte, sich das Essen mit Händen einzuverleiben, die zitterten und wackelten. Es war nicht zu überhören, wenn sie aß. Es spritzte, schmatzte und rann.

Eine Weißhose hatte einen Stuhl an Floras Bett gezogen und begann jetzt, sie zu füttern. Sie hatte es eilig, was man an der Art erkannte, wie sie den Löffel zwischen Floras Lippen zwang und die Kartoffelpampe am Zungenrücken regelrecht abstrich. Sie war sehr jung, war Flora jemals so jung gewesen? Sie hatte einen Ring in der Nase, und auf dem Unterarm kroch ein kleines, tätowiertes Tier.

Sie redete die ganze Zeit, als hätte sie in einem Lehrbuch gelesen, dass Patienten wie Mitmenschen behandelt werden müssen, man muss mit ihnen sprechen, nicht über sie.

Märta Bengtsson versuchte zu antworten, aber sie hatte Probleme, gleichzeitig zu sprechen und zu essen. Immer wieder verschluckte sie sich, die Weißhose musste aufspringen und ihr helfen.

»Heute ist doch Samstag, Schwester«, keuchte sie zwischen den Bissen. »Gehen Sie sich da verlustieren?«

Die Weißhose war keine Krankenschwester. Jeder konnte sehen, dass sie eine Aushilfe war, ausgesprochen ungebildet.

Sie kicherte.

»Mich verlustieren, aber ja, das kann man wohl sagen.«

»Schwester, haben Sie vielleicht sogar einen kleinen Freund am Bändel?«

»Freund am Bändel? Wie meinen Sie das, Freund am Bändel?«

Ein neuerlicher Hustenanfall, Flora drehte den Kopf zur Seite, angeekelt. Sie sah zur Decke hinauf, in das Blendende und Glänzende.

Auf der Insel wurde Flora schnell klar, dass mit Justine etwas nicht stimmte. Es hatte bereits auf der Hinreise begonnen. Sie konnte nicht in der Kajüte bleiben, musste hinaus, musste sich über die Reling hängen, so dass der Schaum sie und ihre Kleider bespritzte. Es war windig, die Wellen waren von Schaumkronen bedeckt.

Flora sah Sven an.

»Aber sie ist doch nur seekrank«, sagte er gereizt und ging hinaus, um sich zu ihr zu setzen. »Ihr ist auf See schon immer schlecht geworden.«

Das Haus wartete auf sie. Es war ein kühler und bewölkter Tag. Regen lag in der Luft. Auf dem Hof lag das Bauholz aufgestapelt unter Planen, auf denen sich das Regenwasser in kleinen Pfützen gesammelt hatte.

Sven zog den Schlüssel heraus.

»Ja, meine Mädchen«, sagte er und schlug einen betont fröhlichen Ton an. »Jetzt haben wir unser eigenes Sommerparadies.«

Justine hatte sich ihr Zimmer aussuchen dürfen. Sie hatte ein nach Osten gehendes gewählt, ein schmales und hohes, aber nicht sonderlich großes Zimmer. Die Großmutter hatte es ihr Schreibzimmer genannt. Sie hatte Brieffreunde in allen Teilen der Welt, aber in Wirklichkeit hatte sie nie die Geduld gehabt, lange genug auf der Insel zu bleiben, um sich dazu aufzuraffen, hier einen Brief zu schreiben.

Ihr weißer Schreibtisch stand noch immer in dem Zimmer. Flora hatte die Schubladen durchsucht, gespannt, in der Hoffnung, Aufzeichnungen zu finden, irgendetwas, das sie selbst oder Sven betraf. Aber sie fand nur das hellrosa Briefpapier ihrer Schwiegermutter, mit ihrem Monogramm in grauer Farbe.

»Du darfst nie vergessen, Justine, deine Großmutter wollte, dass du diesen Schreibtisch bekommst«, sagte Sven. Als ob er das wüsste, als ob er jemals mit seiner Mutter über solche Dinge gesprochen hätte.

Nach dem Abendessen wurde immer der Fernsehapparat angestellt. Die beiden Töchter von Märta Bengtsson hatten ihr einen Apparat gekauft und ihn am Bett aufstellen lassen. Es lief gerade ein Programm über Wintersport, vielleicht irgendein Wettkampf, laute Musik. Junge, starke Menschen, die auf Skischanzen und Eisflächen vorbeiflimmerten. Es tat weh, sie zu sehen. Sie schloss die Augen. Sie taten ihr weh, als wäre sie auf dem besten Wege, krank zu werden.

Dann wurde es auf einmal still. Eine Weißhose war hereingekommen und hatte Märta Bengtsson dazu gebracht, sich den Kopfhörer aufzusetzen. Jetzt gab es nur noch ein flackerndes Schimmern, ohne Ton.

Ja, es wäre gut, krank zu werden, Fieber zu bekommen. Dann würde man sie isolieren. Und das würde Justine daran hindern, sie zu besuchen, sie mitzunehmen. Die Höllenfahrt mit dem Auto steckte ihr immer noch in den Knochen. Wie ein Schwindelgefühl, wie eine langsam wachsende Vorahnung.

Ich will auf meine Art sterben.

Aber ich will gar nicht sterben … Ich will leben.

Justine benahm sich seltsam draußen auf der Insel. So konnte sie auf einem Stuhl in der Küche sitzen und im nächsten

Augenblick eingeschlafen sein, der Kopf auf den Tisch gesunken. Säuselte und schlief.

»Was ist los mit dir, du sitzt da und schläfst einfach ein?«, fragte Flora.

Da blickte sie starr auf, und ihre Pupillen irrten umher, als wären sie ohne Halt.

Flora dachte an Drogen, sie näherte sich der gekrümmten Gestalt, nahm aber keinen Geruch wahr, nur eine Distanz, ein starkes elektrisches Feld.

Justine hatte sich darauf gefreut, ihnen beim Tapezieren zu helfen. Plötzlich hatte sie keine Kraft mehr dazu, musste sich am helllichten Tag hinlegen. Lag auf dem Rücken, schlief und schnarchte wie ein Erwachsener oder ein sehr alter Mensch. Ihre Haut wurde blass und schlaff, Pickel bildeten sich an Schultern und Hals. Sie juckten, Justine kratzte sich und zog an ihnen, bis sie schließlich aufplatzten.

»Es ist doch nichts Ungewöhnliches, dass sie müde ist«, sagte Sven, was Flora wunderte. Sonst rief er doch schon beim kleinsten Niesen des Mädchens einen Arzt.

»Warum sollte sie müder sein als wir?«

»Ach, du weißt schon, die Hormone. Sie ist in einem schwierigen Alter.«

In Svens Augen war Justine ununterbrochen in einem sensiblen und schwierigen Alter. Eines Morgens hörte sie Geräusche aus dem Badezimmer. Flora war allein mit dem Mädchen, Sven war mit dem Boot rausgefahren. Sie stand im Flur, die Tür zum Badezimmer war einen Spalt weit geöffnet, dort hockte das Mädchen, mit dem Kopf über der Toilette.

Als sie herauskam, war ihr Gesicht aufgedunsen und sehr blass. Sie war auf dem Weg in ihr Zimmer, als Flora sie am Arm packte.

»Lass mich dich ansehen! Lass mich in deine Augen sehen.«

Das Mädchen drehte sich zu ihr um wie eine Schlafwandlerin. Und im tiefsten Innern der grün schimmernden Iris erkannte Flora die Schwindel erregende Antwort. Es war genau, wie sie gedacht hatte, das pubertierende Mädchen war schwanger.

Flora bedrängte sie mit Fragen, ließ ihr keine Ruhe. Wer hatte ihr das angetan, sie mit Gewalt genommen?

»Niemand«, weinte sie, und Rotze klebte ihr auf der Oberlippe. »Niemand hat mich mit Gewalt genommen.«

»Verdammter Rotzlöffel, du bist ja selbst nicht mehr als ein Kind!«

Sven stand zwischen den Farbeimern, mit krummem Rücken und groß.

»Lass sie jetzt in Ruhe!«, schrie er. »Lass sie in Ruhe!«

»Aber begreifst du denn nicht! Sie muss ins Krankenhaus, es muss weggemacht werden!«

Er beließ es längst nicht mehr bei Bitten. Er erhob seine Stimme zu einem rhythmischen Brüllen:

»Ich-befehle-dass-du-meine-Tochter-in Ruhe-lässt!«

Auch er wurde dort auf der Insel so seltsam.

Jedenfalls brachten seine Worte sie dazu, einfach alles stehen und liegen zu lassen und mit dem Boot zurück in die Stadt zu fahren.

Sie rief ihre Schwester Viola an, die in der Parfümerie des Kaufhauses NK arbeitete. Sie sagte ihr, dass sie sich entzweit hätten, sie und Sven, dass sie ein wenig Abstand brauche. Dass sie Zeit benötige, um nachzudenken.

Sie konnte in der Wohnung ihrer Schwester wohnen, einer Dreizimmerwohnung auf der Östermalmsgata. Tagsüber war sie allein, gegen Abend kam Viola nach Hause, dann gingen sie aus und aßen in einem Restaurant.

Eine Glaskuppel schien sie zu umschließen.

Die Tage waren sonnendurchglüht, der Asphalt heiß und staubig. Nichts davon drang zu ihr durch. Sie saß nur da und lauschte den kleinen Erzählungen der Schwester aus der Welt der Parfüms.

»Ich werde dir die Haare tönen«, sagte Viola und zählte

eine Reihe von Kuren auf. »Du hast schon immer vorteilhaft ausgesehen. Aber nur weil man geheiratet hat, darf man sich nicht gehen lassen, das musst du doch verstehen. Glaubst du, er hat eine andere? Was hat er denn jetzt für eine Sekretärin? Hast du das einmal überprüft? Du musst lieb zu ihm sein, verführ ihn ein wenig. Eine solche Goldgrube von einem Mann. Und so lieb!«

Ende August fuhr sie wieder auf die Insel zurück. Sven wartete an der Anlegestelle, braun gebrannt und gesund. Er erwähnte mit keinem Wort, was geschehen war. Umarmte sie, küsste vorsichtig ihren Lippenstiftmund.

»Du bist schön, Flora, du bist meine kleine Puppe, ich habe dich vermisst. Lass mich sehen, du hast dir ein neues, schickes Kleid gekauft? Oh, es steht dir.«

Die Arbeit im Haus war zum Erliegen gekommen, die Zimmer waren halb fertig. In der Hängematte lag das Mädchen und schlief.

Als sie aufwachte, konnte man es ihr ansehen.

Aber immer noch weigerte er sich, darüber zu sprechen.

Mitte September zogen sie wieder nach Hause.

»Und die Schule?«, fragte sie. »Wie soll es deiner Meinung nach damit weitergehen?«

»Ich habe mit der Schule gesprochen.«

»Was hast du gesagt?«

»Was spielt das schon für eine Rolle, was ich gesagt habe? Sie kann mit der Schule aussetzen.«

Justine hörte auf, sich anzuziehen, trieb sich in ihrem genoppten Morgenrock im Haus herum. Es gab im Übrigen schon bald auch keine Kleider mehr, die den wachsenden Bauch verdecken konnten. Ihr Umstandskleider zu kaufen, wäre einer Kapitulation gleich gekommen.

Aber es spielte auch gar keine Rolle, sie ging doch nie aus, zeigte sich keinem einzigen Menschen.

Irgendwann Ende des Winters würde es so weit sein.

Wer war der Vater? War es Mark?

Sie schwieg, sagte die ganze Zeit über nichts.

Es war ein Schweigen, ein Unbehagen, das sich im ganzen Haus vom Keller bis zum neu eingerichteten Speicher ausbreitete.

Als der erste Schnee fiel, begann sie zu stricken. Sie riffelte die Wolle einer alten Strickjacke auf und strickte mit diesem gekräuselten, grauweißen Knäuel ... Strickte ohne Muster, schmutzige, unregelmäßige Lappen.

Um den ersten Advent herum begab sich Sven auf eine Geschäftsreise nach Barcelona. Flora erinnerte sich noch sehr genau. Er wollte nicht fahren, aber es war absolut unerlässlich, er trödelte herum und ließ das Taxi so lange warten, bis er fast das Flugzeug verpasst hätte.

Als er gefahren war, ließ sie nicht von Justine ab, um zu versuchen, wieder eine Art Kontakt zu ihr zu bekommen.

»Wie geht es dir, du kannst mir doch wenigstens sagen, wie es dir geht?«

Die hellen Augenbrauen zogen sich zusammen.

»Es schneit auf den See, hast du gesehen? Es sieht aus wie Federn ...«

»Danach habe ich dich nicht gefragt.«

»Ich hatte einmal Tiere, du wusstest nichts von ihnen.«

»Wovon redest du. Tiere und Federn. Die Sache ist dir aufs Gehirn geschlagen.«

»Das Gehirn ... Flora. Verstehst du, wie die Rosen unter dem Gehirn leben können?«

Flora packte sie an den Schultern, brachte sie zum Stehen. Dieser Geruch von Schweiß und Dreck, das Haar im Nacken verfilzt wie ein Stück Putzwolle. Sie zog Justine am Handgelenk, führte sie in die Dusche.

Sie hatte erwartet, dass Justine Angst bekommen würde. Weit gefehlt. Der glänzende Hügel ihres Bauchs, der herausstehende Nabel. Die Brüste wie zwei feste, prall gefüllte Bälle. Sie nahm etwas Duschgel in die Hand und begann, den regungslosen, blassgrauen Körper einzuseifen. Duschte sie ab und ließ das Wasser ablaufen, schamponierte ihr Haar.

Justine wie eine schwangere Statue. Jetzt sah sie deutlich, wie sich im Bauch der Fötus bewegte. Sie drückte ihre Handfläche fest gegen den Bauch des Mädchens. Das Mädchen schrak zusammen. Aber das Kind war da, sie fühlte es.

Ein neues Nachthemd, wie es sich auf den Bauch legte und dort hängen blieb. Flora musste die Schere nehmen und eine Naht auftrennen. Das Mädchen saß mit einem verbissenen Lächeln vor ihr, den Mund zusammengekniffen.

Dann der Kamm, es gab kein Durchkommen, sie war gezwungen, zur Schere zu greifen.

Sie schnitt die Haare kurz, nicht aus Rachlust, sondern aus praktischen Gründen. Das Gesicht rund und geschwollen.

»Warum flennst du denn jetzt?«

Sie bewegte steif ihren Kopf.

»Spar dir deine Tränen, du wirst sie noch brauchen.«

Dann war es eines Nachts so weit. Warum setzen die Wehen eigentlich immer nachts ein?

*Ich hätte es sein sollen, ich, die ich zu ihm kroch, die ich mich öffnete wie in Krämpfen.*

Sie saß in ihrem verknitterten Hemd im Bett. Der Mund offen, die Zunge so zerbissen, dass sie blutete. Sie hatte geschrien, wir erwachten von ihrem Schrei.

Sven sagte, nein, er fuhr mich an:

»Setz Wasser auf und hol Handtücher, beeil dich!«

So wäre es sicher nicht gewesen.

Es war zu spät, um noch ins Krankenhaus zu fahren.

Ich sagte:

»Wenn wir das nun nicht schaffen …«

Das machte ihn rasend.

Ich sagte noch einmal:

»So junge Mädchen … ihre Becken …«

Da zog er mich in die Küche hinaus, und sein Gesicht war wie eine Maske.

Sie kämpfte bis zur Morgendämmerung, schrie und wand sich.

Flora hörte, dass Sven betete.

Sie hatte aufgehört, sich ihm zu widersetzen, aber sie betrachtete die Hüften des Mädchens, so schmal und unentwickelt.

Wenn das Baby stecken bleibt, ist das unsere Schuld. Wenn sie mit dem Kind in ihrem Bauch stirbt, wird man uns bestrafen.

Aber sie starb nicht, sie stand es durch.

Das Kind lag auf dem Laken, und es war ein sehr kleiner Junge.

Sven nahm die Schere, schnitt zwischen Häuten und Blut. Gab ihr den Klumpen, der ein neugeborenes Kind war.

Ich fühlte den warmen Körper, er zuckte, rang nach Luft, und dann schrie er, sein Kinn zitterte, die Nase war breit und platt. Ich senkte ihn ins Waschbecken hinab, und das Wasser wurde trüb von seinem Blut. Ich wusch seine Hände, er hielt sie fest geschlossen, ich musste sie aufbiegen, und in den Handflächen sah ich tiefe Furchen und Linien. Der Hodensack war geschwollen und groß, das Glied wie ein Fühler. Seine Haare waren dunkel, seine Augen trüb. Ich säuberte ihn von ihrem Blut und ihren Flüssigkeiten, ich hüllte ihn in ein Tuch. Er hatte aufgehört zu weinen, sein Gesicht hatte die Form eines Herzens. Die kleine, fein gezeichnete Oberlippe, wie sie sich zu meiner Fingerspitze drehte, ich setzte mich hin, ich zog meine Bluse hoch, der harte, gierige Gaumen.

Sven stand in der Tür. Er sah mich, drehte sich um und ging.

Sie streckte mir die Arme entgegen, um ihn zu nehmen. Ich sagte, du bist müde. Du könntest auf ihm einschlafen, so dass er erstickt. Sieh ihn an, willst du auf diesem schönen, kleinen Gesicht eines Jüngleins einschlafen?

Sie war dünn, und es floss viel Blut.

Ich legte ihn an ihre Brust, aber er schrie und fuchtelte mit seinen kleinen, verkümmerten Armen. Er war hungrig. Das war ein gutes Zeichen. Aber sie war zu jung, sie hatte keine Milch für ihn. Sven musste sich auf den Weg machen und ein Fläschchen und ein Paket mit Muttermilchersatz besorgen. Der Junge war schwer, er lag auf meinem Schoß, ich war es, die ihm das Saugen beibrachte. Jedes Mal, wenn sie ihn anfasste, schrie er. Sie war zu jung, sie war selbst nicht mehr als ein Kind.

Dann geschah das Grauenhafte, der Junge hörte auf zu essen. Was macht man mit einem Kind, das nicht isst? Sie saß mit einem Löffel bei ihm, schob seinen kleinen Mund auf, was reinging, lief wieder heraus und hinter seinen Ohren hinab. Sie gab ihn dem Mädchen. Wärm du ihn, wenn du kannst. Aber das Mädchen befand sich jetzt in einem Dämmerzustand und bekam überhaupt nichts mehr mit.

Das Kind lebte vier Tage. Dann war nichts mehr zu machen.

Sie wickelte es in ein Leinentuch. Sven kam mit einem Karton, es waren Schuhe darin gewesen.

Das Kind war klein. Es war zu früh gekommen.

Er erzählte nie, was er mit dem Karton gemacht hatte.

## 19. KAPITEL

Seine Eltern standen schon am Fenster, als er kam. Er konnte sie für einen Moment hinter den Gardinen erkennen, sah, wie sie sich zurückzogen, damit er sie nicht entdeckte. Er wurde ärgerlich, konnte das Gefühl nicht unterdrücken.

In der U-Bahn hatte er Tulpen und eine Schachtel Weinbrandbohnen gekauft. Was schenkt man einem alten Mann? Für Bücher hatte er sich nie interessiert.

Sein Mutter nahm ihm die Jacke ab.

»Geh mit Papa schon einmal rein und setz dich, das Essen ist in einer Minute fertig.«

Das ganze Haus roch gut. Sie hatte Rouladen gemacht, sie wusste, dass dies sein Leibgericht war. Und große Salzkartoffeln. Und Erbsen und Götterspeise.

Sein Vater nahm sich eine Portion.

»Wie läuft es denn bei dir?«, fragte er. »Ist viel los im Hotel?«

»Es ist ein bisschen stressig gewesen.«

»Aber du arbeitest doch weiterhin nur nachts?«

»Schon. Aber die Nächte können mal mehr, mal weniger anstrengend sein.«

»Das verstehe ich nicht. Schlafen eure Gäste nachts etwa nicht?«

»Aber Kjell, denk doch mal ein bisschen nach, bevor du sprichst!«, mischte sich seine Mutter ein.

Er brauste auf.

»Ich weiß, was ich rede.«

Die Mutter sah Hans Peter an. Sie verzog das Gesicht.

»Wenn viele Gäste ankommen ... vielleicht auch Gäste aus dem Ausland«, sagte Hans Peter, »hat man unter anderem eine Zeit mit den Pässen zu tun. Dann muss man noch verschiedene Auskünfte erteilen und ihnen vielleicht ein Taxi rufen, sie finden ja nicht immer den Weg.«

»So, so. Ja, ja.«

»Nimm doch noch eine von den Rouladen, Hans Peter!«

»Danke, Mama, gern. Es ist alles sehr lecker, du weißt wirklich, was mir schmeckt.«

Sie lächelte kurz.

Nach dem Essen half er ihr beim Abwasch. Sein Vater hatte sich vor den Fernsehapparat gesetzt, es lief irgendeine Sendung über Skilaufen.

»Er ist so reizbar und mürrisch geworden«, murmelte seine Mutter und spülte einen Teller ab.

»Tatsächlich?«

»Nichts ist ihm gut genug. Dabei gebe ich mir alle Mühe.«

»Ist er denn auch gesund?«

»Gesund? Ja, ich denke schon. Jedenfalls habe ich nichts Besonderes bemerkt.«

»Und du, Mama?«

»Was meinst du?«

»Bist du gesund?«

»Natürlich bin ich gesund, fit wie ein Turnschuh. Auch wenn man sich fragen kann, wieso eigentlich Turnschuhe besonders fit sein sollen. Aber das sagt man eben so. Nun ja, manchmal wird mir ein wenig schwindlig, aber das ist wohl normal in meinem Alter.«

Sie ging zum Schrank und holte eine Kaffeedose heraus.

»Ich habe eine Torte für ihn gebacken, so eine mit Schokolade, die er so gern mag.«

»Du verwöhnst ihn.«

Plötzlich schlug sie die Hände vors Gesicht und brach in Tränen aus.

»Aber Mama, was ist denn los?«

Er versuchte, sie in den Arm zu nehmen, aber sie entzog sich seiner Umarmung.

»Mama ... Ist es wegen Margareta?«

»Ja«, schluchzte sie.

So war es immer. An Geburtstagen und Feiertagen wurden die Erinnerungen stärker. Sie redete die ganze Zeit drumherum, aber es war da, und auf einmal brach es hervor.

Er wusste nicht, was er sagen sollte.

Seine Mutter stand vor ihm, zur Schranktür gewandt.

»Soll ich den Kaffee kochen?«, fragte er.

Da schüttelte sie sich ein wenig und drehte den Hahn auf.

Er war ungeduldig, trank seinen Kaffee und nahm zwei Stücke Torte. Wie immer, wenn er seine Eltern besuchte, stopfte er viel zu viel in sich hinein.

»Hätten wir nicht zum Kaffee noch etwas anderes haben sollen?«, murrte sein Vater.

»Aber Kjell, das haben wir doch, ich habe doch eine Torte gemacht.«

»Ich meine etwas anderes als Torte. Etwas, das ein wenig stärker ist.«

Er lächelte Hans Peter schelmisch zu.

»Oder was meinst du, Hans Peter? Aber vielleicht musst du heute Abend ja noch arbeiten?«

»Ja, muss ich«, sagte er schnell. »Aber ein kleines Glas kann ich mir sicher trotzdem genehmigen.«

Sein Vater verwahrte die Spirituosen in einem alten Schrank mit Bauernmalereien auf den Türen und Schrankwänden auf, den er einmal bei einer Auktion ersteigert hatte. Daraus holte er jetzt eine Flasche Whisky heraus. Er trug seine alte, graue Strickjacke mit Lederaufsätzen an den Ellbogen. Wie lange hatte er diese Jacke schon, sein ganzes Leben lang?

»Ich möchte nichts«, sagte seine Mutter.

»Möchtest du lieber etwas anderes? Einen Sherry?«

»Nein, danke.«

»Wo stehen denn die Gläser?«

»Sie stehen da, wo sie immer gestanden haben.«

Hans Peter stand auf.

»Ich hole sie, ich weiß, wo sie sind.«

Er wollte fort, er war von einem ihm bisher unbekannten Gefühl erfüllt, es ähnelte gespannter Erwartung, Sehnsucht. Die Luft zu Hause erstickte ihn, es fiel ihm schwer, auf dem Sofa des Wohnzimmers stillzusitzen.

Nach einem halben Glas Whisky wurde sein Vater redselig. Er begann, sich über die überhöhten Abfindungen für Manager auszulassen, das war sein Steckenpferd.

»In den Zeitungen liest man von Spitzenmanagern, die gefeuert werden, weil sie ihre Arbeit nicht gut machen. Aber das Eigenartige ist, dass sie nicht nur gefeuert werden, sondern auch noch eine saftige Belohnung dafür bekommen, Millionen Kronen für den Rest ihres Lebens, das ist doch nicht normal, ich habe meine Arbeit in all den Jahren ordentlich gemacht, und mein Rücken ist dabei kaputtgegangen, gerade weil ich meine Arbeit ordentlich gemacht habe, deshalb bekomme ich verdammt noch mal noch lange keine Millionen. Wie viel ist der Rücken eines Arbeiters wert? Nicht einen Pfennig. Aber diese Spitzenmanager, die sitzen in ihren feinen Sesseln und fahren in ihren feinen Luxusdienstkarossen durch die Gegend.«

»Das hast du schon tausendmal erzählt, Kjell, wir wissen, was los ist.«

»Man hat seinen Beitrag an die Gewerkschaft gezahlt, aber nicht einmal die Gewerkschaft …«

Hans Peter wusste, dass einem nichts anderes übrig blieb, als in das gleiche Horn zu stoßen, was er auch tat. Er blieb noch etwa eine Stunde sitzen, dann stand er auf und sah auf die Uhr.

»Jetzt muss ich aber unbedingt los, wenn ich nicht zu spät kommen will. Tausend Dank für alles und noch einen schönen Geburtstag weiterhin!«

Zu spät fiel ihm ein, dass der Geburtstag schon gewesen war.

Er reichte seinem Vater die Hand. Sein Vater nahm sie und drückte sie fest. Er schien etwas sagen zu wollen. Dann aber räusperte er sich und schob die Hände in die ausgebeulten Taschen seiner Strickjacke.

»Alles Gute, HP, schön, dass du gekommen bist.«

»Nenn ihn bei seinem richtigen Namen«, sagte seine Mutter.

Die Mutter ging zu Hans Peter und umarmte ihn kurz. Sie war einen Kopf kürzer als er. Er betrachtete sie. Ihr Haar hatte begonnen, dünn zu werden. Er konnte die weiße Kopfhaut erkennen. Schnell drückte er sie an sich.

Hans Peter nahm den Pendelzug bis zum U-Bahnhof und spazierte anschließend zum Hotel. Es hatte aufgehört zu regnen, er sehnte sich nach frischer Luft.

Im Hotelfoyer war Ariadne gerade mit dem Aquarium beschäftigt. Sie war heute spät dran. Sie berichtete, dass ihre Tochter krank war und sie deshalb auf ihren Mann warten musste. Sie stand über das Aquarium gebeugt, trug eine blaue, hauteng sitzende Jeans.

Er nahm das Gästebuch und blätterte zerstreut darin.

»Was hat deine Tochter denn?«, fragte er.

»Ich glaube, es ist diese Grippe.«

Sie hing mit dem Arm im Aquarium, fuhr mit dem Schlauch über den Grund und saugte die dünnen, wurmförmigen Fäkalien der Fische auf.

»Ich habe Ulf gesagt, er soll große Fische kaufen«, sagte sie ärgerlich. »Er behauptet, dass sie sich hier nicht wohl fühlen würden. Das tun sie doch. Sie fühlen sich wohl, ich weiß es, ich habe Ulf gesagt, dass ich es weiß. Er sagte, nein, die Großen fühlen sich nicht wohl.«

Plötzlich ging sie ihm auf die Nerven. Er wollte endlich seine Ruhe haben. Er fragte sich, ob sie mit allen Zimmern fertig war, das war sie wahrscheinlich, das Aquarium machte sie immer zuletzt, bevor sie nach Hause fuhr.

»Sind die Zimmer alle fertig?«, fragte er.

Sie drehte sich um, und ihre Augen waren braun und fragend.

»Die Zimmer?«

»Ja?«

Er dachte, dass sie nicht solche hauteng sitzenden Hosen tragen sollte. Eine Frage schoss ihm durch den Kopf, wie war wohl ihr Mann? War er gut zu ihr?

»Schon gut«, sagte er gereizt. »Ich habe nur laut gedacht.«

Sie wandte sich wieder dem Aquarium zu, hatte Zeitungen auf dem Fußboden ausgebreitet, um nichts nass zu spritzen. Hans Peter hatte das Buch in seiner Tasche, jenes Buch, das er sich von Justine hatte ausleihen dürfen. Sobald Ariadne gegangen war, würde er hineinschauen. Er sehnte sich danach, es anfassen zu dürfen. Ein eigenartiges Gefühl hatte Besitz von ihm ergriffen, ein Gefühl von Feierlichkeit. Mit vorsichtigen Händen hatte er das Buch in seine Aktentasche gelegt, so als wäre es etwas Empfindliches und Zerbrechliches. Schon nach wenigen Tagen hatte er es ausgelesen gehabt, und nun malte er sich aus, wie er zu ihr zurückkehren und ihr das Buch zurückgeben würde, er wollte die Zeit, in der das Buch bei ihm war, in die Länge ziehen, um sich vorstellen zu können, wie es sein würde, wenn er wieder zu ihr ging.

Das Buch hatte ihn tief berührt. Es handelte von einem Mann mittleren Alters, Dubin, der Biografien schrieb und eines Tages begann, sein eigenes Leben zu betrachten. Es gab eine Ähnlichkeit zwischen Dubin und ihm selbst, die ihn beunruhigte. So als hätte er nie wirklich gelebt, so als wäre das Leben dabei, ihm durch die Finger zu rinnen, ohne dass er etwas tun konnte, um es aufzuhalten. Er sehnte sich danach, mit Justine über das Buch sprechen zu dürfen, er kannte sie nicht, aber er hatte ihren nackten Fuß berührt, ihn auf seinem Schoß in den Händen gehalten und gewärmt.

Ariadne legte die Deckscheibe wieder auf und rollte den dicken, grünen Gummischlauch zusammen. Sie sah traurig aus.

»Ich kann die Zeitungen für dich wegräumen«, sagte Hans Peter.

Sie machte eine erschöpfte Geste.

Er hockte sich hin und faltete die Zeitungen zusammen. Sie waren nass, auf einer von ihnen lag eine schwarz gewordene und schmierige Wasserpflanze. Sie war bereits in der Küche, hatte das Wasser weit aufgedreht. Schuldgefühle stiegen in ihm auf. Er zwängte sich an ihr vorbei und schmiss die Zeitungen in den Papierkorb.

»Ist deine Tochter sehr krank?«, fragte er mit rauer Stimme.

»Fieber.«

»Grüß sie von mir. Sie soll zusehen, dass sie wieder gesund wird.«

Ariadne nickte. Er fasste sie sanft an den Schultern.

»Einen schönen Samstagabend wünsche ich dir. Bis Montag.«

Er hatte ihre Nummer gewählt. Er war im Grunde davon überzeugt gewesen, dass sie nicht im Telefonbuch stand, dass sie es vorziehen würde, eine Geheimnummer zu haben. Aber da hatte er sich getäuscht. Er murmelte die Nummer ein paar Mal vor sich hin, ohne sich dessen wirklich bewusst zu sein. Dann hatte er sie im Kopf.

Er empfing neue Gäste, gab ihnen ihre Schlüssel. Gegen zehn hob er langsam den Hörer und wählte Justines Nummer. Es klingelte fünfmal. Oh, mein Gott, schlief sie vielleicht um diese Zeit schon? Er wollte gerade wieder auflegen, als der Hörer abgehoben wurde. Es war vollkommen still.

»Hallo!«, sagte er vorsichtig.

Niemand antwortete.

Er meldete sich noch mal.

»Hallo. Ich würde gerne Justine Dalvik sprechen.«

Da knackte es an seinem Ohr. Die Verbindung war unterbrochen worden.

Nachdem er am nächsten Vormittag aufgewacht war, blieb er noch eine ganze Weile liegen. Im Schlaf hatte er sie vor sich gesehen. Sie balancierte über eine Reihe verteilt liegender spitzer Steine. Sie war barfuß und taumelte und rutschte. Über ihr kreiste der Vogel, unaufhörlich stürzte er auf ihren Kopf herab.

Er sah auch sich selber in diesem Traum. Sah, wie er herbeieilte und winkte. Wie er dies tat, um den Vogel zum Verschwinden zu bringen. Stattdessen erschreckte sich Justine über das Geräusch, fiel auf die geschliffen scharfen Steinkanten und schnitt sich den Hals ab. Er stand da und sah sie dort liegen, ihr Kopf hing nur noch an einem kleinen, dünnen Fleischfetzen. Tiefe Verzweiflung ergriff Besitz von ihm, die nicht völlig verschwunden war, als er erwachte.

Er stand auf. Draußen war es wärmer geworden, Regentropfen hingen am Fenster. Er stand eine Viertelstunde lang unter der Dusche. Dann wählte er wieder ihre Nummer.

Diesmal antwortete sie. Als er ihre Stimme hörte, brach ihm der Schweiß unter den Armen aus, plötzlich war er sprachlos.

»Hallo?«, sagt er ein wenig dämlich und fragend.

Sie klang, als wäre sie erkältet.

»Wer ist da, bitte?«

»Oh, Entschuldigung, ich bin es, Hans Peter. Erinnerst du dich überhaupt noch an mich?«

»Doch, natürlich erinnere ich mich.«

»Wie geht es dem Fuß?«

»Besser. Aber ganz in Ordnung ist er noch nicht.«

»Gut, ich meine, gut, dass es ihm besser geht.«

Sie lachte, begann aber sofort zu husten.

»Oh je. Hat dich jetzt auch noch die Grippe erwischt? Die Putzfrau auf der Arbeit, ihre Tochter …«

»Nein, nein, überhaupt nicht. Ich bin nur noch etwas verschlafen.«

»Ich dachte nur … dieses Buch.«

»Ja. Hast du es ausgelesen?«

»Ja.«

»Hat es dir gefallen?«

»Ich würde mich gerne ... einmal darüber unterhalten. Am liebsten mit dir und ... sozusagen ... Auge in Auge.«

Sie lachte leise. Er sah sie jetzt vor sich, die Hügel ihrer Wangen, ihr Nasenrücken voller Sommersprossen. Er wollte fragen, was sie anhatte, was sie gerade gemacht hatte, als er anrief, was sie sich wünschte.

»Dann komm doch her«, sagte sie. »Dann machen wir das.«

Sie hatte eine schwarze Strumpfhose und einen Pullover angezogen, der ihr bis zu den Knien ging. Oder vielleicht war es auch ein dickes Strickkleid, er kannte sich da nicht so aus. Ihre Fingerspitzen waren eiskalt.

»Es ist so kalt im Haus«, sagte sie. »Ich heize und heize, aber es scheint nichts zu nützen.«

»Ich finde es nicht kalt.«

»Nicht?«

»Nein, im Gegenteil. Aber ich bin auch ziemlich schnell gegangen, ich bin wohl in Wallungen geraten.«

»Was darf ich dir anbieten?«, fragte sie.

Sie gingen in die Küche. Ihm fielen zwei Gläser auf, die auf der Spüle standen. Es war Rotwein in ihnen gewesen. Er verlor etwas von seinem Elan.

»Ich selber hätte große Lust auf heißen, schwarzen Kaffee, ich werde Kaffee kochen, möchtest du auch einen?«

»Ja, gern.«

Justine hatte eine Socke über ihren verletzten Fuß gezogen. Er bemerkte, dass ihr das Gehen immer noch schwer fiel. Sie stand jetzt vor ihm und füllte einen Melittafilter mit Kaffeepulver. Sie lehnte sich mit dem Rücken an die Spüle und atmete tief durch.

»Wenn ich ehrlich bin, brauche ich einen Kaffee, um überhaupt wieder Mensch zu werden«, sagte sie. »Es ist gestern etwas spät geworden. Ich habe einen Kater.«

Seine Hände zuckten, er blickte zu den Gläsern.

»Was ist los, hast du noch nie einen Kater gehabt, Hans Peter?«

»Doch, sicher. Aber es ist schon eine ganze Weile her.«

»Ich mag es eigentlich nicht, der ganze nächste Tag ist mehr oder weniger im Eimer.«

»Aber wenn man am Abend vorher seinen Spaß hatte, dann ...«

»Nicht einmal dann mag ich es.«

»Hast du eine Party gefeiert?«

»Nein, das nicht gerade. Eine Freundin war zu Besuch. Ein Mädchen aus meiner Schulzeit, wir waren Klassenkameradinnen.«

Er wurde von überschäumender Freude erfüllt, sein Bauch zog sich zusammen, sein Gesicht entspannte sich.

»Jetzt setz dich doch mal hin«, sagte er. »Ich werde mir deinen Fuß ansehen.«

Sie ließ die Arme hängen.

»Willst du nicht?«

»Doch ...«

»Mit Verstauchungen sollte man nicht scherzen.«

»Können wir das nicht oben machen? Nimmst du das Tablett mit den Kaffeetassen?«

»Und der Vogel? Wo ist der?«

»Der hockt bestimmt irgendwo und döst.«

Die Bibliothek war verstaubt und unaufgeräumt. Er sah die Ränder von Gläsern auf dem Tisch. Am Fenster stand ein kleiner Blumentopf mit Krokussen. Der Vogel war nirgends zu sehen.

»Hier ist alles noch etwas durcheinander, wie du siehst«, sagte sie.

»Das macht doch nichts. Du solltest erst einmal sehen, wie es bei mir zu Hause aussieht.«

Er stellte das Tablett ab und zog die Stühle zusammen, so dass sie sich gegenüberstanden.

Sie hatte sich die Zehennägel rot lackiert. Er sah es, als er die Socke ausgezogen und die elastische Binde abgewickelt hatte. Es zuckte in ihrem Fuß, sie sagte, sie sei kitzlig.

Er sah die Abdrücke der Binde auf ihrer Haut. Sie glichen kleinen Wällen, und er folgte ihnen mit den Fingerspitzen, schloss seine Hand um ihre Ferse. Sie war weich und ohne raue Stellen.

»Er kommt mir fast geschwollener vor als beim letzten Mal«, sagte er.

»Ich habe ihn wohl zu sehr angestrengt. Das lässt sich kaum vermeiden.«

»Vielleicht sollte der Verband nicht so eng sitzen.«

»Nein, vielleicht nicht.«

»Justine«, sagte er. »Darf ich dich etwas fragen? Einfach so. Hast du auch manchmal das Gefühl, dass das Leben an dir vorbeiläuft?«

»Ja ... Ich glaube schon.«

»Wenn ich einmal nicht mehr bin ... Kein Aas wird sich an mich erinnern oder wissen, wer ich war.«

»Das wird bei mir nicht anders sein, denke ich.«

»Du hast keine Kinder, oder?«

Sie schüttelte den Kopf.

»Die Leute werden sich deiner wenigstens als der Enkeltochter des Mannes erinnern, der den Sandy-Konzern gegründet hat.«

Sie lächelte ein wenig, ihre Oberlippe war fein und graziös geschwungen, die Unterlippe rau.

»Und?«, sagte sie. »So what?«

»Nicht einmal, wenn man Kinder bekommen hat, ist es natürlich sicher, dass man im Gedächtnis haften bleibt. Aber man wäre doch zumindest so etwas wie ein Schöpfer gewesen. Ein Teil von einem würde irgendwie weiterleben ... und so weiter bis in die nächste Generation, wenn auch nur ansatzweise.«

»Man kann auch ein gutes Leben führen, ohne ein Schöpfer zu sein.«

»Ja, das stimmt schon.«

»Warum hast du keine Kinder bekommen?«

»Es sollte wohl nicht sein.«

»Wieso nicht?«

»Ich war längere Zeit verheiratet, aber, nein. Daraus wurde nichts. Sie hat später wieder geheiratet und einen ganzen Haufen Kinder bekommen. Vielleicht stimmt mit mir ja was nicht, vielleicht kann ich nicht.«

Seine Hände hatten begonnen, sich über ihren Fußrücken zu bewegen. Sie machte keine Anstalten, den Fuß zurückzuziehen. Sein Mittelfinger schob sich unter die Kante der Strumpfhose. Er fühlte ihre Wade darunter, kühl und glatt an seinem Finger.

»Und du?«, sagte er leise. »Warum hast du keine Kinder bekommen?«

»Ich bekam einmal ein Kind. Es starb nach ein paar Tagen.«

»Oh.«

»Das ist schon so lange her.«

Er zog seine Hände zurück, aber sie ließ ihren Fuß liegen. Mit den Zehen tippte sie ihn ein wenig an.

»Es war schön, deine Hände zu spüren«, sagte sie. »Das hat mir gefallen.«

Hans Peter lächelte sie an.

»Übrigens, ich muss dir etwas erzählen, ich habe diese Nacht von dir geträumt.«

»Ist das wahr?«

»Ja.«

»War es ein … schöner Traum?«

»Offen gesagt, nein. Es war eher ein schlimmer Traum, in dem du zu Schaden gekommen bist.«

Sie erstarrte.

»Tatsächlich … Was habe ich getan?«

»Oh, du bist über gefährliche Steine gegangen, auf ihnen gestolpert und gefallen.«

»Es ist eigenartig … Ich habe oft an dich gedacht, seit wir uns das letzte Mal gesehen haben«, flüsterte sie. »Ich habe mich so gefreut, als du angerufen hast. Es sah ganz danach aus, als würde es ein schwerer Tag für mich werden. Aber jetzt ist alles ganz anders.«

»Justine«, sagte er. »Hast du jemanden, eine Beziehung oder so?«

»Nein …«

»Ich habe auch an dich gedacht … mich danach gesehnt, hierher zu kommen. Aber wenn du schon jemanden hast, wenn du gebunden bist …«

»Nein«, unterbrach sie ihn. »Es gibt niemanden. Was war, ist für immer vorbei.«

Er stand auf und stellte sich hinter sie, streichelte ihre Schultern, ihren Hals. Sie streckte die Arme hoch und hielt ihn fest. Er trat zurück, sie hielt weiter fest, ihr Stuhl stand nun auf zwei Beinen. Vorsichtig ging er in die Knie und senkte den Stuhlrücken, bis er den Fußboden erreichte.

Sie lagen nebeneinander auf dem Teppich. Ihre Augen trafen sich, keine Spur von Scheu oder Fremdheit.

»Wenn nur der Vogel jetzt nicht kommt«, sagte er leise.

»Hast du Angst vor ihm?«

»Angst will ich nicht sagen. Ich fühle mich unsicher in seiner Nähe.«

»Das brauchst du nicht. Er tut uns nichts.«

»Sicher?«

»Sicher.«

»Ich glaube, er war auch in meinem Traum …«

»Er ist mein Freund. Dann ist er auch dein Freund.«

»Jetzt werde ich dich etwas fragen, und vielleicht knallst du mir dann eine. Tust du das?«

»Das glaube ich nicht. Probier es aus!«

»Darf ich dich ausziehen, Justine?«

Ihre Augen waren hell. Er zog ihr den dicken Pullover über den Kopf und faltete ihn zu einem Kissen zusammen. Dann führte er seine Hand auf ihren Rücken und öffnete ihren BH. Ihre Brüste waren klein, die Brustwarzen flach. Er beugte sich über sie, berührte sie mit den Lippen.

»Sie sind schüchtern …«, flüsterte er. »Sie trauen sich nicht hervor.«

Dann sah er ihre Arme.

»Was hast du gemacht, Justine, hast du mit einem Tiger gekämpft?«

»Fast«, murmelte sie. »Ein Kater hat mich diese Nacht vor der Tür angesprungen, als ich den Müll rausbringen wollte. Er war vollkommen verrückt.«

»Was ist passiert? Wie bist du ihn wieder losgeworden?«

»Ich musste ihn mir regelrecht vom Leib reißen. Vielleicht hat ihn der Vogel gestört. Ich hatte Angst, der Vogel könnte ihn sehen und Angst bekommen. Als er gerade geschlüpft war, wäre er fast von einer Katze gefressen worden.«

»Ungewöhnlich, dass eine Katze einfach so einen Menschen anspringt … Wenn sie nun die Tollwut hatte?«

»Quatsch, in diesem Teil von Schweden gibt es keine Tollwut.«

»Hauptsache, du hast dir nichts geholt, Wundstarrkrampf.«

»Keine Sorge, ich bin geimpft.«

Sie drehte sich zu seiner Achselhöhle.

»Küss noch mal meine Brustwarzen … locke sie ans Licht.«

Er beugte sich herab, mit der Zungenspitze fühlte er, wie sie fest wurden und sich aus ihren Versenkungen erhoben.

Dann waren ihre Finger da, geschmeidig und suchend, sie waren jetzt warm, lagen an seiner Hüfte, fanden die Schnalle seines Gürtels. Das leise klickende Geräusch, als sie sich öffnete. Sein Glied hob sich gegen ihren Unterarm. Er hörte ein Rauschen um seine Ohren, es schien aus ihm selber zu kommen. Ihre Hand legte sich um das Glied, hielt es fest, maß seine Kraft.

»Warte«, flüsterte er. »Es ist schon so lange her bei mir, warte … Es darf nicht zu schnell gehen.«

Er zog ihr die Strumpfhose und den Slip aus. Sie war kräftig gebaut und voller Rundungen, er packte sie an der Taille und hob sie auf sich. Auf ihm liegend ließ sie ihre Zunge über sein Gesicht gleiten.

»Ich mag deinen Geschmack«, sagte sie und als sie sprach, spürte er, wie das Geräusch sich aus ihrem Brustkorb in seinen übertrug. »Ich mag deinen Geruch, und dieses Weiche am Kinn … das da ist, kurz bevor die Bartstoppeln hervorsprießen.«

Er streichelte ihren Rücken und ihren Hintern und die weiche Haut dazwischen, wo die Schenkel ansetzen.

»Du?«, flüsterte er.

»Mmmm.«

»Ich möchte, dass du etwas weißt. Ich bin nicht deshalb hierher gekommen, ich bin nicht gekommen, um mit dir zu schlafen.«

»Nein, nein …«

»Du darfst nicht glauben, dass ich nur auf eine Nummer aus war oder so …«

»Bist du das denn nicht?«

Sie rollte über ihn auf den Rücken und nahm seine Hand mit, führte sie ihren Bauch herab. Ihr Haar dort unten war weich und gekräuselt, er bekam Lust, es zu sehen, er setzte sich auf. Es war blond wie die Haare auf ihrem Kopf. Sein Finger fuhr hinein in das Blonde, sie war nass an den Schenkeln, diesen kräftigen, vollen Schenkeln, sie war üppig und fließend, hatte die wogenden Konturen einer Urfrau, sie glich einem jener Modelle, die er auf den Bildern älterer Meister gesehen hatte. Venus, der Raub der Sabinerinnen, wie sie zwischen den Pferden hingen, ihre Schleier und ihre blasse Haut. Er zog sich die Kleider aus und lag nackt wie sie auf dem Boden. Da setzte sie sich in die Hocke, und er sah ihren Bauch von unten, auf den Füßen hockend senkte sie sich auf ihn herab, er dachte an ihren Fuß, er dachte an Aids, er dachte: zum Teufel damit. Sie war warm und erregt, ihr Inneres presste sich um seine Eichel, massierte sie, der kräftige, glatte Muskel, er sah die fleischige Wand vor sich, wie sie ihn umschloss und an ihm saugte, er packte ihre Hüften und kam in einem Krampf, der ihm die Tränen in die Augen schießen ließ. Irgendwo in weiter Ferne hörte er sie schreien, sie ritt ihn wie ein Tier, sie stemmte die Fersen in seine Seiten und schrie zur Decke hinauf.

Sie hatten sich in ihr Bett gelegt. Justine hatte eine Decke über sie gebreitet, hielt ihn in den Armen, strich ihm unablässig über den Kopf. Der Vogel saß auf seinem Ast, das eine Bein angezogen. Er gab ein paar Geräusche von sich, würdigte sie ansonsten keines Blickes.

»Hoffentlich ist er nicht eifersüchtig«, flüsterte Hans Peter.

»Nein, er will, dass es mir gut geht. Wenn ich jemanden mag, mag er ihn auch. Er spürt, was ich ausstrahle.«

»Und wenn du jemanden nicht magst?«

Sie lachte glucksend.

»Ja, da kann es richtig übel ausgehen ...«

»Justine«, sagte er und ertappte sich dabei, ihren Namen aussprechen zu wollen. Immer wieder wollte er ihn aussprechen, ihn zu einem Teil seiner selbst werden lassen.

Ihre Lippen an seinem Nacken, an seinem Rückgrat.

»Justine ... Du warst eben so schön, du hast es mir so wunderbar gemacht.«

»Du aber auch.«

»Wie viel von deinem Leben willst du für dich behalten?«

»Wie meinst du das?«

»Ich möchte dich kennen lernen. Ich sehne mich danach, alles über dich zu erfahren. Ich fühle mich so leicht und heiter, ich kann mich nicht erinnern, so etwas schon einmal gefühlt zu haben.«

»Doch«, flüsterte sie. »Doch, das hast du bestimmt.«

Insgeheim hatte er sich gewünscht, sie würde auf die gleiche Art antworten, dass auch sie noch nie für einen anderen Mann das Gleiche empfunden hatte. Er erinnerte sich an ihre Worte, eine Beziehung, die es nicht mehr gab.

»So ganz am Anfang zu stehen ...«, flüsterte er. »All das Schöne noch vor sich zu haben ... Wünsche, Hoffnungen.«

Sie antwortete nicht. Er lag in ihren Armen, aber sie änderte ihre Lage nicht. Er wand sich los und betrachtete sie. Die blonden Augenbrauen, der Streifen aus Sommersprossen auf Wangen und Nasenrücken, die kleinen und kindlichen Brüste. Seine Hand glitt an ihrem Brustbein herab, die Haut war feucht von ihrem und seinem Schweiß.

»Justine, Liebste ... Bin ich zu schnell, nehme ich die Dinge zu sehr als gegeben?«

»Nein«, murmelte sie. »Nein, ich glaube nicht.«

Er sprach weiter.

»Diese Lust, diese Begierde ... Aber es ist nicht nur das. Es ist auch etwas anderes, ein Gefühl der Zusammengehörigkeit, das ich so noch nie bei jemand anderem erlebt habe, nicht einmal bei meiner Exfrau ... nein, absolut nicht. Schon als du dort im Schnee saßt, schon damals wusste ich, dass etwas mit dir war, was ich nicht wieder loslassen durfte. Kannst du mich nicht in dich eindringen lassen, in das, was du bist, und das meine ich jetzt nicht nur physisch.«

Aber noch während er sprach, spürte er, wie sich seine Beckenmuskeln zusammenzogen, wie das Glied, das ermattet auf seinem linken Schenkel gelegen hatte, wieder begann, sich mit Blut zu füllen. Sie merkte es auch, sah zu ihm herab und lächelte vorsichtig. Ihre Hand legte sich dort unten zurecht, er wuchs an der Innenseite ihres Handtellers, tu es, Justine, ja ... tu es ... noch einmal.

Sie sagte, sie müssten essen. Er lieh sich ihren Morgenrock, sie selbst zog sich ein langes, grünes Kleid über. Sonst nichts. In der Küche briet sie Schinken und Eier.

»Man bekommt Hunger, wenn man einen Kater hat«, sagte sie. »Ich versuche zwar im Moment, etwas abzunehmen, aber jetzt bin ich so hungrig, dass ich mich leider nicht mehr beherrschen kann.«

»Nimm bitte nicht ab«, sagte er. »Du sollst bleiben, wie du bist.«

Der Vogel war mit ihnen hinuntergeflogen. Sie gab ihm das Gleiche zu essen wie ihnen selbst, und er schluckte gierig.

Justine schenkte ihnen Bier ein. Sie saßen an dem kleinen Küchentisch und schauten den Hang hinauf. Es hatte inzwischen aufgehört zu regnen, er hörte, wie er selbst begann, über das Wetter zu reden. Die Banalität daran störte ihn, aber er konnte es nicht lassen.

»Richtig Winter wird es wohl nicht mehr«, sagte er. »Die Seen sind zwar noch von einer Eisschicht bedeckt, aber die bricht bestimmt bald auf. In der Zeitung stand etwas über einen Mann, der draußen auf dem Mälarsee ertrunken ist.«

»Sie haben gestern nach ihm gesucht. Aber dann müssen sie ihn gefunden haben.«

»Ich verstehe nicht, dass die Leute sich auf ein solches Risiko einlassen.«

»Nein, das ist wahr.«

»Ich frage mich gerade ... Hast du hier mit diesem Mann gewohnt? Mit dem es jetzt aus ist?«

»Nein«, sagte sie leise. »Habe ich nicht. Er hatte eine Wohnung in der Stadt.«

»Wart ihr lange zusammen?«

»Mehr als ein Jahr.«

»Warum war dann Schluss?«

Sie tippte ein paar Krümel an, fegte sie zu einem kleinen Haufen auf dem Tisch zusammen.

»Er ... Es ist ihm etwas zugestoßen ... Wir fuhren zusammen in den Regenwald, den Dschungel. Er hatte so viele Ideen, unter anderem wollte er Abenteuerreisen für Europäer organisieren, du weißt schon, mit langen Aufenthalten im Dschungel, man sollte da draußen schlafen und wohnen, eine Menge Strapazen. Ich kam mit, er wollte eine Route planen und Kontakte zu den Einheimischen knüpfen. Aber dann ... geschah etwas ... Oh, ich möchte lieber nicht darüber sprechen!«

# 2. Teil

## 1. KAPITEL

Sie wurde von einem Geräusch geweckt, einem Klopfen, und war sofort hellwach. Angespannt und gerade auf dem Rücken liegend hatte sie geschlafen, die Arme fest an den Körper gepresst. Ihr Körper war schweißgebadet, sie bekam eine Gänsehaut.

Sie sah sich im Zimmer um, Nathan war nicht mehr da.

Es klopfte erneut, dann wurde die Tür geöffnet.

Eine Frau stand an ihrem Bett. Sie trug ein Tuch auf dem Kopf, das bis in die Stirn hing und auch die Schultern bedeckte. Sie starrte Justine an.

»Cleaning!«, sagte sie auffordernd.

»Cleaning? No, you don't have to clean up, it is not necessary.« Justine saß an die Wand gelehnt, die Decke bis unter das Kinn gezogen. Curryduft zog zur Tür herein. Von der Straße waren Motorengeräusche und hämmernde Schläge zu hören, als wäre ein riesiger Hammer gerade dabei, etwas in den Asphalt zu treiben.

Die Frau verzog das Gesicht, drehte sich um und verschwand wieder. Die Tür schlug zu.

Justine stand vorsichtig auf. Ihr war schwindlig. Sie ging in die Dusche, hatte entsetzliche Kopfschmerzen. Auf dem Fußboden lag ein Blatt Papier, und als sie auf der Toilette saß, sah sie, wie eine Eidechse darunter kroch und sich versteckte. Auf dem Blatt stand etwas geschrieben. Sie las:

*Bin für ein paar Stunden draußen. Bis heute Nachmittag. Kuss.*

Sie traute sich nicht, das Blatt zu berühren, zog ihren Slip aus und legte ihn aufs Bett. Sie hatte panische Angst, die Eidechse könne hineinkriechen und es sich dort bequem machen. Es gab nur ein Handtuch. Nathan hatte es benutzt, es hing über dem Stuhl. Zwischen Wand und Dach, zum Hotel hin, war eine Lücke. Sie hörte schrille Frauenstimmen, die in einer fremden Sprache schnell daherredeten.

Unter dem lauwarmen Wasser der Dusche wusch sie sich gründlich. Sie war wund gesessen, und ihr taten alle Knochen weh. Die Reise hatte fast dreißig Stunden gedauert. In London mussten sie in einer engen und verrauchten Lounge warten, quengelnde Kinder, zu wenig Sitzplätze. Sie hätte eigentlich auf Toilette gemusst, wagte aber nicht, die Lounge zu verlassen, weil sie Angst hatte, das Boarding zu verpassen. Als sie es Nathan sagte, merkte sie, dass er gereizt wurde.

Sie mussten kreuz und quer durch die gewaltige Abfertigungshalle laufen, bis sie das richtige Gate gefunden hatten. Nathan passte es nicht, die Situation nicht unter Kontrolle zu haben. Es passte ihm nicht, fragen zu müssen.

Im Flugzeug bekamen sie Plätze, die weit entfernt voneinander lagen. Nathan verschlug es zwischen die Raucher. Sie selbst landete neben einem zierlichen belgischen Paar in eleganten Kleidern. Sie fühlte sich dick und fett. Sie drehte sich um und suchte nach Nathan, sah ihn aber nicht. Dann stoppte sie eine der jungen Stewardessen, die in ihren hübschen Kleidern durch die Reihen glitten. In holprigem Englisch erklärte sie, dass sie gerne den Platz tauschen würde. Die Stewardess hieß Hana, der Name stand auf einem kleinen Schild an ihrer Brust. Hanas Lippen bewegten sich, sie waren sorgfältig geschminkt. Hanas Lippen machten ihr klar, wenn sie den Platz tauschen wolle, sorry, müsse sie die Sache schon selber in die Hand nehmen.

Der belgische Mann hörte zu.

»Your husband?«, fragte er teilnahmsvoll.

»Yes.«

Der Mann schüttelte düster den Kopf.

»Very long journey«, brummte er.

Sie dachte, dass sie es nicht ertragen würde, mit diesen Fremden konfrontiert zu werden, Englisch sprechen zu müssen, den Versuch zu machen, neben ihnen zu schlafen, sich nach Nathan zu sehnen. Sie stand im Gang, und es war eng. Sie ging nach hinten, Nathan saß eingeklemmt in der mittleren Reihe. Er lächelte gequält.

»Diese verdammte Fluggesellschaft«, sagte er.

»Ich habe sie gebeten, uns zu helfen, sie haben gesagt, das müssten wir selbst in die Hand nehmen.«

»Ich habe alle gefragt, die neben mir sitzen. Aber sie wollen nicht tauschen, sie sind Raucher.«

Die Chefstewardess zwängte sich mit ein paar Kissen an ihr vorbei.

»Es ist besser, du gehst jetzt und setzt dich hin«, sagte Nathan. »Du stehst im Weg.«

Sie nahmen ein Taxi zum Hotel. Die Hitze war brütend und sie überraschte sie. An einer Hauswand sah sie ein riesiges Thermometer, es zeigte 34 Grad Celsius im Schatten. Sie suchte im Rucksack nach ihrer Sonnenbrille, fand sie aber nicht. Als sie durch die Vororte fuhren, versuchte sie sich einzureden, die Stadt sei schön, und sah sich die Palmen und die Sträucher mit den großen, roten Blüten an, die auf dem Mittelstreifen wuchsen. Sie war so müde, dass ihr schlecht war.

Das Autoradio war an, Musik, unterbrochen von Gesprächen. Es klang wie eine hitzige Diskussion. Sie verstand kein Wort. Nathan saß auf dem Beifahrersitz. Die Rucksäcke lagen neben ihr auf der Rückbank. Sie hatten sie in einem Secondhandladen für Campingbedarf für einen Fünfziger das Stück gekauft. Das war ein Teil von Nathans Konzept. Die Teilnehmer seiner Gruppen sollten bei der Anschaffung billiger Ausrüstung beraten werden. Es sollten keine Reisen nur für Reiche werden.

Er hatte ihr beigebracht, wie man sich den Rucksack umgurtet, ihr mit den Schnallen geholfen und ihr gezeigt, wie man die Gurtenden umschlug, damit sie mit einem Ruck geöffnet werden können. Ein Name stand mit Kugelschreiber geschrieben auf der Innenseite der Rucksackklappe. Bo Falk. Er hatte ihn früher besessen, eine kurze Zeit lang. Sie stellte ihn sich als einen kurz geschorenen, flaumigen Jüngling vor, fragte sich, ob er mit seinem Leben zufrieden, ob er glücklich war.

Am Abend vor ihrer Abreise hatte Nathan ihr ein Maskottchen geschenkt. Es war ein zotteliges Tier, das wie ein Bär aussah, sie hatten es an einem der Riemen befestigt. Das Tier würde sie im Dschungel begleiten. Und wenn sie zurückkehrten, würde es einen Platz am Kopfende ihres Betts bekommen, als ständige Erinnerung daran, was sie geschafft und durchgestanden hatte.

»Das wird hart, Justine, bist du sicher, dass du mitkommen willst?«

Sie war sich sicher.

Ihre Augen wurden von dem grellen, weißen Licht geblendet. Wie Schatten sah sie auf den Vordersitzen Nathan und den Taxifahrer, wie sie mit den Händen fuchtelten und gestikulierten. Nathan drehte sich zu ihr um.

»Wie geht's?«

»Gut«, flüsterte sie. »Aber etwas benommen.«

»Weißt du, was der Fahrer sagt? Er sagt, es gebe kein Hotel, das so heißt. Aber ich weiß genau, dass er Unrecht hat. Er wird nachgeben müssen.«

»Vielleicht hat es ja zugemacht?«

»Unsinn! Er will mich ausnehmen, das ist alles.«

Überall wurde gebaut. Halb fertige Wolkenkratzer ragten in den Himmel, spiegelnde Fenster und Glasfronten. Die Straßen waren voller Autos und Motorroller, Helme auf flatternden Kopftüchern. Schließlich bog das Auto auf ein kurzes Stück Straße zwischen aufgerissenen Bürgersteigen und Erdhaufen ab. Der Taxifahrer deutete.

»Hotel Explorer?«, sagte er mürrisch.

Ja, da war es. Nathans triumphierender Blick. Er klopfte

dem Taxifahrer auf die Schulter. Der Mann zuckte zusammen, als hätte man ihn geschlagen.

Auf dem Bürgersteig vor dem Hotel lag ein schon etwas größerer Junge. Im ersten Moment glaubte Justine, er wäre tot. Dann sah sie, dass sein Brustkorb sich hob. Seine Füße waren nackt und schwarz. Justine wollte zu Nathan eine Bemerkung über diesen Jungen machen, aber er war schon dabei, ihr Gepäck hineinzutragen. Sie bekamen einen Schlüssel, Zimmer Nummer 15, oberste Etage.

Sie war zu müde, um darauf zu achten, wie das Zimmer aussah. Es war recht dunkel, das war angenehm. Nathan schaltete den großen Deckenventilator ein, der sich quietschend in Bewegung setzte. Er zeigte auf das Bett, das der Wand am nächsten lag.

»Du siehst aus, als würdest du jeden Moment zusammenklappen. Leg dich hin.«

»Hast du den Jungen auf der Straße gesehen? Der einfach dalag. Wenn er nun krank ist?«

»Ja.«

»Einfach so auf der Straße zu liegen. Zwischen all den Menschen. Und niemand scheint das zu kümmern.«

»Die Welt ist voller armer Menschen.«

Sie lag auf dem Rücken, nur im Slip, der Ventilator drehte sich und lief. Nathan küsste sie auf die Wange. Seine Stirn war von kleinen Schweißperlen bedeckt.

»Ich nehme eine Dusche«, sagte er. »Schlaf ein bisschen. Vielleicht gehe ich auch was raus.«

Nein, dachte sie. Lass mich nicht allein. Bleibe hier an meiner Seite und sei jede Sekunde bei mir.

Nathan hatte die meiste Zeit während des Flugs geschlafen. Er hatte nie Probleme zu schlafen. Er hatte ihr erklärt, dass sie während ihres Wehrdienstes lernen mussten, sogar im Stehen zu schlafen, wenn es nicht anders ging. Es kam darauf an, mit seinen Kräften Haus zu halten. Von Zeit zu Zeit war sie an seiner Reihe vorbeigegangen, um die Blutzirkulation wieder in Gang zu bringen. Er hatte sich die Decke über den Kopf gezogen. Einmal bewegte er sich, und sie glaubte, dass er sie ansehen würde. Aber er schlief.

Sie fragte sich, wie viel Uhr es war. Mitten am Tag, vielleicht ein oder zwei Uhr. Zu Hause war es jetzt früher Morgen. Sie dachte ein wenig sorgenvoll an den Vogel, aber er hatte den ganzen Speicher voller Futter, es würde schon gut gehen.

Ihre Hose hing an einem Haken, zerknittert und noch ein wenig feucht. Sie roch an ihr. Sie selbst war wieder verschwitzt. In der großen Reisetasche lag ihr Rock, auch er war zerknittert und schnitt ihr in den Bauch. Sie suchte sich noch ein T-Shirt heraus, und als sie sich im Spiegel sah, begann sie zu weinen.

Das Hotel war wie ein Patio gebaut, mit einem überdachten Innenhof. Als sie aus ihrem Zimmer trat, konnte sie alle Etagen überblicken. Ganz unten auf dem Steinfußboden lagen Wäschehaufen. Eine Frau stand mit einem Wischer auf der Treppe. Als Justine an ihr vorbeiging, schaute sie weg.

Langsam ging sie die Treppen ganz hinunter. Auf einem Absatz entdeckte sie einen kleinen Hausaltar mit Räucherstäbchen und Kerzen. Sie atmete den säuerlichen Geruch ein.

Das hier ist so weit weg von zu Hause, wie man überhaupt kommen kann, dachte sie. Vor Müdigkeit fühlte sie sich ganz leer.

Im Hotelfoyer saß ein hoch gewachsener Mann in einem gemusterten, kurzärmeligen Hemd, das ihm am Rücken klebte. Ein Tischventilator auf dem Tresen kühlte seine glänzende Stirn. Justine gab ihm den Zimmerschlüssel und fragte, ob er ihr helfen könne, Geld zu tauschen.

»No, no«, antwortete er und zeigte auf die Straße hinaus.

Draußen stand die Hitze wie eine glühende Wand. Da musste sie durch, musste sich Geld besorgen und etwas in den Magen bekommen, Wasser und etwas Essbares. Der Junge, der dort gelegen hatte, war fort, was sie erleichterte. Sie begann, in die Richtung zu gehen, in die der Portier gezeigt hatte. Der Verkehr war lebhaft, die Luft schwül. Das gleißende Licht trieb Tränen in ihre Augen. Es war wie ein Schwindel, ein surrendes, staubendes Inferno mit Straßen, die in alle Richtungen führten, wie Labyrinthe. Sie folgte der Straße, die sie für die Hauptstraße hielt, glaubte schließlich, ein Schild mit dem Wort Bank zu sehen. Sie bog nach rechts ab, versuchte sich einzuprägen, wie die Häuser und die Schaufenster aussahen.

Es war keine Bank. Es war eine Art Büro, sie sah, wie sich drinnen, hinter den spiegelnden Scheiben, Männer bewegten. Sie griff nach der Klinke, aber die Tür war verschlossen.

Sie stellte sich zwei Frauen in farbenfrohen Kleidern und Tüchern in den Weg.

»Excuse me … but where can I exchange my money?«

Sie schoben das Kinn vor, die gleiche ratlose Geste bei beiden.

Sie musste umkehren, wusste aber plötzlich nicht mehr, wo sie war. Alles sah gleich aus, die gleichen Schaufenster, die gleichen Autos, die gleichen Häuser. Es wurde ihr ein wenig schwarz vor Augen, alles drehte sich, Gerüche und Geräusche und Durst.

Sie hörte, wie jemand ihren Namen rief. Sie hob den Blick, sah aber nichts, geblendet durch Hitze und Sonne. Ein Taxi hatte angehalten, eine Autotür wurde geöffnet.

»Justine, was machst du denn hier?«

Nathan.

Sie klammerte sich an seine Hemdtasche, hörte ein raspelndes Geräusch, als die Nähte rissen.

»Beruhige dich!«, sagte er.

Er führte sie zum Auto, half ihr hinein.

Oben in ihrem Zimmer reichte er ihr Wasser aus einer großen Plastikflasche.

»Du darfst verdammt nochmal nicht auf die Straße gehen, ohne Wasser bei dir zu haben«, ermahnte er sie. »Du solltest erwachsen genug sein, um das zu wissen.«

»Ich hatte kein Geld in der Landeswährung«, zischte sie zurück, und das war der Anfang ihres ersten Streits.

»Du hättest den Typen vom Hotel bitten können. Du hättest es auf die Zimmerrechnung setzen lassen können.«

»Und du, du hättest hier bei mir bleiben können, statt einfach abzuhauen.«

»Ich wollte dich nicht wecken. Du hast doch gesagt, dass du während des Flugs kein Auge zugemacht hast. Nur weil ich Rücksicht auf dich nehmen wollte, habe ich mich allein auf den Weg gemacht.«

Sie kauerte sich auf dem Bett zusammen und weinte lauthals.

»Aber Justine … Außerdem weißt du doch, dass ich hier die Lage sondieren muss.«

»Damit musstest du doch nicht sofort anfangen.«

»Doch, das musste ich sehr wohl. Ich hatte ein paar Appointments. Ich bin nämlich hier, um zu arbeiten, das ist keine beschissene Ferienreise, falls du das geglaubt haben solltest.«

Sie lag da in ihrem verknitterten Rock, und der Bund scheuerte an ihrer Taille. Ihre Finger waren von der Hitze geschwollen.

Sie dachte, wenn sie miteinander schliefen.

Aber als sie ihn berührte, zuckte er zurück.

Sie hatte ihn beim Zahnarzt getroffen, zu einer Zeit, als sie oft dorthin musste. Sie hatte Probleme mit einer Brücke. Jedes Mal, wenn sie das Wartezimmer betrat, saß er bereits da, und schließlich mussten sie beide lachen.

»Es hat fast den Anschein, als wolle unser Zahnarzt uns verkuppeln«, sagte er.

Er war ein paar Jahre älter als sie. Er hatte graues, ein wenig wirres Haar, was bei einem Mann seines Alters aufgesetzt hätte wirken können, bei ihm seltsamerweise nicht. Sie hörte, wie sein Name aufgerufen wurde. Nathan Gendser.

Bei einem späteren Termin kehrten sie zufällig beide

gleichzeitig ins Wartezimmer zurück. Ihr Kiefer war von der Betäubung noch ganz taub. Er ging zur Kasse und bezahlte.

»Ich brauche nicht mehr zu kommen«, sagte er. »Schön.«

Sie empfand so etwas wie Enttäuschung.

»Glückspilz.«

»Und Sie? Wird es noch länger dauern?«

»Ich fürchte. Es ist nicht nur die Brücke, da sind anscheinend auch noch ein paar Löcher.«

»Ich habe das Auto direkt vor der Tür, kann ich Sie irgendwo absetzen?«

Sie hatte ihr eigenes Auto um die Ecke geparkt, zögerte einen Moment, sagte dann:

»Danke, das wäre nett.«

Das war im Sommer. Seine fleischigen, braun gebrannten Hände, kein Ring.

»Dalvik ...«, sagte er. »Ich habe mir über den Namen Gedanken gemacht. Sind Sie vielleicht mit den Sandypastillen verwandt?«

Sie nickte.

»Ah, verstehe. Deshalb müssen Sie jetzt so oft zum Zahnarzt. Sie haben sich als Kind zu viele von den Pastillen reingestopft.«

»Im Gegenteil, ich mochte sie nicht einmal. Aber auf der anderen Seite gab es ja auch noch eine Menge anderer Süßigkeiten.«

»Das habe ich mir fast gedacht.«

Er schwieg eine Weile. Dann fragte er, wohin sie wolle.

»Wohin müssen Sie?«

»Kann ich Sie am Odenplan rauslassen? Ich wohne da in der Nähe.«

»Das passt mir sehr gut.«

»Haben Sie Urlaub im Moment?«

»Ich arbeite nicht.«

»Was! Nicht? Sind Sie arbeitslos?«

»Na ja, nicht direkt.«

Sie spürte seinen Blick, schaute stur geradeaus. Es irritierte die Leute oft, wenn sie sagte, dass sie nicht arbeite. Sie hatte eigentlich nie ein richtiges Arbeitsleben begonnen. Einen großen Teil ihrer Jugend war sie krank gewesen. Dann war es irgendwie zu spät. Das konnte man einem wildfremden Menschen nicht erzählen. Um Fragen aus dem Weg zu gehen, deutete sie in der Regel an, dass sie längere Zeit in der Firma gearbeitet habe, sich aber jetzt verändern wolle. Danach wechselte sie immer das Thema.

»Ich selbst bezeichne mich immer als Gelegenheitsarbeiter«, sagte er. »Aber in den letzten Jahren bin ich Reiseleiter gewesen.«

Er setzte sie vor dem Ärztehaus am Odenplan ab. Als er verschwunden war, ging sie in die U-Bahn hinunter und fuhr zur Zahnarztpraxis zurück, um ihr Auto zu holen. Zu Hause schlug sie ihn im Telefonbuch nach. Er wohnte auf der Norrtullsgata, sie suchte auf dem Stadtplan, wo sie lag.

Am nächsten Tag spielte sie ihm einen Streich. Sie fuhr hin. Es war eigentlich nicht ihre Art, sich so zu benehmen. Sie redete mit sich selbst, was machst du hier, was erwartest du eigentlich?

Es war wie ein Rausch.

Sein Auto stand vor dem Haus. Sie warf einen Blick die Fassade hinauf und fragte sich, welches Fenster es sein könnte. Damit er sie nicht entdeckte, ging sie in die Buchhandlung schräg gegenüber und blätterte in Büchern, kaufte ein Taschenbuch, vor allem, um den Schein zu wahren. Dann schlenderte sie langsam auf dem Bürgersteig vor seinem Haus entlang. Es war, als wüsste sie intuitiv, dass er bald herauskommen würde.

Ihr Gefühl hatte sie nicht getrogen. Nach etwa einer halben Stunde kam er heraus. Er war allein. Sie ging schneller, so als wäre sie rein zufällig hier vorbeigekommen, sie sagte:

»Ja, hallo … wusste ich doch, dass mir irgendetwas bekannt vorkam!«

Sein Gesicht: der Ausdruck überraschter Freude!

»Ich wollte gerade los und etwas essen. Haben Sie Lust, mitzukommen?«

Sie fuhren zum Schloss Drottningholm hinaus. Er lud sie im Gasthaus zum Essen ein. Sie war dabei, aus einer Lähmung zu erwachen. So viele Jahre war sie stumm gewesen. Mit ihm kehrten die Worte zurück, Schritt für Schritt.

Es streichelte Leben in ihren Körper, er erweckte sie.

»Du bist schön, ich liebe Frauen, die keine Anorektiker sind, die wie du sind, die leben.«

Sie wurde rasend eifersüchtig auf diese ganzen anderen Frauen, die er geliebt hatte.

»Woher weißt du denn, dass ich lebe?«

»Oh doch, du lebst, aber unter einer Schale. Ich werde dich schälen, ich werde dich hervorholen, ich werde dich der ganzen Welt zeigen.«

Sie dachte, dass dies nur Worte waren, die man so sagte. Aber sie gab sich ihm hin, bedingungslos.

Sie hatte als erwachsene Frau nie geliebt. Nach dem Kind war ihr Leben vorbei gewesen.

Fragmente von Diskussionen zwischen ihrem Vater und Flora. Flora wie ein keifender Terrier:

»Aber es kommt nicht nur darauf an, sie zu schützen, es kommt darauf an, sie wieder gesund werden zu lassen. Und das können wir hier zu Hause nicht. Du kannst das nicht. Ich kann es nicht. Sie muss in eine Klinik.«

Sie hörte die Schritte ihres Vaters, wie die Tür zuschlug, wie es schallte und das Haus erzitterte.

Er war damit einverstanden, einen Psychologen kommen zu lassen, der sie untersuchte.

Er nannte das, was geschehen war, eine Fehlgeburt.

»Du musst darüber hinwegkommen«, ermahnte er sie. »Du bist jung, du hast noch dein ganzes Leben vor dir.«

Er begriff nicht im Geringsten, dass es für sie genau umgekehrt war.

Ja, die Experten durften zu ihr nach Hause kommen. Er engagierte die Besten, die es gab. Gespräche, Gespräche, Gespräche. Er ließ sie auf Reisen mitkommen, führte sie in die Firma ein. Ziffern und Kalkulationen, aber nichts davon wollte in ihrem Kopf haften bleiben. Er brachte eine elektrische Schreibmaschine nach Hause, und Flora deckte die Tasten mit einem Schirm ab, damit Justine sie nicht sehen konnte. Sie lernte das A und das Ä.

Als Flora mit ihrer Schwester nach Madeira reiste, nahm ihr Vater sie zu sich ins Schlafzimmer.

»Schlaf hier bei mir, damit ich dich sehe, wenn ich einschlafe und wenn ich aufwache. Sollte ich mich dir gegenüber falsch verhalten haben, dann weißt du, dass es nie meine Absicht war, ich wollte nur dein Bestes, du bist alles, was ich noch habe, Justine, wovon ich einmal geträumt und was ich besessen habe, du bist alles, was ich habe.«

»Und Flora?«, flüsterte sie.

»Flora? Ja, natürlich. Flora auch.«

Sie lag in Floras Bett, auf Floras Kissen. Sie sah ihren Vater mit neuen Augen. Sie sah, dass er schon vor langer Zeit seine Jugend hinter sich gelassen hatte. Sein Haar war nicht mehr braun, sondern schütter und fahl, seine Augenbrauen bauschten sich. Er saß auf dem Stuhl an Floras Schminktisch. Er sah in den Spiegel.

»Was erhoffst du dir für dein Leben, Justine?«, fragte er, und aus seiner ganzen Haltung sprach Resignation.

Sie wusste keine Antwort.

Er lehnte sich über den Tisch.

»Dieser Mann … der … dir so nahe gekommen ist? Du brauchst mir nicht erzählen, wer es war. Aber … war er dir wichtig?«

Sie lief in ihrem langen Nachthemd.

Stand hinter der Tür und schwieg.

Ihr Vater war gezwungen, zu betteln und zu locken. Er reichte ihr das Horn, als würde das etwas nützen, als wäre sie wieder ein kleines Mädchen, das man mit einem Musikinstrument trösten konnte.

Das Mundstück des Horns an ihren Lippen, der Gesang des Horns.

Sie drehte sich um, war in seinen Augen, seine Augen taten ihr weh. Sie wollte ihn an sich drücken und ausgelöscht werden. Sie war seine einzige Tochter, aber dennoch ein Grund zur Trauer.

Allmählich stabilisierte sich ihr Zustand. Flora hatte viel Geduld. Wenn ihre Schwestern zu Besuch kamen, war es Floras große und endlose Geduld, von der sie sprachen.

»Sie wird von dir weiß Gott so gut gepflegt, als wäre sie in einer Nervenheilanstalt«, sagte Viola, die nach Parfüm und Blumen duftete. »Es muss beruhigend für sie sein, dich zu haben. Und beruhigend für ihn.«

»Sie kann ebenso gut hier sein wie in einem Krankenhaus, so wenig, wie man im Moment von ihr sieht. Und Sven fühlt sich wohler, wenn sie zu Hause ist, sein kleines Mädchen.«

Die letzten Worte sagte sie mit einem spöttischen Unterton.

Viola schlug die nylonbekleideten Beine übereinander und rief sie zu sich.

»Was hältst du davon, wenn ich dich mit in die Stadt nehme, Justine? Wenn ich dir ein Kleid kaufe?«

»Denkst du, wir hätten ihr nicht ganze Stapel von Kleidern gekauft! Ich kann dich nicht aufhalten, aber es ist vergebliche Liebesmüh. Sie zieht nichts Neues an. Sie trägt es einen Tag, dann zieht sie es wieder aus. Es ist unbequem und aufgesetzt, sagt sie. Aber es spielt auch weiter keine Rolle, ich meine, sie läuft ja doch nur hier im Haus herum.«

»Du solltest nicht aufgeben, Flora. Kleider schaffen Grazie

und Haltung. Das kann ein Weg sein, sie wieder normal werden zu lassen.

Flora senkte ihre Stimme.

»Normal! Dieses Mädchen ist nie ganz normal gewesen. Das hat etwas mit Genetik zu tun, sie hat es von ihrer Mutter geerbt. Sie war auch, wie soll ich sagen, ein wenig neben der Kappe, um es vorsichtig auszudrücken. Im Moment versuche ich, Justine grundlegende Kenntnisse in Haushaltsführung beizubringen. Das ist nie verkehrt. Und wenn Sven und ich einmal alt werden, kann sie sich vielleicht um uns und das Haus kümmern. Auf diese Weise ist sie doch wenigstens was wert, sowohl für sich selbst als auch für uns. Ein Mensch muss das Gefühl haben, etwas wert zu sein, das ist so ziemlich das Wichtigste im Leben.«

Ihre Schwestern hatten nie verstehen können, warum Flora für Haushalt und Garten niemand einstellte. So reich verheiratet und trotzdem keine Hilfe von außen.

»Du könntest dort wie eine Herzogin thronen und dich bedienen lassen. Einen Wert hast du doch trotzdem, du bist immerhin die Ehefrau des bekannten Sven Dalvik, das allein reicht doch schon.«

Flora hatte merkwürdige Argumente.

»Ich will keine Fremden in meinem Haus. Das hier ist mein Revier.«

Es wurde auch Justines Revier. Schritt für Schritt steckte sie es für sich ab, ohne dass Flora etwas davon merkte. Bekleidet mit dem alten Overall ihres Vaters scheuerte sie die Wände und Fußböden des Hauses. Im Frühling und im Herbst, Jahr für Jahr.

Im Wasser waren Spritzer ihres Bluts, sie schnitt sich in den Finger.

## 2. KAPITEL

Als ihr Vater starb, hatte sie sich gerade den Speicher vorgenommen. Sie fing immer ganz oben an und arbeitete sich dann stetig nach unten vor. Sie lag auf den Knien und scheuerte, die Bodendielen schnitten in ihre Knie, und der Schmerz tat ihr gut. Das rohe Holz, der Duft aufgerauter Kiefern.

Dann: von weit unten ein kalter Lufthauch. Sie hörte Flora rufen.

Ihr Vater war auf der Außentreppe zusammengebrochen. Er hatte einen Schuh verloren. Mechanisch ging sie in die Hocke und zog ihm auch noch den anderen aus. Ihre Hände waren nass vom Putzwasser.

Gemeinsam gelang es ihnen, ihn in das blaue Zimmer zu tragen. Flora schleppte sich die Treppen auf und ab, sie rauchte und zog sich um.

»Du musst dich auch umziehen, wenn du mitkommen willst, in dem Overall kannst du nicht gehen.«

Sie saß da, den Kopf ihres Vater im Schoß. Er fühlte sich so hart und klein an.

Es war nur für eine von ihnen Platz im Krankenwagen.

Justine nahm das Auto. Sie hatte zu ihrem fünfunddreißigsten Geburtstag einen Opel geschenkt bekommen. Sie hielt sich dicht hinter dem Krankenwagen, der mit heulenden Sirenen davonfuhr.

Wie sie bereits geahnt hatte, war nichts mehr zu machen. Ein übernächtigter Arzt empfing sie in einem Zimmer. Sie erinnerte sich an ein Pflaster an seinem Hals. Sie saß vor ihm und fragte sich, was er getan hatte. Sich geschnitten? Oder war es etwa ein Knutschfleck. An alles Mögliche dachte sie dort, nur nicht an ihren Vater.

»Es sieht folgendermaßen aus. Er überlebt höchstens noch die Nacht. Ich möchte, dass Sie sich dessen bewusst sind.«

»Das sind wir«, sagte sie.

Flora sah ihn scharf an. Sie scharrte mit der Hand wie mit einer Pfote.

»Wie viel wollen Sie haben ... damit Sie wirklich ihr Bestes geben?«

»Aber meine Liebe, das ist doch nichts, worum man feilschen kann. Wir geben immer unser Bestes.«

Sie saßen jeder an einer Seite.

»Arme Justine«, sagte Flora. »Ich glaube nicht, dass du begreifst, wie ernst es ist.«

Sie hatte Mascaraflecken auf den Wangen. Justine hatte sie nie zuvor weinen sehen. Ihr Schluchzen störte sie, sie wollte allein sein mit ihrem Vater. Sie stellte sich den Tod als eine Frau vor, es war ihre Mutter, sie war gesandt worden, um ihren Mann heimzuholen. Sie würde durch das Fenster kommen, groß und schmal, seine Decke zur Seite schlagen, ihn an der Hand nehmen und fortführen. Sie würde Flora mit einem höhnischen, kleinen Grinsen ansehen:

Ich hole ihn jetzt, denn er gehört mir.

Nathan ging mit ihr in das größte Kaufhaus von Kuala Lumpur. Es ähnelte den großen schwedischen Kaufhäusern, sie staunte über die reiche Auswahl. Sie musste ihre Sonnenbrille entweder zu Hause vergessen oder im Flugzeug verloren haben. Endlich konnte sie sich eine neue kaufen.

Nathan hatte ihr erklärt, dass sie ihn nicht an der Hand nehmen oder zärtlich zu ihm sein durfte, so etwas wurde hier als unpassend empfunden. Man tat so etwas nicht in diesen Ländern. Man zeigte nie seine Gefühle, jedenfalls nicht öffentlich.

»Im Hotelzimmer holen wir alles nach«, sagte er und war wieder guter Laune.

Er fand, dass Justine nach Kleidern schauen sollte.

»Das muntert dich etwas auf. Einkaufen macht Frauen glücklich, ich muss es ja wissen.«

Er war zweimal verheiratet gewesen und hatte mit einer weiteren Frau zusammengelebt. Auf einem Regal in seinem Wohnzimmer standen Fotos von all seinen Kindern in Abiturientenmützen oder Hochzeitskleidern. Er hatte sechs Kinder. Sie fragte nach ihren Müttern, quälte sich selbst mit Details.

»Diese beiden sind von Ann-Marie. Sie sind ihr ähnlich, die gleichen blauen Augen, aber Gott sei Dank nicht, was den mentalen Zustand betrifft, um es einmal so auszudrücken. Die Zwillinge und Mikke sind von Nettan. Mit Nettan und Ann-Marie war ich fünf beziehungsweise sieben Jahre lang verheiratet. Danach habe ich einen weiten Bogen um Hochzeiten gemacht. Als ich Barbro kennen lernte, entschieden wir uns dafür, nur zusammenzuleben. Sie wollte übrigens auch nicht heiraten. Sie war gerade von so einem Verrückten geschieden worden, der sie schwer misshandelt hatte. Barbro und ich lebten vier oder fünf Jahre zusammen, wir bekamen zusammen die kleine Jenny.«

Er war stolz auf Jenny, sie war eine Art Fotomodell. Eine schlanke und rehäugige junge Frau, eine Kopie ihrer Mutter.

»Und danach, du hast seitdem doch bestimmt nicht allein gelebt?«

Er winkte ab.

»Na ja, allein ...«

»Warum hat es nicht funktioniert?«, fragte Justine. »Ist es so furchtbar schwer, mit dir zusammenzuleben?«

»Sie hatten eine gemeinsame Eigenschaft, diese drei Damen. Sie waren alle ein wenig hysterisch.«

»Was meinst du denn mit hysterisch?«

»Ich will jetzt nicht darüber sprechen.«

»Bin ich auch hysterisch?«

»Soweit ich das bisher beurteilen kann jedenfalls nicht. Aber ich verspreche dir, Bescheid zu sagen, wenn mir etwas auffällt.«

»Und wenn ihr euch geliebt habt, Nathan, wer war am besten?«

Er schubste sie aufs Bett und legte sich auf sie, legte seine Hand auf ihren Mund.

»Du bist auf Platz eins, du bist auf Platz zwei, du bist auf Platz drei, meine Liebe.«

Sie sah sich ein Kleid nach dem anderen an, aber sie waren alle zu klein. Die malaysischen Frauen reichten ihr nicht einmal bis zu den Schultern. Sie schienen alle in ein und derselben Form gegossen worden zu sein, und ihre Taillen waren so schmal wie einer ihrer Schenkel.

Wir gehen, dachte sie.

Nathan stand da und unterhielt sich mit einer Verkäuferin, sie beobachteten Justine. Die Verkäuferin näherte sich, sie hatte ein Maßband um den Hals.

Sie sagte etwas, das Justine nicht verstand.

»Sie fragt, welche Größe du hast.«

»Wozu? Hier gibt es doch nichts, was ich haben möchte.«

Nathan hielt ein Kostüm hoch. Es war für eine Pygmäin gemacht.

»Ich dachte, dass du vielleicht etwas Schickeres haben möchtest, solange wir hier unter Menschen sind. Das hier ist trotz allem noch die Zivilisation.«

»Sieh es dir an, Nathan, glaubst du im Ernst, dass ich das anbekomme? Glaubst du das wirklich? Das passt doch höchstens einem Kind!«

»Das vielleicht nicht gerade, aber ein größeres.«

Er wandte sich an die Verkäuferin, ihre Augen waren groß und braun.

»Bigger size?«, sagte er.

Die Verkäuferin lächelte gezwungen. Sie nahm das Kostüm und machte sich auf den Weg, um zu suchen.

»Wir gehen«, flüsterte Justine.

»Mach doch nicht alles so kompliziert!«

»Aber Nathan, du verstehst das nicht!«

»Nein. Verstehe ich wirklich nicht. Ich möchte dir gerne ein schickes Kostüm schenken, und du reagierst wie ein trotziges Kind.«

Er begann, zum Verkaufstisch zu gehen. Justine folgte ihm. Die Verkäuferin kehrte zurück. Sie sah Nathan abwartend an.

»Well?«, sagte er.

»Sorry Sir, not bigger size.«

»Als wäre ich geistig behindert!«, platzte Justine heraus, als sie im Erdgeschoss waren. »Sie hat mich völlig ignoriert.«

»Ach komm!«

»Sie hat sich nur an dich gewandt, nur mit dir geredet.«

»Sie hat wahrscheinlich gemerkt, wie sauer und widerwillig du warst.«

Justine setzte ihre Sonnenbrille auf. Jetzt weinte sie wieder und hatte Kopfschmerzen.

Am Abend bekam sie ihre Tage. Sie dachte, dass dies einiges erklärte. Das sagte sie auch Nathan, entschuldige, dass ich so schlechte Laune hatte.

»Ich habe mir schon gedacht, dass es daran liegt. Ich kenne die Frauen, die haben ihre Heulperioden.«

Sie wollte keine der Frauen sein, die er auf diese Weise kannte. Sie kroch zu ihm in das schmale Bett. Wollte, dass er sie umarmte. Nicht mehr.

Er sagte:

»Morgen Vormittag werde ich Ben treffen. Er wird uns in den Dschungel begleiten.«

Sie nahm seinen Arm und zog ihn zu sich, legte seine Hand auf ihren Bauch.

»Ja«, flüsterte sie.

Er küsste sie.

»Leg dich mehr auf die Seite, dann halte ich dich ein bisschen in den Armen.«

Während der Nacht blutete sie stark, hinterließ Flecken auf Laken und Matratze. Sie wollte nicht, dass die Frauen es sahen, sie versuchte vergeblich, die Flecken abzuwaschen.

Nathan und sie frühstückten in einem Restaurant, das direkt neben dem Hotel lag. Sie bestellten Saft und Kaffee mit Milch und einer weißen, cremigen Masse am Boden der Tasse, die wahrscheinlich Süßstoff war. Sie rührte misstrauisch um. Nathan aß ein Roti, ein pfannkuchenähnliches Gericht mit Fleischsoße. Überall saßen Männer und Frauen und aßen, alle mit den Fingern.

»Wie du siehst, benutzen sie nur die rechte Hand, die linke ist unrein«, erklärte Nathan.

»Und was machen sie dann mit der linken Hand?«

»Das musst du schon selbst herausfinden.«

Justine tat der Bauch weh, als würden kleine, bohrende Nägel sie piesacken. So war es immer während der ersten Tage ihrer Periode, keine Schmerztablette der Welt konnte dagegen etwas ausrichten.

»Vielleicht solltest du lieber im Hotel bleiben«, schlug Nathan vor. »Du siehst etwas mitgenommen aus.«

Sie dachte an die putzenden Frauen.

»Nein, nie im Leben. Ich komme lieber mit.«

Sie nahmen ein Taxi durch die Stadt. Nathan wies sie auf einige Sehenswürdigkeiten hin, die Nationalmoschee mit ihrem fächerförmigen Dach und dem über siebzig Meter hohen Minarett. Er verstellte seine Stimme und spielte den Fremdenführer.

»Und zur Rechten erblicken Sie jetzt gleich die berühmten Zwillingstürme ...«

Er glich einem eifrigen Jungen.

»Ich liebe dich«, sagte sie laut. »Oh, Nathan, steck mich in deine Brusttasche und bewahre mich dort auf, hole mich nie, nie wieder heraus!«

Der Mann namens Ben wartete in einem Zimmer mit Klimaanlage auf sie. Tee und Saft standen auf einem Tisch. Justine vertraute ihm vom ersten Augenblick an. Er strahlte etwas Entspanntes aus, keine Spur von Berechnung oder Böswilligkeit.

»Und du willst also hinaus in den Dschungel und die Bekanntschaft von Tigern und Elefanten machen«, scherzte er und reichte ihr ein Glas Saft. Sein Englisch war rein und korrekt.

»Na ja, Bekanntschaft machen nicht unbedingt.«

»Aber du weißt, dass es sowohl Tiger als auch Elefanten in dem Gebiet gibt, in das wir wollen?«

Er beobachtete sie, um ihre Reaktion zu sehen. Dann lachte er.

»Man sieht sie nicht sehr oft. Sie halten sich fern. In der Regel haben sie mehr Angst als wir.«

»Aber es ist doch schon vorgekommen, dass sie Menschen angegriffen haben?«, fragte Nathan.

»Doch, doch, aber das ist lange her.«

»Elefanten machen mir mehr Angst als Tiger«, murmelte sie. »Ein Mann ließ mich einmal auf einem Elefanten reiten, in einem Zirkus. Papa und ich waren da. Sie haben mich nicht gefragt. Ich saß nur plötzlich hoch oben, direkt auf der faltigen Haut. Ein paar Wochen später hörte ich, wie Papa erzählte, ein Zirkuselefant sei verrückt geworden. Er hatte sich von seiner Fußfessel losgerissen und angefangen, Amok zu laufen.«

Ben lächelte sie an. Er hatte volle, braune Wangen, die Nase war breit und platt. Er war im Dschungel geboren, hatte aber eine reguläre Schulausbildung genossen und darüber hinaus an der Universität von Kuala Lumpur studiert.

»Elefanten sollten nicht in einem Zirkus sein«, sagte er. »Davon kann jeder verrückt werden.«

Sie saßen lange zusammen und unterhielten sich mit Ben. Sie schauten sich Karten an und stellten lange Listen von Dingen auf, die getan oder angeschafft werden mussten. Spät abends gingen sie aus und aßen. Es gab im Grunde nur ein

Gericht, gebratenen Reis mit Hähnchenfleisch. Justine hatte Hunger. Viel Fleisch war allerdings an den Hähnchenstücken nicht dran, sie bestanden vor allem aus Knochen. Sie bestellten jeder eine Coca-Cola.

Nathan sagte, dass er sich nach einem kalten Bier sehne.

»Bier gibt es hier nicht«, sagte Ben. »Ich kenne aber noch ein anderes Lokal, dort können wir nächstes Mal hingehen.«

In dieser Nacht schlief sie tief und fest und wachte nicht einmal auf, als der Muezzin gegen sechs Uhr morgens mit seiner Litanei begann.

Sie duschte zusammen mit Nathan. Sie seifte seinen großen, hellen Körper ein, bekam nie genug davon, ihn zu berühren. Ihre Hände konnten sich danach sehnen, seine Haut zu fühlen, seine Wärme, er war so voller Leben und Stärke. In der Dusche bekam er eine starke Erektion, und sie sank auf die Knie und nahm ihn in den Mund.

Nachher standen ihm die Tränen in den Augen.

»Manchmal bekomme ich fast Lust, noch einmal zu heiraten«, sagte er und strich ihr über die Wange.

»Meinst du, es würde funktionieren? Oder würde ich auch irgendwie hysterisch werden?«

»Das müsstest du schon sein lassen.«

Sie hatte ihre Unterwäsche ausgewaschen, die zwar noch ein wenig feucht war, aber am Körper trocknen würde.

Er sagte:

»Heute werden wir die anderen treffen, die an der Exkursion teilnehmen.«

»Wer sind sie?«

»Zwei Norweger, glaube ich, ein paar Deutsche, ein Typ aus Island und – kaum zu glauben – eine Schwedin. Wir treffen sie alle bei Ben in ungefähr einer Stunde.«

## 3. KAPITEL

Ihr Vater sollte nie an dem Ort ruhen, der einmal als ihr Familiengrab vorgesehen war. In jenem Grab, in dem seine französische Frau ruhte. Nein, stattdessen wurde er am anderen Ende des Friedhofs beigesetzt, wo die neueren und kleineren Gräber lagen.

Justine hörte, wie Flora zu Viola sagte:

»Sollen die zwei etwa im Tod vereint sein dürfen? Sollen wir dann später alle dort liegen, zu dritt? Nein! Wenn ich einmal das Zeitliche segne, gibt es nur ihn und mich, nur ihn und mich.«

»Und die kleine Justine?«

Flora lachte tonlos.

»Die kleine Justine ist nicht mehr klein, siehst du nicht, dass sie so groß geworden ist, dass sie fast schon anfängt, etwas überreif zu werden?«

Da wurde Viola kurz angebunden, so als fühle sie sich angesprochen. Auch sie konnte man überreif nennen. Etwas über sechzig Jahre alt, war sie von NK abgefunden und ermuntert worden, ein eigenes Geschäft aufzumachen. In Wahrheit wollte das Kaufhaus keine Frauen in ihrem Alter in der Parfümabteilung beschäftigen. Sie hatten nicht die richtige Ausstrahlung, um etwas zu verkaufen, konnten ganz im Gegenteil eine abschreckende Wirkung auf die Kunden haben.

Viola blieb also nichts anderes übrig, als das Geld anzunehmen. Sie mietete ein kleines, teures Ladenlokal in der Nähe des Hötorg. Dort hatte sie Violas Body Shop eröffnet, verkaufte Seifen, Parfüms und exquisite Unterwäsche. Sie hatte angeboten, Justine als Praktikantin einzustellen, vielleicht war es auch möglich, dass man sie so in das Geschäft einführte, dass sie es eines Tages übernehmen konnte. Ein paar Tage war Justine auch hingegangen. Sie stand in einem rosa Nylonrock hinter dem Ladentisch, wie Viola es gewollt hatte, darüber hinaus hatte sie Justine geschminkt und zu einem Damenfriseur geschickt.

Es war zwecklos.

»Sie ist regelrecht unhöflich den Kunden gegenüber«, berichtete Viola später ihrer Schwester. »Tut so, als höre sie nicht, wonach sie fragen, steht da und denkt an etwas ganz anderes. Nimm sie zurück!«

»Ich habe sie dir nie aufgeschwatzt, es war einzig und allein deine Idee. Ich habe dir gesagt, dass es nicht gehen wird. Sie ist eben nicht ganz richtig im Kopf, aber du hast mir ja nie geglaubt.«

Nach dem Tod ihres Vaters lebten sie in dem Haus weiter wie bisher. Mit allen Gepflogenheiten, die es auch vorher schon gegeben hatte. Aber vieles war doch anders geworden. Auch wenn Flora weiterhin mit ihrem Mann sprach, sobald sie die Schlafzimmertür hinter sich geschlossen hatte. Justine konnte ihre Stimme durch die Wand hören, die sie voneinander trennte. Flora sprach laut, machte ihm Vorwürfe, weil er sie verlassen hatte, drohte damit, das Haus zu verkaufen und sich eine Wohnung in der Stadt zu nehmen.

Das sagte sie auch Justine.

»Du darfst nicht glauben, dass wir in alle Ewigkeit hier wohnen bleiben. Im Übrigen ist es nicht normal, dass zwei erwachsene Frauen auf diese Weise zusammenleben. Normalerweise wärst du vor vielen Jahren ausgezogen, du bist auf Sven und mir während unseres ganzen gemeinsamen Lebens gewachsen wie eine Eiterbeule. Dein Vater hat dich behütet, zu sehr behütet, aber jetzt ist er nicht mehr da, jetzt steht es mir frei, dich hinauszuwerfen. Er würde es mir nicht übel nehmen, er würde mir danken, er weiß, dass alles, was ich für dich getan habe, nur zu deinem Besten war. Frauen verstehen so etwas besser als Männer.«

Justine ging ihr aus dem Weg, wenn Flora in dieser Stimmung war. Manchmal nahm sie das Auto und fuhr zu den Steilhängen bei Lövsta hinauf, spazierte auf alten Pfaden, doch niemals lange, die Sorge trieb sie zurück. Was hatte Flora sich ausgedacht? Hatte sie einen Makler kommen lassen, der jetzt in diesem Moment durch das Haus ging und seinen Wert schätzte?

So vergingen mehrere Jahre.

Morgens tranken sie ihren Kaffee, saßen sich am Tisch gegenüber, beide angezogen, keine wollte sich der anderen im Morgenrock zeigen. Es wäre eine Form von Unterlegenheit gewesen. Flora war immer geschminkt, die Augenlider spröde und blau. Mittlerweise hatte sie Probleme, die Schminke gleichmäßig aufzutragen, ihre Augen hatten begonnen, schwächer zu werden.

Sobald es wärmer wurde, zog sie auf den Balkon oder in den Garten hinaus. Sie hatte die Sonne immer geliebt. Sie bat Justine, ihr beim Tragen des Liegestuhls zu helfen, und brachte sie auch dazu, ihr eine Karaffe mit Weißwein und Wasser zu servieren. Mit einer starken Sonnenbrille saß sie dann dort und lackierte ihre Nägel, Schicht auf Schicht.

Den Schlaganfall bekam sie an einem solchen Tag, als sie gerade auf dem Balkon im Liegestuhl saß. Es war ein klarer, schöner Frühlingstag, einer der ersten wirklich warmen. Sie hatte einen Bikini angezogen und erzählte Justine, dass sie ihn schon als junges Mädchen getragen hatte. Immer noch war ihr Körper so niedlich und klein wie der eines Mädchens. Aber es fiel ihr mittlerweile schwer, Treppen zu steigen.

Dann verkündete sie, dass sie einen Termin mit einem Makler vereinbart hatte.

»Es gibt eine Wohnung in der Stadt, am nördlichen Mälarstrand, die ich eventuell kaufen möchte. Eine Wohnung mit einer großen Terrasse. Ich kann dort sitzen und mich sonnen, du weißt, wie sehr ich die Wärme genieße.«

»Und was ist mit mir?«, fragte Justine.

»Du musst dir dann auch etwas suchen. Das Haus hier wird nämlich verkauft. Der Makler sagt, dass es eine ganze Reihe von Interessenten gibt.«

Damit versank sie in den Polstern und legte sich zurecht. Die Sonne glänzte auf ihren knochigen, unbehaarten Beine. Sie cremte die Beine ein, dann Bauch und Arme, führte das Glas an die Lippen und trank.

Später erzählte Justine Nathan, dass sie in diesem Augenblick sehr wütend auf Flora war.

»So wütend, dass ich fast in der Lage gewesen wäre, sie zu töten. Ich dachte, dass ich ihr etwas in den Wein tun könnte, irgendein Gift, meine ich. Aber woher bekommt man so etwas? Gift? Geht man einfach in die Apotheke und sagt, man möchte ein paar Gramm Strychnin kaufen? So was benutzen sie doch immer in den Krimis oder nicht? Ich ging in den Garten, setzte mich ins Boot und legte einen richtigen Kavalierstart hin. Papa mochte es nicht, wenn man so startete, es sollte ruhig und gepflegt geschehen, sagte er immer. Aber ich war stinkwütend. Ich bin sicher, dass er mich verstanden hätte, er wollte das Haus doch auch immer behalten, Mama zuliebe. Ich fuhr ein paar Runden auf dem See, und ich war ganz allein, denn es war ein gewöhnlicher Werktag, und die Leute waren auf der Arbeit, und ich dachte daran, was werden sollte, wenn wir umziehen mussten, und ob ich eine Chance hatte, sie aufzuhalten.«

»Aber gehörte euch das Haus denn nicht gemeinsam?«

»Das tat es wahrscheinlich, aber ich hatte mich nie darum gekümmert, wie die Dinge lagen.«

»Hast du nie irgendwelche Papiere unterschrieben?«

»Schon möglich. Ich erinnere mich nicht, ich war in der Zeit nach Papas Tod sehr niedergeschlagen.«

Er schüttelte den Kopf.

»An so etwas muss man sich doch erinnern, Justine.«

»Na ja. Ich erinnere mich nun mal nicht. Jedenfalls, als ich zurückkam, fiel keine Sonne mehr auf den Balkon, ich dachte, Flora wäre reingegangen, ging direkt in die Küche und fing an zu kochen, es war vielleicht fünf Uhr. Ausnahmsweise war ich recht lange draußen gewesen, ich erinnere mich, dass ich irgendwo an Land ging und es um mich herum vollkommen still war, abgesehen von den Vögeln. Ich stand dort am Ufer und wünschte mir ihren Tod, Nathan. Das habe ich wirklich getan.«

»Hast du ihr jemals eine Chance gegeben? Ich meine, deine Mutter zu werden?«

»Aber, so versteh doch … Flora ist niemand, dem man etwas gibt. Flora ist jemand, der nimmt.«

»Kann ich nicht einmal mit ins Pflegeheim kommen und sie besuchen?«

»Nein«, sagte sie schnell. So als wüchse die alte Hexe mit all ihrer Macht auf einmal wieder in ihrem Krankenbett heran, als fände sie dann zu alter Stärke zurück und begänne zu drohen.

»Nach einer Weile ging ich hinauf, es zog ein wenig von der oberen Etage her, ich schaute hinaus und sah sie dort in einer irgendwie verdrehten Stellung sitzen. Es sah so makaber aus … Dieser trockene Bauch einer alten Frau und der Bikini … Sie hatte einen Schlaganfall bekommen. Ich versuchte, sie wieder zu sich zu bringen, sie lallte und war ganz seltsam. Es stellte sich dann heraus, dass sie völlig gelähmt war und nicht einmal mehr sprechen konnte. Well, ich ließ sie ins Krankenhaus bringen, und danach ist sie nie mehr zurückgekehrt.«

Er nahm ihre Hände.

»Du kommst mir ein wenig grausam vor, mein Liebling.«

»Sie hat mich so viele Jahre in ihrer Gewalt gehabt.«

»Entschuldige bitte, Justine, aber es klingt wirklich ein wenig übertrieben, wenn du das so sagst.«

»Es ist aber nicht übertrieben.«

»Es war bestimmt nicht leicht, die Stiefmutter eines verwöhnten Görs wie dir zu werden.«

»Wenn du ihr damals begegnet wärst, würdest du sie nicht verteidigen.«

»Oh doch, du hattest bestimmt Prügel verdient.«

»Nathan.«

Jetzt war das Gespräch zu einem Spiel geworden, er hatte diese Fähigkeit, sie all das Schreckliche und die Wunden vergessen zu lassen, er liebte es, mit ihr zu balgen und ihr dabei die Kleider vom Leib zu reißen, jedes Kleidungsstück eine Trophäe. Dann legte er sich zwischen ihre Beine, küsste und bearbeitete sie, bis sie von Orgasmen durchzuckt wurde. Er genoss ihre Überraschung, ihre Dankbarkeit. Eine Frau in ihrem Alter, vollkommen unerfahren.

Dennoch hatte sie ein Kind getragen.

Als sie es ihm erzählte, sagte er, er habe so etwas geahnt. Sie war weiter, umschloss ihn nicht so eng wie die ganz Jungen. Er erklärte ihr wortreich, dass sie dadurch nicht weniger attraktiv war. Es waren nicht zuletzt diese Gegensätze, die ihn faszinierten: Sie war üppig und aufreizend, aber dennoch so unverstellt.

Die Sache mit dem Vogel fand er vollkommen verrückt. Er begleitete sie einmal nach Hause, und der Vogel flog heran und ließ ihn vor Überraschung aufschreien. Sie hatte gehofft, er würde Freundschaft empfinden. Sie war gezwungen, die Tür zum Speicher zu schließen, solange Nathan im Haus war. Das war der Vogel nicht gewohnt. Sie hörte, wie er dort oben schrie und umherflog.

»Ich werde ihn freilassen«, sagte Nathan. »Das ist doch Tierquälerei.«

»Wenn du das machst, stirbt er. Sie greifen ihn da draußen an, sie hacken ihn zu Tode.«

»Ist es nicht besser, einen schnellen, wenn auch brutalen Tod zu sterben, als in einem Haus leben zu müssen, das nur für Menschen gedacht ist?«

»Du verstehst das nicht, er mag dieses Haus, und ich bin seine Freundin.«

»Besonders hygienisch kann das auch nicht gerade sein.«

»Die Leute müssen immer etwas von Sauberkeit faseln. Findest du etwa, dass es bei mir zu Hause dreckig aussieht?«

»Nein, aber ...«

»Jetzt vergiss den Vogel. Komm, ich zeige dir was anderes.«

Sie zeigte ihm Bilder, auf denen sie als Kind zu sehen war, das Bild ihrer Mutter und das Hochzeitsfoto von Flora und ihrem Vater.«

»Aha ... Das also ist die legendäre Flora?«

»Ja.«

»Das reinste Knochengestell.«

»Sie ist immer schlank und schön gewesen.«

»So eine, die überall klappert. Nein, Justine, du bist schön, du bist, wie eine Frau sein soll. Rund und lebendig, da hat ein Kerl richtig was zum Anfassen.«

Und er drückte seinen Mund gegen ihren Unterarm und machte ihr einen großen und dunkelroten Knutschfleck.

Als er ihr Posthorn sah, nahm er es von seinem Haken herunter und versuchte, darauf zu blasen. Keinen Ton entlockte er dem Horn. Er strengte sich so sehr an, dass sein Kopf rot anlief.

»Es ist nicht in Ordnung, oder?«, sagte er.

Sie nahm es ihm ab. Sie hatte ein paar Melodien komponiert, als sie noch ein Kind war, aber sie waren einfach und leicht zu merken. Jetzt spielte sie ihm ein paar von ihnen vor.

Er wollte es noch einmal versuchen. Er blies und prustete, brachte schließlich einen Ton hervor, der heiser und unmelodisch war.

»Ich habe es von Anfang an gekonnt«, sagte sie bescheiden. »Ich bekam es einmal von meinem Vater geschenkt. Er sagte, es sei wie für mich gemacht.«

Auch Nathan fand, dass sie das Haus verkaufen sollte.

»Und zwar bevor der Vogel alles kaputtgemacht und verdreckt hat.«

»Du verstehst das nicht. Ich will hier wohnen. Meine Mama hat sich dieses Haus ausgesucht. Ich habe immer hier gelebt.«

»Gerade deshalb. Was meinst du, in wie vielen Häusern ich schon gewohnt habe? Ich weiß es selbst nicht einmal mehr. Man muss in Bewegung bleiben, sich neue Perspektiven erobern. Man verkümmert, wenn man jeden Tag die gleiche beschissene Aussicht hat. Verstehst du das nicht? Man muss sich entwickeln, Justine, muss wagen, sich auf Abenteuer einzulassen.«

Sie trafen sich bei Ben. Die beiden Norweger waren bereits da, als Justine und Nathan ankamen. Sie waren knapp dreißig, hießen Ole und Stein. Kurze Zeit später tauchten auch der Isländer und die drei Deutschen auf, Heinrich, Stephan und Katrin. Heinrich war der Älteste in ihrer Gruppe, etwas über sechzig Jahre alt. Der Isländer hieß Gudmundur.

Dann kam Martina, öffnete die Tür und trat ein. Setzte sich, als würde sie alle schon kennen, als wäre sie nur kurz weg gewesen, um ein paar Dinge zu erledigen:

»Hallöchen. Wartet ihr schon lange auf mich?«

Sie trug eine dünne Baumwollhose, so dünn, dass man den Slip unter dem Stoff erahnen konnte. Sie hatte ihr Haar hinten hochgesteckt. Über die Schulter trug sie an einem breiten Gurt ihre Kamera, groß und professionell.

Einer der Norweger stieß einen Pfiff aus.

»Eine Nikon? Ist das eine F4?«

»Ja«, erwiderte Martina. »Das ist meine Dienstkamera.«

»Dann bist du Fotografin?«

»Nein, eigentlich freie Journalistin. Aber da muss man auch fotografieren.«

»Die ist doch bestimmt ganz schön schwer! Willst du die etwa im Dschungel mitschleppen?«

»Ich habe sie letztes Jahr um den halben Globus mitgeschleppt, da wird es auch hier gehen.«

Sie würde die jüngste Teilnehmerin sein. Sie war fünfundzwanzig und gewohnt, allein zu reisen.

»Martina hat versprochen, eine Reportage über unsere Exkursion zu machen«, sagte Nathan. »Sie wird mit anderen Worten bei der Vermarktung meines neu gegründeten Unternehmens behilflich sein, und ihr seid die Testgruppe. Alles hängt also von euch ab …«

Alle lachten.

Ben ging ein paar Sachen mit ihnen durch, die alle wissen mussten. Er entschied, dass alle von jetzt an nur noch Englisch miteinander sprechen sollten.

»Dann braucht sich niemand ausgeschlossen zu fühlen. Etwas sollt ihr wissen, die ihr hier in diesem Raum sitzt. Ihr gehört zu den wenigen Menschen, die sich glücklich schätzen können, einen der schönsten Orte auf dieser Erde zu besuchen: den Regenwald mit seinem Reichtum an Tieren und Pflanzen. Den Regenwald, den es zwar noch gibt, dessen Fläche aber ständig verkleinert wird. Ich möchte auch, dass ihr darauf vorbereitet seid, was es bedeutet, an dieser Expedition teilzunehmen … Einige von euch werden finden, dass es teilweise recht anstrengend ist, wir müssen immerhin auch unsere Ausrüstung schleppen. Es gibt keine Wege oder Pfade im Dschungel. Wir müssen kriechen, klettern und balancieren. Wir werden uns den Weg mit dem Parang freihauen müssen, so heißen die Dschungelmesser, die wir morgen kaufen werden, wenn wir unsere Ausrüstung vervollständigen. Wir werden Land betreten, auf das nie zuvor eine weiße Frau oder ein weißer Mann seinen Fuß gesetzt hat. Noch gibt es die Möglichkeit, hier zu bleiben. Bis morgen könnt ihr die Sache noch einmal überschlafen.«

Abends führte Ben sie in ein chinesisches Restaurant aus, in dem es auch Bier gab. Justine hätte am liebsten ein Glas Wein getrunken, aber so etwas schien es in diesem Land nicht zu geben. Sie saß neben Heinrich aus Deutschland, der ihr sofort sympathisch war. Er und seine Frau hatten sich vorgenommen zu reisen, sobald sie pensioniert würden, aber seine Frau erkrankte an Krebs und war vor einem knappen Jahr gestorben.

»Ich hörte auf zu arbeiten, als sie starb, jetzt mache ich das hier für sie und mich«, vertraute er ihr an. »Es ist fast so, als wäre sie die ganze Zeit bei mir. Ich rede abends mit ihr, erzähle ihr, was ich gemacht habe. Jemand zu haben, mit dem man seine Erlebnisse teilen kann, ist ja fast schon das halbe Vergnügen.«

Das Bier ließ sie entspannter werden.

»Es ist schwer, jemanden zu verlieren, den man liebt«, sagte sie.

»Else war so süß ...« Er holte seine Brieftasche hervor und zeigte ihr kurz und etwas verlegen ein Foto seiner toten Frau. Sie sah wenig spektakulär aus. Justine wusste nicht, was sie sagen sollte.

»Wir waren fast vierzig Jahre lang verheiratet. Und ihr, wie lange seid ihr schon verheiratet?«

»Wir? Nein, Nathan und ich ... Wir sind, ich weiß nicht, wie man das auf Englisch nennt. Wir sind zusammen, aber nicht verheiratet, und wir wohnen auch nicht zusammen.«

»Lovers?«

»Nein, mehr als das. Wir werden vermutlich heiraten, wir haben davon gesprochen.«

Martina hatte sich umgezogen und trug ein Kleid, ihr Haar glänzte frisch gewaschen. Sie saß lange Zeit stumm da und betrachtete sie alle, einen nach dem anderen. Als sie zu Justine kam, sagte sie schnell auf Schwedisch:

»Die ersten weißen Frauen im Dschungel. Was sagst du dazu?«

Der jüngere Deutsche, Stephan, rief dazwischen und legte seinen Arm um sie.

»Hallo, hallo, auf Englisch, bitte!«

»Ich habe Justine nur gesagt, dass es ihr, mir und deiner

Freundin Katrin im Urwald ganz wunderbar gehen wird, umgeben von so vielen hübschen Kerlen.«

Als sie in ihr Hotelzimmer zurückkamen, packten sie ihre Sachen. Am frühen Morgen wollten sie sich auf den Weg machen. Sie würden mit dem Bus ins Landesinnere bis zu einer kleinen Stadt am Rande des Dschungels fahren, wo sie übernachten und die notwendigen Einkäufe erledigen wollten.

Justine war fertig mit dem Packen, sie hatte sich ins Bett gelegt. Eine seltsame Wehmut hatte sie ergriffen. Sie dachte, dass es an ihren Tagen lag, ihr Körper war aufgedunsen und prall.

»Kanntest du jemand von den Leuten schon vorher?«, fragte sie.

»Nein.«

»Aber du hast doch gesagt, Martina habe dir versprochen, eine Reportage zu machen?«

»Ich habe sie gestern getroffen, während du deinen Schönheitsschlaf gemacht hast.«

»Davon hast du mir gar nichts erzählt.«

»Muss ich dir jetzt über jeden meiner Schritte Rechenschaft ablegen?«

»So habe ich das nicht gemeint ...«

»Nein, natürlich nicht!«

»Es kommt mir ein wenig waghalsig vor, ein junges, schwedisches Mädchen, das ganz allein unterwegs ist.«

»Findest du? Die Mädels sind heutzutage ziemlich auf Draht.«

Sie konnte es nicht lassen:

»Nathan ...?«

»Ja.«

»Findest du sie sexy ...?«

»Dummkopf. Niemand kann dir das Wasser reichen, das weißt du doch.«

»Stimmt das auch?«

»Zum Teufel, sie könnte meine Tochter sein!«

In dieser Nacht bekam sie Schüttelfrost. Sie schreckte mitten aus einem Traum auf. Ein Körper unter Blättern, sie selbst. Der Durst war in ihr, ließ sich nicht löschen, pflügte ihre Zunge, die voller Furchen war. Sie tastete in der Dunkelheit um sich, alles war schwarz. Sie lag auf der Seite, das obere Bein lastete schwer auf dem unteren, den Knien und Gelenken.

Sie weinte lautlos.

»Nathan ...«

Als er endlich wach wurde, war er wütend.

»Wir müssen verdammt noch mal schlafen, morgen ist ein harter Tag.«

Es war fünf nach zwei.

Seine Fingerspitzen.

»Scheiße, du glühst ja.«

Er holte Aspirin und Wasser.

»Sieh zu, dass du wieder gesund wirst, Liebling, das wird sonst wirklich sehr schwierig.«

»Ja, Nathan, ich weiß ...«

Der Muezzin. Seine harte, schallende Stimme. Sie fror, wie sie noch nie in ihrem Leben gefroren hatte.

»Ich muss auf Toilette ...«

Er schleppte sie hinaus, kühlte ihr Gesicht. Sie sah, wie sich etwas in der Ecke bewegte. Sie schrie und schlug.

»Da war nichts, nur eine Kakerlake, beruhige dich, Liebling, beruhige dich ...«

Wieder zurück ins Bett.

»Ich kann nicht, ich schaffe es nicht ...«

»Soll ich einen Arzt holen?«

»Nein, lass mich einfach in Ruhe ...«

Er ging zum Portier hinunter und kam mit zwei Decken zurück. Es nützte nichts. Sie klammerte sich an seinen Arm.

»Ich kann nicht mit dem Bus fahren ...«

»Das ist mir schon klar, meine Kleine.«

Er war gezwungen, sie allein zu lassen. Sie hatte Fieberfantasien. Sie war im Dschungel und versank, Martina stand breitbeinig im Fluss. Dann hatte sie das Gefühl, von der verknitterten Matratze gehoben zu werden, ein schimmernder Fluss aus Kakerlaken, sie hing nach vorne gebeugt und fühlte sich doppelt so schwer wie sonst. Jemand hielt sie fest. Jemand rieb ihren Rücken mit Liniment ein. Sie fror zwischen den Schulterblättern. Ein Glas an ihren Lippen. Jemand sagte, trink. Sie trank und fiel zurück, und die Schatten wuchsen.

Am Abend war er wieder bei ihr.

»Nathan, ich habe so sehr nach dir gerufen …«

»Ich habe fast die ganze Zeit hier gesessen. Ich habe bei dir gewacht, du bist sehr krank gewesen.«

»Was für ein Tag ist heute?«

»Es ist Mittwoch.«

»War gestern Dienstag?«

»Ja, Dienstag. Du bist sehr krank gewesen … Aber jetzt geht es dir besser, du hast die Krise überstanden. Ben hat mir ein Medikament gegeben. Wir können morgen den Bus nehmen.«

Als sie daran dachte, wollte sie wieder die Augen schließen, sie schnappte nach Luft.

»Ben hat gesagt, dass es dir morgen schon viel besser gehen wird. Du hast einen richtigen Hammer bekommen. Aber du musst viel trinken. Die beiden Flaschen hier.«

Er ließ nicht zu, dass sie schlief. Wenn sie die Augen zu lange geschlossen hielt, weckte er sie und flößte ihr das Wasser ein, Sie fror nicht mehr. Die Schmerzen in den Gelenken begannen schwächer zu werden. Er saß bei ihr, blieb bei ihr.

»Verzeih mir …«, flüsterte sie. »Dass ich euch so aufhalte … uns.«

»Aber nun bitte doch nicht um Verzeihung, du kannst doch nichts dafür. Auf einer solchen Reise muss man auf alles gefasst sein.«

»Ja, aber die anderen …?«

»Besser, so etwas passiert jetzt, als draußen im Dschungel. Nicht wahr?«

»Oh Gott«, wimmerte sie. »Glaubst du wirklich, dass ich es schaffe?«

Am nächsten Morgen war es vorbei. Sie war matt und mitgenommen, hatte aber kein Fieber mehr. Nathan half ihr beim Duschen. Es kam immer noch Blut. Er war nicht gereizt. Er sang, als er sie trocken rieb.

Sie nahmen ein Taxi zum Busbahnhof. Sie hatte ihren Rucksack auf dem Schoß. Sie fühlte sich sehr matt, ertrug es nicht, den Druck auf den Schultern zu spüren.

Der Bus war alt und heruntergekommen, er füllte sich schnell mit Menschen. Ben hatte dafür gesorgt, dass sie alle zusammensaßen. Die durchgesessenen Sitze reichten nicht für alle Passagiere. Ein paar kleinere Jungen mussten vorne auf Klappstühlen sitzen. Sie taten ihr unendlich Leid.

In der Gruppe bereitete man ihr einen ausgesprochen warmen Empfang.

»Ihr müsst mir wirklich verzeihen«, sagte sie verlegen.

»Das nächste Mal sind wir dran«, sagte der Isländer.

Sie mochte seine Art zu sprechen, seinen Akzent.

Heinrich hatte eine Tüte Kandiszucker für sie gekauft.

»Du kannst jetzt etwas Zucker gebrauchen«, sagte er und versetzte ihr einen freundschaftlichen Klaps.

»Danke«, flüsterte sie. »Wie nett ihr alle seid.«

Martina hatte den Sitz schräg vor Justine bekommen.

»Geht es dir besser?«, fragte sie.

Justine nickte.

»Ich habe etwas Ähnliches einmal in Peru gehabt. Es schlug mir dann auf die Augen. Ich dachte, ich würde blind werden. Stell dir vor, sich in völliger Dunkelheit in einem vollkommen fremden Land vorzutasten.«

»Wie bist du denn wieder gesund geworden?«

»Ein Mann, den ich dort kennen gelernt hatte, besorgte mir irgendein Pulver. Es war etwas, was die Indios benutzten. Es brannte höllisch in den Augen, aber nach etwa einem Tag war alles wieder normal.«

»Dass du dich getraut hast! Du hättest wirklich blind werden können!«

»Ja. Im Nachhinein denke ich das auch. Aber manchmal muss man auch etwas riskieren.«

»Ich bekam irgendeinen Hammer von Ben.«

Martina prustete los.

»Hier gibt es bestimmt so einiges, bei dem sich unsere schwedischen Gesundheitsbehörden in die Hose machen würden.«

»Ja.«

»Du musst versuchen, dich während der Fahrt auszuruhen. Wir werden den ganzen Tag unterwegs sein.«

Der Bus wurde von einem fetten und launischen Chinesen gefahren, der nur zweimal hielt, einmal für eine kurze Mittagspause, das zweite Mal genau acht Minuten für einen Toilettenbesuch. Er hielt seine Wurstfinger hoch, wobei er die beiden Daumen in die Handteller geklappt hatte:

»And I tell you, only eight minutes. After that: Bus is gone!«

Die Toilette war unbeschreiblich schmutzig und bestand aus einer Versenkung im Fußboden. Justine hatte Probleme, das Gleichgewicht zu halten. Ihre Schuhe wurden nass.

Es gab nichts, um sich abzuwischen.

Sie berichtete Nathan anschließend davon.

»Müssen die hier so verdreckte Toiletten haben? Es roch widerlich da drinnen, dass die das nicht selber merken!«

»Halt durch, im Dschungel wird es besser«, lachte er. »Da gibt es wenigstens frische Luft und Blätter.«

»Aber auch leeches!«, ergänzte Martina.

Sie wusste nicht, was das Wort bedeutete. Nach einer Weile fragte sie Nathan. Er sah Martina an und lächelte verschwörerisch.

»Das wirst du noch früh genug erfahren.«

Im Bus saß Martina ihnen zugewandt, die Beine auf den Gang ausgestreckt. Die Armlehne ihres Sitzes war fort. Sie hatte ein fein geschnittenes und kleines Gesicht mit dunklen Augenbrauen. Ein schwacher Seifenduft ging von ihr aus. Sie machte ein paar Bilder von ihnen.

Plötzlich tat der Bus einen Schlenker, so dass sie fast ihre Kamera verloren hätte.

»Verdammter Idiot!«, entfuhr es ihr.

Nathan hatte sie festgehalten.

»Alles okay?«

»Ja, klar. Aber dieser Idiot da vorne hat offensichtlich noch nie an einem Benimmkurs teilgenommen.«

»Nein. Aber du darfst nicht vergessen, dass wir eine ganz schöne Strecke vor uns haben, er will bestimmt nicht im Dunkeln fahren. Weiß der Teufel, ob dieses Wrack überhaupt Scheinwerfer hat.«

»In Guatemala sind wir eine ganze Nacht mit einem Bus gefahren, der kein Vergleich zu dem hier war. Der hier ist dagegen das reinste Luxusgefährt. Wir sind von Tikal nach Guatemala Stadt gefahren, die Sitze waren steinhart, ohne Polsterung ... Da hat einem vielleicht der Arsch wehgetan, als wir morgens endlich ankamen.«

»Hast du eine Reportage gemacht?«, fragte Nathan.

»Ja. Ich habe den Schund an ein Reisemagazin verkauft. Sie haben eine mehrseitige Reportage daraus gemacht, ich bekam sogar das Cover.«

Er wuschelte ihr durchs Haar.

»Echt gut, Martina. So machst du das auch bei uns.«

»Und was bekomme ich dafür?«

»Mal sehen ... Ich kann dich in Naturalien bezahlen, wenn du willst. Wir werden uns schon einig werden, du und ich.«

Sie warf ihm einen verschmitzten Blick zu.

»Es gibt eine alte, goldene Regel. Don't screw the crew!«

Der Isländer sagte:

»Martina, gab es denn in Guatemala keine Unruhen?«

»Doch, schon. Ich bin manchmal von Soldaten angehalten worden.«

»Ich finde, es klingt nicht ungefährlich, ja, geradezu dumm, sein Schicksal so herauszufordern und als junge, allein stehende Frau loszuziehen.«

»Und warum? Soll eine Frau etwa nicht die gleiche Bewegungsfreiheit haben wie ein Mann?«

»Du verstehst schon, was ich meine.«

»Ich bin noch nie jemand begegnet, der versucht hätte, mich zu vergewaltigen, falls es das ist, was du meinst. Einmal ist mein Pass verschwunden. Aber dabei hat mir die Botschaft geholfen.«

»Bist du schon in der ganzen Welt gewesen?«, fragte Justine.

»Nein. Nicht auf Island. Aber da hat es mich auch nie hingezogen.«

Spätabends kamen sie an. Es war immer noch sehr heiß. Die Luft war voller Vögel, sie ähnelten Schwalben, ihre silbrig glänzenden Körper besetzten die Telefonleitungen, die kreuz und quer über den Straßen verliefen. Ben war begeistert.

»Oh, was bin ich froh, dass ihr das zu sehen bekommt, es sind Zugvögel, sie kommen nur ein- oder zweimal im Jahr vorbei.«

»Man sollte vielleicht nicht direkt unter ihnen hergehen«, sagte Nathan. »Ich habe gehört, dass das Unglück bringt.«

Alle lachten.

Sie wurden in einer schmucklosen und einfachen Pension einquartiert. Justine war sehr müde, sie streckte sich auf dem Bett aus. Das Zimmer war heiß wie ein Wäschetrockner. Sie musste eigentlich ein paar Sachen waschen, alles stank, es juckte sie am ganzen Körper.

»Wie geht es dir?«, fragte Nathan. Er war draußen gewesen und hatte geduscht, stand breitbeinig unter dem Ventilator, um sich trocknen zu lassen. Die goldenen Haare auf seinen Beinen, er war schön, sie sehnte sich nach ihm, sehnte sich danach, dass er sie in den Arm nahm, sie wiegte, küsste und ihr versicherte, dass nichts Schlimmes geschehen würde, dass sie immer, immer zusammenbleiben würden.

»Ich bin okay«, flüsterte sie.

»Du kommst mir etwas niedergeschlagen vor.«

»Nein, es ist nichts. Ich bin nur müde.«

»Wir werden runtergehen und eine Kleinigkeit essen.«

Sie schüttelte den Kopf.

»Ich nicht.«

»Bist du zu müde?«

»Ja.«

»Ich muss jedenfalls etwas essen.«

Er ging. Es gab keine Laken auf dem Bett, nur einen dünnen, geblümten Überzug um die Matratze. Es fühlte sich an, als läge sie auf Sand, aber als sie versuchte, den Überzug abzubürsten, war er ganz glatt. Sie wollte sich mit etwas zudecken, nicht weil sie fror, sondern weil sie es so gewohnt war. Sie fühlte sich nackt und schutzlos.

Sie hörte, wie sich die anderen im Erdgeschoss versammelten. Das Zimmer war quadratisch, der Fußboden aus grauem Zement. Das einzige Möbelstück im Raum war das Bett. Durch das vergitterte Fenster stieg ein Chor aus Zikaden und Fröschen zu ihr hinauf.

Sie setzte sich auf, es juckte und brannte an allen Stellen, wo Haut auf Haut lag. Sie zog sich an und ging in den Flur hinaus. Am Ende des Flurs gab es ein altes und verfärbtes Waschbecken. Rechts lagen eine Dusche und eine asiatische Toilette. Sie ging in die Dusche und zog sich aus. Es gab keine Haken für die Kleider. Justine hängte sie über die Türklinke, aber während sie duschte, wurden sie nass gespritzt.

Sie wusch ihren BH und den Slip aus. In ihr Handtuch gehüllt lief sie ins Zimmer zurück. Wenn jemand sie so sähe? Es schickte sich wahrscheinlich nicht, sich in einer muslimischen Pension nur mit einem Handtuch bekleidet zu zeigen. Vielleicht wurde man zur Strafe öffentlich ausgepeitscht oder zu Tode gesteinigt. Sie zog ein T-Shirt an und eine lange Hose, breitete die nassen Sachen auf dem Fußboden aus. Das Haar kühlte angenehm den Kopf, sie merkte, dass sie Hunger hatte. Sie war auf dem besten Wege, wieder gesund zu werden.

Vorsichtig ging sie die steile und dunkle Treppe hinunter. Ein Fernsehapparat lief, ein paar jüngere Burschen saßen davor und schenkten ihr keine Beachtung. Eine Frau schaute hinter einem Vorhang hervor.

»Have you seen my friends?«, fragte Justine.

Dann entdeckte sie die anderen. Sie hatten sich an ein paar Tischen auf der Straße niedergelassen. Sie stellte sich in den Türrahmen. Die anderen bemerkten sie nicht. Martina saß in der Mitte. Sie war gerade dabei, ihnen etwas zu erzählen.

Nathan saß neben ihr. Er saß ihr so nahe, dass seine Hand an ihrem Bein ruhte.

Eine ganze Weile blieb sie so stehen und betrachtete die anderen, ihre leuchtenden Gesichter, wie intensiv sie lauschten. Etwas sperrte sich in ihr. Sie brachte es nicht über sich, zu ihnen hinauszugehen, konnte aber auch nicht wieder hinaufgehen. Alle Geräusche des Tages schwirrten ihr durch den Kopf, Motoren, Stimmen, Zikaden. Sie stand da, als wäre sie zu einer Statue erstarrt: zu einer wenig charmanten, blassen, fetten Touristin mittleren Alters.

Ben bemerkte sie als Erster. Er stand auf und kam ihr entgegen.

»Setz dich zu uns, Justine. Ich werde dir etwas zu essen holen.«

»Was macht ihr?«

»Nichts. Wir haben etwas gegessen, wir sitzen da und lassen es uns gut gehen.«

Sie trat zwischen die Stühle.

»Ich dachte, du schläfst«, sagte Nathan.

»Aha«, antwortete sie kurz.

Heinrich gab ihr einen Klaps auf die Wange.

»Es ist gut, dass du dich ausruhst. Damit du morgen fit bist.«

Sie nickte. Ihr schossen Tränen in die Augen, sie zog sich schnell ihre Sonnenbrille an.

»Jetzt siehst du aus wie Greta Garbo«, sagte Stephan. Er sprach Englisch mit starkem deutschen Akzent. Katrin ahmte ihn spöttisch nach. Dann sprach sie die Worte nochmal aus, extrem deutlich. Stephan und Katrin waren verlobt. Sie waren durchtrainiert, Justine bemerkte ihre muskulösen Waden. Die beiden würden keine Mühe haben, im Dschungel mitzuhalten.

Sie zwang sich, etwas zu sagen.

»Was habt ihr gegessen?«

Katrin prustete los.

»Rat mal!«

»Keine Ahnung ...«

»Flajd lajs and tjicken.«

»Das ist das malaysische Nationalgericht«, sagte einer der Norweger.

Justine fiel es schwer, die jungen norwegischen Männer voneinander zu unterscheiden.

»Bist du Stein oder Ole?«, fragte sie.

»Ole natürlich. Sollen wir in Zukunft vielleicht Namensschilder tragen?«

»Aber ihr seid euch wirklich ähnlich.«

»Sind wir das? Das hast du aber nicht nett gesagt.«

Sie brachen in Gelächter aus, das gleiche glucksende, wohlwollende Lachen.

»Es liegt wahrscheinlich daran, dass ihr Norweger seid«, sagte sie.

»Dann findest du also, dass alle Norweger gleich aussehen? Ich finde nicht, dass alle Schweden gleich aussehen.«

Er zeigte auf Martina.

»Sie da, zum Beispiel, ist dunkelhaarig. Und du bist blond.«

Ben kam mit einem Teller Essen und einer eiskalten Coca-Cola zurück. Sie trank gierig davon.

Ben sagte:

»Wir haben über das Gepäck für morgen gesprochen. Nathan wird es dir zeigen. Nimm nur das Notwendigste mit. Denk daran, dass du alles, was du mitnimmst, auch ein paar Tage auf deinem Rücken tragen musst. Kleidungsstücke, die nass werden, wiegen zudem mehr als trockene Kleider. Was du nicht mitnimmst, wird hier im Haus verwahrt, bis wir wieder zurückkommen.«

»Okay.«

»Du bekommst noch eine Tablette von mir. Morgen wirst du dich stärker fühlen als je zuvor.«

Sie konnte nicht einschlafen. Nathan lag neben ihr, er schnarchte ein wenig. Trotz der Hitze sehnte sie sich nach etwas, mit dem sie sich zudecken könnte. Außerdem musste sie mal, mochte aber nicht hinaus auf die Toilette gehen. Dazu hätte sie sich wieder komplett anziehen müssen, das war ihr zu viel.

Martina hatte gesagt:

»Gute Nacht zusammen. Und denkt daran, dass es für lange Zeit das letzte Mal sein wird, dass wir in einem Bett liegen.«

Wahrscheinlich würde sie sich bald sogar nach einem wie diesem hier sehnen, dachte Justine.

Trotz allem musste sie eingeschlummert sein, denn als sie aufwachte, war Nathan bereits aufgestanden und dabei, seine Sachen zusammenzulegen. Essensgeruch zog zum Fenster herein. Der Chor der Frösche war ohrenbetäubend.

»Guten Morgen, Sweetheart«, sagte Nathan. »Wie geht es uns heute?«

Sie streckte sich.

»Besser.«

Er ging in die Hocke und stopfte seine Sachen in den Rucksack.

»Nathan …«

»Ja.«

»Nein, schon gut.«

»Raus aus den Federn. Ich habe gehört, wie die Dusche draußen gerade frei geworden ist.«

»Kannst du mir nicht beim Packen helfen?«

»Ach was, das schaffst du schon allein. Ich muss ein paar

Sachen mit Ben besprechen. Nimm Wechselsachen, in denen du gehen kannst, und etwas, das du anziehen kannst, wenn wir das Lager aufschlagen. Vergiss die Malariatabletten nicht! Ich gehe schon mal runter. Komm nach, wenn du fertig bist.«

## 4. KAPITEL

Ein Lastwagen, der mit einer Plane bedeckt war, brachte sie aus der Stadt heraus. Aus Rücksicht auf sie, vielleicht auch, weil sie die älteste Frau in der Gruppe oder weil sie krank gewesen war, durfte Justine vorne beim Fahrer sitzen. Die anderen quetschten sich zusammen mit der Ausrüstung auf die Ladefläche.

Einmal drehte sie sich um. Nathan saß mit angezogenen Beinen. Martina hatte sich an sie gelehnt.

Sie trank von dem lauwarmen Wasser aus der Flasche. Der Mann neben ihr fuhr ruckhaft, schien das Fahrzeug nicht gut zu kennen. Bei jedem Schaltmanöver zerrte er so am Schaltknüppel, dass die Zahnräder kreischten und knirschten. Das schien ihn nervös zu machen. Die Fenster waren heruntergedreht, Staub wurde in die Fahrerkabine gesogen. Er schielte ab und an zu ihr hinüber, sprach aber kein Englisch. Seine Haut war sehr dunkel. Zu beiden Seiten der Straße erhob sich dichter Dschungel.

Einmal rief er etwas und zeigte auf die Straße. Eine mehrere Meter lange Pythonschlange lag am Straßenrand. Sie war tot, war überfahren worden. Sie hörte, wie die anderen fragten, hörte nicht die Worte, nur ihre erregten Stimmen. Sie dachte an die kommende Nacht. Ihr schauderte.

Nach mehreren Stunden bog das Auto auf eine Sandpiste ab, die direkt in den Wald führte. Die Reifen schlingerten etwas, hätten sich fast festgefahren. Dann schaltete der Mann den Motor aus. Im ersten Moment wurde es ohrenbetäubend still, dann drangen die Dschungelgeräusche zu ihnen wie ein mächtiges und anschwellendes Orchester.

Justine tat alles weh. Sie sprang in den roten Sand hinab, massierte ihre Beine.

Nathan stand neben ihr.

»Hier hast du deinen Rucksack! Und dann habe ich dir noch das hier gekauft.«

Er reichte ihr ein Messer in einem Futteral, es war breit und schwarz und einen halben Meter lang.

»Ein Messer?«

»Ein Parang«, sagte er.

»Es bringt Unglück, jemand etwas Scharfes zu schenken.«

»Mag sein. Aber du wirst es vermutlich brauchen.«

Justine hievte sich den Rucksack auf den Rücken. Sie ließ die Wasserflasche an einem der Haken an der Seite herabhängen. Vorne trug sie ihre Hüfttasche, dort befestigte sie auch das Messer. Die Hitze war mörderisch, ließ unter ihren Haaren den Schweiß ausbrechen. Sie dachte … nein, sie dachte überhaupt nicht. Wenn sie anfing zu denken, würde alle Kraft aus ihr weichen, sie würde es nicht durchhalten.

Langsam machten sie sich auf den Weg. Das erste Stück bestand aus einem steilen und sandigen Hang, dann kamen sie in den Urwald. Ben und Nathan gingen vor. Nach einer Weile entdeckte sie, dass sich ihnen eine Gruppe eingeborener Männer angeschlossen hatte. Sie hatte die Männer nicht bemerkt. Ihr erster Gedanke war, dass sie etwas im Schilde führten. Dann begriff sie, dass die Männer sie auf ihrem Weg begleiten würden. Ben erzählte ihr, dass sie zum Volk der Orang Asli gehörten, the original people.

Sie arbeiteten sich einen glatten und schlüpfrigen Hang hinauf. Der Rucksack zog sie die ganze Zeit nach hinten. Sie klammerte sich an Wurzeln und Zweige, kämpfte sich mühsam nach oben. Heinrich war dicht hinter ihr, als ein pfeifendes Atemgeräusch.

»Wie geht's?«, keuchte sie.

»Man sollte wahrscheinlich nicht klagen, wir sind ja gerade erst losgegangen«, sagte er. »Aber es ist diese verdammte Hitze.«

Ja, die Hitze war kräftezehrend, sie machte die Bewegungen langsam und das Atmen schwer. Sie trieb den Schweiß aus allen Poren, der ihre Kleider feucht werden, den Hosenstoff an den Schenkeln kleben ließ, was jeden Schritt noch schwerer machte.

Oben auf der Kuppe bildete die Vegetation eine undurchdringliche, grüne Wand. Die Eingeborenen bahnten ihnen den Weg. Justine versuchte, ihr Messer zu benutzen, aber es war nicht leicht, es zu halten, sie brauchte beide Hände, um sich festzuklammern. Einer der Männer nahm ihr das Messer ab und zeigte ihr, wie man damit hauen musste. Es sah ganz leicht aus, als er es vormachte.

Sie gingen eine Zeit lang geradeaus weiter, dann ging es steil bergab, in eine Schlucht voller Lehm und glitschiger Blätter.

»Müssen wir hier unbedingt runter?«, sagte Gudmundur.

»Ja, die haben sich fest vorgenommen, uns beizubringen, wie es im Dschungel ausschaut«, murrte Heinrich. »Bis in den kleinsten Blattnerv hinein.«

Ben kam zu ihnen.

»Ist es anstrengend?«

»Wenn es nur nicht so verdammt heiß wäre. Wir sind das einfach nicht gewohnt.«

»Ihr müsst trinken. Ihr dürft nicht vergessen zu trinken.«

Einer der Eingeborenen war der Erste beim Abstieg. Er trug einen Sweater, auf dem Pepsi stand, und dunkelblaue Shorts. Seine Beine waren mager und zerkratzt. Sie dachte, dass sie ausrutschen würde, um dann wie ein Paket bis zum steinigen Grund der Schlucht zu rollen. Ihre Muskeln zitterten vor Anstrengung, sie fierte sich hinunter, unendlich langsam, hielt sich an Lianen und Ästen fest. Fiel auf den Hintern und rutschte ein ganzes Stück, ehe sie von einem Baumstamm gebremst wurde. Saß dort eine Weile und hielt sich an ihm fest wie an einem Rettungsring. Als sie ihn wieder losließ, fasste sie mit der Hand direkt in eine stachlige Pflanze. Sie fluchte vor sich hin, verbissen.

Nathan war ein gutes Stück vor ihr, kommst du, rief er.

Martina war schon unten.

»Wir können jetzt eine kurze Pause machen«, sagte Ben.

Der Fluss floss gelb und mit starker Strömung vorbei, in der Ferne hörte man das Donnern eines Wasserfalls.

»Setz deinen Rucksack ab«, sagte Nathan, aber sie war zu müde, ihre Hände zitterten. Er half ihr, hob ihn ihr vom Rücken, die Gurte schnitten in die Schultern. Ihre Arme waren so geschwollen, dass ihr Uhrband zu eng saß. Sie musste es zwei Löcher weiter machen. Sie betrachtete ihre Finger, die zu kleinen Partywürstchen angeschwollen waren und sich kaum noch beugen ließen.

Als Letzter von allen kam Heinrich den Abhang herunter. Seine Augen flackerten, die Kleider waren nass und schmutzig.

Ben betrachtete sie. Er lächelte ein wenig.

»Ihr werdet euch daran gewöhnen. Am Anfang ist es immer am schwersten.«

»Da bin ich mir nicht so sicher«, keuchte Heinrich. »Ich glaube nicht, dass man alten Hunden noch etwas beibringen kann.«

Es war ein schöner Platz, an dem sie Halt gemacht hatten. Große, weiße Blumen wuchsen an den Flussufern, weiter oben lagen Grotten, und jetzt sah sie, wie eine Schar von Fledermäusen ins Licht herauskam, erschreckt durch ihre Nähe. Justine fiel am Fluss auf die Knie. Sie ließ Wasser über Hände und Gesicht laufen. Ein riesiger Schmetterling saß auf einem Zweig, der über der Wasseroberfläche hing. Auf einmal sah sie noch mehr, sie umkreisten Justine, und sie streckte ihre Hände aus. Einer von ihnen landete auf ihrem Daumen. Sie fühlte die kleinen, kühlen Füße und den Saugrüssel, als er über ihre Haut fuhr.

»Bleib sitzen!«, sagte Martina. »Ich will versuchen, eine Großaufnahme von ihm zu machen.«

Aber als sie sich mit dem Kameraobjektiv näherte, bekam der Schmetterling Angst und flog fort. Sie stöhnte vor Enttäuschung auf.

»Shit, das hätte das Bild des Jahres werden können.«

»Sie suchen nach Salz«, sagte Ben.

»Ist das wahr, ich dachte, Schmetterlinge mögen alles, was süß ist?«

»Ja, deshalb setzen sie sich bestimmt auf Justine«, sagte Heinrich. Er hatte sich die Schuhe ausgezogen und tauchte jetzt seine Füße ins Wasser, wobei er wild grimassierte.

»Autsch! Habt ihr euch etwa keine Blasen gelaufen?«

»Ich weiß nicht«, sagte Justine. Ihre Turnschuhe waren durchnässt und lehmverschmiert. »Ich traue mich nicht, die Schuhe auszuziehen, denn dann bekomme ich sie bestimmt nicht wieder an.«

Einer der Eingeborenen trat zu Ben. Er war ein wenig jünger, über eine Gesichtshälfte verlief eine Narbe. Er hielt ein Blasrohr in der Hand. Ein Köcher mit Pfeilen hing an seiner Hüfte. Er sah erregt aus, sagte ein Wort, wiederholte es mehrere Male.

»Was sagt er?«, fragte Nathan.

»Tigerspuren.«

»Wo?« Martina drängte sich vor. »Lasst mich sehen, ich schieße ein paar Bilder.«

Etwa zehn Meter entfernt sahen sie im Sand die Abdrücke großer Tatzen.

»Ben, du hast gesagt, dass sie mehr Angst vor uns haben als wir vor ihnen«, murmelte Katrin. »Ich hoffe wirklich, dass du Recht hast.«

»Doch, doch, das stimmt schon. Er hat uns sicher gehört und sich aus dem Staub gemacht. Er ist über alle Berge.«

Sie machten sich wieder auf den Weg, wollten dem Flussufer folgen. Zu ihrer Linken erhob sich steil der Berg. Sie mussten über schlüpfrige Wurzeln und Felsen steigen, genau dort, wo der Berg auf das Wasser stieß. Einer der Männer hatte ein Seil aus Hanf zwischen Zweigen und Bäumen gespannt. Sie hielten sich an dem Seil fest und hangelten sich langsam vorwärts.

Nach einer Weile ließen sie den Berg hinter sich und kamen in eine Ebene. Dort bogen sie wieder in den Wald ab.

Immer war sie es, die zuletzt kam. Sie und Heinrich. Sie ließ sich durch das Tempo der anderen stressen und verausgabte sich, geriet außer Atem und verlor ihren Rhythmus. Anfangs wartete Nathan noch auf sie und half ihr über die schwierigsten Passagen hinweg. Anfangs ermahnte er sie auch noch.

»Versuch einmal, etwas schneller zu gehen, Justine, du hältst die ganze Gruppe auf.«

Dann ließ Ben einen der Eingeborenen zusammen mit Justine und Heinrich gehen. Jedes Mal, wenn sie die anderen einholten, hatten die sich bereits seit längerem ausgeruht und waren bereit, weiterzugehen. Auf diese Weise wurde der Stress nur noch größer, ihr Gefühl der Unzulänglichkeit. Heinrich bemerkte es, er versuchte, sie zu trösten.

»Nicht jeder hat so viel Energie, das ist nun mal so. Und wenn Nathan auch in Zukunft Dschungelausflüge organisieren will, muss er einen besser darüber informieren, dass man sowohl Marathonläufer, als auch Spitzenturner sein muss, um mitkommen zu dürfen.«

Es war ganz einfach so, dass die begrenzten Möglichkeiten ihres Körpers plötzlich deutlich zu Tage traten. Sie war nicht mehr jung.

Sie saßen auf ein paar Steinen und ruhten sich aus. Justine rieb sich den Knöchel und spürte etwas Warmes an ihrer Hand. Es war Blut. Ihre Strümpfe hatten große, rote Flecken. Sie fasste einen der Flecken an, fühlte etwas Gummiartiges. Sie schrie auf.

Die Eingeborenen lachten.

Vier Blutegel hatten sich durch die Strümpfe hindurch festgesaugt. Ihre Körper schwollen, wurden immer dicker. Sie hatte ihre Socken über die Hosenbeine gezogen, die Egel hatten sich mühelos durchgesaugt.

»Da hast du deine Schmarotzer«, sagte Nathan.

»Mach sie weg!«, schrie sie.

Martina näherte sich mit der Kamera.

»Bleib sitzen. Es dauert nur ein paar Sekunden.«

Sie schrie auf Schwedisch:

»Zur Hölle, verschwinde!«

Sie warf sich auf die Erde, scheuerte mit den Beinen über den Erdboden, trat, jaulte.

Nathan packte sie an den Schultern.

»Werd jetzt nicht hysterisch, Justine, verdammte Scheiße, mach dich doch nicht lächerlich!«

Sie wurde ruhiger und schluchzte auf.

»Dann mach sie doch weg, mach sie weg!«

»Mach es selbst! Wir haben auch Blutegel abbekommen.«

Sie zwang sich, ihre Finger um die glatten, weichen Körper zu legen, Finger, die abrutschten. Sie kniff die Augen zusammen, hinein mit dem Nagel in den zähen Gummimund: so! Schwarz und sich aggressiv windend, bewegten sie sich in ihrem Griff, suchten bereits nach einem neuen Halt. Mit vor Ekel verzerrtem Gesicht strich sie die Egel an einem Stein ab.

Es wollte nicht aufhören zu bluten. Aber es tat nicht weh.

»Sie sprühen etwas hinein, das betäubt und das Blut daran hindert zu gerinnen«, sagte Ben. »Sie rechnen sich aus, dass sie es schaffen, einiges aufzusaugen, ehe man etwas bemerkt. Sie sind nicht gefährlich, aber auch nicht sehr angenehm.«

»Wenn sie im Fluss sind, brauchen wir ja nicht unbedingt dort zu gehen«, sagte Katrin.

»Sie sind überall. Sie liegen im Gras auf der Lauer. Sie scheinen einen unglaublichen Geruchssinn zu haben. Wenn ein Mensch oder ein Tier vorbeikommt, nehmen sie Anlauf und springen. Und sie verpassen einen fast nie.«

Gudmundur sagte:

»Alle Lebewesen habe ihre spezielle Funktion im Kreislauf des Lebens. Aber der Blutegel? Welche Funktion hat er? So wie ich es sehe, hat er kein Recht zu leben.«

Und er riss einen kräftig angeschwollenen Egel von seinem Knöchel und zermalmte ihn unter seinem Absatz.

Am späten Nachmittag erreichten sie wieder den Fluss. Auf der anderen Seite wollten sie ihr Lager aufschlagen. Einer der Eingeborenen, er war fast noch ein Junge, nahm Justine bei der Hand und führte sie vorsichtig ins Wasser. Der Grund war glatt und voller Steine. Sie klammerte sich an den Jungen. Als sie es fast geschafft hatte, rutschte sie aus und fiel ins Wasser. Der Junge konnte sie nicht mehr halten, sie tauchte prustend wieder auf.

Zwei Hände ergriffen sie von hinten. Nathan.

»Du kleiner Tollpatsch!«, sagte er. »Jetzt hast du bestimmt dein ganzes Gepäck nass gemacht.«

Martina irgendwo hinter ihr, ihr schallendes Gelächter.

»Entschuldige, Justine, aber das sah wirklich zu komisch aus.«

Sie lag auf einem umgestürzten Baumstamm. Eine Wolke kleiner Fliegen umschwärmte sie. Überall rauschte, raschelte und brummte es.

Sie hörte die anderen, sie waren dabei, das Lager aufzuschlagen. Sie lag regungslos auf dem Stamm. Die Fliegen krochen in ihre Augenwinkel, sie war zu müde, um sie zu verjagen. Vom Lager her hörte sie Martinas leise gurrende Laute, vergnügt und spöttisch, samtweich wie der Gesang der Gibbonaffen hoch oben in den Baumkronen.

Durch ihre Wimpern hindurch konnte sie Hände und Arme erkennen, sie hörte Stimmen und Rufe.

In der Ferne hallte ein Donner, als sie die Augen öffnete, fielen bereits die ersten Regentropfen. Sie hatte nie zuvor Regen aus dieser Perspektive erlebt, von unten. Die weißen

Tropfen waren wie Perlen, sie lag da und ließ sie zu sich kommen, ihre Haut tränken und von ihr und den Kleidern aufsaugen, ließ die Tropfen ihren Körper reinigen und erfrischen.

Ben hockte unter einem Regenschutz. Er trug jetzt einen Sarong und rührte in einem Blechteller über dem Feuer.

»Justine?«, rief er.

»Ja.«

»Ist alles okay?«

»Ja.«

»Bist du hungrig?«

»Ja? Das … bin ich vielleicht.«

»Geh und zieh dich um, zieh dir etwas Trockenes an.«

Sie betrachtete prüfend ihre Fingerspitzen. Sie waren aufgeweicht, als hätte sie zu lange in der Badewanne gelegen. Ihre Hände waren voller Stiche.

Sie sagte zu Ben:

»Meine Fingerspitzen sind blau.«

Sie wusste nicht, wie man *blaue Flecken* auf Englisch sagte.

Er nickte zerstreut.

Eine Plastikplane war zwischen ein paar Pfählen gespannt worden. Geduckt lief sie dorthin. Heinrich und das deutsche Paar saßen bereits dort. Sie stellte ihren Rucksack ab. Ein Blitz zuckte zwischen den Baumstämmen. Unmittelbar darauf donnerte es.

»Wo sind denn die anderen?«, fragte sie.

»Sie wollten sich den Wasserfall ansehen.«

Sie sank zu Boden und versuchte, ihre nassen Turnschuhe zu öffnen. Ihre Hose hatte Löcher bekommen, sie blutete aus einer Wunde oberhalb des Knies. Alles im Rucksack war in Plastiktüten verstaut. Ihre Sachen hatten nicht viel Feuchtigkeit abbekommen. Schlimmer stand es um alles, was sich in ihrer Hüfttasche befand: die Kopfschmerztabletten, drei Tampons, ein Notizbuch und ein paar Papiertaschentücher. Alles war zu einem einzigen Haufen zusammengepappt.

Sie fand ein Handtuch und begann, sich abzutrocknen.

Draußen im Fluss ging der Mann mit dem Pepsisweater mit einem großen, runden Fischnetz umher. Von Zeit zu Zeit hob er es hoch, pflückte die Fische heraus und stopfte sie sich in die Taschen. Nach einer Weile watete er zurück und brachte seinen Fang zu Ben.

Justine zog sich Shorts und ein trockenes Hemd an. Es war nicht kalt. Das Gewitter wurde heftiger, wütete in der Ferne und gleichzeitig direkt über ihnen. Der Regen donnerte jetzt herab und ließ die Erde noch matschiger werden.

»Sie hätten gar nicht zu einem Wasserfall gehen brauchen«, meinte Stephan. »Hier ist genauso viel Wasser.«

»Dass sie gar nicht Bescheid gesagt haben!«, murmelte Justine.

»Doch, das haben sie schon. Aber wir hatten für heute die Nase voll vom Klettern. Wir wollten nicht mitkommen.«

»Ich lag da unten auf dem Baumstamm.«

»Sie dachten bestimmt, du schläfst.«

Sie entdeckte Nathans Rucksack und stellte ihn neben ihren eigenen. Es brodelte und rauschte im Wald, die Blitze krachten. Katrin duckte sich zwischen ihnen.

»Es sieht dramatisch aus«, sagte Heinrich. »Man spürt wirklich, wie klein der Mensch doch ist.«

»Hauptsache, es schlägt kein Blitz ein«, sagte Katrin.

»Er schlägt doch andauernd ein. Man sieht hier doch ständig Bäume, die gespalten worden sind.«

»Ja, aber ich meine hier, bei uns!«

»Schlimmer ist es wohl für die da draußen.«

»Was ist, wenn sie nicht zurückfinden?«

»Sie haben doch einen der Orang Asli-Typen dabei, den mit der Narbe, ich weiß nicht, wie er heißt. Er sollte nun wirklich den Weg finden. Wer im Dschungel lebt, hat bestimmt eine Art inneres Radarsystem, oder was meinst du, Justine?«

Sie antwortete nicht. Die Dämmerung begann, sich herabzusenken, die Geräusche des Dschungels wurden lauter. Ein schrilles Geräusch wie von einem Sägeblatt irgendwo ganz in ihrer Nähe.

»Was zum Teufel ist denn das?«, fragte Heinrich.

Stephan schaute auf.

»Ich glaube, es ist ein Insekt.«

»Das muss dann aber ein verdammt großes Insekt sein.«

»Es kann auch ein Frosch sein. Auf jeden Fall ist es ein Nachttier.«

»Sollen wir bei dem Lärm etwa schlafen?«, sagte Katrin.

»Vielleicht hört es bald auf, das steht jedenfalls zu hoffen.«

Da sahen sie in einiger Entfernung den flackernden Schein einer Taschenlampe zwischen den Bäumen.

»Gott sei Dank, da kommen sie ja!«, rief Katrin.

Das Gewitter war widerwillig dabei, sich zu verziehen, aber es regnete immer noch. Nathan schaute unter der Plastikplane herein. Er griff nach Justines Fuß.

»So ist das also, ihr sitzt hier und habt es euch gemütlich gemacht.«

Sie konnte seinem Blick nicht begegnen.

»Da hättet ihr vielleicht einen Wasserfall sehen können, es war Spitze!«

»Du hättest ja Bescheid sagen können«, sagte sie lahm. »Plötzlich wart ihr verschwunden.«

»Ja, aber du warst doch so müde. Du hättest es sowieso nicht geschafft. Es war fast unmöglich, hinzukommen.«

»Du hättest auf jeden Fall etwas sagen können.«

Er kroch zu ihnen herein, seine Stirn war breit und nass. Er betrachtete die Rucksäcke.

»Wir müssen hier eine Plastikunterlage ausbreiten, das kapiert ihr doch wohl. Zum Teufel, wir können doch nicht direkt im Matsch schlafen.«

Er brachte ihr das Abendessen, heißen Tee in einer Plastiktasse, Fisch und Reis.

»Ist ja nicht nötig, dass du dir deine trockenen Kleider nass machst.«

»Danke«, flüsterte sie.

Und nach einer Pause:

»Hört es denn gar nicht mehr auf zu regnen?«

»Um diese Jahreszeit regnet es nachts fast immer.«

Sie rollte ihre Schlafsäcke aus, bereitete ihnen ein Nachtlager, machte es ihnen so nett wie möglich. Der Regen hatte etwas nachgelassen.

Einer der Männer ging mit einer Tüte um das Lager herum und verstreute ein Pulver. Es leuchtete schwach und gelblich weiß.

»Snake powder«, grinste er.

Innerhalb des Kreises lag die geschützte Zone.

Sie hatten gegessen. Sie waren satt. Die feuerroten Plastikteller standen in einem Stapel draußen im Regen. Martina hatte sich eine Stirnlampe angezogen und fingerte an ihrer Kamera herum. Nathan nahm sie ihr ab. Er hielt die Kamera ans Auge und fotografierte Martina, wie sie dort saß. Der Blitz erleuchtete ihr Gesicht.

»Der Fotograf kommt selber nie mit aufs Bild«, sagte er.

»Mein Freund war Pressefotograf.«

»War?«

»Ja, war.«

»Sollten wir uns nicht waschen?«, fragte Katrin. »Und die Zähne putzen und so.«

»Wir haben geduscht«, sagte Martina. »Im Wasserfall. Es war unglaublich schön. Das Wasser war ganz weich und warm, kristallklar.«

Justine zog sich ihr Regencape über und steckte ihre Füße in die nassen Turnschuhe.

»Wohin willst du?«, fragte Nathan.

»In die Büsche«, antwortete sie kurz.

»Nimm dich vor den Schlangen in Acht!«

Sie trat in den Matsch hinaus und wäre beinah ausgerutscht. Musste zurückkehren, um eine Taschenlampe bitten. Leuchtete in die glitschigen, dunklen Blätter. Übertrat die Phosphorlinie und entfernte sich ein Stück. Hockte sich in der Dunkelheit hin.

Es raschelte, sie sah einen gefleckten Ast, der einer Schlange glich, ihr Herz pochte, der Schrei saß ihr im Hals. Sie biss sich fest auf die Unterlippe.

»Halt jetzt das Maul!«, flüsterte sie. »Werd nicht hysterisch!«

Unter ihr sah sie das Lager, den flackernden Schein vom Feuer und von ein paar Kerzen. Ben und die Männer hatten sich vor sie gelegt, unter einer eigenen Plastikplane. Einer von ihnen saß da und stocherte in der Glut, aus ihrer Perspektive sah er aus wie ein zusammengekauerter Schatten.

Als sie zurückkam, waren die anderen schon in ihre Schlafsäcke gekrochen. Martina lag an Nathans rechter Seite, von ihm abgewandt. Neben ihr lag Ole und ganz außen Stein.

»Alles klar?«, murmelte Nathan.

Sie antwortete nicht. Sie streifte sich vor der Plane die Schuhe ab und öffnete den Schlafsack. Die Erde unter ihr war kalt und uneben. Sie sehnte sich nach einem Kissen.

Nathan beugte sich zu ihr und drückte einen harten und lautlosen Kuss auf ihre Wange.

»Du bist ja eiskalt«, flüsterte er.

»Ja.«

»Hast du Angst?«

»Wovor sollte ich Angst haben?«

»Vor der Nacht und vor dem Dschungel, und davor, dass wir direkt auf der Erde liegen, zwischen allen Schlangen, Tigern und Elefanten.«

»Ich habe keine Angst.«

»Gut. Dann gute Nacht.«

»Gute Nacht.«

Einer nach dem anderen schliefen sie ein, sie hörte, wie ihre Atemzüge gleichmäßiger wurden. Sie lag auf dem Rücken, anders konnte sie nicht liegen, ihr Knie tat weh. Die Geräusche aus dem Wald kamen von allen Seiten, gellend und schneidend. Sie meinte, ein Augenpaar zu sehen, aber als sie die Taschenlampe anmachte, war es verschwunden.

Ein Tiger?, dachte sie. Komm doch. Komm her und reiß uns das Leben heraus mit deinen großen Kiefern, tu es, töte uns alle!

Die Augen waren noch da. Regungslos betrachteten sie Justine.

Sie drehte sich zu Nathan um. Er lag mit dem Gesicht ihr zugewandt, in der Haltung eines Fötus. Sie streckte ihre Hand aus und berührte ihn, formte die Lippen zu einem Flüstern:

»Nathan?«

Er schlief.

»Gute Nacht«, flüsterte sie. »Gute Nacht, mein Geliebter.«

Der Regen hörte in der Morgendämmerung auf. Stattdessen zogen Nebelschwaden heran. Als der Nebel sich hob, lösten sich die Stämme der Bäume aus ihm und bekamen Konturen. Eine neue Art von Geräuschen war jetzt zu hören, die Geräusche der Morgendämmerung. Die Affen erwachten und die kleinen, flinken Vögel.

Hatte sie geschlafen? Hatte sie überhaupt geschlafen? Sie saß in ihrem Schlafsack, die anderen schliefen, die Köpfe vergraben. Sie massierte ihre schmerzenden Finger.

Die Sonne brach durch die Wolken wie ein warmer und heller Vorhang.

Justine nahm ein Handtuch und ihren Badeanzug und schlich zum Ufer hinab. Im Schutz einiger Sträucher zog sie sich um und stieg dann in das gelbe, warme Wasser. Sie hatte die Turnschuhe an.

Alles Mögliche konnte es dort im Wasser geben, aber sie musste sauber werden, ihr fiel selber auf, dass sie nach abgestandenem Schweiß roch.

Sie wusch sich mit Sand, schrubbte die Bisswunden der Blutegel. Sie fingen wieder an zu bluten.

Sie blieb lange im Wasser, dachte, dass Nathan kommen würde, sie einander umarmen würden, dass er sie dort im Wasser in seine Arme nehmen und ihr versichern würde, dass alles wie immer war, dass sich nichts zwischen ihnen verändert hatte.

Aber er kam nicht.

Im Lager war Ben dabei, das Frühstück zu machen. Die Sonne wärmte, sie hängten ihre nasse Kleidung über Äste und Sträucher. Sie sah zwei bleiche Pilze. Sie waren es, die ihr in der Nacht entgegengeleuchtet hatten wie die Augen eines Raubtiers. Sie musste erzählen, welchen Streich sie ihr gespielt hatten, Nathan würde lachen und die Geschichte wirklich komisch finden.

Aber Nathan war nicht da.

Sie fragte Ben.

»Ein paar sind losgegangen, um Wurzeln zu sammeln. Ich werde sie uns zum Frühstück kochen.«

Einer der Orang Asli saß in der Hocke und rauchte. Es war der gleiche Mann, der zusammen mit ihr und Heinrich gegangen war. Sie rauchten immer, diese Männer, schon im Alter von wenigen Jahren lernten sie, wie man sich Zigaretten drehte. Es konnte dauern, bis die Jäger mit Beute zum Dorf zurückkehrten. Das Rauchen vertrieb den Hunger.

Justine versuchte, ihr verfilztes, nasses Haar zu ordnen. Der Mann lächelte sie kurz und scheu an, schaute dann weg.

»Mahd wird auf die Jagd gehen«, sagte Ben.

»Und was wird er jagen?«

»Irgendetwas, was sich essen lässt, einen Affen vielleicht oder ein kleines Schwein.«

»Kann man Affen essen?«

»Natürlich kann man das.«

Sein Blasrohr stand an einen Baum gelehnt. Als sie danach griff, fiel es um. Sie beeilte sich, es wieder hinzustellen.

Der Mann namens Mahd holte einen Pfeil aus seinem Holzköcher hervor.

»Ist er giftig?«, fragte sie.

»Ja«, sagte Ben.

Sie kratzte sich heftig die Arme. In der Nacht hatte sie eine

Menge kleiner, juckender Bisse abbekommen. Sie glaubte, dass es Ameisen waren. Als sie aus dem Schlafsack kroch, sah sie eine Ameisenstraße genau dort verlaufen, wo sie lagen.

»Hast du Lust, ihn bei der Jagd zu begleiten?«

»Hat er denn nichts dagegen?«

Ben sagte etwas zu Mahd. Mahd grinste. Seine Zähne waren lang und standen unregelmäßig. Er beugte sich über seinen Köcher.

»Er sagt, dass er nichts dagegen habe.«

Er lief wie ein Wiesel durch das Unterholz. Obwohl sie fast nicht geschlafen hatte, fühlte sie sich stark. Sie folgte ihm, versuchte, sich so lautlos wie möglich zu bewegen. Ab und zu drehte er sich um, um zu sehen, ob sie noch da war. Sie gingen ein Stück den Fluss entlang. Die Hitze kehrte allmählich zurück, die Sonne glitzerte auf den dunklen, grünen Blättern. Der Nebel verzog sich mehr und mehr.

Er wählte Wege, auf denen auch sie problemlos gehen konnte. Er hielt ihr die Zweige aus dem Weg. Einmal packte er sie am Handgelenk und zog sie eine Anhöhe hinauf. Er war nicht sehr groß. Er war sehr stark. Sie hatte Lust, ihm etwas zu sagen, aber er sprach kein Englisch. Sie ging und dachte an eine Zeichensprache, als der Mann plötzlich stehen blieb. Justine erstarrte, mitten in einem Schritt. Sie nahm seinen Geruch wahr, der aus Tabak und noch etwas anderem bestand, es erinnerte vage an Vanille.

Langsam hob er die Hand, zeigte zwischen den Sträuchern in eine Richtung. Sie sah nichts. Er setzte das Rohr an seine Lippen, sie hielt den Atem an, sah, wie sein Brustkorb kurz zuckte. Unmittelbar darauf hörte man einen schrillen und erstickten Schrei. Es klang, als käme er von einem Kind. Die Augen des Manns waren jetzt blutunterlaufen. Er zog kurz eine Grimasse, entspannte sich dann.

Ein Körper lag am Wasser. Der Körper war ein Tier. Als sie näher kam, sah sie, dass es ein kleines Wildschwein war. Der

Pfeil hatte seinen Hals durchbohrt. Mahd sagte etwas zu ihr, sie konnte es nicht verstehen. Dann ahmte er das Grunzen eines Schweins nach. Sie streckte die Hand aus und strich über die raue, lehmige Haut. Die Augen des Tieres waren weit geöffnet. Sie hatte das Gefühl, als würden diese Augen sie ansehen.

Sie fühlte etwas Hartes an ihrem Arm. Das Blasrohr. Mahd gab ihr durch Gesten zu verstehen, dass sie es ausprobieren solle. Er war voller Eifer. Sie sah sich um, zuckte mit den Schultern.

Er zeigte auf einen Baum, dessen Äste sich zum Wasser neigten. Er ging zu dem Baum. Auf einen abgebrochenen Ast setzte er seinen braunen, flachen Gummischuh. Er kehrte zu ihr zurück und zeigte ihr, wie sie das Rohr halten musste, zeigte auf den Schuh und lachte, fasste sich an die Knie und lachte wieder.

Das Rohr war lang, aber leichter, als sie geglaubt hatte. An der einen Seite, wo man hineinblies, saß ein getrockneter Klumpen Harz. Ein einfaches Muster war gleich darunter in die Rinde geritzt worden. Die Luft war voller Geräusche, die Hitze presste sich gegen ihren Kopf.

Sie hob das Rohr und setzte es an die Lippen. Ein beißender Geruch stieg aus dem Loch. Sie konzentrierte sich, setzte an, blies wie zu Hause in das Mundstück, wie in ihr Horn. Sie vernahm das dumpfe, leise Geräusch eines Pfeils, der in etwas einschlug. Sie hörte, wie Mahd nach Luft schnappte.

Der Pfeil hatte sich in den Baum gebohrt, nur ein paar Millimeter von seinem Schuh entfernt. Er saß so fest, dass Mahd ihn fast nicht wieder herausbekam.

Die Kleider waren während der Nacht nicht getrocknet. Der Gestank einsetzender Verrottung ging von ihnen aus, trotzdem mussten sie die Sachen wieder anziehen.

Sie hatten das Lager abgebaut und machten sich bereit, weiterzugehen. Justine steckte ihre Füße in die Socken, die Flecken waren jetzt steif und braun geworden.

Ben stand vor ihnen, er sah ein wenig bekümmert aus.

»Ihr denkt, dass ihr nass seid. Aber ich fürchte, dass ihr bald noch viel nasser sein werdet.«

Heinrich räusperte sich.

»Tatsächlich?«

»Ich hatte gehofft, dass es nicht nötig sein würde. Aber es gibt keinen anderen Weg. Wir müssen leider wieder über den Fluss, in der Nähe des Wasserfalls, und diesmal ist er richtig tief.«

Sie hatte Angst vor Wasser, hatte panische Angst … davor, wie es in einen eindrang, einen hinabzog, einem die Luft nahm, davor, wie man kämpfte und schlug und vergaß, dass man tatsächlich schwimmen gelernt hatte, sie wollte nicht länger hier sein, sie wollte nicht mehr dabei sein …

Sie sah Nathan an.

Nein, dachte sie. Du wirst nie wieder sehen, dass ich hysterisch werde.

Sie sagten nichts. Sie wanderten wortlos. Dann standen sie an der Stelle, wo sie hinüber mussten. Das Wasser hatte eine starke Strömung und war reißend, große Stämme und Äste trieben vorbei. Ein Stück stromabwärts stürzte es in einem donnernden Wasserfall herab, der alle anderen Geräusche verschluckte, und alles, was mitgespült worden war, in Stücke schlug.

Sie mussten auf die andere Seite.

Sie fühlte sich seltsam matt.

Mahd befand sich schon auf der anderen Seite. Er war im Dschungel geboren, hier geboren und in die Lehre gegangen. Nichts fiel ihm schwer. Er hatte ein zähes und geglättetes Hanfseil über die Stromschnellen gespannt, das von Ufer zu Ufer verlief. Jetzt traten Ben und die Orang Aslis in den Fluss hinaus. Sie suchten sich einen festen Stand und hielten sich am Seil fest. Sie würden ihnen durch die Stromschnellen helfen, ihre Bremsklötze sein.

Als Erster war Nathan an der Reihe.

»Wish me luck!«, sagte er und zurrte das Kinnband seines Huts fest. Seine Augen waren blau und heiter.

»Hier kommt nämlich ein Wikinger, und für einen schwedischen Wikinger ist nichts unmöglich!«

Er stieg in das Wasser hinab und begann zielstrebig, sich vorwärts zu bewegen. Anfangs ging auch alles gut. Aber in der Mitte des Stroms rutschte er ab und geriet unter Wasser. Justine sah seine Knöchel, sie klammerten sich an das Seil. Sie ballte ihre Hände zu Fäusten, die Nägel bohrten sich in die Handflächen. Ja, jetzt sah sie ihn, er schnaubte und schüttelte seinen Kopf, anschließend gelangte er problemlos ans andere Ufer.

Stand auf der anderen Seite und winkte mit beiden Armen. Schlug sich gegen die Brust wie Tarzan.

Jetzt wurden die Rucksäcke auf die andere Seite geschickt. Die Männer im Wasser reichten sie mit der freien Hand von Mann zu Mann. Nathan stand am Ufer und nahm sie entgegen.

»Willst du den Anfang machen, Justine?«, sagte Ben.

»Ja.«

Sie saß auf dem glatten Felsen und ließ sich ins Wasser gleiten. Es war tief. An den Zehenspitzen fühlte sie Felsblöcke. Aber das Wasser zog an ihren Beinen und zerrte sie von den Steinen. Ben ergriff ihre Hand, zeigte ihr, wie sie sich festhalten sollte. Sein Mund war wie ein Strich.

»Was immer auch geschieht, lass niemals los!«

Sie hörte das Donnern der Stromschnellen und des Wasserfalls.

»Was passiert sonst?«

»Still! Such mit den Füßen nach Halt.«

Sie machte einen Schritt. Das Wasser umgab sie, wollte sie mitreißen. Sie machte sich schwer. Am Ufer sah sie Martina, sie lag auf den Knien mit ihrer vermaledeiten Kamera. Würde sie doch bloß mit ihr ins Wasser stürzen, sie verlieren, so dass sie weggespült wurde und verschwand.

Noch ein Schritt. Ein Mann stand neben ihr, sie kroch unter seinen Armen hindurch. Das Wasser schäumte und brauste, noch ein Schritt, halt das Seil gut fest. Jetzt war sie gleich in der Mitte.

»Gut, Justine!«, rief Nathan.

Sie fühlte, wie ihr Herz schlug.

An der gleichen Stelle, wo auch er gestürzt war, passierte ihr das Gleiche. Etwas war dort anders, es war zu tief bis zum Grund. Sie geriet mit dem Kopf unter Wasser, weiße und grüne Wirbel, die Hände krampfhaft um das Seil geschlossen. Das Wasser ergriff sie, zerrte und streckte sie, sie fühlte seine Kraft. Mit einer gewaltigen Anstrengung versetzte sie ihre rechte Hand und ließ die linke folgen. Ihr rechter Fuß fand einen Stein. Sie trat auf ihn und klammerte sich fest.

»Nur noch ein kleines Stück, Justine, gleich bist du drüben!«

Sie holte tief Luft, wieder ein Arm, unter dem sie herkriechen musste, wieder eine Sekunde Galgenfrist. Dann wieder hinaus und durch das letzte Stück. Nathan fing sie auf, sie stand auf, und das Wasser rann aus ihren Kleidern.

»Ich habe es geschafft«, keuchte sie.

»Ja!«, antwortete er, wandte sich aber schnell wieder dem Fluss zu. Der Nächste war dran.

Am Abend schlugen sie ihr Lager an einem breiten und steinigen Uferstreifen auf. Die Eingeborenen begannen unverzüglich, Haufen aus Reisig zu sammeln und ein Feuer anzuzünden. Martina wechselte den Film.

»Sie machen Feuer, um die Tiere fern zu halten«, sagte sie. »The big mammals. Die Elefanten kommen hier ans Wasser, um zu trinken, wir haben da hinten drops gefunden, mehrere Haufen.«

»Müssen wir dann ausgerechnet hier lagern?«, fragte Stein. »An ihrem geheimen Örtchen? Das ist den Elefanten gegenüber aber nicht besonders nett. Wir haben doch den ganzen Dschungel zu unserer Verfügung.«

»Wir können nicht mehr weiter, die Dunkelheit bricht herein«, sagte Ben.

Sie halfen sich gegenseitig, die Plastikplanen zu spannen. Mahd ging mit dem Fischnetz in den Fluss hinaus. Da erinnerte sich Justine an das Wildschwein.

»Und das Wildschwein, das wir geschossen haben?«, sagte sie.

»Seine Familie hat es bekommen. Er hat sechs kleine Kinder.«

»Wo ist seine Familie?«

»Irgendwo im Dschungel.«

Martina nahm ihr Handtuch und eine Plastiktüte mit Duschgel und Shampoo.

»Ich gehe runter und wasche mir den Dreck vom Leib, kommt ihr mit, Mädels? Auf zum Damenbad!«

Sie fanden eine kleine Bucht, in die das Wasser hineinfloss, so dass sich dort eine Art Lagune bildete. Justine zog ihren Badeanzug an. Katrin und Martina glitten nackt ins Wasser, sie waren glatt und glänzend wie Tiere.

»Oh, man sollte hier leben, man sollte zu einem Nomadenvolk gehören«, sagte Martina und goss sich etwas Shampoo in die hohle Hand. »Nichts mit der Zivilisation und ihren ganzen Forderungen zu tun haben, ganz und gar eins mit der Natur werden.«

»Aber so lebst du doch jetzt auch schon!«, sagte Katrin. »Du reist und ziehst doch durch die Welt.«

»Stimmt, irgendwie schon. Ich werde mir nie einen ganz normalen Job suchen. Ich werde mich niemals irgendwo niederlassen, niemals. Ich suche ständig nach Neuem. Neuen Erlebnissen, neuen Menschen.«

»Wir sind auch viel gereist, Stephan und ich. Aber sobald wir nach Hause kommen, werden wir heiraten und Kinder bekommen.«

»Wir auch«, sagte Justine. »Wir werden auch heiraten und Kinder bekommen.«

Martina stieg gerade wieder aus dem Wasser. Ein Blatt klebte auf ihrem Bauch, gleich oberhalb des dunklen Felds aus Haaren.

Sie schlang ihr Handtuch um sich.

»Nathan und du?«

»Ja.«

»Ich habe gedacht, er will sich nicht mehr binden.«

Ihr pochte das Herz bis zum Hals.

»Was weißt du denn davon?«

»Ach, nichts. Es war nur so ein Gedanke.«

Es wurde wieder Morgen. Von Heinrich hatte sie eine Schlaftablette bekommen. Sie war fast augenblicklich eingeschlafen. Während der Nacht war sie mehrmals aufgewacht und hatte im Halbschlaf an die Elefanten gedacht. Einmal glaubte sie sogar, ein entferntes Trompeten zu hören. Als sie sah, dass von den Feuerstellen Rauch aufstieg, schlief sie wieder ein.

Sie aßen Fisch und gebratenen Reis. Nathan war braun gebrannt, seine Augen waren wie blaue Steine. Er sah sie mit diesen Augen an, er sagte:

»Wir werden zu den Elefanten gehen.«

Druck auf ihren Ohren, wie Schmerz.

»Warum denn das?«

»Martina will versuchen, sie zu fotografieren. Jeda und ich gehen mit.«

»Wer ist Jeda?«

»Der da hinten in dem grünen Pullover.«

Er war aufgestanden, die kurzen, goldenen Härchen auf seinen Beinen, er sagte:

»Martina und ich machen uns mit Jeda auf den Weg. Er zeigt uns die Elefanten. Mehr können leider nicht mitkommen. Wir erschrecken sie sonst.«

Die Worte drangen in sie ein, lösten sich auf.

Martina war schon fertig. Die Kamera hing über ihrer Schulter.

Bis Mittag blieben sie fort. Als Justine sie zwischen den Bäumen zurückkommen sah, wusste sie, dass es aus war.

Eine Wurzel aus Kälte wuchs in ihr, aus der Rundung ihrer Fersen, durch Becken und Brust direkt in ihr Gehirn. Sie konnte nicht mehr sprechen.

Sie wartete. Es geschah etwas mit ihrer Haut, sie hatte das Gefühl zu schrumpfen. Ein pochender Schmerz im Gehirn, als säße dort etwas zu eng.

Nathan ging fort, am Fluss entlang. Er ging, um seine Notdurft zu verrichten. Niemand sah, dass sie Mahds Blasrohr nahm. Niemand sah, wie sie ihm folgte, Nathan folgte.

Er stand da und sah auf das Wasser und die Stromschnellen hinaus. Er stand da und drehte sich eine Zigarette. Sein Mund war zu einem Pfeifen geformt, aber sie hörte nichts. Sie hörte nur das Tosen des Wasserfalls.

Der Pfeil traf ihn genau zwischen den Schulterblättern.

Er fiel mitten in das wirbelnde, gelbe Wasser.

## 5. KAPITEL

Jemand fragte nach Nathan. Jemand fragte mit jammernder Stimme, Nathan, hat keiner Nathan gesehen?

Vielleicht war sie es, die fragte.

Vielleicht war sie es selbst.

Sie erinnerte sich an Stimmen, an Geräusche.

Und mittendrin Nathans Rucksack.

Schließlich kam es zu einer Art Aufbruch. Sie erinnerte sich an das Gras, wie es sich an ihren Schuhen verfing und die Knoten löste. Wie sie wieder und wieder stehen bleiben musste, um die Schuhe zuzubinden, wie mühsam es war, sich zu bücken, wie ihr schwindelig wurde, und dann die Hitze. Sie hatten den Dschungel verlassen, gingen über glühende Felder, sie brach ein Blatt ab, es war so groß wie ein Elefantenohr. Sie hielt es sich als Schutz über den Kopf, hielt es dort, bis ihr die Arme herunterfielen.

Sie hatten lange gesucht, auch sie. Mahd und sie hatten gesucht, seine Augen waren schwarz, sein Blasrohr hing an seiner Hüfte.

Am frühen Morgen kam Ben ihr entgegen. Sie sah ihn kommen, stumm und aufrecht stand sie vor ihm.

»Ich kann verstehen, dass du das nicht willst. Aber wir müssen uns auf den Weg machen. Wir können nicht länger suchen.«

Sie starrte in Richtung der Bäume. Als höre sie ein Geräusch.

Sie sagte:

»Die Elefanten.«

»Die Elefanten?«, wiederholte er.

»Elefanten können durchdrehen, wenn man ihnen zu nahe kommt.«

Er kniff seine Augen zusammen.

»Meine arme Kleine«, sagte er tonlos.

Sie wurde in einen Zug geführt.

Vielleicht war sie allein.

Aber jemand kam mit Kaffee in einem Becher, jemand kam mit Wasser.

»Trink!«, sagte eine helle, schwedische Stimme.

Martinas.

Die Fenster waren geöffnet, die Hitze schwappte herein, ein Kleinkind schrie in einem Tücherknäuel. Das Kopftuch der jungen Mutter, es war mit roten Nadeln festgesteckt. Es sah aus, als stächen sie direkt in die Schläfen.

Martinas Finger hatten weiße, saubere Nägel.

Die Kamera war nicht mehr da.

Sie bemerkte den Geruch ihres Körpers. Ein Mann ging stolpernd durch den Gang. Als er näher kam, sah sie, dass es Ben war.

Der Zug hielt eine Weile. Draußen lag ein Dorf. Zwei Mädchen auf einem Motorroller, sie winkten und lächelten. Die Toilette war ein Loch im Fußboden. Sie lag auf den Knien und erbrach sich.

Dann die Stadt.

»Ich werde mich um deine Flugtickets kümmern«, sagte Ben. »Es gibt einen Flug morgen Nachmittag.«

Er hatte ein Hotel gefunden, ließ sie mit Martina das Zimmer teilen.

»Es ist nicht gut, wenn du allein bist. Jetzt könnt ihr wenigstens Schwedisch miteinander sprechen.«
Er war unheimlich lieb.
»Hast du eine Frau?«, fragte sie.
Er nickte.
»Ja, ich habe eine Frau.«
»Wie heißt sie?«
»Tam.«
»Tam.«
»Ja.«
»Liebst du Tam, deine Frau?«
»Ich liebe und achte sie.«
»Nathan!«, schrie sie auf, verstummte dann jäh.

Sie stieg aus der Dusche, sie war sauber. Sie hatte so lange geduscht, bis das Wasser kalt geworden war.

Martina stand im Zimmer, ihr schmaler Rücken, der Sarong wie ein Rock. Sie hielt etwas in der Hand, es war das Maskottchen, sie hatte es von Justines Rucksack losgebunden.

»Was machst du da?«, fragte Justine, und ihre Worte kamen wie Peitschenhiebe.

»Nichts. Ich gucke bloß.«

Sie beugte sich über das Gepäck, nahm den Parang vom Karabinerhaken.

Der Schmerz im Gehirn kehrte zurück.

Sie erinnerte sich an die Wucht des Bluts, als es ihre Arme traf, erinnerte sich daran, wie es brannte.

Sie zwangen sie zu sprechen, wieder und immer wieder. Ihr Kopf schrumpfte. Es waren ein paar Männer von der Polizei und eine Frau namens Nancy Fors. Sie hatte einen hellen Teint, sie war Schwedin. Die Botschaft hatte sie geschickt.

Die Fenster des Raums waren vergittert.

Sie erzählte alles noch einmal.

»Ich kam aus der Dusche, jemand stand da, ein Mann, sie lag auf dem Boden, Martina lag auf dem Boden, und ich schrie, und er drehte sich zu mir um, nein, ich erinnere mich nicht an sein Gesicht, dunkle Haare, schlank, ich lief in die Dusche, ich rutschte aus und stieß mich, und das Handtuch wurde nass, ich hörte, wie er die Tür schloss. Dann ging ich hinaus. Sie lag auf dem Boden und war schon tot.«

»Wo haben Sie sich verletzt, Miss Dalvik?«

Sie musste ihren Rock hochziehen und es ihnen zeigen, hier, hier am Oberschenkel, und sie war voller Schrammen und eigenartiger Stiche.

Ein Arzt befand sich im Raum. Er tastete ihr Bein ab, brachte sie zum Schreien.

Sie erinnerte sich an eine Nadel und den Geruch von Äther.

Oder war das später?

Später.

»Dieser Mann.«

»Ja.«

»Was denken Sie, wie alt war er?«

»Ich erinnere mich nicht, I have already told you.«

»War er dreißig? Oder vielleicht erst zwanzig?«

»Er hatte dunkles Haar und war schlank.«

»Erzählen Sie uns alles noch einmal von vorne.«

»Sie lag auf dem Boden und der Parang ... Er steckte in ihrem Rücken.«

»Hat er Sie bedroht, Miss Dalvik?«

»Dazu kam er gar nicht, ich bin doch da reingelaufen und habe mich eingeschlossen, er hatte doch Martina umgebracht.«

Es fiel ihr immer schwerer zu atmen, die Luft erreichte ihre Lunge nicht mehr, sie rang um Atem und schrie schließlich einfach los.

Dann war da ein Krankenhaus, denn alles war weiß, Laken, Wände. Nancy Fors hatte ein nettes, längliches Gesicht. Jedes Mal, wenn Justine die Augen öffnete, saß sie an ihrem Bett.

»Dieser Mann, der mit Ihnen im Dschungel war, Ben, hat mich gebeten, Sie zu grüßen.«

Sie weinte, als sie seinen Namen hörte.

Aber die meiste Zeit schlief sie.

Nancy Fors sagte:

»Sie haben einen Mann festgenommen, der sich auf Hoteleinbrüche spezialisiert hat.«

»Haben sie das?«

»Ja, und sie möchten wissen, ob Sie ihn identifizieren können.«

Sie hatte mehrere Tage nur geschlafen. Jetzt zog sie die Kleider an, die Nancy Fors ihr mitgebracht hatte, eine lange, weiße Hose und eine gemusterte, langärmelige Tunika.

»Es sind Sachen von mir, ich glaube, wir haben die gleiche Größe. Sie können sie behalten.«

Sie musste durch eine Luke schauen. Ein Mann saß dahinter, er war mager und hatte einen eingefallenen Mund.

»Sie wollen wissen, ob er es war«, sagte Nancy Fors.

Sie sagte, dass sie es nicht wisse.

Sie hätte sich gerne von Ben verabschiedet, aber dazu kam es nicht mehr.

Sie traf ihn nie wieder.

Nancy Fors begleitete sie auf dem Flug, um ihr eine Stütze zu sein oder auch, um sie zu bewachen. Sie begleitete Justine bis nach Stockholm.

# 3. Teil

# 1. KAPITEL

Auch daheim kam es zu einer Reihe von Verhören. Zwei schwedische Staatsangehörige hatten in Südostasien ihr Leben verloren. Justine hatte zu beiden Kontakt gehabt.

In den ersten Tagen klingelte das Telefon so oft, dass sie es schließlich aussteckte. Von der Polizei konnte sie sich ein Handy leihen. Wir müssen Sie erreichen können, sagten sie. Achten Sie bitte darauf, dass es immer geladen ist.

Aber jedes Mal, wenn Nathan Gendsers Name fiel, geschah etwas mit ihrer Atmung, sie musste ihre Kleidung am Hals öffnen und begann zu hyperventilieren, sie weinte und kratzte sich die Arme blutig.

Sie stand unter einem schweren Schock. Man gab ihr den Namen einer Psychologin, aber es kam ihr nie in den Sinn, dort tatsächlich anzurufen.

Sie wagte es nicht, das Klingeln des Handys zu ignorieren. An einem der ersten Tage nach ihrer Rückkehr rief Micke an, Nathans Sohn. Sie ließ ihn zu sich nach Hause kommen.

Es gab eine gewisse Ähnlichkeit, und als ihr das auffiel, musste sie wieder weinen. Sie verließ hastig ihren Stuhl im blauen Zimmer und ließ ihn allein. Saß auf dem Bett in ihrem Zimmer und hörte, wie er durch das Haus ging und nach ihr rief. Schließlich trat sie in den Flur hinaus.

Er stand auf der Treppe und hielt sich krampfhaft am Geländer fest. Der Vogel zog unter der Decke seine Kreise, er war jetzt so lange allein gewesen, dass ihn unbekannte Stimmen erschreckten. Justine lockte ihn, aber es dauerte lange, bis er zu ihr flog.

»Hab keine Angst!«, rief sie die Treppe nach unten. »Der Vogel hat mehr Angst als du.«

Dann musste sie an die Tiger denken, so hatte sich auch Ben ausgedrückt, »er ist über alle Berge, er hat noch viel mehr Angst als ihr«.

Sie setzte sich auf die oberste Treppenstufe, setz dich, sagte sie zu dem Jungen, weißt du, dass wir die Spuren eines Tigers gesehen haben.

»Kann ein Tiger ihn getötet haben?«, fragte er mit belegter Stimme.

»Dann schon eher ein Elefant.«

»Ein Elefant …«

»Ja. Es gab Elefanten in der Nähe unseres Lagers.«

»Verdammt … Habt ihr sie gesehen?«

»Ich nicht. Obwohl einer von denen, die uns im Dschungel begleitet haben, ein Mann namens Ben, gesagt hat, er habe noch nie erlebt, dass die Tiere angreifen.«

»Vielleicht hat er sie ja gereizt?«

»Dein Vater?«

»Ja.«

»Nein. Er hat sie nicht gereizt. Aber vielleicht gab es ein krankes oder verletztes Tier … Man weiß nie, was geschieht … Der Dschungel ist so … irgendwie unberechenbar.«

»Er war so verdammt scharf auf diesen Job. Ich habe ihn noch nie so gesehen. Er dachte, er hätte eine Marktlücke gefunden, wir haben darüber gesprochen, dass ich mit der Zeit auch …«

»Wie alt bist du, Micke?«

»Fast sechzehn.«

»Du bist fast erwachsen.«

Er zuckte steif mit den Schultern.

Plötzlich sah sie das Ganze wie eine Theaterszene. Sie

stand auf und ging zu ihm hinunter, kauerte sich auf die Treppenstufe. Der Vogel flog in ihr Zimmer.

Sie legte ihre Hand auf den Kopf des Jungen. Die Repliken kamen jetzt, wie sie kommen sollten.

»Geh jetzt nach Hause und tröste deine Schwestern. Wir wollen hoffen, dass es deinem Vater gut geht, wo immer er jetzt ist. Er war ein Mann des Abenteuers, er wurde mitten aus dem Leben gerissen, wie man so sagt. Er starb, als er am glücklichsten war. Draußen in der Natur, mitten im großen Abenteuer. Meinst du, das wäre vielen vergönnt?«

Und während sie sprach, wurde ihr klar, dass sie tatsächlich die Wahrheit sagte. Indem sie ihn, den sie so sehr liebte und der ihr am meisten bedeutete, opferte, hatte sie ihm den trivialen Alltag erspart, der sich früher oder später seiner bemächtigt hätte, wie er sich aller bemächtigte. Er würde nie gezwungen sein, nach Hause zurückzukehren, ihm blieb es erspart zu altern und zu erleben, wie der Körper mehr und mehr aufgab, bis er schließlich verschlissen und verkümmert, vergessen oder einsam irgendwo in einem Heim hockte. Er hatte in der Blüte seiner Jahre sterben dürfen. Sie hatte ihm dazu verholfen.

Aber das Opfer war unerhört gewesen.

Der schlaksige Körper des Jungen schüttelte sich. Er weinte laut und hemmungslos.

Sie zog ihn an sich. Wie sie es mit seinem Vater getan hatte. Sie berührte seine Jacke, seine Haut.

»Er war ein wirklich feiner Kerl, so stark und lieb und mutig. Ich habe noch nie jemanden so geliebt, wie ich deinen Vater geliebt habe.«

Sie schob ihn sanft von sich.

»Manchmal habe ich für ihn gespielt. Ich habe ein Horn … Ich könnte dir ein paar Melodien vorspielen, wenn du möchtest.«

»Was denn für ein Horn?«, fragte er misstrauisch.

»Ein altes Posthorn, das ich einmal geschenkt bekommen habe, als ich noch klein war.«

»Ich weiß nicht … Kann man auf denen spielen?«

»Ja.«

Sie stand auf und holte das Instrument. Es war von einer Staubschicht bedeckt. Sie polierte es mit einem Rockzipfel.

»Ich habe ein paar Mal für ihn gespielt. Er mochte es, wenn ich spielte.«

Sie stellte sich ans Fenster und setzte das Horn an die Lippen. Während sie spielte, sah sie, wie der Junge seine Hände zu Fäusten ballte.

Als er gegangen war, brach sie zusammen. Ein schrilles und gackerndes Lachen drang aus ihrer Kehle, es gelang ihr nicht, es aufzuhalten, es schoss aus ihr heraus und warf sie in Krämpfen zu Boden. Sie presste ihre Zunge an die Wand, der Geschmack von Stein, der Geschmack von Staub und Stein, aber gleichwohl dieses Lachen.

Bis es klein gehackt wurde, sich in Weinen verwandelte.

Dann waren Martinas Eltern an der Reihe.

Eine wahrhaft absurde Geschichte.

Hans Nästman, ein Polizist, mit dem sie oft gesprochen hatte, ließ ihr keine Ruhe damit.

»Natürlich möchte ich sie treffen«, sagte sie. »Es ist mir nur alles so schwer gefallen. Ich bin so müde gewesen.«

Sie wollte Martinas Eltern nicht in ihrem Haus haben. Das sagte sie Hans Nästman allerdings nicht. Sie sagte:

»Können wir uns nicht in einem Raum bei der Polizei treffen?«

»Ich kümmere mich darum«, versprach er.

Er kam sogar zu ihr und holte sie ab. Er fuhr ein ganz gewöhnliches, neutrales Auto, er war in Zivil.

»Sie wohnen hier wirklich schön«, sagte er und schaute auf den See hinaus. »Das Boot da unten ist nicht gerade eine Anfängerjolle.«

»Es gehörte meinem Vater.«

»Nicht übel. Können Sie damit umgehen?«

»Ich bin bisher nicht sehr weit damit gefahren, nur ein bisschen hier in der nächsten Umgebung. Aber vielleicht sollte man irgendwann einmal eine längere Tour machen, zum Beispiel nach Gotland oder Åland.«

»Da müssen Sie aber sicher noch ein bisschen üben. Haben Sie einen Bootsführerschein?«

Er sprach Dialekt, es klang wie Värmländisch.

Der Vogel war auf dem Speicher. Aus irgendeinem Grund wollte sie nicht, dass Hans Nästman ihn zu sehen bekam. Sie schloss die Tür ab und folgte ihm.

Das Auto roch neu und gut. Sie dachte an ihren alten Opel, und möglicherweise entschloss sie sich in diesem Augenblick, ihn gegen einen neuen Wagen auszutauschen.

Zu spät bemerkte sie, dass sie gar nicht auf dem Weg ins Stadtzentrum, nach Kungsholmen, waren.

»Wohin fahren wir?«, fragte sie.

»Sie wohnen in Djursholm. Sie wollten Sie bei sich zu Hause empfangen.«

Die Schmerzen im Gehirn, sie hatte wieder das Gefühl, als würde ihr Kopf schrumpfen.

»Stimmt was nicht? Sie haben doch nichts dagegen, oder?«

»Nicht im Geringsten. Es ist nur dieser Geruch im Auto … Mir ist nur ein wenig schlecht. Könnten wir für einen Moment das Fenster öffnen?«

Sie hießen Andersson. Ihr wurde schlagartig klar, dass sie nicht gewusst hatte, wie Martina mit Nachnamen hieß. Ihr Haus war grau wie ein Bunker, mit hohen, schmalen Fenstern.

»Ich frage mich, ob es Ralph Erskine war«, sagte Hans Nästman.

»Was war?«

»Der den Schuppen da gebaut hat, meine ich.«

»Keine Ahnung.«

Er ging dicht hinter ihr, so dicht, dass er ihr fast in die Hacken trat.

»Noble Gegend«, sagte sie, nur um etwas zu sagen.

»Wohl wahr. Hätte nichts dagegen, hier zu wohnen. Obwohl Sie sich nicht beklagen können, Sie wohnen doch mindestens genauso schön.«

Die Haustür war aus massivem Holz, versehen mit einem Türklopfer in Form eines Löwenhaupts. Hans Nästman griff nach ihm, aber ehe er klopfen konnte, wurde auch schon die Tür geöffnet. Ein Mann in einem dunklen Anzug stand auf der Türschwelle.

»Den zu benutzen, ist sinnlos«, sagte er. »Man hört ihn doch nicht. Er ist mehr als Verzierung gedacht.«

Er war hager und braun gebrannt; das Haar zu einem Pferdeschwanz gebunden. Er drückte ihr fest die Hand.

»Mats Andersson. Herzlich willkommen.«

Hans Nästman hielt sie am Ellbogen, führte sie hinein. Sie ahnte eine Bewegung im Inneren des Hauses.

»Bitte, treten Sie ein, meine Frau kommt gleich. Das hier ist, wie soll ich sagen … nicht leicht für sie, ja, für uns beide.«

Der Raum, den sie betraten, war groß, lang gestreckt und ganz in Schwarz und Weiß eingerichtet. In der Mitte des Raums stand ein Flügel. Die Sonne flutete durch die schmalen Fenster herein, bildete ein Muster aus Stäben. An einer Wand stand eine Reihe schwarzer Ledersessel. Neben ihnen war eine Art Altar errichtet worden, mit Kerzen in silbernen Kerzenständern und einem Foto von Martina, fröhlich und lächelnd, die ein fliederfarbenes Nachthemd trug. Ihre Brustwarzen zeichneten sich durch den Stoff ab.

Der Polizist ging zu dem Foto.

»Ja«, sagte ihr Vater. »Das ist sie.«

»Das habe ich mir gedacht. Von wann ist das Bild?«

»Es ist letzten Sommer aufgenommen worden. An einem dieser richtig heißen Tage. Sie liebte die Wärme, sie hätte nie in einem Land wie diesem geboren werden dürfen.«

»Demnach war sie vierundzwanzig, als die Aufnahme gemacht wurde?«

Martinas Vater sagte:

»Ja. Das müsste hinkommen. Entschuldigen Sie mich einen Augenblick, ich will nur …«

Mit diesen Worten verschwand er aus dem Zimmer.

Sie setzten sich nebeneinander in die Sessel. Der Deckel des Flügels stand offen, es war ein Steinway.

»Haben Sie eigentlich schon einmal von Mats H. Andersson gehört?«, fragte der Polizist. »Er ist ein ziemlich bekannter Konzertpianist. Oder interessieren Sie sich nicht für klassische Musik?«

Ihre Augen studierten das Emblem auf dem Flügel, es war aus Gold, verschnörkelt und glich einem Kognakschwenker. Es war eine Art Harfe oder Lyra. Plötzlich bekam sie Lust auf ein Glas Portwein oder Sherry.

In einem anderen Zimmer hörten sie Martinas Vater sprechen, mahnend, wie zu einem Hund. Dann stand er mit einem Tablett und ein paar Kaffeetassen im Türrahmen.

»Meine Frau kommt gleich«, sagte er schrill.

Sie kam mit gesenktem Kopf. Sie war jünger, als Justine gedacht hatte. Sie hatte Martinas dunkle Haare und irgendwie zwinkernde Augen. Die ganze Gestalt hatte etwas Träges und Langsames.

»Marianne«, sagte sie und streckte ihnen die Hand entgegen. »Ich nehme zur Zeit Valium. Ich denke, das lässt sich so oder so nicht verbergen.«

Ihr Mann kam mit einer Kaffeekanne herein. Als er begann, Kaffee einzugießen, fiel der Deckel von der Kanne und kippte eine der Tassen um. Ihr Gesicht glich dem eines Iltis.

»Ich ertrage diese Geräusche nicht, das habe ich dir doch gesagt«, jammerte sie.

Er bekam rote Ohren.

»Meine Finger sind einfach nicht praktisch veranlagt«, sagte er in einem Versuch zu scherzen.

Seine Frau ging im Zimmer umher, sie war barfuß, an einem der Zehen saß ein sehr schmaler Ring. Sie warf das Haar zurück, gab seltsame Laute von sich.

»Ein Kind zu verlieren«, sagte sie gebetsmühlenartig. »Sein geliebtes Kind zu verlieren.«

»War sie Ihre einzige Tochter?«, fragte Hans Nästman.

»Ja«, antwortete Mats Andersson. »Wir haben noch einen Sohn. Aber er lebt in Australien. Er kommt natürlich zur Beerdigung. Aber ansonsten sieht man sich nicht so oft. Entschuldigen Sie mich, ich will nur etwas holen, um das aufzuwischen.«

»Die Beerdigung, ja … Wie ich gehört habe, ist sie inzwischen heimgebracht worden.«

Die Frau blieb stehen.

»In einem Sarg! Verpackt wie ein Stück Frachtgut!«

Sie stand vor Justine, fiel auf dem weißen Teppich auf die Knie. Legte ihren Kopf auf Justines Schoß, sie war warm und zitterte, drehte den Mund nach unten und biss plötzlich zu. Justine gab einen keuchenden Laut von sich, hielt sich die Hand vor den Mund und starrte den Polizisten an. Er war sofort zur Stelle, hob Marianne Andersson hoch und half ihr in einen Sessel.

»Alles in Ordnung, Marianne, alles in Ordnung?«

Ihre schmalen Augen glänzten. Ihre Lippen öffneten sich, der Mund stand etwas offen, dann schloss sie ihn wieder.

Ihr Mann kam mit einem Lappen zurück. Unbeholfen begann er, den verschütteten Kaffee aufzuwischen.

Marianne Andersson sagte mit vollkommen normaler Stimme:

»Und jetzt können wir vielleicht der Person, die unsere Tochter als Letzte lebend gesehen hat, ein paar Fragen stellen.«

»Ja, Justine Dalvik«, sagte der Polizist.

»Genau genommen habe nicht ich sie zuletzt lebend gesehen. Das war jemand, der noch in Kuala Lumpur ist, es war der Mann, der … sie getötet hat, er hat sie als Letzter lebend gesehen.«

Die Frau hatte sich ihr zugewandt.

»Seien Sie so gut, nicht jedes Wort auf die Goldwaage zu legen. Es ist so schon schlimm genug.«

»Hören Sie«, sagte der Polizist. »Wir sind alle zutiefst betroffen angesichts dessen, was geschehen ist. Die Nerven liegen blank. Justine Dalvik teilte das Zimmer mit ihrer Tochter. Sie gibt an, dass sie in der Dusche war, als es geschah.«

»Darf ich fragen, was ich will?«, sagte die Frau.

»Ja?«

»Es gibt da ein paar Dinge, über die man so nachgrübelt. Ein paar Details.«

»Nur zu.«

»Als Sie aus der Dusche kamen … Waren Sie da nackt?«

»Nein … Ich hatte ein Handtuch um.«

»Stand der Mann einfach da? Haben Sie nicht gehört, wie er kam?«

»Nein. Ich stand ja unter der Dusche.«

»Hat er Sie denn nicht in der Dusche gehört?«

»Ich weiß nicht … Vermutlich dachte er, ich wäre allein, er hat bestimmt die Dusche gehört und wollte wahrscheinlich die Gelegenheit zu einem Einbruch nutzen, während ich unter der Dusche war.«

»Und dann entdeckte er, dass dort noch jemand wohnte?«

»Ja.«

Die Fragen kamen wie aus der Pistole geschossen.

»Versuchte meine Tochter, ihn an der Tat zu hindern?«

»Das weiß ich nicht.«

»Und was glauben Sie?«

»Ich glaube, dass sie einfach überrumpelt wurde. Sie haben gesagt, dass es keine Anzeichen eines Kampfes gab.«

»Aber wenn er von der Tatsache überrascht wurde, dass sich jemand im Zimmer befand, hätte er dann nicht augenblicklich fliehen müssen?«

»Ich weiß es nicht.«

»Das wissen Sie nicht?«

»Nein. Vielleicht war sie für einen Moment hinausgegangen, und als sie wiederkam, stand er da, vielleicht wollte sie nur kurz etwas holen.

»Sie haben nicht versucht, Martina zu verteidigen?«

»Aber dazu war es doch zu spät. Es war doch schon passiert.«

»Und was haben Sie getan?«

Ihr wurde schwindlig, sie blickte zu dem Polizisten, er warf ihr einen aufmunternden Blick zu.

»Was ich tat ... Was hätten Sie denn getan?«

»Ich hätte ihn getötet, ich hätte ihn erwürgt, ich hätte ihn mit meinen bloßen Fingern zerfetzt ...«

»Marianne ...«, sagte Mats Andersson. »Marianne ...«

»Er war gefährlich«, flüsterte Justine. »Er hatte einen Menschen ermordet, dann konnte er ebenso gut auch zwei ermorden.«

»Und was haben Sie getan?«

»Ich lief zurück in die Dusche und schloss ab.«

»Warum sind Sie nicht stattdessen hinausgelaufen? Um Hilfe zu holen. Das kommt mir doch sehr merkwürdig vor.«

»Ich weiß nicht. Es war ein Reflex.«

»Wenn sie in ein Krankenhaus gekommen wäre! Wenn sie rechtzeitig abtransportiert worden wäre!«

»Aber es war doch schon zu spät!«

»Woher wissen Sie das? Wie viele Tote haben Sie gesehen? Wie konnten Sie sich Ihrer Sache so sicher sein?«

Sie griff nach ihrer Kaffeetasse, aber ihre Hände zitterten so stark, dass sie die Tasse nicht hochheben konnte.

»Darf ich ... darf ich jetzt etwas fragen?«, sagte Martinas Vater. »Welche Laune hatte sie an diesem Tag? Ging es ihr gut oder war sie traurig ... können Sie ...?«

»Niemand von uns ging es wirklich gut.«

»Sie müssen bedenken, was im Dschungel geschehen war«, sagte Hans Nästman. »Die Gruppe musste sich vorzeitig auflösen, einer der Führer verschwand, wurde vermutlich das Opfer eines Unglücks, ist höchstwahrscheinlich tot.«

»Dann hat man ihn nie gefunden?«

»Nein. Was im Dschungel verschwindet, taucht fast nie wieder auf.«

»Sie war ein unruhiger Geist, unser Mädchen. Ich habe mir immer Sorgen gemacht, wenn sie fort war und durch die Welt zog. Dass ihr etwas passieren könnte. Früher oder später, habe ich gedacht, früher oder später … Aber man kann es ihnen ja nicht verbieten.«

»Nein. Das kann man nicht.«

»Haben Sie Kinder, Herr Kommissar?«

»Ja. Zwei Jungen, achtzehn und zwanzig Jahre alt.«

»Mit Jungen hat man es leichter.«

»Nicht unbedingt.«

Die Frau stand auf. Sie ging zu dem Altar und zündete die beiden Kerzen an.

»Sie können jetzt fahren, wenn Sie möchten«, sagte sie heiser. »Jetzt weiß ich, wie die Frau aussieht, die mit Martina das Zimmer geteilt hat. Mehr will ich nicht wissen. Es reicht.«

»Was für eine seltsame und unangenehme Frau«, sagte Hans Nästman, als sie wieder im Auto saßen. »In meinem Beruf trifft man viele bizarre Persönlichkeiten. Aber jemand wie Marianne Andersson …«

»Trauer kann einen Menschen verändern.«

»Ich weiß nicht.«

Sie schnallte sich an.

»Was hat sie mit Ihnen gemacht?«, fragte er.

»Nichts.«

»Sie hat Ihnen wehgetan, das habe ich doch gesehen. Hat sie Sie etwa gebissen?«

»Nein.«

»Justine, jetzt hören Sie bitte auf mich. Sie müssen sich eine Tetanusspritze geben lassen, Menschenbisse sind das Gefährlichste, was es gibt.«

»Ich bin geimpft.«

»Ja, ja, stimmt natürlich. Wenn man so weit weg gewesen ist.«

»Wir bekamen massenhaft Spritzen. Nathan auch. Aber gegen alles kann man sich nicht impfen lassen.«

»Da ist was dran.«

Er schwieg eine Weile. Dann sagte er:

»Ich habe gesehen, dass sie Sie gebissen hat, Justine.«

Sie seufzte.

»Okay.«

»Ich habe das Gefühl, dass Sie es einfach geschehen ließen.«

»Okay, okay. Vielleicht geschah es mir ja auch recht. Vielleicht hätte ich ihre Tochter irgendwie beschützen müssen.«

»Sehen Sie das wirklich so?«

»Ich weiß nicht. Aber es ist wohl eher Sache eines Psychiaters, das herauszubekommen. Können Sie mich jetzt bitte nach Hause fahren. Es ist ein schrecklicher Tag gewesen.«

Hans Nästman hielt auch danach noch Kontakt zu ihr.

»Ich nehme an, dass Sie wissen wollen, was in Kuala Lumpur geschieht. Ob sie jemals Nathan Gendser finden. Der Mann, den sie verhaftet haben, gesteht jedenfalls nichts anderes als Hoteleinbrüche. Er behauptet darüber hinaus, er habe seinen Fuß nie in dieses Hotel gesetzt. Es lässt sich nichts beweisen. Es gibt eine Reihe unterschiedlicher Fingerabdrücke auf dem Messer, aber nicht die seinen. Nun kann er natürlich Handschuhe benutzt haben … Obwohl es in diesem Land ziemlich heiß sein soll.«

Sie wusste nicht, was sie antworten sollte.

»Ich vermute, dass sie ihm trotzdem etwas anhängen können, das heißt, falls er kein wasserdichtes Alibi hat. Ein bettelarmer Gauner ohne Geld.«

»Ich möchte nicht ständig darüber sprechen«, sagte sie. »Ich würde das Ganze am liebsten vergessen.«

# 2. KAPITEL

Im Herbst und Winter ließ die Polizei sie in Ruhe.

Es war nicht so, dass sie vergaß. Nathan kam weiterhin zu ihr. Nachts tauchte er in ihren Träumen auf, tagsüber konnte er sich dicht hinter ihr bewegen, so nahe, dass sie seinen Atem hörte. Aber sobald sie sich umdrehte, glitt er in die Ecke und verschwand.

Doch, Nathan kam zu ihr, aber immer seltener.

Dann war da die Sache mit Hans Peter. An diesem Wintertag mit Plusgraden und Regentropfen am Fenster hatten sie zum ersten Mal miteinander geschlafen. Sie wusste, dass er gehen musste, sie wollte ihn nicht gehen lassen.

Er sagte, er müsse zur Arbeit ins Hotel.

Sie waren in ihrer Küche. Er drückte sie an sich, zog sie auf seinen Schoß herunter.

»Es ist so merkwürdig … Wir kennen uns doch gar nicht … und doch.«

Sie schlang die Arme um ihn und bohrte ihr Gesicht in seinen Hals.

»Ein kleines bisschen kennen wir uns jetzt doch schon?«

»Jaaa …«

»Ich will … noch mal«, flüsterte sie.

»Aber nur ganz kurz.«

»Ein Quickie.«

Sie deckte den Tisch ab und räumte ihn leer, beugte sich anschließend vor und hob ihr Kleid. Sie trug keinen Slip. Er stand hinter ihr, seine Hände lagen auf ihren Schenkeln und ihrer Hüfte. Sie rieb sich an ihm, damit er steif wurde, fühlte sein Glied durch den Stoff der Hose.

In diesem Moment klingelte das Telefon.

»Verdammt!«, rief sie. »Verdammter Mist.«

Er war ein paar Schritte zurückgetreten, hob den Hörer ab, reichte ihn ihr. Sie schüttelte abwehrend den Kopf, aber es war schon zu spät.

»Hallo!«, sagte sie gereizt.

»Hallo ... Ich möchte gerne Justine Dalvik sprechen.«

»Am Apparat.«

»Mein Name ist Tor Assarsson. Ich bin Berits Mann. Berit und Sie waren früher einmal Klassenkameradinnen, soweit ich weiß.«

»Ja, das stimmt. Hallo.«

»Ich mache mir Sorgen um sie. Sie ist verschwunden.«

»Ach.«

»Sie ist seit fast vierundzwanzig Stunden nicht mehr zu Hause gewesen.«

»Tatsächlich.«

Sie bekam Kopfschmerzen, die sich in ihre Stirn fraßen, und als sie den Körper drehte, zog sich die Haut um das Kranium zusammen. So als schrumpfe ihr ganzer Schädel.

»Ich dache nur ... Sie wollte doch zu Ihnen, hat sie gesagt. Ist sie gestern bei Ihnen gewesen?«

»Ja, natürlich. Wir haben gestern Abend eine Zeit lang zusammengesessen und uns unterhalten.«

»Wie lange denn?«

»Keine Ahnung. Ich erinnere mich nicht, wie viel Uhr es war.«

»Ist es spät geworden?«

»Es ging so, glaube ich.«

Hans Peter betrachtete sie. Er zog den Reißverschluss seiner Hose wieder zu, lächelte und schüttelte den Kopf. Justine versuchte, zurückzulächeln.

»Ich muss gestehen, dass ich mir große Sorgen mache.«

»Ich verstehe …«

»Es ist nicht Berits Art, so etwas zu machen. Ich habe Angst, dass ihr etwas zugestoßen sein könnte, etwas Schreckliches.«

»Vielleicht ist sie verreist? Vielleicht will sie einfach ein wenig allein sein?«

»Hat sie Ihnen gegenüber so etwas angedeutet?«

»Sie machte nicht unbedingt einen glücklichen Eindruck, das kann man nicht behaupten.«

»Sie hat es im Moment nicht leicht. Und ich bin ihr vielleicht auch nicht die Stütze gewesen, nach der sie gesucht hat. Was hat sie gesagt? Worüber haben Sie gesprochen?«

»Sie hat mir die Sache von ihrer Arbeit erzählt. Dass sie nicht nach Umeå ziehen wollte, oder was es nun war.«

»Luleå!«

»Ja, kann sein. Sie war traurig und machte sich Sorgen, wie es weitergehen würde.«

»Was meinen Sie, kann sie sich etwas angetan haben?«

Seine Stimme wurde heiser, sie hörte, dass er einem Zusammenbruch nahe war.

»Ich weiß nicht«, sagte sie. »So gut kennen wir uns ja nicht, jedenfalls nicht als Erwachsene. Ich habe nicht die geringste Ahnung, ob sie der Typ Mensch ist, der sich selbst etwas antut. Ich weiß es nicht.«

»Ich habe bisher eigentlich nicht geglaubt, dass sie der Typ dazu ist. Sie ist in allen Lebenslagen ausgeglichen und stark gewesen, trotz aller Belastungen. Aber man weiß ja nie … Außerdem ist sie in einem schwierigen Alter, denke ich, mit den Wechseljahren und all dem. Ich vermute jedenfalls, dass sie angefangen haben. Die Hormone können den Frauen da ganz schön zusetzen, wie ich gehört habe.«

»Das ist schon richtig. Es gibt Frauen, deren ganze Persönlichkeit sich verändert.«

»Auf der anderen Seite sind mir solche Tendenzen überhaupt nicht aufgefallen.«

Sie hörte, dass Hans Peter die Treppe hinaufging. Er würde sich bald auf den Weg machen müssen. Ihr wurde bewusst, dass sie das nicht wollte. Zum ersten Mal hatte sie das Gefühl, nicht allein im Haus bleiben zu wollen, sie wollte ihn begleiten, wohin auch immer, sich ins Auto setzen und einfach nur fahren.

»Was hat sie gesagt, als sie ging?«

»Was sie gesagt hat? Ja ... Sie sagte, sie wolle zum Sandviksväg hinaufgehen und den Bus nehmen, glaube ich. Aber wir hatten ziemlich viel getrunken ... Ich erinnere mich nicht mehr genau an jedes Wort.«

»War sie betrunken?«

»Ja, ziemlich.«

»Kann sie gestürzt sein?«

»Keine Ahnung. Hätte sie dann nicht jemand finden müssen?«

»Dass sie aber auch kein Taxi genommen hat. Dass sie das nicht getan hat.«

»Ja.«

Der Mann atmete schwer.

»Ich muss die Polizei anrufen«, sagte er. »Es gibt keinen anderen Weg. Anschließend mache ich mich auf den Weg und suche nach ihr. Vielleicht schaue ich auch bei Ihnen vorbei.«

»Ich weiß nicht, ob ich zu Hause bin, wahrscheinlich nicht.«

»Nein. Ich gebe Ihnen für alle Fälle unsere Telefonnummer und meine Handynummer. Für den Fall, dass Sie mich erreichen wollen. Falls Ihnen noch etwas einfällt, was Sie jetzt vergessen haben.«

Er hatte seine Jacke angezogen.

»So wurden wir leider um unser bezauberndes Schäferstündchen betrogen«, sagte er und umarmte sie. »Ich werde dieses Bild die ganze Nacht vor Augen haben, dein wunderbares Hinterteil. Ich werde die ganze Nacht einen Ständer haben.«

»Ooh. Musst du wirklich gehen?«

»Ja.«

»So ein Mist aber auch, dass ich vergessen habe, das Telefon auszustecken. Ich ziehe fast immer den Stecker raus. Ich will nicht, dass die Leute einen ständig anrufen.«

Er schob sie ein wenig von sich.

»Aber Justine! Das darfst du nicht! Wie soll ich dich sonst erreichen?«

»Aber du warst doch hier.«

»Aber wenn ich nicht hier bin.«

»Ja …«

»Ich kaufe dir einen Caller.«

»Was ist denn das?«

»Kennst du das nicht? Das ist so eine kleine Spielerei, bei der man auf einem Display ablesen kann, von welcher Nummer aus angerufen wird. Hat man gerade mal keine Lust, mit Tante Greta zu sprechen, geht man einfach nicht an den Apparat.«

»Ich wusste gar nicht, dass es so etwas gibt.«

»Oh doch. Jetzt muss ich mich aber beeilen. Ich rufe dich morgen an, sobald ich wach bin. Ich sehne mich jetzt schon danach.«

Sie war im Haus. Sie war allein. Sie schloss die Türen ab und ging durch alle Zimmer, spülte und räumte das Geschirr weg. Dann löschte sie die Lampen und zog das Telefon heraus.

Sie stand am Küchenfenster, wollte nicht liegen, nicht die Augen schließen. Die Schmerzen nagten an ihrem Gehirn, nagten und fraßen.

So stand sie in der Dunkelheit und sah ihn kommen. Er sah genauso aus, wie sie ihn sich vorgestellt hatte. Grauer Mantel, blasses und anonymes Gesicht. Nicht einmal seiner Sorge war es gelungen, den Eindruck eines korrekten Beamten auszulöschen. Sie hörte seine Schritte auf der Außentreppe, dann die Türklingel, die Klingelzeichen, die sich bis in den Kern des Hauses bohrten.

Er wartete ein wenig, klingelte dann erneut. Als nichts geschah, begann er, um das Haus und hinunter zum See zu gehen. Sie lief die Treppe hinauf. Sie sah ihn am Rand der Eisfläche stehen, er tat ein paar vorsichtige Schritte, machte dann aber kehrt und kam zurück, er war ein wenig in sich zusammengesunken.

Er tat ihr unendlich Leid.

In dieser Nacht begann es zu schneien. Das Thermometer vor dem Schlafzimmerfenster zeigte zwei Grad minus. Sie zog sich nicht aus, sie ging im Haus umher und tastete sich an den Wänden entlang, als wäre sie blind. Sie hatte ein paar Thomapyrin geschluckt, aber die Kopfschmerzen gingen nicht weg, ließen nur etwas nach.

Es war zwei Uhr. Sie griff nach dem Telefonhörer und wählte eine Nummer.

Er war sofort am Apparat.

»Hallo. Justine Dalvik. Entschuldigung, dass ich so spät noch störe.«

»Das macht doch nichts.«

»Sie haben sie nicht gefunden?«

»Nein.«

»Haben Sie die Polizei eingeschaltet?«

»Was man so einschalten nennt. Ich war da und habe mit ihnen gesprochen. Aber sie machen nicht besonders viel, noch nicht. Sie haben mir gesagt, dass Ehefrauen ziemlich oft verschwinden. Viele machen das, um ihren Mann irgendwie zu bestrafen. Aber ich glaube, das haben sie vor allem gesagt, um mich zu beruhigen.«

»Ich habe lange nachgedacht. Sie hat tatsächlich … über eure Ehe gesprochen.«

»Ist das wahr, was hat sie gesagt?«

»Ich hatte das Gefühl, dass sie ein wenig, wie soll ich sagen, enttäuscht war.«

»Von mir?«

»Ja.«

»Tatsächlich? Was hat sie gesagt?«

»Sie weinte und schien deprimiert zu sein. Sie sagte etwas in der Art, dass ihr nicht mehr besonders viel gemeinsam hättet. Was bleibt mir denn noch, sagte sie, ohne Arbeit oder Liebe, etwas in der Art.«

Sie hörte, wie er sich eine Zigarette anzündete.

»Das hat sie gesagt?«

»Etwas in der Art, ja.«

Er weinte jetzt, murmelte undeutlich vor sich hin. Es schien, als lege er den Hörer auf die Seite, sie hörte, wie er sich räusperte und hustete. Dann war er wieder am Apparat.

»Entschuldigung«, sagte sie leise. »Ich hätte Sie nicht mitten in der Nacht anrufen sollen.«

»Doch, doch!«, rief er. »Das macht überhaupt nichts, im Gegenteil.«

»Ich kann einfach nicht schlafen. Ich mache mir natürlich auch Sorgen.«

»Ich war vorhin in Hässelby. Ich habe geklingelt, aber es war niemand da.«

»Nein.«

»Was soll ich tun? Was zum Teufel soll ich bloß tun!« Die letzten Worte schrie er, sie hörte, wie er sich selber wieder zur Vernunft brachte.

»Entschuldigung … Aber ich mache mir solche Sorgen, dass ich einfach nicht mehr weiter weiß.«

»Das ist doch verständlich. Haben Sie keine Schlaftabletten, oder so etwas? Ich meine, damit Sie ein wenig schlafen können.«

»So etwas nehme ich nie.«

»Sie auch nicht?«

»Das weiß ich ehrlich gesagt nicht.«

»Nicht. Nun ja, ich will Sie nicht länger stören. Sollte mir noch etwas einfallen, rufe ich an. Gute Nacht.«

»Gute Nacht.«

Jedes Mal, wenn sie sich hinlegte, kehrte alles zurück. Tagsüber hatte es sich fern gehalten. Und nachher, als alles vorbei war, schlief sie ein. Zu diesem Zeitpunkt war sie nicht mehr betrunken, aber als sie aus der Dusche kam, setzte sie sich auf die Bettkante und trank noch ein paar Gläser Wein. Sie merkte, dass sie wieder Schmerzen im Fuß hatte. Dann schlief sie ein.

Sie waren sich in die Arme gefallen. Lange Zeit hatten sie so gestanden und sich umarmt, Berits erhitztes, verheultes Gesicht, ihr besoffenes Weinen, ich habe mir Vorwürfe gemacht, ich habe solche Angst gehabt, Kinder sind eben so, habe ich versucht, mir einzureden, Kindern scheint die Fähigkeit zum Mitgefühl zu fehlen, aber es hat nichts genutzt, oh, Justine, Justine, du musst mir verzeihen.

Sie war etwas kleiner als Justine und schlanker. Aber sie war stark. Als Justine sie auf die Erde hinunterzog, gab sie widerstandslos nach. Justine wälzte sich auf ihre Brust, schmiss sich nach vorn und drückte ihr den Hals zu. Da erst fing sie an, sich zu wehren. Justine reckte sich nach einem Buch, zerrte es aus dem Bücherregal, es war ein Dostojewskij, und schlug damit direkt auf Berits Nasenrücken. Sie hörte das knirschende Geräusch, spürte, wie der Körper unter ihr sich nicht mehr bewegte, sich ihre Augen verdrehten. Sie war für einen Moment ohnmächtig geworden, vielleicht mehr durch den Schock als durch den Schmerz. Schnell stürzte sie in ihr Schlafzimmer, holte ihr langes Halstuch, wickelte es der liegenden Frau mehrmals um den Hals und zog zu.

Sie lockerte ihren Griff erst, als kein Zweifel mehr bestand.

Sie hörte das Telefon klingeln und hob den Hörer ab, es war ein Mann, Nathan? Nein, Hans Peter. Nathan gab es nicht mehr, sein Körper war in Stücke gehauen worden, weit entfernt in einem Strom auf der anderen Seite der Erde, das war lange her, und alles war vergessen.

Wortlos legte sie den Hörer wieder auf.

Sie wusste haargenau, was sie zu tun hatte. Ohne vorher darüber nachgedacht zu haben, flog ihr jetzt alles zu, es gab eine

Stimme, die sie führte. Hole die leinenen Einkaufstaschen aus dem Besenschrank, zwei weiße Stofftaschen mit dem Konsumzeichen darauf. Dann das Halstuch: Sie sah nicht in das Gesicht der Toten, löste das Halstuch von ihrem Hals, ein grausiges, pustendes Geräusch war zu hören, zog es durch die Griffe der Taschen. Band es anschließend wie eine Schärpe um Berits Taille.

Der Vogel umkreiste sie, geh schlafen, sagte sie ihm, du wirst dir hier im Dunkeln noch wehtun. Aber er hörte nicht auf sie, saß die ganze Zeit auf ihrer Schulter, während sie den Körper die Treppe hinunterschleifte. Er brachte sie für einen Moment aus dem Konzept.

Erst als sie begann, zur Kellertür zu gehen, hob er ab und flog wieder nach oben.

»Ich komme gleich!«, rief sie. »Du weißt, dass ich das tue, und dann bekommst du etwas Leckeres, ein Ei sollst du bekommen, vielleicht sogar eins mit einem Embryo, wie es sie manchmal gibt.«

Sie hatte Berit im Flur gelassen. Es gab Steine im Keller, sie erinnerte sich jetzt an sie. Ihr Vater hatte sie mitgebracht, hatte die Steine einem Geschäftsfreund abgekauft, der ihm helfen sollte, einen Grill zu bauen. Aus diesem Grill war nie etwas geworden. Flora hatte gemeckert, sie hörte plötzlich wieder ihre nörgelnde Stimme, nie bekommst du etwas auf die Reihe, sollen sie etwa bis zum Ende aller Tage hier auf dem Hof liegen, das sieht ungepflegt aus, ich will das nicht.

In einem Wutanfall hatte ihr Vater eines Tages jeden einzelnen Stein in den Keller geschleppt. Ganze zehn Minuten brauchte er dafür, er war blass und raste vor Wut, nahm anschließend das Boot und fuhr auf den See hinaus.

Justine trug ein paar dieser Steine hinauf und legte sie in die Leinentaschen, aber als sie anschließend versuchte, Berit von der Stelle zu bewegen, ging dies über ihre Kräfte.

»Verdammte Scheiße«, knirschte sie.

Ihr Atem ging jetzt schneller, aber sie war nicht wirklich in Panik.

Sie holte die Steine wieder heraus. Mit etwas Mühe zog sie Berit die Jacke und die hässliche braun karierte Mütze an. Beinahe hätte sie die Fingerhandschuhe vergessen, die auf dem Hutregal lagen. Als sie die Handschuhe entdeckte, versuchte sie zunächst, sie über Berits Hände zu ziehen, hielt dann aber schluchzend inne und stopfte sie in die Jackentaschen der Toten.

Danach zog sie sich selbst an. Sie zerrte den Tretschlitten zur Treppe. Jetzt kam das Schwerste, den leblosen Körper herabzuwuchten und auf der Ladefläche des Schlittens abzusetzen. Die ganze Zeit über war sie sich der Schmerzen in ihrem Fuß bewusst, aber es war, als erreichten sie die Schmerzen nicht wirklich. Sie belastete den Fuß, und es stach und schmerzte unablässig, aber es war ein gedämpfter und verhaltener Schmerz. Sie würde sich später mit ihm beschäftigen.

Sie ließ ihre Last auf den Schlitten fallen. Die Kufen rutschten ein wenig, die Arme der Toten schlugen schwer in den Schnee. Justine versuchte, sie in Berits Schoß zu legen, aber sie fielen immer wieder zurück, unkontrolliert. Deshalb musste sie hineingehen und nach einer Schnur suchen. Erst fand sie keine, zog jede einzelne Schublade in der Küche heraus, kippte ihren Inhalt auf den Fußboden.

Und nun zeigte sie erste Anzeichen von Panik.

Sie ging zum Spiegel, betrachtete ihr Gesicht, sprach ihren Namen laut aus:

»Justine! Das bist du dir schuldig, vergiss das nicht! Denk immer daran!«

Ihre Hände hatten angefangen zu zittern, sie hob sie und versetzte sich selbst zwei feste Ohrfeigen, calm, calm, werd jetzt nicht hysterisch, du weißt, was er davon hält.

Da ging es vorüber.

Gleich darauf fand sie das Knäuel aus Schnüren. Es lag in der Fensternische, sie erinnerte sich, dass sie es vor einigen

Tagen gebraucht hatte, um ... nein, sie erinnerte sich nicht mehr, wozu. Sie hob die Schere vom Boden auf und ging hinaus.

Berit saß zusammengesunken auf dem Schlitten, war nahe daran, herunterzurutschen. Justine zurrte sie am Schlitten fest, um den Bauch, die Hände, die Beine. Ihr Kopf hing herab, das gebrochene Genick, nicht in die erstarrten Augen gucken, nicht gucken, sie zog ihr die Mütze so weit ins Gesicht wie möglich, ging wieder hinein und holte die Steine.

In jede Leinentasche passten fünf Steine.

Es war eine dunkle und neblige Nacht. Sie ahnte die Konturen eines Flugzeugs hoch über ihr, hörte sein Motorengeräusch. Nur mit großer Mühe gelang es ihr, den Tretschlitten zum See zu bugsieren. Die Kufen sackten ständig in dem pappigen Schnee ein. Es ging etwas besser, als sie schließlich aufs Eis hinauskam. Sie schob den Schlitten so weit hinaus, wie sie sich traute, ängstlich geworden durch die hämmernden und durchdringenden Laute, die ihr von Zeit zu Zeit von dort draußen entgegenhallten. Sie ging so lange, bis sie nasse Füße bekam. Sie sah eine Wasserschicht auf dem Eis.

Dann blieb sie stehen und nahm Anlauf. Humpelnd lief sie auf den Schlitten zu, versetzte ihm einen Stoß, brachte ihn so dazu, ein Stück vorwärts zu gleiten. Aber es reichte nicht. Noch trug das Eis. Sie musste versuchen, noch ein Stück weiter hinauszukommen. Sie legte sich auf den Bauch, robbte vorwärts, der Mantel sog die Nässe auf, aber sie fror nicht, es schien eher zu brennen, sie stemmte die Hände gegen Berits Hinterteil und stieß noch einmal zu. Der Schlitten glitt etwa zehn Meter weiter. Man hörte krachende und glucksende Geräusche, dann kippte der Schlitten vornüber, sie sah, wie er langsam ins Wasser glitt, sah die schwankenden Kufen, wie alles versank und verschwand.

Zurück im Haus meldeten sich die Schmerzen in ihrem Fuß. Sie zog die nassen Sachen aus und stopfte sie in den Trockner.

In der Dusche entdeckte sie die Abschürfungen auf ihren Armen, Schürfwunden von Fingernägeln. Es brannte höllisch, als sie Salbe darauf tat.

Aber erst als sie zur Schlafzimmertür kam, fiel ihr Blick auf Berits Tasche. Sie stand noch neben dem Stuhl, auf dem sie gesessen hatte.

## 3. KAPITEL

Am Morgen war sie von einem Gewicht auf ihrem Brustkorb erwacht. Sie hatte versucht zu schreien, aber ihr Hals war wie eine Raspel. Sie tastete zwischen den Laken und fühlte den Vogel, nie zuvor war er auf ihrem Bett gelandet.

Sie hatte Berits Tasche in ihrem Kleiderschrank versteckt. Als sie am frühen Morgen in den oberen Flur kam, entdeckte sie noch eine Tasche, eine dunkelblaue Leinentasche, bedruckt mit den Worten Lüdings Verlag und einem Firmenzeichen, das aus ein paar Buchrücken bestand. Sie lag achtlos hingeworfen an der Wand, und Justine erinnerte sich jetzt, dass Berit Blumen und eine Flasche Wein mitgebracht hatte. Sie fühlte sich vollkommen leer.

Sie faltete die blaue Tasche zusammen und legte auch sie in den Kleiderschrank.

Den Rest des Tages verbrachte sie mit Hans Peter. Es gelang ihr, alles andere zu verdrängen. Sie hatte an ihn gedacht, er hatte begonnen, einen Platz in ihrem Denken einzunehmen. Sie wurde von Zärtlichkeit erfüllt, wenn sie an sein Schlüsselbein, seinen Hals, seine Hände dachte. Es war nicht wie bei Nathan, das hier war sanfter, zärtlicher. Er schenkte ihr eine Art fröhlicher Zufriedenheit.

Sie hatte vorgehabt, sich Berits Tasche anzunehmen, sobald er gegangen war, aber ihr fehlte die Kraft dazu. Die Müdigkeit traf sie wie ein Schlag, sie legte sich ins Bett, sein Geruch hing in den Laken, seine Nähe.

Montagvormittag rief Tor Assarsson wieder an.

»Ich kann einfach nicht arbeiten gehen«, sagte er. »Ich habe wirklich gehofft, dass Sie zu Hause sind.«

»Ja, ich bin zu Hause.«

»Es ist zum Verzweifeln, das Ganze ist einfach zum Verzweifeln.«

»Das verstehe ich. Sie haben also nichts Neues gehört?«

»Nein.«

»Vielleicht, wenn die Post kommt. Sie hat Ihnen vielleicht schon einen Brief geschrieben, aus Rom oder Tobago. Vielleicht hat sie sich einfach nur aus dem Staub gemacht, um ein wenig Distanz zu bekommen.«

»Glauben Sie wirklich?«

»Undenkbar ist es jedenfalls nicht.«

»Vielleicht haben Sie Recht. Ich hoffe es.«

Er sagte, dass er zu ihr kommen und mit ihr sprechen müsse. Es gelang ihr, seinen Besuch hinauszuzögern, er solle erst einmal die Post abwarten, sagte sie, wann kommt die immer?

Er sagte, dass er es nicht wisse. Er war ja in der Woche nie zu Hause.

Schließlich versprach sie ihm, ihn nach dem Mittagessen zu empfangen.

Sie dachte an Hans Peter.

Aber jetzt waren erst einmal die Taschen an der Reihe. Sie hatte gehofft, die Taschen hätten sich auf wundersame Weise in Luft aufgelöst, als sie die Schranktür öffnete, was aber natürlich nicht der Fall war. Berits große Ledertasche stand auf Justines Turnschuhen, genau dort, wo Berit sie abgestellt hatte.

Ihre Kopfschmerzen kehrten wieder.

Sie setzte sich mit einer Schere auf den Fußboden. Sie hatte vor, die ganze Tasche in winzig kleine Stücke zu schneiden, die Tasche und ihren Inhalt. Als sie die Tasche in der Hand hielt, wie Berit sie immer gehalten hatte, wurde ihr klar, dass dies nicht leicht werden würde. Justine wollte sie nicht öffnen, wusste aber, dass sie es musste, die kleinen Metallbügel knipsten, und die Tasche gähnte ihr mit ihrem dunklen und geheimen Innenleben entgegen. Die Sachen der Besitzerin, ihr Leben.

Zuoberst lag ein Stofftaschentuch mit schwachen Lippenstiftspuren, dann all das andere, was sie nicht sehen wollte, aber sehen musste, all die persönlichen Gegenstände und Dinge, die nun das Bild Berits wieder in ihrem Haus lebendig werden ließen. Eine Brieftasche, an den Rändern abgenutzt, die Fächer mit der Scheckkarte, der Krankenkassenkarte, American Express, ein Mitgliedsausweis des Verlegerverbands, der vor einigen Jahren abgelaufen war. Justine klappte eine Ecke um, und die Augen von drei Menschen trafen ihre: die Augen Tors und der Söhne noch als Schuljungen. Im Fach für die Geldscheine befanden sich fast tausend Kronen. Mit den Geldscheinen fing sie an, zerschnitt sie in schmale Streifen, dann die Fotos, die Plastikkarten und all die kleinen Zettel und Quittungen, die sich im Fach hinter den Geldscheinen befanden. Anschließend nahm sie den Kalender, blätterte ihn schnell durch und las sporadisch auftauchende Notizen, Zahnarzt 13.40, vergiss den Schuster nicht. Am Boden der Tasche lag lose Berits Führerschein. Sie sah sich auf dem Foto nicht ähnlich, es war ein altes Bild, auf dem Berit die Haare zu einem Dutt hochgesteckt hatte, was sie alt aussehen ließ. Schlüssel, Kamm, Spiegel und Lippenstift, sie sammelte alles in einer Tüte, versuchte eine Weile, den Kamm mittendurch zu brechen, es war ein hellblauer Plastikkamm mit Stiel, sie bot all ihre Kräfte auf, aber das Plastik hielt, ein kleiner Parfümflacon, Nuits indiennes, sie wickelte ihn in Frischhaltefolie, um den Duft zu dämpfen, das Feuerzeug stand auf dem Tisch. Dort lag auch die Schachtel Zigaretten, fünf, sechs Zigaretten waren übrig geblieben, sie zerbröselte sie über dem Haufen. Schnitt die Leinentüte in kleine Stücke, machte sich dann an die Handtasche, aber hier musste sie aufgeben, die Schere schnitt nicht mehr, war stumpf geworden.

Was sollte sie mit der Tasche machen? Sie saß mit ausgestreckten Beinen auf dem Boden, ein abgeschnittenes Auge Berits starrte ihr direkt ins Gesicht. Sie hob es mit den Fingerspitzen auf und steckte es ganz unten in den Haufen.

Das Telefon klingelte, sie wagte nicht, es auszustecken, sie dachte an Tor Assarsson und Berits Kinder. Sie musste verfügbar sein, die fröhliche und feinfühlige Freundin.

Gereizt meldete sie sich mit ihrem vollen Namen.

»Mein Liebling!«

Es war Hans Peter.

»Ich hatte schon Angst, du hättest das Telefon wieder einmal ausgesteckt.«

»Nein ...«

»Ich sehne mich so nach dir, mein ganzer Körper sehnt sich nach dir, meine Handflächen vermissen die Wärme deiner Haut, ich will deine Stimme hören und dich umarmen.«

»Oh, Hans Peter ...«

»Was ist mit dir? Du klingst so anders, ist etwas passiert?«

»Nein, es ist nichts.«

»Bist du sicher?«

»Ja, ja. Musst du heute arbeiten?«

»Sicher. Aber nicht vor heute Abend. Wenn ich jetzt zu dir kommen darf, dann komme ich!«

Ihre eigene Stimme machte sie frösteln.

»Ich habe leider keine Zeit. Ich habe zu tun.«

»Und wann hast du Zeit?« Sie hörte, dass er den Faden verloren hatte.

»Ich rufe dich an.«

»Aha?«

»Lieber Hans Peter, es gibt da ein paar Dinge, die ich zuerst erledigen muss, ich kann jetzt nicht darüber sprechen. Aber ich rufe dich an.«

»Es kann aber sein, dass ich nicht zu Hause bin.«

»In Ordnung. Aber ich werde es auf jeden Fall versuchen, ich muss jetzt Schluss machen, entschuldige bitte!«

Sie legte auf. So hatte sie sich das nicht vorgestellt. Sie presste ihre Hände gegen die Augen und wimmerte.

Ob es möglich war, die Tasche zu verbrennen? Nein. Das wäre zu riskant. Sie murmelte vor sich hin und ging umher, was sollte sie tun, was sollte sie bloß tun? Dann erinnerte sie sich an Lövsta, an die Müllkippe hinter Riddarsvik. Natürlich. Dass sie daran nicht schon früher gedacht hatte. Sie war sehr müde, ihr drehte sich alles vor Augen, als sie in den Keller hinunterging. Dort unten fand sie die Rolle mit den schwarzen Müllsäcken, stopfte die Taschen und den Haufen aus zerschnibbelten Sachen in einen von ihnen und verschloss ihn. Drehte eine Runde und suchte in allen Zimmern, nein, keine weiteren Spuren. Zog sich an und fuhr los.

Sie hatte sich Sorgen gemacht, dass jemand fragen könnte, was sich in dem Müllsack befand. Ein Mann in einem Overall sah sie desinteressiert an, sie sagte dennoch:

»Brennbare Sachen, wo kommen die hin?«

Er zeigte auf einen der Container.

»Danke«, sagte sie.

Und als sie zurück zum Auto ging:

»Einen schönen Tag noch.«

Er murmelte etwas Unverständliches.

Sobald sie wieder zu Hause war, wählte sie Hans Peters Nummer. Er ging natürlich nicht an den Apparat. Sie wurde von Angst ergriffen, die zu Verzweiflung wurde. Sie ging ins Badezimmer und schminkte sich stark, dicke Kajalstriche und Lidschatten. Zog einen Rock, eine Strickjacke und eine dicke Wollstrumpfhose an. Ihrem Fuß war die Nachtruhe gut bekommen, aber er war immer noch ein wenig geschwollen.

Sie musste es noch einmal versuchen, nein, jetzt war er traurig und verletzt, er würde nicht abheben, selbst wenn sie es den ganzen Tag über versuchen würde. Er war der nachtragende Typ, da war sie sich sicher.

Jemand war an der Tür, war er es? Draußen stand ein Mann, das konnte sie durch das Milchglas erkennen, er sah aus wie Hans Peter, war er es?

Aber er war es nicht.
Sie wusste sofort, wer es war.
Es war Tor, Berits Mann.

»Du bist Justine, nicht wahr?«

Er sah furchtbar aus, Bartstoppel lagen wie eine graue Wolke auf Kinn und Wangen, die Augen waren klein und trüb.

»Komm herein!«, sagte sie leise.

Er stand im Flur, sah sich um.

»Hier ist sie also noch letzten Samstag gewesen. Ich versuche, mich in sie hineinzuversetzen, mich in ihre Gedankengänge und Handlungen hineinzuversetzen.«

»Ja …«

»Wohin seid ihr dann gegangen?«

»Wir sind hochgegangen, denke ich. Wir haben da oben eine Weile zusammengesessen und uns unterhalten.«

»Lass uns das Gleiche tun.«

Sie zog sich mit Hilfe des Treppengeländers hoch, die Schmerzen in ihrem Fuß waren inzwischen stärker geworden, er sah es, sagte aber nichts dazu.

»Ich sollte dir vielleicht einen Kaffee anbieten?«

»Ich möchte keinen Kaffee, ich möchte nichts.«

Der Vogel saß auf der Lehne von Berits Stuhl. Als er den Mann erblickte, schrie er. Tor Assarsson zuckte zusammen.

»Oh, verdammt, was zum Teufel ist denn das?«

»Das fragt jeder«, sagte sie müde. »Es ist ein Vogel, mein Haustier.«

Er blieb stehen. Justine streckte den Arm aus, der Vogel hüpfte auf ihn, stieß sich von ihm ab und flog in einem Kreis durch das Zimmer, ehe er sich schließlich oben auf dem Bücherregal niederließ.

Tor Assarsson hatte die Arme über den Kopf erhoben.

»Wie kann man sich nur so ein Haustier anschaffen!«

Sie schwieg.

»Kann man es jetzt wagen, sich hinzusetzen, oder gibt es noch mehr Überraschungen?«

Justine bereute schon, dass sie den Mann hereingelassen hatte. Er klang gereizt und aggressiv, stand wahrscheinlich unter Schock.

Sie sank auf die äußerste Stuhlkante.

»Habt ihr so gesessen?«, fragte er.

»Ich glaube, ja.«

»Wir sind seit vielen Jahren verheiratet, Berit und ich. Erst jetzt begreife ich wirklich, dass sie ein Teil meiner selbst geworden ist. Verstehst du? Und jetzt ist es vielleicht zu spät!«

»Hast du die Post abgewartet?«, fragte sie.

»Ja. Aber da war nichts drin. Außerdem habe ich das hier gefunden.«

Er steckte die Hand in die Tasche und holte einen Pass hervor. Er schmiss ihn mit Wucht auf den Tisch.

»Sie kann also gar nicht verreist sein. Zumindest hat sie nicht das Land verlassen.«

»Wie ist es mit der EU … Braucht man für diese Länder einen Pass?«

»Ich glaube schon.«

»Ja … Es tut mir Leid, aber ich kann da auch nicht viel tun.«

»Darf ich dich etwas fragen, wart ihr Kameradinnen, als ihr in die Schule gingt? Wart ihr dicke Freundinnen, oder so?«

»Nicht direkt.«

»Nein, das habe ich mir gedacht. Sie hat so etwas angedeutet. Du bist gemobbt worden, nicht wahr? Obwohl, zu jener Zeit hat man wohl kaum gemobbt dazu gesagt. Was hat man eigentlich gesagt? Pennalismus?«

»Es ist nicht immer leicht gewesen. Aber ich habe wirklich nicht ständig darauf herumgeritten, es ist ja schon so furchtbar lange her.«

»Sie hat angedeutet, dass sie mit dir darüber sprechen wollte. Sie hat darunter gelitten, hatte ein schlechtes Gewissen bekommen.«

»Tatsächlich.«

»Hat sie das getan, hat sie etwas gesagt?«

Gedanken schossen ihr wüst durch den Kopf, war es wichtig, dass sie jetzt das Richtige antwortete, war es wichtig?

»Ich glaube, sie sagte, dass sie vielleicht nicht immer sehr nett gewesen sei.«

»Das hat sie gesagt?«

»Ich glaube schon.«

»Und was hast du geantwortet?«

»Ich erinnere mich nicht mehr genau ... Wahrscheinlich, dass ich auch kein Unschuldslamm war.«

Seine Schultern sackten nach unten, sie sah sein Hemd, der Kragen war verknittert, kein Schlips.

»Die Jungen«, sagte er schwerfällig. »Was soll ich nur den Jungen sagen?«

»Ich verstehe, dass du dir Sorgen machst«, flüsterte sie. »Aber es ist doch noch gar nicht so viel Zeit vergangen, du musst versuchen, ein wenig Geduld zu haben. Vielleicht ruft sie dich in diesem Moment an, vielleicht ist sie gerade jetzt am Telefon.«

»Dann wird aufs Handy umgeschaltet.« Er klopfte sich auf die Rocktasche. »Ich höre sofort, wenn es zu Hause klingelt. Was hat sie gesagt, als sie gehen wollte? Was genau waren ihre Worte?«

»Oh, daran erinnere ich mich beim besten Willen nicht mehr.«

»Schaute sie schnell auf die Uhr und sagte, oh, nun muss ich aber wirklich los?«

»So was in der Richtung muss es gewesen sein.«

»Ich war übers Wochenende draußen in unserem Wochenendhaus. Sonst hätte ich schon früher reagiert. Warum zum Teufel bin ich nur in unser Wochenendhaus gefahren!«

Er knetete seine Stirn mit den Fingern.

»Also, ich verstehe das einfach nicht. Ich verstehe es nicht.«

»Nein ... Man denkt, dass man einen Menschen kennt. Aber dann stellt sich heraus, dass man im Grunde gar nichts von ihm weiß.«

»Ja, das ist wahr, das ist wirklich wahr.«
Justines Telefon klingelte. Sie fuhr auf.
»Entschuldige, bitte.«
Hans Peter, dachte sie. Lieber, süßer, geliebter Hans Peter.
Aber es war ein anderer Hans, Hans Nästman.

# 4. KAPITEL

Es war stürmisch geworden. Wolken aus trockenem Schnee stoben draußen durch die Luft wie Rauchfahnen. Ihr Gesicht lief rot an.

»Guten Tag, Justine Dalvik. Erinnern Sie sich an mich?«

»Aber ja. Sicher erinnere ich mich. Warum rufen Sie an … gibt es etwas Neues von Nathan?«

»Nein.«

»Also nicht.«

»Und auch nichts Neues über den Mörder des jungen Mädchens.«

Justine hielt den Atem an. Hinter ihr ging Tor Assarsson durchs Zimmer, öffnete die Tür zum Balkon und zündete sich eine Zigarette an. Es zog eiskalt über den Fußboden.

»Einen Augenblick!«, sagte sie in den Hörer. »Mach zu!«, zischte sie anschließend Tor Assarsson zu und zeigte auf den Vogel.

»Haben Sie Besuch?«, fragte Hans Nästman.

»Ja.«

»Nach allem, was ich höre, hatten Sie auch letzten Samstag Besuch.«

»Stimmt.«

»Darüber würde ich mich gerne ein wenig mit Ihnen unterhalten.«

»Wieso denn das? Darf man in seinem Haus etwa keine Gäste mehr empfangen?«

»Sicher darf man das, Justine. Sicher.«

»Ja, dann verstehe ich nicht …«

Das Gespräch wurde getrennt, sie begriff, dass er von einem Handy aus anrief und in ein Funkloch geraten war. Sie bereute ihre Reaktion, sie hatte ihm geantwortet, indem sie ihn attackierte. Das war nicht gut. Sie legte den Hörer auf, bückte sich schnell und zog den Stecker heraus. Dann ging sie zu Tor Assarsson auf den Balkon.

»Man muss mit Türen und Fenstern ein wenig Acht geben, der Vogel könnte sonst aus einem Impuls heraus davonfliegen.«

Rauch sickerte aus seinen Nasenlöchern.

»Das wäre wohl auch besser so!«

»Auf gar keinen Fall!«

»So ein Vogel gehört ins Freie.«

»Ja, aber damit käme er nicht zurecht. Er weiß nicht, wie man sich gegen wilde Vögel und anderes, was ihn draußen bedroht, verteidigt. Er ist in der Gesellschaft von Menschen gewesen, seit er aus dem Nest gefallen ist. Er ist von Menschen geprägt worden, von mir.«

Der Aschenbecher stand auf dem Boden. Ihr fiel ein, dass sie vergessen hatte, ihn zu leeren. Die Windböen ließen die Asche aufwirbeln. Tor Assarsson drückte seine Zigarette zwischen den vielen halb gerauchten Kippen Berits aus.

»Schon gut«, sagte er. »Das geht mich ja auch gar nichts an.«

Er brach auf. Erst meinte er, er wolle sich ein Taxi rufen, dann entschied er sich anders.

»Ich mache es, wie sie es gemacht haben muss, ich gehe zur Straße hoch und nehme einen Bus. Hast du eine Ahnung, wie oft die Busse hier fahren?«

»Leider nicht. Ich nehme nie den Bus.«

»Nein. Ich habe gesehen, dass du draußen ein schickes, neues Auto stehen hast.«

»Ja. Ich habe es gerade erst gekauft. Ich habe leider ein paar Dinge zu erledigen, sonst könnte ich dich bis zur U-Bahn fahren.«

»Nein, nein! Ich möchte gern gehen. Wie ich schon sagte,

ich versuche, mich in alles hineinzuversetzen, was Berit am Samstag getan hat.«

Sie begleitete ihn zur Tür. Reichte ihm seinen Mantel und Schal. Nahm seine eiskalte Hand in ihre beiden warmen Hände.

»Tor«, sagte sie und redete ihn zum ersten Mal mit seinem Namen an. »Wir beide werden die Daumen drücken, so fest es nur geht. Dass Berit wieder auftaucht. Dass ihr nichts zugestoßen und alles in bester Ordnung ist. Wenn wir nur ganz fest an sie denken, dann wird bestimmt alles gut!«

Er räusperte sich.

»Danke«, sagte er.

Sobald er den Hang hinauf verschwunden war, steckte sie das Telefon wieder ein. Es klingelte unmittelbar darauf.

»Hallo?«, rief sie, hörte aber nur ein Rauschen.

»Hans Peter? Bist du es?«

Aber es war wieder der Polizist am anderen Ende, er meckerte und fluchte. Seine Worte kamen abgehackt.

»Hallo? So ein Mist … Ich bin gleich … draußen in Hässelby. In etwa … Minuten.«

Sie ging auf den Balkon und holte den Aschenbecher, leerte ihn in die Toilette und musste viermal abziehen, bis alle Kippen verschwunden waren. Dann rief sie den Vogel und sperrte ihn auf den Speicher. Eine eigenartige Ruhe hatte Besitz von ihr ergriffen, sie setzte eine Kanne Kaffee auf und deckte den Tisch mit Tassen.

Hans Nästman war allein. Er parkte dicht hinter ihrem Auto und kam den Schotterweg herunter. Sie öffnete, noch ehe er klingeln konnte.

Er hatte sich verändert, war mager geworden.

»Guten Tag, Justine. Ich habe Sie nicht vergessen, wie Sie sehen.«

»Ich habe Sie auch nicht vergessen.«

»Das ist gut so.«

»Ich habe Kaffee gekocht.«

Er nickte.

Sie saßen am Küchentisch, hier hatte sie gestern mit Hans Peter gesessen, hatte die Tischplatte leergeräumt und war von einer rein sinnlichen Sehnsucht erfüllt worden, das Telefon hatte geklingelt.

»Sie haben sich verändert«, sagte sie.

»Sieht man das?«

»Ja.«

»Ich bin krank gewesen.«

»Ja, Sie müssen einige Pfunde verloren haben. Nichts Ernstes, hoffe ich?«

»Ein Tumor am Dickdarm.«

»Oh.«

»Er ist jetzt weg. Der Tumor, meine ich. Wir wollen hoffen, für immer.«

»Schrecklich, diese Krankheit!«

»Ja. Man lernt das Leben wirklich schätzen, wenn man so krank wird.«

Sie goss Kaffee ein.

»Leider habe ich keine Teilchen.«

»Umso besser! Kuchen und Teilchen bekommt man viel zu oft.«

»Ich nehme an, Sie kommen aus einem bestimmten Grund?«

»Ich komme wegen Berit. Berit Assarsson, Ihrer alten Klassenkameradin.«

Ihr Bauch krampfte sich zusammen.

»Berit, ja.«

»Justine, nehmen Sie es mir bitte nicht übel, aber es hat den Anschein, dass Sie Unglück bringen. Menschen in Ihrer Nähe stößt etwas zu, sie verschwinden oder sterben.«

»Wollen Sie damit sagen, dass ich daran schuld bin?«

»Das habe ich nicht gesagt. Aber es ist schon seltsam: Als Ersten traf es Nathan Gendser, Ihren Bekannten. Er verschwand einfach so im Dschungel, und niemand hat ihn seitdem mehr gesehen. Dann traf es Martina Andersson, eine junge, hübsche und lebensfrohe Journalistin, die ganz offensichtlich ein Auge auf diesen Gendser geworfen hatte. Man findet sie kaltblütig mit einem Dschungelmesser erstochen. In Ihrem Hotelzimmer.«

»Ein Auge auf ihn geworfen?«, wiederholte sie.

»Ich habe selbstverständlich mit den anderen Teilnehmern der Exkursion gesprochen. Das dürfte Ihnen doch auch nicht entgangen sein.«

»Sie erweckte manchmal den Eindruck, gerne zu flirten, aber das war mehr so eine Art, wie sie manche junge Frauen haben. Übrigens flirtete Nathan auch ganz gerne, und ich kann nicht leugnen, dass mich das manchmal verletzt hat. Außerdem ist doch klar, dass ihm Martinas Interesse schmeichelte. Im Vergleich zu ihr war er doch ein alter Knacker!«

»Und jetzt diese Frau, Berit. Ihr Mann hat sie als vermisst gemeldet. Bei der Gelegenheit bin ich auf Ihren Namen gestoßen. Sie war ausgerechnet bei Ihnen, bevor sie verschwand.«

»Verdächtigen Sie mich in irgendeiner Weise? Wollen Sie mich ins Gefängnis bringen?«

Er sah sie über den Rand seiner Brille hinweg an.

»Ich möchte mich nur ein bisschen mit Ihnen unterhalten.«

»Ist das hier etwa eine Art Verhör?«

»Jetzt beruhigen Sie sich bitte! Ich möchte Ihnen nur ein paar Fragen stellen.«

Sie presste die Hände vors Gesicht, ihr Herz pochte so sehr, dass sie dachte, er müsse es hören.

»Okay«, sagte sie leise. »Die Sache mit Nathan … Ich bin darüber noch nicht hinweggekommen, falls Sie das geglaubt haben sollten, jedes Mal wenn sein Name fällt … Wir wollten heiraten, ich wäre heute schon seine Frau. Ich leide darunter, ich sehe ihn dort im Regenwald liegen, verletzt, vielleicht … tot … und wie die wilden Tiere …«

Hans Nästman trank einen Schluck Kaffee. Er ließ sie reden. Er lehnte sich gegen die Stuhllehne zurück, und als sie ihre Hände wieder herabsinken ließ, lächelte er sie an.

Sie musste von jenem Samstagabend erzählen, jedes einzelne Detail wollte er wissen, er ließ sich zeigen, wie sie genau gesessen hatten, was sie gesagt, gegessen und getrunken hatten. Er erkundigte sich nach ihrem Fuß.

»Ich bin gefallen, als ich bei Glatteis gejoggt bin. Er ist wahrscheinlich verstaucht.«

»Ihr Mann sagt, sie habe Reuegefühle gehabt. Ihre Kindheit schien sie wieder eingeholt zu haben, sie war die geborene Anführerin und hatte offenbar einigen Schulkameraden das Leben schwer gemacht, unter anderem Ihnen. Das schien sie jetzt zu quälen.«

»Richtig, sie … sprach es einmal an.«

»Wie sehen Sie die Sache?«

»Ich sagte ihr, Kinder seien nun mal so, ich war selber kein Unschuldslamm, ich konnte auch ganz schön gemein sein, das ist bei Kindern doch so, nicht wahr? Ich meine, denken Sie doch mal nach! Wie vielen Jungen haben Sie eine aufs Maul gegeben, als Sie noch ein Kind waren?«

»Berit suchte Sie jedenfalls auf, um darüber zu sprechen.«

»Ach Blödsinn, nicht nur deshalb. Wir waren alte Klassenkameradinnen, sie sucht im Moment nach ihren Wurzeln, versucht, auf alles eine Antwort zu finden. Sozusagen.«

»Hm. Warum ist sie dann verschwunden? Was denken Sie?«

»Tja, keine Ahnung … Aber es ist doch gerade erst Montag. Sie taucht bestimmt wieder auf!«

»Sie hat so etwas noch nie gemacht, sagt ihr Mann.«

»Das hatte Nora Helmer in *Nora* auch nicht – bis zu jenem Abend, an dem sie Mann, Heim und Kinder verließ.«

»Ich habe *Nora* nicht gelesen.«

»Ibsen.«

»Das weiß ich.«

»Aber ich sage Ihnen das Gleiche, was ich auch ihrem Mann gesagt habe, als er vorhin hier war. Berit ist ganz offensichtlich niedergeschlagen. Sie sieht ihr ganzes Leben als einen einzigen, großen Fehlschlag an, die Ehe, ihre Söhne, die nicht mehr besonders viel Kontakt zu ihr zu haben scheinen, und dann ist da noch die Sache mit ihrer Arbeit. Ihr Chef will die ganze Firma nach Norrland verlegen. Sie können sich vielleicht vorstellen … Sie ist nicht mehr jung, ja, sie ist in meinem Alter. Aber vielleicht wissen Sie auch nicht, welchen Wert eine Frau in unserem Alter hat? Auf dem Arbeitsmarkt … und auf anderen Märkten im Übrigen auch.«

Vom Speicher war ein Geräusch zu hören. Ein Plumpsen, als wäre etwas umgefallen. Der Polizist stand auf.

»Was war das!«

Sie seufzte.

»Ich besitze einen Vogel. Er ist da oben. Sonst fliegt er immer frei im Haus herum, aber ich bin es endgültig leid, es jedem zu erklären, der vorbeikommt. Deshalb habe ich ihn auf den Speicher gesperrt, als Sie Ihren Besuch angekündigt haben.«

Sie ging die Treppe hinauf und öffnete die Speichertür.

»Hallo?«, lockte sie. »Kommst du?«

Sie hörte ihn nicht. Sie trat in die Dunkelheit und sah sofort, dass ein Stapel alter Zeitschriften von einem Schrank gefallen war. Sie hatten ihrem Vater gehört. Der Vogel saß zwischen den Büchern, zerrte an den Einbänden und warf ihr wütende Blicke zu.

»Oh, lass sie in Ruhe!«, schimpfte sie. »Papa wäre rasend vor Wut geworden!«

»Was ist?«, fragte Hans Nästman, er stand jetzt hinter ihr, hielt sich am Geländer fest. Wenn sie nun mit ihrem Bein nach hinten ausschlug und zutrat? Die Treppe war steil, er würde vor lauter Überraschung den Halt verlieren und mit dem Schädel geradewegs auf den Treppenabsatz stürzen. Wahrscheinlich war er noch schwach und mitgenommen von seiner Krankheit und würde keinen Widerstand leisten.

Sie tat es nicht.

Der Vogel flatterte über ihren Köpfen.

»Er ist sauer«, sagte sie. »Er mag es nicht, wenn man ihn einsperrt.«

»Nein«, sagte Hans Nästman. »Das geht den meisten so. Und trotzdem werden Verbrechen begangen.«

Erst nach halb fünf war sie wieder allein. Sie ging sofort zum Telefon und wählte Hans Peters Nummer. Wieder hob niemand ab. Konnte er schon zur Arbeit in die Stadt gefahren sein? Wie hieß das Hotel noch, in dem er arbeitete, war es nicht irgendetwas mit Rosen? Sie holte das Branchenbuch und suchte unter Hotels und Pensionen, fand es fast sofort, Drei Rosen auf der Drottninggata. Sie schrieb die Telefonnummer auf einen Notizblock.

Sie ging hinaus und ließ den Wagen an. Er konnte so früh noch nicht im Hotel sein, so früh fing er nicht an. Sie fuhr zur Fyrspannsgata und parkte am Friedhof. Es war ein wolkenverhangener Tag. Der Wind zerrte an ihren Haaren und Kleidern, ihr war kalt bis ins Mark.

Zuerst ging sie zum falschen Haus, erinnerte sich nicht an die Hausnummer. Nachdem sie eine Zeit lang umhergeirrt war, stand sie schließlich vor Hans Peters Haustür. Entfernt hörte sie gedämpfte, rhythmische Schritte, dann das Geräusch laufenden Wassers. Ein schwacher, fast unmerklicher Geruch von Stein und Marmor. Sie sah seinen Namen, zu lang, um ganz Platz zu finden, H P Bergman, zweite Etage.

Es gab keinen Aufzug. Langsam ging sie die Treppen hoch zu seiner Wohnung. Wieder sah sie seinen Namen.

Nein. Er war nicht zu Hause. Sie klingelte ein paar Mal an der Tür, und als er nicht öffnete, spinkste sie durch den Briefeinwurf. Sein Duft, der Duft von Hans Peter und allem, was zu ihm gehörte. Sie rief mehrmals hinein, sah aber schließlich ein, dass die Wohnung leer war.

Sollte sie sich hinsetzen und warten? Oder war er schon in die Stadt gefahren? Ja. Das könnte er getan haben. Es hatte keinen Sinn. Sie riss ein Blatt von ihrem Notizblock ab und schrieb seinen Namen darauf, *Hans Peter,* schrieb sie, *ich sehne mich ganz furchtbar nach dir. Verzeih mir, falls ich dich verletzt haben sollte. Justine.*

Sie faltete das Blatt in der Mitte und schob es durch den Briefschlitz. Es fiel direkt auf die Türmatte, sie sah es dort liegen und konnte einen Zipfel seiner Winterjacke erkennen, sie hing an einem Haken.

Plötzlich begann sie zu weinen.

## 5. KAPITEL

Der Vogel war in der Küche. Sie hatte vergessen, ihn zu füttern. Was hatte sie noch da? Tiefgefrorenes Hackfleisch im Gefrierfach? Nein, nicht einmal das. Es war zwanzig vor sechs.

»Ich komme gleich wieder«, sagte sie. »Ich fahre noch mal los und gehe einkaufen.«

Sie fuhr zum Einkaufszentrum. Für einen Montagabend standen dort viele Autos, aber sie fand einen Parkplatz gleich neben den Einkaufswagen.

Im Schaufenster der Bank gleich rechts hingen Fotos von Häusern, die zu verkaufen waren. Hier hätte dieser Makler am liebsten auch ihr Haus ausgehängt! Sie wurde wütend, als sie daran dachte.

Sie war schon länger nicht mehr hier gewesen. Die Bücherei wurde umgebaut, das Personal und die Bücher waren in der Zwischenzeit in anderen Räumen untergebracht. An der Tierhandlung blieb sie stehen. In einem großen Käfig im Schaufenster hockte ein einsames Meerschweinchen. Früher war das Geschäft voller Tiere gewesen und hatte einer Frau gehört, die ihre Tiere leidenschaftlich geliebt hatte. Sie waren ihr Leben gewesen. Dann war sie allergisch geworden und hatte den Laden verkaufen müssen.

Aus einem Impuls heraus betrat sie die Tierhandlung. An der Ladentheke stand ein Mann und zeichnete Konservendosen mit Fischfutter aus.

»Kann ich Ihnen behilflich sein?«, fragte er.

»Dieses Meerschweinchen da.«

Sie schaute in den Käfig. Das Meerschweinchen hatte sich mit den Vorderpfoten an die Gitterstäbe gestellt und schnupperte.

»Er sieht einsam aus«, sagte sie.

»Soweit ich weiß, ist es ein Weibchen.«

»Na schön, *sie* sieht einsam aus.«

»Ja, wir haben alle Kleintiere und Vögel verkauft. Nur das Meerschweinchen ist noch übrig geblieben. Wir werden in Zukunft ausschließlich mit Reptilien handeln. Schlangen, Echsen und so weiter. Das ist jetzt in Mode.«

»Tatsächlich.«

»Möchten Sie das Meerschweinchen haben?«

»Als ich klein war, habe ich mir immer Tiere gewünscht. Ein Mädchen in meiner Klasse hatte Meerschweinchen. Aber sie waren nicht glatt wie das hier, sondern schwarz und voller Haarwirbel. Ich erinnere mich noch, dass sie Junge bekamen, sie trippelten in einer langen Reihe hinter ihrer Mama über den Fußboden.«

»Es sind liebe und friedliche Tiere, diese kleinen Schweinchen. Stellen keine besonderen Ansprüche.«

»Nein.«

Der Mann öffnete eine Kühlschranktür und raschelte mit einer Plastiktüte. Das kleine Tier holte Luft und begann mit schriller und herzzerreißender Stimme zu schreien.

»Sie denkt, dass sie Salat bekommt«, kicherte der Mann.

»Bekommt sie denn keinen?«

»Doch.«

Er hielt dem Meerschweinchen, das sich reckte und lang machte, ein Salatblatt entgegen, und es schnappte sich das Blatt mit den Zähnen.

»Es ist nicht leicht, es loszuwerden«, sagte der Mann.

»Hängen Sie so an ihm?«

»Nein, nein, so meine ich das nicht. Aber niemand scheint es haben zu wollen. Schlimmstenfalls muss ich es wohl zu den Schlangen stecken.«

»Das können Sie doch nicht machen!«

»Fressen und gefressen werden, das ist das Gesetz des Dschungels.«

»Was kostet es?«

»Sie können es haben, wenn Sie wollen.«

»Ich bekomme es geschenkt?«

»Ja. Sie scheinen Tiere zu mögen.«

»Tja ... vielen Dank. Ich laufe nur noch schnell und hole mir etwas zu essen.«

An der Fleischtheke kaufte sie Leber und zwei Kilo Hackfleisch. Sie griff sich eine Großpackung Eier von frei laufenden Hühnern, ein paar Zwiebeln und zwei Bund weißer Tulpen. An der Gemüsetheke nahm sie Salat und einen ganzen Berg verschiedener Gemüsesorten, Gurke, Mohrrüben, Tomate.

Die Kassiererin scherzte mit ihr.

»Hätte man nicht das ganze Fleisch gesehen, könnte man meinen, Sie hätten vor, Vegetarierin zu werden«, lachte sie vor sich hin. »Militante Vegetarierin. Ich habe von ihnen gelesen. Die lassen alle Würste frei.«

»Ich jedenfalls habe immer auf der Seite der Würste gestanden«, gab sie lachend zurück.

»Und wie geht es Ihrer Mutter?«

»Tja, es ist, wie es ist. Unverändert.«

»Wir können unserem Schicksal alle nicht entgehen. Wenn man so darüber nachdenkt, sie war immer so schön und so gut angezogen. Ich habe sie sehr bewundert. Ich erinnere mich noch, als wäre es gestern, wie sie in ihren maßgeschneiderten Kreationen und Kostümen hereinkam. So reich und vornehm, wie sie war, hat sie doch in unserem stinknormalen Lebensmittelgeschäft eingekauft.«

»Ja.«

»Sie hatte so eine bescheidene Art, wurde nie großspurig oder überheblich. Eine feine Frau, diese Flora Dalvik.«

Justine packte ihre Waren ein.

»Sie gehen sie doch öfters besuchen, nehme ich an. Können Sie mir nicht einen Gefallen tun und sie von Britt-Marie grüßen? Falls sie das noch …«

»Doch, doch, das tut sie. Ich werde sie grüßen.«

Der Vogel flog ihnen entgegen, als sie ins Haus kamen. Neugierig landete er auf dem Käfig, legte den Kopf zur Seite und erspähte das Meerschweinchen.

»Das hier ist unser neues Familienmitglied«, erklärte sie. »Es wäre fast den Schlangen zum Fraß vorgeworfen worden, aber ich habe es gerettet. Wenn du lieb zu ihm bist, wird es vielleicht dein Spielkamerad.«

Der Vogel rupfte unter einem Flügel, scheinbar uninteressiert. Eine weiche Daunenfeder fiel auf den Rücken des Meerschweinchens herab.

Sie füllte seine Schale mit Leber und Eiern. Er flog augenblicklich zu ihr.

Vorsichtig hob sie das Meerschweinchen hoch, fühlte die kleinen Pfoten auf ihren Fingerspitzen.

»Du siehst ein bisschen aus wie eine Ratte«, flüsterte sie. »Hättest du einen Schwanz, wäre es gar nicht so einfach, dich von einer zu unterscheiden. Ich glaube, so werde ich dich nennen, Rattie, ja, so sollst du heißen. Rattie.«

Sie setzte das Tier auf dem Fußboden ab, und es lief sofort zum Schrank und versuchte, sich darunter zu verstecken. Der Vogel flog ihm nach. Er war rund um den Schnabel blutverschmiert.

»Du musst nett zu Rattie sein!«, ermahnte sie ihn. »Ihr sollt euch Freude machen und Gesellschaft leisten, denk daran.«

Er krächzte kurz, hüpfte ein paar Mal und stubste mit seinem Schnabel leicht gegen das runde Hinterteil des Meerschweinchens. Rattie drehte sich um und stellte sich auf die Hinterbeine.

»Das wird schon klappen«, sagte sie. »Ihr gewöhnt euch schon noch aneinander.«

Um acht rief sie im Hotel an. Eine Männerstimme antwortete. Sie fragte nach Hans Peter.

»Er ist nicht da.«

»Aber … arbeitet er nicht bei Ihnen?«

»Doch. Aber im Moment gerade nicht.«

»Warum denn nicht? Er hat es mir doch gesagt.«

»Kann ich ihm etwas ausrichten?«

Sie legte den Hörer auf.

In der Nacht wurde sie öfters wach. Es war immer der gleiche Traum, er kehrte in schnellen Sequenzen zurück, Hans Nästman, mit einem ausdruckslosen und abgemagerten Gesicht. Er stand an ihrem Bett, rührte sich nicht, stand nur da. Als sie versuchte, sich aufzurichten, merkte sie, dass sie mit einem Hanfseil an ihr Bett gefesselt war. Hans Nästman lächelte sein breitestes Lächeln, jetzt ist es aus, Justine Dalvik, Sie werden schön mitkommen, ganz brav und ruhig.

»Sie können mir gar nichts beweisen!«, schrie sie. »Verschwinden Sie, lassen Sie mich in Ruhe!«

Er trat einen Schritt näher, seine Hand war ohne Haut und Nägel.

»Es braucht überhaupt nichts bewiesen zu werden, meine Liebe. Jetzt ist auch noch Hans Peter Bergman verschwunden, das reicht, um Sie zu überführen.«

Sie erwachte von ihrem eigenen Schrei. Es flatterte und schwirrte im Zimmer, sie machte das Licht an und sah den Vogel in Panik umherfliegen. Im Hellen beruhigte er sich, setzte sich auf seinen Ast, aber geduckt und verängstigt.

Sie musste aufstehen. Sie musste anrufen, Hans Peter zu Hause anrufen.

Es war Viertel vor drei. Niemand ging an den Apparat.

Der Tag war still, ohne Sonne, trockene Flocken in der Luft. Sie nahm das Meerschweinchen im Auto mit, wickelte es in eine Decke. Es rollte sich sofort zusammen und schlief ein.

Sie betrat die Abteilung und ging zum Schwesternzimmer.

Dort saß eine Krankenschwester und blätterte in einem Ordner.

»Guten Morgen. Ich heiße Justine Dalvik, ich wollte meine Mutter besuchen.«

»Ihre Mutter?«

»Flora Dalvik.«

»Oh, Sie meinen Flora. Guten Morgen. Das wird sie freuen, jede Abwechslung ist unseren Gästen hochwillkommen.«

»Wie geht es ihr?«

»Richtig gut. Gestern war sie den ganzen Tag über auf.«

Die Krankenschwester hieß Gunlis. Justine kannte sie nicht. Gunlis schlug den Ordner zu.

»Ich bin noch ziemlich neu hier, ich glaube nicht, dass wir uns schon mal begegnet sind. Ich werde Sie begleiten. Was haben Sie denn da?«

»Ein kleines Meerschweinchen, das ich gerade geschenkt bekommen habe. Ich wollte es Mama zeigen, ich hoffe, dass nichts dagegen spricht.«

»Oh, aber nein, im Gegenteil. Es sollte im Pflegebereich etwas menschlicher zugehen, etwas weniger klinisch, wenn ich so sagen darf. Ich selbst habe das immer propagiert, aber es ist schwer, Dinge durchzusetzen, die nicht zu den alltäglich anfallenden Arbeiten gehören. Ich glaube, viele Patienten würden ein Stück Lebensqualität wiedergewinnen, wenn nicht alles so steril wäre.«

Sie senkte ihre Stimme:

»Aber so etwas wagt man kaum zu sagen, denn dann riskiert man, seinen Job zu verlieren …«

»Ist das wahr?«

»Ja, so etwas kommt gar nicht in Frage. Wo kämen wir denn da hin? Wenn das Personal eigene Ansichten verträte? Darf ich mal sehen, was für eine süße, kleine Schnauze guckt denn hier heraus? Es beißt doch nicht, oder?«

»Nein, nein.«

Flora saß im Rollstuhl. Sie hob den Kopf, ein flackernder Blick.

Gunlis ging zu ihr und trocknete ihr das Kinn ab.

»Schau, Flora, wer da zu Besuch gekommen ist. Und sogar mit einem kleinen Enkelkind. Könnte man doch beinah sagen, nicht wahr?« Sie lachte.

Justine beugte sich über den Rollstuhl.

»Hallo, Muttchen!«

Sie strich Flora über die Wange, tätschelte ihre trockenen, kalten Hände. Platzierte das Bündel mit dem Meerschweinchen auf Floras Schoß, öffnete es vorsichtig. Ein heiserer und keuchender Laut drang aus der Kehle der Alten.

In der Ferne klingelte ein Telefon.

»Ich muss ans Telefon«, rief Gunlis. »Oh, ich hätte so gerne zugesehen!«

Das Meerschweinchen hatte sein Geschäft erledigt. Die Decke war voller länglicher, harter Perlen. Justine schüttete sie in einen Papierkorb. Dann ließ sie das Meerschweinchen auf Floras Schoß umherkrabbeln. Sie sah, wie sich Schweißtropfen auf Floras Oberlippe bildeten. Das Keuchen war schneller geworden, noch röchelnder.

»Ist sie nicht süß? Sie heißt Rattie. Nein, es ist keine Ratte, es ist ein ganz gewöhnliches Meerschweinchen. Du weißt, dass ich mir immer Tiere gewünscht habe, daran erinnerst du dich doch, oder?«

Flora hatte die Augen geschlossen. Ihre Haut hatte eine blassgraue Farbe angenommen. Justine nahm das Meerschweinchen wieder zu sich, wickelte es vorsichtig in die Decke. Die Krankenschwester war zurück.

»Hat sie sich gefreut?«

»Ich denke schon … Es ist nicht immer ganz leicht, das zu sehen.«

»Sie sieht etwas mitgenommen aus … Aber sie hat sich bestimmt gefreut. Wie lieb von Ihnen, mit dem Meerschweinchen vorbeizukommen. Wirklich aufmerksam. Darf ich es einmal streicheln? «

Das andere Bett im Zimmer war nicht bezogen. Auf dem Nachttisch befanden sich keine persönlichen Gegenstände mehr.

»Hatte meine Mama nicht eine Zimmergenossin?«, fragte Justine.

Die Schwester zog sie ein bisschen beiseite.

»Stimmt. Aber leider ... Sie ist von uns gegangen.«

»Das tut mir Leid.«

»Ja. Aber so ist das im Leben. Früher oder später geht es zu Ende.«

Justine machte eine Geste in Richtung der Frau im Rollstuhl. Sie hatte die Augen wieder geöffnet, in ihnen lag ein Ausdruck großen Schreckens.

»Traurig für meine arme Mama. Ich hatte den Eindruck, dass sie gut miteinander auskamen.«

»Ja, es ist sehr traurig. Aber heute Nachmittag kommt eine Neue. Bei uns stehen die Betten nie lange leer.«

»Tschüs Mama«, rief Justine. »Ich komme bald wieder. Ich dachte, ich hole dich dann ein bisschen nach Hause. Vielleicht schon morgen, wenn es dir passt?«

Es zuckte um die Lippen der alten Frau, gurgelnde Laute drangen aus ihrer Kehle.

»Sie versucht, etwas zu sagen«, meinte die Schwester.

»Sie hatte so eine schöne Stimme«, seufzte Justine. »Welch ein Schicksal, sie nicht mehr benutzen zu können.«

»Es gibt welche, denen es noch viel schlechter geht«, erwiderte die Schwester.

»Das ist wahr. Es gibt immer welche, denen es noch schlechter geht.«

Sie fuhr zur Fyrspannsgata. Er musste nach Hause gekommen sein, musste ihre Nachricht erhalten haben. Sie klingelte, aber auch jetzt öffnete niemand. Als sie den Briefeinwurf öffnete, entdeckte sie auf dem Fußboden eine Zeitung und ein paar Umschläge. Sie konnte nicht erkennen, ob ihr Zettel noch dalag.

Sie fuhr nach Hause, fand aber keine Ruhe. Lief ziellos durchs Haus, bis sie schließlich in dem Zimmer stand, das ihrem Vater und Flora gehört hatte. Eine wahnsinnige Wut überkam sie. Sie riss die Kleiderschranktür auf und zerrte alles heraus, was Flora gehört hatte, ihre Kostüme, ihre Schuhe, ihre Kleider. In den Kleidern hingen die Erinnerungen, und plötzlich erschien Flora, sie wuchs im Zimmer, wurde wirklich, ihr Mund war weiß und geschlossen. Zieh dich aus, kleines Luder, ich will dir eine Tracht Prügel verpassen.

Sie hob eines der Kleider auf, es hatte so lange gehangen, dass der Stoff Falten geschlagen hatte und brüchig geworden war. Sie packte es am Saum, mit einem einzigen Ruck riss sie es bis zur Taillennaht auf. Machte weiter, von unten nach oben, bis der Rock in langen Fransen hing. Aber die Florahand kam, schlug ihr auf den Kopf, fest und schallend.

»Du bist nie ganz normal gewesen, zieh dich aus, damit ich dir Vernunft in den Leib prügeln kann, ich werde dich in den Waschzuber stecken … Da bleibst du sitzen, bis du lieb bist und folgst, du verwöhnter kleiner Affe, bis du dich so benimmst, wie ich es will.«

Flora war noch da, lebte in den Erinnerungen des Hauses. Sie würde Justine nie loslassen, das war in ihrem Blick zu lesen, dort gab es eine Stärke jenseits des Schreckens, Justine hatte es gesehen, als sie Flora besuchte, eine Art triumphierender Hohn.

Sie begann, am ganzen Körper zu zittern, ihr Hals schwoll zu und wurde trocken. Sie musste etwas Wasser trinken gehen.

Dann holte sie ein paar Plastiksäcke. Alles schmiss sie hinein, Schuhe, Schmuck, Kleider, alles, was an Flora erinnerte.

Dann fiel ihr Blick auf die Anzüge ihres Vaters, und sie trat in die Kleiderkammer und verbarg ihr Gesicht in ihnen. Jetzt weinte sie, bitterlich und laut, dann zerrte sie die Anzüge von ihren Bügeln und stopfte auch sie in die Säcke.

Am nächsten Vormittag fuhr sie zum Pflegeheim zurück. Sie hatte tief und traumlos geschlafen, hatte ziemlich viel Wein getrunken, ehe es ihr endlich gelang, einzuschlafen. Sie fühlte sich fiebrig, hatte das Gefühl, ein Band wäre um ihre Stirn gespannt worden.

Gunlis kam ihr auf dem Korridor entgegen. Ihre Augen waren rot unterlaufen.

»Sieh einer an, guten Tag«, sagte sie und gähnte. »Oh, Verzeihung!«

»Das macht doch nichts, ich bin auch ein wenig müde. Aber ich hatte vor, Mama heute ein wenig mit nach Hause zu nehmen. Ist das okay?«

Gunlis legte den Arm um sie.

»Dumme Frage. Hätten mehr von unseren alten Menschen Angehörige, die sich öfter um sie kümmern würden, sähe die Welt ganz anders aus. Warten Sie hier, ich mache sie fertig.«

Justine sank auf eine Bank. Der Fußboden war blank wie ein Spiegel, er schien unendlich lang. In einiger Entfernung ging ein farbiger Mann mit einem Putzwagen vorbei. Es roch nach Kaffee und Kot.

Ein gekrümmter und sehr faltiger Mann trat aus einem Zimmer. Er kam ihr schlurfend entgegen, auf eine Gehhilfe gestützt. Unmittelbar vor ihr blieb er stehen.

»Schwester … Arbeiten Sie hier?«

»Nein«, sagte sie und wurde rot.

»Da können Sie aber verdammt froh sein, das ist nämlich kein schöner Ort.«

Gunlis kehrte zurück.

»Was ist denn, Martin? Hast du Probleme?«

»Ich will nach Hause, das ist das Einzige, was ich will. Ich verstehe nicht, warum ich hier eingesperrt bin.«

Gunlis schüttelte den Kopf.

»Lieber Martin, wir haben dich hier doch nicht eingesperrt.«

Der Mann spuckte aus, braune und klebrige Spucke landete auf den Schuhen der Krankenschwester.

Ihr traten die Tränen in die Augen.

»Aber Martin!«

Er sah sie drohend an.

»Du rührst mich nicht an, du kannst verseucht sein, der radioaktive Staub verbreitet sich wie der Wind, er verbreitet sich und geht über uns allen nieder ...«

Gunlis' Gesicht verzog sich. Sie verschwand in der Toilette, Justine hörte, wie sie Wasser laufen ließ. Ein Mädchen mit einem Pferdeschwanz kam aus Floras Zimmer.

»Waren Sie es, die Flora abholen wollte?«

»Ja.«

»Ich habe sie angezogen und in den Rollstuhl gesetzt.«

»Gut.«

»Könnten Sie sie vielleicht allein nach unten bringen?«

»Ja, sicher. Ich kenne das schon.«

Flora saß in eine Decke gehüllt. Eine grob gestrickte Mütze war über ihren Kopf gezogen. Sie starrte Justine an, ließ sie nicht aus den Augen. Als Justine losging, kam Gunlis wieder heraus.

»Entschuldigen Sie bitte«, sagte sie. »Ich habe die Fassung verloren. Ich bin wohl etwas müde.«

»Es ist nicht besonders nett, bespuckt zu werden.«

»Er kann ja nichts dafür. Er denkt, er wäre als Gefangener hier. Was wäre es doch schön, wenn er auch jemanden hätte, der hierher käme und ihn auf Ausflüge mitnähme. Was meinst du, Flora?« Sie beugte sich hinab und rückte die Strickmütze zurecht.

»Machen Sie sich einen schönen Tag, Sie beide!«

# 6. KAPITEL

Sie redete mit Flora, die ganze Zeit redete sie mit ihr. Sie hatte sie angeschnallt, fuhr jetzt in den Kreisverkehr von Vällingby.

»Erkennst du alles wieder, Flora, es ist schon was her, dass du draußen warst, findest du, es sieht aus wie früher, weiter weg, bei den kleinen Häusern zwischen Åkeshov und Ängby, da bauen sie jetzt Lärmschutzwände, um nicht gestört zu werden, an so was brauchen wir nicht zu denken, wir werden ja doch nie gestört, wir sind immer für uns gewesen, bei uns ist es ruhig und gemütlich gewesen, nicht wahr, kleine Flora, kanntest du übrigens diesen Martin, der mit so einer Gehhilfe geht, stell dir mal vor, zu glauben, dass man ihn gefangen hält, stell dir mal vor, sich ständig irgendwie fortzusehnen, vielleicht sollte ich das systematisch betreiben, mir einen Krankentransporter besorgen, durch die Gegend fahren und alle alten Leute einsammeln, die einsam herumliegen und draußen auch einmal auf den Putz hauen wollen, wäre das keine gute Idee, du hast doch immer gesagt, dass man eine Aufgabe im Leben haben muss, ich fand, dass du jetzt einmal nach Hause kommen solltest, es ist schon so lange her, dass du zu Hause warst, seit du krank geworden bist, warst du nicht mehr zu Hause, kleine Flora, ist es nicht schön, zu all dem Vertrauten zurückzukehren, du wolltest zwar verkaufen, aber das werden wir nicht tun, das Haus bleibt, und ich werde dort wohnen, es ist mein Haus, aber jetzt darfst du nach Hause kommen und mich besuchen, jetzt wirst du mein

Gast sein, was für eine großzügige Stieftochter du doch hast, Flora, hast du gehört, was Schwester Gunlis gesagt hat, so sollten es alle haben, ja, liebe, kleine Flora, siehst du das Schloss dort, wie schön und frostig es aussieht, Schloss Hässelby, ich glaube, hier hat sich nichts verändert, hier ist nichts passiert, hier in Hässelby Gård auch nicht, was steht denn da auf dem Thermometer, vierzig Grad plus, die spinnen doch, hat das jemals die richtige Temperatur angezeigt, zum Mond fliegen, das können sie, aber nicht dafür sorgen, dass ein Thermometer funktioniert, obwohl das natürlich nicht die sind, die zum Mond fliegen, sondern ganz andere Menschen, findest du, ich rede zu viel, ja, das tue ich wohl, aber ich rede für zwei, verstehst du, du kannst ja nicht reden, ich rede für dich mit, siehst du den Friedhof, auf dem Mama und Papa liegen, siehst du, wie gepflegt er aussieht, gestern war dort eine Beerdigung, sie breiten die Blumen nachher aus, Kränze und Sarggestecke, was für eine gewaltige Verschwendung, ich frage mich, wie es bei dir sein wird, ob es eine bestimmte Sorte gibt, die du dir wünschst, meine ich, ich habe übrigens über die Sache mit den Gräbern nachgedacht, ob wir dich nicht doch am besten auf der Gedächtniswiese anonym beerdigen lassen sollen, du, das kann trotzdem recht schön werden, der Wald hier links, der war riesengroß, als ich ein Kind war, der Blickwinkel verändert sich, ich habe dort manchmal gespielt, ich habe da einmal einen Hund gefunden, aber ich glaube, dass er schon tot war, ich erinnere mich an den merkwürdigen Geruch, obwohl ich damals noch nicht wusste, wie der Tod riecht, hoppla, halt dich fest, denn jetzt fahren wir zum Strandväg hinunter, das Schwimmbad ist fort, dieses vornehme Bad, meine ich, und die Wasserrutsche, die es hier eine Zeit lang gegeben hat, nichts davon ist noch da, aber das weißt du wahrscheinlich, Flora, siehst du das Eis, es liegt noch, es sieht dick und tragfähig aus, aber ich glaube, dass man aufpassen muss, ich glaube, schon nach ein paar hundert Metern fängt das offene Wasser an, aber sieh mal da rechts, sie haben eines der Sommerhäuser abgerissen, das, was so heruntergekommen und verfallen war, jetzt kommt da noch ein Bungalow hin, jetzt vergeht alles Alte, jetzt sind wir gleich da, Flora, freust du dich?«

Sie fuhr bis zum Haus und parkte. Die alte Frau saß aufrecht und regungslos. Als Justine den Sicherheitsgurt löste, kippte sie schräg nach vorne, und Justine musste sie auffangen und auf beide Sitze legen, während sie aufschloss. Anschließend hob sie den gebrechlichen Körper heraus und trug ihn die Treppenstufen hinauf.

»Entschuldige, dass es nicht so schnell geht, ich habe noch etwas Schmerzen im Fuß, erinnerst du dich daran, als ich ihn mir gebrochen habe, erinnerst du dich, danach ist er nie wieder geworden, was er einmal war, nein, ich beklage mich nicht, ich kann sowohl gehen als auch laufen, aber ich verstauche ihn mir leicht, und er knickt schnell um … Nein, ich beklage mich wirklich nicht, im Gegensatz zu dir kann ich, wie gesagt, sowohl näher kommen als auch verschwinden, falls ich das will, wie geht es dir jetzt, Flora, ich setze dich hier in deinen Lieblingsstuhl, wo du vor so langer Zeit mit Papa gesessen hast, du kannst in den Nebel hinausschauen, wenn du willst, du kannst dir vorstellen, es wäre Sommer und du würdest auf dem Balkon sitzen, und die Sonne wäre rund und heiß und Papa unten beim Boot, ich will mir nur die Jacke ausziehen und runtergehen, um das Auto abzuschließen, geh nicht ran, wenn es klingelt, nein, wie dumm von mir, wie gedankenlos von mir, entschuldige.«

Sie ließ sich Zeit, kochte Kaffee und stellte Geschirr auf ein Tablett, der Vogel war in ihrem Zimmer, die Tür war geschlossen. Sie hörte, wie er dort krächzte, dass er ihre Stimme hörte und hinauswollte.

Flora saß genauso, wie Justine sie verlassen hatte, den Kopf zum Fenster gewandt.

»Möchtest du etwas Kaffee, ich kann dir helfen, ich halte die Tasse, so, mach den Mund auf, jetzt kannst du ihn schlürfen, ist er zu heiß, nein, ich glaube nicht, sitzt du hier und denkst an alte Zeiten, wie es uns erging, dir und mir … Was ist denn, du meinst das Geräusch, das ist nur einer meiner Freunde, ich habe Tiere, wie du weißt, gestern hast du Rattie getroffen, ich nenne sie so, obwohl sie keine Ratte ist, sie lag diese Nacht eine Zeit lang mit mir im Bett, aber dann hatte ich Angst, sie einzuquetschen und habe sie in ihren Käfig zurückgesetzt, sie ist warm und weich, ich habe auch einen Vogel, den sollst du auch bald treffen, aber trink jetzt erst einmal deinen Kaffee aus, er stört einen immer, wenn man isst und trinkt …«

Ein schrilles Klingeln, das Telefon.

»Bist du es?«, fragte sie atemlos.

»Diese Frage muss man wohl immer mit ja beantworten«, sagte eine geschäftige Stimme. »Hier ist Jakob Hellstrand, der Makler.«

»Ich habe jetzt keine Zeit und bin nach wie vor nicht interessiert.«

»Es gibt Spekulanten, die bereit sind, jede geforderte Summe zu zahlen. Es wäre dumm, jetzt nicht zuzuschlagen.«

»Ist es wirklich so schwer zu verstehen, dass ein Nein ein Nein ist und bleibt!«, schrie sie und knallte den Hörer auf die Gabel.

Sie ging wieder zu Flora. Speichel lief ihr über Kinn und Hals herab. Ihre Pupillen brannten.

Justine schob ihr Gesicht nah an das ihre heran.

»Alles nun, was ihr wollt, dass euch die Menschen tun, das sollt ihr auch ihnen tun. Hast du diesen Satz schon einmal gehört, Flora, es war Jesus, der das gesagt hat, und es ist eine gute Regel, sie gilt auch heute noch.«

Sie hob die alte Frau hoch, hielt sie in ihren Armen wie ein Kind.

»Jetzt machen wir eine Hausbesichtigung, das muss dich doch interessieren, hier hast du die Küche, sie ist wie immer, da drinnen liegt das blaue Zimmer, alles durfte so bleiben, wie du es verlassen hast, ich habe dein Andenken geehrt, wie du siehst, dann war da noch der Keller, ja, ja … Wir gehen auch noch runter, erinnerst du dich, was du dort unten hattest, Flora, erinnerst du dich, was sich hinter dieser Tür verbirgt, erinnerst du dich?«

Flora hatte begonnen, Laute von sich zu geben. Sie warf ihren Kopf hin und her, ihr wimmerndes Jammern steigerte sich zu einem undeutlichen und lang gezogenen Jaulen. Sie waren in den Raum gekommen, in dem der Waschzuber stand. Vorsichtig kletterte Justine auf den großen Betonklotz, auf dem der Zuber stand, hob Flora etwas in die Luft und setzte sie dann behutsam im Zuber ab.

Dann ging sie hinauf und holte den Vogel.

Sie war gerade beim Beerdigungsinstitut gewesen, als das Telefon klingelte. Sie hatten ein diskretes und sachliches Gespräch geführt, der Sarg war bestellt und ein paar schöne Lieder, die der alten Frau gefallen hätten. Es würde eine einfache Zeremonie werden, einfach, aber würdevoll. Der Bestatter hatte versprochen zu singen und kannte jemanden, der Flöte spielen konnte.

»Und wie halten wir es mit der Todesanzeige?«, fragte er, als sie bereits aufgestanden war, um zu gehen.

Sie schenkte ihm ein schwaches und trauriges Lächeln.

»Die lassen wir. Ich schreibe allen Betroffenen. Das ist persönlicher.«

Aber jetzt klingelte das Telefon. Sie hatte schon lange alle Hoffnung aufgegeben.

»Ich habe deine kleine Notiz bekommen«, sagte er, und Freude durchströmte sie wie Honig. Aber sie schwieg.

»Justine? Bist du noch dran?«

Da brachen bei ihr alle Dämme, sie musste den Hörer aus der Hand legen. Sie hörte seine Stimme aus dem Hörer, wie er rief und flehte.

»Ja«, sagte sie schließlich mit belegter Stimme.

»Es gibt nichts, wofür du um Verzeihung bitten müsstest! Wie du auf dem Zettel geschrieben hast. Überhaupt nichts, ich bin es …«

»Du bist einfach verschwunden«, schluchzte sie.

»Ich habe einmal angerufen, aber du warst nicht zu Hause oder hattest das Telefon ausgesteckt.«

»Hättest du nicht noch einmal anrufen können?«

»Ach, weißt du, das war nicht so einfach.«

»Was ist passiert? Ich habe sogar im Hotel angerufen.«

»Meine Mutter. Ich musste sofort losfahren.«

»Deine Mutter?«

»Sie ist immer kerngesund gewesen. Aber jetzt … Sie hatte einen Herzinfarkt.«

»Oh, das ist nicht wahr!«

»Doch … Aber es geht ihr schon wieder besser. Sie ist über den Berg. Wir haben im Krankenhaus Wache gehalten. Papa und ich. Du sollst wissen, dass du mir gefehlt hast und ich mich auch nach dir gesehnt habe.«

»Ist sie auch wirklich über den Berg?«

»Ja, ja. Momentan jedenfalls.«

Sie weinte wieder, musste vom Telefon weggehen, um sich etwas Küchenrolle zu holen.

»Aber was ist denn los mit dir, Justine?«

»Du musst herkommen, ich werde es dir erklären.«

In weniger als einer halben Stunde war er bei ihr. Er umarmte sie, küsste sie, wiegte sie. Sie machte sich schwer und ließ sich fallen.

»Komm«, flüsterte sie. »Wir gehen hier hinein.«

Sie öffnete die Tür zum Schlafzimmer.

»Hier drinnen können wir bleiben, ich habe ein wenig umgeräumt. Das hier war früher das Schlafzimmer meiner Eltern. Ich finde, es ist besser, wenn ich es jetzt benutze.«

Sie legte sich auf den Bettüberzug, er legte sich angezogen neben sie.

»Erzähl mir, was los ist!«, flüsterte er. »Jetzt bin ich ja da, warum hast du so verzweifelt geklungen?«

»Es ist so, Hans Peter … dass ich Unglück bringe … schlimmen, plötzlichen Tod.«

»Aber wie kommst du denn darauf?«

»Am Montag war ein Polizist hier. Er sagt, dass es so ist. Wer in Ihre Nähe kommt, dem ergeht es schlecht, sagte er, oh, Hans Peter, ich habe solche Angst, stell dir vor, es stimmt, stell dir vor, dir würde etwas zustoßen.«

Sie spürte seine Lippen in ihrem Nacken, aber seine Atemzüge gingen schneller, er war auf der Hut.

»Warum hattest du Besuch von einem Polizisten?«

»Der Mann, mit dem ich zusammen war, Nathan, ich habe ihn dir gegenüber erwähnt, verschwand spurlos im Dschungel. Wir haben ihn nie gefunden. Wir mussten ohne ihn aufbrechen ... Es war ... schrecklich. Und dann ... Als wir nach Schweden zurückkehren sollten, brach ein Verrückter bei mir und einem Mädchen, das mit uns im Dschungel gewesen ist, ein, wir haben uns das Zimmer geteilt, sie und ich ... Er hat sie erstochen ... Sie war sofort tot, ja, du hast bestimmt in der Zeitung davon gelesen. Und jetzt ... Jetzt ist eine meiner ehemaligen Klassenkameradinnen verschwunden, sie war hier und hat mich besucht, du erinnerst dich, am Samstag ... Sie kam danach nie zu Hause an, die Polizei ist hier gewesen und hat nach ihr gesucht. Ich wurde so wütend, als er das sagte, dieser Polizist, aber jetzt ... Jetzt bin ich mir nicht mehr sicher ... Denn am Dienstag ... habe ich meine Stiefmutter hierher geholt, sie ist alt und gelähmt, sie wohnt in einem Pflegeheim, und ich dachte, sie würde sich darüber freuen, einmal nach Hause zu kommen ...«

»Du brauchst es mir nicht zu erzählen, wenn du nicht willst.«

»Plötzlich war sie einfach tot. Wir waren unten im Keller, der Vogel kam, ich sah ihn fliegen und plötzlich ... war Flora einfach tot.«

»Liebste, kleine Justine.«

Sie drehte sich zu ihm, weinte an seinem blauen Pullover.

»Geh, wenn du willst. Ich hätte Verständnis dafür.«

»Das alles muss durch unglückliche Umstände geschehen sein. Das ist doch nicht deine Schuld, du Dummerchen.«

»Warum hat er das dann gesagt, der Polizist?«

»Ja, das war dumm von ihm. Aber wir wissen doch, dass er nicht Recht hat, nicht wahr?«

»Schon …«

Er atmete wieder normal, griff nach der karierten Wolldecke und deckte sie beide damit zu.

»Du musst heute Abend doch nicht arbeiten, oder?«

»Nein, Justine, ich bin bei dir, ich bleibe hier.«

Er strich ihr übers Haar, küsste ihren Hals und ihre Ohren.

»Du hast doch nicht vor zu verschwinden …?«

»Verzeih mir, Justine, verzeih mir, ich hätte noch einmal versuchen müssen, dich anzurufen. Aber Papa, er war vollkommen außer sich, ich bin doch immer ihre große Stütze gewesen.«

Sie lagen eine Weile da, aneinander gepresst. Er hielt sie in den Armen, er war schwer und lebendig. Sie spürte, dass ihre Ruhe zurückkehrte wie Schlaf, der nicht einschläferte.

»Hast du ein Taschentuch?«, flüsterte sie.

Er suchte in seiner Tasche, fand ein zerknülltes Papiertaschentuch.

»Es ist sauber«, flüsterte er. »Auch wenn es nicht so aussieht.«

»Ich glaube dir«, sagte sie und putzte sich die Nase.

Dann ließ sie ihre Hände zu seinen schlanken, festen Hüften hinabgleiten.

»Hans Peter«, sagte sie, als wolle sie seinen Namen zu einem festen Bestandteil des Zimmers machen.

# Der Beschützer

*Aus dem Schwedischen von*
*Christel Hildebrandt*

# 1

Der Feuerwehrmann Stefan Almgren war mitten im Traum, als die Sirene losging. Es war ein großer Alarm, Feuer in der Nähe vom Gaswerk.

Er schlug die Augen in dem kalten, weißen Licht auf und fuhr schwerfällig aus dem Bett. Er hatte neunzig Sekunden, um hinunter in die Wagenhalle zu kommen, sich die Schutzkleidung überzustreifen und in den Wagen zu springen.

Die Uhr zeigte 04.17. Was er geträumt hatte, erinnerte er nicht mehr. Er verspürte nur ein unbestimmtes Gefühl des Verlusts. Es war, als wäre er aus einem weichen, wogenden Dunkel herausgerissen worden. Der Alarmton war so schrill, dass es wehtat.

Zum dritten Mal hintereinander war er als Feuerwehrmann mit Atemschutzgerät eingeteilt. So hielten sie es immer, tauschten die Plätze jeweils nach drei Schichten, damit alle gleichermaßen trainiert bei den unterschiedlichen Arbeitsaufgaben waren. Das nächste Mal würde er den Leiterwagen fahren. Das mochte er nicht. Er hatte Probleme, nachts den Weg zu finden.

Es war, als befände sich das Gehirn noch im Dämmerzustand, während der Körper schon tat, was er sollte, die Stange hinunterrutschte, zu der Schutzkleidung lief, in die Hose und die Stiefel sprang und den Helm auf den Kopf drückte. All das geschah mechanisch, jede Bewegung war antrainiert. Der Körper ein starrer, aber zuverlässiger Roboter. Nur das Gehirn lag wie betäubt da. Und er musste sich anstrengen, kannte plötzlich nicht einmal die einfachsten Wege. Nach Kungsgatan, Norrmalmstorg? Wie zum Teufel fuhr man dorthin?

Stefan Almgren, den seine Kollegen nur Almis nannten, kletterte in den Wagen und setzte sich. Er zog die gelbe Feuerwehrmannkapuze über den Kopf und hängte sich das Sauerstoffgerät über, das zum Aufladen hinter dem Sitz hing. Seine Gesichtshaut war noch warm vom Schlaf. Auf der linken Wange war der Abdruck des Lakens zu sehen, das unter ihm zerdrückt gelegen hatte.

Es war um die null Grad kalt, und leiser Schneefall färbte die Dächer der geparkten Autos weiß. Das Funkgerät knisterte, aber er konnte nicht verstehen, was gesagt wurde, kein Mensch außer ihnen war wach, nur sie waren zu dieser frühen Stunde unterwegs. Jompa fuhr, Johnny Karlsson. Neben Almgren saßen auf den hinteren Sitzen noch Anker Hahn und Engen. Mats Engen gähnte, seine Augen waren klein und mürrisch.

»Wenn einem nur mal eine einzige Nacht gegönnt sein könnte«, knurrte er und fummelte am Reißverschluss seiner Schutzjacke herum. »Wenn man einmal schlafen dürfte.«

Er hatte kleine Kinder, Zwillingsjungen, die erst ein paar Jahre alt waren. Sie weckten sich gegenseitig und machten Radau. Und sie waren oft krank.

Jompa drehte sich um:

»Verdammt, du bist doch nicht hier, um zu schlafen!«

Er sagte das ohne Aggressivität, der Ton war unter ihnen einfach so. Die meisten von ihnen arbeiteten bereits seit zehn Jahren zusammen. Sie kannten einander, konnten die Stimmung des anderen schon an der Art zu gehen abschätzen, an der Art, wie er sich über eine Zeitung beugte, wie er sein Essenspaket in den Kühlschrank stellte. Stefan Almgren war seit fünfzehn Jahren Feuerwehrmann. Er machte seinen Job gut, aber er war müde. Ein Monat war vergangen, seit Maria von der Arbeit nach Hause gekommen war und ihm erklärt hatte, dass sie sich scheiden lassen wollte. Sie hatte im Flur gestanden, ihr Haar war kurz und kraus. Es war ein regnerischer Tag gewesen. Sie hatte sich die Jacke ausgezogen und während sie sie an den Haken hängte, war sie damit herausgerückt.

»Stefan. Ich muss mit dir reden. Es ist wichtig.«

Er hatte das Essen fertig gehabt, zwei Koteletts und Reis. Er hatte den ganzen Tag frei gehabt, aber nichts Besonderes gemacht, Fernsehen geguckt, herumgekramt.

»Wollen wir nicht erst essen.«

»Ich habe keinen Hunger, Stefan. Ich … ich habe einen anderen kennen gelernt.«

Genau in dem Moment löste sich der Aufhänger ihrer Jacke. Das Teil fiel vom Haken, senkrecht zu Boden und blieb dort einige Sekunden lang stehen, bevor es zur Seite kippte und in sich zusammenfiel.

Sie waren seit vier Jahren verheiratet, aber mit Kindern war es nie etwas geworden, das lag an ihm, und das wussten beide. Als er vierzehn gewesen war, hatte er Mumps gehabt. Sie hatte gesagt, dass das keine Bedeutung für sie habe, sie sei sowieso nicht so begeistert von Kindern.

Aber mit der Zeit wurde ihm klar, dass das nicht stimmte.

In dieser Nacht fanden sie zu einer Art neuer Gemeinsamkeit. Ein Schweigen hatte sich im Laufe der Jahre zwischen sie geschlichen, er war sich dessen bewusst gewesen, konnte aber nicht sagen, wie lange es das schon gegeben hatte. Das hatte sicher etwas mit dieser Müdigkeit zu tun, dieser großen Müdigkeit, die dazu führte, dass sie gerade mal den Alltag bewältigten, mehr nicht. Trotzdem begriff er es nicht.

»Was ist los, was stimmt denn nicht?«

Er wiederholte diese Frage immer wieder. Wenn sie herausfinden würden, was nicht stimmte, dann könnte ihnen geholfen werden, den Fehler zu beheben. So dachte er sich das, sie könnten gemeinsam das Problem lösen, so, wie sie es früher gemacht hatten. In der Anfangszeit. Als es die Lust noch gab.

Sie sagte, dass keiner von ihnen schuld daran sei. Und wenn, dann sei sie es, weil sie sich in diesen anderen verliebt hatte und das war ja nicht direkt ein Fehler, das war nichts, was man reparieren konnte. Sie sprachen miteinander in dieser Nacht, wie sie es seit langem nicht mehr getan hatten. Er war gefasst gewesen, brauste nicht auf, hatte stumm dagesessen und zugehört, während sie von ihren Treffen mit dem anderen berichtete. Als ihr klar wurde, dass er nicht daran dachte, sie zu unterbrechen, schilderte sie immer mehr Einzelheiten. Sie sprach zu ihm wie zu einem Beichtvater.

Sie hatte am Tisch gesessen, war bleich gewesen und hatte geweint, aber tief in ihren Augen leuchtete es vor unterdrückter Freude, und er wusste, dass diese Freude nichts mit ihm zu tun hatte.

Gegen zwei Uhr nachts waren sie beide erschöpft gewesen. Sie hatten sich ins Doppelbett gelegt, vollständig angezogen. Sie hatte seine Hand ergriffen, und sie waren eingeschlafen, er hatte ihr leichtes Atmen gehört. Als der Wecker geklingelt hatte, war sie aufgestanden und hatte das Frühstück gemacht. Wie üblich. Und nachdem er gegessen hatte, fuhr er wie üblich mit dem Auto zur Wache, und es war ein ruhiger Tag mit nur einem einzigen Einsatz, einem Automatenalarm.

Am Abend, als er heimgekommen war, waren alle Fenster dunkel. Sie war gegangen.

Sie näherten sich jetzt dem Gaswerk und fanden bald das betreffende Gebäude. Es war ein Autoverwertungsbetrieb, er lag ein Stück abseits von der Straße, umgeben von einem hohen Zaun mit Stacheldrahtrollen obendrauf. Die Tore standen offen, steckten in schmutzigen, zusammengepressten Schneewehen fest. *Hasses Autoverwertung* stand auf einem Schild über der Tür.

Jompa bremste ab und hielt an. Alle vier starrten auf den Leiter ihrer Gruppe, der kurz vor ihnen eingetroffen war. Sein Name war Lennart Björk, doch er wurde nur kurz LB genannt. Er war schon seit vielen Jahren dabei, ein ruhiger, gewissenhafter Mann, der nur selten etwas dem Zufall überließ. Er hielt über Funk mit ihnen Kontakt.

»Der Kerl, der den Alarm gab, hat gesagt, dass es hier rauchte. Er ist nur zufällig vorbeigekommen, hat von seinem Handy aus angerufen.«

»Wer war das?«, fragte Engen.

»Keine Ahnung!«

Jetzt konnten sie keinen Rauch entdecken. Das ganze Gebäude lag wie ein düsterer Klotz in der Dunkelheit. Die Fensterrahmen und die großen Eisentüren waren blau angestrichen. Ein Teil der Fenster war vergittert. Rechts davon stapelten sich die ausgeschlachteten Autoskelette in mehreren Etagen, zusammengepresst, türlos und ihrer Würde beraubt. Eine kleinere Tür, gerade so groß, dass ein Mensch hindurchpasste, war wie ein Puzzleteilchen in eine Eisentür eingesetzt.

LB drückte die Klinke runter. Es war nicht abgeschlossen. Dort drinnen gab es offensichtlich noch eine Tür, und jetzt konnten sie Rauchschwaden zwischen den Ritzen durchsickern sehen.

»Okay, Jungs, macht euch bereit.«

Sie zogen sich die Gesichtsmasken über und spannten alle Riemen und Gurte fest. Der Sauerstoff war kühl, schlürfend atmeten sie ihn ein. Sie kontrollierten sich gegenseitig, war das System dicht, sah alles korrekt aus? Dann entrollten sie einige Meter Wasserschlauch mit der Düsenspitze und gingen los.

Stefan Almgren war in dieser Nacht die Nummer zwei. Vor sich sah er Engens Rücken, das blinkende rote Signal seiner Sauerstoffflaschen. Im Eingang standen jede Menge Möbel, alles durcheinander, als wäre die Firma dabei umzuziehen. Engen fand einen Lichtschalter und versuchte ihn einzuschalten. Aber er funktionierte nicht.

Anfangs war der Rauch noch dünn, glitt dahin, als wollte er nur mit ihnen spielen, und tat ganz harmlos. Stefan Almgren hatte ein unangenehmes Gefühl. Aber genau genommen war es immer unangenehm, in ein brennendes Gebäude zu gehen. Was würden sie finden? Würde es schwierig werden? Aber hier, hier war etwas merkwürdig, er konnte nur nicht sagen, was.

Sie befanden sich in einem sehr kleinen Raum, einem Vorraum oder Flur. Eine einzige Tür führte weiter zu den anderen Zimmern. Und dort befand sich der Brandherd.

Sie öffneten die Tür und gingen in die Hocke. Der Rauch kam ihnen entgegen, er kam mit großer Kraft und ließ sie einen Augenblick schwanken. Dann hörten sie ein Geräusch. Es klang wie ein Mensch, ein dumpfer, jammernder Ruf von jemandem, der sich dort drinnen befand. Von jemandem, der in Gefahr war.

Stefan Almgren hörte Engens Stimme, durch die Gesichtsmaske gedämpft.

»Hast du das gehört, Almis?«

»Ja ... Es scheint jemand da drinnen zu sein.«

»Wir müssen weiter reingehen.«

»Ja.«

Engen übernahm den Funkkontakt, rief Anker, der draußen wartete. Anker Hahn, Tuborg genannt, war jetzt ihre Rückendeckung, er sollte sie leiten und lenken, sie herausschleusen für den Fall, dass sie die Orientierung verloren.

»Wir haben hier drinnen etwas gehört, das wie ein Mensch klingt.«

»Wie ist die Lage?«

»Im Augenblick können wir nichts sehen, dazu ist zu viel Rauch da.«

»Könnt ihr weiter vordringen?«

»Okay. Wir versuchen es, mit der rechten Hand an der Wand.«

»Verstanden.«

Stefan Almgren zog mehr Schlauch herein. Langsam krochen sie voran, suchten sich mit den Händen ihren Weg. Jetzt wurde es heiß, der Schweiß brach ihm aus. Er spürte das so vertraute Schwindelgefühl, das jedes Mal nach einer Weile einsetzte, und dann die Müdigkeit, die das Herz schneller pumpen ließ. Normalerweise dauerte es länger, mehr als zwanzig Minuten, bis man diesen Zustand erreichte. Er dachte, dass er das wohl Engen erzählen musste. Er wurde langsam müde, er dachte, dass sie doch erst fünf Minuten oder so hier drinnen waren. Er sah das kleine rote Blinklicht irgendwo vor sich, den Rücken seines Kollegen, es flimmerte und flackerte.

Er hatte überlegt, ob er eine Woche Urlaub nehmen sollte. Irgendwohin abhauen, auf die Kanarischen Inseln oder nach Tunesien. Bald war Weihnachten, in nicht einmal einem Monat. Er sah sich selbst im Fernsehsessel, allein mit Donald Duck. Jedes Mal, wenn sich der Gedanke ihm aufdrängte, wurde er ganz steif und verkrampft im Nacken. Dann konnte er sich nur mit Mühe bewegen, kaum richtig atmen. Er konnte sich denken, dass es nicht einfach sein würde, so kurzfristig noch einen Platz für eine Charterreise zu kriegen. Die Leute waren ganz verrückt nach Sonne nach dem langen verregneten Sommer, sie wollten um jeden Preis einfach nur weg. Und er hatte sich noch nicht einmal nach freien Plätzen erkundigt.

Er kroch mit der Stirn dem Boden zugewandt, packte den Schlauch fester, versuchte, ihn weiter hereinzuziehen. Das ging nicht. Der Schlauch musste sich irgendwo verhakt haben. Er drehte sich halb um, stieß aber mit dem Kopf gegen etwas Hartes, als wäre ein Wand oder eine Tür hinter ihm aufgedrückt worden, obwohl es doch vorher so etwas hier nicht gegeben hatte.

»Was zum Teufel …?«, rief er und erwartete, Engens oder Tuborgs Stimme zu hören, was ist, Almis, ist alles okay? Aber er hörte sie nicht, spürte nur die Hitze, sie schien zugenommen zu haben, und er drehte sich noch einmal um, wollte dann mit dem Schlauch weiterkriechen. Er griff nach ihm, legte sich der Länge nach auf den Bauch und streckte die Arme, so weit es ging, aus.

Da war wieder das Geräusch, das Geräusch eines Menschen in Not. Er zwang seinen Kopf nach oben, leuchtete mit seiner Taschenlampe, sah einen Helm und Reflektoren.

»Engen?«, rief er.

Der andere kam näher, kam direkt auf ihn zu, immer näher.

Stefan Almgren kam auf die Knie und der Schweiß tropfte von den Brustwarzen.

»Engen, was ist denn verdammt noch mal los?«

Da sah er das Gesicht eines anderen, er sah ihm direkt in die Augen, und es war nicht Engen, er sah das im selben Moment, in dem die Atemmaske ihm vom Gesicht gerissen wurde und der Rauch in Mund und Nase drang. Er schnappte nach Luft, fing jedoch sogleich an zu husten und bekam einen Stoß, dass er seitlängs auf die Steinplatten fiel. Während der andere seine Füße packte und ihn über den Boden zog, versuchte er nach etwas zu greifen, um dagegen anzugehen, aber das ging nicht. Er fand nichts, und der Rauch machte ihn schwindlig und willenlos. Der Mann, der nicht Engen war, beugte sich über sein Gesicht. Stefan Almgren, genannt Almis, jammerte leise und hustete. Dann öffnete er seine Augen, und für eine Sekunde sah er, wer der andere war. Sein Körper zuckte in träger Verwunderung. Aber er bekam keine Angst. Er warf den Kopf zur Seite und bewegte die Lippen, als wollte er etwas sagen.

Anschließend glitt er ins Dunkel hinein.

## 2

Franki mochte keine Kirchen. Sie hatten etwas Strenges an sich, etwas Hartes, Abstoßendes. Außerdem war da etwas mit dem Geruch, ein gedämpfter, mit Kalk gesättigter Geruch ohne jede Andeutung von Gefühlen. Sobald er unter diese Kuppeln trat, fühlte er sich klein, als würden sie sich über ihn senken und ihn einfangen. Wie bei einer Mausefalle, kam ihm in den Sinn, eine Mausefalle.

Seiner Mutter sagte er davon nichts.

»Ich kann nicht«, sagte er. »Ich habe keine Zeit.«

Sie hatte Karten für ein Konzert bekommen. Mozarts Requiem. Sie hatte sie von einer Kundin geschenkt bekommen, und es waren gute Plätze, in der Storkyrkan, ganz vorn. Sie bat ihn, doch mit ihr hinzugehen, es sei so erbärmlich, allein zu gehen.

»Wieso erbärmlich?«

»Ach, du verstehst schon, was ich meine.«

Doch ja, er verstand es.

Schließlich versprach er doch mitzukommen.

Das war im Dezember gewesen. Draußen in den Vororten hatte grauer, schmutziger Schnee gelegen. Als er zur U-Bahn ging, wäre er fast an einer vereisten Stelle ausgerutscht, der Schmerz schoss ihm hoch bis ins Rückgrat.

Mutter wartete vor dem Kiosk auf ihn. Sie trug einen dunkelbraunen Pelz und einen Hut mit einem kleinen Schmuck daran.

Sie sah sonderbar fremd aus. Aus der Handtasche zog sie das Geld. Sie gingen zur Sperre.

»Zweimal bis Gamla stan«, sagte sie, und ihre Stimme war ruhig und kräftig. Sein Gefühl der Unlust verging.

Der Zug stand mit geschlossenen Türen am Bahnsteig. Sie gingen zu einem der mittleren Wagen. Franki drückte auf den Türöffner, und die Türen glitten auseinander. Mutter setzte sich ans Fenster. Er selbst blieb eine Weile stehen, tat so, als schaute er sich den Anschlag mit dem Streckennetz an. Als der Zug anfuhr, machte er ein paar unsichere Schritte und sank auf dem fleckigen Sitz ihr gegenüber nieder. Jemand hatte etwas mit einem schwarzen, dicken Filzschreiber darauf geschmiert.

Sie betrachtete ihn. Ihre Augenlider waren grün, der Mund gerade und rot.

»Letzte Woche bin ich mit dem neuen Zug gefahren«, sagte sie mit langsamer, fast eifriger Stimme. »Am Mittwoch war das. Ich wollte in die Stadt. Bist du schon mal mit dem neuen Zug gefahren, Franki, ja?«

Er schüttelte den Kopf.

»Aber ich. Das war richtig schön. Es war am Mittwoch, als ich mich mit Mimi getroffen habe. Da bin ich mit einem gefahren. Wie leise der ist. Und so sauber und schön. Und an jeder Haltestelle rufen sie den Namen durch Lautsprecher aus, so deutlich, dass es alle verstehen können. Und vorher kommt immer eine kleine Melodie, das ist einfach schön.«

»Haben sie euch auch noch was zu trinken angeboten?«, bemerkte er trocken.

»Nein. Aber es war so eine Art Zugbegleiter dabei.«

»Ach. Und was hat der gemacht?«

»Nichts. Stand nur so da. Für die Sicherheit. Falls was passiert, nehme ich an.«

»War er hübsch? Bist du scharf auf ihn gewesen?«

»Aber Franki!«

Er schwieg und starrte aus dem Fenster. Sie kamen gerade an

Johannelund vorbei, der einzigen Haltestelle mit dem Bahnsteig auf der anderen Seite.

Mutter erzählte weiter.

»Du solltest auch mal mit einem fahren, Franki, dann wirst du schon sehen.«

»Ja, ja, das werde ich sicher irgendwann mal tun.«

Sie beugte sich vor, legte einen Finger auf sein Knie. Sie roch gut, ein Frauenduft nach Puder und fetten Cremes.

»Es ist lieb von dir, dass du mitkommst.«

Und dann sagte sie noch einmal:

»Es ist irgendwie so ein erbärmliches Gefühl, wenn man allein kommt.«

Er hob seine Hand, legte sie auf den pelzgekleideten Arm. Machte Scherze.

»Obwohl – sehr erbärmlich siehst du nun nicht gerade aus. Das kann man kaum behaupten. Und wenn jetzt so ein militanter Vegetarier kommt und dich mit roter Farbe bespritzt. Was machst du dann?«

»Ach, das ist doch nur Imitation.«

»Was für eine Imitation?«

»Imitierter Pelz. Kunstpelz. Sie hatten ihn im Sonderangebot in einem kleinen Laden in der Drottninggatan. Im letzten Frühling, die wollten wohl ihr Lager räumen. Ich habe ihn für fünfhundertneunundneunzig Kronen gekriegt.«

»Ach so.«

»Wovon sollte ich mir denn einen richtigen leisten können? Spinnst du, Junge, der kostet doch mindestens zwanzigtausend.«

»Auf jeden Fall sieht man das nicht, der sieht ganz echt aus.«

Sie lächelte ihn an, auf ihren Wangen zeigten sich unzählige kleine, weiche Fältchen.

Aber plötzlich wurde er ganz unruhig.

»Geh nur nicht zu nahe an etwas Brennbares. An Kerzen oder so. Wie der aussieht … Der wird in null Komma nichts in Flammen aufgehen.«

Wieder lachte sie.

»Du bist wirklich süß, Franki!«

Er bekam den Namen Franki, nach Frank Sinatra. Der war das Idol seiner Mutter. Er war noch irgendwie anders getauft worden, aber niemand benutzte den Namen, nicht einmal, als er noch ein Kind war und daheim auf dem Hof in Hässelby spielte. Franki hieß er. Franki ohne ›e‹ am Ende, ins Schwedische übertragen, damit es passte. Das Idol seiner Mutter, ihr Leben lang.

Er war hoch gewachsen und ein kräftiger Mann, der dick wirken würde, wenn er nicht so viel Zeit mit Bodybuilding verbrächte. Fast alles war groß an ihm, die Ohrläppchen, die Lippen und die gekrümmte Falte zwischen den Augenbrauen. Das Haar trug er kurz, aber nicht rasiert, er war sich seiner Würde wohl bewusst und wollte nicht mit Skinheads oder anderem Gesindel verwechselt werden. Mit dem Abschaum der Gesellschaft.

Sie stiegen in Gamla stan aus und gingen durch den unterirdischen Gang. Ein Mann mit einer Pudelmütze saß in der Hocke und zupfte an einem Saiteninstrument. Am Aufgang stand ein Typ mit einem Packen Zeitschriften.

»*Situation Stockholm!* Unterstützt uns! Kauft die Zeitschrift der Obdachlosen!«

Das war unangenehm, Franki wusste nie, in welche Richtung er gucken sollte. Die Leute bettelten und drängten sich auf. Sie erzeugten jedes Mal Schuldgefühle bei ihm.

»Ich bin arbeitslos«, fauchte er manchmal. »Ich habe selbst kaum Geld fürs Essen.«

Dann starrten sie ihn jedes Mal an, als wären sie es nicht gewohnt, angesprochen zu werden. Schließlich zuckten sie mit den Schultern und gingen ein paar Schritte weiter.

Mutter hakte sich bei ihm ein, und sie suchten sich ihren Weg durch die schmalen Gassen zum Stortorget. Er spürte, wie er fror. Ganz intensiv bereute er in diesem Augenblick, mit ihr gegangen zu sein.

Der Geruch war der gleiche, genau wie er ihn in Erinnerung hatte. Ein Mann im schwarzen Anzug kontrollierte ihre Eintrittskarten. Er machte eine Geste zum Mittelgang hin. Sie fanden ihre Plätze, zwei Stühle mit gepolsterten Sitzen, nebeneinander, fast ganz vorn. Mutter setzte sich auf den inneren.

»Du mit deinen langen Stelzen«, flüsterte sie. »Du brauchst ja Platz, um dich auszustrecken.«

Ein hohes Stativ mit einem Mikrofon stand im Gang, dicht neben ihnen. Er musterte es. Die Füße des Stativs waren mit rotweißem Klebeband an den Boden geklebt. Er dachte an Absperrungen. Dann stellte er fest, dass etwas auf dem Band stand: »baggage« und die Worte »American Airlines«. Er wunderte sich noch über diese Beschriftung, als die Musik plötzlich dröhnend sein Ohr erreichte. Betörend und ganz nah.

Wann war er das letzte Mal in der Kirche gewesen? Doch, ja. Bei Vaters Beerdigung. Er erinnerte sich nicht mehr an das Datum, nicht an das Jahr. Aber es hatte die Nacht zuvor geschneit, und die Sohlen seiner Schuhe waren rutschig wie auf Seife gewesen. Er war nicht mehr sicher gewesen, wann er da sein sollte. Als er zur Kirche kam, wurde gerade der Sarg aus dem Auto geholt. Aus einem silbernen Wagen. Er hatte gedacht, er müsste schwarz sein.

Der Sarg stand auf einem dünnen, klapprigen Metallgerüst. Franki trat hinzu und stellte sich vor.

»Wir sind uns ja schon begegnet«, sagte einer der Männer, und da fiel ihm das Beerdigungsinstitut ein.

Der Sarg war braun, hatte kleine Füße. Unter dem Deckel lag sein Vater.

»Wir müssen das nur noch ein bisschen in Ordnung bringen«, sagte der Mann vom Bestattungsinstitut. »Das dauert eine Weile. Aber noch ist es ja nicht so weit. Erst in ein paar Stunden.«

Franki musste reingehen, um sich ein wenig aufzuwärmen. Außerdem musste er dringend pinkeln. Der Mann vom Bestattungsinstitut versperrte ihm den Eingang.

»Wollen Sie mit reinkommen?«, fragte er und seine Augenbrauen waren dunkel und hochgezogen. »Während wir alles vorbereiten, meine ich.«

»Nein, nein«, wehrte er schnell ab.

Er war hinter die Kirche gegangen und hatte dort gepinkelt. Als er den Reißverschluss seiner Hose hochzog, hörte er ein Kichern. Zwei quietschbunte Kindermützen tauchten hinter einem Stein auf. Er starrte gegen die Kirchenmauer, dachte sich, dass es zu glatt war, um hinterherzulaufen.

Eine kräftige, durchdringende Frauenstimme durchschnitt den Raum. Franki hob den Kopf. Die Mutter wandte sich ihm zu, zeigte mit einem langen, rot lackierten Fingernagel auf den Programmzettel. Er las einen Namen. Sah seine Mutter an. Sie spitzte die Lippen, formte lautlos den Namen.

»Waltraut Engen!«

Die singende Frau sah noch jung aus, ihr Hals war dünn und gepudert. Eine Kette mit einer hellblauen Perle hing darum. Franki musste an einen Wassertropfen denken.

Dann erkannte er sie plötzlich wieder. Die kleine Waltraut. Sie war die Schwester von einem der Jungs. Sie war die Schwester von Engen, von Mats Engen.

Sie hatten daheim bei Mats am Küchentisch gesessen und Eishockey gespielt. Sie hatten weiche Brotscheiben gegessen, die sie zunächst mit Margarine bestrichen und dann mit Zucker und Vogelfutter bestreut hatten. Etwas bewegte sich im Flur, Mats' Vater stand plötzlich in der Tür. Es knirschte unter seinen Schuhen, er hob einen Fuß und starrte sie an.

»Was macht ihr denn da?«

»Nichts, wir machen es uns nur gemütlich.«

»Habt ihr das Futter der Vögel genommen?«

Mats wurde ganz rot im Gesicht.

»Wir wollten das mal probieren ...«

»Und – schmeckt es gut?«

»Oh ja?«

»Dann passt nur auf, dass euch keine Federn am Hintern wachsen!«

Mats saß da und hielt den Torwartschläger in der Hand, war aber nicht richtig bei der Sache. Franki schoss den Puck.

»Tor!«, sagte er leise.

Mats' Vater sagte:

»Ich habe Mama abgeholt. Du kannst jetzt kommen und deine kleine Schwester angucken.«

»Du«, sagte er. Nicht »ihr«. Franki stand dennoch auf. Sie gingen ins Wohnzimmer, die Gardinen waren vorgezogen, kein Licht angeknipst. Mats schaltete die Deckenlampe ein. Da sahen sie seine Mama halb auf dem Sofa liegen, in Mantel und Kopftuch. Sie war verändert, er wusste aber nicht genau, wieso. Auf dem Teppich stand ein hellblauer Babysitz. Mats' Papa öffnete ihn, kniete sich mit seiner guten Hose hin. Ein leises Piepsen ertönte aus dem Sitz. Franki dachte an die Katzenjungen in der Scheune von Riddersvik.

Mats' Papa hob die neugeborene Schwester hoch. Sie war ganz rot im Gesicht, ihre kurzen Arme ruderten.

»Sie hat wohl Hunger«, erklang es matt vom Sofa.

Mats' Papa stand auf, hielt Mats das Kind hin.

»Das ist deine Schwester«, sagte er. »Das hier ist Waltraut.«

Was für ein hässlicher Name! Ja, was für ein hässlicher Name.

Es dauerte eine Weile, bevor er sie wiedersah. Es wurde ihnen gesagt, sie sollten lieber draußen spielen, Mats' Mama sei müde, und es ginge ihr nicht gut. Manchmal weinte die Schwester, dass es bis auf den Hof hinaus zu hören war.

Mit der Zeit wurde sie ein hässliches, nerviges Kleinkind, das überall mit dabei sein wollte. Voller roter Flecken im Gesicht. Sie schlichen sich von ihr fort, sperrten sie zu den Schuhen in die Garderobe ein. Sie petzte natürlich, und ihr schmales Gesicht strahlte, wenn ihre Mutter die Jungs ausschimpfte.

Wann hatte er sie das letzte Mal gesehen? Als sie konfirmiert wurde? Franki konnte sich nicht mehr erinnern. Als erwachsene Frau jedenfalls nicht.

Er betrachtete sie blinzelnd, sie stand mit halb geschlossenen Augen da. Wie konnte sie nur so hoch singen, wo sie doch so dünn, platt und ohne jegliche Form war. Sängerinnen, die stellte er sich dick und mit Brüsten wie eingezwängte Würste vor.

Waltraut Engens Hände waren schmal und geballt. Er sah im Gegenlicht ihr Kinn, er sah einige abstehende Haarsträhnen. Als der Chor sang, machte sie eine halbe Drehung und trippelte zu ihrem Stuhl. Mutter deutete auf sie.

»Hast du sie wieder erkannt?«, flüsterte sie.

Er nickte mit zusammengekniffenem Mund.

»Wir hätten vielleicht eine Blume mitnehmen sollen!«

Die Leute um sie herum warfen ihnen böse Blicke zu. Franki wünschte sich, dass seine Mutter aufhöre zu flüstern, dass sie sich einfach wieder zurücklehnte und die Augen schlösse. Aber sie beugte sich stattdessen nach links vor, um Waltraut sehen zu können. Die junge Frau saß mit dem Gesangbuch auf dem Schoß da. Sie hielt den Kopf gebeugt, schweigend und in sich verschlossen. Er überlegte, dass sie sich sicher auf ihren nächsten Einsatz vorbereitete.

Er hob den Blick und betrachtete die großen vergoldeten Kronen, die über ihnen hingen, gehalten von fliegenden Engeln. Wie lange schwebten die schon so da? Wie viele Jahre oder Jahrhunderte mit ausgestreckten, stützenden Armen. Er ließ seinen Blick dort oben ruhen, um nicht von der Sängerin verunsichert zu werden, ihre Nähe beunruhigte ihn auf eine vage, bohrende Art.

Sie hatten sich über ihren Namen gewundert und zunächst Probleme gehabt, ihn auszusprechen. Aber mit der Zeit hatten sie sich daran gewöhnt. Sie war nie der Typ von Kind gewesen, der Spitznamen an sich zieht, nein, es blieb bei Waltraut – ohne jede Abkürzung. Mats' Vater war Opernfan. Er hatte ein ganzes Zimmer nur für die Musik, an den Wänden Samttapete, darin

Röhrenverstärker, einen Sessel, dessen Rücken man verstellen konnte. Dort schloss er sich abends ein, blieb stundenlang da drinnen. Aber manchmal öffnete er die Tür und lud ein einzutreten. Niemand wagte Nein zu sagen.

»Wollt ihr ein wenig mithören, Jungs?«, fragte er und zog sie über die Türschwelle.

Die Lautsprecher standen in den Ecken. Sie waren groß wie Kindersärge. Er strich über das glatte braune Holzgehäuse.

»Wollt ihr was hören, Jungs? Wollt ihr wirklich schöne Musik hören?«

Mit wirklich schöner Musik meinte er Wagner. Den Ritt der Walküren und Rienzi. Sie mussten dort stehen und zuhören. Seine Tochter sollte eines Tages in der Oper singen. Das war so vorherbestimmt, und es stellte sich heraus, dass Waltraut tatsächlich eine ganz reine und gute Stimme hatte. Sie kam in die Musikklasse, danach sahen sie sie kaum noch.

Es war vorherbestimmt. So war es.

Aus den Augenwinkeln konnte er sehen, dass sie von ihrem Stuhl aufstand und ins Licht trat. Direkt vor ihm stand sie, der Mund glänzte, sah irgendwie klebrig aus. Franki sah, wie sie atmete, Anlauf nahm und die Luft einsog. Sekunden bevor sie anfing zu singen, richtete sie ihren Blick direkt auf ihn. Sie erkannte ihn wieder. Ihm schien, als lache sie.

# 3

Zuerst bekam er den Wagen nicht an, das war ihm noch nie passiert. Die Kraft verließ ihn, die Reservekraft, die ihn den ganzen Morgen über aufrechtgehalten hatte. Er beugte sich über das Armaturenbrett, blieb so eine Weile sitzen. Das Lenkrad drückte ihm gegen den Brustkorb, aber er kümmerte sich nicht darum. Er beugte sich noch weiter vor, als wollte er den harten Kunststoff an seinem Körper spüren, als hielte ihn diese Berührung in der Gegenwart fest.

Sein Handy klingelte. Es lag neben ihm auf dem Sitz, er hob es hoch und murmelte seinen Namen.

»Ja, Engen. Mats Engen.«

Es war Camilla, seine Frau. Sie wunderte sich, warum er nicht kam, sie hatte einen Termin beim Zahnarzt, ob er das vergessen hätte.

Er wollte nichts am Telefon sagen. Er wollte sie ansehen, wenn er es erzählte, sie nahe bei sich haben, sie sollte ihn in ihre Arme nehmen, und sie sollte weich und groß sein und nach Safran duften.

»Ich bin schon unterwegs«, sagte er mit belegter Stimme. »Das blöde Auto hat nur verrückt gespielt, es ist nicht angesprungen.«

»Was?« Sie klang mürrisch. »Wieso das denn? Was ist denn mit dem nun wieder los?«

»Ich weiß es nicht, Camilla. Ich hoffe, nur eine Lappalie. Aber ich beeile mich, ich kriege das schon hin.«

»Ja, das hoffe ich doch, denn den Zahnarzt muss ich so oder so bezahlen. Es ist zu spät, noch abzusagen.«

»Du hörst doch! Ich komme.«

Er schaltete das Handy ab und öffnete die Autotür. Es war ein Citroën, Jahrgang 1990, der war in all den Jahren, die sie ihn schon hatten, immer wie ein Uhrwerk gelaufen. Nur ein bisschen Rost um die Türen, das war bei französischen Autos nun mal so. Er hatte den Rost weggeschmirgelt und die entsprechenden Stellen ausgebessert.

Er stand in seiner Jeans und seinem Anorak da, zupfte an seinen blonden Bartstoppeln. Sein Pony war fransig. Am Haaransatz an der Stirn gab es unzählige kleine Wirbel, die seine Frisur immer zerzaust aussehen ließen, wie sehr er sich auch mit dem Kamm bemühte.

»Stimmt was nicht?« Einer der so genannten Springer kam auf den Hof, Mats hatte vergessen, wie er hieß. Er kam von einer anderen Feuerwehrwache, war als Verstärkung gerufen worden, weil es heute so knapp mit Leuten war. Springer wurden sie immer genannt.

»Ich krieg die Karre nicht zum Laufen.«

»Ist die Batterie vielleicht leer?«

»Glaube ich nicht.«

»Soll ich mal versuchen? Ich habe den Gleichen.«

»Bitte.«

Mats gab ihm den Schlüssel. Da war ein Geräusch in seinem Schädel, ein leises, rinnendes Geräusch. Wie von Wasser. Er sah, wie der andere in den Wagen stieg, und da fiel ihm auch dessen Name ein, Andersson irgendwas – Andreas? Und er kam von der Wache auf Kungsholmen.

Das Auto startete, sobald der Schlüssel im Zündschloss gedreht wurde. Andersson grinste.

»Bitte schön! Alles klar!«

Mats zuckte mit den Schultern.

»Danke. Weiß der Teufel, woran es lag. Vielleicht an der Feuchtigkeit? Aber solche Zicken hat er noch nie gemacht.«

Andersson stieg wieder aus. Er schaute über den Hof hin.

»Du ... das mit Almis ist einfach zu schrecklich«, sagte er steif.

»Ja.«

»Was ist passiert, hat er Panik gekriegt?«

»Keine Ahnung. Scheint ja ganz so.«

»Es ist einfach schrecklich! Zu schrecklich.«

»Ich muss jetzt los. Nach Hause. Meine Frau muss zum Zahnarzt.«

»Okay. Bis bald.«

Es war halb elf. Der morgendliche Berufsverkehr war schon lange vorbei. Es schneite immer noch, aber nicht mehr so stark, nur kleine müde, dünne Flocken, die schmolzen, sobald sie auf den Boden trafen. Mats fuhr an Alvik vorbei, hier gab es einige Baustellen, eine neue Schnellbahnlinie sollte direkt nach Globen gehen. Im Berg links konnte er die Tunnelöffnung erkennen, gleich neben der neuen Tennishalle. Die alte brannte an dem Tag ab, als er dreißig wurde. Das war jetzt gut fünf Jahre her. Arbeiter hatten damals bei Renovierungsarbeiten fünf alte Ölkessel vom Dachboden heruntergeholt. Als sie die Rohre am Morgen im Dach abschnitten, sprang ein Schweißfunken in die Isolierung. Dort lag er dann ein paar Stunden und glühte vor sich hin, bis er richtig Feuer fing. Gegen fünf Uhr nachmittags war das gesamte Gebäude bis auf die Grundmauern niedergebrannt.

Das war ein Freitag gewesen, wie er sich noch erinnerte. Er hatte daheim auf dem Balkon gestanden und ein Glas Champagner getrunken. Die ersten Geburtstagsgäste waren bereits eingetroffen. Sie hatten alle auf den dicken schwarzen Rauch gestarrt und gedacht, dass ein Flugzeug bei Bromma abgestürzt sein müsste. Dann hatten sie das Radio eingeschaltet und erfahren, was passiert war.

Mats hatte fast den ganzen Weg nach Hause grünes Licht und brauchte auch an den Kreisverkehren kaum zu warten. Beim Altersheim bog er nach links ab und folgte dem Sandviksvägen, bis er zu dem Reihenhaus kam, in dem er wohnte. Die Gegend wurde »Liebeskraut« genannt, weil die Straßennamen im Viertel alle nach unterschiedlichen Gewächsen benannt worden waren. Hässelby war bekannt für seine alten Gartenkolonien, aber jetzt gab es davon nicht mehr viele. Jeder grüne Fleck war mittlerweile mit Reihenhäusern oder Villen bebaut.

Camilla und Mats hatten ihr Haus schon vor einigen Jahren gefunden, als die Jungs noch gar nicht geplant gewesen waren. Es war teuer, eigentlich zu teuer für ihre Verhältnisse, und wie merkwürdig das auch klingen mochte, dadurch, dass Camilla aufhörte zu arbeiten, hatte sie einiges gewonnen. Sie hatte eine Boutique im Einkaufszentrum Akermyntan gehabt. Aber die lief nicht, obwohl sie eine Menge Geld in Anzeigen investierte und selbst herumlief und Reklamezettel verteilte, sobald sie Zeit dazu hatte. Sie hielt eine ganze Weile aus, bis sie sich geschlagen gab und endlich den Laden dichtmachte. Jetzt war sie zu Hause mit den Zwillingen.

Mats fuhr den Wagen nicht erst in die Garage, sie brauchte ihn ja gleich. Sie stand am Küchenfenster und hielt nach ihm Ausschau.

Sie hatte sich zurechtgemacht, das Haar hatte sie hochgesteckt, trug das hübsche hellgraue Kostüm. Er hob die Hand und winkte ihr zu. Sie machte eine unzufriedene Geste.

Die Jungs sprangen ihm entgegen, sobald er die Tür öffnete. Er ging in die Hocke, drückte sie so heftig an sich, dass ihre Köpfe gegeneinander schlugen. Sie holten tief Luft und begannen gleichzeitig zu schreien, schrill und anklagend.

»Du musst ein bisschen vorsichtiger sein!«, sagte Camilla. Sie sah gehetzt aus. Sie nahm ihren Mantel, hielt dann aber inne und starrte ihn an.

»Mats ... was ist los?«

»Nichts.«

»Da ist doch was, ich sehe, dass du was hast.«

»Fahr zum Zahnarzt! Wir reden später drüber.«

»Ist es was Schlimmes? Hat es was mit uns beiden zu tun?«

»Nein, damit hat es gar nichts zu tun.«

Sie sank ein wenig zusammen, schob den Mantelärmel hoch, warf einen hastigen Blick auf die Armbanduhr.

»Oh je! Ich muss mich beeilen.«

Er nahm die Jungs mit sich in die Küche. Setzte sie auf ihre Kinderstühle, pustete ihnen ins Haar. Das war dünn und flaumig, sie hörten auf zu weinen und betrachteten ihn mit aufgerissenen Augen.

»Tuchen!« Simon hob einen weichen, dicken Finger und zeigte auffordernd zur Anrichte, auf der auf einem Teller ein Napfkuchen stand. Erst jetzt bemerkte Mats, dass es nach frisch gebackenem Kuchen roch. Er holte ein Messer heraus.

»Ja, ja. Ihr kriegt jeder euren Tuchen!«

Er schnitt zwei dicke Scheiben ab und legte sie vor die beiden, ohne Teller. Sie fingen sofort an zu essen. Er goss sich ein Glas Wasser ein, aber als er es zum Mund führen wollte, glitt es ihm aus der Hand und fiel ins Spülbecken. Es ging nicht kaputt, das bemerkte er mit einer gewissen Erleichterung. Die Zwillinge starrten ihn an.

»Oi!«, rief Lukas. »Papa Las fallen!«

»Ja«, sagte Mats. »Papa hat das Glas fallen lassen.«

Dann begannen seine Arme zu zitternd, und ein heftiger, plötzlich einsetzender Schwindel zwang ihn in die Knie.

»Almis«, durchfuhr es ihn. »Verdammter Scheiß-Almis.«

Nein! Er musste warten. Er schaffte das jetzt nicht. Jetzt nicht, später. Wenn Camilla nach Hause kam. Erst dann.

Das Telefon klingelte. Er zwang sich aufzustehen. Nahm den Hörer ab. Es war eine Journalistin vom *Aftonbladet.* Er hörte ihren Namen, vergaß ihn aber sofort wieder.

»Ich möchte Ihnen zuerst mein Beileid aussprechen«, sagte sie.

»Ja und?«

»Was für ein Gefühl ist das?«

»Was für ein Gefühl das ist?«

»Ja … Ich meine … Sie waren ja sozusagen … mit ihm da in dem brennenden Inferno. Ich meine, mit Stefan Almgren. Ihrem Kollegen. Sie waren doch bei ihm, als er starb.«

»Was für ein Gefühl das ist! Ja, was glauben Sie denn?«

Sie senkte ihre Stimme, fuhr vorsichtiger fort.

»Entschuldigen Sie, wenn ich Sie störe und dumme Fragen stelle.«

Er gab keine Antwort.

»Aber Sie müssen wissen, dass es auch für mich nicht so leicht ist. Ich versuche ja auch nur, meine Arbeit zu tun. Genau wie Sie. Deshalb könnten Sie doch so nett sein und mir antworten, nicht wahr? Was ist da drinnen passiert, als es gebrannt hat?«

Mats warf den Hörer hin. Er bereute es sofort, nahm ihn wieder hoch, und sie war noch da.

»Fahr zur Hölle!«, rief er.

Und dann legte er wieder auf.

Die Jungs saßen noch in der Küche. Sie klatschten mit schmierigen Händen auf den Tisch. Die Kuchenkrümel lagen unter ihren Stühlen auf dem Boden. Er hob sie heraus, erst Lukas, dann Simon, schnupperte an ihrem verschwitzten Haar, ein süßlicher Geruch, nach Kind. Jetzt wollten sie spielen, mit ihm. Nicht still sitzen und kuscheln, kein Märchen hören oder auf dem Schoß sitzen. Sie liefen ins Kinderzimmer, er blieb stehen. Er musste noch sauber machen, den Tisch abwischen, er stand in der Tür, und der Küchenschrank schwankte.

»Almis«, murmelte er, »du verdammter Idiot.«

Stefan Almgren war ziemlich am Boden gewesen. Deprimiert. Das war in mehrerlei Hinsicht zu merken gewesen. Einmal wurde er beim Körpertraining ohnmächtig, sank einfach zusammen und fiel zu Boden.

Sie fragten ihn, ob er krank sei. Er sagte, er sei nur ein wenig aus dem Gleichgewicht. Nicht krank, er könne schon arbeiten und so. Nur etwas durcheinander. Und traurig. Aber er wollte nicht drüber reden. Doch nach einer Weile verstanden sie. Maria.

Sie kannten sie, genau wie sie die Frauen und Kinder all ihrer Kollegen kannten. Sie hatten sie gern gehabt. Eine kleine dunkle Frau mit braunen Augen und einer schönen Figur. Etwas scheu. Etwas nachdenklich.

Du findest schon eine Neue, hatten sie ihn zu trösten versucht. Almis, die Welt ist voller Weiber. Und er lachte, bekam aber so einen abweisenden Blick, und er veränderte sich, wurde schweigsamer.

Das Telefon klingelte. Mats nahm den Hörer und brüllte hinein.

Es war seine Mutter.

»Gute Güte, Gott sei Dank, dass du zu Hause bist. Wir haben es im Radio gehört, Papa und ich. Das über den Brand. Da ist doch jemand gestorben ... Und da haben wir schon Angst gehabt ...«

»Ich war es nicht«, sagte er kurz.

»Nein. Das ist mir auch klar, Mats. Aber es war doch einer von deiner Wache?«

»Es war ein Kollege.«

»Einer deiner Kollegen? Von deiner Wache?«

»Ja.«

»Wer denn?«

»Stefan. Stefan Almgren.«

»Der kleine Stefan? Mit dem du immer gespielt hast?«

»Ja.«

»Oh, wie schrecklich, Mats. Wie fürchterlich.«

»Ja.«

»Wie ist es passiert?«

»Er hat den Rauch eingeatmet.«

»Aber habt ihr nicht solche Atem ...?«

»Doch. Aber er hat seine Atemmaske abgenommen.«

»Was? Warum, warum hat er sie abgenommen?«

»Ich weiß es auch nicht.«

»Nein, natürlich nicht.«

Er hörte, wie sie mit seinem Vater sprach. Er stand mit dem

Hörer am Ohr da und schaute ins Zimmer der Jungs. Sie saßen mit ausgestreckten Beinen auf dem Boden. Sie spielten mit Legosteinen. Das Fenster glänzte vom Schneeregen.

»Ich bin etwas müde, Mutter«, sagte er. »Ich muss mich erst mal eine Weile hinlegen. Wenn du entschuldigst.«

Camilla hatte es bei ihrer Zahnärztin gehört. Die wusste, dass sie mit einem Feuerwehrmann verheiratet war. Deshalb hatte sie geradeheraus gefragt.

»Ich nehme an, dass es nicht Ihr Mann war, der umgekommen ist. Sonst würden Sie wohl kaum hier auf dem Stuhl liegen.«

»Umgekommen!« Camilla war hochgefahren und die Serviette, die über ihrer Brust ausgebreitet gelegen hatte, war zu Boden gefallen.

»Ja, sie haben es im Radio gesagt, schon vor einer Weile. Ein Brand draußen bei Hjorthagen. Ein Feuerwehrmann ist dabei zu Tode gekommen.«

Sie weinte, als sie nach Hause kam.

»Wer war es, Mats, wer war es?«

Plötzlich konnte er Almis' Namen nicht aussprechen.

Sie sagte, er solle jetzt schlafen, sie hielt ihn im Arm, und die Haut auf ihren Armen war so unfassbar weich.

»Du hast die ganze Nacht gearbeitet, Mats. Und so schreckliche Sachen mitgemacht.«

Jetzt war sie die Starke, führte ihn zu den ungemachten Betten und ließ ihn hineinkriechen.

»Willst du was zu trinken haben?«, flüsterte sie, und ihr Blick war scheu und bittend.

Er schüttelte den Kopf.

»Doch«, bestand sie drauf. »Ich koche dir eine Tasse Tee.«

Er hörte sie in der Küche rumoren. Er lag auf der Matratze und hörte, wie sie zu Gange war. Seine Finger berührten etwas Dünnes. Ihr Nachthemd. Er zog es heran und zerknüllte es zu einem Ball, der fast ganz in seine hart zusammengepresste Faust passte.

# 4

Waltraut hatte sich zwei Engel gekauft. Sie waren weiß, gehäkelt, mit Goldflügeln und langen, schlottrigen Beinen. Mehrere Tage hatte sie hin und her überlegt. Sie waren teuer, und eigentlich meinte sie, es wäre Unsinn, Engel für mehr als einen Tausender zu kaufen.

Aber warum nicht, redete sie sich schließlich selbst ein. Warum nicht ab und zu ein bisschen verrückt sein? Warum musste eigentlich immer alles so verdammt genau bedacht sein?

Jetzt versuchte sie, die beiden Engel an der Decke über ihrem Bett zu befestigen. Sie hatte einen Stuhl aufs Bett gestellt, aber als sie darauf kletterte, schwankte er hin und her, als würde er jeden Moment umkippen. Sie ging auf die Knie. Wagte nicht, wieder aufzustehen.

»Scheiße!«, flüsterte sie. »Das schaffe ich nicht.«

Natürlich konnte sie jemanden um Hilfe bitten. Ihren Vater beispielsweise. Er würde sofort herbeigeeilt kommen, selbst wenn er mit vierzig Grad Fieber im Bett läge. Er würde das mit den Engeln zwar garantiert nicht verstehen, es aber akzeptieren, ohne eine Frage zu stellen. Ganz im Gegensatz zu ihrer Mutter.

Das Telefon klingelte. Waltraut kletterte vom Stuhl herunter und ging ran. Wie sie gedacht hatte. Ihr Vater.

»Ich habe gerade an dich gedacht«, sagte sie. »Wenn man an den Teufel denkt …«

»Na, so was. Und worum ging es?«

»Ach, nichts Besonderes. Nur so.«

»Aha. Nun, wie geht es dir? Hast du ausgeschlafen?«

»Ja.«

»Ist es gestern gut gelaufen?«

»Ja.«

»Es tut mir Leid, dass wir nicht kommen konnten, das war wirklich schade.«

»Aber ihr habt mich ja schon oft gehört.«

Er hustete.

»Du weißt, wie gern ich dich höre.«

»Doch, ja, das weiß ich. Ist es ein wenig besser mit deiner Erkältung?«

»Kaum. Ich glaube, ich habe sogar ein bisschen Fieber.«

»Armer kleiner Papa, soll ich nach Hause kommen und dich pflegen?«

»Damit du dich noch ansteckst? Kommt gar nicht in Frage.«

»Und wie geht es Mama?«

Vater senkte die Stimme.

»Es geht besser mit ihrer Erkältung. Aber ... sie ist etwas durcheinander. Du weißt, so geht es ihr immer, wenn etwas passiert ist. Da war doch so ein Feuer, und da ist es für einen Kameraden deines Bruders böse ausgegangen.«

»Was sagst du da?«

»Ja. Einer der Feuerwehrleute ist umgekommen. Ich kenne keine Details.«

Waltraut bekam einen ganz trockenen Mund.

»Stimmt das? Und Mats? Ist mit ihm alles in Ordnung?«

»Ja, natürlich. Mats ist nichts passiert.«

Sie hatte die Zeitung nicht gelesen. Hatte Angst gehabt, dass etwas über das Konzert darin stehen könnte. Es war besser, wenn andere das zuerst lasen und es dann vorsichtig zu ihr durchsickern ließen. Aber derartige Konzerte wurden nicht jedes Mal besprochen.

Einmal hatte ein Musikkritiker Waltraut Engens Vibrato mit einem Kaninchen verglichen, das verzweifelt versucht, dem

Fuchs zu entkommen. Zuerst hatte sie über die Formulierung gelacht, *ein Kaninchen, das …* Aber später war es ihr immer wieder in den Sinn gekommen, jedes Mal deutlicher und brutaler, bis die Botschaft ihr klar und deutlich vor Augen stand. Ein Totalverriss.

Sie hatte geglaubt, sie könnte sich über eine höhnische Besprechung hinwegsetzen. Dass ihr das nicht gelang, bedeutete eine doppelte Niederlage.

Vater hatte das ganz empört aufgenommen. Er war schon immer ihr größter Bewunderer und ein wahrhaft begeisterter Zuhörer gewesen. Als er sah, wie sie litt, wie sie dabei war, ihr Selbstvertrauen zu verlieren, rief er den Rezensenten an und bat ihn um eine Erklärung.

Er hieß Greger Brück. Nie würde sie diesen Namen vergessen. Vater erzählte ihr nicht, wie das Gespräch ablief. Das Einzige, was er sagte, war, dass dieser Brück anscheinend nicht recht gescheit war und dass man sich deshalb nicht um seine Meinung kümmern müsse.

Mein lieber Papa, dachte sie. Sie holte die Zeitung, sie lag auf dem Küchentisch, schlug den Stockholmteil auf. Nein. Kein Wort stand darin über eine Feuersbrunst. Merkwürdig.

Ihr Bruder hatte schon seit seiner Kindheit Feuerwehrmann werden wollen. Es gab eine ganze Gruppe von Jungen auf ihrem Hof, sie liefen mit Sprühflaschen herum und spritzten die Leute mit Wasser nass. Sie erinnerte sich, dass sie das damals albern fand. Aber mehrere von ihnen blieben bei ihrem Kindheitstraum und verwirklichten ihn. Was Waltraut später verwunderte.

Sie selbst hatte nie wirklich eine Wahl gehabt. Sie sollte Sängerin werden, das hatte ihr Vater entschieden. Und warum nicht? Das war anscheinend das, wozu sie am besten geeignet war. Normalerweise gefiel es ihr auch, sich schön zu machen, die Hauptperson zu sein, im Rampenlicht zu stehen und Blumen entgegenzunehmen.

Alles war ihr im Leben leicht gefallen. In der Schule hatte sie zu den Besten gehört und wenn die Adolf-Fredrik-Klasse in Kirchen oder in der Berwaldhalle auftrat, zum Beispiel bei den jährlichen Weihnachtskonzerten, da war es ganz selbstverständlich, dass Waltraut die Solistin war.

Jetzt war sie achtundzwanzig und wohnte noch in Hässelby. Durch eine Anzeige hatte sie eine 2-Zimmer-Wohnung gefunden mit einer Schwindel erregenden Aussicht über die Mälaren. Hier konnte sie ihre Koloraturen üben, ohne jemanden zu stören. Hier konnte sie sich frei fühlen.

Vater hätte es sicher am liebsten gesehen, wenn sie zu Hause geblieben wäre. Die Eltern wohnten nur eine Viertelstunde Fußweg entfernt. Sie konnte sie ohne viel Aufhebens besuchen, und Vater guckte ein paarmal in der Woche bei ihr hinein. Sie ahnte, dass er das tat, um auch mal herauszukommen. Offensichtlich gingen sich ihre Eltern ein wenig auf die Nerven, jetzt, wo beide pensioniert waren.

Ihr Bruder Mats wohnte auch in Hässelby, aber in dem Einfamilienhausviertel. Dorthin ging Vater fast nie. Mats hatte zwei kleine Jungen, und ihr Vater war nicht besonders kinderlieb. Das Einzige, wofür er sich wirklich interessierte, war die Musik.

Sie erinnerte sich noch, wie sie Abitur machte. Es war das erste Mal, als ihr klar wurde, dass ihr Bruder sich manchmal zurückgesetzt fühlte. Sie hatten das vorher nie mit Worten benannt, nicht einmal bei ihren seltenen Streits. Sie lief auf den Schulhof in das dort wogende Meer aus Menschen, Blumen und Spruchtafeln. Sie fand ihre Eltern nicht, aber plötzlich packte sie jemand am Arm. Mats. Er umarmte sie und küsste sie fest aufs Ohr.

»Jetzt wird Vater sauer sein, dass er nicht der Erste war«, zischte er ihr zu, und zu ihrem Entsetzen sah sie Verbitterung in seinen Augen und etwas, das aussah wie Verachtung. Während der folgenden Feierei und Ausgelassenheit vergaß sie seine Worte, aber am Abend waren sie wieder da. Sie dachte, dass sie mit ihm reden müsste, doch da war er bereits abgefahren.

Und später versickerte das irgendwie im Sande.

Waltraut kletterte noch einmal auf den Stuhl, aber als sie sich aufrichten wollte, wackelte er und kippte um. Sie konnte gerade noch herunterspringen. Sie fiel auf den dicken Knüpfteppich. Der Stuhl fiel auf sie und schlug hart auf ihren Knöchel.

Sie schrie vor Schmerz auf.

Da klingelte es an der Tür.

Papa?, dachte sie überrascht. Sie trug eine dünne weiße Hose, die sie im indischen Laden gekauft hatte, und eine weite Bluse. Wie betäubt saß sie da und rieb sich das Bein durch den Hosenstoff. Das tat richtig weh.

Da klingelte es wieder.

Waltraut stand auf und hinkte in den Flur. Jemand stand da draußen. Jemand lief herum. Die Schritte klangen anders, das waren nicht die von Vater, das war eine dünnere, jüngere Person, das hörte sie an der Art, wie sie sich bewegte. Als sie sich klar machte, dass man so etwas tatsächlich durch eine geschlossene Tür hören konnte, ergriff sie ein Gefühl der Neugier. Sie musste wissen, ob sie Recht hatte, sofort musste sie das wissen. Also drückte sie die Klinke herunter und öffnete.

Ein Mann stand dort draußen. Zuerst erkannte sie ihn nicht wieder. Er war groß und kräftig, trug eine Kordjacke mit irgend so einem Teddyfutter am Kragen. Sein Gesicht glänzte im Lampenschein. In der Hand hielt er einen eingewickelten Blumenstrauß.

»Ja?«, sagte sie fragend.

»Hallo Waltraut.«

»Entschuldigung ... aber ...?«

»Du siehst aus, als hättest du keine Ahnung, wer ich bin. Und dabei habe ich dich mal auf meinem Arm getragen und zu deiner Mutter gebracht.«

»Wie bitte?«

»Als du noch kleiner warst und von der Schaukel gefallen bist. Du hast wie ein abgestochenes Schwein geschrien. Du konntest schon damals reichlich heulen ... Erinnerst du dich nicht mehr? Wir haben doch im gleichen Block gewohnt.«

Da fiel es ihr ein.

»Franki!«

»Ich habe dich gestern gehört. In der Kirche. Mit meiner Mutter. Du hast mich doch direkt angeguckt. Deshalb habe ich gedacht, du hättest mich wieder erkannt.«

»Oh ... entschuldige. Aber du musst wissen, wenn man so dasteht und singt, dann sieht man gar nichts, man ist vollkommen in die Musik versunken, man denkt nur daran, man horcht in sich selbst hinein, und dann hat man noch dieses starke Licht in den Augen ... es passiert mir oft, dass die Leute, die kommen und mich hören, meinen, ich wäre arrogant. Aber das stimmt nicht, das darfst du nicht glauben!«

»Okay.«

Er lachte und schien sich etwas zu entspannen. Da erkannte sie in ihm den Jungen Franki, wie sie ihn in der Erinnerung hatte, seine Art, kerzengerade zu gehen, sein Mund, der immer rau und gerötet war.

»Wir meinten, meine Mutter und ich, dass wir gestern eigentlich Blumen dabei hätten haben sollen. Aber das ist uns erst zu spät eingefallen. Deshalb kriegst du sie heute.«

»Wie lieb von dir, Franki. Du bist immer so gut zu mir gewesen. Die anderen waren so dumm, erinnerst du dich noch, wie Mats und Stefan mich in die Garderobe eingesperrt haben? Erinnerst du dich dran?«

»Nein«, sagte er undeutlich.

»Aber komm doch rein. Wie unhöflich von mir. Möchtest du eine Tasse Kaffee?«

»Ja. Ja, gerne. Wenn du eine hast.«

»Natürlich habe ich Kaffee.«

Sie nahm seine Jacke und hängte sie auf, dann gab er ihr die Blumen, etwas unbeholfen, als hätte er so etwas noch nie gemacht.

»Das sind Rosen«, brummte er, während sie den Strauß auswickelte.

»Rosen!«

»Du hast so verdammt schön gesungen. Wie kannst du nur so singen?«

»Ach. Ich singe eben gern.«

»Du hast wohl immer schon gesungen.«

»Ja. Immer.«

Sie gingen in die Küche. Sie holte eine Vase, es waren fünf Rosen, und sie waren gelb.

»Sind sie schön?«, fragte er. »Magst du gelb?«

Sie nickte. Er war so groß, seine Hände waren gewaltig. Als er sich hinsetzte, spannte der Hosenstoff über seinen Oberschenkeln, dass sie fast Angst hatte, die Säume könnten reißen. Das Hemd war am Hals aufgeknöpft, sie sah darunter Haare und eine Kette mit einem kleinen Kreuz. Das machte sie sonderbar gerührt.

»Ihr wart also da und habt mich gehört«, rief sie aus und füllte Kaffee in den Filter. »Deine Mutter und du. Wie hieß sie noch, Anita, nicht wahr? Sie machte doch irgendwas mit Füßen, soweit ich mich erinnere. Fußpflege oder so.«

»Agneta heißt sie. Nicht Anita.«

»Ja. Ja, genau, Agneta.«

»Sie beschäftigt sich immer noch mit Füßen. Pediküre heißt das. Sie hat eine eigene Praxis, dort, wo sie wohnt. Im Glädjevägen. Wenn du weißt, wo der liegt.«

»Nein … nicht genau.«

»Westlich von Akermyntan.«

»Westlich?«

»Nach Lövsta zu.«

»Ach so, da! Ja, dann weiß ich es ungefähr.«

Waltraut stellte zwei Becher und einen Teller mit Pfefferkuchen hin.

»Nimmst du Zucker? Oder Milch?«

»Nein. Ich trinke ihn schwarz.«

»Glädjevägen. Was für ein schöner Name: Freudenstraße. Das passt zu deiner Mutter. Sie war immer so fröhlich. Sie roch immer so gut, und einmal schenkte sie mir eine winzige Tube

Creme. Die war für empfindliche Haut, sagte sie. Aber ich brachte es nicht übers Herz, sie zu benutzen. Sie blieb liegen und trocknete wahrscheinlich irgendwann ein.«

Sie lachte.

»Und dein Vater?«, fragte sie.

»Gestorben. Vor ein paar Jahren.«

»Oh, das tut mir Leid.«

»Er war ziemlich lange krank. Meine Mutter konnte ihn zum Schluss nicht mehr zu Hause behalten. Er wohnte dann in so einem Pflegeheim.«

»Was für eine Krankheit hatte er denn?«

»Etwas mit den Muskeln. Er saß mehrere Jahre lang im Rollstuhl. Er wollte sterben, hat oft davon geredet. Und das kann man ja auch verstehen, das ist ja ein schreckliches Leben. So im Rollstuhl sitzen zu müssen. Und nicht tun können, was man will.«

»Der Arme.«

»Ja.«

»Wenn man sich vorstellt, dass es Leute gibt, die gern sterben wollen. Wie tragisch!«

»Ja.«

»Er kann doch noch gar nicht so alt gewesen sein?«

»Er ist siebenunddreißig geboren.«

Waltraut brachte die Kaffeekanne und schenkte beiden ein. Sie betrachtete ihn. Er hatte einen Stoppelhaarschnitt und helle Augen. Er sah ein bisschen kindlich aus. Aber nicht nur das. Es gab noch etwas anderes. Etwas, das auf Entschlossenheit hindeutete.

»Und dann tauchst du hier bei mir auf«, lachte sie. »Was für eine Überraschung. Wie hast du mich gefunden?«

»Was glaubst du?«

»Im Telefonbuch?«

Er nickte und führte seine Kaffeetasse an die Lippen.

»Gehst du oft in Konzerte?«, fragte sie.

»Was meinst du, sehe ich so aus?«

Sie wurde ganz rot am Hals.

»Ich weiß nicht. Sehen die irgendwie anders aus, Leute, die in Konzerte gehen?«

»Natürlich tun sie das, das sind vor allem alte Frauen. Meine Mutter hat mich mitgeschleppt. Sie hatte zwei Karten von jemandem gekriegt, den sie kennt.«

»Und welche Musik magst du, Franki?«

»Nun ja, alles Mögliche. Schwarze Scheiben. Sechziger Jahre.«

Sie stand vom Tisch auf und holte tief Luft. Sang dann mit klarer, voller Stimme:

*»Domine Jesu,*
*Domine Jesu Christe, rex gloriae*
*Libera animas omnium fidelium*
*Defunctiorum de poenis inferni...«*

»Penis ?«, unterbrach er sie. »Was singst du denn da?«

»Poenis!«

»Und was zum Teufel ist das?«

»Ich glaube, so was wie Rache. Oder Strafe.«

»Ist das so ein blöder sadomasochistischer Scheiß? War da nicht am Anfang auch was mit Domina?«

»Nein, Franki! Das ist doch Mozart. Das ist das, was ich gestern gesungen habe. Wie hörst du denn zu? Hast du es schon vergessen?«

Sie schob ihm den Teller hin. Er nahm ein paar Kekse, legte sie aufeinander und biss ab.

»Und du?«, fragte sie. »Was machst du?«

»Ich arbeite ab und zu bei meiner Mutter.«

»Was? Feilst du den Leuten die Nägel oder was?«

Er wurde rot, sie begriff, dass sie ihn verletzt hatte. Schnell wechselte sie das Thema.

»Franki, vielleicht kannst du mir bei einer Sache helfen. Ich weiß nicht, wie ich es allein schaffen soll. Ich war gerade dabei, als du gekommen bist, bin vom Bett gefallen und habe mir wehgetan. Ich traue mich nicht, es noch einmal zu probieren.«

»Was denn?«, fragte er mürrisch.

»Komm, dann zeige ich es dir.«

Sie gingen ins Schlafzimmer. Der Stuhl lag noch auf dem Boden, die Engel waren in eine Ecke geflogen. Vorsichtig hob sie einen auf, hielt ihn gegen das Fenster.

»Der ist ja stark!«, rief er aus.

»Gefällt er dir?«

»Ja.«

»Ich habe versucht, sie festzumachen. Über dem Bett. Aber ich schaffe es nicht.«

Er schaute sie an, nahm gewissermaßen Maß.

»Nein, das kann ich verstehen.«

»Es wäre so schön, wenn sie sozusagen über mir schweben würden. Wenn ich im Bett liege. Wie zwei Schutzengel.«

Er lachte, auf seinen Wangen zeigten sich kleine Grübchen.

»Ich helfe dir, Waltraut. No problem.«

Nachdem er gegangen war, legte sie sich der Länge nach aufs Bett. Die beiden Engel hingen jetzt einen halben Meter von der Decke herab, direkt über ihrem Gesicht. Sie waren an zwei Haken befestigt, und sie selbst hatte sie eingeschraubt. Ein merkwürdiges Gefühl stieg in ihr auf, als sie daran dachte, ein prickelnder Druck im unteren Teil des Bauchs.

Er hatte es auch nicht geschafft, an die Decke zu kommen. Er war auf den Stuhl gestiegen, und sie hatte versucht, den Stuhl festzuhalten, wobei dieser aber gefährlich knackte, sodass er beschloss, lieber wieder herunterzusteigen, bevor er zusammenbrach. Er hatte eine Weile dagesessen und überlegt, wie sie es anstellen könnten, den kräftigen Nacken gebeugt, den breiten Rücken auch. Dann war er mit einer schnellen, unerwarteten Leichtigkeit aufgesprungen.

»Ich hab's. Ich werde dich hochheben. Du kannst auf meinen Schultern sitzen, dann schaffen wir es.«

Das hatte so einfach geklungen, als er es gesagt hatte. Er hatte ihren Werkzeugkasten geholt und einen Pfriem herausgezogen, ihr erklärt, dass sie zuerst zwei Löcher in die Decke drücken müsste, damit die Schrauben einen Halt finden konnten.

»Du kannst doch keinen Nagel dort einschlagen, da muss ein Haken hin!«, wies er sie zurecht. »Wie sollen sie denn sonst da hängen? Aber Frauen kriegen das schon hin, was? Ja, ja.«

Er ging in die Knie und forderte sie auf, sich auf seine Schultern zu setzen. Sie nahm leicht den Geruch von Achselschweiß wahr. Ihr Unterleib wurde gegen sein Hemd gepresst und unter ihr wurde es warm und hart, wie ein angespannter, kontrollierter Schwindel. Als er sich erhob, hielt sie sich schnell an seiner Stirn fest, um nicht das Gleichgewicht zu verlieren.

»Geht's?«, hörte sie seine Stimme.

»Ja«, murmelte sie. »Ich denke schon.«

Langsam und vorsichtig richtete er sich auf, stand breitbeinig da. Sie hatte die ganze Zeit ein wenig Angst, aber er hielt ihre Beine in festem Griff.

»Franki, du fällst doch nicht hin«, flüsterte sie.

»Dazu sind schon andere Dinge notwendig, dass ich hinfalle!«

Schließlich stand er kerzengerade da und sie kam oben an. Da wurde sie ganz ruhig.

»Was für ein Glück, dass du gerade jetzt gekommen bist«, rief sie in einer Art fröhlichen Übermuts. »Als ob ich dich bestellt hätte!«

»Ach, ich habe das eben gespürt. Waltraut needs me, habe ich gedacht. Und dann habe ich alles stehen und liegen lassen und bin losgelaufen.«

»Sonst hilft mein Vater mir immer«, erklärte sie. »Mit allem, was ich nicht kann.«

»Hast du keinen Freund?«

»Nein. Im Augenblick nicht.«

Während sie da oben auf seinen Schultern saß und die Decke bearbeitete, brach sie plötzlich in lautes Lachen aus.

»Wenn uns jetzt jemand sehen könnte!«, prustete sie los.

»Reiß dich zusammen«, ermahnte er sie, lachte dann aber auch los, seine Schultern hüpften unter ihren Schenkeln.

»Was für ein Anblick das wohl ist!«

»Darüber können wir uns später Gedanken machen. Jetzt schraube die Haken rein. Und pass auf, dass wir dabei nicht umkippen!«

Schließlich war alles fertig. Die Engel hingen dort, wo sie hängen sollten. Franki und Waltraut standen in der Türöffnung und bewunderten sie.

»Danke für deine Hilfe«, sagte sie.

»Aber du warst es doch, die die Arbeit gemacht hat.«

»Das stimmt ja so nun nicht.«

Er sagte, er müsse jetzt gehen. Er habe seiner Mutter versprochen, nach der Lichterkette in ihrem Schaufenster zu sehen. Die würde die ganze Zeit ausgehen, irgendwas war daran kaputt.

»Bis bald«, sagte sie und streckte ihm die Hand entgegen. Er nahm sie und hielt sie fest.

»Wirklich, Waltraut? Bis bald?«

Sie nickte.

»Ja, das hoffe ich doch.«

Nein. Sie hatte im Augenblick niemanden. Früher war es Staffan gewesen, er sang im Chor und sie waren mehrere Jahre lang zusammen gewesen. Das ist keine leidenschaftliche Sache gewesen, eher eine Freundschaft mit kurzem, peinlichen Beischlaf, weil das nun einmal dazu gehörte. Eine Zeit lang war sie in einen Gastdirigent verliebt gewesen, aber das hatte sich nicht weiter entwickelt. Er hatte sie eines Abends, als sie in einem Krankenhaus gesungen hatten, geküsst und sie dann in seinem Auto zu dem Hotel gefahren, in dem er wohnte.

»Du bist schön, Waltraut«, hatte er gemurmelt und ihren Kopf zwischen seine schlanken Hände genommen.

Er hatte sauer aus dem Mund gerochen. Das hatte sie zur Besinnung gebracht.

»Willst du mit hochkommen und einen Drink mit mir nehmen oder so?«, hatte er sie gefragt.

»Darf man das denn?« Sie war sich plötzlich ganz billig vorgekommen.

»Ja, natürlich. Natürlich darf man das. Schließlich bezahle ich fürs Zimmer. Dann kann ich auch darüber verfügen, wie ich will.«

Verfügen hatte sie gedacht.

»Oder möchtest du etwas anderes haben? Kaffee oder so?«

»Nein. Gar nichts. Es ist schon gut so.«

Sie hatte sich verabschiedet und war voller Wut nach Hause gefahren. Dort hatte sie sich ein Bad eingelassen und war im Wasser liegen geblieben, bis es fast kalt war. Alle ihre Freundinnen waren zu diesem Zeitpunkt schon lange verheiratet. Mehrere von ihnen hatten Kinder. Sollten Mann und Kinder jemals in ihrem Leben einen Platz haben?

Sie war eine Künstlerin. Sie war mehr als nur Fleisch und Blut. Sie ging auf den Flur und stellte sich vor den Spiegel. Ihr gefiel der eigene Anblick. Schmal wie ein Knabe, flache Brüste, blond und zerzaustes Engelshaar. Als hätte auch sie es sein können, die sie da drinnen aufgehängt hatten, Franki und sie.

Würde er doch … sie wieder packen und hochheben, sie wie eine Katze beim Nacken fassen. Ihr die Hose herunterreißen, alles zerreißen bis hin zur dünnen Haut.

Sie zog sich vor dem Spiegel aus, blieb dort eine Weile stehen, streichelte sich. Krümmte die Finger und kam in einer tiefen, jagenden Explosion.

# 5

Johnny Karlsson taten alle Glieder weh. Er hatte das Gefühl, als wäre eine Erkältung im Anzug. Er war morgens direkt nach Hause gefahren und ins Doppelbett geschlüpft, das von Lottas Körper noch warm war. Sie machte das Bett nie, wenn er nachts gearbeitet hatte, stopfte nur die dicke Daunendecke fest, sodass die Wärme sich drin halten konnte. Manchmal lag ein eilig geschriebener Zettel auf seinem Kopfkissen. »Küsschen, ich liebe dich.«

Aber nicht an diesem Morgen.

Sie war vor einer halben Stunde gegangen. Die Kinder waren in der Schule. Das Haus war leer. Er suchte im Badezimmerschrank nach Lottas Sobril, fand aber keine, nur die Folienpackung mit den Antibabypillen. Er nahm zwei Fiebertabletten und kroch ins Bett. Es pochte wie von Fieber hinter seiner Stirn. Jedes Mal, wenn er die Augen schloss, kam die Nacht zurück. Engen, der da im Schnee lag, seine weißen, von der Trockenheit aufgerissenen Lippen.

Und dann Almis. Ohne Helm. Die Atemmaske herunterhängend, schaukelnd wie ein Jojo, als sie ihn trugen.

Er war tot. Da gab es keinen Zweifel.

Der Feuerwehrmann Stefan Almgren, sein Kollege seit elf Jahren, war nicht mehr am Leben.

Johnny drehte sich auf den Bauch, als ob er sich nicht in der gleichen Position wie der tote Stefan Almgren befinden wollte, die Toten liegen immer auf dem Rücken, den Mund offen. Es war schwarz von Ruß um seine Nase gewesen, das typische Zeichen für Rauch in der Lunge, der Rußkuss des Todes.

Almis. Er musste in Panik geraten sein.

»Wir werden drüber reden, wenn wir zurück auf der Wache sind«, hatte LB, der Gruppenleiter gesagt. Immer ganz cool und unberührt. Als ob es darum ging, die Sauerstoffflasche bei einer Uniform auszutauschen.

»Nein«, hatte Johnny erwidert. »Ich fahre nach Hause und hau mich aufs Ohr. Mir steckt 'ne Grippe in den Knochen.«

Wo war Almis jetzt?

Vermutlich in irgendeinem Untersuchungszimmer im Södersjukhuset. Frisch gewaschen von Krankenschwesternhänden. Mit irgendwelchen blöden Rosen auf der Brust. Friedlich. Als schliefe er. Er sollte nicht schlafen. Das war ungerecht. Almis war jung. Er sollte vielmehr leben.

Und LB würde anrufen, das gehörte zu den Aufgaben des Gruppenleiters. Oder wohl eher hinfahren. Zu den Angehörigen. Wenn er es schaffte. Vielleicht mussten es auch welche von der Polizei übernehmen. Die waren das eher gewohnt.

Eine blöde Geschichte fiel Johnny dabei ein. Von dem Priester, der eine Todesnachricht überbringen sollte. »Entschuldigen Sie, sind Sie die Witwe Almgren?« »Die Witwe? Nein.« »Oh doch. Wollen wir wetten?«

Nein, verdammt noch mal. Almis lebte ja in Scheidung. Maria war abgehauen. Maria mit dem großen Busen.

Johnny fror. Er hatte sich nur in Unterhose hingelegt, jetzt musste er aufstehen und etwas Warmes suchen. Die Wolldecke aus Gotland hing über dem Bettpfosten, er setzte sich auf, zog sie zu sich heran, rollte sich wie eine Puppe darin ein. Zog die Bettdecke und die Wolldecke über sich und kroch noch tiefer darunter.

Seine Mutter hatte es so gemacht, wenn er fror, als er noch klein war. Filzhöhle hatte sie es genannt. Nach einer Weile wurde man darin immer warm, klebrig heiß und verschwitzt. Dann musste man alles von sich werfen und sich abkühlen.

Engen war aus der blauen Tür herausgekommen, nein, er war herausgestürzt, direkt Tuborg in die Arme gefallen. Der hatte ihm geholfen, die Maske abzuziehen.

»Stefan«, hatte er gemurmelt, mit heiserer, fremder Stimme. »Stefan ist noch drinnen und ich weiß nicht, wo er ist.«

Stefan. Niemand benutzte den Namen. Alle sagten nur Almis. Bald kam Verstärkung. Und Almis' Körper wurde herausgetragen. Er hatte sich die Maske abgerissen. War wohl in Panik geraten. Johnny hatte das selbst schon erlebt. Genau dieses Gefühl der Kapitulation. Ich gebe auf, scheiße auf alles. Aber es war was anderes, das dann wirklich zu tun. Schließlich hatte er Lotta und die Kinder. Sie waren es wert, für sie den Kampf aufzunehmen. Und was hatte Almis, seit es Maria nicht mehr gab? Nicht den geringsten Dreck.

Als er an Maria dachte, packte ihn die blanke Wut. Es schnürte ihm fast die Kehle zu. Er sah sie vor sich, sah, wie ihre hundeähnlichen Augen sich mit Tränen füllten, wie sie sich gegen die Wand warf und heulte, als sie die Todesnachricht erhielt. Wie sie zusammenbrechen würde und alles bitter bereuen. Aber jetzt war alles zu spät. Wie sehr sie es auch bereute und wie gern sie alles ungeschehen machen würde – Almis war tot.

Er erinnerte sich an ein Fest, das sie unten im Partykeller der Feuerwache gefeiert hatten. Einige hatten ihre Frauen mitgebracht. Almis war einer davon. Lotta war auch dabei. Sie hatte die Musik lauter gedreht, und sie hatten getanzt. Johnny hatte Maria aufgefordert. Sie war klein, sein Kinn ragte ein gutes Stück über ihren Kopf, er sah die weiße Kopfhaut, und er spürte ihre Brust durch den dünnen Blusenstoff.

Sie hatte ein wenig getrunken, und sie schob ihre Hand zu seinem Gesicht hoch und strich ihm über die Lippen.

»Ich mag Männer mit Schnurrbart«, sagte sie und sah ihm direkt in die Augen. »Männer mit Schnurrbart sind sexy.«

»Meinst du?«

»Ja. Und außerdem sollen sie ein bisschen rundlich sein um den Bauch, so wie du.«

Er lachte, legte ihr seine Hand auf den Mund. Brachte sie zu ihrem Tisch mit den Chips. Drückte sie auf einen Stuhl und sagte, er müsse mal pinkeln.

Als sie nach Hause fuhren, war Lotta sauer.

Er fror immer noch. Dieser verdammte Vermieter. Der war zu doof, um richtig einzuheizen, schließlich war es mitten im Winter. Er musste schlafen. Er musste versuchen, sich zu entspannen, er überlegte, ob er Schafe zählen sollte, oder irgendeinen anderen Trick versuchen, obwohl die doch sowieso alle nicht funktionierten.

Da schlug die Wohnungstür.

»Hallo!«, rief er mürrisch.

»Hallo.«

Es war Jessie, Lottas Tochter, die sie in die Beziehung mit hineingebracht hatte. Sie war fünfzehn Jahre alt und ging in die neunte Klasse.

Johnny stellte die Füße auf den Boden und stand auf. Die Decke um den Leib gewickelt, ging er in die Küche. Das Mädchen stand am Herd, eine Platte war eingeschaltet. Sie guckte ihn feindselig an.

»Bist du schon zu Hause?«, fragte er.

»Ja, glaubst du das nicht?«

Eine fürchterliche Wut stieg ganz langsam in ihm auf.

»Was ich glaube? Ich glaube, dass du eigentlich in der Penne sein solltest«, sagte er und seine Ohrläppchen juckten und wurden heiß.

Ihr Haar glänzte, es war in einem Knoten im Nacken zusammengefasst. Ihr Gesicht war rund und ungeschminkt. Sie trug enge, leicht ausgestellte dunkelblaue Jeans und einen Pullover, der die Taille aufblitzen ließ.

»Mir geht es nicht gut«, sagte sie nur kurz.

»Was ist denn mit dir los?«

Sie warf ihm einen schrägen Blick zu.

»Meine Tage. Wenn du weißt, was das ist.«

»Solltest du in dem Fall nicht lieber etwas Wärmeres anziehen? Am Bauch. Wenn es so schlimm ist, dass du von der Schule nach Hause gehen musst.«

Sie glotzte ihn an, mit einem Blick voller Verachtung.

»Das geht dich doch einen Dreck an!«

Da schlug er zu. Die Ohrfeige traf sie genau auf der Wange, nicht gerade hart, aber es reichte, dass sie einen Abdruck hinterließ. Sie öffnete den Mund. Sie schrie.

»Oh Scheiße, du spinnst ja, du bist ja ein Monster, und so jemand wohnt in unserem Haus ...«

Dann weinte sie.

Aus dem Topf auf dem Herd begann Dampf hochzusteigen.

Johnny schaltete die Platte ab.

»Wolltest du was kochen?«

Sie gab keine Antwort, hielt sich die Hände vors Gesicht.

Er fasste sie vorsichtig am Arm. Sie riss sich los.

»Entschuldige, dass ich dir eine geklebt habe. Aber du schaffst es, mich zur Weißglut zu bringen!«

»Tatsch mich nicht an!«

Seine Hände packten ihre Oberarme, schüttelten sie. Der Kopf rollte vor und zurück, eine Haarnadel fiel auf seinen Fuß. Sie schrie laut auf.

»Verflucht, Jessie! Beruhige dich!«

Da riss sie sich aus seinem Griff los und lief in ihr Zimmer, warf die Tür hinter sich zu, dass es in der ganzen Wohnung dröhnte.

Das Mädchen war vier Jahre alt gewesen, als er mit Lotta zusammenzog. Er hatte nie Probleme gehabt mit anderen Menschen zurechtzukommen. Die Leute mochten ihn eigentlich immer, Kinder und Hunde auch. Und natürlich die Frauen. Aber mit Jessica war es schwierig gewesen. Von Anfang an.

Johnny ging zurück ins Schlafzimmer, doch es hatte gar keinen Sinn, sich wieder schlafen zu legen. Er spürte das, er war viel zu aufgewühlt. Und das lag nicht nur an dem Mädchen. Sobald er die Augen schloss, sah er Almis vor sich, Almis mit dem kantigen Kopf und dem etwas wehmütigen, müden Blick. Hatte er jemals Almis richtig laut und herzhaft lachen gehört? Nein. So ein richtiger Spaßvogel war er nie gewesen, auch nicht, als er noch mit Maria zusammen gewesen war. Es war, als lebte er in einer anderen Welt, ein wenig in sich gekehrt, nicht richtig anwesend.

Johnny lag eine Weile im Bett und lauschte. Normalerweise dröhnte die Musik aus Jessies Zimmer durch die Wand. Jetzt war es still. War sie abgehauen? Nein. Das hätte er gehört. Sie hockte wohl da drinnen und schmollte.

Er hatte wirklich versucht, nett zu ihr zu sein und ihr Vertrauen zu gewinnen. Und er hatte zu Lotta gehalten, obwohl die Götter Zeuge waren, dass es an seiner Geduld gezehrt hatte, dass er es sich niemals so richtig zusammen mit ihr gemütlich machen konnte. Das Kind musste immer dabei sein. Nun ja. Vielleicht nicht wirklich immer. Denn schließlich hatten sie ihr ja Geschwister verschafft. Henke, der nun zwölf war und Klein-Pelle von zehn Jahren.

Ihren richtigen Vater hatte Jessie nie kennen gelernt. Er existierte nicht. Lotta kicherte immer etwas peinlich berührt und meinte, es hätte sich um eine Jungfrauengeburt gehandelt.

Ehrlich gesagt war es wohl so, dass sie es selbst nicht genau wusste. Sie hätten dem Mädchen ja sagen können, dass er, Johnny, ihr Vater war. Aber als er ins Gespräch kam, war sie schon groß genug, um zu verstehen, wie es sich wirklich verhielt. Dumm im Kopf war sie nie gewesen.

»Nein! Denn mein Papa ist Zauberer, und er wird dich wegzaubern!« Genauso hatte sie sich ausgedrückt, und damals war sie viereinhalb gewesen und Lotta hatte ihr erzählt, dass sie zusammenziehen wollten.

»Jetzt wird Johnny dein Papa!«, hatte sie gesagt, und da war sie noch schlank gewesen und hatte das kurze schwarze Kleid getragen, das ihre hübschen Beine zeigte. Sie waren zum Fängan gegangen, hatten dort Kaffee getrunken und die Wespen hatten über dem Saft des Mädchens gekreist.

Er konnte sich noch erinnern, was er gedacht hatte.
Wenn sie jetzt eine in den Mund kriegt. Und die sticht zu …

Nein, es hatte keinen Sinn, länger im Bett zu bleiben. Johnny stand auf und zog sich an. Er machte das Bett und legte die Tagesdecke darüber, darauf die beiden rosa Zierkissen, eines auf jede Seite. So leise er konnte, schlich er in den Flur. Jessies Tür war zu. Er stellte sich dicht davor und horchte, kein Geräusch zu hören.

Mistkind, dachte er.

Er zog sich seine Jacke an und ging nach draußen.

Es war fast zwölf Uhr. Er bürstete ein wenig Schnee von der Windschutzscheibe und stieg dann in das eiskalte Auto. Er war nicht gläubig, ging nie in die Kirche, aber in diesem Augenblick, an diesem bleichen, eiskalten Dezembertag, spürte er den Wunsch nach irgendeiner Art geistigem Trost oder Nähe.

Sie hatten eine Wohnung in der Härjedalsgatan in Vällingby. Da waren etwas verwohnte Vierzimmerwohnungen in Klinkerhäusern aus den Fünfzigern. Immer wieder hatten sie darüber diskutiert, ob sie nicht in ein Reihenhaus umziehen sollten, waren aber nie weiter gekommen.

Eigentlich war die Wohnung auch ganz in Ordnung, das einzige Problem war, dass sie ziemlich hellhörig war. Johnny hatte immer schon in Wohnungen gelebt, ihn störte das nicht so sehr. Aber Lotta war in Norra Ängby aufgewachsen, in einem der kleinen, puppenhausähnlichen Eigenheime, die in den Dreißigern von wohlsituierten Arbeitern und einfachen Beamten gebaut worden waren. Vor allem sie war an einer Veränderung interessiert. Und Tatsache war, dass ein Zimmer mehr auch nicht schlecht wäre, wenn die Jungs größer wurden.

Er fuhr linker Hand an der alten Mühle vorbei und rechts an dem bleichen Wasser von Lillsjön. Oder war schon Eis auf dem See? Er konnte es von der Straße aus nicht sehen, aber das war schon möglich, der See war klein. Hier unten gab es ein Gelände mit Kleingärten noch vom Anfang des Jahrhunderts. Einer der

Männer auf der Wache, aus einer anderen Gruppe als Johnnys, hatte von einem alten Verwandten eine Hütte geerbt, und im Sommer hatten sie unter Obstbäumen Krebsschnittchen gegessen. Das war ein schöner Abend gewesen. Almis und Maria waren auch dabei gewesen. Niemand hatte irgendwelche Zeichen der bevorstehenden Trennung bemerkt. Alles war wie immer gewesen.

An der Ampelkreuzung am Ulvsundavägen musste man immer lange auf Grün warten. So auch diesmal. Johnny hatte es nicht eilig, dennoch wurde er nervös, ertappte sich, dass er mehrere Male auf die Uhr schaute. Er dachte an Sirenen, hatte das Radio eingeschaltet, fühlte sich aber von der hämmernden Musik gestört. Endlich konnte er weiterfahren und erreichte schließlich sein Ziel, den Haga Norra Friedhof.

Das Gelände war riesig groß, man musste die Grabnummer wissen, um zu finden, was man suchte. Aber Johnny war schon früher hier gewesen. Er fuhr durch das westliche Tor hinein und parkte am Straßenrand. Ein schwarzer Mercedes aus den 60ern, geputzt und gut erhalten, glitt an ihm vorbei zum Friedhof hin. Er sah Gesichter, gezeichnet von der Trauer. Er stellte sich aufrecht hin und verneigte sich hastig. Dann überquerte er die Straße und suchte seinen Weg zwischen den Gräbern.

Abschnitt Dreizehn C. Da war es, das Grab der Feuerwehrleute. Der Stein war hoch und schmal und von einem mit Grünspan angelaufenen Helm und dem Feuerwehremblem gekrönt. Hier lagen die Feuerwehrmänner begraben, die im Dienst verunglückt waren, und ihre Namen waren in Stein gehauen, damit sie nie, niemals vergessen wurden. Die Grabstätte lag direkt neben der Straße, nur durch einen schwarzen, gespreizten Eisenzaun abgetrennt. Dort draußen donnerte der Verkehr vorbei, ein friedlicher Ruheort war das kaum, und er konnte sich schon denken, warum viele Angehörige es ablehnten, ihre Männer oder Söhne hier zwischen den Abgasen begraben zu lassen. Aber gleichzeitig war es ja logisch, irgendwie blieben sie dort, wo sie auch im Leben hingehört hatten: Zwischen den Autos, der Hetze, dem Puls der Großstadt.

Johnny stand vor der Gedenkstätte und fror. Kleine, körnige Schneeflocken rieselten auf ihn herab und puderten den Helm auf dem Stein.

Almis, dachte er. Würde Almis' Namen ganz unten eingemeißelt werden unter denen, die schon da standen? Oder würde er woanders beerdigt werden? Wer würde das entscheiden? Seine Eltern? Johnny musste zugeben, dass er keine Ahnung hatte, wo Almis' Eltern geblieben waren.

Johnny und Almis hatten als Kinder zusammen gespielt, Almis wurde schon damals Almis genannt. Johnny erinnerte sich an die kleine rundliche Mama, sie kam aus Polen, und er hatte Schwierigkeiten gehabt zu verstehen, was sie sagte. Weshalb er ihr nur selten antworten konnte, und er fühlte sich angespannt und unsicher, wenn er bei Almis zu Hause war, hatte jedes Mal panische Angst, dessen Mutter könnte ihn ansprechen. Der Vater arbeitete in der Wäscherei. Abends kam er mit einem alten Wäschekarton auf dem Lenker schaukelnd nach Hause geradelt. Manchmal lagen Dinge in dem Karton, die er in der Schmutzwäsche gefunden hatte. Einmal hielt er der polnischen Mama eine kleine goldene Armbanduhr entgegen. Sie schüttelte abwehrend den Kopf und verschwand mit festem Schritt in der Küche.

Es war übrigens lange her, seit das Grab das letzte Mal in Anspruch genommen worden war. Der Letzte, der hier begraben worden war, das war *H. H. Fritz, 1923–1975*. Er war über fünfzig, als er starb.

Almis war jung. Erst fünfunddreißig.

Johnny hatte gehört, wie sie über Hugo Fritz gesprochen hatten. Er war bei einem Feuer in Blasut umgekommen, in einer Werkstatt, die zu den Nahverkehrsbetrieben von Großstockholm gehörte. Er arbeitete auf der Wache von Kungsholm und war an dem Tag Brandbekämpfer, zusammen mit einem anderen Feuerwehrmann von derselben Wache. Anfangs waren noch zwei andere Wachen alarmiert worden, Katarina und Farsta. Später war Verstärkung aus Kungsholm angefordert worden. Wenn Hugo H. Fritz an dem Tag freigehabt hätte, wäre er vielleicht jetzt noch am Leben. Aber er hatte nicht frei, und das Schicksal wollte, dass sein Leben genau wie das von Stefan Almgren endete.

Johnny wünschte sich, er hätte etwas dabei, was er neben den Kranz aus Tannenzweigen hätte legen können, etwas Lebendigeres. Ein Zittern durchfuhr seine Muskeln, er musste eine Weile den Kopf beugen. Während er so dastand, dachte er, dass das wohl übertrieben ehrfurchtsvoll aussehen musste, falls ihn jemand zufälligerweise hier stehen sehen würde.

Vorsichtig richtete er sich wieder auf. Eine Schar Dohlen flog über die Gräber. Johnny durchfuhr ein Schauer, und er kehrte zum Auto zurück.

Obwohl es erst zwei Uhr war, fuhr er zur Wache. Die Wagenhalle lag leer da, die Leute waren wohl bei irgendeinem Brand. Er ging in die große Küche und begrüßte Svempa, Sven-Inge Lindgren, der seit Urzeiten die Wache putzte. Er war ein Mann in den Sechzigern, hochgeschossen und immer auffallend freundlich. Sein Haar war weiß und gelockt, nicht schütter, wie man sich denken konnte, sondern richtig dicht. Es sah fast künstlich aus.

»Hast du eine Perücke?«, hatte jemand mal gefragt. Johnny erinnerte sich, dass es Tuborg gewesen war, Anker Hahn. Der konnte manchmal so schrecklich plump sein.

Svempa hatte sich umgedreht, seine durchsichtige Haut wurde ganz rosa.

»Perücke?«, hatte er wiederholt, und Johnny sah noch genau die sehnigen, mageren Hände vor sich. Hör auf, hatte er gedacht, hör auf, den armen Teufel zu ärgern!

Tuborg packte Svempas Haarmähne und zog daran, nicht hart, aber mit dem sonnenklaren Ziel, ihn zu kränken.

»Die hast du ja verdammt gut festgeklebt, ist das Sekundenkleber oder was?«

Svempa trat einen Schritt zurück, seine Augen waren blutunterlaufen, das waren sie eigentlich immer, aber in dem Moment sah es aus, als würde er gleich anfangen zu weinen. Entweder war jemand hereingekommen, oder sie hatten einen Alarm gekriegt, er konnte sich nicht mehr daran erinnern, wie es geendet hatte. Er dachte mit großem Unbehagen daran, hatte Lust, Svempa etwas zu sagen, etwas Tröstliches, Kameradschaftliches.

Svempa war dabei, den Linoleumfußboden zu wischen, er rieb emsig auf den schwarzen Streifen herum, die die Stahlrohrstühle hinterließen.

»Das nützt nichts«, sagte Johnny. »Du vergeudest deine Kraft, Svempa. Diese Streifen sitzen bombenfest.«

»Nun ja. Hartnäckigkeit siegt. Man kann es jedenfalls versuchen.«

Johnny zuckte mit den Schultern.

»Okay. Das ist dein Problem.«

»Ich habe Kaffee aufgesetzt, wenn du welchen willst.«

»Danke.«

Johnny holte sich einen Becher und schenkte sich ein. Der Kaffee war schwach und nicht richtig heiß. Johnny blätterte ein paar Zeitungen durch, nein, es stand nichts drin. Eine ganzseitige Anzeige zeigte Kleidung für Teenager. Das Mannequin war ein mürrisches Mädchen in Jessicas Alter, ihr gar nicht so unähnlich.

Der Putzmann ging mit dem Eimer hinaus, kam aber gleich zurück.

»War der Kaffee zu kalt?«, fragte er. »Ich habe noch ein bisschen Wasser nachgekippt.«

»Ist schon in Ordnung.«

Der weißhaarige Mann nahm sich auch einen Becher und ließ sich am Tisch nieder.

»Hast du Kinder?«, fragte Johnny.

Svempa starrte ihn an.

»Kinder?«

»Ja.«

»Ich hatte mal welche. Aber wir haben keinen Kontakt mehr.«

»Nein?«

»Na, wenn sie klein sind, dann sind sie so … ja, man gibt für sie sein Leben hin. Aber dann wachsen sie sich zurecht. Und dann …«

Johnny dachte an die Jungs, an Henke und Klein-Pelle.

»Na, das muss ja nicht immer so sein«, sagte er langsam.

»Ich weiß nicht. Aber irgendwie fährt man auf verschiedenen Gleisen.«

Eine Weile blieb es still. Svempa drehte seinen Kaffeebecher.

»Almis … er hatte keine Kinder«, sagte er dann.

»Nein.«

»Dann gibt es also keine Kinder, die trauern.«

Sein Hals war dünn und faltig, plötzlich stand er auf und ging zu einer Topfpflanze, die am Fenster stand. Mit Daumen und Zeigefinger zupfte er ein Blatt ab.

»Es tut mir Leid«, sagte er leise.

»Mir auch.«

»Was soll man dazu sagen?«

»Es gibt nichts zu sagen. Es ist nun mal so.«

Von der Straße her war ein Motorengeräusch zu hören, ein Diesel. Johnny zog sich halb hoch und schaute aus dem Fenster. Die Einsatztruppe kam zurück. Es war wohl wie üblich ein falscher Alarm gewesen. Ein Rauchmelder, der verrückt gespielt und losgejammert hatte.

»Ich hau mich für 'ne Weile aufs Ohr«, brummte er. »Ich will meine Ruhe haben.«

Er legte sich in seinen Kleidern hin. Sein Kopf platzte fast, und ein paar tiefe Risse in den Fingerspitzen schmerzten. Die Dämmerung setzte bereits ein, er hörte die Geräusche der anderen, Stimmen aus dem Stockwerk unter ihm. Jemand war auf dem

Klo, Toilettenpapier wurde abgewickelt, eine Runde nach der anderen.

Er hatte das Gefühl, als hätte er Sägespäne in den Augen.

Der Raum in diesem dunklen Dezemberlicht, er kannte ihn eher im elektrischen Lichtschein, jetzt sah er fremd und anders aus, wie ein Zimmer in einer Hütte, das vermietet wurde. Die abgenutzte Birkenkommode mit ihren Schubladen, der Radiowecker, die gestreiften Standardgardinen. Auf dem Nachttisch lagen ein paar Zeitschriften, *Der Feuerwehrmann, Feuer und Feuerschutz,* eine Zeitungsbeilage vom Sommer und ein Taschenbuch ohne Einband. Er teilte das Zimmer mit drei anderen. Hoffte, das keiner hereinkommen würde.

Er hatte sich auf die Seite gedreht, als sein Handy klingelte.

Scheiße, dachte er. Scheiße, Scheiße, Scheiße, Scheiße.

Es war Lotta. Sie rief aus dem Friseursalon an, in dem sie arbeitete. Er konnte sofort hören, dass sie mit ihrer Tochter gesprochen hatte.

»Wo bist du?«, fragte sie.

»Auf der Wache.«

»Wieso, du fängst doch nicht vor halb sechs an.«

»Nein, ich weiß.«

»Ich möchte mit dir über etwas reden.«

»Können wir das nicht später, Lotta. Ich kann das im Augenblick nicht.«

»Wieso kannst du das nicht? Aber Jessica misshandeln, dass konntest du offenbar!«

»Hat sie das gesagt? Hat sie gesagt, dass ich sie misshandelt habe?«

»Du hast sie geschlagen, hat sie gesagt. Und sie war total erschüttert. Sie ist noch nie vorher geschlagen worden, Johnny, noch nie. Begreifst du das? Noch nie hat jemand die Hand gegen sie erhoben. Du bist der Erste, der das gemacht hat. Der Mann, den ich liebe ...«

»Lotta!«

»Und vielleicht war das ja gar nicht das erste Mal.«

»Nun hör aber auf!«

»Man kann ja nie wissen. Das war jedenfalls dumm, mit Gewalt richtet man gar nichts aus. Ich dachte, du als Feuerwehrbeamter würdest das am besten wissen.«

»Feuerwehrmann, Lotta. Nicht Beamter.«

»Nun häng dich nicht an Worten auf!«

»Okay, okay. Ich gebe ja zu, dass das dumm war. Ich habe ganz einfach die Nerven verloren. Sie hat mich provoziert ... bis ich geplatzt bin. Du weißt doch, wie sie ist.«

»Das ist keine Entschuldigung.«

»Verzeih mir.«

»Johnny ... Wir müssen jetzt vorsichtig mit ihr sein, sie ist in einem empfindlichen Alter. In dem mit den Kindern alles schief gehen kann. Ich meine, wenn sie sich zu Hause nicht wohl fühlen. Dann können sie abhauen und auf die schiefe Bahn geraten. In schlechte Gesellschaft kommen. Mit allem, was damit zusammenhängt.«

Es ist dein Kind, dachte er. Aber er sagte es nicht.

»Johnny, ich will das nicht so haben, ich möchte, dass wir es schön miteinander haben.«

»Aber das will ich doch auch.«

»Außerdem hat sie Bauchschmerzen, sie hat ihre Menstruation. Wir müssen ein bisschen Geduld mit ihr haben. Mädchen sind so empfindlich.«

»Okay. Ich werde mir Mühe geben.«

»Ich habe noch zwei Kundinnen, dann fahre ich nach Hause. Hast du was eingekauft?«

»Sollte ich das?«

»Ich habe einen Zettel geschrieben und ihn an den Kühlschrank geklebt.«

»Den habe ich nicht gesehen, hier ist so viel passiert, Almis ist tot. Wir hatten einen Alarm heute Nacht, und er ist aus dem Feuer nicht wieder rausgekommen.«

»Tot! Was sagst du – Almis ist tot?«

»Ja.«

»Mein Gott, Johnny! Das kann doch nicht wahr sein!«

»Doch, leider stimmt es.«

»Aber warum hast du das denn nicht gleich gesagt? Und warum haben sie nichts im Radio gebracht? Ach nein, wir haben heute ja gar kein Radio gehört, da ist irgendwas kaputt mit dem Apparat, wir müssen einen neuen kaufen, der alte funktioniert nicht mehr.«

Er schwieg.

»Johnny«, sagte sie, und ihre Stimme klang angespannt und schrill. »Du musst doch heute Nacht nicht arbeiten, oder?«

»Doch«, sagte er. »Doch. Ich werde arbeiten.«

# 6

Franki machte sich immer zuerst auf dem Fahrrad warm. Wenn es noch frühmorgens war, fuhr er mit einem Widerstand von sechzehn, war es schon später am Tag, konnte er bis auf zweiundzwanzig hochgehen. Anfangs, als er die Wohnung gerade neu bekommen hatte, stellte er seinen Radiowecker immer auf halb sechs, um dann aufzustehen und zu trainieren. Um diese Uhrzeit war er noch so verdammt müde. Und so frustriert.

Inzwischen wachte er von allein auf. Das war allein eine Frage des Willens. Sonst nichts. Vollkommene Kontrolle über das eigene Dasein. Nur darum ging es. Und der Schlüssel dazu war, das er einfach anfing. Darauf achtete, sofort aus dem Bett zu springen, sobald das Radio einsetzte, ab in den Trainingsraum, fünfzig Minuten hartes Training, duschen und dann ein ordentliches Frühstück. Anschließend war er bereit, dem Tag in die Augen zu sehen und allem, was dieser wohl für ihn bereithielt. Oder für ihn im Schoß hatte, wie Mutter sich auszudrücken pflegte.

Das Leben war leichter geworden, seit er den Kontakt zu Roger abgebrochen hatte. Das war zum Schluss nur noch chaotisch gewesen, überhaupt nicht so, wie er es geplant hatte. Franki hatte ihn in Verbindung mit dem von seinem Vater geerbten Geld kennen gelernt. Er hatte sich lange mit dem Gedanken getragen, etwas Eigenes zu gründen. Zum Beispiel ein Sportstudio. Zu der Zeit trainierte er bei Aiskilos im Sveavägen. Und dort lernte er auch Roger kennen.

Roger war in seinem Alter. Er arbeitete als privater Fitnesstrainer und war äußerst geschätzt, besonders von verfetteten Vierzigjährigen, die langsam ahnten, dass ihre Glanzzeit dem Ende zuging. Als Franki Roger von seiner Idee erzählte, stellte sich heraus, dass dieser schon seit mehr als einem Jahr die gleichen Pläne hatte.

Also beschlossen sie, Kompagnons zu werden. Sie mieteten Räume an der Tulegatan und warfen allen alten Plunder hinaus, renovierten und kauften die notwendige Einrichtung. Das war eine schöne Zeit, voller Erwartung und Zufriedenheit. Er dachte oft daran, nicht mit Verbitterung, sondern eher mit einer Art ungewohnter Wehmut.

Dann sollte es losgehen. Aber da war es nicht mehr schön, und das lag an Roger. Er hatte versprochen, Kunden zu besorgen, hatte groß mit seinen weitläufigen Kontakten geprahlt. Doch plötzlich verschwand er einfach.

Es wäre zu peinlich gewesen, bei Aiskilos anzurufen und zu fragen, ob die wüssten, wo er war. Doch nach ein paar Tagen traf Franki ein Mädchen von dort in der Schlange vor dem Bankautomaten. Sie erzählte, dass Roger wegen Unterschlagung und Betrugs zu einer Gefängnisstrafe verurteilt worden war.

»War dir das denn nicht klar?«, fragte sie, und ihr Pferdeschwanz schaukelte verächtlich hin und her. »Man konnte ihm doch ansehen, dass er ein Gauner war!«

Es gelang Franki, einen Teil der Einrichtung zu sich zu schaffen, bevor der Konkurs eröffnet wurde. Aber ansonsten war er vollkommen abgebrannt. Seine Mutter hatte nichts dazu gesagt, in der Beziehung war sie sehr diskret. Stattdessen hatte sie versucht, ihm zu helfen. Sie war es übrigens auch, die diese Wohnung für ihn gefunden hatte. Sie lag an der Persikogatan in Hässelby Strand, im Erdgeschoss eines Mietshauses. Als er sie zum ersten Mal sah, störte ihn der Gedanke, ebenerdig wohnen zu müssen. Er dachte an Einbrüche und an Kinder, die ihn ärgern und Dreck gegen die Fenster werfen konnten. Aber es war schwierig, eine billige Wohnung zu finden. Also hatte er keine große Wahl.

Seine Mutter lieh ihm Geld für ein paar Gitter in schwarzem, gedrehtem Schmiedeeisen. Die setzte er vor die Fenster – und das half. Nur einmal hatte ein Kind draußen gestanden und ihn angestarrt. Da hatte Franki sich seine Mütze aufgesetzt und so getan, als wollte er rausgehen. Er hatte das Licht in der ganzen Wohnung gelöscht und war im Dunkeln stehen geblieben, unsichtbar, abwartend. Und schließlich war das Kind davongetrottet.

Im Sommer wurde die ganze Wohnung von duftenden Rosenbüschen versteckt, da konnte er auf der Terrasse sitzen und sich einbilden, er wäre ganz woanders. In Visby. Oder im Ausland, in Spanien, auf Kos. Zumindest solange, bis ein U-Bahn-Zug in die Station einlief, fauchend und stinkend wie nach einer besonderen Leistung. Es gab auch ein Stückchen weiter noch eine Bushaltestelle, aber an das Busgeräusch hatte er sich gewöhnt, er hatte so lange damit gelebt, dass es zu einem Teil seiner selbst geworden war.

Die Übungsgeräte hatte er in das größere der beiden Zimmer gezwängt. Das war sicher eigentlich als Wohnzimmer gedacht, und seine Mutter hatte sich darüber beklagt, wie er es eingerichtet hatte. Aber schließlich musste sie es doch akzeptieren.

»Na, es ist sicher gut, dass du dich fit hältst«, erklärte sie. »Man soll auf sein Humankapital achten, das ist das einzige Vermögen, über das man wirklich verfügen kann.«

Das andere Zimmer, das kleinere, hatte er mit ihrer Hilfe eingerichtet, und hier hatte sie ihre weibliche Fantasie und Schöpferlust voll entfaltet. Die Gardinen waren gelb und gebauscht, wie Taschen genäht, in die leicht zusammengeknülltes Seidenpapier gestopft wurde. Aus dem gleichen Stoff war die Tagesdecke und eine staubige kleine Decke, die auf der Anrichte lag. Sie hatte ihm angeboten, sie ab und zu zu waschen und sich sowieso um seine Wäsche zu kümmern. Aber das hatte ihn sehr verletzt.

Auf der Wache kümmerten die Männer sich selbst um ihre

Wäsche. Das war die Aufgabe desjenigen, der in dem Dreierwagen hinten saß. Und die Feuerwehrmänner übernahmen auch selbst die Küche. Dann würde er solche komplizierten Dinge ja wohl auch zu Stande bringen.

»Aber Franki, reg dich doch nicht so auf!« Sie hatte ihre Augen aufgerissen, und er sah, dass der Strich um die Augen herum ungleichmäßig gemalt war, was ihm vor Wut Kopfschmerzen bereitete.

Als sie gegangen war, zerschlug er drei Teller. Er nahm sie mit ins Badezimmer und ließ sie dort fallen, einen nach dem anderen, direkt auf den Fliesenboden. Das knallte in seinem Trommelfell. Er zog dem Gesicht im Spiegel ein Fratze. Plötzlich gefiel es ihm nicht mehr.

Nach dem Trainingsfahrrad ging er zu den anderen Geräten über. Er machte einige Übungen an der Beinpresse und auf der Ruderbank, dann fünf mal zwanzig an dem Bizepsgerät, zweihundert Liegestütz und dann Sit-ups, so lange er es schaffte und noch ein paar zusätzlich. Das Training war wichtig, das machten sie täglich auf der Wache, und es gab immer wieder Tests, um zu sehen, ob die Jungs den Ansprüchen auch gerecht wurden. Waren sie es nicht, so hatten sie drei Monate Zeit, etwas für ihre Kondition zu tun. Sonst bekamen sie einen Schreibtischjob, wic in so einem blöden Behördenbüro. Franki würde jedenfalls nie durchfallen. Er konnte jederzeit zeigen, wie gut er war. Niemand würde ihn deshalb absetzen können. Niemand.

Hinterher war er ein wenig zittrig. Das war ein gutes Zeichen. Das zeigte, dass er nicht versucht hatte, zu schummeln oder sich durchzumogeln. Er hatte seine Muskeln bis zum Äußersten beansprucht, und unter der Dusche befühlte er sie, strich über sie, dehnte sie, sein Körper war glänzend und kräftig. Sein Humankapital.

Es war wichtig, viel zu essen. Das Training hatte ihn hungrig gemacht, das war äußerst praktisch. Wie sonst hätte er etwas in sich hineinkriegen können? Er briet sich Eier und Schinken und machte Pommes frites unter der Mikrowelle heiß, währenddessen schmierte er sich einige Brotscheiben und schnitt Käse, Wurst und Tomaten auf.

Die ganze Zeit bei laufendem Radio.

Dem internen Feuerwehrfunk.

Der Trupp von Katarina war gerade zu einem großen Alarm ausgerückt. Das hatte er gehört. Der erste Wagen hatte bestätigt.

»Katarinawache mit drei Zügen auf dem Weg.«

Frank hatte die Adresse nicht mitbekommen, aber später erfuhr er sie doch noch, als die Verstärkung von Kungsholmen den Alarm bestätigte. Brännkyrkagatan 25.

Das schien ein Wohnungsbrand zu sein.

Er drückte auf seinen üblichen Sender, 103,3. Musik. Madonnas neue Scheibe, shanti, shanti, irgendwas. Er streute Salz auf die Eier.

Während er aß, fiel ihm Waltraut wieder ein, ihre mageren Schenkel um seine Wangen, der Duft des glänzenden Stoffs. Seine Handflächen wurden feucht. Dieser dünne, kleine Puppenkörper, die Töne, die sich da drinnen befanden, tief unten in ihrer kleinen Spatzenlunge versteckt. Er dachte an die Engel und musste laut lachen. Was für eine verrückte Idee, Engel an der Decke. Aber sie hatten sie festgekriegt, zusammen war es ihnen gelungen, die beiden Schrauben festzudrehen, er hatte ihr gezeigt, wie es ging, sie wusste so etwas ja nicht. Hatte mit zwei mickrigen Nägeln dagestanden.

Plötzlich war er vollkommen satt. Zwei geschmierte Scheiben lagen noch auf dem Tisch und ein Bissen des klebrigen Eigelbs, ein vages Übelkeitsgefühl überkam ihn, und er musste seinen Blick abwenden.

Er hatte gerade eine neue Kur mit Tabletten angefangen. Er war jetzt in der zweiten Woche, jeweils drei Stück, morgens, mittags, abends.

Er musste aufs Klo, scheißen. Er zögerte das gern hinaus, das tat so verdammt weh. Kinder zu kriegen, war das genauso, ging es ihnen so? Den Damen. Mit all ihren Löchern. War das so ein Gefühl?

Anschließend stand er auf und starrte in die Toilettenschüssel. Eine sonderbare Angst überfiel ihn, schnell machte er den Deckel zu und drückte den Spülknopf, immer wieder. Hatte man so was in sich, diesen braunen, stinkenden Dreck? In seinem Körper, in seinem Magen, seinem Darm. Richtig lebendig hatte es ausgesehen, als es da im Wasser lag. Was für eine eklige, blöde Konstruktion.

Seine Beine zitterten, er legte sich aufs Bett und schloss die Augen.

Das Telefon klingelte.

Zuerst wollte er nicht rangehen. Vermutlich war es seine Mutter, die seine Hilfe für irgendetwas brauchte. Er hatte versprochen, sich ihren alten Saab anzugucken, der in der Garage stand. Da stimmte etwas nicht mit der Zündung, aber das schaffte er im Augenblick nicht, dazu war er zu müde.

Dann fiel ihm ein, dass es vielleicht jemand von der Wache war. Vielleicht brauchten sie Verstärkung, sie wussten ja, wo er zu finden war.

Aber die waren es nicht. Es war Waltraut.

# 7

LB beorderte die ganze Gruppe, sich am Nachmittag einzufinden. Ein paar von den anderen Gruppen wollten auch kommen, schließlich kannten alle Almis, aber er lehnte ab. Es durften nicht zu viele sein.

»Wir werden mit euch später reden. Es ist erst mal wichtig, dass wir, die ... die ihm am nächsten standen ..., dass wir zuerst drüber reden.«

Engen fror. Er trug seine eigene Kleidung, Jeans und einen Baumwollpullover, er überlegte, ob er nicht die Uniform anziehen sollte, obwohl er diese Schicht nicht arbeiten musste. Er hatte das Gefühl, er wollte sich als Teil eines größeren Ganzen zeigen, als ein unscheinbares Rädchen, das nur in Kombination mit den anderen funktionierte, nicht aus eigener Kraft.

Der Leiter der Wache hatte ihnen freigegeben. Was passiert war, war einfach zu heftig. Aber dann hatte er sie angerufen und sie gebeten, doch für eine Weile zu kommen.

»Wir müssen über die letzte Nacht reden«, hatte er erklärt, und seine Stimme hatte eine dünne, zittrige Schärfe bekommen.

Debriefing wurde das genannt. Oder Kameradenunterstützung. Manchmal kam jemand von außen und führte das Gespräch, manchmal übernahm das jemand von der Wache. Es war wichtig, das durchzusprechen, was geschehen war, damit man weitermachen konnte. Das alte Sprichwort, dass die Zeit alle Wunden heilt, stimmte nicht mehr.

Oft sprachen sie über alles hinterher in der Sauna. Schmutzig und müde, gingen alles noch einmal durch, schimpften auf fehlende Ressourcen und über das Material, das nicht in Ordnung war.

Aber heute nicht. Die Leute waren sofort nach Hause gefahren. LB hatte Kurse mitgemacht und gelernt, wie solche Gespräche zu führen waren. Trotzdem war er beunruhigt. Er hätte natürlich gut und gern jemand anderen herbeiholen können, aber er war der Meinung, er müsse das selbst machen, schon wegen Almis. Sonst hätte er das Gefühl, ihn im Stich zu lassen.

Alle bis auf Jompa hatte er erreicht. Bei dem hatte sich zu Hause niemand gemeldet, und seine Handynummer fand er nicht. Sie wollten sich im Kellergeschoss treffen, wo normalerweise die Feste gefeiert wurden. Auf dem Weg nach unten stieß er auf den Putzmann. Er war auf dem Weg nach Hause.

»Du hast nicht zufällig Jompa gesehen?«, fragte LB.

Der andere schwieg.

LB wiederholte seine Frage.

Da machte der Putzmann eine ruckartige Bewegung mit dem Kopf und zeigte nach oben.

»Ist er hier?«

»Ja. In seiner Kammer. Er wollte in Ruhe gelassen werden.«

Engen stand direkt hinter ihnen.

»Ich kann ihn holen«, sagte er.

»Ja, wenn du so nett bist.«

Dann saßen sie also alle acht da. Engen, Jompa, Tuborg, Jack, Roffe, Evert, Myran und er selbst, LB.

Der Raum lag im Dunkel, nur von einem Adventsleuchter auf dem Bartresen erhellt. LB schaltete die Deckenbeleuchtung ein. Er betrachtete die nackten, leeren Gesichter vor sich, niemand erwiderte seinen Blick, alle schauten zu Boden oder auf die eigenen Hände.

»Das war hart«, sagte er. »Verdammt hart.«

Niemand gab eine Antwort.

»Aber wir müssen jedenfalls ... Also, wir sind uns doch einig, dass wir über das, was wir hier drinnen sagen oder tun, absolutes Stillschweigen bewahren. Gegenüber anderen. Nichts davon dringt nach draußen. Ist das in Ordnung?«

Alle nickten.

»Schließlich haben wir gerade einen Arbeitskollegen und Freund, Stefan Almgren, verloren. Und das trifft uns alle, wir sind alle traurig und schockiert über das, was passiert ist.«

Er unterbrach sich und blieb eine Weile schweigend sitzen. Seine Stimme war ganz brüchig.

»Wenn wir mal versuchen, das zu rekapitulieren ...«

Und er konzentrierte sich auf den Handlungsablauf, den Alarm, der anonym aus einer Telefonzelle gekommen war, den Aufbruch und den Einsatz. Das Feuer selbst war gelöscht worden, sobald sie Verstärkung bekommen hatten. Aber da war es für Almis schon zu spät gewesen.

Engen musste berichten, wie es da drinnen gewesen war. Er beschrieb, wie sie sich vorgetastet hatten, wie der Rauch sie eingehüllt und wie er sich nach Almis umgedreht hatte.

»Wir haben ein Geräusch gehört«, sagte er. »Es klang, als wenn jemand da drinnen wäre, verletzt oder so ... jemand, der Hilfe brauchte. Aber wir haben niemanden gefunden. Und ich wollte mit Almis darüber reden, aber als ich mich dann umdrehte ... da war er nicht da. Und das ist ja schon merkwürdig, denn schließlich war er die ganze Zeit direkt hinter mir ... und ich denke, dass ...«

Er verstummte.

»Ja, das ist schon merkwürdig«, sagte LB. »Was hast du gemacht, als du gemerkt hast, dass er nicht mehr da ist?«

Engen fuhr sich mit dem Finger unter der Nase entlang. Er räusperte sich, alles kam wieder zurück. Die Hitze, der Rauch, der ihn einhüllte und es ihm unmöglich machte, etwas zu sehen, er versuchte, am Schlauch entlang zurückzukriechen, während er Tuborg draußen zurief: »Wir brauchen sofort Hilfe. Ich glaube, es ist was passiert. Wir schaffen das hier nicht allein.«

»Warum zum Teufel hat er seine Atemmaske abgerissen?«,

fragte Tuborg, und sie hörten seinen dänischen Akzent, auffälliger als sonst. »Verdammt, warum hat er das gemacht?«

»Ja«, sagte LB. »Das ist die große Frage.«

Evert sagte:

»Ich habe so was schon mal erlebt, das war in Göteborg, als ich da gearbeitet habe. Ein Kumpel von mir kriegte die große Panik, er hat sich die Maske abgerissen und den ganzen Mist, die Flaschen und alles. Er fing an, da drinnen Amok zu laufen, das war in einer Wohnung ... aber schließlich haben wir ihn rausgekriegt, lebendig.«

»Ja. Aber so was ist ja nun nicht gerade üblich.«

»Es war schrecklich, ihm zuzusehen, so was hat keiner erwartet ... er nahm einen Sessel und warf den direkt in den Feuerherd, als wollte er ...«

»Okay, Evert. Okay. Aber wir wollen uns jetzt lieber auf die letzte Nacht konzentrieren ... Engen, was hast du gedacht, als du bemerkt hast, dass Almis nicht da war, kannst du...?«

Engen guckte auf seine Nägel, sie waren kurz und gedrungen, seine Nägel und seine Finger, er konnte sie steuern und mit ihnen machen, was er wollte, er konnte seine Kinder mit ihnen streicheln oder seine Frau, er konnte einen Wasserschlauch damit packen oder sich am Hintern kratzen. Seine Hände, sein lebendiger Körper. Seine Zähne schlossen sich, bissen fest zu, seine Kiefermuskeln zitterten vor Schmerz.

»Gedacht? Was ich gedacht habe?«

»Ja, was hast du gefühlt, als du gemerkt hast ...?«

»Ich wurde wütend. Ja, nicht gleich, zuerst bekam ich eine Riesenangst und wurde ganz unruhig, mir war ja klar, dass irgendwas passiert war, und ich war ganz verzweifelt, weil ich nicht wusste, wie er einfach so verschwinden konnte ... aber dann ... später.«

Es gab einen Alarm, einen kleinen Alarm. Die grüne Lampe an der Wand begann zu blinken. Johnny lauschte den Geräuschen oben, Anspannzeit, das Wort stammte noch aus einer Welt mit Pferden. Die Gäule mussten angespannt werden, neunzig Sekunden, um eine störrische Mähre vor einen Wagen mit Dampfspritze zu spannen, wie konnten sie das nur schaffen, genauso viel Zeit wie heute. Oder viel zu wenig, damals war ja viel mehr mit Holz gebaut, und Telefon gab es auch nicht. Die Leute mussten sich aufs Pferd schwingen und im Galopp zur Wache reiten …

Er sah aus dem Augenwinkeln, dass Engen aufgestanden war, er sah krank aus, mit kleinen, glasigen Augen. Er hörte die Sirenen jetzt auch.

»Oh Scheiße … Wie bescheuert darf man eigentlich sein. Er musste doch wohl wissen …, dass er da nicht einfach seine Maske runterreißen kann … Schließlich hat er seit fünfzehn Jahren mit Bränden zu tun … oder besser gesagt: hatte … Ich finde es einfach so schrecklich …«

Engen sank wieder in sich zusammen, verbarg sein Gesicht in den Händen. Myran, Arne Myran, legte ihm einen Arm um die Schulter.

»Er war nicht richtig bei sich … ja, aber das weißt du ja selbst, seit das mit ihr, mit der Maria passiert ist, war er ziemlich fertig, wohl mehr, als wir dachten.«

»Aber dafür muss er doch nicht uns bestrafen?«

»Man denkt wohl nicht so klar, wenn …«

»Er kann das mit Absicht gemacht haben!« Das war Tuborg. »Er kann das gemacht haben in Ermangelung von …«

»Nein, verdammt noch mal, nein!«, rief Johnny. »Dann gibt es ja wohl andere Möglichkeiten, effektivere. Und außerdem … nur wegen so einer blöden Liebessache.«

Engen richtete sich wieder auf.

»Ja, jedenfalls hätte ich besser auf ihn achten müssen. Schließlich waren wir beide zusammen da drin. Und wir hatten ja Kontakt …, aber dann …«

»Und du, Tuborg«, fragte LB. »Du hattest doch mit beiden Funkkontakt.«

»Ja.«

»Was hast du als Letztes gehört?«

»Du meinst, von Almis?«

»Ja.«

»Nichts Besonderes. Ich meine, nichts, was mir einfällt, alles schien ganz normal zu sein. Es sah aus, als würde alles wie immer verlaufen. Sie arbeiteten sich voran, mit der rechten Hand an der Wand … dann war da ein wenig Unruhe, und dann habe ich den Kontakt mit ihm verloren, Engen hat Hilfe angefordert, und ich habe den beiden befohlen rauszukommen. Aber nur Engen ist gekommen.«

»Hast du mit seinen Angehörigen gesprochen?«, fragte Johnny. »Leben die Alten noch?«

»Seine Eltern? Ja, die leben noch. Ich war heute Morgen bei ihnen. Ein Pfarrer ist mitgekommen. Ekholm, ihr kennt ihn, nicht wahr?«

»Der mit der Nase?«

LB nickte.

»Wie … wie haben sie …?«

LB zuckte steif mit den Schultern.

»Wie man es erwarten kann«, sagte er.

»Und Maria?«, fuhr Johnny fort. »Seine Ex?«

»Sie wollten Kontakt mit ihr aufnehmen. Ich weiß gar nicht, wo sie arbeitet …«

Plötzlich merkte er, wie ungemein müde er war. Er hätte das Gespräch nicht führen sollen, er hätte jemand anderen dazu holen sollen. Er sprach noch eine Weile weiter, ließ alle ihre Meinung sagen, machte dann eine Art von Zusammenfassung. Gerade als sie aufbrechen wollten, stellte Engen sich hin und starrte ihm ins Gesicht.

»Vergiss nicht, was wir da gehört haben«, sagte er. »Da war jemand drinnen, ich weiß das. Noch jemand außer Almis und mir. Vielleicht ist nicht nur Almis tot. Vielleicht hat dieses verdammte Feuer nicht nur ein Opfer, sondern zwei gefordert.«

# 8

»Jemand hat angerufen und nach dir gefragt. Rat mal, wer!«

Camilla empfing ihn an der Tür, sie sah angespannt aus, als stünde etwas Unangenehmes bevor. Es waren jetzt fünf Tage seit Stefan Almgrens Tod vergangen. Engen kam gerade nach Hause, es war Abend, und er hatte Dienst gehabt. Er hängte seine Jacke auf und ging in die Küche. Die Zwillinge saßen bereits dort und aßen, Camilla füllte ihm Reis und Würstchen auf.

»Keine Ahnung«, sagte er. Er war hundemüde. Es war eine stumpfe Müdigkeit, die daher rührte, dass er in letzter Zeit nicht mehr richtig schlafen konnte. Zwar schlief er fast sofort ein, wenn er sich hinlegte, er wachte aber gegen eins oder zwei auf, und danach war an Schlaf überhaupt nicht mehr zu denken. Wenn das so weiterging, musste er zum Arzt.

»Maria«, sagte Camilla.

»Maria? Almis' Maria?«

Seine Frau nickte.

»Und was wollte sie?«

»Sie wollte mit dir reden. Vermutlich über Stefan … obwohl – gesagt hat sie das nicht.«

»Ach so. Ja, das darf sie ja wohl.«

Er griff nach dem Salzfass. Camilla war meistens etwas zu vorsichtig mit dem Würzen.

»Was ist das hier?«, fragte er.

»Würstchen Stroganoff.«

»Aha.«

»Magst du es nicht?«

»Doch, doch. Das ist gut.«

»Wie war es denn heute bei dir?«, fragte sie.

»Nun ja. Wie immer. Ich bin an der Leiter.«

»Ist was gewesen? Jetzt im Advent passiert doch bestimmt viel mit Kerzen und so, oder?«

»Merkwürdigerweise nicht. Es scheint, als hätten die Leute langsam was dazugelernt.«

Die Zwillinge begannen zu jammern, beide gleichzeitig. Camilla stand auf. Sie sah bleich aus, ihr Gesicht glänzte.

»Die sind todmüde. Ich werde sie ins Bett bringen. Ich hoffe nur, dass sie nicht schon wieder krank werden. Noch so eine Prüfung schaffe ich nicht, ich ...«

Sie verstummte und hob die beiden Kinder aus ihren Stühlen.

»Was hat Maria gesagt?«, fragte er. »Ruft sie wieder an?«

»Ja. Später heute Abend.«

Sie badeten gemeinsam die Zwillinge und machten sie fürs Bett bereit. Engen legte sich auf den Teppich zwischen die niedrigen roten Betten und las ihnen ein Märchen vor. Es war ein einfaches Märchen, er hatte es sich selbst ausgedacht. Es handelte von einer Katze und einem Hundewelpen. Er las es jedes Mal mit schläfriger, melodischer Stimme, und das brachte die beiden eigentlich immer zum Einschlafen.

Das Märchen war fast zu Ende, als das Eisauto seine schrille Melodie durch die Straße dringen ließ. Ach ja, heute war ja Montag, dass er nicht daran gedacht hatte! Beide Jungen fuhren hoch, hellwach.

»Der Eiswagen, Papa!«, rief Lukas. »Der Eiswagen kommt.«

»Schlaft jetzt«, sagte Engen.

»Nein, Papa, der Eiswagen, der Eiswagen!«

Engen stand auf, er hatte ein Gefühl wie von Nebel in seinem Gehirn. Er machte ein paar Schritte auf den Flur, schlüpfte in seine Schuhe und lief hinaus. Hinter ihm hörte er Camilla. »Wir haben Eis, Mats, du musst nicht ...«

Das pastell gestrichene Eisauto stand auf dem Wendebereich.

Der Fahrer war ausgestiegen, es war ein Mann in den Dreißigern mit einem freundlichen, aber etwas zerfurchten Aussehen, als hätte er in seinem noch ziemlich kurzen Leben schon so manches erlebt.

Engen trat auf ihn zu.

»Verflucht, jetzt reicht es aber!«

»Was ist denn ..., was ist denn mit Ihnen los?« Der andere ging ein paar Schritte zurück. Er hielt eine Tasche in der Hand, sie sah aus wie eine große, altmodische Lederbörse.

»Sie kommen genau in dem Moment hier an, als unsere Kinder einschlafen sollen, das wissen Sie genau ..., und das ist nicht das erste Mal!«

»Aber nun beruhigen Sie sich doch, immer mit der Ruhe!«

»Ich sage Ihnen nur eins: Kommen Sie nie wieder hierher! Wenn Sie meine Kinder noch einmal aufwecken ...«

»Wollen Sie mir drohen?«

»Und ob ich das will!«

Der Eismann streckte sich.

»Ist Ihnen klar, dass ich Sie dafür anzeigen kann«, erklärte er mit scharfer Stimme.

Engen hörte Schritte hinter sich, jemand fasste ihn am Arm.

»Komm rein, Mats ... wir brauchen kein Eis, wir haben noch was im Gefrierfach.«

Er drehte sich um.

»Hast du die Kinder allein gelassen ...?«

Camilla zog den Mantel enger um sich.

»Außerdem ist da Telefon für dich, nun komm schon.«

Die Wut verließ ihn ganz plötzlich. Er eilte zurück ins Haus und wäre fast noch auf dem vereisten Weg ausgerutscht. Auf dem Flurboden saß Lukas, hielt den Telefonhörer ans Ohr und lauschte ganz intensiv. Speichel floss ihm am Kinn hinunter. Engen nahm ihm den Hörer ab. Sofort fing der Junge an zu brüllen. Engen winkte mit dem Arm zu Camilla, nimm ihn weg, leg ihn ins Bett.

Es war Maria.

»Ich habe mit deinem Sohn geredet«, sagte sie und klang genauso, wie sie immer geklungen hatte.

»Der Eiswagen ist gekommen und hat die beiden aufgeweckt. Sie waren gerade eben eingeschlafen.«

»Oh, das klingt aber anstrengend.«

»Das ist es auch.«

Eine Weile schwieg sie. Jetzt konnte er vom anderen Ende des Reihenhausviertels die Melodie des Eisautos hören, leiser, aber noch genauso aufdringlich.

»Du, Mats«, sagte Maria. »Ich würde gern... ja, nun, Stefan und ich waren ja nicht mehr verheiratet, wie du weißt, aber trotzdem... ich möchte... schließlich warst du es, der mit ihm zusammen war, als...«

»Ja.«

»Könnten wir uns sehen und mal reden?«

»Sicher.«

»Würde es dir jetzt passen? Heute Abend?«

»Ja. Kommst du her?«

»Ja, ich komme gleich.«

Er erwärmte Glögg und stellte die kleinen hässlichen Glöggbecher aus Keramik auf den Tisch, die sie zur Hochzeit bekommen hatten. Von wem, daran konnte er sich nicht mehr erinnern. Sie waren olivfarben, mit grotesk verzerrten Zwergengesichtern auf den Seiten. Die Ohren der Zwerge bildeten die Griffe der Becher. Er stand im ersten Stock und sah, wie sie ihr Auto parkte. Er winkte, aber sie sah ihn nicht, guckte gar nicht nach oben. Bevor sie auf den Klingelknopf drücken konnte, war er schon an der Tür und öffnete sie.

»Sind sie eingeschlafen?«, flüsterte sie.

»Gleich.«

»Ich hätte sie gern gesehen. Ich habe ein paar Schaumbananen mitgebracht, Kinder mögen so was eigentlich immer.«

Sie hatte etwas mit ihrem Haar gemacht, es war länger und irgendwie glatter. Er hatte nicht mehr in Erinnerung, dass sie so hübsch aussah.

Sie setzten sich ins Wohnzimmer. Maria lehnte den Glühwein dankend ab, sie musste ja Auto fahren. Engen schenkte sich selbst ein. Dann kam auch Camilla, die Kinder schliefen endlich. Sie setzten Kaffee auf.

»Wie geht es dir?«, fragte Engen.

Unvermittelt begann Maria zu weinen.

»Ist es schwer …«, murmelte er.

Camilla setzte sich neben sie, legte ihr einen Arm um die Schultern.

»Es ist so schrecklich …«, murmelte Maria. »Ich habe das Gefühl, dass es meine Schuld ist.«

Engen trank von dem Glögg. Er war heiß und stark.

»Was soll deine Schuld sein?«

»Ich hätte ihn nie verlassen dürfen.«

»Hätte, hätte. Aber du hast doch einen anderen Mann kennen gelernt, oder?«

»Ja, schon …«

»Man muss sich im Leben entscheiden. Stimmt das nicht? Irgendwie steht man doch immer an einer Wegkreuzung.«

Camilla sah ihn verwundert an.

»Doch …, eigentlich ja.« Maria nahm die Hände vom Gesicht. Ihre braunen Augen waren klein und verweint.

»Es ist wie eine Strafe …, als ob Stefan …«

»Nun hör aber auf, Maria. Das war ein Unfall.«

»Aber er hat sich doch diese Maske abgerissen … Das kann man ja wohl nicht direkt als Unfall bezeichnen. Vielleicht hat er das gemacht, weil er nicht länger … leben wollte.«

»Er ist in Panik geraten. Das war alles.«

»Und woher willst du das wissen – hast du es gesehen?«

Engen schüttelte den Kopf.

»Nein. Aber wenn er sich wirklich das Leben nehmen wollte, dann hätte er das anders gemacht. Irgendwie auf eine sicherere Art.«

Sie weinte wieder, jetzt ruhig und lautlos.

»Warum hast du ihm nicht gesagt … Ihr geht doch immer zusammen, ihr Feuerwehrleute ... Gab es denn keine Möglichkeit, ihn daran zu hindern?«

Camilla nahm Marias Hand in ihre und streichelte sie.

»Er hat ihn nicht mehr gesehen ...«, flüsterte sie. »Mats sagt, Almis war plötzlich einfach weg.«

»Deshalb glaube ich das ja, dass er ... Er hat sich versteckt.«

»Trink erst mal eine Tasse Kaffee«, sagte Camilla. »Und hier sind auch Weihnachtskekse, ich habe sie heute gebacken.«

»Danke. Ihr seid so lieb.«

»Nichts wird davon besser, wenn du so herumläufst und dir den Kopf darüber zerbrichst. Es ist, wie es ist, Maria. Schau lieber nach vorn.«

Engen war erstaunt über die Direktheit seiner Frau. Er ertappte sich dabei, dass er Maria lieber weiterhin weinen und leiden sehen würde, irgendwo in seinem Inneren war er versucht, ihr Recht zu geben. Wenn sie Almis nicht verlassen hätte, wäre er vielleicht noch am Leben.

Maria nickte.

»Ja. Aber ... Es ist nur so, dass Stefan irgendwie immer noch bei mir ist, als würde ich ihn sozusagen überall sehen. Gestern war ich felsenfest überzeugt davon, dass er in derselben U-Bahn wie ich war. Aber als ich mich durchgezwängt habe, um nachzugucken ..., ja, da war er natürlich nicht da.«

»Aber das ist doch ganz normal«, sagte Camilla. »Meine Großmutter hat meinen Großvater ein ganzes Jahr lang noch gesehen, ich meine, nachdem er gestorben war. Sie glaubte, er stünde da und sähe sie an, ganz freundlich, er wollte ihr nichts Böses oder so.«

»Das würde Stefan sicher auch nicht wollen ... Wenn er nun ... Wir sind ja nicht im Streit auseinander gegangen ... Aber trotzdem ..., ich habe solche Angst.«

»Das geht vorbei«, sagte Engen. »So was geht irgendwann vorbei. Du fängst jetzt ein neues Leben an, bald wirst du das frühere vergessen haben. Bald heiratet ihr, kriegt ganz viele Kinder, und dann wirst du gar nicht die Zeit haben, auf so einem alten toten Feuerwehrmann herumzukauen, das kannst du mir glauben.«

»Mats«, sagte Camilla nur.

Er lehnte sich zurück.

»Wirst du zur Beerdigung kommen?«, fragte er.

Maria nickte.

»Seine Eltern möchten das. Und ich will das natürlich auch. Das ist wohl das Mindeste, was man tun kann ... Das kann ja vielleicht auch helfen ..., sozusagen einen Schlusspunkt zu setzen.«

Nachdem sie ins Bett gegangen waren, fingen sie an sich zu streiten. Camilla ging auf ihn los, beschuldigte ihn, zynisch gewesen zu sein.

»Sie konnten keine Kinder kriegen, vielleicht liegt es ja an ihr ... Wie kannst du da nur so etwas sagen, dass sie ganz viele Kinder kriegen werden, begreifst du nicht, wie verletzend das sein kann! Und dann das mit dem alten toten Feuerwehrmann! Was ist das nur für ein ...«

»Ja, was denn verdammt noch mal?«

»Du solltest lieber ein bisschen mehr nachdenken. Typisch Mann!«

»Ach so. Da spricht die große Psychologin. Zufällig weiß ich, dass Almis Mumps hatte, als er vierzehn war. Das weiß ich zufällig. Und wenn man in dem Alter Mumps hat ... Dann schrumpfen die Eier ein.«

»Du bist so ordinär, Mats. Das hast du doch gar nicht nötig. Ich kenne dich nicht wieder. Ach, ich habe dich so satt, ich habe alle zusammen so satt!«

»Meinst du das wirklich? Du hast mich satt, ist das dein Ernst?«

Camilla gab keine Antwort.

Er griff Kissen und Decke, verließ das Schlafzimmer und legte sich aufs Sofa. Er erwartete, dass sie nachkommen würde, zu ihm kriechen und sich gegen seinen Rücken pressen würde, dass sie ihn streicheln und tätscheln würde, sich entschuldigen, ich war ja so dumm, entschuldige bitte. Aber sie kam nicht. Und sie schien auch nicht zu weinen, was sie sonst oft tat, wenn sie sich gestritten hatten.

Er lag eine Weile da, wartete. Dann stand er auf, zog sich an und ging hinaus.

# 9

Jessica fühlte sich krank. Es hatte nichts mit dem Bauch zu tun, nein, das war vorübergegangen, nein, es war etwas anderes. Eine Zerbrechlichkeit, die einem Weinen ähnelte, das noch zurückgehalten wurde. Sie dachte an ein Pferd, das sie einmal gesehen hatte, ein mageres Pferd mit Scheuklappen und knochigem Rücken. Es zog Touristen in einem Wagen über Kopfsteinpflasterstraßen in einem kleinen dänischen Kaff, sie erinnerte sich nicht mehr an den Namen.

Johnny hatte in dem Sommer einen Wohnwagen gemietet. Sie fuhren in der Gegend umher, und die Brüder stritten sich auf dem Rücksitz. Sie selbst saß still daneben, ihr war die ganze Zeit übel, aber ihre Mutter wollte ihren guten Platz vorn nicht tauschen.

Das war nicht gerade ein geglückter Urlaub gewesen. Außerdem waren ihre Haare so hässlich gewesen. Eine Strähne hatte direkt nach oben gestanden, und kurz bevor sie losfahren wollten, hatte sie sich die Schere geschnappt und sie abgeschnitten. Aber dadurch war es auch nicht besser geworden. Sie war genervt von ihrem Aussehen, vermied Spiegel und Schaufenster, Kilometer um Kilometer saß sie mit Kopfhörern und einem Pullover über dem Kopf da und tat, als würde sie schlafen.

Jetzt war Dezember, ein dunkler, nasser Monat, und sie schwänzte mal wieder die Schule. Mitten in der Pause hatte sie sich ihren Rucksack geschnappt und war gegangen. Es würde bestimmt nicht lange dauern, bis Schwester Beatrice oder der Klassenlehrer, Ove Ström sich melden würden. Sie würden ernsthaft mit Mama reden, sie zu einem Gespräch bitten. Sie stellte sich selbst in einer Welt der Stille vor. Nicht eine Stille ohne Musik, sondern eine andere Art, blendend hell, mit kräftigen Tönen. Sie stellte sich auf einer Insel vor, es war Sommer, und sie hatte den Hund dabei, den Hund, der bei ihnen im Haus gewohnt hatte, der jetzt aber fort war. Es war ein Hund mit schwarzem, zotteligem Fell, und er hatte sich immer gefreut, wenn er sie gesehen hatte, war ihr entgegengesprungen, um sie zu begrüßen. Sie hatte einmal gefragt, ob sie mit ihm spazieren gehen könnte, aber seine Besitzer hatten gemeint, er wäre viel zu stark, um ihn jemandem zu überlassen, der noch nicht erwachsen war.

Nicht erwachsen.

Er hatte ihr zumindest vertraut, oh ja, und er schien sie zu mögen, sie würde ihn mit auf die Insel nehmen, und sie würden in dem warmen Sand zusammen laufen und vielleicht auch ins Wasser gehen, um dort Stöckchen zu werfen oder mit den platten Fischen zu spielen, die sich gegen den Meeresboden drückten und versuchten sich unsichtbar zu machen.

Keiner daheim in der Wohnung. Aber das konnte man nie im Voraus wissen. Sie hatte mal überlegt, lieber woanders hin zu gehen, in irgendein Café im Zentrum von Vällingby. Aber da könnte Mama sie entdecken, sie konnte zufällig einen Blick aus dem Frisiersalon werfen, in dem sie Tag und Nacht stand und die Haare griesgrämiger Kundinnen wusch. Und dann würde sie mit nassen, roten Händen herausgelaufen kommen und wieder so traurig und anklagend gucken.

Nein, Jessica ging lieber nach Hause. Ihre Brüder mussten ja in der Schule sein und Johnny bei der Arbeit, wenn er nicht krank geworden oder aus irgendeinem anderen Grund heimgefahren war. Er hatte im Augenblick tagsüber Schichtdienst und war schon losgefahren, bevor Mama sie geweckt hatte, Gott sei Dank.

Johnny hatte sie geschlagen. Hinterher hatte er sich dafür entschuldigt, aber das war eine Sache, die ließ sich nicht entschuldigen. Oh nein. Sie war nicht so eine, die die andere Wange hinhielt. Und schon gar nicht, wenn es um Johnny ging. Jessica kletterte über die Schneewehen und trat ins Treppenhaus. In der Nacht hatte jemand die Haustür beschmiert, einen fetten, geringelten Tag draufgesprayt. Sie überlegte, wer das wohl gewesen war. Es war vollkommen still, sie hörte das Knarren ihrer Sohlen, als sie auf den staubigen Marmor trat.

Sie ging an den vertrauten Wohnungstüren vorbei und las alle Namen, nein, las sie nicht, registrierte sie nur, Kempe, Axelsson, Saleh, Sohlström, Karlsson und Graun. Graun, das war ihr eigener Name, der Name von ihr und ihrer Mutter. Karlsson gehörte zu dem Mann, den ihre Mutter sich ausgesucht hatte. Das Schloss ging etwas schwer, aber sie kannte die Tricks und als sie die Tür öffnete, lag die Post dahinter auf dem Boden, vier Karten mit Weihnachtsmännern und Weihnachtsmotiven. Ihr fiel ein, dass sie bald Weihnachtsgeschenke kaufen müsste, spürte bei dem Gedanken aber nur Müdigkeit, es war schon eine ganze Weile her, dass sie aus der Weihnachtsspannung herausgewachsen war.

Sie drehte die Karte um, konnte jedoch die gespreizte Tintenschrift nicht deuten. Vermutlich jemand, den Mama kannte. Oder er. Johnny. Sie selbst bekam selten Post. Als sie elf Jahre alt gewesen war, hatte sie eine Zeit lang eine Brieffreundin aus Wuppertal gehabt. Sie schrieben einander auf Englisch, aber keine von ihnen war besonders engagiert gewesen. Die Initiative war von Lehrerseite ausgegangen und mit der Zeit war das Ganze im Sande verlaufen. Jessica hatte immer noch ein Foto von Michaela – so hieß das Mädchen. Ihr Gesicht war aufgedunsen von der Akne, und es war deutlich zu sehen, dass sie versucht hatte, das mit einer Schicht getönter Cremes zu verdecken.

Jessie konnte die Hoffnung dennoch nicht aufgeben, dass eines Tages ein Brief auf der Fußmatte liegen würde, an sie, Jessica

Graun, adressiert, Härjedalsgatan 134, 162 23 Vällingby. Ein Brief ohne Absender.

Sie stellte sich vor, wie sie eine ganze Weile einfach nur dastehen, den Umschlag angucken, an ihm schnuppern, ihn gegens Licht halten würde. Dann endlich würde sie ein Messer holen und, ohne den Umschlag mehr als notwendig zu beschädigen, würde sie die Messerspitze in eine Ecke zirkeln und den Umschlag mit vorsichtigen kleinen Schnitten öffnen.

Den Briefbogen selbst stellte sie sich in der Mitte gefaltet vor, innen beschrieben, die Worte lagen sozusagen vom oberen und unteren Teil des Briefbogens umschlungen da, das hatte etwas Zärtliches, Liebevolles an sich, die Gesten des Briefeschreibers, als er das Papier faltete, die Zungenspitze an der Klebekante. Der Stil sollte erwachsen sein und energisch.

Vielleicht geschrieben von einer gewissen Person im St. Jacobi, dem Gymnasium, in das sie selbst nächstes Jahr kommen sollte.

Einem gewissen Erik Hakansson in der Obersekunda, er würde dann in die Unterprima gehen und sie zu den Jüngsten gehören. Sie wusste, wo er wohnte, in der Vittangigatan, sie war dort schon oft vorbeigegangen, und Sara war mitgekommen, sie hatten die Häuserfassaden hinaufgespäht und versucht herauszukriegen, welches wohl Eriks Fenster war.

Er trainierte in Nälsta, das hatte sie herausbekommen, und sie hatte sich auch eine Trainingskarte dort gekauft und war hingegangen, aber bis jetzt war es ihr noch nicht gelungen, seine Zeiten rauszufinden. Einmal kam sie gerade als er gehen wollte. Er hatte noch nasses Haar, er sah sie an, ihr direkt in die Augen, Hallo, sagte er, als würden sie sich kennen.

An dem Abend hatte sie gedacht, sie hätte etwas machen sollen, vielleicht so tun, als würde sie umknicken, sodass er gezwungen gewesen wäre, stehen zu bleiben. Er hätte sich dann über sie gebeugt, hätte ihre Knie- und Fußgelenke befühlt und gesagt, dass es wohl nicht so sinnvoll für sie wäre, hier zu trainieren, das könnte gefährlich sein, und dann hätte er sie nach

Hause gefahren. Vermutlich hatte er gar keinen Führerschein und auch kein Auto, aber solche Hindernisse schob Jessie beiseite. Also saßen sie beide vorn im Auto, und das war warm und gemütlich, und das Radio war an, er mochte die gleiche Musik wie sie, und er sagte, dass sie ihm schon seit längerem aufgefallen sei und dass es Schicksal gewesen sein musste, das sie zusammengeführt hatte. Er sah so cool aus, nicht zu vergleichen mit den Winzlingen in der Neunten. Er sagte: »Ich könnte mir eine ganze Menge vorstellen, was wir zusammen machen könnten«, und wenn sie sich diesen Satz vorstellte, an seine Stimme und seine Hände dachte, dann lief es ihr prickelnd den Rücken hinunter.

Jessica ging auf den Balkon und zündete sich eine Zigarette an. Der Aschenbecher war halb voll. Mama rauchte, Johnny nicht, er war die ganze Zeit hinter ihnen her und meckerte, ach, was hatte sie ihn satt, er hatte überhaupt nichts mit ihr zu schaffen, sie waren nicht verheiratet, zufällig wohnte er nur hier, zufällig hatte er ihre Mutter dick gemacht, aber das hieß ja noch lange nicht, dass er irgendein Recht hatte, über sie zu bestimmen. Manchmal hatte sie ihm gegenüber ein derartiges Ekelgefühl, vor allem, wenn er auf dem Klo gewesen war, er war so verdammt dumm, das war nicht auszuhalten.

Ein scharfer, kräftiger Wind fegte über den Boden. Sie sah da unten eine Frau mit einem Hund laufen. Aber das war nicht der übliche Hund, der schwarze, den hatte sie schon seit mehreren Wochen nicht gesehen. Dieser hier war kleiner, er kläffte und sprang herum, schien ein Welpe zu sein.

Klein-Pelle quengelte immer, er wolle einen Hund haben, aber sie wohnten jetzt schon so beengt, das war ein guter Grund dagegen, den sie verstehen konnte, auch wenn es Klein-Pelle noch nicht konnte. Jessie war die Einzige, die ein Zimmer für sich hatte. Die Brüder teilten sich eins, und das wurde langsam schwierig, Henke wurde zu groß.

Johnny und Mama hatten das Schlafzimmer auf die Straße hinaus. Mama würde gern von hier wegziehen, wer würde das nicht, obwohl, wenn sie in eine Hütte bei Ängbyplan ziehen würden, ein Eigenheim oder so, dann würde sie nicht mehr in Vällnby wohnen, wo Erik Hakansson zu finden war, deshalb war sie unweigerlich bei dieser Frage gespalten.

Jessie fror jetzt. Sie zog zitternd an ihrer Zigarette, hörte aber im gleichen Moment das Telefon klingeln. Eilig drückte sie die Kippe aus und ging hinein. Zuerst wollte sie gar nicht rangehen, das konnte jemand sein, der sie kontrollieren wollte. Eigentlich hatte sie auch gar keine Lust zu reden, aber vielleicht war es ja Sara, dann musste sie rangehen, sonst würde Sara unruhig werden und zu ihr kommen, nein, das wollte sie nicht, dazu war sie jetzt nicht in der Lage.

Sie nahm den Hörer ab und sagte: »Hallo.«

Sie hörte die Stimme eines Mannes.

»Ich möchte mit Jessica sprechen, Jessica Graun.«

»Das bin ich«, sagte sie gespannt.

Er sprach abgehackt und gedämpft.

»Bist du allein, Jessica? Wenn nicht, lege ich gleich auf.«

»Aber ich bin allein, ja.«

»Weißt du …, das hier ist nämlich ein bisschen kompliziert. Ich habe früher mal deiner Mutter versprochen, niemals Kontakt mit dir aufzunehmen. Aber ich habe schließlich beschlossen, dass das kein gutes Versprechen war, ich war damals so jung und wusste es nicht besser … Ich bin dein Vater, Jessica. Und ich möchte dich so schrecklich, schrecklich gern … treffen.«

# 10

Die Todesanzeige war am Freitag in der Zeitung. Unser geliebter Stefan Almgren. Betrauert von Mutter und Vater, Verwandten und vielen Freunden. Franki sah sie daheim bei seiner Mutter, er hatte die DN nicht mehr abonniert. Das war auf die Dauer zu teuer.

An bestimmten Tagen putzte er ihre Praxis. Und heute war so ein Tag. Das war eine Aufgabe, die er übernommen hatte, eine Art Erwerbstätigkeit. Bis sich das Blatt für ihn wendete. Bis das eintraf, was er sich dachte. Und das würde möglicherweise gar nicht mehr so lange dauern. Es lag sozusagen in der Luft.

Die Praxisräume befanden sich in der Wohnung seiner Mutter im Glädjevägen. Er dachte daran, was Waltraut gesagt hatte, dass sie seine Mutter immer so fröhlich gefunden hatte, dass deshalb der Name so gut zu ihr passte.

Fröhlich. Auf den Gedanken war er nie gekommen.

Sie hatte ihren Vermieter dazu überreden können, ein größeres Fenster zur Straße einzusetzen, in dem sie allerlei Fußpflegeprodukte ausstellen konnte. So ein Blickfang war wichtig. Da gab es auch Bilder, die ihn mit Ekel erfüllten. Nahaufnahmen von verfärbten Zehennägeln, die sich vom Nagelbett lösten, sodass man den fasrigen Untergrund darunter erahnen konnte. Die Botschaft war eine Warnung, dass es so kommen konnte, wenn man nicht darauf achtete, seine Füße regelmäßig zu pflegen. Und dafür gab es eben sie, Agneta Ljungberg.

Manchmal kümmerte sie sich auch um Frankis Füße. Das war schön, besonders die anschließende Massage war schön.

»Du warst früher so klein«, konnte sie dabei murmeln, und dann wurde ihr Blick ganz geistesabwesend. »Du hattest Füßchen … die konnte man küssen und streicheln, nie hattest du Schuhe an, nur kleine Söckchen, die ich dir gestrickt habe.«

Das war ihm dann doch peinlich.

Schließlich war er jetzt erwachsen.

Sie hatte einen festen Kundenkreis. Die Leute kamen zu ihr, weil sie sie mochten, sie war gesprächig und großzügig mit Cremes und guten Ratschlägen. Man hatte Vertrauen zu ihr.

Wenn Franki am Freitagabend kam, war der Laden geschlossen, aber seine Mutter saß noch dort und malte sich die Nägel an. Immer noch in ihrer weißen Arbeitskleidung, lange Hose und ein Kittel, wie eine Krankenschwester im Krankenhaus. Es roch intensiv nach Nagellack.

Er ging sofort zum Fenster und nahm die Blumentöpfe herunter, die auf der Fensterbank standen.

»Sag mal, dir ist doch wohl klar, dass du das Fenster aufmachen musst, wenn du so was tust«, erklärte er wütend. »Ich wette, dass dieser Scheiß Krebs erregend ist. Aber vielleicht möchtest du ja Krebs kriegen? Versuchst du das?«

Die Mutter mochte es gern, wenn er sich um sie kümmerte, wenn er die Rolle desjenigen einnahm, der alles am besten wusste.

»Also, was redest du da bloß«, brummte sie. »So was darf man doch nicht sagen.«

Und dann hielt sie ihm die Zeitung mit der Todesanzeige hin.

»Stefan Almgren, das war doch der, der in der Feuersbrunst umgekommen ist«, sagte sie.

»Ich weiß.«

»Habe ich mir doch gedacht.«

»Ja.«

»War das nicht … ihr habt doch zusammengespielt, als Kinder, meine ich?«

»Warum fragst du?«, erwiderte er scharf. »Du weißt genauso gut wie ich, dass wir das gemacht haben.«

»Ich wollte nur wissen ... ob das wirklich derselbe Stefan Almgren ist.«

»Das ist er.«

»Merkwürdig, da steht nichts von einer Frau oder Lebenspartnerin.«

»Dann hat er wohl keine, das ist doch nicht so merkwürdig.«

»Nein. Aber ich wundere mich, wieso nicht.«

»Wieso – darüber braucht man sich doch nicht zu wundern.«

»Ach, glaubst du, er war so einer? Glaubst du, er war schwul?«

»Mutter, ich bitte dich! Ich habe doch auch keine Frau oder Lebenspartnerin.«

»Nein, Franki, das stimmt.«

»So, ich will jetzt sauber machen.«

»Jaha.«

»Wenn du so gut bist und zu dir reingehst.«

»Willst du nachher was essen? Bleibst du heute Abend hier?«

»Nein, heute nicht. Das geht nicht. Ich habe noch was vor.«

Er holte den Staubsauger aus der Abseite und begann sauber zu machen. Die Zeitung lag noch auf der Anrichte, die Seite mit den Todesanzeigen zuoberst. Er las die Anzeige noch ein paar Mal. Über dem Namen war kein Kreuz, kein Vogel, keine Blume oder etwas anderes, sondern ein normales, schlichtes Kreuz. Es gab auch ein Gedicht dort, auf Englisch, geschrieben von T. S. Eliot. Franki las.

*And all shall be well and*
*All manner of things shall be well*
*When the tongues of*
*Flame are in-folded*
*Into the crowned knot of fire*
*And the fire and the rose are one*

Er verstand nicht alles, aber ein ganz feierliches Gefühl überkam ihn. Er nahm eine von Mutters gebogenen Nagelscheren und schnitt die Anzeige vorsichtig aus, faltete sie zusammen und legte sie in seine Brieftasche. Die Beerdigung sollte am sechzehnten Dezember in der Bromma-Kirche stattfinden.

Er dachte daran, was Waltraut gesagt hatte, wie die Jungs sie in eine Abseite gesperrt hatten. Das waren Mats, ihr Bruder, und Almis gewesen. Er konnte sich nicht mehr daran erinnern. Er erinnerte sich an sie nur noch als kleines, zahnloses Kind mit einem Namen, der schwer auszusprechen war. Sollte Almis wirklich dabei gewesen sein und sie mit in die Abseite gesperrt haben?

Er hatte Almis nie richtig verstanden. Damals zum Beispiel, bei dem Feuer im Keller, einem ganz normalen Brand, bei dem jemand einen Zeitungshaufen angezündet hatte. Jeder Erstbeste hätte das Feuer löschen können, man musste nur runterlaufen und ein paar Eimer Wasser drüberkippen. Aber Almis, er setzte Himmel und Hölle in Bewegung, rannte wie der Blitz zum Nachbarhaus und sagte der Alten dort, sie solle die Feuerwehr anrufen. Dabei war Franki gerade auf dem Weg zur Waschküche, es wäre kein Problem gewesen, einfach anzuklopfen und sich einen Eimer auszuleihen. Aber bevor er so weit gekommen war, war Almis schon zurück und sah ganz merkwürdig im Gesicht aus, als würde er gleich einen Anfall kriegen, und als die Feuerwehr mit aufheulenden Sirenen ankam, begann Almis zu riechen. Nach Scheiße.

Das Feuer erstarb ja fast von allein. Es war gar nicht der Rede wert. Aber dann kam doch noch die Polizei, und es gab große Aufregung. Das war alles so unnötig. Daran erinnerte er sich. Und natürlich fanden sie nicht heraus, wer das Feuer gelegt hatte, das gaben sie selbst zu. Das konnte ja jeder gewesen sein. Sie waren damals noch nicht so alt, hatten gerade in der Schule angefangen. Aber an mehr konnte er sich auch nicht erinnern.

Waltraut – war sie damals überhaupt schon geboren? Er wusste es nicht. Jedenfalls hatten sie nach dem Feuer im Keller angefangen, Feuerwehr zu spielen. Das hatten sie auf eine sonderbar sorgsam geplante Art gemacht. Jompas Vater arbeitete bei der Feuerwehr, er nahm sie mit zur Wache und ließ sie in den Leiterkorb klettern. Er organisierte für sie auch ein paar alte Helme, die er knallrot anmalte. Die hatten sie auf, wenn sie herumrannten. Franki hatte immer noch seinen Helm. Er hing zu Hause an der Wand, neben dem Poster mit dem Löwen.

Jompa, Almis, Mats Engen und er selbst.

Der blasse, dünne Almis. Wie ein gesäuberter, aufgeschlitzter Fisch. Franki wusste nicht, woher dieser Vergleich kam, er sah nur das Bild vor sich, Reste von Schuppen und Kiemen. Und das Gesicht, wie ein abgeschabter Schädel, zerknittert und nach hinten geschoben. Natürlich mussten sie ihn aufschneiden um zu sehen, woran er gestorben war. Das konnte ja ebenso gut ein Herzinfarkt gewesen sein. Mit meinem Herzen gab es noch nie Probleme, ich spüre, wie es Kraft in mich hineinpumpt, ja, ich höre es sogar. Aber er. Mit diesen müden Augenlidern, wie er jammerte und herumhing, er schlug nie zurück, drehte sich nur um und heulte los. Wie eine Fotze.

Trotzdem haben sie ihn bei der Feuerwehr genommen.

»Wie läuft es, Franki Boy? Den Rest kann ich auch selbst machen, wenn du es eilig hast.«

Seine Mutter stand neben ihm. Er hatte sie gar nicht kommen hören.

Sie hatte geduscht und sich umgezogen. Sich Leggings und einen Pullover angezogen, der ihr über den Po ging, aber sonst nichts. Er war mit dem Staubsauger einfach stehen geblieben, aber jetzt kam er wieder zu sich, machte weiter. Kleine weiße und gelbe Nagelsplitter, die aufgeweichte Hornhaut, die sie eingerieben und abgehobelt hatte, das meiste fing sie im Handtuch auf, aber ein Teil fiel zu Boden, lag wie kleine graue Fäden da. Wie wohl die Staubsaugertüte von innen aussah! Als er sich das vorstellte, wurde ihm ganz schwummrig. »Du siehst nicht gesund aus, Franki, komm, ich übernehme das.«

»Lass mich!«, fuhr er sie an. »Lass mich!«

Eine Abmachung ist eine Abmachung. Er hatte nicht die geringste Lust, ihr auf der Tasche zu liegen. Er musste seine Sachen machen, musste seinen Job erledigen; sie huschte wie ein Schatten davon oder ging ihm aus dem Weg, dass ihre zerbrechlichen Locken hüpften.

Frank Sinatra, ihr großes Idol. Immer noch. Er war inzwischen tot, genauso tot wie Almis. Genauso tot wie Vater übrigens. Frankie Boy. Franki war nach ihm benannt worden. Er hatte eine CD gekauft, als seine Mutter einen runden Geburtstag hatte, *Frank Sinatra's Greatest Hits*. Sie hatte ganz feuchte Augen bekommen und sich an ihn geklammert, als sie ihn umarmte.

Sie war es auch gewesen, die ihm erzählt hatte, dass Frank Sinatras Vater Feuerwehrmann gewesen war.

Er dachte mit einer Art Feindseligkeit daran. Als ob das Wort Feuerwehrmann selbst nicht von jedem ersten Besten benutzt werden durfte.

Manchmal erzählte sie ihm, wie er geboren worden war. Es schien, als genösse sie es, ihm die Geschichte zu erzählen, wie klein und hübsch sie war, dass man es ihr kaum ansah. Und er. Schon damals kräftig. Er wog fünftausendzweihundert Gramm. Das klang wie ein Rekord.

»Die mussten eine Zange nehmen und dich damit rausziehen, sie haben sie um deinen Kopf gelegt, Franki und dann gezogen. Du hattest noch mehrere Wochen lang die Male davon, und ich hatte solche Angst, ich traute mich aber nicht, das zu sagen, nicht einmal deinem Vater, ich hatte solche Angst, dass etwas mit dir nicht stimmen könnte, weil sie deinen Schädel so gedrückt haben ... Du weißt, Neugeborene, die sind so weich, ihre Schädel ...«

»Mutter!«

»Aber die verschwanden ja dann, die Male, nur bei Frank Sinatra nicht, denn der ist auf die gleiche Art geboren.«

Sie war ab und zu ein wenig fanatisch.

Musste dann und wann geschüttelt werden.

Almis war tot. Staub und Erde.

Aber er hatte alle Tests bestanden. Hatte sich nicht einmal geweigert, vom Balkon herunterzuspringen. Er war dreißig Meter die Leiter hochgeklettert, und die stand senkrecht in den Himmel, und ganz oben stand ein Feuerwehrmann und befahl ihm, nach unten zu gucken und die Kegel zu zählen, die jemand auf dem Boden aufgestellt hatte, während er hochgeklettert war.

Franki hatte das geschafft. Aber das hatte auch niemand bezweifelt.

Außer Almis.

Und dann die Fahrprüfung. Es war gar nicht so leicht, diesen verdammten Wagen in Gang zu setzen, der stumm und schwer unten am Berg stand. Er war wie ein Raubtier, ein Löwe. Wie er darauf achtete, dass die Räder griffen, wie er die Sirenen einschaltete. Aber erst zum Schluss. Er war so verdammt sicher. Das hier war sein Element. Almis versagte, das hatte Franki schon vorher gewusst. Aber offensichtlich bedeutete das gar nichts. Er musste etwas anderes an sich haben. Etwas, was mit dem Gespräch zu tun hatte. Was sie Interview nannten.

Da war es passiert. Franki konnte die Worte nicht so zusammenbringen, wie sie zusammengestellt werden sollten. Und wie sich herausstellte, waren die Worte am wichtigsten. Obwohl man ja wohl kein Feuer mit Worten löscht.

Als er dabei war, den Boden trocken zu wischen, stand seine Mutter wieder in der Tür, und sie hatte ganz stramme Wangen und sprach langsam und kontrolliert. Franki wusste, warum. Damit er nicht merkte, dass sie heimlich Wein soff.

»Du bleibst also nicht zum Essen?«, fragte sie und hielt sich leicht am Türrahmen fest, aber nicht, weil sie betrunken war, sondern damit es etwas lockerer aussah. Oh, er kannte sie genau, er konnte sie wie ein offenes Buch lesen.

Franki stellte den Schrubber beiseite und hob sie senkrecht in die Luft.

Sie schrie wie ein junges Mädchen auf.

Er trug sie ins Schlafzimmer und warf sie aufs Bett. Ihr Körper plumpste auf die Matratze. Sie setzte sich stöhnend auf, stupste ihre Frisur zurecht.

»Was hast du denn so Wichtiges vor, Franki Boy?«

»Das möchtest du wohl wissen!«

»Eine Frau?«

»Kann schon sein.«

»Und wen?«

»Nun hör auf zu nerven, Mutter, das ist ja das reinste Verhör!«

Sie ging in die Küche hinaus, er hörte sie trinken.

»Ich bin jetzt fertig«, rief er. »Bis bald.«

Da kam sie wie ein kleines Lamm angesprungen, blökte ihn mit tränennassen Augen an.

»Franki, mein Junge. Du bist doch alles, was ich auf der Welt habe.«

Er strich ihr über den Rücken.

»Das weiß ich, Mama«, sagte er. »Ich rufe dich am Wochenende an. Okay?«

# 11

Am schneereichsten Tag des ganzen Jahres hatten sie auf dem Übungsgelände von Agesta eine Feuerwehrübung. Das war kein guter Tag dafür. Aber dennoch mussten sie hinfahren. Es ging darum, die Chancen zu nutzen. Viele Übungen und Sonderveranstaltungen wurden gestrichen, da das Amt für Feuerbekämpfung, genau wie alle anderen Behörden, sein Budget zusammenstreichen musste.

An diesem Morgen war Leif-Axel Antonsson, einer der Chefs der Zivilschutzbehörde, bei ihnen gewesen und hatte mit ihnen die finanzielle Lage besprochen. Die sah nicht besonders rosig aus. Alle für den Frühling geplanten Feuerwehrübungen in Agesta waren gestrichen, die Überstunden mussten halbiert werden, und es war sogar die Rede davon, dass sie bei Dingen wie Schutzkleidung und Ausrüstung sparen sollten.

Sie hatten sich um den Tisch im Beratungszimmer versammelt. Johnny drückte gedankenverloren seine Fingerspitzen, der Riss im linken Daumen pochte und brannte. Nichts half, er hatte schon alle möglichen Salben und Cremes ausprobiert. Aber so war das nun einmal im Winter, alles war dann so. Empfindlich und schmerzhaft. Haut und Materialien zerrissen.

Niemand sprach von Almis, aber in ein paar Tagen würden sie sich in der Kirche versammeln, dann würde alles wieder aufgewühlt werden. Johnny würde gezwungen sein, die in Trauer gekleideten Eltern zu sehen, wie sie, sich gegenseitig stützend, zum Sarg vortreten, um sich zu verabschieden. Er machte sich Sorgen deswegen. Trauer wurde verstärkt, wenn sie auf die Trauer anderer stieß. Johnny hatte Probleme, seine Tränen zu unterdrücken. Denn die Tränen gehörten ihm, seine Trauer war persönlich, sollte so sein, nichts, was anderen gegenüber zur Schau gestellt werden sollte. Das war ein Dilemma.

Die Nacht war schwer gewesen. Er war erst spät eingeschlafen, die Bilder waren immer wieder gekommen, Bilder, von denen er gedacht hatte, er hätte sie schon vergessen. Er lag da und lauschte auf Lottas Atemzüge, ihren Rhythmus, ihre Beine schmerzten, nachdem sie den ganzen Tag hatte stehen müssen, und er hatte sie massiert, bis sie einschlief. Für ihn war es verlogen jetzt zu schlafen.

Und plötzlich zuckte er zusammen und sah sie, die Bilder. Der Sommer, sein erster Job, Praktikum in Nynäshamn. Sie hatten einen Alarm reinbekommen, nichts Ernsthaftes, ein Aschehaufen rauchte nur noch. Ein Schuppen bei einem Ferienhaus war abgebrannt, und es war schon zu spät für einen Rettungseinsatz.

Sie fuhren ruhig dorthin. Er erinnerte sich an die grelle Sonne und sogar an die Sprüche, als sie aus der Stadt hinausfuhren. Hinterher wollten sie Fußball spielen und dann in das erfrischende kühle Meerwasser springen.

Bis zum Brandplatz war es länger hin, als sie gedacht hatten. Und er war schwer zu finden. Mehrere Male mussten sie sich durchfragen, auf Höfe gehen und anklopfen. Als sie endlich auf das Waldgrundstück einbogen, rauchte der Aschehaufen immer noch. Da begriffen sie, dass es sich nicht um einen einfachen Geräteschuppen gehandelt hatte, sondern um ein Gästehaus mit Kamin und gemauertem Grund.

Die Luft schien still zu stehen. Er fühlte sich verschwitzt unter der Uniformjacke, daran erinnerte er sich, und er stellte sich vor, wie schön es hinterher sein würde, wenn sie ihre Kleider herunterreißen und vom Anleger unten am Meer ins Wasser springen konnten.

Er erinnerte sich an die Stille, als er mit dem Schlauch zu dem heruntergebrannten Haus ging. Kein Mensch war zu sehen, aber ein großer, blau gemusterter Schmetterling saß mit ausgebreiteten Flügeln auf einem Stein. Johnny hatte noch nie zuvor so einen Schmetterling gesehen, doch, vor vielen Jahren im Haus der Schmetterlinge von Haga, aber noch nie hier. Er versuchte, ihn zu fangen, aber er flog auf und entschwand Richtung Wasser.

Es war immer noch Glut im Aschehaufen, und ab und zu blitzten kleine Flammen auf. Johnny trat sie aus und löschte sie, als plötzlich eine Farbe in der Asche hervortrat. Es war eine blassrosa Farbe, und der Boden schwankte unter ihm, als er das sah.

Obwohl inzwischen fast fünfzehn Jahre vergangen waren, konnte er immer noch das Sausen des Schrecks im Trommelfell fühlen. Der Schreck hat einen ganz speziellen Laut, ziemlich schrill, den hörte er jetzt auch, obwohl er doch hier im Bett lag, obwohl es Nacht war und seine Frau auf dem Kopfkissen neben ihm schlief.

Er wollte Licht anmachen, hatte einen trockenen Mund, die Bilder waren da, sein Handschuh, mit dem er in der Asche stocherte, der schwarz verkohlte Menschenarm, erstarrt in einer verzerrten Geste des Widerstands, und dann das Feuer, der Scheiterhaufen über einem Mann, ein schreiendes Feuer mit einem hellroten, entblößten Inhalt.

Johnny blieb stehen. Das Natürlichste wäre gewesen fortzugehen, aber er blieb dort stehen. Er vermochte nicht zu rufen, das Wasser floss um seine Stiefel, vermischte sich mit der Asche zu einem zähen, ekligen Brei. Jemand sagte seinen Namen, er packte ziellos den Schlauch, trat zurück aufs Gras, schwerfällig.

Dann kam die Polizei.

Und dann die Frau.

Ja, die Frau kam, noch ruhig und sonnengebräunt kam sie den Kiesweg herangeradelt. Sie hatte diese Nacht in der Stadt geschlafen, und der Mann war den Abend vorher schon ins Ferienhaus vorgefahren. Warum? Wollte er seine Ruhe haben? Musste sie noch arbeiten? Oder hatten sie sich im Streit getrennt, und er war wutentbrannt hier hinausgefahren?

Johnny hatte nie Antworten auf seine Fragen bekommen, er hatte auch nicht weiter darüber nachgedacht. Nein, solche Gedanken musste man fallen lassen. Man musste sich von ihnen freimachen, um weitermachen zu können. Frei, leer und sauber.

Aber das war er nicht. Nicht jetzt.

Denn jetzt erinnerte er sich wieder, und er sah ganz deutlich, wie ein Polizist in der Asche vorgebeugt stand, den Matsch an seinen Stiefeln, das Ding, was er in der Hand hielt, als er sich wieder aufrichtete.

»Jetzt gibt es jedenfalls keine Probleme mit der Identifizierung«, rief er und hob das hoch, was er gefunden hatte.

Es war ein Gebiss. Es war sonderbar sauber. Er hatte die Frau nicht gehört, die über den Kies gekommen war, niemand hatte sie gehört, niemand.

Aber dann öffnete sie den Mund und schrie.

Und dieser Schrei.

Der Schrei.

Johnny drehte sich auf die Seite. Das Zimmer war dunkel. Es rauschte in einem Rohr, einer der Nachbarn betätigte die Toilettenspülung. Er war nicht der Einzige, der nicht schlafen konnte. Er zog die Knie an den Körper und schob die Handflächen zwischen die Schenkel.

Neben ihm schnarchte Lotta und jammerte leise im Schlaf. Vielleicht träumte sie etwas? Vielleicht träumte sie, dass er sie schlug. Sie hatte eine Riesensache aus dem gemacht, was mit Jessie passiert war. Als hätte er das Mädchen mehr oder weniger vergewaltigt.

Und Jessica? Sie redete nicht mehr mit ihm. Wenn sie sich auf dem Flur begegneten, guckte sie mit ihren scharfen hellen Teenageraugen geradewegs durch ihn hindurch. Er fragte, wie es ihr gehe, ob sie viele Hausaufgaben habe oder andere bedeutungslose Phrasen. Sie schwieg nur, die angemalten Lippen fest geschlossen. Das Blut stieg ihm in den Kopf, er hatte nicht übel Lust, sie zu Boden zu werfen und ihr wirklich wehzutun.

Jessie stand zwischen ihm und Lotta. Lotta war eine andere, wenn die Tochter da war. Eine Art Feindlichkeit entstand zwischen ihnen, gegen die sich zu wehren er nicht die geringste Chance hatte. Er strengte sich an, sich mit Geduld zu wappnen. Er gab Jessica Geld fürs Kino, aber am Abend, als er nach Hause kam, lag der Hunderter immer noch auf der Anrichte.

»Du hast es wohl vergessen«, sagte er.

Sie verließ die Küche, ohne ihn eines Blickes zu würdigen.

Leif-Axel Antonsson hatte den Auftrag, ihnen die Diensteinteilung über Silvester mitzuteilen. Das war vollkommen unnötig, alle konnten es ja wohl selbst lesen – soweit sie es nicht bereits wussten. Er saß in seinem weißen Hemd da, räusperte sich und murmelte etwas vor sich hin, bevor er loslegte. Ein Stapel Papier lag vor ihm, er blätterte ziellos darin herum, konnte seinen Unwillen nicht verbergen. Mit heiserer, morgenrauer Stimme begann er zu lesen. Nicht er, sondern ein Kollege hatte den Text formuliert, aber dennoch sollte er für weitere Fragen zur Verfügung stehen. Denn er war »von oben« geschickt worden und befand sich deshalb sozusagen auf der anderen Seite der unsichtbaren Grenze, die die Feuerwehrleute von denen trennte, die Papierkram erledigten.

Leif-Axel Antonsson war alles andere als beliebt. Es schien ihm nicht leicht zu fallen, sich zu entspannen, sich natürlich zu geben. Es sah so aus, als wäre er ständig auf der Hut vor Anklagen und Vorwürfen. Als ginge er die ganze Zeit herum und wappne sich mit allen möglichen Argumenten zu seiner eigenen Verteidigung. Und so etwas war natürlich zu spüren.

Jetzt sollte die Gruppe also Silvester arbeiten, eine der schwersten und härtesten Schichten im ganzen Jahr. Und damit nicht genug. Auf Grund des Millenniumwechsels im nächsten Jahr würden dieselben Feuerwehrmänner gezwungen sein, auch im kommenden Jahr in der Nacht zur Jahrtausendwende

Dienst zu schieben. Alle vierhundertdreißig Feuerwehrmänner der Stockholmer Feuerwehren mussten dann dienstbereit sein, weil ein mehrtägiges Festival geplant war, mit dem das ausgehende Jahrhundert feierlich verabschiedet und das neue willkommen geheißen werden sollte.

Leif-Axel Antonsson las vor:

»Die Schwierigkeiten für die Schicht lassen sich auf zwei Problembereiche zusammenfassen. Zum einen die Massenunfallsituation, die sich auf Grund der dichten Menschenansammlungen in gewissen Stadtteilen ergeben kann. Und zum anderen kann es zu ungünstiger Schadensentwicklung kommen, wenn die Feuerwehr nicht rechtzeitig eintrifft, weil sie zur selben Zeit bei einem anderen Einsatz ist.«

Johnny schaute auf und traf Engens Blick. Dessen zottiges kurzes Haar stand in alle Richtungen ab. Er verzog das Gesicht, trank dann einen Schluck Wasser aus der Plastikflasche, die er mit zu dem Treffen genommen hatte.

»Die Aufgabe der Feuerwehr in der Silvesternacht ist es, Schäden von Menschen, Eigentum und Umwelt im ganzen Gebiet von Stockholm zu verhindern oder zu minimieren«, fuhr Leif-Axel Antonsson fort.

Tuborg musste husten.

»So ein Schrott! Das ist ja was ganz Neues! Und ich dachte, das tun wir sowieso immer.«

Leif-Axel Antonsson schwieg eine Weile. Er zog an seinen Fingern, dass es in den Gelenken knackte.

»Ich gebe ja zu, dass das etwas überdeutlich klingt«, sagte er schroff, »aber ich muss das mit euch durchgehen. Okay?«

Tuborg wollte darauf etwas erwidern, doch da ging der Alarm los, ein großer Alarm. Brandgeruch in der Regeringsgatan. Sie unterbrachen ihre Sitzung und rückten mit der ganzen Mannschaft aus – um von einem geknickten Jüngling empfangen zu werden, der zugab, dass das alles seine Schuld war. Er durfte drinnen bei seiner Freundin nicht rauchen, deshalb hatte er sich ins Treppenhaus gestellt, und als er zu Ende geraucht hatte, hatte er die Kippe in einen Blumentopf gedrückt, der auf der Fensterbank stand. Dort war sie liegen geblieben und hatte weitergeglüht.

Das Übungsgebiet Agesta lag am südlichen Ende der Stadt. Auf dem Gelände befand sich ein Feuerübungshaus aus Beton mit verschiebbaren Innenwänden, sodass man problemlos das Interieur verändern konnte, um es dem Szenario anzupassen, das für die Übung gebraucht wurde.

Die vier von Östermalm, die an diesem Tag üben sollten, waren Johnny, Tuborg, Roffe und Engen. Es hatte seit mehr als einem Tag ununterbrochen geschneit. Der Wagen blieb auf dem Hügel zum Übungshaus hoch stecken, und als sie endlich das Auto wieder frei bekommen hatten, waren sie bereits müde.

Es war zwei Uhr, es begann schon zu dämmern. Das Betonhaus wartete auf sie, grau und verlassen. Man hatte sie unverzüglich über die näheren Details bei diesem Brand informiert. Ein Feuer in einem Tanzlokal so um einundzwanzig Uhr. Es konnten sich also Erwachsene und auch Kinder in den Räumen befinden. Das hatte nichts mit dem Brand in Göteborg zu tun, der für Schlagzeilen gesorgt hatte; das gleiche Szenario hatten sie schon den ganzen Herbst über für verschiedene Gruppen benutzt.

»Seid ihr bereit?«, fragte Vasco. Er war es, der ihren Puls messen und ihre Reaktionen überprüfen sollte. Jetzt kam er die Treppe herunter, und in der Hand trug er eine Kohlmeise. Die lag ganz ruhig da, tot. Sie hatte in einem der Räume Schutz gesucht, war aber dann von der plötzlichen Wärme überrascht worden, als der Heizbrenner und das Dampfaggregat eingeschaltet wurden. In dem Übungshaus wurde kein Rauch, sondern Wärme benutzt, eine dichte, feuchte Wärme, die sich über die Männer legte und sie schnell matt und antriebslos machte. Alles, damit das Ganze möglichst realistisch ablief.

Sie hatten sich umgezogen, standen jetzt mit den Sauerstoffflaschen da, bereit hineinzugehen. Johnny sollte mit Engen gehen, die beiden wollten sich auf das Obergeschoss konzentrieren. Tuborg und Roffe sollten am Treppenabsatz warten.

Sobald sie die Gesichtsmasken überzogen, wurde es dunkel. Das Glas war überklebt, es wurde ebenso schwarz, als wenn sie von Brandrauch umgeben wären. Jetzt arbeiteten sie gegen die Zeit. Sie gingen auf die Knie und begannen, kriechend den Raum zu durchsuchen.

Johnny fühlte sich auf eine schwebende, unwirkliche Weise müde. Trotz des Knieschutzes drückte der Betonboden hart gegen seine Gelenke, alt, durchfuhr es ihn, ich werde verdammt noch mal langsam zu alt für diese Art von Spielchen.

Der Schweiß lief ihm über die Wangen hinunter, in die Augen, diese brennende Müdigkeit. Es sollte Leute hier drinnen geben, Puppen, er musste sie ertasten und finden, denn wenn das hier ernst wäre, dann wäre er es, der die Macht hatte, sie zu retten und zurück ins Leben zu holen.

Almis, hatte er auch diese Gefühle gehabt, als er sich die Gesichtsmaske abriss? Hatte er Panik oder Trauer empfunden angesichts des ganzen Elends und wollte er, dass alles ein Ende hatte? *Eve of destruction,* dieses Lied kam ihm in den Kopf. Etwas aus vergangenen Zeiten. Er kroch in einem zähen, würgenden Dunkel. Er musste bald wieder raus, damit die anderen nicht merkten, dass er es nicht mehr schaffte. Aber er musste sie finden, zumindest einen finden, und dann war da noch das mit den Jugendlichen, die Disco und der ganze Mist, der auf sie fiel, die Schreie, dass sie nicht alles gemacht hatten, was in ihrer Macht stand, die lauten, verzweifelten Schreie. Jetzt war da etwas Hartes auf dem Boden, aus Holz, aus Fleisch und Blut und seine Hände schoben sich darunter, und er hob es an, hob es hoch und er richtete sich halb auf, fiel aber wieder nach vorn und jetzt riefen sie ihn, seinen Namen, Jompa, verdammt noch mal, hör auf!

# 12

Es war Stefan, der gestorben war. Stefan Almgren. Waltraut hatte es in den ABC-Nachrichten gesehen, ein Schwarzweiß-Passbild wurde gezeigt und ein Schwenk über die Brandstätte. Sie hörte sich selbst aufschreien, das überraschte sie, schließlich war es doch schon so lange her.

Er war Almis genannt worden. Geschwister hatte er nicht gehabt, aber eine Katze, ein gelbes, ruhiges Tier, das seine Mutter wie ein Baby im Arm trug.

Sie stammte aus einem anderen Land. Aus Polen oder der Tschechoslowakei.

Waltraut rief ihren Bruder an. Die Schwägerin antwortete. Sie klang erschöpft, ihre Stimme heiser und angestrengt. Sie sagte, Mats würde gerade die Kinder ins Bett bringen.

»Ich habe von …, von dem Unglück gehört«, sagte Waltraut.

»Ja, schrecklich, nicht?«

»Wir haben im selben Block gewohnt.«

»Ich weiß. Es ist einfach nur schrecklich. Sie haben zu wenig Personal, sie müssen arbeiten, bis sie umfallen. Und niemand denkt an uns Angehörige, was das für uns bedeutet, diese Unruhe, die man die ganze Zeit mit sich herumschleppt, die Angst, es könnte was passieren.«

»Wieso haben sie zu wenig Personal, ich dachte, das wäre so ein Traumberuf für jeden Jungen?«

»Aber Waltraut. Damit hat das doch nichts zu tun. Die Gemeinden haben kein Geld. So ist es doch überall. In was für einer

Welt lebst du denn? Entweder es gibt keine Jobs, und dann geht es den Leuten schlecht, oder aber es gibt doch einen Job, aber dann müssen sie sich den Arsch aufreißen. Dazwischen gibt es nichts. Man kann sich wirklich fragen, in was für einer Gesellschaft wir eigentlich leben!«

Der Ausbruch ihrer Schwägerin überraschte Waltraut. Sie fühlte sich getroffen, als ob es in irgendeiner Weise ihr Fehler wäre, dass die Welt so aussah, wie sie es tat. Sie hatte eine andere Art von Arbeit, musste nicht wie gewöhnliche Leute schuften.

Zumindest glaubten das viele.

»Ich dachte … Ist es euch recht, wenn ich mal bei euch vorbeischaue?«

»Jetzt? Heute Abend?«

»Nun, wenn es euch nicht passt …«

»Doch, natürlich. Es ist ja lange her, seit wir uns das letzte Mal gesehen haben. Wann war das eigentlich, ich erinnere mich gar nicht mehr daran?«

»Doch, ich habe dich und die Jungs in Åkermyntan mal gesehen. War das im Herbst? Doch, das muss im Herbst gewesen sein, denn du hast gesagt, du wolltest nach Schneeanzügen für die beiden gucken.«

»Ja, stimmt. Die Zeit vergeht. Bald ist man alt und vergesslich.«

Waltraut konnte ihre Schwägerin nicht so recht wieder erkennen. Sie hatte eine Bitterkeit an sich, die ihr früher nie aufgefallen war. Fast bereute sie schon, dass sie angerufen hatte.

»Vielleicht soll ich doch lieber nicht kommen?«

»Doch, mach das. Die Kinder schlafen jetzt, ich habe gehört, wie Mats aufs Klo gegangen ist.«

»Okay. In sieben Minuten geht hier der Bus. Den schaffe ich, wenn ich mich beeile.«

Sie stieg an dem Loviselundsvägen aus und ging zwischen den roten und gelben zweigeschossigen Wohnhäusern hindurch.

Würde sie selbst irgendwann hier wohnen? Kleine Kinder mit Rotznase haben und einen Kerl, der jeden Freitag mit ihr bumste, wenn das Fernsehprogramm zu Ende war. Alle Fenster waren erleuchtet, Weihnachtsdekoration strahlte, Sterne und Kerzen. Man konnte bei den Leuten in die Fenster gucken, sie hantierten in ihrer Küche oder saßen da und glotzten auf das bläuliche Fernsehlicht.

Eine Frau kam ihr im Schnee entgegen. Es war Camilla. Sie umarmte sie vorsichtig.

»Ach, ich brauchte ein bisschen Luft, ich war den ganzen Tag drinnen!«

»Wirklich?«

»Ja, die beiden kriegen anscheinend schon wieder eine Erkältung, langsam werde ich wahnsinnig. Nein, nein, sie sind schon süß, ich liebe sie … aber wenn man nur zu Hause ist … man vermisst den Kontakt mit anderen Erwachsenen, zum Schluss wird man ganz gaga im Kopf.«

»Jaha … kann schon sein. Dazu kann ich nichts sagen. Ist Mats drinnen?«

»Ja, geh nur rein, ich komme gleich, ich schau nur eben beim Kiosk vorbei. Aber klingle nicht, geh einfach so rein, sonst wachen die kleinen Monster noch auf.«

»Hallo, hallo, Schwesterchen. Das ist ja eine schöne Überraschung.« Mats nahm ihr die Jacke ab.

»Ach Mats … Ich habe das von Stefan gehört … von Almis.«

»Ja.«

Sie umarmte ihn.

»Warst du dabei, Mats, hast du in seiner Gruppe gearbeitet?«

Er nickte, schob sie von sich.

»Aber ich mag jetzt nicht drüber reden, ich schaffe das einfach nicht, du musst mir verzeihen. Lass uns lieber über was Schönes reden. Zum Beispiel über dich.« Er roch leicht nach Alkohol, seine Augen waren gerötet, und er sah übermüdet aus.

»Ich komme wohl ungelegen«, sagte sie abwartend.

»Nein, absolut nicht, ich bin nur müde, habe ein bisschen Wein getrunken und bin dann bei den Kindern eingenickt. Übrigens – möchtest du ein Glas? Oder bist du mit dem Auto da?«

»Ich nehme gern ein Glas Wein. Ich habe das Auto im Winter abgemeldet, ich habe ja keine Garage. Da ist es zu mühsam, es zum Laufen zu kriegen.«

Das Haus war spartanisch eingerichtet. Ein abgenutztes Kordecksofa nahm einen Teil des Wohnzimmers ein. An der Stirnwand stand eine braune, alte Vitrine, die Camilla von ihrer Großmutter geerbt hatte. Sie war voll gestopft mit Zeitungen und Büchern. Ganz oben auf dem Schrank sah Waltraut ein Foto der neugeborenen Zwillingsjungen, in einem Krankenhausbettchen, eingewickelt in gelbe Decken.

Sie ging durch den Raum. Musste über Bauklötze und Legoteile steigen.

»Setz dich!«, sagte Mats und goss beiden Wein ein.

Auf dem Sofa lag ein Plüschkaninchen. Sie nahm es in den Arm und streichelte es. Plötzlich wusste sie nicht, was sie sagen sollte.

»Ich habe Camilla draußen getroffen«, sagte sie steif.

»Ja.«

»Anscheinend kriegen sie wohl wieder eine Erkältung, die Jungs, meine ich.«

»Ja, das ist harte Arbeit. Schaff dir bloß keine Kinder an – nein, Scheiße, ich mache nur Spaß. Natürlich sollst du dir Kinder anschaffen. Wie alt bist du jetzt, Schwesterchen, bald dreißig, nicht wahr? Pass auf, dass du keine alte Jungfer wirst.«

»Alte Jungfer … die gibt es doch heutzutage gar nicht mehr. Die gab es nur, als unsere Eltern jung waren, heute entscheiden die Frauen selbst.«

»Ja, ja. Eilt sicher auch nicht so. Und du hast bestimmt was anderes um die Ohren, wie ich mir denken kann. Du bist wohl viel unterwegs mit dem Singen … und verwirklichst dich selbst.«

Waltraut führte das Glas an die Lippen und nahm einen

Schluck. Es war lange her, seit sie Wein getrunken hatte. Der Chorleiter mochte das nicht, er behauptete, Wein und Schnaps würden ihre Stimmen verderben.

Mit einer plötzlich aufsteigenden überraschenden Zärtlichkeit sah sie ihren Bruder an.

»Bist du müde?«, fragte sie.

»Ja, schon. Aber wie man sich bettet, so liegt man.«

»Glaubst du, Camilla vermisst ihre Arbeit? Glaubst du, sie vermisst die Boutique?«

»Sie hat genug um die Ohren.«

»Oh ja. Aber das ist keine Antwort auf meine Frage.«

Er zuckte mit den Schultern.

»Wahrscheinlich. Aber das ging ja nicht. Das lohnte sich einfach nicht.«

»Nein. Das war wirklich schade. Ich glaube, sie bräuchte ...«

Camilla betrat den Flur, sie spürten nur den Luftzug, hatten nicht gehört, wie die Tür geöffnet wurde. Sie hockte sich auf den Boden und begann die Spielsachen zusammenzuräumen.

»Ich will verreisen«, sagte sie mürrisch. »Ich will in die Dominikanische Republik fliegen und dort am Strand liegen mit einem Drink in der Hand.«

»Einen Drink, den kannst du hier kriegen«, sagte Mats.

»Wir hauen ab, los, lass uns das machen, du reichst deinen Urlaub ein, und dann hauen wir ab von diesem ganzen Mist hier, Weihnachten, Winter und alles.«

»Und Simon und Lukas?«, fragte Waltraut.

»Um die kann sich Tante Waltraut kümmern.«

»Ansonsten kommt doch die Oma gern her.«

»Ja, natürlich. Aber der ganze Plan ist nur hypothetisch. Wir haben weder Zeit noch Geld, um irgendwohin zu fahren.«

»Nein, wer hat das schon?«

»Du müsstest das doch haben«, sagte Mats. »Du brauchst doch nur an dich selbst zu denken.«

»Ich habe reichlich Auftrittstermine, besonders jetzt vor Weihnachten.«

»Ja, schon. Aber später. Nach Neujahr. Da kannst du doch wohl abhauen.«

»Und – glaubst du, dass ich so viel Geld übrig habe?«

»Rede mal mit unserem Vater, dann löst sich sicher auch dieses Problem.«

Das traf sie wie ein Schlag in die Magengrube.

»Warum redest du so?«

»Er hat doch immer ein offenes Ohr für seine kleine Lerche gehabt.«

»Mats, hör auf!« Camilla stand vom Fußboden auf. Sie warf mit einem Legoteil nach ihm. Es traf ihn am Hals.

Er lachte mit verkniffenem Mund.

»Stimmt das etwa nicht? Haben sie nicht die ganze Zeit auf die kleine Schwester gesetzt? Egal, was war.«

Sie spürte, wie die Tränen in ihr aufstiegen, sie stand auf.

»Ich möchte lieber gehen«, flüsterte sie.

Da sprang er auf und umarmte sie, drückte sie an sich, entschuldigte sich.

»Ich bin ja nicht ganz bei mir, das musst du verstehen. Aber das ist noch kein Grund, dass du drunter leiden musst. Entschuldige, Waltraut, bitte entschuldige.«

Sie drückte seinen Pulloverärmel an die Wange.

»Setz dich wieder, und verzeih mir, Waltraut. Hier. Trink noch ein bisschen Wein.«

Camilla kam dazu, strich ihr kurz über den Arm. Schüttelte in Mats' Richtung den Kopf. Schwieg.

»Ich muss so oder so bald fahren.«

Sie setzten sich wieder hin. Durch das Fenster sah Waltraut, dass der Schnee dichter fiel.

»Erinnerst du dich an Franki Ljungberg, Mats?«, fragte sie nach einer Weile.

»An Franki? Ja natürlich. Warum fragst du?«

»Ich habe ihn vor kurzem getroffen.«

»Ach?«

»Wer ist das?«, wollte Camilla wissen.

»Ach, wir haben als Jungs miteinander gespielt. Er ist irgendwie ein bisschen kompliziert, er war immer schon irgendwie anders.«

»Kompliziert?« Waltraut trank von ihrem Wein.

»Ja. Kommt einfach auf die Wache, um sich mit uns zu unterhalten. Ein wenig eigen eben.«

»Den Eindruck habe ich nicht.«

»Nein, kann ja sein. Wo hast du ihn denn getroffen?«

»Er war da und hat zugehört, als ich in der Storkyrkan gesungen habe.«

»Was, tatsächlich?«

»Mit seiner Mutter.«

»Das hätte ich nicht gedacht.«

»Doch, doch. Und später hat er mich dann auch noch besucht. Er hat mir in der Wohnung geholfen.«

»Pass bloß auf! Den wirst du nie wieder los. Wenn du ihm den kleinen Finger gibst, nimmt der gleich die ganze Hand.«

Camilla zog das Gummi aus ihrem Haar, es ringelte sich um ihre Wangen.

»Habe ich diesen Mann schon mal getroffen?«, fragte sie.

»Ich glaube nicht. Sonst würdest du dich dran erinnern.«

»Es stimmt gar nicht, dass Franki so komisch ist, er ist vollkommen in Ordnung«, sagte Waltraut. »Er ist richtig niedlich. Aber einige Leute sind verdammt schnell damit, über ihre Mitmenschen ein Urteil zu fällen.«

Sie hatten beschlossen ins Kino zu gehen. Sie hatte ihn unter dem Vorwand angerufen, von den Engeln zu berichten. Wie schön sie über ihren Augen schwebten, wenn sie aufwachte. Wie gut sie an der Decke festgemacht waren.

Er hörte stumm zu, ließ ab und zu kleine, aufmunternde Geräusche hören.

»Wollen wir uns nicht verabreden?«, rutschte es aus ihr heraus.

»Wozu?«

»Na, zum Beispiel um ins Kino zu gehen? Da gibt es mehrere gute Filme, die ich gern sehen würde.«

Er schwieg eine Weile, sie konnte seine Atemzüge im Hörer vernehmen.

Sie malte sich die Augen an und zog sich Unterwäsche an, die sie bei Kapp-Ahl gekauft hatte, einen dunkelblauen Push-up-BH mit passendem Spitzenslip. Sie hatte sie noch nie angezogen, ihr Busen war klein, da gab es nicht so viel up-zu-pushen. Sie entschied sich für einen engen, wadenlangen Rock und ein hellgraues Oberteil. Stand eine Weile vor dem Spiegel, im Profil sah sie richtig vollbusig aus.

Sie hatten verabredet, sich im Filmstaden am Hötorget zu treffen, dort konnten sie dann entscheiden, welchen Film sie sehen wollten. Sie sah ihn schon von weitem, Kordjacke und eine hübsche schwarze Hose. Das freute sie. Er hatte sich für sie gut angezogen.

Er ergriff auf eine brave, altmodische Art ihre Hand. Während er gewartet hatte, hatte er Popcorn und Schokolade für sie gekauft. Sie dachte, dass sie davon durstig werden würden, wollte ihn aber nicht verletzen, indem sie etwas zu trinken kaufte.

Franki ließ sie den Film aussuchen. Sie schlug einen dänischen Film über ein paar Menschen vor, die so taten, als wären sie entwicklungsgehemmt. Er war damit einverstanden, aber nach einer Viertelstunde im Kinosaal war ihr klar, dass das keine glückliche Wahl gewesen war. Franki rutschte auf seinem Sitz hin und her, räusperte sich und kaute laut und demonstrativ. Sie legte ihre Hand auf sein Knie. Das brachte ihn für eine Weile zur Ruhe. Er ergriff ihren Zeigefinger, drückte ihn, spielte mit ihrem langen Fingernagel. Nach einer Weile flüsterte er in ihr Haar, »Komm, wir gehen, so ein blöder Film, lass uns gehen.« Sie konnte sich sowieso nicht mehr konzentrieren. Sie zwängten sich durch die Sitzreihe und gingen in ein Pub in der Kungsgatan. Waltraut wollte etwas über den Film sagen, aber das gelang ihr nicht. Es war ihre Wahl gewesen, er hatte nicht länger zugucken wollen, das enttäuschte sie ein wenig. Auch er sagte nichts und vermied es, sie anzusehen. Er trank in großen Schlucken sein Bier. Nach einer Weile bohrte er seinen Blick in ihren und begann zu lachen.

»Es wird doch ziemlich viel Mist gedreht!«

»Aber der hatte gute Kritiken«, erwiderte sie schroff.

»Kritiken?«

»Was magst du denn? Kriegsfilme wohl. Oder Pornos!«

»Ich weiß nicht. Ich habe mal einen Film gesehen, der hieß Änglagård. Aber das ist lange her.«

»Mit Helena Bergström und Richard Wolff?«

»Ja.«

»Ja, der war gut.«

»Sie zieht sich da im Wald um, er kommt auf dem Motorrad, sie sollen zu irgendeiner Beerdigung.«

»Ich, ich weiß.«

»Aber dieser blöde Film eben. Eine Menge von Idioten, die nur herumhüpfen und Dänisch reden.«

»Ich spendiere das Bier«, schnitt sie ihn ab. »Als Entschädigung. Schließlich war es meine Idee.«

»Nein, das brauchst du nicht. Aber nächstes Mal suche ich aus.«

Sie blieben eine Weile schweigend sitzen. Sie sah seine Hand an, die langen, schmalen Finger. Sie dachte, dass das nicht zusammenpasste, ein so kräftiger Mann sollte dicke Wurstfinger haben. Sie bekam Lust, sie anzufassen, schwankte zwischen Lust und Irritation.

»Wie geht es dir?«, fragte sie.

Er lachte. Sein Kinn wurde irgendwie weich.

»Gut. Und dir?«

»Doch, auch. Was möchtest du machen?«

Seine Hand legte sich auf ihre, das leichte Kratzen der Nägel.

»Ich weiß nicht. Was meinst du?«

»Wollen wir ein bisschen spazieren gehen? Und über alte Zeiten reden?«

Er zuckte mit den Schultern.

»Spazieren gehen? Nun ja. Warum nicht.«

Sie bezahlten jeder ihr Bier und gingen hinaus. Alle Schaufenster waren für Weihnachten dekoriert, der Schnee fiel nur noch spärlich.

»Und, hast du schon deine Weihnachtsgeschenke gekauft?«, fragte sie.

»Nein.«

Da schob sie ihren Arm unter seinen, als wären sie schon seit langem ein festes Paar, und er ließ das geschehen, es schien ihm zu gefallen.

»Das mit den Weihnachtsgeschenken ist schnell gemacht, es geht ja nur um meine Mutter und mich«, sagte er. »Und ich schenke ihr immer Schokolade. Sie ist ganz verrückt nach Schokolade, nach dieser belgischen Sorte. Die gibt es im Pressbyrån, das ist schnell erledigt.«

»Und du? Was kriegst du von ihr?«

»Ich weiß nicht. Alles Mögliche. Strümpfe, Unterwäsche und so.«

Waltraut fror. Außerdem musste sie mal pinkeln. Sie sagte ihm das.

Sie waren fast am Stureplan. Sie gingen im Kino Rigoletto auf die Toilette, und als sie wieder rauskamen, fuhren drei Feuerwehrwagen mit lauten Sirenen an ihnen vorbei. Waltraut hielt nach ihrem Bruder Ausschau, aber die Männer in den Wagen sahen unter ihren Helmen alle gleich aus. Sie drehte sich Franki zu, um ihm etwas zu sagen, brachte aber kein Wort heraus, denn er stand da und starrte den Feuerwehrwagen hinterher. Seine Lippen waren fest aufeinander gepresst und sein Kinn vorgeschoben, als wollte er gleich hinterherlaufen.

Sie nahmen die U-Bahn nach Hause. Franki war schweigsam. Es tat ihr irgendwie Leid, hatte sie ihn verletzt, war cr immer noch über das mit dem Film sauer? Sie las die Reklameschilder.

Franki saß ihr gegenüber, die kräftigen Schenkel gespreizt.

Sie waren fast die einzigen Fahrgäste im Wagen. Als der Zug den Bahnsteig von Johannelund verließ, beugte er sich zu ihr vor, packte ihren Mantel mit beiden Händen und küsste sie.

»Wollen wir zu dir gehen und nachgucken, wie es den Engeln geht?«, murmelte er. »Hast du Lust? Soll ich mitkommen und nach ihnen sehen?«

Seine großen blauen Augen waren rund, seine Hände lagen warm auf ihren Knien.

»Ja ... Aber willst du das denn wirklich?«

Er nickte ernst.

Als sie auf ihren Flur kamen, riss er ihr den Mantel herunter und trug sie wie einen Sack Kartoffeln. Das tat ihr im Bauch weh, aber sie sagte nichts. Er warf sie aufs Bett und zog ihr den Rock ohne jede Umschweife herunter. Dann zog er sich selbst aus.

»Franki«, flüsterte sie. »Franki, ich muss schon wieder auf die Toilette.«

Er saß kerzengerade auf der Bettkante.

Als sie zurückkam, saß er immer noch da, unbeweglich, und sie hatte ihr Spitzenhöschen an und kroch auf seine Knie, kuschelte sich in seinen Schoß, ließ sich wiegen. Unter sich spürte sie, wie er hart wurde, sie rieb mit ihrem Rücken gegen seine Haut, gegen sein wachsendes Geschlecht und schmiegte sich an seinen Bauch. Da kippte er sie auf den Rücken und zog ihr die restlichen Kleider aus, den Slip, den Pullover, BH, zupfte mit sanften Fingern an ihren Schenkeln.

»Küss mich«, flüsterte sie, und er warf sich auf sie, befeuchtete mit seiner Zunge ihre Augen, saugte an ihrer Haut, dass Zeichen blieben. Sie kam ihm mit ihrer kleinen scharfen Zungenspitze entgegen, und ein donnerndes Geräusch drang aus seiner Brust, Ja, rief er. Ja, dann drückte er ihre Knie auseinander und kam mit einem einzigen Stoß in sie hinein.

Sie blieben zusammen auf dem Bett liegen. Die Engel schwebten über ihnen, die Engel mit gehäkelten Fadenbeinen. Waltraut hatte ihren Kopf in seine tiefe, behaarte Achselhöhle geschmiegt. Sie strich mit den Fingerspitzen um seine Brustwarzen, er stöhnte laut und zufrieden.

»Ich habe mit einer Opernsängerin gebumst«, murmelte er. »Mit so einer, die über Mozart singt.«

»Nicht gerade *über*.«

»Ich habe mit einer Frau gebumst, die singt! Ich habe eine Engeldame gebumst.«

Sie kicherte.

»Das war schon lange her seit dem letzten Mal für dich«, sagte sie leise.

»Viel zu lange.«

»Das habe ich gemerkt.«

»Mmh.«

»Und, ist es schön?«

»Du bist so schön, Engeldamen sind himmlisch schön.«

Für sie war es zu schnell gegangen, er war zu eifrig gewesen, hatte sich keine Zeit gelassen, in ihr auf sie zu warten. Deshalb wünschte sie sich, dass er sich dafür jetzt hinterher ein wenig um sie kümmerte, sie streichelte, es schön für sie machte. Sie nahm seine Hand und legte sie sich zwischen die Beine. Er bewegte vorsichtig die Finger.

»Was für eine kleine Knospe habe ich denn da gefunden«, sagte er etwas scheu.

»Streichle sie«, flüsterte sie.

Er machte es eine Weile, drehte sich dann auf die Seite. Seine Arme waren gewaltig, sie fasste sie an, sehnte sich wieder nach ihm.

»Und du?«, fragte er zur Wand hin. »War es für dich auch lange her?«

»Es geht so.«

»Darf man fragen, wer es war?«

»Einer, der Staffan heißt. Er singt im Chor. Er ist Tenor.«

»Tenor. So eine blöde Halstablette.«

Sie lachte.

»Aber das ist vorbei. Wir sind schon seit einer Weile nicht mehr zusammen.«

»War er gut?«

»Ob er gut gesungen hat, meinst du?«

Franki drehte sich um, lag wieder dicht neben ihr, seine Hand wie ein Deckel auf ihrem Ohr.

»Du weißt, was ich meine!«

»Nein. Er war nicht besonders gut. Wenn ich ehrlich sein soll.«

Der Druck auf dem Ohr nahm zu.

»War ich gut?«

»Ja«, flüsterte sie. »Ja …, aber …«

»Was?«

»Du warst nur ein bisschen zu eifrig.«

Er richtete sich auf, zog sie an sich, drückte sie sich gegen die Brust und sie konnte seinen Herzschlag da drinnen spüren, er war hart und hallte laut.

»Waltraut!«, murmelte er und wiegte sie hin und her. »Waltraut, meine Engeldame!«

»Ja …«

»Alles wird gut werden, richtig gut. Beim nächsten Mal wirst du's sehen. Aber merke dir eins, mein kleiner Fetzen, ich will dich mit keinem anderen teilen. Du gehörst jetzt mir, nur mir, versprich mir das, gehe niemals mit einem anderen.«

# 13

Leif-Axel Antonsson stieg immer sofort aus dem Bett, wenn ihn sein Radiowecker ein paar Minuten nach sechs weckte.

Sofort aufzustehen, das war am besten. Wenn er noch liegen blieb und sich ein paar lächerliche Minuten gönnte, wurde es nur um so schwerer. Dann kamen all die Gedanken hoch, dann malte er sich aus, was alles im Laufe des Tages passieren konnte. Verhöhnungen und Blicke, das Gefühl, nicht dazuzugehören. Meistens gelang es ihm, diese Gedanken von sich fern zu halten, aber manchmal überwältigten sie ihn und machten ihn umso schwächer.

Heute war so ein Morgen. Wäre er sofort aufgestanden, wäre es wahrscheinlich gut gegangen. Aber er tat es nicht. Er blieb liegen. Und während er unter seinem gestreiften Bettbezug lag, dachte er, dass sein ganzes Leben eigentlich ein einziges großes Fiasko war.

Er meldete sich krank. Kroch zurück ins Bett, las die Morgenzeitung und dachte, dass er ruhig ein paar Tage zu Hause bleiben konnte, und das gab ihm ein Gefühl der Erleichterung. Wie herrlich, dass er nicht aufstehen und den anderen unter die Augen treten musste, aber als der zweite Tag vergangen war und es Abend wurde, schlug die Angst erneut ihre Klauen in ihn.

Alles war einfach missglückt, sowohl privat als auch im Beruf war alles schief gegangen. Er sollte nicht den Job machen, den er ausübte.

Auch wenn es nie jemand aussprach, waren alle seine Kollegen dieser Ansicht. Er spürte ihre Gedanken wie eine Mauer aus kalter Verachtung.

Wie war es nur dazu gekommen?

Er lag auf dem Rücken im Bett und betrachtete das Bild, das an der Stirnseite hing. Es zeigte einen Weg, einen hellen, schimmernden Strandweg, der auf eine Klippe hinausführte. Hoch oben rechts war eine Möwe zu erkennen, man bemerkte sie erst, wenn man wirklich nahe herantrat. Er hatte das Bild bei einer Lotterie vor ein paar Jahren gewonnen. Die Losnummer hatte sich auf der Innenseite eines Türchens in einem Adventskalender befunden, den er von ein paar Kindern, die an seiner Tür klingelten, gekauft hatte. Und nach Neujahr standen die Gewinnnummern in der Zeitung, es war eher Zufall, dass er sie sah. Er holte den Kalender heraus, und zu seiner Überraschung stimmte eine der Nummern. Es war die aus dem Türchen Nummer sechzehn. Er hatte den siebten Preis gewonnen.

Alviks Sportverein für Jugendliche war verantwortlich für die Verlosung. Am selben Abend machte er sich zu den Vereinsräumen in der Mössebergsgatan auf und bekam sein Bild, eingepackt in eine Einkaufstüte. Das Bild hatte ihm sofort gefallen. Er hängte es im Schlafzimmer auf, sodass er es von seinem Bett aus angucken konnte.

Er wünschte, er wäre diese Möwe.

Leif-Axel Antonsson war dreiundfünfzig Jahre und seit zehn Jahren geschieden. Er wohnte in einer Wohnung in Abrahamsberg und verkehrte ab und zu mit einer Frau, die er nicht liebte.

Sein Leben, das sucht man sich nicht aus, dachte er. Es wird einem von einem berechnenden göttlichen Wesen zugeteilt, dass einen dann sein Leben lang im Auge behält und sich die Hände reibt, wenn es so kommt wie geplant. Mit anderen Worten: Du hast keine Chance, glaube nur nicht, du könntest dich gegen dein Schicksal auflehnen.

Er hatte es sowieso nicht gemacht, jedenfalls nicht sehr oft. Er hatte sich ein paarmal krank gemeldet, obwohl er keinen richtigen Grund dafür hatte. Und eines Herbsts hatte er ein paar Monate lang Volkswirtschaft an der Universität studiert. Das war ein krampfhafter Versuch gewesen, etwas Neues zu finden, ein Ansatz, sich umzuschulen. Aber er beendete diese Studien nie. Die Studenten waren so jung, das war eine oberflächliche, fremde Welt. Sie sahen ihn nicht, sprachen nur mit ihm, wenn er sie direkt ansprach. Und selbst dann kaum.

Das Telefon klingelte, er musste rangehen, es konnte schließlich jemand von der Arbeit sein. Es konnte aber auch Anna-Katrin sein. Und dann wäre er gezwungen, hart zu bleiben. Er musste ihr erklären, dass er zu arbeiten hatte, dass er an einem Projekt saß, das fertig werden musste, dass er beschlossen hatte, ein paar Tage zu Hause über den Papieren zu verbringen, um seine Ruhe zu haben.

Es war weder Anna-Katrin noch die Arbeit. Es war jemand, der sich verwählt hatte.

Somit war er aber sowieso gezwungen gewesen, aus dem Bett zu steigen. Auch gut, dass er mal hoch kam, der Körper begann zu schmerzen, wenn man zu lange dalag, die Gelenke, ja sogar in den Ohrknorpeln tat es weh. Er ging auf die Toilette und pinkelte. Im Spiegel sah er sein graues, eingefallenes Gesicht. Er war ein kurz gewachsener Mann mit kurzen Armen und Beinen. Aber Anna-Katrin gefiel das, sie mochte seinen Körper. Er konnte nicht begreifen, wieso. Sie sagte, große Männer ekelten sie an, ihre Ärsche, ihre behaarten Bäuche. Ihre Wortwahl machte ihn mehr oder weniger impotent.

Er hatte nicht direkt Hunger, aber Appetit auf irgendetwas, war durstig. Im Kühlschrank stand ein Fünfundsiebziger Explorer. Er goss sich ein Glas ein, ließ ein paar Eiswürfel in den Wodka plumpsen.

Manchmal ging er zum Tanzen. So hatte er auch Anna-Katrin kennen gelernt. Sie war etwas älter als er, aber das merkte man nicht, hübsch war sie, das konnte man nicht anders sagen. Hübsch und solariumbraun. Das kurze blonde Haar war zu einer jugendlichen, frechen Frisur geschnitten. Sie rauchte, ihre Stimme war dunkel und kräftig.

Aber das reichte nicht.

Manchmal dachte er an seine Ehefrau. Vor allem wenn er trank, kam sie ihm in den Sinn und auch noch nach zehn Jahren saß sie wie ein Stachel in ihm. Schon als sie heirateten, ahnte er, dass es nicht einfach sein würde. Er dachte, das würde vorüber gehen, die Dinge würden sich schon zurechtwachsen, wie das normalerweise bei den Leuten der Fall ist. Aber schon damals trank Betty zu viel. Und er war nicht Manns genug, ihr Einhalt zu gebieten.

Die Standuhr im Wohnzimmer schlug mit zitternden, spröden Schlägen sieben. Er saß am Küchentisch mit dem Glas vor sich. Solange er mit Betty verheiratet gewesen war, trank er keinen Tropfen. Er musste zur Stelle sein, falls etwas passierte. Er musste stärker als sie sein, mit kühlem Kopf und bereit.

Aber es gab Augenblicke tiefster Erniedrigung. Damals, als sie die Treppe hinunterfiel, ihre aufgeschrammte, angeschwollene Wange. Sie fuhren nicht gleich zur Notfallaufnahme, sie benahm sich wie ein Tier, sobald er das Wort nur erwähnte. Erst am folgenden Abend ließ sie es zu, da war sie bewusstlos zu Boden gefallen, und er hatte den Verdacht, sie hätte eine Gehirnerschütterung. Er würde niemals den Blick der Ärztin vergessen.

»Aha, Sie behaupten also, sie wäre hingefallen?«

Ein Foto lag noch in einer Schublade, das war alles, was davon übrig war. Er wusste nicht mehr, wo sie sich aufhielt. Einmal war ihm das Gerücht zu Ohren gekommen, sie hätte aufgehört zu saufen und sich einer politischen Frauengruppe angeschlossen. Sie würde ein Buch über ihr Leben schreiben.

Wenn er daran dachte, spürte er die Unruhe in sich, aber die Zeit verging, und er hörte nie wieder etwas von irgendeinem Buch.

Jetzt wurde sein Bauch ruhiger, das war schön, ganz ruhig. Er trank, und das Eis klirrte gegen seine Zähne.

Er nahm einen Stift, die Zeitung mit dem Samstagskreuzworträtsel, widmete sich zuerst dem kleinen Kasten ganz rechts.

Plötzlich sah er sich selbst als den kleinen Jungen, der er einmal gewesen war, sah seine Tränen und spürte seinen Kummer. Wer würde um ihn trauern, wen würde das interessieren.

Er trank von dem Wodka, holte sich noch einen, jetzt ohne Eis, aber mit Wehmut, eine zarte, unbestimmte Angst, die in den Handflächen juckte, die ihm wie ein Rinnsal den Rücken hinunter lief.

Anna-Katrin.

Ob er sie doch anrufen sollte, komm her, kannst du kommen, geht das? Ohne zu fragen, ich brauche dich, und ich will, dass du mit deiner Hand meinen Nacken entlangfährst, ich will, dass du mich an deiner Brust saugen lässt, an deiner trockenen Haut, und hebe mich hoch und zieh mich an dich wie einen müden kleinen Buben. Und dann sollst du meine Augenlider küssen, und dann sollst du zuhören, weil ich dann meinen Mund aufmache.

Und die Worte fallen heraus.

Es klingelte an der Tür. Zuerst hielt er das Geräusch für das Brummen einer Hummel, die hier drinnen herumflog. Müde hob er den Kopf, versuchte zu erkennen, wo sie steckte. Da war es wieder, das Klingeln, und er dachte an die Spione der Krankenkasse. Aber gab es die immer noch? Waren Kontrollbesuche nicht vor vielen Jahren abgeschafft worden? Er wusste es nicht. Er war gezwungen zu öffnen.

Er hatte seinen Bademantel an. Er zog an dem Gürtel, Scheiße, der hatte sich in den Schlaufen verhakt.

Es klingelte noch einmal.

Er öffnete.

Draußen stand ein Mann, ein Mann mit einem Blumenstrauß. Er war lang und groß, sah auf ihn herunter.

»Hallo«, sagte der Mann. »Wie geht es dir?«

Auf ihn hinunter. Und er schwieg.

»Erkennst du mich nicht?«

»Ich weiß nicht …«

»Wir haben uns ein paarmal auf der Wache gesehen.«

»Doch, ich glaube, jetzt fällt es mir wieder ein … Ich konnte dich nur zuerst nicht einordnen.«

»Wir dachten, wir wollten dich ein bisschen aufmuntern. Ich komme mit Grüßen von den Jungs von Östermalm.«

Ach so. Von dort. Er fühlte sich müde, musste sich am Türrahmen abstützen. Laut sagte er:

»Ja, wirklich?«

»Ja. Sie wollen sich außerdem sozusagen bei dir entschuldigen, sie meinen, sie waren etwas nervig, als du da warst.«

Der Flur schwankte und rutschte unter seinen Füßen weg, eine Hitzewelle schoss ihm in die Brust. Trotzdem bekam er es mit, den Sinn der ganzen Worte.

»Ach, das war doch nichts, worüber sich zu reden lohnt.«

»Nun ja. Du kennst den Ton. Rau, aber herzlich. Na, trotzdem.«

Der Mann war jetzt drinnen. Er schloss die Tür hinter sich, er trug Handschuhe aus hellem Leder. Er beugte sich vor und knüpfte seine Schuhe auf.

»Es schneit«, sagte er. »Mal sehen, ob es bis Weihnachten liegen bleibt.«

»Ja.«

Er trat näher an ihn heran.

»Das wäre doch schön, nicht? Eine richtige weiße Weihnacht.«

»Doch, ja.«

»Hör mal, du siehst wirklich nicht gut aus. Wie geht es dir eigentlich?«

Da spürte Leif-Axel Antonsson, wie müde er war, wie der Schwindel vom Boden herangesaust kam, sich in den Beinen ausbreitete und ihn dazu zwang, mühsam und schwankend nach einem Halt zu suchen. Der Mann packte ihn, seine Handschuhe waren weich, sie dufteten gut, nach Leder, und sie führten Leif-Axel ins Schlafzimmer.

»Leg dich lieber eine Weile hin«, sagte er. »Du Armer, du tust mir Leid, aber mach dir keine Sorgen, ich werde das für dich regeln, du wirst schon sehen, du bist ja ganz allein.«

Eigentlich hätte es ihm peinlich sein sollen, ein fremder Mann in seinem Schlafzimmer, eine fremde Person, die ihn in seiner nackten Hinfälligkeit sah. Aber so war es nicht. Er war traurig, und er war berauscht. Es war schön, einfach nur nachzugeben, umsorgt zu werden, nicht denken zu müssen und sich auf die Matratze legen zu lassen, die Beine hochgehoben zu bekommen, und er schloss die Augen und spürte, wie der Schwindel hinter seinen Augenlidern sich weiterdrehte, wie das ganze Zimmer sich drehte, und dann war da etwas mit dem Kissen, wie es ruhig und energisch unter seinem Nacken herausgezogen wurde, wie es geschüttelt und gedreht wurde.

Aber dann nicht wieder an seinen Platz zurückkam.

Sondern sich stattdessen fest auf seine Nase legte, fest und schwer, wie er auch mit den Händen daran riss, zuerst hilflos, dann mit wachsender Panik, wie er an den hellbeigen Handschuhen zerrte, die nach Leder dufteten und fest das Kissen herunterdrückten.

Wie er aber trotzdem schließlich gezwungen war loszulassen. Weil in seiner Lunge keine Luft mehr war.

# 14

Franki stieg am Zentralbahnhof aus. Der Zug nach Ropsten stand bereit, Franki lief über den Bahnsteig um noch mitzukommen, aber da waren zu viele Leute, eine Frau mit einem Kinderwagen versperrte ihm den Weg. Die Zugtüren schlossen sich und der Zug fuhr ab.

»Scheiße!«, schrie er.

Die Frau warf ihm einen Blick zu. Sie hatte große, farblose Augen, sie sah gehässig und hässlich aus.

Er wandte sich ihr zu.

»Ich habe den Zug verpasst. Und Sie sind schuld daran.«

»Beruhigen Sie sich«, sagte sie, und unter der Wagendecke begann es zu zappeln und wimmern.

»Sie standen mit Ihrem blöden Wagen im Weg!«

»Sie haben meine Tochter zum Weinen gebracht!«

»Kinder und Alte haben alle Zeit der Welt. Aber ich, ich habe es eilig. Jetzt muss ich auf den nächsten Zug warten und weiß der Teufel, ob ich es noch rechtzeitig schaffe.«

In dem Moment fuhr der Zug nach Nörby in den Bahnhof ein. Die Frau stieg in den Zug. Franki hätte sie am liebsten zurückgehalten oder wäre mit in den Zug gesprungen und hätte sie zu Tode erschreckt.

Nein. Man musste sich beherrschen.

Er sah sie durch das Wagenfenster, ihren grünen Mantel, und gerade als die Türen sich schlossen, hob sie die Hand und zeigte ihm den Finger.

Er musste sich erst einmal setzen. Sein Hals war trocken und rau, das Herz raste.

Ein Mann ging mit einem Putzwagen herum. Er kam dorthin, wo Franki saß, umkreiste ihn mit den rotierenden Bürsten. Er sah Franki an und lächelte. Sein Lächeln war verächtlich, er hatte die Geste der Frau mitgekriegt.

Franki brauste auf und packte den Mann am Arm.

»Machst du dich lustig über mich?«

Der Mann krümmte sich zusammen, hielt die Arme zum Schutz hoch. Er schüttelte heftig den Kopf. Franki ließ ihn los. Plötzlich war aller Zorn verschwunden. Und sein Zug kam jetzt, der nach Ropsten. Er schubste den Mann zur Seite und stieg ein.

Nach zwei Stationen stieg er am Karlaplan wieder aus. Er überlegte, dass er sich ein Auto anschaffen sollte. Aber das würde noch eine Weile dauern. Waltraut und er. Er würde mit ihr aufs Land fahren, und es würde Sommer sein, und sie würden barfuß durchs feuchte Gras gehen. Er würde sie festhalten und zwischen ihren langen Zehen kitzeln. Sie würde ein weißes, gekräuseltes Baumwollkleid tragen, und er würde wissen, was sich darunter verbarg, und er würde wissen, dass das ihm gehörte. Einzig und allein ihm. Später konnte er sie dann auch abholen, nach den Konzerten, er würde in einem maßgeschneiderten schwarzen Anzug vor der Oper warten, und wenn sie aus dem Künstlerausgang kam, würde sie mit ihren Blumen geradewegs zu dem Auto gehen, weder nach rechts oder links gucken, »Liebling«, würde sie sagen, »mein Geliebter«.

Er bekam bei diesen Gedanken gute Laune, ihm wurde ganz warm und wohlig im Bauch, es prickelte in den Hoden, er bekam eine Erektion.

Im Pressbyrån kaufte er eine Schachtel Kondome, es war nie verkehrt, welche dabeizuhaben. Er ging die Östermalmsgatan entlang, aus der Ferne sah er die blaue Flagge mit dem Emblem, das Bild von St. Erik mit seiner Pagenfrisur und der Krone, Stockholms Schutzpatron gegen Feuersbrünste. Es war jetzt vier Uhr nachmittags. Es schneite. Er näherte sich der Wache und stellte fest, dass alle Wagen drinnen waren, alle drei, der Rettungswagen, der Leiterwagen und der Löschwagen. Er blieb eine Weile stehen und betrachtete sie durch die Fensterscheiben, geputzt und gepflegt, er konnten ihnen anbieten, noch mal drüberzugehen, wenn sie wollten, mit Fensterleder und Wachs zu polieren.

Eine Frau in den Siebzigern näherte sich der Feuerwache. Sie warf ihm einen Hilfe suchenden Blick zu.

»Wie kommt man da rein?«, fragte sie und er konnte hören, dass sie kurz vorm Weinen war.

»Möchten Sie da rein?«

»Ja.«

»Warten Sie, dann helfe ich Ihnen«, sagte er.

Er kannte den Code, das wussten sie nicht, aber er kannte ihn, und jetzt tippte er die vier Ziffern und öffnete die Tür.

Die Frau folgte ihm.

»Es eilt ein wenig«, sagte sie leise.

Er legte den Arm um sie, hob ihr Kinn.

»Aber es brennt doch nicht, gnädige Frau?«

»Nein, brennen tut es nicht gerade.«

»Das regeln wir schon«, sagte er. »Verlassen Sie sich auf mich.«

Jemand ging durch die Wagenhalle. Es war Roffe.

»Du bist hier?«, rief er.

»Ja. Und ich habe eine Dame bei mir, die Hilfe braucht.«

»Dann kommt mal rein.«

Franki ging mit ihr die kleine Treppe hinauf, die zur Küche führte. Da saßen einige der Männer, er begrüßte sie und schob die Frau vor sich her.

»Die Dame hat Probleme«, sagte er und war stolz auf seine Wortwahl.

Tuborg blätterte in der Abendzeitung.

»Was gibt's?«, fragte er abweisend. Sein Gesicht war spitz wie das eines Marders.

Franki zog einen Stuhl heraus und drückte die Alte darauf,

holte einen Becher Kaffee für sie. Schob ihre Hand um den Becher.

»Nun erzählen Sie mal, wir hören Ihnen zu.«

»Wenn Sie zu mir nach Hause kommen könnten und mir helfen … es geht um Nina …«

Als sie den Namen Nina aussprach, versagte ihre Stimme und sie verstummte.

»Nina?«, wiederholte Tuborg schroff.

Die Frau nickte. Franki ließ seine Stimme ganz weich klingen.

»Wer ist Nina?«, fragte er.

»Lasst mich eine ganz gewagte Vermutung anstellen!« Engen war auch in die Küche gekommen. »Lasst mich mal raten, dass Nina eine süße kleine Miezekatze ist.«

Die Frau schaute auf, ihr Gesicht war bleich und voller Falten.

»Ja«, flüsterte sie. »Und Sie haben mir schon einmal geholfen …, aber jetzt ist es wieder das Gleiche.«

Engen lief in der Küche herum, hin und her in gleichmäßigem Takt.

»Liebe gute Frau … Nina ist also wieder auf einen Baum geklettert, stimmt's?«

»Ja.«

»Aber als wir letztes Mal da waren, haben wir sie gar nicht gefunden.«

Ein trüber Zug schob sich über die Augen der Alten.

»Doch«, sagte sie verwirrt. »Natürlich haben Sie das. Sie haben sie gefunden und heruntergeholt, und ich bin Ihnen dafür sehr, sehr, sehr dankbar.«

Tuborg sagte:

»Warum warten Sie nicht, bis Nina von allein runterkommt. Dann lernt sie es ein für alle Mal.«

Die alte Frau stieß einen leisen Schrei aus.

»Oh nein, das kann man doch nicht machen, das müssen Sie doch begreifen, sie traut sich niemals wieder runter, sie wird da oben verhungern.«

Engen unterbrach seine Wanderung über den Küchenfußboden.

»Das wird sie nicht«, sagte er freundlich.

Die Frau ließ ihren Becher los und schob ihn mit einem Ruck von sich. Ein wenig Kaffee spritzte auf den Tisch. Tuborg stand auf.

»Gute Frau«, sagte er gereizt. »Katzen kommen wieder runter, Katzen haben neun Leben! Oder haben Sie schon mal ein Katzenskelett in einer Baumkrone gesehen? Hat das irgendjemand schon gesehen?«

Es blieb Frankis Aufgabe, sie hinauszubringen. Tuborg meinte, er könne ja mit ihr nach Hause gehen, wenn er wolle, und nachsehen, ob da wirklich eine Katze im Baum saß. Aber es war nicht das erste Mal, dass die Frau bei ihnen aufgetaucht war.

Franki hatte einen trockenen Mund. Er fühlte sich in Tuborgs Gegenwart immer unwohl. Er brachte die Alte durch die Wagenhalle hinaus und sie weinte ein wenig, aber er ließ sich davon nicht erweichen und schob sie zur Tür hinaus.

Als er wieder hereinkam, gab es einen kleinen Alarm. Er sah zu, wie sie ausrückten, sich ihre Schutzkleidung überzogen und in den Rettungswagen sprangen. Der fuhr bei einem kleinen Alarm allein raus. Er registrierte, dass Tuborg fuhr. Sein Unwohlsein verschwand.

»Was ist los?«, fragte er Engen, der zurückgeblieben war.

»Ölfleck auf dem Värtavägen.«

»Ach so.«

»Und wie läuft es bei dir?«, fragte Engen.

»So so.« Er dachte an Waltraut, wollte sie aber nicht erwähnen. Stattdessen erwähnte er Almis. Engen stellte seine Tasse hin.

»Ja, bald ist die Beerdigung«, sagte er, und das Angespannte, Steife fiel von ihm ab. Er wurde fast wie früher. Als sie noch Kinder waren.

»Apropos Katzen, erinnerst du dich noch, dass er eine Katze hatte? Wie hieß die noch? Goldie oder so?«

»Gelbia«, sagte Franki. »Die schnappte sich eines Abends einen Vogel. Einen Kanarienvogel, der abgehauen war. Sie hatte lauter gelbe Federn ums Maul.«

»Wessen Piepsvögelein war das denn?«

»Das von Jonsson. Die drüber wohnten.«

»Verdammt, was du alles noch weißt.«

»Klar. Erinnerst du dich noch an Jein?«

»An Jein? Oh Scheiße, und ob.«

Sie war älter gewesen als die Jungs, ein paar Jahre, und sie ging irgendwo anders in die Schule. Ein Minibus holte sie morgens immer ab. Einmal, als ihre Mutter in der Waschküche war, winkte sie ihnen zu, machte Zeichen, sie sollten zu ihr hochkommen. Widerstrebend gingen sie in ihr Zimmer. In der ganzen Wohnung roch es stark nach Parfüm. Jein verschloss die Tür hinter ihnen, und als sie sie öffnen wollten, warf sie den Schlüssel aus dem Fenster. Dann kletterte sie auf den Schreibtisch und hockte sich darauf. Sie trug einen kurzen Faltenrock, aber keine Unterhose.

»Oh Scheiße, was hatte ich da für eine Angst«, sagte Engen. »Sie war so verdammt misstrauisch, die Alte, dachte immer, man wäre hinter ihrer Tochter her.«

»Eine kleine Hure war sie, diese Jein«, sagte Franki.

»Möchte nur wissen, was aus ihr geworden ist.«

»Ist sicher an Aids gestorben.«

»Echt? Glaubst du?«

»Ach, ich weiß nicht.«

Er dachte an Almis. Wer jetzt für ihn kommen würde, wer seine Nummer und seinen Platz übernehmen würde. Auf dem Helm stand vierhundertfünfundachtzig. Er überlegte, ob er etwas in der Richtung sagen sollte, wusste aber nicht, wie er es ganz locker herausbringen könnte. Es war so schwierig, das konnte schnell schief ankommen.

LB kam herein. Er hatte nasse Haare, hatte nach dem Training geduscht. Sie gaben sich die Hände. Franki legte die Pralinenschachtel auf den Tisch.

»Ach, das habe ich ganz vergessen«, sagte er.

»Pralinen! Wieso das denn?«

»Wieso nicht?«

»Ist schon in Ordnung. Zu etwas Süßem sagen wir nie nein.«

»Wir haben gerade über früher geredet«, sagte Franki. »Schließlich kennen wir uns schon unser ganzes Leben lang, Engen und ich.«

»Ja, wirklich?«

»Ja. Und Almis auch, wir haben alle zusammen in Hässelby gewohnt.«

»Almis, ja.«

»Das ist schon eine Schufterei«, sagte Franki. »Die Feuerwehrmannmaloche. Almis ... er war früher immer schweigsam und ängstlich gewesen. Und andauernd krank. Ich glaube, er war allergisch gegen diese blöde Katze, die sie hatten.«

»Daraus ist er rausgewachsen«, sagte LB.

Franki wechselte das Thema.

»Ich kann mal vorbeikommen und eure Wagen waschen«, sagte er.

»Möglich«, sagte LB. »Schon möglich.«

Er trieb sich eine Weile in der Stadt herum, trank in einer Kneipe ein Bier. Er hatte auch Hunger, konnte es sich aber nicht leisten, etwas zu essen, am besten er fuhr nach Hause, da gab es Hackfleisch im Gefrierfach und Hamburger. Waltraut musste heute Abend arbeiten. Sie würden sich hinterher treffen, er wollte sie abholen.

In der Bahn saß ein Mann, der Tuborg ähnlich sah, und er bekam von neuem schlechte Laune.

Diese blöde kleine Ratte, ich sollte ihn gegen die Wand drücken und ihm die Eier zerquetschen.

Zuhause zog er sich Shorts und Trainingshemd an und machte eine Runde mit den Geräten. Als er alles absolviert hatte, war er müde, vollkommen erledigt. Er briet sich das Hackfleisch, mischte es mit Zwiebeln und Kartoffelscheiben.

Aber er aß zu schnell, sodass der Magen anschwoll und wehtat.

Er legte sich aufs Bett und zog die Knie an, ließ die Luft hinten raus. Nach einer Weile ging es ihm besser. Er holte seine Brieftasche und rechnete nach, wie viel er noch hatte, sechzig Kronen und ein paar Münzen. Die Todesanzeige lag da drinnen, er holte sie heraus und las leise:

*And all shall be well and*
*All manner of things shall be well*
*When the tongues of*
*Flame are in-folded*
*Into the crowned knot of fire*
*And the fire and the rose are one*

Er war einmal heruntergefallen, von dem Balkon von Almis' Eltern. Oder war er gesprungen? Genau. Er war gesprungen. Aus dem zweiten Stock. Wie hoch konnte das gewesen sein? Er trat ans Fenster und guckte nach. Es war seine eigene Idee gewesen. Almis wäre nie auf so etwas gekommen. Aber er hatte ihn angestachelt, daran erinnerte Franki sich noch, dieses bleiche, kleine Fuchsgesicht. Spring doch, dann spring doch.

Und schließlich war er gezwungen zu springen. Zuerst stand er auf dem Rand mit dem Handlauf als Sperre vor den Beinen. Er klammerte sich an die Wand. Es war ein Tag mit kaltem, feinem Sprühregen, und keiner außer ihnen war draußen, nur sie. Und er erinnerte sich daran, wie unruhig er gewesen war, denn er hatte gewusst, dass das zu hoch war und dass er es eigentlich nie ernst gemeint hatte, als er das sagte, als er behauptete, er würde von dem Balkon runterspringen.

Almis hatte sich gewunden und gejammert, seine Hände rochen nach Schweiß, ja, es kam ein Gestank nach kalter, gefrorener Angst aus seiner geballten Faust. Sie war feucht, als er sie anfasste, und der Geruch blieb haften, der Geruch nach Angst. Aber wenn da wirklich eine Gefahr gewesen wäre … Wer hätte sich dann gerettet? Wenn die Glutzungen eines Feuers sich bis zu ihnen auf dem Balkon geschlängelt hätten, wenn es nur diesen Ausweg gegeben hätte – zu springen.

Er hob ein Bein über den Handlauf. Er erinnerte sich an Almis' Blick.

Und dann trat er direkt in die Luft.

Er erinnerte sich an die Büsche, wie sie geradezu auf ihn zu sausten und seinen Körper auffingen, wie sie ihn stachen und ihm wehtaten, aber gleichzeitig seinen Fall abfederten. Er lag eine Weile mit geschlossenen Augen da. Das war ein Schweigen, als ob es niemanden auf der Welt mehr gab, niemanden außer ihm, und als er wieder die Augen öffnete, sah er Almis' Haar herunterhängen. Der Idiot stand über ihn gebeugt da und heulte.

Aber Vater, der war stinkwütend. Denn irgendjemand musste wohl was gesehen und dann gepetzt haben. Es gab immer irgendeine Alte irgendwo am Fenster und Vater nahm einen Gürtel und schlug zu, er hatte ab und zu seine Ausbrüche. Das war noch in den starken Tagen. Dann kam langsam die Krankheit und er stand in seinem dunklen Mantel steif in der Tür. Er kam irgendwohin, wo er gepflegt wurde. Franki und seine Mutter besuchten ihn, fuhren mit dem Bus kurvige Straßen entlang und Mutter hatte Ohrringe und eine Brosche aus demselben Material.

Bronze, sagte sie. Wie im Bronzezeitalter.

Im Sommer saß Vater auf einem Stuhl in einem Wintergarten, aber er stand nicht auf, wenn sie ankamen, sie mussten zu ihm gehen und Mutters Bluse rutschte aus dem Bündchen, wenn sie sich über ihn beugte und ihre Lippen auf seinen Hals presste. Er selbst gab Vater die Hand. Dessen Haut war trocken, wie Seide, seine Augen waren hinter dunklen Gläsern versteckt.

Und immer die gleichen Worte:

Wie geht es dir, mir geht es gut.

Und wie ist das Essen, doch, das ist gut.

Und das Personal, ja, das ist in Ordnung.

Aber kannst du denn auch schlafen, doch, das geht gut.

Nach einer Weile schob Vater immer seine Brille auf die Stirn und zeigte seine müden blauen Augen. Aber sie waren irgendwie gar nicht mehr blau, sie waren verblasst, als wären sie gewässert worden, als hätte er die ganze Nacht durchgeweint und sich nur danach gesehnt, nach Hause kommen zu können.

»Und der Junge?«

Aber das war nie eine Frage, die direkt an ihn gerichtet war, sie machte immer den Umweg über die Mutter. Doch, ja, er macht sich, ist tüchtig in der Schule, macht seine Aufgaben und kommt mit.

Dann wandten sie sich ihm zu, die brennenden Pupillen, du weißt wohl, mein Junge, ohne Wissen kommt man nicht weit, und wenn man nicht kämpft, bleibt man im Dreck zurück wie ein kleiner, zusammengepresster Rattenkötel.

Ja, Vater, ich weiß.

Er fragte dann immer die Mutter: Kann ich eine Weile herumlaufen und mich umsehen? Er spürte, dass sie gern allein sein wollten, er hatte ihnen hinterherspioniert und gesehen, wie die Mutter sich auf Vaters Schoß setzte, und das hatte ihn zuerst erschreckt, denn sein Vater war doch so zerbrechlich und wenn sich nun der Stuhl in Bewegung setzte und losrollte, dann würden es alle sehen, die freundlichen Krankenschwestern mit ihren kleinen Häubchen, dass seine Eltern ... seine!

Aber dann ging er davon und dachte nicht mehr an die Eltern, und er schlich sich wie ein Luchs an den Rosenhecken entlang und huschte in einen kühlen Flur. Denn im Sommer war es heiß, und sein Hemd war von Schweiß gestreift. Hier unten gab es keine Krankenzimmer. Er ging auf leisen Sohlen weiter und begegnete niemandem. Später aber. Eine Tür, die aufschlug, eine Frau, die in einem Bett saß. Sie war nackt, sie wusch sich die Brust. Und die Sonne schien auf sie, und er stand im Zimmer und merkte, dass er sich verlaufen hatte.

Sie streckte die Hand nach ihm aus, ihre Brust war feucht und glänzte.

»Nein«, sagte sie. »Das glaube ich ganz und gar nicht. Ich glaube, du bist genau richtig gegangen.«

Da spürte er, wie ein Unwillen in ihm aufstieg, aber jetzt war es zu spät, denn jetzt war er gefangen, und seine Beine wuchsen wie Röhren aus dem Boden.

»Ich habe gerade jemanden gebraucht, der mir den Rücken wäscht«, sagte die Frau, und sie drückte einen ausgefransten Lappen aus und spülte ihn noch einmal. »Komm her, mein Freund, guck nicht so überrascht. Ich bin ein Mensch aus Fleisch und Blut, genau wie du, auch wenn ich bald sterben werde, denn sterben müssen wir ja alle, so will ich trotzdem sauber sein, das ist ja wohl das Wenigste, was man fordern kann. An dem Tag, an dem du es nicht mehr schaffst, sauber zu sein, da bist du am Anfang vom Ende angekommen.«

Und Franki trat zu ihr, und er nahm den weichen Lappen entgegen und schob ihr Haar zur Seite. Es war dicht, braun und im Nacken konnte er eine Reihe klarer Tropfen sehen. Als er mit dem Lappen über den Rücken strich, erschauerte sie und begann zu zittern. Er bekam Angst. Da kam ihre Hand wie eine Geierklaue und hielt ihn fest, dass er aufjammerte.

»Still, Junge, setz dich zu mir ins Bett!« Ihre Lippen waren zerbissen, Blut und Speichel klebten am Kinn.

»Ich muss jetzt gehen.«

»Noch nicht!«

»Doch, bitte. Doch, doch.«

Er kämpfte eine Weile, wurde dann ruhiger.

»Wie heißt du, kleiner Junge?«

»Franki.«

»Das ist ja ein entzückender Name. Bist du etwa ein Sänger?«

»Lassen Sie mich jetzt gehen, bitte, lassen Sie mich gehen.«

Sie war stark, sie zog ihn zu sich ins Bett. Sein Kopf rutschte zwischen ihre Brüste, er hatte plötzlich Schwierigkeiten, Luft zu bekommen.

»Bin ich schön?«, fragte sie, und ihre Augen glühten auf die gleiche Art, wie die Pupillen des Vaters geglüht hatten, das hatte mit der Krankheit zu tun, und er saß nun fest, und sie konnte ihn anstecken, ihn krank machen wie alle anderen hier.

Franki nickte eifrig.

»Ja«, flüsterte er. »Ja, das bist du.«

»Ich heiße Rebecka«, sagte sie und rutschte langsam im Bett tiefer. Er lag auf ihrem Bauch, das war schön.

Ja.

Das war wirklich schön!

Und sie fasste ihn an, und ihre Hand war warm und klein, und er fühlte eine brennende Härte, die aufflammte und weiß wurde.

Als die Tür aufging, war er schon bereit zum Gehen. Die freundliche Stimme der Krankenschwester:

»Frau Larsson, Sie haben Besuch?«

»Ja, von so einem netten kleinen Jungen, man glaubt es kaum. Aber jetzt bin ich müde, jetzt muss er lieber gehen, zurück zu seiner Familie .«

Aber er ging nicht zurück, noch nicht. Der klebrige Fleck auf seiner kurzen Hose, nein, er lief im Haus weiter nach oben, immer weiter nach oben, und dort oben gab es eine Art Dachboden mit Ordnern und verstaubten Tieren. Und die betrachteten ihn mit ihren Stecknadelaugen, tot waren sie, auf Stöckchen aufgespießt, zuerst hatte er Angst bekommen, weil da etwas Scharfes, Beäugendes war, aber dann fasste er ein Fell an, und das war hart.

Er wollte etwas mitnehmen, irgendetwas, ein *Apodemus sylvaticus* oder ein *Sciurus vulgaris,* aber er hatte nichts, worin er es hätte verstecken können. Er setzte sich mit ihnen auf den Boden und drückte auf ihre Krallen, und dort oben war es heiß, denn die Sonne schien direkt aufs Dach, und er lehnte sich an die Wand und schlief ein.

Die Mutter war böse gewesen, daran konnte er sich noch erinnern. Sie zog ihn am Ohr und schlug ihn. Er war davon aufgewacht, dass Stimmen durchs Haus schallten, flatternd kamen sie ihm entgegen, sein eigener Name. Er ging nach unten. Er war verstaubt, ein Bein war ganz rot, das hatte auf dem Boden gelegen, und draußen auf dem Kiesweg traf er seine Mutter.

Da tat sie es, da schlug sie ihn. Er konnte sich nicht erinnern, dass sie es vorher schon jemals gemacht hatte.

»Wo ist Papa?«, fragte er steif.

»Er musste sich hinlegen. Wir hätten schon lange mit dem Bus fahren sollen. Oh Franki, du hast mir eine solche Angst eingejagt.«

Er wollte sie zum Schweigen bringen, wollte, dass sie wieder normal reagierte.

»Ich habe ein Eichhörnchen gefunden«, sagte er. »Das war zahm.«

Sie schlug ihm auf den Kopf, aber diesmal ganz leicht.

»Es saß auf meiner Schulter, es war zahm.«

»Ja, ja.«

Sie mussten bis zum Abend auf den nächsten Bus warten. Sie waren nicht noch einmal beim Vater drinnen, sie hatte dem Pflegepersonal gesagt, sie würde einen guten Freund anrufen.

»Der kommt mit dem Wagen und holt uns ab.«

Das stimmte nicht. Aber es war ihr peinlich, sie hatten schon viel zu viel Umstände gemacht. Franki war hungrig, sagte aber nichts. Spät, sehr spät kamen sie zu Hause an, sie war immer noch wütend und befahl ihm, sich auszuziehen und die Shorts auf den Boden zu werfen.

»Die muss ich kochen«, sagte sie und schnaubte dabei.

Sie zwang ihn, zu baden und zum ersten Mal war es ihm peinlich, als sie die Bürste nahm und anfing, ihn sauber zu schrubben.

»Eichhörnchen«, brummte sie.

Dann warf sie ihm ein Handtuch hin und ging hinaus.

## 15

Der Mann, der gesagt hatte, er wäre ihr Vater, rief noch zweimal an. Einmal war Sara da, und Jessie musste so tun, als habe sich jemand verwählt.

Beim zweiten Mal war sie allein.

Er nahm das sehr genau. Sonst könnte nichts daraus werden. Aus ihrem geplanten Treffen.

Er hatte eine angenehme Stimme, langsam und ein wenig verschnupft.

Als er das zweite Mal anrief, konnten sie etwas länger miteinander reden. Sie fragte ihn, ob er erkältet sei. Er sagte, er habe eine Grippe gehabt. Er wollte eigentlich schon früher anrufen, hatte aber mit Fieber im Bett gelegen und bekam so schnell einen Virus, viel schneller als andere.

»Wieso denn?«, fragte sie.

»Ach, das ist einfach so.«

Sie fragte, wieso sie sicher sein könne, dass er wirklich ihr richtiger Vater war und nicht irgendein Verrückter oder kranker Mensch. Ein Vergewaltiger.

»Das kannst du nicht«, antwortete er mit ernster Stimme. »Mir geht das hier auch gegen den Strich. Doch das hängt nur mit deiner Mutter zusammen, das ist alles so verdammt schief gelaufen.«

Sie war trotzdem auf der Hut, das musste man sein.

Aber schließlich wusste er einiges über sie, und woher sollte er das sonst haben? Und was für ein Interesse sollte er daran haben? Die Stadt war voll mit jungen Mädchen, warum ausgerechnet sie? Wenn es nicht stimmte, was er sagte.

Ein paarmal testete sie ihn.

»Was weißt du über mich, sag mal!«

»Ach, ich weiß viel zu wenig, mein liebes Kind. Und das stört mich ja gerade.

Dass fünfzehn Jahre vergangen sind und dass ich nie ... Aber ich habe dich gesehen, Jessica. Ich bin im Auto an dir vorbeigefahren, du kamst sicher gerade aus der Schule, du gingst mit deiner besten Freundin oder wer das auch war. Da habe ich dich gesehen, wie groß du geworden bist, du wirkst so erwachsen, und ihr Jugendlichen habt heutzutage so schöne Frisuren, so elegant mit Haarknoten und freier Stirn. Genauso soll meine Tochter aussehen.«

»Aha. Und was weißt du noch?«

»Ich weiß, dass Lotta, deine Mutter, heute mit einem Mann zusammenlebt, der Johnny Karlsson heißt und auf einer Feuerwache arbeitet.«

»Auf welcher Feuerwache?«, schnitt sie ihm das Wort ab.

Er zögerte.

»In Vällingby?«

»Nein! Östermalm.«

»Na gut. Also Östermalm. Ich weiß, wie er aussieht, er hat einen Schnurrbart, stimmt's?«

»Er ist fett. Und eklig!«

»Du magst deinen Stiefvater nicht?«

Da umklammerte sie den Hörer und schrie:

»Verdammt, er ist nicht mein Stiefvater!«

Der Mann schwieg eine Weile. Dann sagte er:

»Er macht es sicher, so gut er kann.«

»Und was noch?« Sie jagte ihn weiter. »Was weißt du noch?«

»Du hast zwei jüngere Brüder, ja, Halbbrüder sind das ja wohl. Sie heißen Henrik und Pär. Sie machen Radau, wie alle jüngeren Halbbrüder. Und manchmal möchtest du einfach nur abhauen.«

»Verdammt, was du so alles weißt!«

»Aber kleine Jessica. Wenn man von seinem eigenen Fleisch und Blut ganze fünfzehn Jahre lang abgeschnitten worden ist, dann tut man alles, um etwas zu erfahren.«

»Warum will sie denn nicht, dass wir uns sehen? Ich verstehe das nicht, das kommt mir merkwürdig vor.«

»Ja, das ist es wirklich. Da bin ich ganz deiner Meinung.«

»Aber was für einen Sinn hat das? Du musst ihr doch etwas zu Leide getan haben! Du musst reichlich gemein gewesen sein, ein richtiger Schurke!«

»Ich fürchte, das stimmt.«

»Aha.«

»Du sollst alles mit der Zeit erfahren. Und dann kannst du dir selbst ein Urteil machen. Aber erst möchte ich dich treffen und dich richtig anschauen und sehen, ob du mir eigentlich ähnlich bist, so was ist ja nicht so leicht zu sehen, aber du bist dunkel und Lotta ist blond, oder hast du dir die Haare getönt oder gefärbt ...«

»Nein!«, sagte sie verstimmt. »Die Haare sind von Natur aus so.«

»Ich rufe dich wieder an, Jessica. Aber das wird noch ein wenig dauern. Ich bin immer noch nicht richtig die Grippe los, und ich möchte ganz fit sein, wenn ich mich mit dir treffe, nicht geschwächt oder durch irgendetwas behindert oder gestört.«

Dann fragte er, ob sie mit ihrem Namen zufrieden sei. Er hätte einen anderen Namensvorschlag gehabt. Wenn er denn hätte mitbestimmen dürfen.

»Und welchen?«

»Das sollst du erfahren, wenn wir uns sehen. Dann kann ich auch sehen, ob er zu dir passen würde, zu deinen Augen und deinem Mund.«

Da hätte sie am liebsten gebettelt, ach sag doch, was für ein Name das ist, aber die Zeit verging, und der Rest der Familie würde bald eintrudeln. Sie fragte schnell:

»Kann ich dich nicht anrufen?«

»Doch …«, antwortete er, nahm sein Angebot aber gleich wieder zurück. »Nein, noch nicht, kleine Jessica. Das Risiko wollen wir nicht eingehen.«

## 16

Stefan Almgrens Beerdigung sollte an einem Mittwoch stattfinden. Es war der sechzehnte Dezember, und der Termin war auf zwölf Uhr festgesetzt worden. Irgendwann frühmorgens hatte es aufgehört zu schneien, und als die Nacht sich verzog, stieg der Himmel in rosa und hellblauen Streifen empor. Engen dachte, dass er ganz vergessen hatte, wie es eigentlich war, wenn man nicht erst den Schnee wegschieben musste, um an den Briefkasten zu kommen. Die Dunkelheit und die Kälte plagten ihn in einer Art, wie er es noch nie zuvor erlebt hatte. Er fühlte sich erschöpft, hatte das Gefühl, innerhalb weniger Wochen gealtert zu sein.

Er hatte vor diesem Tag Angst gehabt. Der markierte eine Art Grenze. Denn nach diesem Mittwoch würde nichts mehr in gleicher Art an Stefan Almgren erinnern. Er hätte dann einen weiteren Schritt ins Vergessen getan. Er würde auf einen Namen reduziert werden. Stefan Almgren? Ach ja, das war doch der, der ...

Engen selbst hatte auch nach dem Unglück weiterhin das Präsens benutzt, jedes Mal, wenn er über den Kollegen sprach, Almis macht dies, Almis macht das. Aber immer gab es jemanden, der ihn korrigierte.

»*Machte,* meinst du wohl?«

Als ob er es nicht wüsste. Als ob er nicht verdammt gut wüsste, dass es nicht stimmte, was er sagte. Aber mit dem Präsens war alles weniger endgültig. Er konnte sich selbst belügen und glauben, Almis gäbe es immer noch auf der Wache, er könnte jeden Moment hereinkommen und sich auf eines der Ruhesofas werfen, die Füße auf den Tisch schmeißen und sich eine Kugel Kautabak reinschieben. Etwas sauer auf den Fernsehbildschirm gucken, sich nach der Fernbedienung umschauen. In der Beziehung war er ein wenig egoistisch gewesen, der Almis. Er kümmerte sich nicht darum, ob da schon andere saßen und sich etwas anguckten. Das war oft bei Leuten so, die ohne Geschwister aufgewachsen waren. Die wurden egozentrisch, waren es nicht gewohnt, mit anderen zu teilen.

So würde es den Zwillingen nicht ergehen, dachte Engen. Und bald würden sie sich wohl noch mehr Kinder zulegen. Ein kleines Mädchen. In ein paar Jahren.

Rosa Almgren, Almis' Mutter, hatte sich allein um das ganze Begräbnis gekümmert. Sie hatte Engen angerufen und um einige Ratschläge gebeten, und er war über ihren Unternehmungsgeist verwundert, darüber, dass sie so ruhig war. Er hatte ihr Waltrauts Privatnummer gegeben. Sie wusste, dass Waltraut sang.

»Ich kann mich an deine kleine Schwester erinnern«, sagte sie. »Ich habe mir gedacht, sie könnte doch für Stefan singen.«

Sie hatte auch festgelegt, wo sie alle stehen und welche Aufgaben sie übernehmen sollten. Die Kameraden aus Stefans Gruppe hatte sie um den Sarg platziert und sie bat sie, ihre beste Galauniform anzuziehen. Das war der so genannte Theateranzug, den sie bei offiziellen Anlässen anzogen.

Die Frauen und Freundinnen sollten ihrem Wunsch gemäß zusammen sitzen, in den Bänken rechts, ganz vorn. Sie selbst und ihr Mann wollten während der gesamten Trauerfeier in der Nähe des Sargs sein.

»Weißt du, ich habe das in einem Traum gesehen«, sagte sie und ihre Stimme klang heiser und gepresst, »der heilige St. Angelo kam im Traum zu mir, und er hat mich in einer Weise angeleitet, dass ich jetzt bis ins Detail weiß, wie es aussehen soll.

Engen wusste nicht, was er sagen sollte.

»Also, ihr Männer, die Kameraden aus Stefans Team, ihr sollt einfach um ihn herumstehen, schafft ihr das, seid ihr dazu in der Lage?«

»Wir sollen also einfach nur dastehen?«

»Ja.«

»Ja gut.«

»Ja, ich möchte nämlich, dass er euch spürt, spürt, dass ihr um ihn herum seid, so wie ihr immer um ihn herum wart und seine Kameraden wart.«

Engen dachte an den Pfarrer und an die liturgische Unordnung, die aus der Einmischung der trauernden Mutter entstehen würde. Es schien, als hätte sie seine Gedanken gelesen.

»Mach dir keine Sorgen, Vater Ekholm ist ganz auf unserer Seite«, erklärte sie. »Er unterstützt uns, Gunnar und mich, wir haben das Ganze schon mit ihm durchgesprochen.«

Es sollte keine Kränze oder Blumengebinde geben. Alle Zuwendungen sollten an einen Hilfsfonds für Feuerwehrleute gehen, die bei einem Einsatz zu Schaden oder ums Leben gekommen waren. Der Fond sollte Stefan Almgrens Namen tragen.

Rosa Almgren hatte die Bromma-Kirche aus mehreren Gründen ausgesucht. Zum einen, weil sie klein war. Die Begräbnisgäste würden jede freie Bank besetzen, und das würde ein Gefühl der Vielfalt und starker Nähe erzeugen. Zum anderen aber auch, weil die Kirche so alt war, kurz und gut ein Kulturdenkmal. Das würde einen würdigen Rahmen bilden für die Feier, in der ihr Sohn zu seiner letzten Ruhe geleitet wurde.

Sie empfing alle, die kamen, gab jedem die Hand und führte sie in den Mittelgang. Dort vorn am Altar stand der Sarg. Er war weiß und in künstlerisch geschnittenes und geklebtes Seidenpapier gehüllt. Engen hatte noch nie etwas Ähnliches gesehen. Hinterher erfuhr er, dass Almis' Mutter das selbst gemacht hatte. Sie hatte Tage und Nächte daran gesessen und dieses außergewöhnlich schöne Sargtuch für ihren Sohn angefertigt. In Polen war es bei Frauen vor allem auf dem Lande beliebt, auf diese Art Wandbilder und kleinen Fensterschmuck herzustellen. Aber eine Sarghülle! Engen war klar, dass das etwas ganz Besonderes war.

Mitten auf dem Sargdeckel lag Almis' verrußter Helm mit den Ziffern vier-acht-fünf. Das war das Schlimmste und Engen fühlte die Tränen in seinen Augen brennen, in seiner Stirn pochte es wie von Fieber.

Sie gruppierten sich in Habtachtstellung um den Sarg. Engen schloss die Augen und dachte an Almis, wie dieser da unter dem Deckel lag, die Hände auf der Brust, in dem weißen, gestärkten Stoff. Er hatte eine Narbe am linken Daumen, hatte sich da geschnitten, als er noch ein Junge gewesen war und sie sich eine Angelrute schnitzen wollten. Im Sommer radelten sie immer zum Lövstabad, ganz früh am Morgen, bevor die anderen Leute kamen. Einmal fingen sie da sogar einen kleinen Hecht.

»Verdammt, du hast uns im Stich gelassen«, dachte Engen. »Du hättest gefälligst am Leben bleiben sollen!«

Ihr direkt gegenüber stand Jompa, die Augenlider stärker angeschwollen als sonst, er sah heruntergekommen und ungesund aus. Das krankhafte Licht fiel auf sein Gesicht und ließ ihn unrasiert erscheinen. Neben ihm stand Tuborg, der hatte den Mund gespitzt, seine Lippen waren trocken und weiß, und sein Blick irrte herum. Daneben stand LB, die großen Hände herunterhängend. Und die anderen, die acht aus Almis' Team. Sie standen schweigend da, warteten auf die Eltern, die langsam den Mittelgang heraufkamen. Die Mutter mit geradem Rücken, ihre Augen hellwach, sie zog den Mann wie ein Kind mit sich. Als sie am Sarg angekommen waren, begann die Orgel zu spielen, die ganze Zeit hatten die Glocken geläutet, aber jetzt verstummten sie, jetzt übernahm die Musik, und Engen sah, wie seine Schwester und der Pfarrer vortraten.

Waltraut trug ein schwarzes, bodenlanges Kleid und eine Goldkette um den Hals. Die schwarze Farbe ließ sie bleich aussehen. In einer Hand hielt sie ein Buch, und er merkte, dass sie ein wenig zitterte, auch sie war nervös.

Arme Waltraut, durchfuhr es ihn. Sie hatte nicht die Möglichkeit gehabt abzulehnen.

Denn Almis' Mutter hatte etwas Manisches an sich, etwas, das dazu führte, dass man ihrem Griff nicht entkommen konnte. Das war nicht immer so gewesen. Das musste etwas mit dem Todesfall zu tun haben. Vermutlich war das die einzige Art, wie eine Mutter es schaffen konnte, einen derartigen Druck zu ertragen, der entstand, wenn sie ihr einziges Kind verlor. Mit dem Vater war es etwas anderes, er trauerte eher normal, dachte Engen, schämte sich aber ein wenig wegen dieser Gedanken. Wie dem auch war, er musste die Kraft der alten Frau bewundern.

Während der Pfarrer sprach, versuchte er zuzuhören, aber seine Gedanken glitten davon. Er dachte an Maria. Er hatte sie kurz gesehen, als sie in die Kirche trat, zusammen mit den ehemaligen Schwiegereltern. Jetzt saß sie bei den anderen Frauen. Er überlegte, wie sie sich im Augenblick wohl fühlte. Sie hatte die ganze Zeit nach unten geschaut, an der Rose gefummelt, die sie mitgebracht hatte.

Dann trat Waltraut vor und begann zu singen, ihre Stimme war kräftig und klar, ohne Zittern, und er hob seinen Blick zur Decke. Camilla hatte morgens geweint, sie hatten sich ein wenig gestritten, aber dann war sie zu ihm gekommen und hatte ihn fest an sich gedrückt.

»Wir haben jedenfalls uns«, flüsterte sie. »Wir leben jedenfalls, und wir haben die Jungs. Wir haben so viel, für das wir dankbar sein müssen, Mats, ich liebe dich, aber ich habe Angst.«

Er erwiderte ihre Umarmung.

»Du brauchst keine Angst zu haben.«

»Aber die habe ich. Dass wieder etwas passieren könnte, dass du nächstes Mal an der Reihe bist.«

»Man kann nicht die ganze Zeit mit Angst in den Knochen herumlaufen.«

»Früher hatte ich die auch nicht. Aber jetzt. Nach dem mit Almis.«

»Solche Sachen passieren nicht so oft«, versuchte er sie zu beruhigen. »Das kann dir auch passieren, du kannst in einen Verkehrsunfall verwickelt oder krank werden, niemand kann über sein Schicksal bestimmen.«

»Jedenfalls muss man nicht gerade sein Schicksal herausfordern.«

»Nein. Aber das tue ich ja auch nicht.«

»Kannst du dich nicht weiterbilden, Mats, kannst du nicht versuchen Feuerwehringenieur oder etwas Ähnliches zu werden? Statt deines Jobs jetzt.«

»Nun fang nicht wieder damit an«, sagte er. »Mir gefällt der Job, den ich jetzt habe.«

Er vermochte nicht länger auf den Sarg zu sehen, und auch nicht auf seine Kameraden. Er sah, dass Jompa weinte, dass sein Kinn zitterte und dass die Tränen ihm in den Hemdkragen liefen. Er war gezwungen, den Kopf wegzudrehen und sah da unten zwischen den Bänken die Frauen und die Feuerwehrmänner aus den anderen Gruppen. Er sah auch Franki und ein paar der Chefs aus der Zivilschutzabteilung.

»Almis, du Idiot«, dachte er wieder. Er musste die Wut schüren, sonst würde er zusammenbrechen, in der Mitte zusammenknicken und aufgeben.

Fragmente der Pfarrerworte:

»Ein mutiger Freund und Kamerad …, im Dienste der Allgemeinheit …, zu jung um zu …, aber wir werden immer daran denken …«

Und Waltraut. Noch ein Lied.

Während des Gesangs schwankte Almis' Vater und war kurz vorm Umfallen. Der Pfarrer sah das, eilte hinzu und stellte sich neben ihn. Beugte sich vor und flüsterte ihm etwas zu. Der alte Mann schüttelte den Kopf.

Er hatte sich verändert, seit Engen ihn das letzte Mal gesehen hatte. Ein starker Kerl war er nie gewesen, aber das Alter hatte ihn zusammenschrumpfen lassen. Er war verkrüppelt, der Bereich der Schulterblätter war sozusagen hochgeschoben und bildete fast einen Buckel.

Im Gesicht sah er seinem Sohn ähnlich. Sie hatten die gleichen dicken, geschwungenen Augenbrauen, die ihnen ein leicht trauriges Aussehen verliehen, auch wenn sie fröhlich waren. Jetzt hielt er sich am Sarg fest, das zarte Seidenpapier zerknitterte unter seiner Hand. Die Finger zupften daran, als hätte er sie nicht mehr unter Kontrolle. Die ganze Zeit gab er leise Laute von sich, Laute, die unmöglich zu überhören waren.

Man musste ihnen lauschen, auch wenn man nicht wollte, das verzerrte Geräusch unterdrückter Verzweiflung. Stefan war sein einziges Kind. Er und seine Frau hatten lange warten müssen, bis sie endlich Eltern wurden. Sie waren beide über vierzig, als der Sohn endlich kam.

Als Waltraut zu Ende gesungen hatte, trat die Mutter vor und dankte ihr, ich möchte jetzt reden, sagte sie, ich möchte ein paar Worte sagen. Sie wandte sich den Bankreihen zu.

»Und Sie werden das nicht verstehen, was ich sagen will, denn ich werde es in meiner eigenen Sprache sagen. Aber es handelt von unserem Verlust und unserer Sehnsucht, und ich weiß, dass Sie mit mir fühlen, dass Sie sich mit mir und Stefans Vater zusammenschließen, wenn wir dann gemeinsam das Gebet für den Herrn sprechen.«

Sie trat an die Stirnseite des Sargs, und sie nahm Erde und streute sie auf die Seidenpapierdecke. Und sie sprach laut auf Polnisch, und die ganze Zeit schaute sie auf die Versammlung oder auf die Gruppe von Feuerwehrleuten. Es war, als würde sie ihnen etwas erzählen, die Erinnerung an Stefan, einmal lachte sie, verstummte dann, begann wieder von neuem. Engen wurden die Beine müde, eine Art aufsteigender Schwindel, er hatte an diesem Morgen nichts essen können, und die Jungen waren gedrückt gewesen. Ihre Oma hatte ihnen Bonbontüten gegeben, sie verwöhnt sie zu sehr, sagte Camilla später im Auto, die werden noch schwarze Zahnstummel kriegen, aber was soll man machen, ja, was soll man machen. Und Maria, war sie es, die da unten so laut weinte, komm her zu mir, Maria, jetzt sprach die alte Frau Schwedisch, und sie machte ein paar Schritte auf den Mittelgang zu. Komm her, Maria, und sie ergriff die Hand der jüngeren Frau und zog sie mit sich, Maria, mit gesenktem Kopf.

»Du stehst heute nicht als Witwe hier, aber du trauerst dennoch, denn einmal hast du meinen Sohn geliebt, das weiß ich, und er hat dich geliebt, und wir haben dich geliebt, und das tun wir immer noch, Gunnar und ich. Wir tadeln dich nicht, gehe jetzt hier auf die Knie und küsse das, was ihn umhüllt, was ihn verbirgt, tu das, liebes Kind, wir stützen dich.«

Er stand so nahe, dass er es hörte, Marias dumpfes Schluchzen, wie sie in ihren schwarzen Strümpfen auf die Knie sank, die Hand der Alten grotesk auf dem Rücken, verzeih mir, Stefan, dass es so gekommen ist, und er dachte, dass er das nicht hören wollte, dass sie nicht weiterreden sollte, und das tat sie dann auch nicht, sondern fiel schräg zur Seite, und es war Tuborg, der sie auffing.

Anschließend wurden sie zu Schnittchen und Pflaumenschnaps geladen. Im Gemeindehaus. Maria hatte sich auf einem Sofa etwas erholt, jetzt stand sie wieder aufrecht und trank aus einem kleinen Silberbecher.

Almis' Mutter kam zu Engen und Camilla.

»Das war das Einzige, was schwer zu organisieren war«, sagte sie und deutete auf den Becher in Camillas Hand. »Die Erlaubnis zu bekommen, Slibovitz in einem Lokal wie diesem zu trinken. Aber Vater Ekholm hat uns geholfen. Es geht ja auch mit Wein, mit dem Blut Christi. Warum sollte es dann nicht mit einem Getränk aus Pflaumen gehen? Und man soll sich ja nicht betrinken, nur ein bisschen die Zunge benetzen.«

»Das war ein ungewöhnliches Begräbnis«, sagte Camilla höflich. »Ungewöhnlich aber schön.«

»St. Angelo ist mir im Traum erschienen. Er hat mir gesagt,

wie es ablaufen soll. St. Angelo hat mir die Kraft gegeben, das durchzuführen.«

Sie verstummte und senkte den Kopf.

»Aber nach diesem Tag wird alles viel schwerer werden«, sagte sie leise.

Camilla berührte sie vorsichtig.

»Auf jeden Fall wissen Sie, dass Sie es schön und liebevoll für Ihren Sohn arrangiert haben. Das wird uns allen in Erinnerung bleiben.«

»Ja, so muss ich es wohl sehen. Und ich bin so froh, dass Sie alle gekommen sind. Und Gunnar auch. Er ist nicht so stark, mein Gunnar. Wir werden beide alt.«

Stefans Vater saß mit dem Pfarrer auf dem Sofa am Fenster. Engen überlegte, ob er hingehen und mit ihm sprechen sollte, vielleicht erinnerte er sich daran, wie die Jungen zusammen gespielt hatten, als sie noch klein waren. Aber da kamen Jompa und Lotta. Lottas Gesicht war gerötet, ihre Wimperntusche war verwischt.

»Oh Scheiße«, sagte Jompa. Er hatte ein verzerrtes Gesicht.

»Was ist los?«

»Beerdigungen.«

»Ja.«

»Übrigens, hast du deine Schwester gesehen, sie ist offensichtlich mit Franki zusammen.«

»Was sagst du da?«

»Ich bin auf sie zwischen den Mänteln gestoßen. Sie sahen wirklich verliebt aus.«

»Was zum Teu ...«

Camilla drückte seinen Arm.

»Pass auf, was du sagst, wir sind in einem Haus der Kirche.«

Er holte ein paarmal tief Luft.

»Was haben sie denn gemacht?«

»Ach. Sich geküsst. Das war nicht weiter gefährlich.«

»Ich werde mit ihnen reden!«

»Nein, Engen, lass das!«

Er machte sich mit einem Ruck frei.

»An so einem Ort! Und außerdem: an einem Tag wie heute!«

»Aber sie sind erwachsen, Mats!«, sagte Camilla. »Das ist ihr Leben. Vergiss die Große-Bruder-Rolle und lass Waltraut allein ihre Sachen regeln. Du machst dich sonst nur lächerlich.«

»Hm!«

Jompa sagte:

»Sie singt schön, deine Schwester. Und süß ist sie auch. Ich habe sie lange nicht gesehen. Sie hat sich, wie sagt man, sie hat sich zurechtgewachsen.«

»Sie ist in Ordnung. Aber der Gedanke, dass sie mit Franki zusammen sein soll, der gefällt mir nicht.«

Camilla schaute sich suchend um.

»Wer ist dieser Franki? Du musst ihn mir zeigen.«

»Er ist gerade gegangen«, sagte Jompa. »Da, guck, da draußen geht er.«

»Ach, der ist das? Ihn habe ich schon mal gesehen und überlegt, wer das wohl ist. Er sieht ja aus wie … nun ja, Arnold Schwarzenegger.«

»Er beschäftigt sich mit Bodybuilding«, erklärte Jompa.

»Ja, das ist aber auch das Einzige, was er bilden kann«, sagte Engen. »Ich meine, den Body. Der Rest ist …« Und er machte eine Geste zum Kopf hin.

»Woher weißt du das?«, fragte Lotta.

»Ich kenne ihn. Ich kenne diese Sorte.«

»Vielleicht hast du ja auch nur Vorurteile«, meinte Lotta.

»Ich kenne ihn schon seit unserer Kindheit.«

Die Stimmung war, wie sie nach einer Beerdigung zu sein pflegte. Engen störte das. Der Tote war vergessen und fort. Jetzt hieß es essen und trinken und sich wieder auf die normalen Gesprächsthemen zuzubewegen. Almis' Mutter hatte sich zu dem Pfarrer und ihrem Mann gesetzt. Sie wedelte sich mit einer zusammengefalteten Serviette Luft zu. Ein Stück weiter stand der Putzmann Svempa und unterhielt sich mit LB und seiner Frau. Tuborg kam zu ihrer Gruppe.

»Jaha«, sagte er. »Das war also das.«
»Wie geht es Maria?«, fragte Jompa.
»Sie erholt sich. Für sie war das reichlich anstrengend.«
»Das kann ich mir denken«, murmelte Lotta. »Die Hauptrolle vor allen Leuten spielen zu müssen.«
Camilla sagte:
»Was denkt ihr, wie lange müssen wir bleiben? Ist es unhöflich, wenn man schon geht?«
»Das ist bestimmt bald zu Ende«, sagte Engen.
Er verließ sie und ging hinüber zu Maria. Sie sah so einsam aus, stand ganz allein an der Wand.
»Geht es dir inzwischen besser?«, fragte er.
Sie nickte.
»Alles verschwand plötzlich. Als ich wieder zu mir kam, dachte ich, ich würde in meinem Bett liegen, ich dachte, das alles wäre nur ein Traum.«
»Du hast dir doch nicht wehgetan?«
»Nein.«
»Wusstest du vorher, dass sie dich nach vorn holen würde?«
»Weißt du, bei Stefans Mutter kann man nie wissen. Sie ist so impulsiv.«
»Ach, ja?«
Maria nickte.
»Manchmal konnte das etwas anstrengend sein … ich meine, als wir noch verheiratet waren. Dann hatte ich das Gefühl, als wäre ich mit einer ganzen Familie verheiratet. Sie fordert so viel von einem, und sie macht das auf eine Art, dass man sich ihr nicht entziehen kann. Irgendwie subtil. Deshalb fällt mir jetzt auch kein Beispiel ein.«
»Ah, ja.«
»Sie und Gunnar, die sind wie Tag und Nacht.«
»Dann war Almis also mehr wie sein Vater?«
»Ja.«
»Das wird einsam für die beiden jetzt. Weder Sohn noch Schwiegertochter.«

Sie verzog das Gesicht.

»Ich werde weiter in Kontakt mit ihnen bleiben. Ich mag die beiden, ja, wirklich.«

»Das ist gut.«

»Ja.«

»Ist schon beschlossen worden, wo er beerdigt wird?«

»Ich glaube, hier. Auf dem Bromma-Friedhof.«

»Also mit anderen Worten: Kein Heldengrab?«

»Nein, ich glaube es jedenfalls nicht. Aber hier liegen ja auch so einige Leute, von denen man gehört hat, Nils Ferlin, ihn kennst du doch auch, oder? Das ist schön, Stefan mochte Nils Ferlins Gedichte sehr.«

»Almis? Das wusste ich nicht.«

»Oh doch.«

Und sie rezitierte aus dem Gedächtnis:

*»Nicht einmal einen kleinen grauen Vogel*
*der auf einem grünen Zweig singt*
*gibt's auf der anderen Seite*
*Was ich sehr traurig find.«*

»Die andere Seite«, sagte Engen langsam.

»Da ist er jetzt.«

»Für mich ist das immer noch so verdammt merkwürdig. Ich kriege das einfach nicht auf die Reihe. Das sieht ihm überhaupt nicht ähnlich, einfach so aus dem Leben zu gehen, sich die Maske abzureißen und zu sterben. Sicher, er war ein weicher, empfindsamer Mann. Aber er hat nie gekniffen. Hat nie aufgegeben.«

»Sag das nicht.«

»Nein, du magst das natürlich nicht hören. Das macht deine Bürde ja nur noch schwerer.«

Waltraut gesellte sich zu ihnen. Sie war allein. Engen stellte die beiden Frauen einander vor. Sie begannen vorsichtig miteinander zu sprechen. Er stand dabei und betrachtete seine

Schwester, im Profil zeigte ihr Mund eine nach unten weisende Linie, die ihr einen Ausdruck leichter Resignation gab. Das war ihm noch nie vorher aufgefallen. Und brachte ihn aus dem Konzept. Denn eigentlich hatte er sie beiseite nehmen und fragen wollen, was sie da eigentlich machte, dass man sie gesehen hatte, wie sie zwischen den Mänteln mit einem Kerl herumknutschte, ob sich denn so etwas bei einer Beerdigung gehörte? Jetzt, als er sie ansah, erschien sie ihm plötzlich so zart und verletzlich. Er wollte sie lieber behüten, vor allen Übeln in Schutz nehmen. Er redete sich ein, dass diese Sache mit Franki sicher nur eine kleine Episode war. Aber Franki, den hätte er am liebsten verprügelt.

Johnny und Lotta verließen mit als Erste das Gemeindehaus. Sie fuhren geradewegs nach Hause. Johnny zog dort gleich seine ausgebeulte Trainingshose und einen Pullover an.

»Diesen Anzug will ich nie wieder tragen«, sagte er, während er den Beerdigungsanzug aufhängte.

Lotta stand halb nackt da und suchte nach etwas im Kleiderschrank. Er verspürte eine überraschende Lust, als er ihren breiten, nackten Rücken sah.

»Komm«, flüsterte er.

»Du bist nicht recht gescheit! Wir sind gerade von einer Beerdigung nach Hause gekommen.«

»Und – spielt das eine Rolle?«

Sie zuckte mit den Schultern.

Johnny machte die Tür zu und schloss sie ab.

»Sonst kommen noch die Kinder«, flüsterte er.

Sie war angespannt und nicht bei der Sache, es würde eine Weile dauern, sie umzustimmen. Aber sie protestierte nicht, als er sie zum Doppelbett führte und ihr vorsichtig half, sich auf den Rücken zu legen. Sie war immer noch schön, auch wenn die drei Schwangerschaften ihren Körper verändert hatten. Sie beklagte sich oft darüber, dass sie zu dick war. Aber er erwiderte, dass die Extrakilos ihr nur standen. Dass es auf diese Art einfach mehr von ihr gab, mehr für ihn zu lieben. Das stimmte zwar nicht so ganz, klang aber schön. Irgendwie edel.

Er knöpfte ihr den BH auf, und ihre üppige Brust fiel heraus, er überschwemmte sie mit Küssen und legte sich wie ein Säugling daran. Ihr Bauch war rundlich glänzend, er streichelte ihn mit den Fingerspitzen und dachte an die Leben, die in der weichen Höhle herangewachsen waren.

Langsam begann sie ihm zu folgen, erwachte. Ihre Nägel spielten mit seinen Hoden, diese ihn scharf durchfahrende Lust, er presste seinen Unterleib gegen sie, wollte aber das Eindringen selbst noch eine Weile hinauszögernd. Auf den Orgasmus zu warten und ihn sich vorzustellen war, als würde man ihn mehrere Male erleben. Ihre Lippen waren an seiner Wange.

»Ist das in Ordnung, Johnny, ist das wirklich in Ordnung?«

»Was meinst du?«

»Schänden wir nicht Stefans Erinnerung?«

»Nun entspann dich mal ein bisschen, Lotta.«

»Wie würdest du das finden ..., wenn du es wärst, der ...«

»Ich würde mich freuen, Lotta, ich würde mich freuen, weil das Leben trotzdem weitergeht und dass die Liebe und die Lust so stark sind, dass nicht einmal der Tod sie auslöschen können.«

Sie errötete, ihre Wangen und ihr Mund waren glühend heiß.

»Dann liebe mich«, flüsterte sie. »Wir tun es ihm zuliebe. Lass es uns machen, Johnny, komm!«

Und er machte es, und ihre Schenkel waren massiv und schwer, sie packten ihn und hielten ihn fest, und sein Glied glitt in die enge Dunkelheit und er dachte, dass jetzt die Kinder kommen und die ganze Bude auseinander nehmen könnten ... denn jetzt kommt es mir, jetzt ...

## 17

Leif-Axel Antonsson wurde tot in seiner Wohnung aufgefunden, auf dem Rücken im Bett liegend. Die Hände friedlich gefaltet, auf dem Nachttisch lag ein Abschiedsbrief.

Engen erfuhr das am Tag nach der Beerdigung, sie hatten Nachtschicht, und als er gegen fünf Uhr nachmittags auf der Wache ankam, erzählten sie es ihm in der Küche.

Eine Schale mit Weihnachtskuchen stand auf dem Tisch. Die Frau von irgendeinem hatte gebacken. Er goss sich Kaffee ein und biss in einen Kuchen, kaute etwas, ohne zu schmecken.

Myran kam durch die Tür herein. Er hatte die letzte Schicht gehabt, sollte aber auch noch nachts arbeiten.

»Hast du das von Antonsson gehört?«, fragte er. »Armer Teufel. Er war wohl ein paar Tage zu Hause, krankgeschrieben. Dann hat er nicht geantwortet, als ihn welche angerufen haben, und so sind ein paar hingefahren. Er hat nicht geöffnet, da haben sie den Hausmeister geholt.«

Engen hörte schweigend zu.

»Ja, und so sind sie dann reingekommen. Und da lag er einfach da. Im Bett, hübsch ordentlich. Zuerst haben sie geglaubt, er hätte sich das Leben genommen, denn es lag da ja ein Brief auf dem Nachttisch, irgend so ein Abschiedsbrief. Aber nun scheint immer mehr dafür zu sprechen, dass er ermordet worden ist.«

»Was – ermordet?« Engen legte den Kuchen hin.

»Nun ja, ich weiß auch nicht viel mehr als du.«

»Ist er erschossen worden?«

»Nein, wahrscheinlich erstickt worden.«

»Und dieser Brief? Wie passt der denn ins Bild? Hat sein Mörder ihn gezwungen, den zu schreiben, bevor er … oder hat der Mörder ihn selbst geschrieben?«

»Das werden sie schon herausfinden. Sie werden ihn auch obduzieren. Dann werden wir mehr erfahren.«

»Scheiße, das geht jetzt aber wirklich zu weit«, brummte Engen. Er trug seine Tasse zur Geschirrspülmaschine und warf den angebissenen Kuchen weg. Ging hoch in die Ruheräume und zog sich um. Zwar war niemand wirklich begeistert von Antonsson gewesen, aber das ihn jemand umbrachte! Nein, das klang wie ein Ammenmärchen.

Als er wieder herauskam, war Svempa dabei, den Boden des langen, dunklen Flurs trocken zu wischen. Ihre Zimmer putzten die Feuerwehrmänner selbst, normalerweise wurden die Sonntage dazu verwandt, aufzuräumen und sauber zu machen. Svempa grüßte schweigend, seine Augen waren klein und gerötet. Er litt an irgend so einer chronischen Augenkrankheit.

»Wie steht's?«, fragte er.

Engen lehnte sich an die Wand. »Nun ja! Was soll man sagen?«

»Harte Tage«, murmelte Svempa. »Aber wir müssen sehen, dass es weitergeht.«

Engen wurde klar, dass er nicht besonders viel über Svempas Privatleben wusste. Obwohl er doch schon so lange hier sauber machte. War er verheiratet? Hatte er Kinder?

»Du bist spät dran heute, oder?«, fragte er. »Bist du nicht sonst um diese Uhrzeit immer schon fertig?«

Der andere nickte.

»Doch, stimmt. Aber ich fühle mich nicht. Bin so müde, kriege irgendwie nicht den richtigen Schwung heute.«

Ein Impuls überkam Engen, am liebsten hätte er ihn in den Arm genommen, aber diese Art von Sympathiebeweisen war nicht seine Sache. Camilla war so eine, die nach links und rechts Küsschen austeilte, aber schließlich war sie ja auch eine Frau, für sie war es einfacher. Das meiste war für die Frauen einfacher.

»Hast du nicht bald Urlaub?«, fragte er.

»Den habe ich schon im Sommer genommen. Aber es stimmt schon, ein paar Tage um Weihnachten herum kann ich noch rausschlagen.«

»Das ist doch schön. Wirst du Weihnachten daheim feiern?«

»Was man so feiern nennt.«

»Wo wohnst du eigentlich?«

»Früher habe ich in Enskede gewohnt, in einem Einzelhaus. Jetzt wohne ich in einer 2-Zimmer-Wohnung in Fittja. Du begreifst wohl.«

»Okay.«

»Nun ja, es ist, wie es ist, ich will mich nicht beklagen. Aber der Herbst ist eine verdammt anstrengende Zeit, findest du nicht auch? Ich habe jedenfalls Probleme mit den letzten Monaten des Jahres. Da legt sich immer so eine Schwere über einen, diese Dunkelheit.«

»Ja, nur gut, das sich das bald ändert. Ist nicht demnächst irgendwie Wintersonnenwende?«

»Ich weiß nicht. Denke aber schon.«

Svempa tauchte den Schrubber ins Wasser und machte sich wieder über den Boden her. Engen ging zur Treppe. Er kam an Almis' Zimmer vorbei, dessen Name stand immer noch dran, er überlegte, wie lange er wohl noch dort kleben würde und wer die Ehre haben würde, ihn abzuziehen. Plötzlich hob er den Fuß und trat direkt gegen die Wand, so hart, dass der Birkenstockschuh abfiel und ein gutes Stück hinter ihm zu Boden fiel. Es tat höllisch weh in den Zehen. Svempa starrte ihn an, während er den Schuh aufhob. Seine Lippen verzogen sich zu einem schmalen, nervösen Lächeln.

In der Oper wurde Feueralarm ausgelöst. Das war nicht das erste Mal. Erst in der vergangenen Woche waren sie dort gewesen, genau aus dem gleichen Grund. Ein Ventilator im Foyer war heiß gelaufen. Die Leute von der Oper hatten versprochen, ihn auszutauschen, aber offensichtlich war das nicht geschehen.

Sie fuhren zur Wache zurück. Jompa zog sich die Dienstkleidung und die Stiefel aus. Er legte den Helm aufs Regal. Auf der Schiefertafel stand eine Mitteilung, er sollte zu Hause anrufen.

Was ist denn nun schon wieder, dachte er müde.

Er hatte wieder einen kleinen Zusammenstoß mit Jessie gehabt. Sie hatte im Badezimmer geraucht. Als er ihr das vorhielt, fauchte sie etwas in seine Richtung, dass man es sonst da drinnen nicht aushalten könne. Zumindest nicht, wenn er vorher drin gewesen sei.

Ein Gedanke durchfuhr ihn: Wie es wohl wäre, allein zu leben. Mit zufälligen Damenbekanntschaften. Es sollte nicht so schwer sein, das zu kriegen, was man brauchte. Ein Feuerwehrmann hatte reichlich Chancen. In vollem Ernst hatte die Wache diskutiert, ob sie nicht einen eigenen Feuerwehrmännerkalender machen sollten. Aber die meisten hatten dagegen gestimmt.

Jompa stellte sich in die Telefonkabine. Natürlich war zu Hause besetzt. Scheiße, jetzt müsste er auch noch warten. Er zog sich Shorts an, um eine Runde an den Trainingsgeräten zu absolvieren, schaffte das aber nicht, bevor der nächste Alarm kam. Ein Mann war beim Mynttorget ins Wasser gefallen.

Als sie ankamen, stellte sich heraus, dass der Mann es bereits geschafft hatte, sich auf eine Betonmauer im Kanal hochzuziehen. Durchnässt und unter Schock klammerte er sich dort fest. Evert und Jack, der üblicherweise Jacket genannt wurde, hatten den Hundertneunundzwanziger geholt, das Feuerwehrboot. Evert fuhr es. Schon aus weiter Entfernung sahen sie die vielen Zuschauer, die in neugierigen Trauben überm Wasser hingen. Sie beugten sich über den Kanalrand, ihre Gesichter leuchteten wie helle Flecken.

Jompa konnte sich immer wieder über diese Hyänenmentalität der Menschen aufregen. Er hatte genug gesehen, um Widerwillen und Verachtung gegenüber dieser Art von Neugier zu empfinden, die auf dem Unglück anderer basierte. Er dachte dann daran, was sein Vater einmal erzählt hatte, sein Vater, der auch Feuerwehrmann gewesen war. Auf dessen Wache hatte es einen Gruppenleiter gegeben, der bei einer Gelegenheit die Neugierigen dazu gebracht hatte, ihre Beine in die Hand zu nehmen. Er hatte ihnen eine Lektion erteilt. Sie waren zu einem Zugunglück gerufen worden, mehrere Waggons waren entgleist und umgekippt, viele Schwerverletzte und Tote. Unzählige Neugierige drängten heran und erschwerten den Rettungskräften die Arbeit. Plötzlich drehte der Gruppenleiter durch. Er kam aus den Resten eines Waggons herausgeklettert, in den Händen trug er einen Frauenkopf. Langsam erhob er sich und hielt den zerdrückten Kopf den nächsten Zuschauern hin.

»Bitte schön, Herrschaften, schauen Sie. Kommen Sie doch näher, und fassen Sie ihn an!«, rief er.

Und die Leute verschwanden in Windeseile.

Jompas Vater erzählte das ab und zu, und er sah dabei ganz stolz aus, als wäre er selbst es gewesen, der da so reagiert hatte.

Hier gab es keinen Kopf zu zeigen. Das Einzige, was es gab, war ein Rettungseinsatz, und den sollten sie durchführen. Evert, Jacket und er selbst. Eine beißende Kälte stieg von dem eisigen Wasser auf. Sie schob sich unter die Kleidung und ließ sie bis ins Knochenmark frieren. Vorsichtig steuerten sie auf den Mann zu. Sie konnten jetzt sehen, dass er in den Fünfzigern war und dass er stark aus einer Wunde oberhalb des einen Ohrs blutete. In der Ferne hörten sie die Sirene eines Krankenwagens.

»Wie geht's?«, rief Jompa.

Der Mann gab keine Antwort. Evert hielt das Boot an den Rand gedrückt, und Jompa kletterte hinaus. Auf dem Rand lag eine dünne, wie hingegossene Eisschicht. Fast rutschte er aus. Es gab keine Möglichkeit, sich richtig festzuhalten.

Der Mann drückte sich gegen die Wand. Er sah nicht verängstigt aus, eher abgestumpft oder wie unter Drogen.

»Das ist kein guter Platz hier«, sagte Jompa.

Der Mann reagierte nicht.

»Kommen Sie, wir holen Sie hier weg. Wie auch immer Sie hierher gekommen sein mögen.«

Da öffnete der durchnässte Mann seinen Mund.

»Nein«, sagte er, und seine Kiefer klapperten vor Kälte.

»Was heißt hier nein. Sie können doch nicht hier stehen bleiben, das müssen Sie doch auch einsehen. Dann erfrieren Sie. Und außerdem haben Sie da eine Wunde, die muss sich ein Arzt mal ansehen.«

Und er streckte seine Hand aus, musste sich aber gleich ducken, weil ein Arm des Mannes hochfuhr und zu einem Schlag ausholte.

»Lasst mich in Ruhe!«, sagte der Mann.

Jompa kletterte wieder ins Boot.

»Der ist nicht so einfach mitzukriegen«, sagte er betreten.

Evert schlug vor: »Lassen wir den Idioten doch da stehen.«

Da hörten sie Stimmen von oben, die Volksmenge rief etwas, alle zeigten auf den gleichen Punkt unten im Wasser.

»Was soll das denn?« fragte Jacket.

»Da ist was.«

Sie beugten sich über die Reling und entdeckten alle drei gleichzeitig, was da unten war. Ein Hund. Ein kleiner weißer Kopf schaukelte dicht neben dem Boot, mit Augen, glänzend vor Angst. Er würde es nicht mehr lange in dem null Grad kalten Wasser aushalten. Der Mann bewegte sich, ein Ton drang aus seinem Mund.

»Fahr vorsichtig etwas näher heran, dann schnappe ich ihn mir«, sagte Jompa.

»Und der Scherzkeks?«

»Den holen wir hinterher.«

Das Boot näherte sich dem Hund. Es ging darum, ihn nicht noch weiter zu verängstigen, damit er nicht vor Schreck noch einen Herzinfarkt bekommen und versinken würde. Seine Augen waren weit aufgerissen, die Ohren hingen herunter. Jompa beugte sich hinaus. Nach ein paar missglückten Versuchen bekam er endlich den Hunderücken fest zu fassen und konnte das Tier ins Boot ziehen. Er fühlte das zarte Skelett. Das Tier fiel zusammen, als wäre es tot.

Sie hörten ein Geräusch vom Betonrand. Der Mann stand da und fragte:

»Lebt er?«, rief er mit brüchiger Stimme.

»Scheint so.«

Jompa streifte das Wasser von dem unterkühlten Hundekörper ab und hüllte ihn in eine Decke. Er reichte Jacket den Hund und machte dem Mann ein Zeichen mit dem Daumen nach oben.

»Ist das Ihr Hund?«, rief er.

Der Mann schien sich zu entspannen. Er schwankte ein wenig, als wäre er kurz vorm Umkippen. Er bewegte seine bleichen Lippen.

»Ja«, erklang es tonlos.

Wieder manövrierten sie das Boot an den Rand. Der Mann ging in die Hocke und machte einen steifen, plumpen Satz hinunter auf die Sitzbank. Er fiel hin, kam aber gleich wieder auf die Knie. Er nahm den Hund in die Arme und schloss die Augen. Jompa legte ihm eine Decke um.

»Ihr schafft es, alle beide«, sagte er freundlich.

Der Mann nickte.

Ein Applaus erklang über die schwarze Wasseroberfläche.

Sie kehrten zur Wache zurück. Es war jetzt schon fast zehn Uhr. Jompa spürte, dass er hungrig war, dabei fiel ihm ein, dass er sein Essenspaket zu Hause im Kühlschrank vergessen hatte. Nur wegen Jessie. Er war so wütend gewesen, als er wegging. Also war er gezwungen, sich an Butterbrote zu halten.

Sobald er angekommen war, klingelte das Telefon für ihn. Es war Lotta.

»Ich habe es schon hundertmal versucht«, sagte sie.

Sofort geriet er in Verteidigungsposition.

»Ich habe auch versucht, dich anzurufen. Aber das ist ja ein ewiges Gequatsche in dieser Familie, deshalb kommt man nie durch. Außerdem bin ich hier auf der Wache. Ich bin im Dienst, Lotta. Ich arbeite!«

»Ich weiß«, erwiderte sie spitz. »Deshalb rufe ich ja an. Sonst müsste ich das nicht. Oder? Sonst könnte ich es dir ja direkt sagen.«

»Nun komm schon zur Sache«, sagte er gereizt. »Ich bin durchgefroren und müde, ich habe gerade einen Mann und einen Köter aus dem Strömmen gezogen.«

»Es geht um Jessica.«

»Was ist denn nun wieder mit ihr?«

»Sie ist nicht zu Hause.«

»Und was erwartest du nun bitte genau von mir?«

»Du brauchst gar nicht so zu reden! Ich habe Angst, Johnny. Ich mache mir Sorgen, dass ihr etwas passiert sein könnte.«

»Sie kommt schon wieder zurück. Bleib ganz ruhig, sie wird schon wieder auftauchen, das kann ich dir fest versprechen.«

»Glaubst du, dass ...«

»Aber das weißt du doch selbst. Mädchen in dem Alter.«

»Ach Johnny. Was soll ich tun?«

»Abwarten«, sagte er. »Oder geh raus und suche nach ihr. Tu, was für dich das Beste ist.«

Müdigkeit breitete sich in seinem Körper aus. Er sehnte sich nach einem Bett. Er hoffte inständig, dass das eine Nacht ohne weiteren Alarm sein würde. Aber die Aussichten dafür waren nicht besonders gut. Vor allem nicht in einer Nacht im Weihnachtsmonat Dezember.

Kurz nach zwei gab es einen großen Alarm, Feuer im Klaratunnel. Jompa war kurz davor, sich vor Müdigkeit zu übergeben. Obwohl es Nacht war und mitten in der Woche, waren die Straßen voller Leute. Sie flanierten in Grüppchen oder standen am Straßenrand und warteten auf ein Taxi, das waren die so genannten In-Leute, die nachts auflebten, wenn die normalen werktätigen Menschen daheim im Bett lagen und schliefen. Sie trippelten in engen Schuhen herum und wandten sich mit den Händen auf den Ohren ab, wenn die Feuerwehrwagen mit eingeschalteten Sirenen an ihnen vorbeifuhren. Jompa bekam nicht übel Lust, sie einfach umzunieten. Seine Wut wuchs, geht doch nach Hause und legt euch ins Bett, verdammt noch mal!

Plötzlich fiel ihm Jessica ein. Er hatte nichts mehr von Lotta gehört und nahm deshalb an, dass das Mädchen schließlich doch nach Hause gekommen war. Eigentümlicherweise war es ihm gleichgültig.

Das Feuer im Tunnel war bereits gelöscht, als sie ankamen. Ein Papierhaufen hatte gebrannt.

Sie fuhren zurück zur Wache. Jompa ging in die Küche und schnitt sich ein paar Scheiben Brot ab. Er war immer noch hungrig. Eine Weile blieb er dort sitzen und blätterte in einer Abendzeitung, überlegte, ob er daheim anrufen sollte, ging aber davon aus, dass sie um diese Uhrzeit schliefen und nur bissig reagieren würden.

Es würde noch weitere Alarme geben, dessen war er sich sicher. Glühende Herdplatten zum Beispiel. Die Leute kamen nach Hause und stellten was aufs Feuer, der Hunger nach dem Alkohol setzte ein. Dann legten sie sich aufs Sofa und glotzten MTV, wobei sie einschliefen.

Ganz richtig. Der nächste Alarm kam genau, als er sich hingelegt hatte. Es war diesmal ein kleiner Alarm, aber keine Wohnung, sondern die Beseitigung von Blut vor einem Restaurant in der Malmskillnadsgatan. Auf der Hinfahrt erfuhren sie, dass das Blut HIV-infiziert war. Es stammte von einem Junkie, der ein Fenster des Restaurants eingetreten hatte. Zum Glück hatte man gerade geschlossen. Gäste waren nicht zu Schaden gekommen, aber der Bürgersteig war braun vom Blut und dem Schneematsch, in dem die Leute herumgetrampelt waren.

Evert parkte, und Jompa sprang auf die Straße und ging hinter den Wagen. In dem Moment hatte er das Gefühl, der Feuerschutz ganz Stockholms läge ganz allein auf seinen Schultern. Während er den Schlauch abwickelte, wechselte er ein paar Worte mit den Polizisten, die schon den Glasnotdienst alarmiert hatten. Er kannte sie, sie trafen sich häufiger des Nachts. Eine

Frau war dabei, Anki. Sie hatte blonde Haare, die sie zu einem Zopf geflochten auf dem Rücken trug. Er überlegte, wie sie wohl im Kleid aussah.

Er regulierte den Wasserdruck und begann zu spülen. Zwei Mädchen im Minirock und viel zu dünnen Strümpfen sprangen auf den anderen Bürgersteig. Die Sohlen ihrer Stiefel waren mindestens zehn Zentimeter hoch.

»Kindsköpfe«, dachte er wütend. »Geht lieber nach Hause in euer Bett.«

Mit dem Wasserstrahl trieb er Blut und Schnee zusammen, zerkleinerte es dann und ließ es verschwinden. Er überlegte, ob es wohl immer noch ein Ansteckungsrisiko gab. Wie lange überlebte der Virus außerhalb des menschlichen Körpers? Er wusste es nicht, er musste versuchen, das mal herauszukriegen. Er war fast fertig, als er seinen Namen rufen hörte. Ein großer Kerl im Sakko schaute ihm zu.

»N'Abend auch! Ist das die richtige Zeit, um die Straße sauber zu machen?«

Es war Franki. Er war nicht ganz nüchtern.

»Ach, du bist das.«

»Soll ich dir helfen?«

»Ich komme schon klar.«

»Ansonsten mache ich es gern ... du weißt.«

»Ist schon in Ordnung, Franki. Aber geh lieber ein Stück zur Seite, sonst kriegst du HIV-infiziertes Blut an die Schuhe.«

»Oh Scheiße!«

Der kräftige Mann sprang zur Seite.

Jompa spülte fertig, rollte anschließend den Schlauch wieder auf. Franki stand neben ihm, beobachtete jede seiner Handbewegungen.

»Dann bist du also unterwegs und machst die Stadt unsicher?«, fragte Jompa.

»Ich habe nur ein Bier getrunken.«

»Allein?«

Franki sank ein wenig in sich zusammen.

»Ja«, sagte er.

Evert schaute heraus.

»Bist du fertig?«

»Ich bin fertig.«

Franki fasste ihn am Arm.

»Du, kann ich nicht mit nach Östermalm fahren?«

»Mitfahren?«

»Ja.«

»Willst du dorthin?«

»Ja. Ich habe da einen Kumpel, der hat eine Wohnung da. In der Artillerigatan. Das ist ja gleich bei euch um die Ecke.«

»Na gut. Dann spring rein.«

Als sie alle im Wagen saßen, konnten sie den Alkohol riechen. Franki lehnte seinen Kopf zurück, seine große Pranke umklammerte die Stange. Evert ging vorsichtig in die Kurven. Es hatte wieder angefangen zu schneien.

»Erinnerst du dich an deinen Vater, Jompa?«, fragte Franki nach einer Weile.

»Natürlich erinnere ich mich an meinen Vater.«

»Was macht er jetzt, er arbeitet doch sicher nicht mehr?«

»Er ist in Pension. Baut kleine Feuerwehrautos aus Balsaholz. Übrigens ist er verdammt gut darin.«

Franki öffnete die Augen.

»Kleine Feuerwehrautos aus Balsaholz«, wiederholte er.

Sein Jackettärmel rutschte ein wenig hoch. Die Haut an seinem Arm kam zum Vorschein. Sie war zerkratzt. Jompa fasste ihn an.

»Was hast du denn gemacht? Warst du bei einem Frauenzimmer oder was?«

Franki riss seinen Arm los. Er starrte Jompa aus schmalen Augen an.

»Das geht dich einen Scheißdreck an!«, erwiderte er.

# 18

Er würde sie reinlegen. Das konnte er. Der Triumph erfüllte ihn, ha, Jompa und seine Intuition.

Frauenzimmer.

Verdammter Idiot.

Sie ließen ihn vor der Feuerwache raus, er blieb dort stehen und sah, wie sie den Hundertdreiundzwanziger rückwärts reinmanövrierten, hoffte fast, sie würden irgendwo anstoßen und den roten Lack des Rettungswagens zerkratzen. Es wäre schade um die Karre, das schon, aber ihnen würde es nur recht geschehen. Sie brauchten gar nicht so arrogant zu tun.

Dann glitt die Schiebetür wieder zu, und kurz darauf erlosch das Licht.

Franki wartete. Er machte eine Runde durch die Straßen, pinkelte hinter die Büsche an der Militärhochschule, wartete ab. Der Rausch ließ langsam nach und wurde von einem nagenden, herrischen Hunger ersetzt. Er dachte an das Brot, das es immer in der Küche der Feuerwache gab, an die Tüten mit Brotlaiben und Brötchen. Er war ein paarmal eingeladen worden.

Von hier draußen konnte er sehen, dass fast das gesamte Haus dunkel war. Im zweiten Stock lagen die Feuerwehrmänner und schliefen. Franki merkte, wie müde er war, er war vollkommen erschöpft. Es war weit bis Hässelby. Die U-Bahn fuhr nicht mehr.

Das war kein schöner Abend gewesen. Er wollte lieber nicht mehr daran denken.

Er schaute auf die Uhr. Es war eine halbe Stunde vergangen.

Jetzt ging er kein Risiko ein. Vorsichtig schlich er an das Portal, bildete aus den Händen einen Blendschutz, schaute hinein. Keine Menschenseele, nur die schweren Rettungswagen, die dastanden und sich auch ausruhten, der Leiterwagen in der Mitte. Er hatte eine besondere Vorliebe für ihn, er konnte nicht erklären, warum, aber ein fast religiöses Gefühl überkam ihn, als er den großen roten Scania betrachtete.

Mit vor Kälte steifen Fingern tippte er den Code ein und huschte hinein. Die Wagenhalle lag verlassen und still da. Ein leises Tropfen von einem Wasserhahn irgendwo, der Geruch nach Diesel, nach verrauchter Schutzkleidung. Er ging zu den Kleidern, Stiefel in langer Reihe, die Hose jeweils über den Stiefelschaft gekrempelt. Helme unordentlich in ihren Fächern, ein Handschuh auf dem Boden, ein Jesuslatschen. Er musste über das Wort lachen. Jesuslatschen, so wurden die Birkenstockschuhe genannt, das passte. Zu Hause hatte er selbst solche Latschen, schwarz und zu klein, er hatte sie vor ein paar Jahren zu Weihnachten bekommen.

Er zwängte sich zwischen die Kleider, blieb eine Weile dort stehen. Es roch nach Rauch, wie damals, als er noch klein war und sie am Judarnskogen Würstchen gegrillt hatten. Er stand neben einem der Mäntel, bohrte seine Nase in den festen, schmutzigen Stoff. Der Geruch war da, er wurde von ihm erfüllt, wurde stark und ruhig. Er nahm einen Helm herunter. Er hatte einen gelben Rand, also der des Gruppenleiters, die normalen Feuerwehrmänner hatten weiße. Der rote, der daheim in seinem Flur hing, gehörte eigentlich einem Feuerwehringenieur.

Er drückte sich den Helm auf den Kopf. Er war ein wenig zu eng. Das hätte man leicht regulieren können, aber er war jetzt hungrig, und deshalb legte er ihn zurück an seinen Platz.

Er trat hinter die Wagen und ging die kleine, abgetretene Steintreppe links hinauf. Die Küche war aufgeräumt und sauber. Dafür trugen die Einsatzleute die Verantwortung. Sie hatten Küchendienst, füllten und leerten die Geschirrspülmaschine, sie wischten Anrichte und Tisch ab und stellten die sauberen Kaffeebecher auf das Tablett.

Der Adventsleuchter im Fenster war die einzige Beleuchtung, vollkommen ausreichend, dachte Franki. Vollkommen ausreichend. Er ging leise zur Anrichte und fand auch gleich eine Brottüte. Er nahm ein Messer von der Halterung und schnitt sich ein paar dicke Scheiben ab. In einem der Kühlschränke fand er Margarine, er bestrich die Scheiben und klappte sie zusammen. Anschließend trank er Wasser aus der Leitung.

Eigentlich wollte er sich zum Essen an den Tisch setzen, aber da hörte er jemanden auf der Treppe. Es war ein klappernder Schritt, jemand, der in Pantoffeln herankam. Franki krümmte sich. Mit gebeugten Knien schob er sich zwischen Wand und den langen Tisch, suchte Schutz hinter ein paar Stühlen.

Ein Mann kam in die Küche. Franki hielt den Atem an. Eine sonderbare Erregung überkam ihn, er hatte das Gefühl, als würde er einen Ständer kriegen.

Wenn er nur das Deckenlicht nicht anmacht, durchfuhr es ihn, oh verdammt, lass ihn nur nicht das Licht anmachen!

Er konnte nicht sehen, wer es war. Der Mann lief in seiner blauen Trainingshose herum. Franki konnte lediglich seine Beine und Füße erkennen. Er schien kein bestimmtes Ziel zu haben, vielleicht lief er nur ein wenig herum, weil er nicht schlafen konnte. Der Schichtdienst zehrte an den Leuten, ja, das stimmte. Er biss in irgendetwas, einen Apfel, kaute, dass es in der ganzen Küche zu hören war. Verschwand schließlich ins Fernsehzimmer und es dröhnte, als er sich auf einen Sessel fallen ließ.

Verdammt, dachte Franki. Die Knie taten ihm von der unbequemen Stellung weh. Er war jetzt in eine Falle geraten. Er konnte die Küche nicht verlassen, ohne dass der Mann ihn hören würde. Und es wäre nicht gut, entdeckt zu werden. Er würde dadurch einen Teil seines Ansehens verlieren, und außerdem würden sie dahinter kommen, dass er den Code wusste. Dann würden sie einen neuen einführen und es würde sehr schwer werden, ihn zu knacken.

Unendlich langsam nur konnte er seine Stellung verändern und sich auf der einen Seite niederlassen. Er horchte, ob weitere Geräusche zu hören waren. Der Mann räusperte sich ein paar Mal da drinnen, aber er schlief nicht, nein, er saß da und sinnierte wohl vor sich hin.

Franki biss lautlos von seinem Butterbrot ab. Es war besser, jetzt zu essen, bevor sein Magen sich melden und ihn verraten würde. Er kaute mit geschlossenem Mund. Das Essen wurde trocken und klebrig. Er hätte sonst was für ein eiskaltes Bier gegeben. Wenn er daran dachte, kamen ihm fast die Tränen. Seine Glieder begannen wehzutun. Er musste versuchen, die Position zu verändern. Er wollte das gerade ausprobieren, als ein Alarm kam. Das erschreckte ihn. Darauf war er nicht vorbereitet. Die grüne Lampe über der Tür setzte mit ihrem blinkenden Licht ein, dann war die Stimme der Einsatzzentrale zu hören.

»Hallo Östermalm, wir haben wieder einen kleinen Alarm, diesmal in der Riddergatan, da steht ein Container, und jemand hat sich den Spaß gemacht, ihn anzuzünden.«

Und dann das Alarmsignal, schrill und ermahnend. Der Mann im Sessel fluchte laut, er war schon auf dem Weg hinaus, aus dem oberen Stockwerk waren Stimmen und Schritte zu hören. Was hatte er doch für ein verdammtes Glück!

Es war nur ein kleiner Alarm. Was bedeutete, dass nur ein Wagen ausrückte, der Hundertdreiundzwanziger, der Rettungswagen. Er wartete, bis er abgefahren war und die Türen wieder zuglitten. Seine Stiefel hatten eine Pfütze auf dem Boden hinterlassen, da, wo er gehockt hatte. Er riss ein wenig Haushaltspapier ab und wischte den Schmutz weg, so gut es ging. Dann schlich er die Treppe hinauf und betrat den oberen Flur.

Hier oben war er lange nicht mehr gewesen. Er war einmal mit Almis hierhergegangen, und er erinnerte sich noch, welches Zimmer der hatte, Nummer drei von rechts. Ganz hinten bei den Toiletten war Licht. Er musste nicht dorthin gehen, gut, dass er zumindest dieses Risiko nicht eingehen musste. Die meisten Türen waren geschlossen. Er arbeitete sich in Etappen voran, jedes Mal nur ein paar Schritte, las die Namen an jeder Tür, fand Stefan Almgren. Ja, es war ungefähr so, wie er es noch in Erinnerung hatte.

Er schaute sich um, legte die Hand auf die Klinke und drückte sie hastig hinunter. Die Tür glitt auf. Er schlüpfte hinein und schloss die Tür hinter sich.

Fast im gleichen Moment merkte er, dass etwas nicht stimmte. Er sah es nicht, wusste aber sofort, dass es noch eine Person in dem Zimmer gab, Zeichen der Nähe eines anderen Menschen, leise summende Atemzüge und ein fast unmerklicher Geruch nach privater Kleidung. Sein Herz begann zu rasen, es stieg wie eine Flutwelle bis zu seinen Schläfen hinauf. Nach einer Weile, als seine Augen sich an die Dunkelheit gewöhnt hatten, erahnte er eine Erhöhung unter der Bettdecke.

Almis, durchfuhr es ihn. Er erschrak. Almis!

Aber Almis gab es doch nicht mehr.

Er hatte damit gerechnet, dass das Zimmer leer sein würde. Die gegenteilige Entdeckung hatte ihn aus der Fassung gebracht. Ganz langsam begann sein erschrockenes Gehirn, wieder normal zu arbeiten. Das war natürlich sein Ersatz. Schließlich mussten sie mit vollständiger Mannschaft ausrücken. Jemand war eingesprungen und hatte Almis' Platz übernommen. Irgendjemand, bis sie beschlossen hatten, wer letztendlich sein Nachfolger werden sollte.

Daran hatte er nicht gedachte.

Angespannt lauschte er zum Flur hin. Es schien ruhig zu sein. Der Mann im Bett stöhnte, sicher träumte er irgendetwas. Er saß wohl im Traum auf seiner Alten im Doppelbett, viel Erfolg!

Jetzt bewegte er sich, drehte sich auf die andere Seite. Franki stand stocksteif da. Er versuchte, den Atem anzuhalten. Das machte ihn schwindlig, er war jetzt auch müde, er musste bald ausruhen, sonst würde alles schief gehen.

Als der unbekannte Mann endlich zu schnarchen anfing, öffnete Franki schnell die Tür und lief hinaus. Er ging auf das Licht zu. Einige Türen stand offen, er entschied sich unwillkürlich für eine und schlüpfte hinein.

Es gab kein Bettzeug in dem Bett, nur die gestreifte Matratze. Das störte ihn nicht. Er legte sich geradewegs hin, er hatte die Tür abgeschlossen, konnte jetzt für eine Weile abschalten. Der Radiowecker zeigte halb fünf. Viertel nach sechs war allgemeines Wecken. Dann musste er davongeschlichen sein, bevor jemand aufgewacht war. Die anderen sollten noch im Halbschlaf daliegen, während er hinaushuschte. Aber bis dahin würde er fast zwei ganze Stunden schlafen können.

Bald bin ich auch hier, dachte er. Bald bin ich im Ernst hier ..., und es war heute ein ganz ruhiger Abend, wir haben bis sieben Uhr Eishockey gespielt, und ich habe ein paar Tore geschossen, dann fragte Jacket, wer alles Reis zum Abendessen haben wollte, was kostet das denn, fragte ich, ich habe es vergessen, einen Fünfer, ja, ich dann auch, und ich hatte Hackfleisch mit, das ich in der Mikrowelle aufwärmen wollte und als ich aus der Dusche kam, stank es schon nach diesem blöden Jasminreis, ich mag den nicht, aber einen anderen gibt es ja hier nicht, den hat bestimmt irgend so ein Dummkopf im Sonderangebot eingekauft, und dann haben wir gegessen, und es kam kein Alarm, aber gegen zehn kam die Diskussion auf, welchen Sender wir gucken wollte, auf fünf lief ein Clint-Eastwood-Film, Roffe wollte den sehen, und er bekam seinen Willen – wie immer –, aber das war so ein zäher Schinken aus den Siebzigern mit Clint im plumpen Anzug, das war überhaupt nicht interessant, und zum Schluss wurde Tuborg wütend und wollte Roffe die Fernbedienung abnehmen, aber da wachte dieser auf und das ganze Sofa kippte um und hätte fast die Vitrine mit all den Preisen mitgerissen, ich kam gerade dazu, war auf dem Klo gewesen, und packte das Sofa und stellte es wieder an Ort und Stelle und dann beruhigten sich alle wieder, und wir dösten vor uns hin, und ich zauberte eine Tüte Chips hervor und dachte, jetzt wäre ein Bier nicht schlecht, und Tuborg, er legte sich schlafen, er war miesepetrig wie immer.

Es war ein schönes Gefühl, so zu fantasieren. Aber während er so auf dem Rücken lag, drängte sich der Abend ihm auf, der reale Abend, und das schob alles Schöne beiseite, und er bekam vor Enttäuschung einen Kloß im Hals. Waltraut. Sie war nicht zu Hause gewesen. Sie hatten abgemacht, dass er nach dem Konzert zu ihr kommen sollte, und das hatte er auch getan, er ging zu ihrem Haus und nahm den Fahrstuhl nach oben, er sehnte sich nach ihr, mehr als je zuvor, aber als er an der Tür klingelte, hatte niemand aufgemacht.

Er hatte durch den Briefschlitz hineingeschaut, aber drinnen war es leer und still. Eine kleine Tischlampe war eingeschaltet, er sah ihre Schuhe auf dem Boden liegen. Und dann der Geruch, der zarte Geruch nach Waltraut, der schwebte dort drinnen in sanften Schleiern, und er setzte sich mit dem Rücken zur Wand und spürte, wie sein Glied gegen seine Hand wuchs.

Sie kam nicht.

Scheiße!

Er saß dort länger als eine Stunde, aber sie kam nicht.

Schließlich musste er gehen.

Er fuhr in die Stadt und lief die Straßen dort auf und ab, als erwartete er, sie zu erblicken, ihre dünnen Beine, die in ein Taxi stiegen, das Haar, das von einem Windstoß zerzaust wurde, den schmalen, dünnen Mädchenhals. Wenn ihr nun etwas zugestoßen war, wenn jemand ihr etwas angetan hatte. Dann würde er sie persönlich rächen.

Er ging in ein Pub und trank ein paar Biere. Danach fühlte er sich besser. Er konnte sich selbst einreden, dass das sich schon regeln würde. Sie war einfach nur verhindert gewesen. Er musste daran denken, sich neue Batterien für sein Handy zu besorgen, dann konnte sie ihn anrufen, wenn etwas dazwischen kam.

Ein Kerl hatte ein Gespräch mit ihm angefangen. So war das, wenn man an einem Bartresen saß, genau wie in einem Western. Ein Kerl kommt in einen Saloon, und gleich darauf passierte etwas. Es knallt. Der Kerl hatte ihn angestarrt, und die vergessenen Worte waren wieder da.

»Wasstarrstdumichsoan, hastdudeinebrillevergessen?«

Nein. So war es nun doch nicht gelaufen, oder?

Sie hatten eine Weile zusammen geraucht. Der Kerl steckte ihm die Hand entgegen. »Ich heiße Bill.«

Ja, verdammt, das war ja wirklich wie im Western.

Und dann hatte er ein Foto rausgezogen, eigentlich richtig scharf, eine Braut, die die Beine spreizte und den Hintern in die Luft streckte.

»Wer ist das?«, fragte Franki. »Was ist denn das für eine Leckerei?«

»Sie heißt Annelina.«

»Das ist aber ein merkwürdiger Name.«

»Du kannst sie haben, wenn du willst. Ich weiß, wo sie wohnt.«

Er schüttelte den Kopf.

»Was denn, ist sie etwa nicht niedlich?«

»Doch, oh doch, das ist sie.«

»Und was ist dann das Problem? Bist du pleite?«

Er trank sein Bier.

Scheiße.

Er hätte es machen sollen. Ihretwegen. Wegen Waltraut. Sie konnte ihn doch nicht einfach so herumkommandieren, ganz wie es ihr beliebte. Oh Mist, er hätte es tun sollen.

Er schlief. Es gab Alarm, und er saß schon bereit im Wagen. Beeilt euch, er war jetzt einer der Einsatzleute und schnallte sich die Flasche mit ihrer Halterung um. In einem Hochhaus brannte es lichterloh, das nächste Schreckensszenario nach dem Tunnelbrand, jetzt schlängelte er sich hinein. Dann war sie da, die Frau, in ihrem Nachthemd, durchscheinend und schnell entflammbar, sie konnten sie nicht sehen, keiner, sie schrie und spuckte Blut, aber dann der Feuerwehrmannsgriff, sie lag auf seinem Rücken, und er sprang hinunter, ging in die Hocke, lief von dem züngelnden Brand davon, hielt die nackten Beine der Frau.

»Kennst du sie?«

»Ja, ich kenne sie, wir sind ein Paar, sie singt, und sie hat eine Kehle aus Gold.«

»Die Goldkehle wird erst einmal eine Weile ruhen müssen, denn der Rauch ist dort eingedrungen, und siehst du die Alabasterhaut, da ist eine Farbe, die hat kein lebendiger Mensch, die hat man nur, wenn man tot ist.«

»Nein, nein, ich habe sie gerettet, sie ist eine Sängerin aus Hässelby, und als wir klein waren ... ja, als wir klein waren ...«

Doch. Es hatte eine Frau gegeben. Oder ein Mädchen, denn sie war noch so jung. Er erinnerte sich nicht mehr an die Einzelheiten. Aber sie hatte sich dagegen gewehrt.

Und deshalb hatte er die Erinnerung verdrängt.

Eine Stimme durchdrang das Zimmer. Er wusste nicht, wo er war. Waltraut, durchfuhr es ihn; die Sorge hatte zugenommen, die Erinnerung an etwas Schweres.

»Ja, dann also guten Morgen. Es ist jetzt Viertel nach sechs. Das war eine etwas unruhige Nacht. Die Katarina-Wache hatte um ein Uhr sieben einen Wohnungsbrand, Östermalm hat unter anderem einen Container gelöscht. Aber was das Wetter betrifft, so sehen wir hier nicht so viel davon, also, kämmt euch eure Zotteln, und guckt selbst.«

Die Lautsprecherstimme brach ab. Franki setzte sich auf. Sein Kopf tat ihm weh, er fühlte sich krank. Er dachte wieder daran, dass er sich beeilen musste. Als er sich vorbeugte, um seine Stiefel zuzubinden, fühlte er einen Stich in der Stirn, als verschöbe sich das ganze Gehirn dahinter und drückte gegen seine Augenhöhlen. Er hatte Durst. Er konnte sich nicht daran erinnern, jemals so durstig gewesen zu sein. Und dann dieser Juckreiz, dieses ewige nervöse Jucken, dass ihn dazu brachte, seine Arme blutig zu kratzen.

Die Jacke zugeknöpft, sonst noch was? Nein. Er trat auf den Flur und lief schnell zu den Türen, die die Stange verbargen, öffnete sie und rutschte, ohne sich umzusehen, zur Wagenhalle hinunter. Der Leiterwagen stand glänzend da. Er berührte ihn, lief aber dann eilig zur Tür und schlüpfte hinaus.

Waltraut war in ihm, erfüllte ihn. Das rote Schöne war jetzt verschwunden, zurück blieb nur noch die Wut. Er saß in der U-Bahn und döste vor sich hin. Er sah vor sich, wie er ihre Tür aufriss.

Wo bist du gewesen? Hast du mich angelogen, Waltraut? Tu das nie wieder.

Da war etwas in ihrem Blick, etwas Flackerndes, Lichtscheues. Seine Hand an ihrem Nachthemd. Er riss es fort, und es zerriss mit einem knirschenden Geräusch. Die flache Brust. Wie sie mit gekreuzten Armen dastand und versuchte, sich zu bedecken.

Warum warst du gestern Abend nicht zu Hause. Du hast mich dazu gebracht ... Und jetzt weinte sie und sank zu Boden, sie war nackt, ihre Haut zart. Er wollte sie treten, hob den Fuß in dem braunen Stiefel, wollte sie treten und bestrafen, das sollte ihr eine Lehre sein. Aber da krallte sie sich wie ein Kätzchen an sein Bein, klammerte sich an seiner Hose fest, ihre Nägel waren lang und rot, und sie hing ihm um den Hals, und sie war weich, warm und feucht um den Mund. Ihre Stimme war da, ihre Worte waren reif, hart, keine Worte, wie sie Mädchen benutzten, und er legte sie auf den Tisch und bahnte sich seinen Weg in sie hinein, zwängte sich zwischen ihre Kiefer.

Er schlief. Er war daheim. Die Jacke in einem Knäuel auf dem Boden. Hatte es gebrannt? Hatte er sie gerettet? Das Gefühl von Frauenhaut auf seiner Hand. Und Almis, wer war der Mann in Almis' Zimmer? Er musste anrufen, heute noch, und mit dem Leiter der Feuerwache sprechen. Das war der Weg, den er gehen musste.

Aber erst schlafen, nur schlafen.

Es war ein Geräusch an der Tür, waren das Kinder? Die Schule war ein Stück entfernt. Er machte sich immer Sorgen, es könnte ihm jemand zu nahe kommen. Denn wenn auch nur eines der Kinder entdecken würde, dass man bei ihm ins Fenster gucken konnte, dann hätte er die ganze Horde auf dem Hals, dann wäre es vorbei mit der Ruhe, und zum Schluss wäre er gezwungen wegzuziehen.

Nein, kein Kind diesmal, Geräusche eines Erwachsenen, feierliches Läuten der Türklingel, und er musste sich aufrappeln und nachsehen, und da sah er sie draußen stehen, seine Mutter. Er öffnete. Ging sofort wieder ins Zimmer und legte sich ins Bett.

»Du liegst im Bett?«, Ihre schnippische Stimme.

»Sieht wohl ganz so aus, oder?«

»Dann störe ich wohl?«

»Wie spät ist es?«

»Drei Uhr. Ich war in Vällingby. Im Ärztehaus. Ich komme direkt von dort. Ich dachte, ich sollte mal bei dir reinschauen. Falls du zu Hause bist. Und das bist du ja wohl.«

Er schob sich das Kopfkissen unter den Nacken. Sah zu, wie sie seine Jacke aufhob. Sah zu, wie sie sie aufhängte.

»Soll ich Kaffee aufsetzen? Ich habe auch Kuchen dabei.«

»Ja, mach das. Kaffee macht mich vielleicht munter.«

»Du bist doch wohl nicht krank?«

»Nein. Nur so schrecklich müde.«

Sie trat zögernd ans Bett, die Beine in Feinstrumpfhosen.

»Du machst doch keine dummen Sachen, Franki?«

»Wieso dumme Sachen, was meinst du damit?«

»Ach, ich weiß nicht. Man hört so viel.«

»Nun hör aber auf.«

Das Brausen des Wasserhahns. Der Kaffeeduft. Dann schluchzende, unterdrückte Laute. Er schob die Decke zur Seite und stand auf.

»Weinst du?«

»Nein, ich ...«

Sie saß da, das Gesicht auf die Arme gelegt. Er stellte zwei Becher hin. Sie hatte einen Teil des Kranzes aufgeschnitten, aber aufgehört, sich an den Tisch gesetzt und laut zu weinen angefangen.

»Was ist denn los?«, fragte er verärgert.
»Nichts«, ertönte es aus den Armen.
»Man setzt sich ja wohl nicht hin und heult, wenn nichts ist.«
»Vielleicht ist man einfach traurig und müde.«
»Na gut. Kann schon sein. Aber dann darf man vielleicht fragen warum?«
Sie hob ihren Kopf, die Tränen liefen ihr über die Wangen.
»Ich war beim Arzt, Franki. Der hat einen Knoten in der Brust gefunden. Hier.«
Und sie hob den Arm und drückte auf die linke Achselhöhle.
Er schluckte.
»Begreifst du?«, fragte sie und weinte jetzt ganz offen.
Er konnte sich nicht erinnern, sie schon einmal weinen gesehen zu haben, nicht einmal, als der Vater starb, nicht einmal bei dessen Beerdigung.
»Ja nun«, sagte er mit belegter Stimme. »Ja nun ... so was lässt sich doch wohl wegoperieren.«
Sie putzte sich die Nase.
»Ja. Man kann wirklich nur hoffen, dass das geht.«
Er nahm das Messer und schnitt den Kranz in dicke Scheiben. Goss beiden Kaffee ein. Sie trank. Nach einer Weile sah sie wieder ganz normal aus.
»Das ist bestimmt nicht gefährlich«, sagte sie. »Die meisten schaffen es. Aber man wird davon so unruhig, gerade, wenn man es ganz neu erfährt.«
»Brauchst du jemanden zum Putzen heute?«, fragte er.
»Nein. Heute nicht. Ich habe heute keine Kunden.«
»Aber es ist bald an der Zeit, den Boden zu bohnern.«
»Ja. kann schon sein.«
»Aber dann dürfen die Leute natürlich nicht drauf ausrutschen.«
»Nein, natürlich nicht.«
Sie biss vorsichtig von ihrem Stück ab. Legte es hin und schüttelte sich.
»Du musst was essen«, sagte er.

Sie nickte langsam.

Er dachte eine Weile nach.

»Soll ich einen Film ausleihen?«

Ihre Achseln fuhren hoch, ihr Gesicht verzerrte sich.

»Einen lustigen Film«, fügte er hinzu. »Dass wir ein bisschen Spaß haben, meine ich.«

Es gab einen Videoladen in einem der Häuser. Er ging ab und zu dorthin, er kannte die Leute. Er hatte im Augenblick kein Geld, aber er würde später zahlen können, sie kannten ihn und wussten, wer er war.

»Ja, mach das«, sagte sie. »Vielleicht ist das ja keine schlechte Idee.«

Sobald er den Videoladen betreten hatte, wusste er, dass es nicht klappen würde. Der Besitzer war da. Er hieß Göran. Franki strich zwischen den Regalen herum und tat so, als würde er etwas suchen, dann nahm er einen Film heraus, ohne zu gucken, welcher das war. Göran starrte ihn an, ließ ihn nicht aus den Augen. Es wäre einfacher mit dem Mädchen dort gewesen, die kannte er besser.

»Und? Willst du was haben?«, fragte Göran. Seine Stimme klang unterdrückt aggressiv.

»Ist Jenny heute nicht da?«

»Wieso?«

»Na, ich wollte es nur mal wissen.«

Er drehte die Filmhülle um, tat so, als würde er etwas darauf lesen.

»Ach, ich glaube, ich komme noch mal wieder«, sagte er schließlich. »Ich habe anscheinend meine Brieftasche vergessen.«

Jetzt hatte er seine Chance, der Göran. Er hätte es machen können. Wenn er nur ein bisschen feinfühlig seinen Kunden gegenüber wäre. Aber nein.

»In Ordnung, mach, was du willst.«

Franki ging hinaus. Erzog die Tür fest hinter sich zu. Seine Ohrläppchen glühten.

Seine Mutter machte gerade das Bett.

»Es war geschlossen. Wegen Inventur.«

»Ach. Ja, in der Zwischenzeit habe ich dein Bett gemacht.«

»Danke.«

»Na, ich werde jetzt gehen. Aber es war schön, eine Weile zu reden.«

Er sah, wie sie über den Hof verschwand. Sie trug den Pelz, den Kunstpelz. Er überlegte, was wohl aus dem werden würde, wenn sie starb. Er war wütend auf sich selbst, dass er so dachte, konnte es aber nicht sein lassen. Karzinom war eine gefährliche Krankheit. Krebs. Wie ein schnappendes Tier, das einen auffraß. Er holte den Kranz aus der Plastiktüte, die Mutter hatte ihn eingepackt und die beiden Becher abgespült. Er aß ein paar Stücke über dem Spülbecken. Nein. Sie hatte nicht einmal geweint, als der Vater starb, aber er selbst, er hatte gebrüllt, wie ein Stier auf der Weide.

Am Abend nach Vaters Tod hatte er sich mit einer Nutte verabredet. Nun ja, verabredet … Sie trafen sich ab und zu, sie hoffte sicher, dass es etwas Festes werden würde. Sie kam in ihrem Auto, holte ihn ab, und sie fuhren nach Lövsta und liefen eine Weile durch den Wald. Sie trug eine Hose aus schwarzem Nappaleder, manchmal alberte sie herum und behauptete, es wäre Aalhaut, und er konnte das geradezu vor sich sehen, die sich schlängelnden Körper, die sich über seinen Rücken wanden, dann spürte er einen Ekel und schob sie von sich.

»Es ist was passiert«, sagte er, hielt sie bei der Hand, und sie liefen den vereisten Pfad entlang. »Mein Vater ist tot.«

Da erwiderte sie wohl etwas dumm:

»Ich habe nie einen Vater gehabt.«

Er wurde wütend, das war ja auch nur zu verständlich. Er riss sich eine Gerte ab und begann, sie zu schlagen, auf die Arme, ins Gesicht, auf die schwarzen, glänzenden Aalhautbeine. Sie war sanft, verzieh ihm und wollte kein Geld haben.

Das Telefon klingelte.

Waltraut.

Er nahm den Hörer ab, sagte aber kein Wort.

»Bist du da, Franki, ich höre dich jedenfalls atmen«, rief sie hinein.

Er schwieg.

»Bist du böse auf mich wegen letzter Nacht? Das darfst du nicht, ich kann alles erklären.«

Immer noch schwieg er.

»Ich komme rüber zu dir, darf ich das?«

»Ja«, sagte er mit mürrischer Stimme.

# 19

Der Mann, der ihr Vater war, wollte sie vor der Post treffen. Jessica fühlte sich stark. Sie konnte erreichen, was sie wollte, sie könnte sogar fliegen, so stark fühlte sie sich. Sie hatte im Badezimmer gestanden, und dort lagen Mutters Beruhigungstabletten ganz offen auf einem Regal, oh Mama, was bist du dumm.

Sie nahm ein paar Tabletten und spülte sie mit Wasser herunter. Es dauerte nicht lange, bis die Betäubung in ihren Beinen und Schultern einsetzte.

Sie zündete sich eine Zigarette an. Betrachtete ihr Gesicht im Profil.

Sein Gesicht. Es ist sein Gesicht, das seine Spuren in meinem hinterlassen hat. Denn ich sehe Mama nicht ähnlich, und auch sonst sieht mir keiner ähnlich.

Sie hatte vergessen, dass Johnny zu Hause war. Als sie zugesehen hatte, wie sie sich vor ein paar Tagen für die Beerdigung umzogen, war ihr ein Gedanke in den Kopf gekommen: Warum war nicht er es, der tot war, warum dieser andere Typ, Almis? Dann hatte sie diesen Gedanken bereut, so durfte man nicht denken, und er sah traurig aus und machte sich Sorgen, was in der Kirche wohl auf ihn zukommen würde. Da war sie zu ihm gegangen und hatte ihn sogar angelächelt, zwar nicht die richtigen Worte gefunden, ihn aber dennoch trösten wollen.

Das war einige Tage her. Jetzt klopfte er an die Tür.

»Oh Mann, Jessica. Du rauchst doch wohl nicht in der Wohnung, soweit denkst du doch wohl noch!«

Sie nahm ein paar tiefe Züge.

Er rief noch einmal, dann wurde es still, und sie begriff, dass er gegangen war, um einen Schraubenzieher zu holen. Mit einem Schraubenzieher konnte man nämlich das Schloss aufkriegen, sie hatte das selbst schon gemacht, um Henke zu ärgern.

Aber da war sie noch jünger gewesen. Jetzt war sie erwachsen. Sie nahm einen letzten Zug und spülte die Kippe dann in die Toilette. Anschließend öffnete sie und ging hinaus. Genau. Da stand er mit dem Schraubenzieher und seinem albernen Schnurrbart.

»Worum geht es?«, fragte sie. Sie war jetzt stark, die Tabletten wirkten. Nichts war mehr wichtig oder gefährlich. Er sah aus, als wollte er sie schlagen. Sie stellte sich direkt vor ihn, trat noch näher.

»Schlag mich doch, verdammt, schlag mich doch, ich habe keine Angst vor dir, wenn du das glaubst. Ja, ich hoffe direkt, dass du mich schlägst, denn dann kann ich zur Polizei gehen und dich wegen Kindesmisshandlung anzeigen.«

Das saß.

»Jessie, warum musst du immer so weitermachen?«

»Das bin doch nicht ich, die weitermacht, das bist du doch!«

Sie ging. Es schneite wieder, sie dachte an Skier und Spiele. Ihre Füße flogen dahin, waren aber gleichzeitig schwer. Eisenschuhe, die rosteten.

Der Mann, der ihr Vater war, hatte gesagt, dass sie ein eigenes Handy brauchte.

»Ich werde dir eins zu Weihnachten schenken«, hatte er gesagt. »Dann kannst du mich immer anrufen, und Lotta braucht davon nichts zu erfahren.«

»Warum hast du solche Angst vor Lotta?«, hatte sie gefragt.

»Nein. Ich habe keine Angst vor ihr. Aber ich habe Angst um dich. Ich fürchte, dass sie alles tun wird, damit wir uns nicht sehen. Und das fällt dann auf dich zurück. Wenn wir uns sehen, werde ich dir das erklären, bis dahin musst du versuchen, diese Geheimniskrämerei zu ertragen. Schaffst du das?«

»Ich weiß nicht«, antwortete sie unsicher.

»Du musst natürlich selbst entscheiden. Wenn du es zu anstrengend findest, dann brechen wir den Kontakt ab. Ich will dir keine Probleme bereiten, Jessica, das solltest du wissen.«

Er klang nett und ehrlich.

Aber trotzdem stimmte irgendetwas nicht.

Sie wollte ihm jedenfalls eine Chance geben. Das musste sie.

Er sagte:

»Wir treffen uns in Vällingby vor der Post. Weißt du, wo das ist?«

»Natürlich weiß ich das.«

»Sagen wir um acht Uhr abends. Kannst du dann?«

»Ja. In Ordnung.«

»Wir fahren dann irgendwohin, wo wir reden können.«

»Ja.«

»Hast du eine feste Zeit, zu der du zu Hause sein musst?«

»In der Woche um zehn Uhr.«

»Das schaffen wir.«

»Okay.«

»Bist du dir sicher, dass das okay ist?«

»Ja, das habe ich doch gesagt. Aber wie erkenne ich dich? Ich weiß ja nicht einmal, wie du heißt.«

Da lachte er auf und klang ein wenig peinlich berührt.

»Stimmt das? Habe ich dir nicht gesagt, wie ich heiße? Das war ja wohl blöd von mir.«

»Hast du nicht.«

»Ich heiße Roland, Jessica. Roland Bard.«

»Bard«, wiederholte sie.

»Meine Familie stammt aus Australien. Ja, deine natürlich auch …«

Sie trieb sich in der City herum. Ging zu Hennes & Mauritz rein und probierte eine schwarze Hose an, sie saß perfekt, aber sie hatte kein Geld. Dann ging sie zu Ahléns und probierte verschiedene Lippenstifte. Malin arbeitete dort, Saras ältere

Schwester. Sie war immer nett und ließ sie probieren, und einmal hatte sie beiden einen Probelippenstift von L'Oréal geschenkt. Sie unterhielt sich eine Weile mit Malin. Sie konnte sich gut vorstellen, selbst hier zu stehen mit langen, pflaumenfarbenen Fingernägeln und die Rougenuancen auf ihrem Handrücken vorzuführen.

Es war zwei Jahre her, seit Malin ihr Abitur gemacht hatte. Da hatte sie ein Fest veranstaltet. Sara und Jessica hatten von den Resten in der Küche gekostet und waren fröhlich und albern geworden. Niemand hatte etwas gemerkt.

»Wo ist Sara denn heute?«, fragte Malin.

»Ich weiß nicht, ich bin gleich nach Hause gegangen.«

Dann hatte Malin eine Kundin, und Jessica zog sich zurück, wieder fiel ihr ein, dass sie noch keine Weihnachtsgeschenke gekauft hatte, sie konnte sie zumindest aussuchen und ein andermal kaufen, wenn sie Geld hatte.

Durch das ganze Kaufhaus erschallte Weihnachtsmusik. Ein dicker, weißbärtiger Weihnachtsmann wackelte umher, er gluckste idiotisch wie der Fernsehweihnachtsmann bei Donald Duck am Heiligabend um drei Uhr. Dem ein Flugzeug in den Mund flog. Jetzt kam er auf Jessica zumarschiert, oh Scheiße, als ob sie noch ein Kind wäre.

»Und was wünscht sich die junge Dame zu Weihnachten?«

Und seine heißen Finger, wie sie zupften und bohrten. Sie schrie auf.

Der Mann mit dem weißen Bart lachte laut.

»Du bist mir ja eine hochnäsige kleine Person. Warst du denn auch das ganze Jahr über brav?«

»Halt die Schnauze«, schnitt sie ihn ab.

Ihr Rücken war warm, verschwitzt und heiß. Schnell ging sie zum Ausgang, drängte sich durch die Menschenmenge, lief hinaus. Auf dem Markt waren ein paar Stände aufgebaut. Jessica ging zwischen ihnen hindurch, sie zitterte innerlich vor Scham.

Dieser blöde Weihnachtsmann. Er hatte sie verhöhnt, dieses Arschloch! Nie wieder würde sie zu Ahléns gehen.

Sie holte ihr Zigarettenpäckchen heraus und wollte sich gerade eine anzünden, als sie einen Griff um den Arm spürte. Lola stand vor ihr. Sie trieb sich immer hier auf dem Markt herum, redete mit sich selbst und halluzinierte. Jessica hatte sie schon oft gesehen, sie sah hässlich aus, mager und irgendwie alt. Und das Schlimme war, dass sie noch gar nicht alt war. Sara behauptete, sie wäre erst achtundzwanzig. Sie hatte ihr ganzes Leben lang Drogen genommen. Nicht einen Zahn gab es mehr in ihrem Mund.

»Kannste mir ne Ziggi geben?«

»Klar, hier, nimm.«

Die Frau ließ ihren Arm los. Ihre Lippen waren rot, aber nicht vom Lippenstift. Sie waren einfach so, irgendwie zerbissen und von der Kälte zermartert. Jessie hob ihr Feuerzeug hoch und gab der Frau Feuer.

»Wie geht's?«, fragte Lola, als würden sie sich schon eine Ewigkeit kennen. Sie trug eine Weste aus Lammfell und eine Mütze, die aus den Siebzigern stammen konnte. Ein fauliger Gestank kam aus ihrem Mund.

»Und selbst?«, erwiderte Jessica angestrengt.

»Wie's mir geht? Doch, ja, geht so.«

»Ich muss jetzt los.«

»Hast du schon mal rauchende Hühner gesehen?«

»Rauchende Hühner? Nein.«

Die Frau sah sie an, an ihren Augen fehlten die Wimpern.

»Rauchende Hühner?«, kicherte sie, und ihre Stimme wurde hell und kindisch. »Du? Rauchende Hühner. Was ist das denn?«

»Echt cool«, sagte Jessica. »Aber jetzt muss ich gehen.«

Sie ging ins Café. Sie hatte noch zwei Zehner für eine Tasse Kaffee. Die Alte hinter dem Tresen guckte mürrisch drein, am liebsten sahen sie es hier, wenn man noch einen Kuchen dazu nahm. Aber Jessica mochte keinen Kuchen.

»Ich gehe auch gleich wieder!«, sagte sie wütend.

Die Alte gab keine Antwort.

Sie setzte sich an einen Tisch hinten an der Wand. An einem anderen Tisch saßen Schüler vom St.-Jacobi-Gymnasium, letztes Jahr waren die noch in der Neunten gewesen, sie kannte sie. Sie dachte daran, dass Erik Håkansson kommen könnte. Aber er kam nicht. Einer der Typen am anderen Tisch war übrigens auch ganz süß. Er schaute mit ausdruckslosen Augen zu ihr hinüber. Sie zündete sich eine Zigarette an. Sie dachte an Lola, was war da schief gelaufen? Erst achtundzwanzig Jahre alt und schon verknöchert und ausgedörrt wie ein abgestorbener Zweig. Ihr fiel ein Bild ein, das sie in einem Schulbuch gesehen hatte. Es stellte ein junges, schönes Mädchen vor, aber wenn man lange genug draufguckte, dann verwandelte es sich und wurde zu einem Hexengesicht. Genau mit so einem Kinn, wie es Lola hatte.

Die Clique von St. Jacobi lachte laut auf. Eine plötzliche Scheu überfiel Jessica. Sara, dachte sie. Sara sollte jetzt hier sein. Aber sie hatte Sara nicht einweihen dürfen. Schließlich sollte das alles so verdammt geheimnisvoll sein. Mehrere Male hatte sie es schon einfach sagen wollen, mein Vater hat angerufen, mein richtiger Vater, und er will, dass wir uns treffen.

Das würde sie später nachholen. Am besten ließ sie ihm seinen Willen.

Sie dachte an seinen Namen. Roland Bard, echt heftig. Sie versuchte ihn mit ihrem eigenen zu verbinden. Jessica Carola Bard. Sie hatte nach einem Roland Bard im Telefonbuch gesucht, aber keinen gefunden. Vermutlich hatte er eine Geheimnummer.

Langsam trank sie ihren Kaffee. Rauchte ein paar Zigaretten, blätterte in einer Zeitschrift. Noch eine Stunde bis acht Uhr. Morgen um diese Zeit würde sie es wissen. Da hätte sie zum ersten Mal in ihrem Leben ihren Vater getroffen.

# 20

Franki. Wie ein großes, verletztes Kind. Waltraut hatte ihn aus dem Gleichgewicht gebracht, jetzt gab es nur eins, sie musste ihn wieder aufheitern. Aber wie, wie? Es war etwas in seiner Stimme gewesen, in seinem beherrschten Ton, was sie fast zum Weinen gebracht hatte.

Es war ja nicht so, dass sie ihn vergessen hatte. Oh nein. Sie hatte in der Berwaldhalle gesungen. Diesmal kein Solo, nein, nur eine von vielen im Chor, sie trugen ihre roten Gewänder, und es war bald Weihnachten, und so ein Konzert gehörte zu Weihnachten dazu.

Tochter Zion, freu-heu-heu-heu-heu-heue dich, ju-hu-hu-hu-hu-hu-huble laut, Jer-hu-hu-salem.

Ein neuer Dirigent, der weltbekannte Ilmari Koivisto, der seine Ausbildung in Salzburg und Wien absolviert hatte.

»Ju-hu-hu-hu-huble laut ...«

Sie stand in der ersten Reihe, seine Augen und der wirre Glanz seiner Haare. Sie fühlte sich ganz matt und verschwitzt, das sah ihr gar nicht ähnlich. Oder doch?

Sie wich seinem Blick nicht aus, keine Sekunde, sie erwiderte ihn wie gebannt.

Am liebsten hätte sie sich diesen schleierartigen Umhang heruntergerissen. Wenn sie Solistin war, konnte sie in weit ausgeschnittenem Samt auftreten, war einzigartig. Und die Augen auf ihrem Körper und ihrer Kehle, die ruhige Schwere der Hände. Hier im Chor ertrank sie, das Rot ging ins Braun über.

Trotzdem. Applaus.

In erster Linie galt er ihm, dem göttlichen Ilmari Koivisto, und er stand mit einer Blume in knisterndem Zellophan da und wiegte sie leicht, als ob die Blume ein Baby wäre und umsorgt werden müsste. Dann ging er zu ihr und legte sie in ihre Hände.

Sie errötete bis zum Hals.

Er flüsterte ihr ins Ohr:

»Wir gehen essen, ich habe einen Tisch für uns bestellt.«

Woher konnte er wissen?

Hinterher war es ihr klar. Er machte es ja immer so. Suchte sich eine der Frauen aus, ließ sie sich auserwählt fühlen. Suchte sie aus und wusste, dass sie nicht Nein sagen, sondern alles tun würde, um bereits vorher geplante Verabredungen abzusagen. Ilmari Koivistos Reptilblick, wer von ihm getroffen wurde, hatte kaum eine Chance, sich dagegen zu wehren. Sollte sie das Franki erzählen? Würde er so etwas verstehen?

Ein Wagen wartete auf sie. So ein altmodischer Ausdruck. Aber das gehörte zu seinen Verführungskünsten.

»Ich habe einen Wagen bestellt.«

Sahen die anderen es?

In dem Moment war es nicht wichtig. Aber sie würde es später zu spüren bekommen, es war nicht das erste Mal, dass sie sie im Stich ließ und sich illoyal verhielt. Im Chor galt die Devise: Eine für alle, alle für eine. Oh ja. Sie wusste es. Aber wie hätte Ilmari Koivisto sie alle zum Essen einladen können, dachte sie streitlustig. Und danach? Sie dachte an das, was danach geschehen würde. Er war jung und voller Kraft, aber selbst ein weltberühmter Gastdirigent hat seine Grenzen. Sie setzte sich an den weiß gedeckten Tisch und fühlte sein Knie an ihrem. Die langen Finger, inzwischen bereute sie es, aber jetzt war es zu spät.

»Und die kleine Waltraut, mit einer Stimme wie die der Lerche, wenn sie über der endlos weiten Heide aufsteigt.«

Er sprach so altertümlich klar. Er war zwar Ilmari getauft, war aber trotzdem kein Vollblutfinne, sondern hatte auch schwedische Vorfahren.

Waltraut sog an den Krabben und trank aus hohen, dünnen Gläsern Wein. Willst du mich wieder wie vorhin im Saal angucken? Aber sein Blick war jetzt normal geworden. Sie betrachtete seine Finger, ein paar Körnchen Krabbeneier klebten daran, und plötzlich ekelte sie sich vor dem Geruch.

Sein Fuß an ihrem Knöchel, zwischen ihnen, zunächst drückte sie sie zusammen, um ihn zu stoppen, aber dann gab sie den Weg frei, nahm entgegen.

Was sollte ich denn tun, Franki? Nachdem ich A gesagt hatte, musste ich ja wohl auch B sagen, oder? Und er schwankte ein wenig, als sie aufbrachen, er führte sie zum Fahrstuhl, sie war hübsch in den aufgerauten Jeans und der Seidenbluse, und er sagte, dein Körper, ich habe ihn durch die rote Choruniform sehen können, es war, als stündest du ohne etwas da. Und dann hast du mich angeschaut, bist vorgetreten!

Seine langen, schwachen Finger, da hätte sie gern Franki bei sich gehabt, das Dünne, Kraftlose sollte gegen Stärke und Muskeln ausgetauscht werden. War sie eine Hure, die dem kleinsten Wink folgte? Sie zögerte auf der Treppe, aber er schloss bereits die Tür auf. Es roch nach Obst in dem Zimmer, nach vergammeltem Obst, das er mitgebracht hatte, die Gardinen waren zugezogen … und das Bett: Alles wirkte so vorbereitet.

Das Bild eines Ackers kam ihr in den Sinn, mit spärlichen Schneestreifen, sie würde über die Furchen springen, immer weiter springen, und die Luft und die Kälte wären ihr Reinigungsbad.

Aber da stand das Bett, und die Laken waren da, und er fasste die Seide an und sie hörte, wie es raschelte. Seine Nägel besaßen einen gelblichen Farbton, als würde er rauchen, aber sein Geruch war süßlich und sauber und in keiner Weise maskulin.

Kleine Waltraut, ich glaube, du musst mir helfen, deine warme Zunge und dein Mund. Sie wurde nicht gezwungen, aber sie fühlte, dass sie es trotzdem tun musste, denn sie war es, sie war die Auserwählte. Und sie schloss die Augen, um nichts mehr zu sehen und sie schloss auch den Mund um das Weiche.

Oh ja.

Da wuchs es, wurde dick wie ein Egel, und sie musste loslassen, um atmen zu können, und da schob er sich in die richtige Position, und jetzt war Kraft in ihm, und jetzt kam er hinein.

Beweg dich nicht, Waltraut, sein Wort an ihrem Mund, denn dann verliere ich es, dann geht es los, ohne all die Seligkeit, und sein Becken drückte sich in ihren Unterleib. Sie bewegte sich nicht, und die Kraft blieb in ihm, solange er es wünschte. Er jammerte und schrie, als sie herausrann. Seine rechte Hand zuckte.

»Selbst in der Lust dirigiere ich dich noch«, flüsterte er.

Aber er fragte nichts und breitete das Laken über sie und sagte gute Nacht. Sie lag da, die Uhr zeigte schon nach Mitternacht. Sie wusste, dass Franki gewartet hatte, jetzt wurde es ihr erst richtig bewusst, und sie hatte Mühe, Luft zu holen.

»Ich muss gehen«, sagte sie in den Raum.

Er murmelte ein Nein und legte einen Arm über sie, den Taktstockarm.

»Doch. Ich muss gehen!«

»Ich will dich noch einmal haben, wenn wir aufwachen, will ich dich noch einmal haben, dann ist Morgengrauen, und meine Kraft wird groß sein, viel größer als am Abend, liebste Waltraut, dann wirst du nicht leer ausgehen.«

Eine Gleichgültigkeit überkam sie, und als er das merkte, zog er seinen Arm zurück.

»Ich kannte einmal eine Frau«, sagte er. »Sie war dir ähnlich, sie war eng und kühl wie ein Jüngling. Sie wurde in Karelien geboren und zog dann nach Gangö in so ein charmantes Holzhaus in frohen Farben. Sie wohnte vier Jahre lang in dem Haus. Dann erhängte sie sich an einem Haken.«

Waltraut starrte mit trockenen Augen ins Nichts.

»Mach das Licht an, bitte«, flüsterte sie.

»Es gab da ein Turmzimmer mit Fenster zum Meer. Dorthin ging sie eines Morgens ganz früh. Warst du schon mal in Gangö, weißt du, wie die Häuser da aussehen? Sie sind aus Holz gebaut, mit Erkern und Türmchen und in Gelb und Türkis gestrichen.«

»Bitte, mach das Licht an!«

»In so einem schön gestrichenen Turm gab es einen Eisenhaken, den gab es schon, seit das Haus gebaut worden war, man hängte Hasen daran, damit sie abhingen.«

Waltraut kroch über den Boden, die Luft war dunkel und süß.

»An diesen Haken knotete sie sich. Aber der Haken saß nicht hoch genug, weißt du, das Mädchen hatte so ungefähr deine Größe. Deshalb hat sie, vorausschauend wie sie war, einen Behälter mit Äther an die Wand gestellt. Nachdem sie eine Weile die Ätherwolken eingeatmet hat …«

Sie war an der Tür angekommen und machte Licht. Ilmari lag auf dem Rücken, sein Glied wie ein verdorrter Stiel am Schenkel. Zuerst fand sie ihre Kleider nicht. Sie dachte, er hätte sie versteckt, als Pfand behalten. Und jetzt war sie kurz davor loszuheulen.

Da entdeckte sie ihre Bluse unter der Tagesdecke.

Ilmari beobachtete sie, während sie sich anzog. Er schnalzte leise mit der Zunge.

»Ihr seid euch wirklich sehr ähnlich«, sagte er laut.

Sie ging zum Bett, fiel davor auf die Knie.

»Bist du enttäuscht, weil ich gehen muss?«, fragte sie gepresst.

»Wenn man muss, dann muss man wohl.«

»Kommst du wieder?«

»Ich fahre morgen Abend nach New York … nein, es ist ja schon der nächste Tag. Heute Abend!«

»Die Metropolitan Opera?«, piepste sie.

Er nickte. Er war größer als sie, und die Knie drückten gegen den harten Boden. Sie hätte aufstehen und gehen sollen. Wie sie da kniete, forderte sie ihn heraus. Er war schmächtig und dünn, aber sie war noch schmächtiger. Seine Hände umfassten ihren Hals und drückten zu.

»Du schreist doch nicht, liebe Waltraut?«

Ihre Augen schwammen in Tränen. Aber sie schwieg. Und jetzt zerriss ihre Bluse wirklich, und die Brustwarzen sprangen hervor und er sagte:

»Zieh die Jeans aus!«

Und sie tat es.

Franki stand am Fenster und sah sie kommen. Seine Wut hatte nachgelassen, sie lag wie ein Kiesel in seinem Bauch und rollte hin und her. Er ging auf den Flur und öffnete ihr, bevor sie klingeln konnte.

Sie stand mit gesenktem Kopf da. Sie war so klein.

»Nun komm schon rein!«, sagte er.

Sie trat ein, und sie hob ihr Gesicht, und es schien, als schnupperte sie sich in die Wohnung hinein.

Sie trug einen Rollkragenpullover und eine schwarze lange Hose. Sie stieg aus den Stiefeln und blieb stehen.

»Hier wohnst du also?«, sagte sie, und ihre Stimme klang angespannt und heiser.

Er nickte.

»Wie man sieht.«

Da sank sie mit dem Rücken an der Wand herunter und blieb mit knochigen Knien gegen die Brust gepresst auf dem Boden sitzen. Er schaute auf ihr Haar. Es war sauber und hell. Er sagte:

»So, so. Da willst du also sitzen.«

Er hatte eine Antwort erwartet. Stattdessen kamen Frauenlaute und Weinen.

»Ich werde uns einen Kaffee kochen«, sagte er eilig. »Meine Mutter war hier und hat Kuchen gebracht. Willst du was? Willst du Kaffee und Kuchen?«

Sie nickte.

Während er in der Küche beschäftigt war, sah er aus den Augenwinkeln, dass sie hereinkam. Sie setzte sich auf den äußersten Rand eines Stuhls. Er brachte Becher und Milch. Legte die ganze Tüte mit dem Kranz auf den Tisch.

»Deine liebe, gute Mutter«, murmelte sie.

Da fiel ihm der Knoten in Mutters Brust ein, und ein Schmerz durchfuhr ihn und eine schleppende Angst. Er setzte sich ihr gegenüber. Sie fummelte an der Adventskerze herum, zupfte Fäden heruntergetropften Wachses ab. Die Kaffeemaschine gurgelte. Das tat sie jedes Mal, kurz bevor der Kaffee fertig war. Mutter sagte immer wieder, dass es dringend an der Zeit war, sie zu entkalken. Dazu war es noch nie gekommen, aber er wusste, wie man das machte, sie hatte es ihm gesagt.

Er goss beiden Kaffee ein. Waltraut hob den Kopf. Sie war sehr blass, ihre Augenränder waren angeschwollen.

»Ich wollte heute Nacht bei dir sein«, murmelte sie und fing wieder an zu weinen.

»Ich, ich habe auf dich gewartet. Ich saß in diesem blöden Treppenhaus, du hast doch gesagt, dass wir uns sehen wollten.«

Sie zog die Nase hoch.

»Seine Versprechen soll man halten.«

»Ich weiß, Franki. Aber ich konnte nicht darüber bestimmen, was passiert ist.«

»Was ist denn passiert?«, fragte er mit belegter Stimme.

Sie schluckte.

»Wir hatten einen ausländischen Gast. Ich habe mich um ihn gekümmert. Aber stattdessen kam es dann dazu, dass ... dass er sich um mich gekümmert hat.«

Franki hörte auf zu atmen.

Die Frau ihm gegenüber hob die Hände und schob vorsichtig den Rollkragen herunter, sodass er ihren Hals sehen konnte.

»Oh nein, Waltraut, nein, nein!«

Er erinnerte sich noch an damals auf dem Hinterhof. Sie war noch sehr klein gewesen, erst drei, vier Jahre. Sie saß auf der Schaukel, und einer der Größeren gab ihr Schwung, ihre karierte Trägerhose und die kleinen Mäusezöpfe, die hochflogen. Sie schrie laut, aber aus Freude, die aufregende Fahrt in den Himmel entlockte ihr diese kleinen Glücksrufe. Bis sie plötzlich auf dem Boden lag und nichts mehr sagte.

Die anderen verschwanden wie ein Schwarm Spatzen. Franki ging hin. Ein Zopf war aufgegangen, um ihren Mund und ihre Nase herum war Blut zu sehen. Übelkeit stieg in ihm auf, als er das sah, eine Art Schwäche, aber gleichzeitig war ihm klar, dass sie nach Hause musste. Er schob seine Arme unter sie, und sie war schwerer als er gedacht hatte, deutlich schwerer. Als er sie zum Haus trug, schlug sie ihre Augen auf, und er konnte erkennen, dass sie nichts begriff.

»Du bist von der Schaukel gefallen«, sagte er. »Aber du bist ganz mutig, dass du nicht weinst.«

Sie wohnte ganz oben. Mehrere Male musste er anhalten und kurz durchschnaufen, aber nie kam er auf den Gedanken sie abzusetzen. Es war, als passte sie genau in seine Arme. Ihr Nacken ruhte auf dem linken Arm und die Kniekehle auf dem rechten.

Sie schloss die Augen, und er sah ihre hellen Wimpern, er hatte noch nie zuvor ein Kind im Arm gehalten. Und plötzlich durchfuhr ihn der Gedanke, dass er keine Geschwister hatte. Es hinterließ in ihm eine große, flackernde Leere. Die meisten Kinder hatten Geschwister, von Almis einmal abgesehen. Aber seine Eltern waren ja auch schon alt. Die ertrugen sicher nicht mehr als ein Kind um sich.

»T. Engen« stand an der Tür. Er konnte so nicht klingeln. Er war gezwungen, sie abzusetzen. Sie warf ihm einen scheuen, schnellen Blick zu, dann öffnete sie die Tür und huschte hinein. Er hörte, wie sie drinnen laut aufweinte.

Später am Nachmittag kam Waltrauts Mutter und klingelte bei ihm. Sie war schön, trug ein dunkelblaues Kleid und Sandalen mit hohen Absätzen. Er konnte sich noch erinnern, dass sie kurze, saubere Fußnägel mit fast weißen Rändern hatte.

»Franki, ich muss mich bei dir dafür bedanken, dass du dich so gut um Waltraut gekümmert hast«, sagte sie.

»Das war doch selbstverständlich«, erwiderte er nur kurz.

»Nein, nein. Das war es ganz und gar nicht. Es ist nur so, dass ich im Augenblick kein Geld habe. Aber du sollst eine Belohnung von mir kriegen. Später.«

»Das ist nicht nötig«, platzte er heraus.

»Oh doch!« Danach klapperten Schritte die Treppe hinunter.

Eine Belohnung bekam er nie, aber das war nicht schlimm, ihm war schon klar, dass sie das vergessen hatte. Irgendwie war ihm von Anfang an klar gewesen, dass sie das vergessen würde.

Später hatte er seine Mutter gefragt, warum er eigentlich keine Geschwister hatte. Sie bekam rote, hektische Flecken im Gesicht.

»Das kann man nicht immer selbst entscheiden«, sagte sie. »Kinder, die kommen, wenn sie kommen wollen. Sonst nicht.«

Er begriff nicht, was sie damit meinte, sah aber ein, dass es keinen Zweck hatte, weiter danach zu fragen.

Waltrauts Hände wärmten sich an dem Kaffeebecher. Sie weinte nicht mehr, war verstummt.

»Sag mir, wie dieser verdammte Kerl heißt!«, sagte Franki.

Sie schüttelte vorsichtig den Kopf.

»Ich werde ihn töten.«

»Er ist abgereist. Hat das Land verlassen.«

»Was er da mit dir gemacht hat, Waltraut … Er hätte dich umbringen können.«

Er legte seine Hand mitten auf den Tisch. Sie stellte ihren Becher hin, legte ihre Hand auf seine.

»Ja, in gewisser Weise bin ich selbst schuld.«

Dann war sie in seinem Wohnzimmer, und als sie seine Sportgeräte sah, wurde ihre Laune besser.

»Zeig mir das!«, sagte sie. »Zeig mir, wie man stark wird.«

Sie saß in Slip und T-Shirt da und radelte wie eine Verrückte. Er schaute ihr zu, seine Wut schwoll immer weiter an.

»Was hat dieser Satan noch gemacht?«, rief er.

»Ach, scheiß doch drauf!«, rief sie zurück. »Ich bin jetzt hier bei dir, und hier will ich bleiben.«

Franki ging hinaus. Er nahm eine Plastiktüte mit und die Schlüssel für den Keller. Jede Wohnung hatte einen einfachen Bretterverschlag mit Vorhängeschloss für die Vorräte. Er dachte an seine Mutter und an Waltraut.

Wie viel Kummer es doch im Leben gab.

In seinem Verschlag verwahrte er alles, was keinen Platz in seiner Wohnung hatte. Und was niemand sehen sollte. Das hier war sein Privatbereich.

Die Uhr ging auf vier zu. Draußen war es dunkel, es hatte wieder angefangen zu schneien, aber er merkte nichts davon. Er ging zum Videoladen.

Drinnen war Licht, an den Wänden hingen Plakate von Filmen. In dem kräftigen Licht sah er Göran, die Beine auf dem Tresen, einen Telefonhörer zwischen Schulter und Ohr geklemmt. Jenny konnte er nicht entdecken. Vielleicht war sie gefeuert worden. Göran war ein geiziger Typ, sie bekam nicht viel Gehalt, das hatte sie schon mehrere Male angedeutet.

Irgendwelche Erregung verspürte er nicht, eher eine Ruhe, wie ein süßes, beschwipstes Gefühl des Wohlbehagens. Ruhig stand er auf der Treppe, die Türklinke war kalt. Seine Hand fuhr in die Tüte, umfasste das glatte, harte Blech. Er öffnete die Tür und schlüpfte direkt zwischen die Regale. Hier konnte Göran ihn nicht sehen. Und auch sonst niemand.

Mit einem Ruck riss er die Sicherheitsplombe von der Handgranate und zog die Zündung heraus. Ein fauchender Laut war zu hören, wie von einem riesigen Zahnarztbohrer. Franki hielt den Atem an, er legte das Ei auf den Boden und ging hinaus. Würdevoll und ohne Hast.

Als er den Parkplatz erreicht hatte, drehte er sich das erste Mal um. Schwarzgrauer, giftiger Rauch erfüllte den ganzen Videoladen.

## 21

Am Sonntag vor Weihnachten wachte Ina-Lisa Bergström wie üblich gegen sechs Uhr morgens auf. Nichts Besonderes hatte sie geweckt, kein Geräusch, keine Bewegung. Sie fühlte sich nicht besonders ausgeschlafen und hätte gut noch ein paar Stunden weiterdämmern können.

Anfang Februar würde sie ihren achtundachtzigsten Geburtstag feiern und obwohl sie ihr Soll im Leben erfüllt zu haben glaubte, war das mit dem Schlaf so eine Sache. Mit zunehmendem Alter hatte er sich verändert, und das erschien weder logisch noch gerecht.

Sie konnte sich an die vielen schon lange vergangenen Morgenstunden erinnern, wenn der Wecker sie aus dem Bett gescheucht hatte, sie mit den Kindern zum Kindergarten geeilt war und danach weiter zum Fischladen, wo sie arbeitete. Da hätte sie alle Zeit der Welt gebraucht. Jetzt hatte sie sie, konnte damit aber nichts anfangen.

Es war hart, mitten in der Nacht aufzuwachen. Dann kamen einem so viele Gedanken. Gedanken, die immer weitergestrickt wurden, Gedanken, die zusammenliefen. Um das Zubettgehen hinauszuzögern, blieb sie oft noch lange auf und guckte sich die merkwürdigsten Sendungen im Fernsehen an. Und wenn sie dann schließlich doch ins Bett ging, schlief sie sofort ein, wachte aber jedes Mal wieder genauso überrascht um zwei oder drei Uhr auf. Dann musste sie doch kapitulieren und eine dieser Schlaftabletten nehmen, die Doktor Svan ihr verschrieben hatte. Die ließen sie bis sechs Uhr schlafen. Aber sie hatte dann das Gefühl, aufgegeben zu haben. Sie wollte nicht abhängig werden. Von nichts.

Das Alter, dachte sie. Es ist nicht nur der Schlaf, mit dem es dann Probleme gibt. Mit allem anderen auch, dem Körper und der Psyche, der totale Verfall.

Plötzlich fiel ihr ihre Mutter ein und ihr wurde in diesem Dämmerlicht ganz weinerlich zumute. Als ihre Mutter älter war, hatte sie oft über Schlaflosigkeit geklagt. Ina-Lisa hatte nur mit halbem Ohr zugehört. Sie hatte zu der Zeit so viele andere Dinge im Kopf.

Jetzt war sie schon seit zwei Jahrzehnten Witwe. Sie wohnte weiterhin in der 3-Zimmer-Wohnung in der Erik-Dahlbergsgatan, in derselben Wohnung, in der sie und Hugo fast die ganze Zeit gelebt hatten. Zwei Kinder hatten sie groß gezogen, eine Tochter und einen Sohn. Mit denen war es gut gelaufen, und jetzt hatte sie auch Enkelkinder, vier Stück. Aber die waren natürlich auch schon erwachsen.

Sie schob ihren bettwarmen Arm zum Nachttisch und schaltete das Radio ein. Ein wenig Musik konnte nicht schaden, es war an einem Sonntagmorgen um sechs Uhr im Haus so still. Sie wohnte im vierten Stock. Unter ihr wohnte auch eine Witwe, aber die war bedeutend jünger und beweglicher. Sie hatten nicht viel Kontakt, grüßten sich nur, wenn sie sich am Fahrstuhl trafen. Mehr nicht.

Zu dieser Zeit ging Inga-Lisa Bergström nur selten vor die Tür. Sie hatte Angst auszurutschen, Angst mit einem Oberschenkelhalsbruch in irgendeinem Krankenhausbett zu landen. So war es Ellen, ihrer Freundin, ergangen. Nach nur wenigen Wochen im Krankenhaus hatte sie sich in ein passives, desinteressiertes Häuflein Elend verwandelt. Sie kam nie wieder zurück, starb da in dem Heim.

»Eure Generation hätte mehr Sport machen sollen, Mama«, sagte Sally immer. »Wenn man was für seine Fitness tut, kriegt man nicht so schnell Osteoporose.«

Inga-Lisa hatte keine Lust, darauf zu antworten.

Sie stand auf und zog sich den Morgenmantel über. Mit einiger Mühe gelang es ihr, Kniestrümpfe über ihre knochigen, geäderten Beine zu ziehen.

Ganz unbeweglich bin ich ja jedenfalls noch nicht, dachte sie mürrisch. Sally joggte fleißig, obwohl sie schon weit über fünfzig war. Sie lief sogar den Frauenmarathon mit. Zehn Kilometer. Wenn das nur nicht die Muskeln und Gelenke abnutzte. Immer mal wieder erzählte sie, dass ihr ein Knie wehtat, aber Inga-Lisa hielt sich mit Kommentaren zurück. Bei so einem Gespräch kam nie was Gutes raus. Es war besser, seine Gedanken für sich zu behalten.

In der Wohnung war es kühl. Sie hatten einen neuen Hausmeister bekommen, der war nicht so großzügig mit dem Heizen wie der vorherige. Inga-Lisa hatte ihn ein paarmal angerufen, um sich zu beschweren, aber immer erreichte sie nur den Anrufbeantworter. Sie mochte diese Dinger nicht. Einfach in den leeren Raum zu sprechen.

Ihre Gehhilfe stand im Flur. Sie warf ihr einen trotzigen Blick zu und ging in die Küche. Ein kleiner Kaffee würde ihre Laune beträchtlich verbessern. Während sie wartete, dass das Wasser durchlaufen würde, fiel ihr ein, welcher Tag heute war. Es war Sonntag, und es war vierter Advent. Sie holte die Streichholzschachtel und ging ins Wohnzimmer. Dort war es hübsch sauber, am Freitag war die Altenpflegerin da gewesen. Eine handfeste Frau, die viel schaffte. Sie hatten sich lange unterhalten, aber wie sie hieß, daran konnte Inga-Lisa sich nicht mehr erinnern. Sie konnte ebenso gut im Wohnzimmer ihren Kaffee trinken. Dann konnte sie die vierte Kerze anzünden. Es sich in ihrer Einsamkeit ein bisschen festlich machen.

Der Kerzenhalter war aus Stroh, Hugo und sie hatten ihn auf einem Weihnachtsmarkt auf dem Stortorget gekauft. Mein Gott, wie lange war das schon her? War das nicht damals gewesen, als sie zum ersten Mal zusammen Weihnachten feierten? Sie dekorierte ihn jedes Jahr neu mit Torfmoos und kleinen

Weihnachtsmännern aus Stoff, und sie wusste, dass das feuergefährlich war, aber sie passte immer gut auf, das hatte sie all die Jahre gemacht.

Hugo, durchfuhr es sie, aber nicht mehr voller Schmerz. Sie hatte sich schon lange daran gewöhnt, dass es ihren Mann nicht mehr gab. So war der Lauf der Zeit, es war traurig, aber man konnte nicht viel daran ändern.

Sie bekam plötzlich Kopfschmerzen, ein dumpfer Druck hinter der Stirn. Ich habe zu wenig geschlafen, dachte sie wütend. Typisch. Jetzt wird sich der ganze Tag unendlich dahinziehen.

Aber der Kaffee war fertig, und sie hatte noch ein paar Krapfen in einer Dose, die würde sie sich jetzt holen und dazu ein paar Pfefferkuchen.

Es gelang ihr, alle Kerzen mit nur einem Streichholz anzuzünden. Dann ging sie in die Küche um fürs Frühstück zu decken. Als der Schlag sie traf, begriff sie nicht, was das war. Zuerst ein Würgen und der Geruch von Kaffee, dann verschwamm vor ihren Augen alles in der Farbe matten Lilas. Sie fiel auf die Schwelle zwischen Küche und Flur und wusste von nichts mehr.

Viertel vor acht morgens schrillte die Sirene: Ein Wohnungsbrand in der Erik-Dahlbergsgatan. Das ganze Team hatte sich zum Rapport versammelt, zum Morgenbericht. Die Männer saßen noch nicht, da kam er Alarm.

Als Engen sich den Helm aufsetzte, hörte er Tuborg aufschreien. Es war ein heller, merkwürdiger Schrei, verzerrt von Ekel und Überraschung.

»Oh nein, verdammter Scheiß!«

Engen drehte sich um, sah, dass Tuborg einen Fuß im Stiefel hatte. Den anderen Fuß hielt er hoch, die dicke weiße Wollsocke war ganz vorn rot von Blut.

Noch einmal dieser Schrei voller Ekel.

»Was ist los?«, rief Engen. »Was ist denn mit deinem Fuß?«

Tuborg schloss die Augen, dann hob er den Stiefel und drehte ihn um. Auf den Steinfußboden fiel eine Ratte. Ihr fehlten Kopf und Beine. Im Stiefel waren Blut und Gedärme.

Sie konnten sich nicht länger damit aufhalten. Engen zog den Reißverschluss seiner Jacke zu und sprang in den Hunderteinundzwanziger, das Löschfahrzeug. Es war kein weiter Weg und so früh am Morgen auch noch kein Verkehr. Bald sahen sie das Gebäude, ein Mietshaus mit vier Etagen. Die Polizei hatte bereits abgesperrt. Aus einem Fenster im obersten Stockwerk drang Rauch.

LB lief durch die Einfahrt. Es ging darum, sich möglichst schnell ein Bild von der Situation zu machen. Natürlich hatte jemand eine Kerze vergessen. Der Sonntagsfrieden würde sich in eine Orgie von Flammen und Verzweiflung verwandeln. Dass die Leute es auch nie lernten!

Es war ein alter Kasten, irgendwann Anfang des Jahrhunderts gebaut. Das Treppenhaus machte einen gepflegten Eindruck. An den Türen hingen Kränze, mit rotem Band umwickelt. Keine Kinderwagen standen im Weg. Hier wohnten wohl in erster Linie Rentner.

Leichter Rauch sickerte unter einer Tür ganz links hindurch. Er las den Namen Bergström darauf. Aus der Wohnung direkt darunter streckte eine Frau ihr blasses, verängstigtes Gesicht heraus. Ein Hund bellte hinter ihr hysterisch.

»Ich habe angerufen«, sagte sie Frau. »Ich wollte Müll in den Müllschlucker werfen, da habe ich den Brandgeruch gerochen.«

Sie hatte Tränen in den Augen, trug Hut und Mantel.

»Wer wohnt direkt über Ihnen?«, fragte LB.

»Sie heißt Bergström, Inga-Lisa Bergström … Sie ist alt, fast neunzig schon.«

»Wohnt sie allein?«

»Ja.«

»Und in den anderen Wohnungen?«

»Die sind verreist. Und eine steht leer.«

»Gut«, sagte LB. »Haben Sie keine Angst, das schaffen wir

schon. Gehen Sie wieder zu sich hinein, und machen Sie die Tür hinter sich zu, damit kein Rauch bei Ihnen eindringt.«

»Aber … sollen wir nicht lieber raus?«

»Nein. Gehen Sie nur rein, und sehen Sie zu, dass alles verschlossen ist.«

Evert, der Einsatzleiter, stand jetzt hinter ihnen. Er stellte seine Tasche hin und öffnete sie. LB funkte den Hunderteinundzwanziger an und orderte den dicken Schlauch zum Basispunkt im dritten Stock. Dort sollte der kleinere Schlauch angekoppelt werden, den die Feuerwehrmänner wie eine Sicherheitsleine mit sich führten.

Engen und Tuborg waren heute die Männer am Schlauch. Sie hörten sie die Treppe hinauf kommen. Sie atmeten schwer, waren in ihren plumpen Anzügen gelaufen.

»Eine allein stehende Frau wohnt hier«, erklärte LB. »Eine Frau von neunzig.«

»Wir holen sie raus«, sagte Engen.

»Okay«, sagte Evert. »Setzt eure Masken auf, und dann los!«

Es waren Rufe im Treppenhaus zu hören. Ein Mann im glänzenden Pyjama kam hochgehastet. Er atmete keuchend, schien kurz vor dem Zusammenbrechen zu sein.

»Was ist los, brennt es?«

»Ja«, sagte LB ruhig. »Aber wir hoffen, es bald unter Kontrolle zu haben.«

Der Mann packte ihn beim Arm, er hatte einen Schlüsselbund in der Hand und warf den Kopf hin und her, als wäre er kurz vor einem epileptischen Anfall.

»Ich muss auf den Dachboden, ich habe meine Sachen da.«

»Das geht jetzt nicht.«

»Ich muss, verstehen Sie kein Schwedisch, Sie verdammter Feuerwehrheini! Ich habe meine ganze Briefmarkensammlung da oben, die ist ein Vermögen wert!«

»Hören Sie zu! Wir werden alles tun, um sie zu retten. Aber seien Sie jetzt so gut, gehen Sie wieder runter, und warten Sie in Ihrer Wohnung.«

Der Mann zuckte zusammen und versuchte vorbeizukommen. Seine Füße waren nackt und behaart.

LB versperrte ihm den Weg.

»Sie behindern unsere Arbeit«, sagte er. »Verschwinden Sie von hier!«

Der Mann ging ein paar Schritte hinunter, er ließ den Schlüsselbund klirren und schrie:

»Wenn auch nur ein einziger Wassertropfen auf meine Briefmarken kommt, dann werde ich die Feuerwehr dafür verantwortlich machen! Und Sie persönlich! Ich habe Ihre Dienstnummer gesehen. Glauben Sie nur nicht, dass Sie so davonkommen!«

»Legen Sie sie in Zukunft lieber in einen Banksafe«, sagte LB. »Und jetzt verschwinden Sie. Sonst macht die Feuerwehr sie noch dafür verantwortlich, wenn das Haus abbrennt.«

Engen und Tuborg hatten den vierten Stock erreicht. Wie erwartet war die Tür abgeschlossen. Tuborg brach sie ohne Probleme auf. Der Rauch quoll ihnen entgegen, dicht und grau. Sie ließen sich auf die Knie nieder und krochen in den engen Flur.

Im nächsten Moment fanden sie die Frau. Sie lag auf dem Boden vor der Küche. Engen beleuchtete ihr Gesicht mit der Taschenlampe. Sie blutete aus einer Wunde an der Stirn, aber sie atmete.

Er zog sie in sitzende Position hoch. Der Kopf kippte nach vorn. Er saß mit ihr im Schoß da, sie war alt und dünn. Arme kleine Oma, durchfuhr es ihn, eine plötzliche Sentimentalität, die er beiseite schieben musste.

»Wir haben sie!«, rief er durch seine Maske. »Sie ist bewusstlos, aber sie atmet. Ich lege ihr nicht den Revitox an, es geht schneller, sie gleich rauszubringen!«

Der Revitox war die zweite Atemmaske, die die Feuerwehrleute immer dabei hatten. Sie war für Menschen gedacht, die sie im Rauch fanden.

Er hörte Evert antworten, dass er verstanden habe.

Er schob seine Arme unter die der Frau und ergriff ihre Handgelenke kreuzweise. Das machte es leichter, den Griff beizubehalten, während er sie hinauszog. Es hatte eine Gehhilfe auf dem Flur gestanden, die konnte den Weg hinaus blockieren und sie behindern.

Er rief, dass sie unterwegs waren.

»Klappt es?«, fragte Tuborg.

»Ich denke schon«, antwortete er.

Die Frau war groß, aber nicht besonders schwer. Er zog sie rückwärts über den Boden und gelangte mit ihr ins Treppenhaus. Evert stand schon mit der Oxygenbox bereit, um ihr Sauerstoff zu geben.

»Die arme Alte«, sagte er.

Sie bewegte sich ein wenig und röchelte.

Engen und Tuborg gingen zurück in die Wohnung.

Der Krankenwagen war unterwegs.

Die Ratte war weg, als sie zurück auf die Wache kamen.

Tuborgs Stiefel auch. Er hatte sich ein paar andere geschnappt, jetzt stellte er diese ab und ging wortlos unter die Dusche.

Als Engen in die Sauna kam, saß er ganz oben auf der Pritsche, und der Schweiß glänzte in seinem knochigen Gesicht.

»Hast du deine Stiefel gefunden?«, fragte Engen.

Tuborg schüttelte den Kopf.

»War das wirklich eine Ratte«, fragte Engen, »oder hast du vielleicht nicht richtig hingeguckt?«

»Nicht richtig hingeguckt! Was denkst du denn?«

»Jemand muss sie da reingestopft haben. Wenn sie noch ganz gewesen wäre, hätte sie theoretisch von allein in den Stiefel kriechen können.

»Genau. Aber ohne Beine kann keiner kriechen. Nicht einmal so ein Rattenvieh. Außerdem war sie aufgeschnitten. Was das Bewegungsvermögen noch einmal erheblich verringert.«

Engen massierte seine Wadenmuskel, der Schweiß begann zu

sickern, das tiefe, reinigende Schwitzen setzte ein. Er war auf der Treppe gegen irgendetwas gestoßen, es tat in der linken Wade weh.

»Wer zum Teufel kann sie da reingestopft haben?«, fragte er.

Tuborg überlief trotz der Hitze ein kalter Schauer.

»Jemand mit einem äußerst merkwürdigen Sinn für Humor.«

»Jemand von hier? Glaubst du, jemand von uns?«

»Nein, verdammt, wer sollte denn auf so eine Idee kommen?«

»Dann muss es also jemand gewesen sein, der sich hier reingeschlichen hat. Der von außen gekommen ist.«

»Ja, ich weiß nicht.«

»Was willst du machen? Willst du die Sache melden?«

»Ach, das bringt doch nichts.«

Eine Weile saßen sie schweigend da.

»Was ist eigentlich mit Jompa?«, fragte Engen nach einer Weile.

»Warum ist er heute nicht da, ist er krank?«

»Da war irgendwas mit ihrem Mädchen. Mit Jessie.«

»Soweit ich verstanden haben, sind die beiden aneinander geraten.«

»Ja.«

»Ja und – ist was passiert?«

»Sie ist anscheinend gestern Abend nicht nach Hause gekommen«, erklärte Tuborg. »Sie mussten nach ihr suchen lassen.«

»Oh Scheiße.«

»Wollen nur hoffen, dass es nichts Schlimmes ist.«

»Ach, sie ist sicher nur stinksauer gewesen«, sagte Engen. »Die taucht bestimmt wieder auf.

»Hoffentlich.«

»Nur ein Glück, dass ich keine Teenagertöchter habe. Wie alt sind deine jetzt eigentlich?«

»Acht und zehn.«

»Dann hast du ja noch so einiges vor dir.«

Tuborg stand auf und ging zur Tür.

»Oh ja.«

Sie trafen sich alle in der Küche. Es war Zeit zum Mittagessen. Tuborg hatte seine Stiefel im Wäscheraum gefunden, sauber gemacht und ausgespült, zum Trocknen aufgehängt. Er hatte Svempa danach gefragt, der gerade einen Abfluss reinigte.

»Hast du meine Stiefel da aufgehängt?« Die helle Gesichtshälfte des Mannes verfärbte sich rot.

»Ja«, sagte er. »Ich habe sie sauber gemacht.«

»Und die Ratte?«

»Habe ich weggeworfen.«

»Ich denke nicht im Traum daran, diese blöden Stiefel jemals wieder anzuziehen. Aber trotzdem vielen Dank. Du hast nicht zufällig gesehen, wer das kleine Tier da reingepackt hat?«

»Nein, tut mir Leid.«

Zwei Polizisten kamen zu ihnen, als sie aßen. Sie untersuchten den Mord an Leif-Axel Antonsson.

»Wir haben ihn nicht richtig gekannt«, erklärte Jacket. »Er ist nur ab und zu mal hier gewesen mit Informationen von oben. Das letzte Mal ... ja, das war wohl vergangene Woche. Er redete von Einsparungen. Das war fast das Einzige, wovon er redete.«

»Nun ja, jedenfalls redet er jetzt nicht mehr«, erwiderte Martin Persson, der jüngere der Polizisten.

Jacket fuhr fort:

»An allen Ecken und Enden wird zur Zeit was eingespart. Jetzt kürzen sie uns auch schon die Übungen zusammen. Wie sollen wir denn unsere Arbeit ordentlich machen, wenn wir nicht einmal mehr üben können. Wissen Sie, die streichen unsere Übungseinheiten von hundertzwanzig pro Mann und Jahr einfach auf achtzig zusammen. Und wenn wir uns beklagen, brummen sie uns nur noch mehr auf. Im nächsten Jahr sollen wir auch noch zehn Tage lang Brandschutz machen. Bald muss man noch um Urlaub bitten, wenn man aufs Klo will.«

»Kommt drauf an, was du da machst«, erklärte Evert trocken.

»Vielleicht kann man da ja als Übung durchgehen lassen.«

Alle lachten.

»Bei uns ist es genauso schlimm«, hakte Persson nach. Engen fiel auf, dass er einen Akzent hatte, wahrscheinlich kam er aus Småland.

»Es gibt immer mehr zu tun. Aber hört mal, lasst uns jetzt zu Antonsson zurückkehren. Er scheint ein ziemlich Eigenbrötler gewesen zu sein. Oder wie war euer Eindruck?«

»Gut möglich«, sagte Jacket. »Wie gesagt, ich kannte ihn kaum. Dann ist es also wirklich wahr, dass er ermordet worden ist?«

Persson nickte.

»Erstickt worden. Mit seinem eigenen Kopfkissen.«

»So ein Mist. Also kein Selbstmord?«

»Man erstickt sich nicht selbst mit einem Kopfkissen.«

»Nein ...«

»Jemand hat ihn besucht, als er krank zu Hause im Bett lag. Jemand hat Blumen in eine Vase gestellt und ihm dann das Kissen auf die Nase gedrückt.«

»Ganz reizend«, sagte Evert.

Der ältere Polizist, Appelgren, zog einen Block aus seiner Aktentasche.

»Es steckte eine Karte in dem Blumenstrauß«, sagte er und sah sie scharf an, während er seine Brille aufsetzte. Dann schaute er auf seinen Block.

»Ja, und auf der Karte stand ein Gruß. Bald wieder herzlich willkommen in Östermalm, das stand da drauf.«

LB hatte seine Gabel mit einem Stückchen Makkaroniauflauf angehoben. Überrascht hielt er auf halbem Wege inne.

»In Östermalm?«, wiederholte er und legte die Gabel wieder auf den Teller.

»Weiß einer von euch etwas darüber?«

»Ich jedenfalls nicht«, sagte LB. »Und soweit ich weiß auch keiner aus unserer Gruppe.«

Die anderen schüttelten den Kopf.

»Wieso denn bald wieder herzlich willkommen in Östermalm?«, fragte Engen. »Außerdem habe ich auch was von einem Brief gehört, oder? Einem Abschiedsbrief, den man in seiner Wohnung gefunden hat.«

»Ja, stimmt. Vielleicht dort hingelegt, um einen Selbstmord vorzutäuschen. In dem Brief bittet er um Entschuldigung dafür, dass er nicht länger leben will. Ja, ihr wisst ja. Aber Tatsache bleibt: Leif-Axel Antonsson hat sich nicht das Leben genommen. Er hat dabei Hilfe gehabt. Und er hat Widerstand geleistet. Es sind Spuren von den Handschuhen des Mörders unter seinen Fingernägeln gefunden worden.

»Wer kann ihn ermordet haben?«, fragte Engen. »Das gibt doch überhaupt keinen Sinn.«

»Nein«, sagte Tuborg langsam. »Sicher, er war ein verschrobener Querkopf. Man konnte schnell sauer auf ihn werden. Aber doch nicht so sauer, dass man ...«

Er verstummte.

»Wieso konnte man schnell auf ihn sauer werden?« Persson stand auf und holte sich einen Becher Kaffee.

»Ach, ich weiß nicht ...«

»Doch, doch, Sie wissen es schon.«

»Nun ja ... Er saß immer gern auf dem hohen Ross. Kam daher und wollte uns erzählen, wie wir unsere Arbeit zu machen hätten! Dabei hat er sicher nie in seinem Leben ein größeres Feuer als das einer Wunderkerze gesehen.«

»Hm.«

»Hatte er keine Familie?«, fragte Myran.

»Geschieden. Wir haben mit seiner Exfrau gesprochen, aber die beiden hatten schon seit mehreren Jahren keinen Kontakt mehr. Übrigens schreibt sie was. Irgend so ein Buch über ihr Leben!«

»Dann könnt ihr das ja kaufen und nachlesen, wie Antonsson wirklich war«, wandte Myran in dem Versuch ein, witzig zu sein. Aber niemand lachte. Persson sagte:

»Sie hat ein hartes Leben gehabt, diese Frau. Hat schon früh angefangen zu saufen. Aber letztendlich scheint sie doch noch auf den Pfad der Tugend zurückgefunden zu haben.«

Appelgren nahm seine Brille ab und schob sie in ein braunes, abgegriffenes Etui.

»Antonsson war auch nicht gerade nüchtern, als er starb«, sagte er. »Wisst ihr etwas über seine Trinkgewohnheiten?«

»Wir kannten ihn doch kaum«, erklärte Tuborg irritiert.

»Nein, schon gut. Auf jeden Fall scheint er an dem besagten Abend reichlich gebechert zu haben. Ganz allein oder mit jemandem zusammen, vielleicht mit dem Mörder. Die Obduktion hat 2,6 Promille im Blut und 3,8 im Urin ergeben.«

»Das ist ja eine ganze Menge«, bemerkte Myran.

Appelgren nickte.

»Das ist schon an der Grenze zur Alkoholvergiftung.«

Persson räusperte sich. »Wie ihr verstehen werdet, müssen wir eure Termine und so an dem betreffenden Tag überprüfen. Vielleicht kann LB uns dabei helfen?«

»Das kriegen wir schon hin.«

Roffe hatte die ganze Zeit schweigend dagesessen. Jetzt schaute er mit einem schiefen, höhnischen Lächeln auf.

»Also unsere Alibis?«, fragte er. »Wir sind potenzielle Mörder, wollt ihr das damit sagen?«

»Nehmen Sie's nicht persönlich«, sagte Persson. »Wir tun ja auch nur unseren Job.«

Tuborg stand auf. Das Essen auf seinem Teller hatte er nicht angerührt.

»Ach übrigens, da gibt es noch eine andere Sache, die ich gern zur Sprache bringen würde«, erklärte er. »Das passt ja gut, dass die Polizei sowieso schon mal hier ist. Denn dann kann ich gleich eine Anzeige loswerden.«

Alle starrten ihn an. Engen spürte, wie er zitterte, das Beben hatte seinen Ursprung in den Füßen und pflanzte sich dann über die Muskeln in den ganzen Körper fort. Die Nudeln schienen in seinem Mund anzuwachsen.

Tuborg warf ihm einen Blick zu.

»Aber vielleicht warte ich lieber, bis alle fertig gegessen haben.«

»Das macht nichts«, murmelte Engen. Er schob den Teller von sich, hatte keinen Hunger mehr.

»Was ist denn, Tuborg?«, fragte LB. »Wo ist das Problem?«

»Problem? Das ist noch untertrieben! Heute Morgen, als wir zu dem Alarm ausrücken wollten, da fand ich ein kleines ... Geschenk in meinem rechten Stiefel.«

»Was denn?«, fragte LB.

»Engen war dabei, er hat es auch gesehen. Stimmt doch, Engen, oder? Jemand hat sich nämlich den Spaß erlaubt, mir eine ziemlich große, aufgeschlitzte Ratte in den Stiefel zu stopfen. Und wenn das keiner von uns war, und davon gehe ich aus, dann muss sich jemand hier hereingeschlichen haben. Jemand, der weiß, welche Ausrüstung mir gehört. Jemand, der mich nicht leiden kann.«

»Eine echte Ratte?«, fragte Appelgren. Er verzog sein Gesicht vor Ekel.

»Ja! Eine echte Ratte. Aber tot und verstümmelt.«

»Klingt fast wie ein Dumme-Jungs-Streich.«

»Nun ja.«

»Kann sich nicht jemand reingeschmuggelt haben? Lasst ihr nie die Türen offen?«

»Nun ja«, protestierte LB. »Das muss aber dann ein reichlich gestörter Typ gewesen sein. Das kann sich ja wohl kaum um einen Zufall handeln. Das ist doch ganz klar geplant gewesen. Wer läuft denn mit aufgeschlitzten Ratten herum und lässt sie irgendwo in einer Feuerwache liegen?«

»Auf jeden Fall kann es Zufall sein, dass sie ausgerechnet in Ihrem Stiefel gelandet ist«, sagte Persson. »Fällt Ihnen selbst jemand ein, der das hätte machen können?«

»Nein. Und verdammt, eine Ratte, das könnte man ja noch ertragen, da haben wir ja schon reichlich Schlimmeres erlebt. Aber die Art und Weise, wie es gemacht war. In meinen Stiefel. Ich bin einfach wütend und verletzt.«

Ein Alarm kam. Das Gespräch wurde abgebrochen.

»Vergiss nicht, vorher in deine Stiefel zu gucken!«, spottete

Myran mit seiner hellen Stimme, während sie zu ihrer Ausrüstung liefen.

Engen war müde, wusste aber, dass er nicht würde schlafen können. Er blieb im Wohnzimmer sitzen und guckte sich einen langweiligen amerikanischen Film an. Er konnte der Handlung nicht folgen. Schon vor langer Zeit waren ihm die Personen durcheinander geraten.

Die Uhr zeigte Viertel nach elf. Camilla war schon schlafen gegangen. Sie hatte den ganzen Tag Safranbrot gebacken und außerdem noch ein Pfefferkuchenhaus gebastelt. Sie hatte sich an der heißen Zuckerlösung verbrannt, ein großer, dunkelroter Fleck leuchtete auf ihrer Hand. Sie hätte ihn mit Wasser kühlen sollen, er hatte es ihr gesagt, als er vom Dienst nach Hause kam, und sie hatte erwidert, dass sie das schon gemacht habe.

Höchstens zwei Minuten, dachte er. Mindestens eine Viertelstunde wäre notwendig gewesen.

Engen konnte von seinem Platz aus das kleine Haus sehen. Schief und krumm war es und das Dach hügelig von den Karamell-Bonbons. Er war gerührt. Die Zwillinge hatten helfen dürfen. Sie hatten ihn an der Tür abgefangen, um es ihm zu zeigen.

Jetzt schliefen sie in ihren Betten. Er schaltete den Fernseher ab. Das Haus war still. Er wollte sich nicht hinlegen, ein nagendes Gefühl wuchs in ihm heran, ein Gefühl der Unruhe.

Das war einfach alles zu viel. Zuerst Almis' Tod. Immer wieder war er alles durchgegangen, allein für sich und zusammen mit den anderen. Er war überzeugt davon, dass sich noch etwas außer Almis und ihm in dem brennenden Gebäude befunden hatte. Sie hatten einen Menschen dort drinnen gehört. Beide hatten sie etwas gehört. Als er das LB und den anderen erzählte, bekam er mehr und mehr das Gefühl, als würden sie ihm nicht so recht glauben. Dass er so aufgeregt gewesen wäre und es sich deshalb eingebildet hätte. Dass er sich nicht richtig erinnerte. Und außerdem hatte man nichts gefunden, was darauf hindeutete, dass sich eine dritte Person dort befunden hatte. Weder die

Polizei noch die Leute von der Feuerwehr. Wahrscheinlich hatte sich der Betreffende durch eine Hintertür aus dem Staub gemacht und war im Schutz der Dunkelheit verschwunden – oder aber er war dort drinnen umgekommen und vollkommen pulverisiert. Obwohl Letzteres nicht sehr wahrscheinlich war, da das Feuer schnell unter Kontrolle gewesen war.

Aber es gab da etwas, was nicht stimmte. So gut kannte er Almis, um zu wissen, dass der niemals so etwas machen würde, sich niemals die Atemmaske herunterrisse. Er ging in die Küche und holte sich ein Bier. Es war eine neue Sorte, die er entdeckt hatte, Arboga. Er mochte den Geschmack, goss sich ein Glas ein und streckte sich auf dem Sofa aus.

Und dann der Mord an Leif-Axel Antonsson. Gab es da vielleicht irgendeinen Zusammenhang? Eine Sache war auf jeden Fall sicher. Innerhalb kürzester Zeit hatten zwei Männer der Stockholmer Feuerwehr ihr Leben verloren. Lief etwa jemand herum, der einen Hass auf Feuerwehrleute hatte? Ein Irrer, der ihnen Böses wollte? Und wenn dem so war, warum ausgerechnet Feuerwehrleuten?

Nein, das musste reiner Zufall sein.

Eine andere Sache, die zwar nicht direkt damit zusammenhing, aber dennoch damit verknüpft werden konnte, war die Geschichte mit dem Mädchen Jessica. Jompa hatte am Nachmittag von sich hören lassen. Er und Lotta waren äußerst beunruhigt. Das Mädchen war immer noch verschwunden. Die Polizei war eingeschaltet worden.

Engen fiel eine Sache von vor vielen Jahren ein, und als er sich daran erinnerte, wurden seine Fingerspitzen eiskalt. Eine junge Arzttochter, noch ein Schulkind, war in einer Wohnung in der Fyrspannsgatan in Hässelby eingesperrt gewesen. Es war um die Weihnachtszeit, und die Zeitungen hatten jeden Tag darüber geschrieben. Monika hieß sie, es fiel ihm jetzt wieder ein. Der Fall Monika. Die Eltern wohnten in einer großen Villa unten am Hässelby Strandväg.

Es stellte sich später heraus, dass derjenige, der das Mädchen gefangen gehalten hatte, ein Mann mittleren Alters war, verrückt natürlich, ein Psychopath. Nach einer Weile hatte er sie gezwungen, mit ihm nach Dalarna zu fahren in eine abseits gelegene Hütte. Von dort aus gelang ihr die Flucht. Das war eine richtig kranke Geschichte gewesen. Er erinnerte sich noch an ein Foto in einer Abendzeitung, das Mädchen auf einer Bahre mit Frostbeulen an den Füßen.

Was passiert mit einem Mädchen nach so einem Erlebnis, dachte er. Kann sie jemals wieder normal sein? Und der Verrückte, was war aus ihm geworden? Er war von einer Felsenklippe heruntergesprungen, hatte aber überlebt. Vielleicht lag er in irgendeinem Pflegeheim, am ganzen Körper gelähmt und unschädlich gemacht. Das wäre die gerechte Strafe für so einen schrecklichen Kerl. Aber vielleicht war er ja auch wieder gesund geworden, war inzwischen aus dem Gefängnis entlassen, jetzt auf der Jagd nach neuen jungen Opfern. Oder er saß in Karsudden. Dann würde er wohl bald Urlaub kriegen. Das klang wie ein richtiger Horrorfilm, so einer, wie er ihn nie selbst würde ansehen wollen.

Und dann noch das mit der Ratte. Wenn er die Augen schloss, konnte er vor sich sehen, wie die blutige Masse aus Tuborgs Stiefel rutschte. Er verzog das Gesicht. Wer spielte Tuborg da so übel mit? Oder war es nur ein Zufall, dass sie ausgerechnet in seinem Stiefel gelandet war? Andererseits, Tuborg hatte nur wenig Geduld mit anderen und konnte manchmal ganz schön schnell in die Luft gehen. Und so was konnte sich bei einem, der sich ungerecht behandelt fühlte, aufstauen.

Er hörte ein Geräusch aus dem Schlafzimmer. Plötzlich bekam er Angst. Camilla und die Jungs. Wenn ihnen nun etwas passierte. Er stand auf und ging mit schnellen Schritten zum Kinderzimmer. Sie schliefen, vollkommen ruhig. Als er sich umdrehte, stand Camilla auf dem Flur, mit zerzaustem Haar und müdem Blick.

»Was ist?«, fragte er.

»Ich muss nur aufs Klo. Kommst du nicht auch bald ins Bett?«

Er zog sie an sich, sie war warm und roch nach Schlaf.

»Doch, ja«, murmelte er. »Natürlich, ich komme gleich. Ich will nur noch mein Bier austrinken, dann komme ich.«

Er hörte, wie sie auf der Toilette spülte und dann zurück ins Schlafzimmer ging. Sie ging schwer, auf den Hacken, wie man es tut, wenn man richtig müde ist. Ein Bild kam ihm in den Sinn, aus der Zeit, als sie sich gerade erst kennen gelernt hatten. Sie war eines Abends auf die Wache gekommen, und sie hatten sich in die Schlafkammer geschlichen und sich dort geliebt. Wie viele Jahre war das schon her? Er war damals dreiundzwanzig, sie zwanzig.

Sie hatten sich in einer Bar in Las Palmas kennen gelernt. Er saß dort mit einigen Kumpels auf der Terrasse, und es war sehr heiß, obwohl es schon spätabends war. Am Tisch neben ihnen saß ein hübsches blondes Mädchen in Leinenbluse und weißer Hose. Sie war allein dort.

Er erinnerte sich an einen Zwischenfall. Ein Einheimischer war mit einem Affen vorbeigekommen. Der Affe trug Babykleidung und hatte eine winzig kleine Spitzenmütze auf. Engen sah nicht, was der Affe machte, aber plötzlich hörte er, wie er schmerzerfüllt aufheulte. Dann sah er das Mädchen in der weißen Hose, sie war aufgesprungen, stand da und schrie den Mann in holprigem Englisch an.

»You bastard! You don't dare to hit this animal once again!«

Sie hatte nie Angst gehabt, sich einzumischen.

Der Mann ließ den Affen los. Er sah überrascht aus, fast ängstlich. Währenddessen riss sich das Tier die Mütze ab und kletterte an den Rankpflanzen an einem der Häuser hoch. Als der Mann sah, dass der Affe geflohen war, wurde er wütend. Diese ausländische Frau hatte seinen Affen verjagt, seine einzige Chance, etwas Geld zu verdienen. Das Tier machte Kunststücke für die Touristen, und nur durch das Geld der Touristen war der Mann in der Lage, sich und seiner Familie etwas zu essen zu kaufen. Er hatte sechs Kinder, eine Frau und die klapprigen Eltern seiner Frau zu versorgen. Plus den Affen.

»Deshalb brauchst du doch kein Tierquäler zu sein«, sagte Camilla.

Der Affe hatte in einem Fenster hoch oben Zuflucht gefunden. Der Mann ließ sie stehen. Er lief zum Haus, wollte versuchen das Tier einzufangen.

Dadurch kamen Engen und Camilla ins Gespräch. Sie standen da und sahen zu, wie das Fenster geöffnet und der Affe schließlich gepackt und hereingezogen wurde.

»Die haben hier im Land einfach kein Herz für Tiere!«, sagte Camilla, und er merkte, dass sie kurz vorm Weinen war.

Sie hatte kleine, gebräunte Hände und einen glatten Verlobungsring. Er erinnerte sich noch an das Gefühl, als er den entdeckte. Ihr Verlobter lag mit verdorbenem Magen im Hotelzimmer. Sie sagte, sie müsse bald wieder zu ihm zurückgehen. Aber sie tat es nicht, blieb da und er fragte, ob er ihr ein Bier ausgeben dürfte. Zu seiner Überraschung nahm sie das Angebot an. Engen erzählte von seinem Beruf, er hatte gerade in Östermalm angefangen, und noch war alles spannend und neu. Sie selbst arbeitete in einem Kleidergeschäft. Später wollte sie dann selbst etwas aufziehen, eine Boutique mit tollen Labels. Aber vorher wollte sie herumreisen.

»Nicht so«, sagte sie und machte eine Handbewegung auf die Miniaturflaggen zu, die die Terrasse einrahmten. »Nein, ich will richtig herumreisen. Weißt du, nach Südostasien fahren, fremde Völker und Kulturen kennen lernen. Nicht solche Touri-Orte. Von denen habe ich genug.«

Arme Camilla, dachte er. Eine richtige Reise hast du nie antreten können, weil du mich kennen gelernt und dich in mich verliebt hast. Und die Boutique, die ging den Bach runter, also bleibt dir jetzt nichts anderes als die Hausfrauentristesse mit Mann, Kindern und Reihenhaus.

Ja. Sie hatte bald danach mit ihrem Verlobten Schluss gemacht und kam stattdessen mit ihm zusammen. In den ersten

Jahren sprachen sie oft davon, dass sie beide zusammen reisen wollten, und zwar bevor sie Kinder bekamen und sich damit banden. Aber das war ja so teuer. Anfangs sparten sie Geld in einer kleinen Schublade, die sie ihre Reisekiste nannten. Sie schrieben jede Krone auf, die sie dort hineinsteckten. Camilla hörte auf zu rauchen, das brachte schon eine ganze Menge.

Aber die Jahre vergingen, und dann kam die Boutique. Und dann das Haus. Und die Kinder.

Engen vermisste das Reisen nicht. Das war in erster Linie ihr Ding gewesen. Er überlegte plötzlich, ob ihr das wohl fehlte, ob sie immer noch daran dachte, es bereute und sich danach sehnte. Manchmal machte sie Andeutungen dahingehend, wie müde sie dessen war, was jetzt ihren Alltag ausmachte. Aber er dachte meistens, dass ja jeder mal so redete, der immer das Gleiche wiederkäuen musste. Wer würde sich denn nicht gern ein paar Monate in Südostasien herumtreiben?

Er trank das Bier aus und ging mit dem Glas in die Küche. Der Hof lag leer da, die Leute schliefen. Er dachte an die alte Frau, die sie früh am Morgen gerettet hatten. Würde sie es schaffen? Sie war leblos und schlaff gewesen, und als er ihre Stirn berührte, wurden seine Handschuhe blutig. Er dachte, dass er zu ihr ins Krankenhaus gehen wollte, wenn es ihr besser ging. Wenn es ihr denn besser ging. Er würde ihr gern erzählen, wie er sie gefunden und dann herausgeholt hatte. Aber er wusste aus Erfahrung, dass so etwas nur selten wirklich zu Stande kam. Man hatte ganz einfach keine Zeit dafür. Außerdem durfte man sich nicht zu sehr damit beschäftigen. Es ging darum, das, was passiert war, abzukoppeln und nach vorn zu sehen. Sonst schaffte man es nicht, diese Art von Job durchzustehen.

# 22

Jessicas erster Gedanke war Enttäuschung, sie fühlte sich hohl und leer. Der Mann im Auto ähnelte ganz und gar nicht dem Bild, das sie sich von ihrem Vater gemacht hatte. Sie stand auf der Treppe vor dem Postamt, mehrere Autos waren bereits gekommen, Leute hatten angehalten, waren mit Briefen herausgesprungen, die sie in den Kasten schräg hinter ihr eingeworfen hatten. Jedes Mal, wenn ein Auto anhielt, nahm sie ihren ganzen Mut zusammen. Jedes Mal, wenn es das falsche Auto war, verließ sie dieser Mut wieder. So etwas Billiges, eine Frau auf der Straße. Er hätte sie dieser Erniedrigung nicht aussetzen dürfen!

Ich gebe ihm noch eine Viertelstunde, dachte sie. Dann scheiß ich auf ihn. Und auf alles andere auch!

Sieben Minuten nach acht hielt ein schwarzer Saab. Der Mann beugte sich zur Beifahrerseite und öffnete die Tür.

»Du bist Jessica, nicht wahr?«

Sie nickte zögernd.

»Dann spring doch rein!«, sagte er, und da schien ihr, als würde sie die Stimme wiederkennen.

Er nahm ihre Hand, sie fror. Er kommentierte das, während er losfuhr.

»Ach, du Arme, hast du warten müssen? Tut mir Leid, das wollte ich nicht.«

Jessica erwiderte nichts darauf.

»Du kannst meine Handschuhe nehmen, wenn du willst. Sie liegen neben dir. Aber ich fürchte, sie sind dir zu groß.«

Sie entdeckte ein paar helle Handschuhe.

»Ist nicht nötig«, sagte sie.

Es war so ein Geruch im Auto, irgendwie süß und warm. Als sie auf den Vällingbyvägen abbogen, begann er seine Erklärung.

»So ist das also, Jessica. Oder besser gesagt, es ist absolut nicht so, wie du glaubst. Ich bin nicht dein Vater. Er hatte ein bisschen Schwierigkeiten zu kommen, weißt du. Wenn du ihn siehst, wirst du verstehen, was ich meine.«

Sie musste pinkeln. Sie hätte aufs Klo gehen sollen, bevor sie das Café verließ.

»Ja, wer sind Sie dann?«, fragte sie leise.

»Ein guter Freund deines Vaters. Eine Art Kumpel.«

Eine Art, dachte sie.

»Ich bring dich zu ihm. Er wartet auf uns.«

»Darf ich rauchen?«

»Natürlich. Mach nur.«

Sie zündete sich eine Zigarette an, bot ihm auch eine an, aber er lehnte ab. Sie fuhren aus der Stadt hinaus. Sie wärmte eine Hand zwischen den Schenkeln.

»Wo fahren wir?«, fragte sie nach einer Weile.

Er lachte.

»*Wohin* heißt das. Wo ist der Ort, nicht die Richtung. Wenn du erlaubst.«

Er klang wie ihr Lehrer.

»Na gut, in welche Richtung dann?«, murmelte sie.

»Das ist noch ein Stück weiter. Kurz vor Södertälje.«

»So weit! Aber ich muss rechtzeitig wieder zu Hause sein.«

»Rechtzeitig? Was heißt das?«

»So um zehn.«

»Um zehn? Doch, das schaffen wir, ich fahre dich hinterher nach Hause.«

Sie wusste nicht, was sie sagen sollte. Sie nahm ein paar tiefe Züge.

»Wie ist er?«, fragte sie schließlich.

»Du bist neugierig, nicht wahr?«

»Ja, das ist doch logisch.«

»Du wirst ihn ja gleich sehen.«

»Aber können Sie mir nichts vorher sagen?«

»Ich glaube, er möchte das nicht.«

»Nein?«

»Ich denke, er macht sich Sorgen wegen deiner Reaktion. Es gibt da etwas, das hat er dir nicht erzählt.«

Ihre Kopfhaut prickelte.

»Und was ist das?«, fragte sie schnell.

»Er hat Angst, dass du enttäuschst bist, das weiß ich, wir haben oft darüber geredet, er und ich.«

Sie hatten Essingeleden erreicht. Jessica öffnete das Fenster und warf die Kippe hinaus. Sie flog wie ein leuchtender Punkt davon.

»Oh Scheiße, ist er so ein Monstertyp?«

»Jessica. Dein Vater sitzt im Rollstuhl.«

»Ach so.«

»Nun habe ich es doch gesagt. Er wird wütend auf mich sein. Versprich mir, Jessica, versprich mir, dass du mich nicht verrätst.«

»Warum denn, warum sitzt er im Rollstuhl?«

»Das muss er dir selbst erzählen. Aber tu bitte so, als wenn nichts wäre. Du kommst ins Zimmer, er sitzt an einem Tisch. Du musst so tun, als wenn du denken würdest, er könnte aufstehen und dir entgegen kommen.«

»Jaha.«

Eine Weile saßen sie schweigend nebeneinander. Ihr wurde langsam warm. Sie überlegte, ob sie ihn bitten sollte, an einer Tankstelle anzuhalten, damit sie dort aufs Klo gehen konnte. Gleichzeitig war ihr das peinlich. Das war zu privat. Wenn es nicht mehr zu lange dauern würde, könnte sie es schaffen.

»Willst du Musik hören?«, fragte er und betrachtete sie von der Seite.

Sie schüttelte den Kopf.

»Nein, ich möchte lieber noch ein bisschen was wissen. Wie lange kennt ihr euch schon?«

»Schon ewig. Obwohl er jünger ist als ich. Er ist wie mein kleiner Bruder.«

»Aber ihr seid nicht verwandt miteinander?«

»Nein.«

»Wie heißen Sie übrigens, das haben Sie gar nicht gesagt.«

Der Mann zögerte eine Sekunde.

»Roland«, sagte er dann.

Ein Schauer lief ihr den Rücken hinunter.

»Roland …, genau wie er?«

Der Mann nickte.

»Ja, lustig, nicht? Und dabei ist es ja nicht mal ein gängiger Name.«

»Er heißt ja Bard mit Nachnamen«, sagte sie zögerlich. »Ich aber nicht. Ich heiße ganz fantasielos Ahlström.«

Sie näherten sich Salem. Er bog von der Autobahn ab und in einen ziemlich schmalen kleinen Weg ohne Straßenbeleuchtung. Zu beiden Seiten standen schwarze, hohe Bäume.

»Wie dunkel es hier ist«, murmelte er. »Man muss vorsichtig fahren, dass einem kein Elch vors Auto läuft. Oder ein Reh. Es gibt hier in der Gegend einiges an Wild.«

Sie starrte in die Dunkelheit.

»Du riechst gut«, sagte er.

»Mmh.«

Er lachte laut auf.

»Das ist typisch Frau, ob jung, ob alt. Ihr riecht irgendwie anders als wir.«

Sie fühlte, wie ihre Lippen angespannt waren.

Ich muss pinkeln, dachte sie.

Der Mann neben ihr pfiff, es war keine Melodie, nur eine gleichförmige Tonfolge.

»Sind wir bald da?«, fragte sie und rutschte auf dem Sitz vor.

Es war ein Beiklang in seine Stimme gekommen, eine fast unmerkliche Veränderung.

»Doch, ja, wir sind gleich da.«

Jessica verdrehte den Kopf.

»Was, er kann doch wohl nicht hier mitten im Wald leben?«

»Er ist schon eigen, dein Vater. Du wirst es gleich sehen.«

Weiter konnte sie nichts mehr sagen, es gab keinen Raum mehr für Worte. Sie zitterte ein wenig, fror wieder. Wenn sie nicht bald pinkeln konnte, würde ein Unglück geschehen.

Das Auto bog auf einen kleinen Hügel nach links hoch auf einen noch engeren Weg ab, der von Schneewällen begrenzt war.

»Hier muss man Anlauf nehmen«, sagte der Mann. »Sonst bleibt man stecken.«

Sie nickte stumm.

Das Haus schien einem Ferienhaus zu ähneln, aber es war zu dunkel, als dass sie hätte sehen können, wie es wirklich aussah. Sie schafften es den Hügel hinauf, und der Mann parkte den Wagen und stieg aus. Sie sah, dass ein Fenster erleuchtet war. Ihre Kehle machte automatisch Schluckbewegungen.

Der Mann stand hinter ihr. Er legte ihr die Hand auf den Rücken.

»Bist du nervös, Jessica?«

»Ein bisschen.«

»Mach die Tür auf und geh hinein.«

Sie bewegte sich nicht.

»Tu, was ich dir sage. Es ist nicht abgeschlossen.«

Da drückte sie die Klinke hinunter und trat ein.

# 23

Jemand schrie unter dem Fenster. Franki stand im Wohnzimmer, er beugte sich über das Rudergerät und schaute vorsichtig hinaus. Er sah nichts. Der Schweiß trat ihm auf die Haut, ein kleines Kind, das schrie. Aber es war doch Nacht, schon nach ein Uhr.

Ich habe mich geirrt, dachte er. Kein einsames Kind schreit nachts auf dem Hof.

Da war es wieder, und er fasste sich mit seinen großen Händen um die großen Oberschenkel und lauschte. Konnte das jemand sein, der ihm Böses wollte? Irgendwelche Kinder? Zu dieser späten Stunde wohl kaum. Göran? Nein, Franki war so schnell aus dem Videoladen verschwunden, dass niemand ihn hatte bemerken können, am allerwenigsten der Schlappschwanz Göran, der sich benahm, als wären Kunden das Allerletzte, was er in seinem Laden sehen wollte.

Nun war es dicht vor ihm, ein Jammern, doch, er konnte es hören, und er dachte, dass er das Fenster öffnen müsste, aber stattdessen ging er ins Schlafzimmer und zog sich Jeans und Pullover über. Die Strümpfe fand er nicht, also schlüpfte er mit nackten Füßen in die Stiefel, schnappte sich seine Jacke und huschte hinaus.

Wenn es wirklich ein Kind war, musste er sich darum kümmern. Oder um die Mutter des Kindes. Vielleicht war das eine versoffene Hure, die womöglich den Stall voller Kunden hatte … den Stall voll. Ein Lächeln huschte über sein Gesicht.

Draußen war es kalt und ungemütlich wie immer, der Schnee lag fest und grau da. Neuschnee hatte es nicht gegeben, was das Ganze noch erschwerte. So würde er keine Spuren finden können.

Falls es ein Kind war, das da in einem blassrosa Anzug unter den Büschen hockte. Er wusste nicht, wie er darauf kam.

Blassrosa, war das nicht eher eine Farbe für alte Weiber? Wie dem auch war, er würde sich hinunterbeugen und das Kind hochheben, mit oder ohne Schneeanzug, er würde es auf seinen Unterarm legen, auf jeder Seite ein Bein herunterhängend, er hatte mal solche Bilder gesehen, ein Riesenkerl mit nacktem Oberkörper und ein kleiner, faltiger Babypopo auf dem kräftigen behaarten Arm.

Ein Baby?

Er hatte noch nie in dieser Art an Kinder gedacht.

Er lief ums Haus, es war dunkel, rabenschwarz. Eine Taschenlampe, die hätte er mitnehmen sollen, so eine große solide Stablampe, wie es sie in den Feuerwehrwagen gab. Aus Angst, das Kind zu erschrecken, wagte er nicht zu rufen. Kinder konnten so starrsinnig still werden, wenn man ihnen etwas zurief, den Kopf wegdrehen und den Mund verschließen. Er sprach nie mit Kindern. Er hasste das Gefühl, ausgeliefert zu sein, verschmäht vor einem schweigenden Kind dazustehen, einem Kind, zu dem man doch nur freundlich war.

Seine Mutter hatte vorgeschlagen, er solle sich doch in einem Kindergarten bewerben.

»Die meisten Kinder haben heutzutage zu Hause kein männliches Vorbild mehr«, sagte sie. »Du solltest dich da bewerben, Franki. Ich weiß, wie lieb und nett du sein kannst, all diese guten Gefühle würden in dir geweckt werden, und das würde dir gut tun. Das würde dich sozusagen öffnen, Franki Boy.«

Sie hatte ihn verletzt. Vermutlich meinte sie es gar nicht böse, aber er konnte es nicht ertragen, dass sie seine eigene Berufswahl nicht gutheißen mochte. Er wollte es ihr zeigen, er würde sie später mitnehmen und sie die Stange runterrutschen lassen und er würde unten in Schutzkleidung und Handschuhen stehen und sie wie eine Puppe auffangen, wenn sie herunterglitt. Sie würde sich nicht wehtun. Er würde dort stehen und sie auffangen.

Aber zuerst müsste alles so weit sein. Das war nur noch eine Frage der Zeit. Er musste bald LB oder den Leiter der Wache anrufen, die wussten ja um seine Meriten und Fähigkeiten.

Und gerade jetzt.

Wo sie einen Mann zu wenig hatten.

Es ging nur darum, sich vorsichtig auszudrücken. Damit es nicht schief lief. Er war ein paar Tage herumgelaufen und hatte darüber nachgedacht, welche Worte er wählen sollte. Bis jetzt waren ihm noch keine richtig guten Formulierungen eingefallen. Jetzt war er an den Büschen angekommen, die sein eigenes Fenster verdeckten. Sie waren zu dieser Jahreszeit schwarz und borstig, es war schwer, sich vorzustellen, dass sie jemals wieder zu neuem Leben erweckt werden würden. Er schob sie zur Seite und versuchte, einen Blick auf die Hauswand zu werfen.

»Hallo?«, flüsterte er, aber die Stimme erschreckte ihn, seine eigene Stimme, so eine Stimme gehörte nicht in die Nacht.

Während er dastand, betrachtete er seine eigenen Fenster, und es störte ihn ein wenig, dass sie so deutlich zu sehen waren. Er sah auch, dass sie hinter den Gittern ziemlich schmutzig waren, bewusst hatte er sie so gelassen, um den Einblick zu erschweren. Natürlich hätte er die Jalousien herunterlassen können, fand aber, dass man das in seiner eigenen Wohnung nicht machen müsste. Zumindest nicht tagsüber.

Er hörte jemanden auf der Straße. Der Schnee dämpfte die Schritte, aber doch nicht ganz. Unruhe überkam ihn. Er ging in die Hocke und schlängelte sich zwischen die Büsche. Blieb dort drinnen unbeweglich sitzen.

Es roch penetrant nach Pisse. Vielleicht war das eine Katze. Er erinnerte sich an Almis' Katze, die fette, schlaffe Gelbia, die wie ein Motor klang, wenn sie schnurrte. Waltraut. Sie war auch wie eine Katze. Ein süßes kleines Kätzchen mit so zerbrechlichem Rückgrat. Wie Forellengräten. Und dann die kleinen Katzenkinder in Riddersvik, er war nach der Schule dorthin geradelt und hatte mit ihnen im Heu gesessen, er war der Einzige, der wusste, dass es sie gab. Plus die Katzenmama natürlich. Sie war schlottrig und grau, und er taufte sie Maja. Als er sie das erste Mal sah, hatte sie einen aufgequollenen runden Bauch und kratzte ihn, als er sich ihr nähern wollte. Zwei Tage später sah es aus, als wäre ihr die Luft ausgegangen, als hätte jemand mit einer großen Nadel ein Loch in sie gepikst. Er schloss die Augen und schnupperte sich voran, es war, als schlüpfte er in das Wesen der Katze, und bald wusste er, wo eine Katzenmutter ihre Jungen versteckte.

Sie lagen im Heu hinter einem alten, verstaubten Leiterwagen. Drei Stück waren es, und sie waren so klein, dass er alle drei zugleich in seinen gebogenen Handflächen halten konnte. Sie piepsten wie Mäuse und scharrten mit ihren Zehenballen. Er dachte an Himbeeren, als er diese ansah.

Ein Fußweg führte an seinem Haus vorbei und weiter zum Schulhof. Leute, die zu der Siedlung wollten, nahmen ihn oft als Abkürzung, wenn sie den Bus verpasst hatten. Sie gingen über den Schulhof, weil es dort hell war, und dann kamen sie gleich am Friedhof heraus, dort, wo der Sandviksvägen begann. Die Haltestelle hieß Griftegårdsgränd. Ein schönes, altmodisches Wort. Manchmal sagte er es vor sich hin.

Vater lag auf dem Griftegården, dem Grufthof, begraben. Sie gingen ein paarmal im Jahr dorthin, jetzt nicht mehr so häufig. Aber natürlich zu Allerheiligen, mit Friedhofskerze und Laterne. Und zu Weihnachten und zu Vaters Geburtstag. Mutter bat Franki immer mal wieder, dort vorbeizuschauen. Für ihn war es ja näher als für sie. Er verstand nicht so recht, was das eigentlich sollte. Wenn man tot ist, dann ist man tot. Vater würde schon nicht mitkriegen, wenn sie seinen Geburtstag vergaßen. Und was war schon ein Geburtstag? Wenn man nicht mehr lebt, dann hat man doch wohl keinen Geburtstag mehr, oder?

Eigentlich wollte er das seiner Mutter sagen, mit ihr darüber diskutieren, ihre Argumente in der Luft zerfetzen. Aber er hielt sich zurück. Sie würde nur schweigend den Kopf zur Seite drehen. Er musste sich zurückhalten, und erst recht jetzt, nach der Sache mit dem Knoten. Er musste vorsichtig mit ihr sein. Obwohl er wusste, dass er Recht hatte.

Franki saß in der Hocke, mit dem Rücken an die Wand gelehnt. Der Schnee kühlte seinen Hintern. Er konnte seinen Bauch spüren. Offenbar musste er noch mehr trainieren.

Er spitzte die Lippen und versuchte es mit einem Locklaut.

Kss, kss, kss.

Eine Katze kann wie ein Baby klingen, das wusste er. Das war oft im Frühling zu hören. Aber jetzt war es mitten im Winter, kurz vor Weihnachten. Früher waren sie oft zu Weihnachten weggefahren. Nachdem Vater krank geworden war. Da bekamen sie irgendwelche Freikarten von einer Stiftung, und die galten für die ganze Familie. Am Abend vor Heiligabend nahmen sie dann den Zug vom Stockholmer Zentralbahnhof. Franki konnte sich nicht mehr daran erinnern, wohin sie gefahren waren, vielleicht hatte er auch nie gehört, wie der Ort eigentlich hieß. Aber es war ein großes, gutsähnliches Haus mit zwei Flügeln. Franki und seine Eltern wohnten in einem Zimmer im rechten Flügel. Der Vater brauchte seine eigene Toilette, und wenn man im Hauptgebäude wohnte, musste man das Badezimmer mit anderen teilen.

Wie alt er wohl damals gewesen war? Er ging jedenfalls schon zur Schule. Dritte oder vierte Klasse, vielleicht auch fünfte. Aber danach bekamen sie keine Gutscheine mehr. Mutter war deshalb nicht traurig, sie feierte Weihnachten sowieso lieber zu Hause. Und für Franki war es nur eine Erleichterung, nicht wieder dorthin fahren zu müssen. Er hatte sein Bestes gegeben, mehr konnte nicht dabei herauskommen.

Nein, hier konnte er nicht länger hocken bleiben. Mühsam richtete er seinen Körper auf und kletterte aus den Büschen heraus. Ihm war kalt, er war durchgefroren und hatte einen nassen Hosenboden. Seine Füße hatten kein Gefühl mehr.

Ich muss was Warmes trinken, dachte er.

Da war etwas neben ihm, etwas Lebendiges. Er hatte es gar nicht gehört, bekam sofort Angst, und aus Furcht entwich ihm ein leiser, unterdrückter Laut.

Es war eine Frau. Eine Frau mit einem Hund, so einem kleinen Hund, der meistens ein Zopfband auf der Stirn hat. Er sah aus wie eine Ratte. Als er ihn anstarrte, rümpfte dieser die Nase und zeigte eine Reihe kleiner, spitzer weißer Zähne.

Die Frau hatte er noch nie gesehen.

»Darf man fragen, was Sie da in den Büschen machen?«, fragte sie und ihre Stimme klang leicht spöttisch.

Die Angst fiel von ihm ab.

»Was ich in den Büschen mache, meine Dame, das geht allein mich was an.«

Sie krümmte sich leicht zusammen.

»Ist doch nicht zu glauben ...«, kam es mit piepsiger Stimme.

Er hatte nicht übel Lust, die Hand zu heben, aber der Gedanken an den Hund hielt ihn zurück. »Geh bloß nach Haus ins Bett, bevor ich richtig sauer werde!«, sagte er.

Der Hund knurrte jetzt, Speichel war zwischen den schwarzen Lippen zu sehen.

»Und nimm deine Ratte mit, sonst kann ich nicht für die Folgen garantieren.«

Sie ging. Als sie an der Hausecke angekommen war, drehte sie sich um.

»Ich erkenne Sie wieder!«, rief sie. »Vergessen Sie das nicht!«

Er hatte wieder Kopfschmerzen. Das lag nur an der Alten, er hätte ihr doch eine scheuern sollen.

*Ich erkenne Sie wieder, vergessen Sie das nicht!*

Nein, er hatte sie stattdessen zu Tode erschrocken. Das war besser. Er musste sich zügeln. Er verzog wütend das Gesicht, das war eine Redewendung seiner Mutter.

»Du musst dich mehr zügeln, Franki Boy. Geh nicht immer gleich los wie eine Dampfwalze.«

Dampfwalze. Die Walzen, die er gesehen hatte, wurden von Motoren angetrieben.

Er kochte sich einen großen Becher Brühe. Eigentlich mochte er keine Brühe. Ausgekochtes Skelett. Aber Kaffee würde ihn nur hellwach machen. Und er wollte jetzt nicht wach sein, er wollte schlafen. Er zog sich eine Trainingshose an, die er auf der Wache hatte mitgehen lassen. Während er trank, wurde ihm wärmer.

Wieder dachte er an die Weihnachtsfeste von früher. In dem Flügelgebäude roch es immer leicht nach Schimmel, zumindest auf der Toilette, und Mutter bemerkte das, sobald sie ankamen.

»Nächstes Jahr sollten wir doch dort wohnen«, sagte sie und zeigte zum Hauptgebäude. »Es handelt sich ja nur um ein paar Tage, das müsstest du doch schaffen.«

Vater hatte eine Bazillenphobie.

Alle Mahlzeiten nahmen sie im großen Haus ein. In der Halle im Erdgeschoss gab es eine Unmenge spannender, exotischer Dinge. Die Wände hingen voll mit Schildern, Waffen, Spiegeln und großen, verzierten Kerzenhaltern. Gegenüber dem Badezimmer hingen zwei Wasserspritzen. Sie ähnelten kleinen altmodischen Feuerwehrspritzen. Franki war immer noch schlechter Laune, wenn er an sie dachte. Das Mädchen hatte alles verdorben. Aber zum Schluss war es ihm dennoch gelungen, einen Teil seiner Stellung wiederzuerlangen.

Sie hieß Leonora, wurde aber Le genannt. Während der letzten Weihnachten wohnte sie mit ihrer Großmutter im linken Flügel. Franki stand an den Wasserspritzen, sagte:

»Wenn es hier brennt, brauchst du keine Angst zu haben. Ich will nämlich Feuerwehrmann werden, ich weiß schon, wie man Feuersbrünste löscht.«

Und er hatte eine Geste zur Wand hin gemacht.

Ihr Nasenbein hatte einen Knick, als ob es gebrochen wäre. Sie lachte höhnisch.

»Feuersbrünste! Willst du die mit diesen Dingern da löschen? Das ist gut, Franki, mach nur, versuch es.«

Und sie fiel vor lauter Lachkrämpfen zu Boden.

Eine derartige Reaktion hatte er nun wirklich nicht erwartet.

»Das stimmt«, erwiderte er wütend. »Ich war schon oben in dem Leiterkorb, ich bin sogar schon mal die Stange runtergerutscht.«

»Und dann weißt du nicht einmal, wofür die da sind«, kicherte sie, und ihre Augen wurden zu schmalen, höhnischen Schlitzen. Er ließ sie stehen. Nach dem Mittagessen fragte er seine Mutter, zog sie mit sich in die Halle. Da waren Le und ihre Großmutter bereits in ihren Flügel gegangen um sich hinzulegen.

»Das da«, sagte Mutter, »das sind Klistierspritzen. Früher hat man die benutzt, wenn man den Darm reinigen wollte. Man hat lauwarmes Wasser in den Po gespritzt. Und nach einer Weile ist dann alles rausgekommen.«

Franki schwieg.

»Nur ein Glück, dass wir nicht in diesen Zeiten gelebt haben«, sagte Mutter und nahm ihn bei der Hand. Er ließ es zu. In seinen Trommelfellen sauste es. Das Mädchen. Sie hatte es die ganze Zeit gewusst. Deshalb hatte sie so laut gelacht. Am liebsten wäre er sofort abgereist. In der Nacht bekam er Herzschmerzen. Sie mussten einen Arzt rufen, einen Mann mit müden Augen und weichen, kalten Händen. Er drückte etwas Kaltes auf Frankis Brust. Alles schien in Ordnung zu sein.

»Kinder werden oft so um Weihnachten herum krank«, erklärte er. »Die sind dann so aufgeregt, und wenn Weihnachten endlich kommt, dann kumuliert das in Fieber oder anderen typischen Symptomen. Aber Sie haben einen kräftigen kleinen Jungen. Es gibt keinerlei Grund zur Besorgnis.«

Am nächsten Tag war Heiligabend. Alle Gäste versammelten sich im Salon, es gab keine Möglichkeit, dem zu entgehen. Le war natürlich auch da, genau wie ihre Großmutter. Die Kleidung des Mädchens erinnerte an Kleider aus einem Märchenbuch. Eine dünne weiße Bluse mit Puffärmeln und ein roter, leicht ausgestellter Rock. Darüber war eine Schürze gebunden.

Sie kicherte ihm zu und tat so, als würde sie Wasser mit einem Schlauch verspritzen.

Ich werde dich umbringen, dachte er.

Mutter beugte sich zu ihr und begrüßte sie.

»Wie schön, dass Franki nicht so allein ist. Ich hatte schon Angst, dass nur Erwachsene hier sind.«

»Ich heiße Leonora«, sagte das Mädchen, und sie hörte auf zu lachen, ihr Mund war ganz verkniffen.

»Das ist aber ein schöner Name«, sagte Mutter.

»Ich bin nach der Tochter eines Königs benannt worden. Genauer gesagt nach der vierten Tochter von Christian. Von Dänemark.«

»Ach so.«

»Aber das war nicht der, der ein Tyrann war. Falls Sie das glauben.«

Sie wandte sich Franki zu.

»Weißt du, dass es einen König gab, den sie den Tyrannen nannten? Ach nein, du weißt ja sowieso nichts.«

Er schwieg, er war vernichtet.

»Es gibt jetzt Essen«, sagte Mutter.

Er erinnerte sich an eine lange Tafel, die sich vor guten Speisen nur so borg. Auf einem kleinen Tisch gab es Obst, Süßigkeiten und Nüsse.

Le und er krochen hinter eine Decke. Sie gelangten unter den Tisch, von hier aus sahen sie die Beine aller Gäste. Franki konnte Schweiß und Leder riechen.

»Da sind die Schuhe meiner Großmutter«, flüsterte Le.

Er versuchte seine Eltern zu entdecken, aber es gelang ihm nicht. Ihm fiel ein, dass er keine Ahnung hatte, wie ihre Schuhe eigentlich aussahen.

Le band sich die Schürze ab.

»Komm«, zischte sie.

Sie war die treibende Kraft, das verabscheute er, er war ihr unterlegen, schweigend und untergeben. Jetzt robbte sie zu dem kleineren Tisch hin. Sie streckte die Hand hoch und schnappte sich, was sie erwischen konnte. Alles sammelte sie auf ihrer Schürze, die sie auf dem Boden ausgebreitet hatte. Sie warf ihm einen herausfordernden Blick zu. Er stand auf und nahm zwei Hände voll mit Marzipan und Süßigkeiten.

Sie band ihre Schürze zu einem kleinen Sack zusammen. Dann kroch sie vor ihm her, er sah ihre Schuhsohlen und ihre Unterhose.

Sie gelangten auf den Flur. Hier draußen war die Luft kühl. Er spürte, wie seine Wangen glühten. Le lief die Treppen hinauf, vorbei an geschlossenen Türen, in ein kleines Zimmer hinein, in dem es nach Watte und frischer Wäsche roch. Es stand auch ein Bett dort drinnen, auf das kletterte sie und zog die Beine an den Körper.

»Und – hast du heute ein Klistier gekriegt?«, piepste sie mit verzerrter Stimme.

Das fiel wie ein Gewicht auf seinen Nacken.

Er stopfte sich ein Bonbon in den Mund und lutschte daran bis sich das Papier löste.

»Das ist dein Papa, der krank ist, nicht wahr?«, fragte sie, während sie das klebrige Bonbonpapier zwischen Bett und Wand stopfte. Franki zuckte mit den Schultern.

»Hierher kommen nur Leute, die krank sind oder deprimiert. Meine Großmutter ist hier, weil sie so traurig ist. Ihr Sohn und dessen Frau haben sich nämlich mit dem Auto totgefahren. Am ersten Advent. Da war Glatteis.«

»Aha.«

»Das Auto war nur noch Schrott. Wenn du's wissen willst.«

Was sollte er darauf sagen?

»Man kann einem Menschen ansehen, ob er trauert. Meine Oma, sie ist ganz lila unter den Augen geworden. Und ihr Haar weiß. Man könnte glauben, es hätte auf sie geschneit, so weiß ist es. Vorher hatte sie braune Haare. Aber die Trauer ist bis in die Wurzeln gegangen und hat die braune Farbe aufgegessen.«

»Ist sie nett?« Irgendwas musste er sagen, das Schweigen schwächte seine Position, machte ihn hilflos und angreifbar.

»Früher war sie es, aber jetzt, seit sie trauert, nicht mehr. Sie zieht mich am Ohr und schlägt mich. Was soll nur aus dir werden, jammert sie die ganze Zeit und seufzt.«

Franki aß von den Süßigkeiten. Seine Finger wurden klebrig. Er fühlte sich schmutzig und satt.

»Ich muss langsam mal zurück«, sagte er tonlos.

Ihre Hand schlug wie ein Haken zu.

»Hast du ein Mädchen?«

»Was?«

»Bist du mit einer zusammen, ich meine, zu Hause, da, wo du wohnst?«

»Nee.«

»Das verstehe ich gut. So dumm, wie du bist.«

Er riss sich los.

»Ich bin überhaupt nicht dumm, du bist es, die hier dumm ist.«

Ihr kleines Tiergesicht – hast du heute schon ein Klistier gekriegt?

Nein. Das durfte nicht sein.

Plötzlich lag sie auf dem Boden, war schräg vom Bett heruntergefallen, daneben stand ein Tischchen mit scharfen Kanten. Die Stärke verließ sie. Sie lag da, die Arme angezogen, die Augenlider waren grau. Er hatte sich daneben gehockt, berührte sie. Sie war um Mund und Kinn ganz klebrig.

»Fotze«, flüsterte er, das Wort rutschte ihm einfach so heraus, als hätte es ihm jemand auf die Zunge gelegt.

Und während er so über ihr hockte, entdeckte er den Kerzenständer auf dem Schreibtisch und daneben eine Schachtel Streichhölzer mit weißen, aufgeklebten Muscheln.

Hinterher gab es ein Verhör. Immer wieder musste er alles zeigen und erzählen. Wie sie bei brennender Kerze dagesessen hatten, wie sie dort saßen und Bonbons aßen.

»Habt ihr euch gestritten?«

Sein Gehirn war klar wie Eis.

»Nicht gerade gestritten.«

»Ich verstehe«, sagte die Polizistin. Sie hatte runde Wangen und trug einen kleinen Ring mit einer Schlange.

»Sie ist wohl vom Bett heruntergefallen. Lag einfach so da und die Kerze ist auf sie gefallen und plötzlich fing ihre Bluse Feuer.«

Die Erwachsenen sahen einander an. Nylon. Kein guter Stoff für ein Kind, absolut nicht. Die Mutter war dabei, Franki saß auf ihrem Schoß, spürte die Wärme ihres Bauchs.

»Sie können stolz auf Franki sein«, sagte die Polizistin. »Er hat dem Mädchen das Leben gerettet.«

Am nächsten Tag kam ein Fotograf von der Lokalzeitung und er musste wieder erzählen, wie er die Decke ergriffen und Leonora darin eingewickelt hatte. Wie er sie auf den Boden drückte, bis das Feuer erstickt war. Die Mutter hatte den Artikel immer noch irgendwo in einer Schublade. »Das beherzte Eingreifen eines Jungen verhinderte eine Katastrophe.«

Gleich nach Weihnachten reisten sie ab. Das Mädchen und ihre Großmutter waren fort. Franki hielt sich bei den Erwachsenen auf, und sie kümmerten sich um ihn und strichen ihm übers Haar. Wohin er auch kam, sie waren überall, diese Hände.

Da ist ja unser kleiner Held, sagten sie. Willst du einmal Feuerwehrmann werden, wenn du groß bist? Er wollte nicht mehr über das Feuer reden. Er erklärte, er wolle Entdeckungsreisender werden und da waren sie sofort bei der Sache. Oh ja, zum Nordpol fahren und mit den Eisbären kämpfen oder vielleicht in den Dschungel, zu den vielen gefährlichen Tigern und Schlangen.

»Ja«, sagte er. »Oder auch im Meer nach Wracks und Schätzen tauchen.«

Sie steckten ihm Scheine und Münzen zu, und eine Frau fragte ihn, ob sie eine Locke von seinem Haar bekäme. Aber seine Haare waren ganz glatt, deshalb sagte er nein. Da hielt sie ihn fest und riss sich eine Strähne aus seinem Pony heraus.

Er war erleichtert und froh, als sie nach Hause fuhren.

Ein paar Tage später kam ein Brief von Leonoras Großmutter.
Im Brief lagen fünf faltenlose Hunderter.
Fotze, dachte er wieder.
Zum Schluss hatte er sie also doch noch besiegt.

## 24

Ein Polizist kam zu ihnen ins Haus. Er hieß Kalle Mejer und kam von der Kripo in Solna. Johnny meinte, ihn zu kennen, vielleicht hatten sie sich mal bei einem Einsatz gesehen.

Dass die Polizei sich die Mühe machte, ihnen einen Besuch abzustatten, ließ die Situation noch bedrohlicher erscheinen. Jessica war jetzt bereits seit fast zwei Tagen verschwunden. Mejer zog sich die Schuhe aus und trat ein. Einer seiner Strümpfe hatte ein Loch. Es war zu merken, dass ihn das irritierte, er krümmte die Zehen um das Loch und versuchte, es zu verbergen. Lotta kochte Kaffee. Johnny war von ihrer Rastlosigkeit verwirrt, sie musste die ganze Zeit etwas zu tun haben, konnte nicht eine Minute still sitzen. Ihr Haar war trocken und glanzlos, sie hatte eine Dauerwelle drin, kam ihm in den Sinn, wie die alten Tanten, die er als Kind gekannt hatte. Noch nie zuvor hatte er so von ihr gedacht.

»Kommen Sie, und setzen Sie sich, Lotta«, sagte Mejer. »Wir wollen das Ganze einmal in Ruhe durchgehen. Sie werden sehen, wir finden sie bald. Junge Mädchen sind nun mal, wie sie sind.«

Sie holte einen Stuhl aus der Küche und setzte sich auf den äußersten Rand. Die Jungs waren in ihrem Zimmer. Klein-Pelle hatte geweint.

»Erzählen Sie mir ein bisschen von Jessica«, sagte Mejer freundlich. »Was für ein Mensch ist sie?«

Lotta schluchzte, ihre Stimme klang brüchig.

»Lassen Sie es mich so sagen ... Sie ist in einer ... etwas schwierigen Phase im Augenblick. Stur wie ein Bock, knallt die Türen und so. Da sind sicher die Hormone dran schuld.«

»Na, stur war sie doch schon immer«, bemerkte Johnny vorsichtig.

»Habe ich es richtig verstanden, Sie sind nicht ihr leiblicher Vater?«

»Das stimmt.«

»Kommen Sie beide gut miteinander zurecht?«

»Na, es geht so ...«

»Es geht ganz und gar nicht!«, schrie Lotta. »Die beiden leben wie Hund und Katze. Sie können einander nicht ausstehen.«

Johnny spürte, wie er rot wurde. Es juckte unter dem Schnurrbart. Mejer wandte sich ihm direkt zu.

»Also, was sagen Sie dazu, Johnny?«

»Okay, wir haben so unsere Zwiste. Und einmal habe ich ihr eine Backpfeife gegeben. Es ist wohl das Beste, ich sage es gleich selbst, bevor es hintenrum auf den Tisch kommt.«

Eine starke Müdigkeit überfiel ihn. Seit mehreren Tagen hatte er nicht mehr richtig geschlafen. Er meinte, Keile würden in seinen Kopf geschlagen.

»Einmal?«, fragte Mejer.

»Ja, ein einziges Mal, und das ist mir reichlich heimgezahlt worden.«

Lotta servierte den Kaffee. Er sah, dass ihre Hände zitterten. Er streckte die Arme zur Decke und holte mit einem Seufzer tief Luft.

»Sie ist unverschämt und frech. Man kann doch nicht endlos jede Provokation ertragen. Oder? Kann man das? Muss man das?«

»Johnny«, sagte Lotta.

»Wie läuft es mit ihr in der Schule?«, fragte der Polizist.

»Im Moment nicht besonders gut«, murmelte Lotta. »Sie scheint schulmüde und lustlos zu sein, wie man halt in dem Alter ist. Ich kann mich selbst noch gut daran erinnern ...«

»Schwänzt sie?«

»Ja, das kommt schon vor.«

»Hat die Schule sich deshalb schon mal an Sie gewandt?«

»Wir haben mit der Sozialpädagogin und auch mit ihrem Klassenlehrer, Ove Ström, darüber gesprochen. Aber da gibt es ja so viele ... sie ist weiß Gott nicht die Einzige, die schwänzt. Wir haben beschlossen, keine große Sache daraus zu machen. Wir fürchten, sonst würde es nur noch schlimmer werden. Oder, Johnny, das haben wir doch abgemacht?«

Er nickte zögernd.

»Was treibt sie so, wenn sie schwänzt, wissen Sie das?«

Lotta saß eine Weile schweigend da. Sie war nicht geschminkt, ein glänzender dicker Pickel hatte sich auf ihrem Kinn breitgemacht. Johnny wollte sie plötzlich am liebsten in den Arm nehmen, fest drücken und weinen.

»Sie ... ist wohl dann meistens zu Hause oder irgendwo in einem Café. Sie wissen schon, in dem da in Vällingby Zentrum, die Jugendlichen gehen oft dorthin. Das ist eine Art Treffpunkt für sie. Wir waren auch schon da, Johnny und ich, wir waren gestern da und haben rumgefragt. Wir waren auch in der Klasse und haben natürlich mit Sara geredet, das ist ihre beste Freundin. Niemand weiß etwas. Doch, Sara ... sie hat gesagt, sie habe den Eindruck, dass Jessie in letzter Zeit so zurückhaltend gewesen sei, irgendwie sauer. Sie wollte am liebsten immer allein sein, sie fürchte, Jessie wäre wütend auf sie wegen irgendetwas, konnte sich aber keinen Reim darauf machen.«

»Wir werden auch noch mal mit Sara reden. Wie heißt sie mit Nachnamen?«

Lotta sprang auf.

»Ich werde es aufschreiben, ich hole einen Zettel und schreibe auch gleich die Telefonnummer auf. Und wo sie wohnt.«

»Haben Sie noch mehr Fotos von Jessica außer dem, das wir bekommen haben?«

»Ja, sicher.«

»Darf ich ein paar ausleihen?«

Lotta ging ins Schlafzimmer. Johnny schloss die Augen, der Druck auf die Stirn war stärker geworden.

»Haben Sie auch Kinder?«, fragte er ins Blaue hinein.

»Ja. Einen Jungen von siebzehn.«

»Auf der einen Seite quatschen sie stundenlang am Telefon, lassen irgendwelche blöde Popmusik dröhnen. Und dann sind sie wieder stumm. Stumm wie ein Grab.«

Er senkte die Stimme.

»Ich mache mir Sorgen. Mehr als ich Lotta gegenüber zugeben will. Sie müssen sie finden. Was denken Sie, was kann passiert sein?«

»Es ist zu früh, um dazu was zu sagen. Aber natürlich versuchen wir sie zu finden, das ist doch sonnenklar. Wenn Ihnen noch irgendetwas einfällt, von dem Sie glauben, dass es wichtig sein könnte, rufen Sie mich an. Hier ist meine Karte.«

Lotta kam jetzt mit einigen Fotos aus dem letzten Sommer zurück. Jessica saß auf einer Brücke, mit langem, dunklem Haar.

»Sie trägt sie immer zusammengebunden«, sagte sie. »Aber so ein Foto finde ich nicht.«

Mejer nahm die Fotos und sah sie sich an. Er legte sie dann in eine Mappe.

»Sie sieht aus wie eine ganz normale Fünfzehnjährige. Süß. Aber das sind sie ja alle.«

Lotta schluchzte.

»Ja …, und das ist sicher oft ihr Verderben.«

»Wie meinen Sie das?«

»Wenn sie nun in die Klauen eines Vergewaltigers geraten ist … Ich denke da an dieses Mädchen aus Hässelby, diese Monika … die Arzttochter. Erinnern Sie sich? Das war vor zwei, drei Jahren. Und wenn jetzt so etwas mit Jessie passiert?«

Sie schlug sich die Hände vors Gesicht und weinte, laut und trostlos.

»Ja, das damals. Aber das war ja nun eine äußerst ungewöhnliche Geschichte«, erklärte Mejer. »So etwas passiert höchst selten.«

»Was ist aus dem Mädchen geworden?«, fragte Johnny. »Hat sie sich jemals wieder gefangen?«

»Ich denke schon. Die ganze Familie ist, glaube ich, nach Kanada gezogen.«

»Und dieses Monster, das sie gefangen hielt?«

»Seinetwegen brauchen Sie sich keine Sorgen zu machen. Er liegt gelähmt irgendwo in einem Heim. Er wird nie wieder auch nur einer Fliege etwas zu Leide tun können.«

»Gelähmt ...?«

»Ja! Er ist eine Klippe heruntergestürzt. Es war ein Wunder, dass er überhaupt überlebt hat.« Mejer blätterte in seinen Papieren.

»Bevor ich gehe, muss ich jetzt nur noch ein paar Kleinigkeiten wissen. Ist Ihnen an Jessica in letzter Zeit etwas aufgefallen, hat sie besonders nervös gewirkt, hat sie viel telefoniert, mehr als üblich?«

»Ich weiß nicht«, murmelte Lotta.

»Doch«, sagte Johnny. »Ich finde, sie hat oft telefoniert. Häufiger als sonst. Vielleicht hat sie da eine Liebesgeschichte am Laufen?«

»Nein«, sagte Lotta. »Ich habe Sara gefragt, und sie hat geschworen, dass sie in so einem Fall etwas davon gewusst hätte. Sicher, es gab da irgendeinen Jungen, in den sie verliebt war. Aber mehr auf Abstand, die kennen sich nicht mal. Da können Sie Sara fragen.«

»Drogen oder so?«

»Sie raucht«, sagte Johnny kurz. »Darüber sind wir auch aneinander geraten, sie und ich. Ich will, dass sie jedenfalls hier drinnen nicht raucht. Aber mehrere Male habe ich sie erwischt, wie sie im Klo mit diesen Stinknägeln stand.«

»Sonst nichts? Ecstasy, Haschisch, Rohypnol?«

Sie sahen einander an.

»Nein. Nicht, dass wir wüssten.«

»War sie früher schon mal verschwunden? Sie haben gesagt, sie war es nicht, stimmt das?«

»Als sie noch klein war … Als sie in den Kindergarten ging. Da konnte sie schon mal weglaufen. Da gab es einfach zu wenig Personal, zu wenig Leute, die aufpassten.«

»Da wollte sie zu ihrem Vater gehen«, erklärte Johnny.

»Habe ich es richtig verstanden, dass sie nicht weiß, wer ihr Vater ist?«

Lotta schaute auf den Boden, zog mit ihren Zehen das Teppichmuster nach.

»Es ist nie … wirklich festgeschrieben worden …, wer … In einer Phase meines Lebens habe ich … wie sagt man … ein promiskuitives Leben geführt. Ich weiß, es war nicht gut, dass ich das gemacht habe. Deshalb bedanke ich mich nur für den Wink mit dem Zaunpfahl.«

Sie hob ihre Stimme und starrte ihn feindlich an.

Mejer erwiderte:

»Ich hatte absolut nicht die Absicht, mit irgendwelchen Zaunpfählen zu kommen.«

»Okay.«

»Dann ist also der Vater unbekannt?«

»So kann man die Sache ausdrücken.«

»War Jessica … Hat sie das bedrückt. Nicht zu wissen, wer …?«

Lotta klopfte eine Zigarette heraus. Sie warf Johnny einen scharfen Blick zu.

»Ich werde jetzt hier drinnen rauchen! Das ist eine Ausnahmesituation.«

Johnny schwieg.

»Nun ja, bedrückt …«, antwortete sie. »Natürlich hat sie nachgefragt. Das wäre sonst doch auch unnatürlich. Alle möchten doch wohl ihren Vater kennen?«

»Kann es sein, dass sie das jetzt gemacht hat? Ist losgegangen, um nach ihrem Vater zu suchen?«

Lotta dachte eine Weile nach.

»Nein«, sagte sie schließlich. »Das erscheint zu ziellos. Wie sollte sie das machen, wenn sie nicht einmal weiß, nach wem oder wo sie suchen soll? Und sie hat auch nichts mitgenommen, das hätte sie dann doch wohl. Alle ihre Sachen sind noch hier.«

Kalle Mejer schob seine Papiere zusammen.

»Nun gut«, sagte er. »Vielen Dank für den Kaffee. Wie Sie wissen, suchen wir nach Jessica. Nur noch eine Frage, bevor ich gehe. Ist sie depressiv? Wissen Sie, ob sie jemals über … über Selbstmord nachgedacht hat?«

Lotta stand mit geschlossenen Augen da. Sie nahm einen tiefen Zug aus der Zigarette, dann schüttelte sie den Kopf.

»Nein«, flüsterte sie. »Ein Selbstmordtyp ist sie nun wirklich nicht, mein Mädchen. Sie liebt das Leben. Aber sie befindet sich im Augenblick einfach in einer schwierigen Phase. Das ist alles.«

Sie war fort. So wie er sie sich fortgedacht hatte, immer wieder. Er krümmte sich, es zwickte und krampfte im Zwerchfell. Er stand in ihrem Zimmer. Das ungemachte Bett. Die Poster mit Pferden vor einem roten, endlosen Abendhimmel. Der Schreibtisch war nur ein einfaches Brett über zwei Ikeaschränkchen. Es lagen Bücher darauf, er hatte sie nie lesen gesehen. Er nahm das oberste hoch, es war glatt und dünn. Ein Gedichtband. Frostenson, der Name klang bekannt.

»Gedanken« hieß es. Verwundert schlug er es auf und stellte fest, dass sie darin gelesen hatte, es war hier und dort etwas mit Bleistift unterstrichen.

*Drei*
*welch merkwürdige*
*Zahl*
*das ist alles, was ich vermisse*
*alles, was ich vermisse, ist drei*

Das war unterstrichen.

Papa, Mama, Kind. War es das, was sie meinte? Verdammtes Gör. Papa, Mama, Kind.

Es roch nach Rauch im Zimmer.

Er ging wieder hinaus. Das Buch war gelb, glänzend mit einem Strukturbild dünner Gardinen.

»Lotta! Wusstest du, dass Jessica Gedichte liest?«

Sie stand am Fenster, rauchte. Der Aschenbecher war voll.

Er sagte:

»Ich liebe dich, meine Lotta.«

Sie war an seiner Brust, ihre Augen.

»Kriegen wir sie wieder zurück, was meinst du?«

Aber sie weinte nicht mehr, ihre Stimme klang fest. Die Jungs kamen. Die beiden hatten ihre Jungs vergessen. Ihre kleinen, armen Jungs, sie bewegten sich wie in einem luftleeren Raum. Henrik, verschlossen und stumm. Klein-Pelle noch zu klein. Er zwängte sich zwischen sie und forderte ihre Worte und Arme.

»Papa, ist Jessica tot?«

Henrik zog im Flur die Stiefel an. Die Tür fiel mit einem Knall ins Schloss. Das brachte sie zu Bewusstsein. Johnny fand ihn an der Haustür, er stand da mit dem Gesicht zur Wand.

»Komm hoch, Henke. Wir kaufen eine Pizza zum Mittag. Wir haben ja ganz vergessen, was zu essen.«

## 25

Waltraut saß in Frankis Zimmer. Sie sagte, sie habe mehrere Stunden vor seiner Tür gewartet.

»Genau wie du bei mir«, erklärte sie. »Nun sind wir also quitt.«

Er verstand nicht ganz, was sie meinte.

»Übrigens, solltest du nicht heute Abend singen?«, fragte er.

»Nein. Ich habe mich krank gemeldet. Ich wollte lieber bei dir sein.«

»Kannst du das so einfach?«

»Nun ja, ob ich kann …«

Sie hatte eine Tasche dabei. Sie ging ins Bad und zog sich Shorts an. Dann kletterte sie auf das Rudergerät und begann zu ziehen und zu kämpfen. Er betrachtete sie eine Weile, sie war das Zarteste, was er je gesehen hatte.

»Du kleiner Mückenstich«, sagte er und hob sie hoch, hielt sie hoch in der Luft.

»Mückenstich!«, kicherte sie.

»Du kleine Larve, du Margeritchen.«

»Was du für Ausdrücke hast!«

Er ließ sie hoch- und runterfahren.

»Du kleines Luder, du Flittchen.«

Da wurde sie böse und machte sich schwer.

»Das ist nicht nett, jetzt werde ich sauer.«

»Ach, das hat sich doch nur gereimt, deshalb habe ich es gesagt.«

»Aber trotzdem.«

Franki stellte sie auf den Boden. Ihre Schenkel waren mager und weiß, ihr Schlüsselbein stach hervor.

Er gab ihr einen kleinen Knuff.

»Nun hab dich nicht so. Ich habe mich doch schon entschuldigt.«

»Das hast du nicht.«

»Habe ich doch!«

»Nein!«

»Dann entschuldige also, wenn das so wichtig ist.«

Sie schmiegte sich an ihn.

»Wenn du nun nicht gekommen wärst, dann würde ich immer noch auf deiner Treppe sitzen und dort schlafen.«

»Ach, dann wärst du doch wohl wieder zur dir nach Hause gegangen.«

»Nein … ich wollte doch bei dir sein, ich hatte solche Sehnsucht.«

»Wirklich?«

»Wo warst du eigentlich? Bei deiner Mutter?«

Die Fragen störten ihn.

»Ja«, antwortete er nur kurz.

Sie küsste ihn auf den rechten Arm, an der Achselhöhle, wo er aus dem Körper wuchs.

»Ich habe ein Weihnachtsgeschenk für dich, Franki«, flüsterte sie.

»Ja?«

»Obwohl – eigentlich ist es für uns beide.«

»Aber wir haben doch noch nicht Heiligabend.«

»Ich will aber, dass du es jetzt öffnest. Setz dich hier hin.«

Er trottete ins Schlafzimmer. Das Bett war nicht gemacht, sie hatten darin gelegen, ohne miteinander zu schlafen. Er hatte sie betrachtet, während sie schlief. Ihr zartes, schmales Gesicht, die Engelslocken ihres Haars, die Linien ihrer Lippen. Die Nasenlöcher sahen aus wie Apfelkerne. Er wurde von einer Lust gepackt, sie abzubilden, wusste aber schon vorher, dass das nicht gut werden würde. Er sah oft Motive vor sich, war aber nicht gut genug mit dem Stift.

Jetzt warf er sich nach hinten in die Kissen und die Arme fielen zu beiden Seiten. Er wartete auf sie. Wenn sie käme, wollte er sie an sich ziehen und ihr Brustkorb sollte gegen seinen drücken: kleine Spikes, kleine Knoten, kleine Knochen.

Sie stand in der Tür.

»Augen zu, Franki!«

Er schloss die Augen. Ihre flinken warmen Finger auf seinen Augen.

»Mein Spinnenmädchen, meine Braut«, murmelte er. »Ich halte dich fest, dass keiner dich klaut.«

»Jetzt hör auf! Schluss mit dem Blödsinn!«

Sie kroch aufs Bett, und er hob den Kopf und legte ihn schwer auf ihre Knie. Sie hatte ein Päckchen in der Hand, sie drückte es auf seine Brust. Es war in Goldpapier eingewickelt, zugebunden mit einem glänzenden Kräuselband.

Für Franki von Waltraut, ihre Schrift war kindlich rund.

Er zog sie an sich und küsste sie auf die Nase.

»Ich habe aber nichts für dich«, sagte er peinlich berührt.

»Das macht nichts. Mach jetzt auf.«

In dem Päckchen lagen zwei Fahrkarten.

Er setzte sich im Bett auf, drehte sich zu ihr um und las.

»Silja Festival. Eine Kreuzfahrt nach Abo. Aber Waltraut, das ist ja heute Abend.«

Ihre Augen strahlten glücklich.

»Carpe diem!«, lachte sie. »Eine kleine Liebesreise. Aber nur kurz, wir kommen morgen Abend schon wieder zurück.«

Dann rutschte sie aus seiner Umarmung heraus und zog sich schnell an.

»Nun komm schon, du Trödelpeter! Siehst du nicht, dass draußen die Sonne scheint. Wir drehen eine Runde. Wenn wir nachher auf dem Schiff sitzen und es uns gut ergehen lassen, dann brauchen wir vorher reichlich frische Luft.«

Was sie für Ideen hatte.

»Was für eine Runde denn?«, fragte er widerstrebend.

»Na, einen Spaziergang. Man bewegt die Beine, guck mal, so, eins vor, dann das andere.«

Sie machte es ihm zwischen den Geräten vor.

»Und wohin sollen wir gehen?«

»Das werden wir sehen. Nun komm schon.«

Es war elf Uhr morgens. Sie kamen an dem Videoladen vorbei, er konnte keine Spuren von dem Brand entdecken. Dennoch sagte er:

»Ich glaube, da drinnen hat es gebrannt. Da gab's eine Menge Qualm. Ich hoffe, es ist niemand zu Schaden gekommen.«

»Na, dann hätte man doch was davon gehört.«

Waltraut hatte gestrickte Fausthandschuhe. Sie zog ihn den Fußweg entlang mit sich, bis zur Schule. Dort ließ er sie los, als hätte er einen Stromstoß bekommen.

»Was ist?«, fragte sie, den Kopf zur Seite geneigt.

»Ich will nicht da an der Schule entlanggehen.«

»Wieso nicht, kriegst du da *bad vibrations*?«

»Vielleicht, kann schon sein.«

»Manchmal bist du wirklich komisch, da könnte ich schon durchdrehen.«

»Bestimmte Sachen muss man einfach respektieren.«

»Dann gehen wir auf den Friedhof.«

»Du suchst dir wirklich gemütliche Orte aus.«

»Wieso, ich gehe gern auf Friedhöfe. Guck mir die Grabsteine an, denke über das Leben nach ... und über seine Vergänglichkeit.«

Sie setzte sich in Bewegung, lief los und versuchte auf dem Eis zu rutschen.

»Du bist so kindisch«, rief er, aber ihm wurde ganz warm, als er ihr zusah. Er bekam geradezu einen Kloß im Hals.

»Fang mich doch!«

Sie rutschte über den Schnee, ruderte mit den Armen, lief.

Nach einer Beerdigung legten sie die Kränze und Gestecke oben beim Griftegårdsgränd hin. *Ein letzter Gruß* stand meist auf den Bändern oder *Schlaf gut, liebe Mutter.* Alle konnten es sehen. Heute lagen keine Blumen dort.

Waltraut sagte:

»Als ich klein war, bin ich manchmal hierher gegangen, habe Blumen und Kränze weggenommen und sie auf andere Gräber gelegt, auf solche, die gar nichts hatten.«

»Du spinnst ja.«

»Ja, aber denk doch nur ... die vielen verlassenen Gräber ... alle, die nie Besuch bekommen.«

»Besuch! Das ist doch kein Krankenhaus hier.«

»Wie sagt man denn sonst dazu?«

»Weiß ich nicht. Aber die sind doch tot, die wissen gar nicht, ob jemand kommt oder nicht.«

»So darf man doch nicht denken!«, widersprach sie leise.

Sie lief herum, las die Inschriften auf den Grabsteinen. Weiter hinten gab es eine Pforte. Sie stand offen. Daneben lagen zerbrochene Grabsteine auf einem unordentlichen Stapel. Sie waren weggenommen worden, weil sie nicht mehr gebraucht wurden, ihre Zeit war abgelaufen.

Waltraut kletterte auf sie hinauf, bürstete den Schnee ab.

»Hier kannst du die allerletzte Endstation sehen!«, rief sie.

»Jetzt hör auf, Waltraut! Es könnte dich jemand sehen.«

Sie hörte nicht auf ihn. Sie hatte den Schnee heruntergekratzt, roter Granit kam zum Vorschein.

»Guck mal, Franki, siehst du, was da steht? Alma Ch. Hasselblad, gest. 1951, und darunter, das ist wohl ihr Mann, Karl A. Hasselblad, er ist ein paar Jahre später gestorben. Was haben die denn Böses getan, dass ihr Grabstein nicht mehr hier stehen darf?«

»Wahrscheinlich ist einfach kein Platz mehr«, sagte er unsicher.

»Was, haben wir nicht einmal genug Platz für unsere Toten?«

»Sie haben ihre Schuldigkeit getan, jetzt kommen neue Tote,

die ganze Zeit wird nachgefüllt, mein Vater liegt auch hier, und eines schönen Tages ist es auch Zeit für dich und mich.«

»Aber wir sollten etwas sorgfältiger mit ihnen umgehen«, sagte sie wütend.

»Du bist pervers, Waltraut.«

»Wieso pervers? Könnte man nicht etwas anderes tun, als sie einfach hier hinschmeißen, wie ein Stück Schrott. Kannst du dir etwas Verlasseneres vorstellen? Die hatten bestimmt keine Kinder, die sind jetzt vollkommen vergessen, keine Kinder, keine Geschwister, niemand, der sich noch drum kümmert. Aber auf ganz raffinierte Weise sind sie doch nicht so vollkommen vergessen. Denn alle, die jetzt hier vorbeigehen, lesen ihre Namen und können erkennen, dass sich niemand mehr drum kümmert.«

»Komm, Waltraut, wir gehen! Wir müssen nach Hause und uns fertig machen.«

Da machte sie einen Satz in den Wald und verschwand.

»Waltraut!«, rief er. »Ich mache diese Kindereien nicht mehr mit. Ich gehe jetzt.«

Er drehte sich um und ging los. Er hörte sie rufen und jammern. Endlich kam sie heran, verschreckt, mit Rotz unter der Nase.

»Was ist denn?«, fragte er schroff.

»Da drinnen liegt was.«

»Was denn?«

»Ich glaube, ein Tier ... und es hat mich angeguckt ... und es lebt.«

»Ein Tier?«

»Ja, es ist verletzt, ich glaube, es ist von einem Auto angefahren worden.«

»Und was sollen wir jetzt machen?«

»Na, uns drum kümmern, Franki.«

»Was hattest du denn bloß da zu suchen?«

»Geh doch hin, Franki, geh in den Wald, und guck dir das an, es liegt direkt hinterm Baum, oh Franki, es ist so schrecklich.«

»Wir gehen nach Hause!«

»Nein, wir können es nicht so liegen lassen, denk doch selbst, es liegt da und hat Schmerzen.«

Er seufzte.

»Bleib hier stehen«, sagte er. »Oder geh schon vor.«

Sie zog die Schultern hoch und ging.

Es war ein Reh. Es lag hinter dem Baum, genau wie sie gesagt hatte. Es hob sein Maul, als er kam, die glänzenden Augen beobachteten ihn.

»Was ist denn mit dir passiert?«, fragte er, und der Speichel lief ihm im Mund zusammen.

Das Tier machte eine Bewegung, als wollte es aufstehen, aber es schaffte es nicht. Mit seinem Hinterbeinen stimmte etwas nicht. Es scharrte ein wenig, als Franki sich näherte und warf den Kopf hin und her.

Er hätte einen Stein nehmen können. Aber Schnee lag über allen Steinen und versteckte sie. Er hatte sein Messer in der Tasche. Er wusste nichts von den Pulsadern bei Tieren, zog sich aber die Handschuhe aus und versuchte sie zu ertasten. Das Fell des Tiers war rau und warm.

»Ich habe nicht drum gebeten«, murmelte er.

Dann stieß er zu.

Er hörte einen dumpfen, meckernden Laut.

Übelkeit stieg in ihm auf, in dem weißen Schnee sah er Blut. Er musste sich eine Weile hinsetzen, mit abgewandtem Kopf. Er kühlte seine Stirn mit Schnee.

Waltraut weinte, als er es ihr erzählte. Er sagte, dass es halt Dinge gab, über die man sich hinwegsetzen musste.

Feuerwehrleute, die mussten beispielsweise noch viel mehr aushalten. Hatte sie das nicht von ihrem Bruder gelernt?

Sie schluchzte laut und hemmungslos.

»Man muss sich zusammennehmen«, sagte er. »Man darf nur nicht anfangen daran zu zweifeln. Dann wird es nur noch schlimmer.«

»Aber wir hätten es vielleicht retten können ...«

»Hör mal! Ich habe dir doch gesagt, wie es aussah. Der halbe Körper war zerschmettert ...«

»Ja, aber trotzdem. Es gibt doch Tierärzte. Und auf Skansen, da gibt es ein Heim für solch arme Geschöpfe, die ...«

»Ich kenne diesen Jonas Wahlgren dort ein bisschen. Die kriegen da jede Menge Tiere angeliefert, die müssen auch eine Grenze setzen. Jetzt haben wir dem Reh einen Dienst erwiesen, es muss sich nicht weiter quälen.«

Sie nahmen die U-Bahn nach Gärdet. Sie war die ganze Zeit schweigsam und unnahbar. Er wollte sie in die Arme nehmen und wiegen, ihr eine Mütze mit kurzen roten Bändern aufsetzen. Als sie am Karlaplan vorbeifuhren, schaute er sie an.

»Hier steigt dein Bruder aus, wenn er zur Arbeit fährt.«

»Er fährt mit dem Auto«, sagte sie tonlos.

Franki konnte sich nicht zurückhalten.

»Weißt du was ... Wir werden Arbeitskollegen, das ist so gut wie sicher.«

»Ach ...«

»Die brauchen doch jetzt einen für Almis.«

»Ach so, ja. Wie schön.«

»Ja. Aber sage Mats noch nicht davon. Ich muss das Schriftliche nur erst fertig haben.«

Sie nickte. Ein Lächeln breitete sich um ihre Lippen aus.

»Das müssen wir doch wohl feiern? Wenn wir auf dem Schiff sind.«

# 26

Dunkelheit. Eine grüne, fleckige Dunkelheit, die um sie herum und in ihr herrschte, die sich in ihrer Lunge und in ihrem Hals ausbreitete. Sie lag auf der Seite. Sie versuchte ihre Arme zu bewegen, aber die saßen fest. Sie dachte, das ist der Schmerz, das ist das Gewicht und das Ziehen im Körper, das mich gefesselt hält.

»Jessica.«

War das eine Stimme? War das ihr eigener Name, den sie da hörte? Der zähe Schmerz wogte bis in die Ohren hinein, drückte gegen das Trommelfell, heiß und schlüpfrig wie etwas Schlängelndes, ein Tier, eine Schlange.

Mama.

Und die Lippen lebten, sie bewegten sich vorsichtig, schienen aber an den Zähnen festzukleben. Sie spürte den Geschmack von Blut, von Metall. Ein tiefer, abgehackter Atemzug, dann ein Räuspern, sie musste Luft kriegen, atmen können.

Dann wieder zurück in die Schwärze. Das Gehirn lag da in seiner gesprungenen Schale. Sie musste den Schädel ruhig halten, durfte ihn nicht drehen, nicht anheben, sich auf keinen Fall bewegen.

Dickmilch, das Wort durchfuhr sie, und jedes Wort, das sich formte, tat weh. Großmutter hatte kleine braune Schälchen mit weißem Wellenrand gehabt, sie hatte die Milch darinnen über Nacht stehen lassen, und am nächsten Morgen war sie dick und fertig fürs Frühstück. Mit Zucker und Zimt.

Wenn sie an Essen dachte, wurde es nur noch schlimmer. Ihre schweren, schweren Augenlider. Etwas hielt sie unten, etwas drückte auf den Nacken. Ein schmutziges Stück Stoff, und nun wurde es warm …, und nun wurde es feucht …, und nun wurde es kalt und brannte.

Als sie das nächste Mal aufwachte, pinkelte sie gerade in die Hose. Das war ein schönes Gefühl, eine Art Erlösung. Gleichzeitig eine bruchstückhafte Erinnerung. Der Mann und das Auto. Das Haus mit ihrem Vater.

Aber danach wurde alles unklar.

Jetzt lag sie nur da und horchte auf Geräusche.

Es gab keine Geräusche. Nur das Rauschen ihres eigenen Bluts, das in den Adern hochgepumpt wurde.

Ich lebe noch, dachte sie mechanisch.

Sie waren auf engen Winterwegen gefahren. Um sie herum hatten die Bäume dicht an dicht gestanden. Ein kalter Abend mitten im Winter. Fichten. Sie erinnerten sie an Weihnachten.

Jetzt werden sie weinen, durchfuhr es sie, Klein-Pelle und Mama. Henke und Johnny. Und in dem Augenblick sah sie wieder alles ganz deutlich vor sich.

Und da bekam sie ernsthaft Angst.

Sie hatte die Tür geöffnet und war eingetreten. Die Klinke in der Hand, hatte sie eine Weile gezögert, bevor sie sie heruntergedrückt hatte. Er würde dort drinnen sein, ihr Vater, auf sie warten, sie musste daran denken, dass sie nichts von seiner Behinderung wusste. Oder was das nun war. Auf jeden Fall saß er im Rollstuhl.

»Geh rein!«, sagte der Mann, und es war jetzt ein Ton in seiner Stimme, der vorher nicht da gewesen war. Eine Unruhe überkam sie. Es war etwas Bekanntes an ihm, an seiner Art, gewisse Worte zu betonen. Nicht direkt ein Dialekt, aber irgendwie eine Art Melodie.

Mama, dachte sie. Verzeih mir alles Dumme, was ich getan oder gedacht habe. Ich werde nie wieder so was machen, ich werde alles tun, was ihr von mir wollt. Wenn ich nur von hier wegkomme.

Sie konnte sich nicht bewegen. Sie musste einsehen, dass ihre Hände festsaßen, zusammengebunden und an einem Haken befestigt. Das Gleiche galt für ihre Beine, und als sie an ihre Beine dachte, wurde ihr die nasse Hose bewusst. Sie verspürte die scharfe Kälte, die bis ins Mark ging. Um die Augen saß eine Binde, die war so fest gebunden, dass sie wehtat. Aber nicht sie war es, die ihr Kopfschmerzen machte. Die kamen von innen, und sie waren so stark, dass sie sie zwangen, ganz reglos dazuliegen.

Der Mann, der sie hierher gefahren hatte. Roland. Derselbe Name wie ihr Vater. Er hatte das hier geplant. Er hatte sie schon lange beobachtet.

Wie lange? Warum? Und warum ausgerechnet sie?

Jetzt ging er durch das Zimmer. Sie spürte es eher, als dass sie es hörte. Mit Mühe öffnete sie ihre Lippen und gab einen Ton von sich.

Er beugte sich über sie. Sie merkte es, weil die Luft anders wurde, dichter und mit einem neuen, fremden Geruch vermischt.

»Ich lass dich jetzt allein«, sagte er. »Ich muss weg. Ich werde eine Weile wegbleiben, schließlich ist ja Weihnachten. Man hat so seine Verpflichtungen.«

»Was wollen Sie von mir?«, murmelte sie und die Worte taten ihr im Mund und im Kopf weh.

Sie ahnte, dass der Mann sich zu ihr gesetzt hatte. Er berührte sie nicht, und obwohl sie Angst davor hatte, wünschte sie gleichzeitig, er würde das tun. Er summte tonlos und leise.

»Wasser«, flüsterte sie, weil ihre Zunge voller Furchen war.

»Bitte ... geben Sie mir ein bisschen Wasser.«

Er blieb in der gleichen Haltung sitzen, schien gar nichts zu hören.

»Weißt du, Jessica«, sagte er nach einer Weile. »Ich bin so etwas wie ein Gärtner und ich habe einen wichtigen, etwas merkwürdigen Auftrag bekommen. Soll ich dir sagen, was für einen? Mein Auftrag ist es, das Unkraut unter Kontrolle zu halten. Es rauszureißen und zu vernichten. Was wächst, das soll sauber und nicht mit Disteln oder Brennnesseln vermischt sein, nicht einmal eine Kornblume soll da zu finden sein.«

Er lachte.

»Einige sehen Kornblumen nicht als Unkraut an. Aber ich, Jessica. Wir, die etwas davon verstehen, wir tun das.«

Ihr war jetzt übel und ihr Körper verkrampfte sich.

»Das mit meinem Vater«, flüsterte sie. »Das war gar nicht wahr, oder?«

Wieder lachte er, laut und metallisch. Sie spürte, wie ihre Augen hinter der Binde brannten, eine Haarsträhne hatte sich in ihren Mund verirrt.

»Wer sind Sie …, und was wollen Sie von mir?«

Da stand er voller Würde auf und schubste sie mit seiner Schuhspitze. Das tat nicht weh. Das war eine Berührung.

Geh nicht.

Er sagte: »Wie gesagt, ich gehe jetzt. Und ich weiß nicht, wann ich zurückkomme.«

# 27

Es klingelte an der Tür des Reihenhauses.

»Wer ist denn das nun?«, fragte Engen. Er war mit Camilla gerade nach Hause gekommen, sie waren im Einkaufszentrum Akermyntan gewesen. An seinem freien Tag half Engen bei solchen Sachen wie Großeinkauf. Allein Einkaufswagen und Zwillinge zu dirigieren, das war so gut wie unmöglich.

Jetzt standen Schinken und andere Weihnachtszutaten auf dem Zettel. Engen würde Heiligabend arbeiten müssen, aber um halb sieben zu Hause sein. Erst dann könnte sich also der Weihnachtsfrieden einstellen.

Weihnachten wollten die vier mit seinen Eltern und Waltraut feiern. Camillas Eltern wohnten in Blekinge, dorthin fuhren sie nur selten, das war einfach zu weit mit Kleinkindern. An jedem zweiten Weihnachtsfest kamen dafür ihre Eltern zu ihnen.

Engen war ganz einer Meinung mit seiner Frau, es wäre schön, einfach alles hinter sich lassen zu können. Nur ein einziges Mal. Auf eine tropische Insel fahren, dort in der Sonne zu fläzen. Auf alles zu pfeifen, was mit Familie und Traditionen zu tun hatte. Aber das ging nun einmal nicht, das konnten sie sich nicht leisten. Und selbst wenn sie es sich hätten leisten können, seine Eltern würden es ihnen niemals verzeihen. Weihnachten gehörte der Familie.

Engen öffnete die Tür. Er hatte gerade an seine Eltern gedacht, und jetzt standen sie beide dort, das war ungewöhnlich. Sie tauchten sonst nie unangemeldet auf.

»Wie schön, kommt doch rein«, sagte er und versuchte begeistert zu klingen. »Wir können gleich einen Kaffee aufsetzen, müssen nur erst die Lebensmittel verstauen. Wir waren nämlich gerade einkaufen.«

Sein Vater trug einen großen, breitkrempigen Hut.

»Sag mir nur erst eins«, platzte er heraus. »Weißt du, wo Waltraut ist?«

»Waltraut?«

»Sie ist verschwunden.«

»Aber Vater, sie ist doch ein erwachsener Mensch. Glaubst du nicht, dass sie auf sich allein aufpassen kann?«

Sein Vater nahm den Hut mit einer steifen, unbeholfenen Bewegung ab. Sein Haar war frisch geschnitten, sein Gesicht sah ganz nackt aus. Camilla stand schon mit Bügeln bereit.

»Toller Hut!«, sagte sie aufmunternd.

Er antwortete nicht.

»Kommt, dann könnt ihr sehen, was für ein schönes Pfefferkuchenhaus die Jungs gemacht haben«, fuhr sie fort. »Es steht im Wohnzimmer. Aber wir haben es noch nicht geschafft sauber zu machen, also, ihr dürft nicht so genau hingucken.«

Engens Mutter raschelte mit zwei Bonbontüten. Sie schwenkte sie vor den Zwillingen in der Luft.

»Darf ich?«, fragte sie und sah dabei Engen an.

»Nun ja, jetzt ist es ja sowieso zu spät zu fragen.«

Sie gab den beiden je eine Tüte.

»Ach, so ein paar Süßigkeiten schaden doch wohl nicht«, sagte sie bittend. »Nicht, wenn ihr ihnen beibringt, hinterher die Zähne zu putzen.«

Camilla ging in die Küche. Er hörte sie dort klappern und die Schranktüren schlagen, wie immer, wenn sie wütend war, aber nicht die richtigen Worte fand. Er ging zu ihr.

»Die beiden meinen es ja nur gut«, zischte er. »Nun reg dich nicht so drüber auf!«

Sie wusch ein paar Tassen ab.

»Trag die rein!«

Er nahm ihre Hand und pustete auf den Brandfleck.

»Tut das noch weh?«

»Nein.«

»Kommt ihr?« Sein Vater stand in der Tür.

»So, nun erzähl mal, Papa, was ist denn eigentlich passiert?«

»Nun ja, passiert ist eigentlich nichts, jedenfalls hoffe ich doch, dass nichts passiert ist. Aber Waltraut ist verschwunden, und so was macht sie sonst nie. Ich war gestern Abend bei ihr, ich wollte sie zum Konzert in der Adolf-Fredriks-Kirche abholen, und da … da war sie nicht zu Hause.«

Seine Stimme wurde breiig, er sank in sich zusammen.

»Komm, setzen wir uns«, sagte Engen. Plötzlich hatte er das Gefühl, sein Vater wäre gealtert, selbst der Schädel hätte sich verkleinert, sodass die Augen hervorstanden. Er konnte seinen Blick nicht von ihm abwenden. Sein Vater schluckte und fuhr fort.

»Nun ja, da habe ich gedacht, ich hätte vielleicht was missverstanden und sie wäre schon losgefahren. Also bin ich wieder nach Hause gefahren, habe deine Mutter abgeholt, und dann sind wir beide in die Stadt gefahren. Wir haben in der Olof Palmes gata geparkt, da findet man sonst eigentlich nie einen Platz, aber wir haben einen gefunden.«

Engens Vater kam immer vom Hundertsten ins Tausendste, wenn er etwas erzählen sollte. Aber ihn zu unterbrechen oder anzutreiben, das hatte gar keinen Sinn, dann kam er nur durcheinander und musste wieder ganz von vorn anfangen. Er hob ein paar Bauklötze auf und ließ sich schwerfällig aufs Sofa fallen.

»Wir waren frühzeitig da«, fuhr er fort. »Deshalb haben wir noch eine Runde dort auf dem Friedhof gedreht und deine Mutter meinte noch, dass es sicher nicht einfach sei, Lisbet Palme zu sein, nie könne sie wie eine ganz normale Witwe zum Grab ihres Mannes gehen, nie könnte sie dort unerkannt trauern. Aber dann gingen wir doch in die Kirche, weil wir ein bisschen froren, und da drinnen war es schön warm, die ist ja renoviert worden, und sie ist jetzt hell und gemütlich. Wir haben auch beide eine

Kerze angezündet. Wir haben dann an Stefan Almgren gedacht, deinen Arbeitskollegen, Mats, und dann haben wir an all unsere eigenen Toten gedacht. Ja, wir glaubten ja, dass Waltraut irgendwann auftauchen und uns begrüßen würde, aber wir konnten sie nicht entdecken. Also haben wir uns hingesetzt, ganz weit vorn, da wirkt alles viel stärker auf einen, wenn man nahe beim Chor sitzt.«

Sie hörten ein Weinen aus dem Zimmer der Zwillinge. Camilla sprang auf. Beide Jungs kamen schon angelaufen, Lukas voran, zwei Schokoladenlollis in seinen dicken Händen. Camilla versuchte zu vermitteln. Es dauerte eine Weile, bis wieder Ruhe eingetreten war. Engens Mutter saß mit Simon auf dem Schoß da und machte Fingerspiele. Ihr Mann warf ihr einen Blick zu. Worauf sie verstummte.

»Dann kam also der Chor«, fuhr er fort und fummelte an einem kleinen Spielzeugauto, das auf dem Tisch lag. Er stellte es auf den Kopf und drehte mit dem Daumen das Hinterrad.

»Deine Schwester war nicht dabei, Mats«, sagte er heiser.

»Nein? Nun, dann war sie wohl verhindert?«

»Verhindert! Ich habe anschließend mit dem Chorleiter gesprochen. Weißt du, was er gesagt hat? Er hat gesagt, dass Waltraut sich krank gemeldet hat und dass sie wirklich erkältet und kläglich geklungen hätte und er ihr verordnet hätte, sich Ruhe zu gönnen und ihre Stimme zu schonen. Sie haben Heiligabend ein großes Konzert. Also hätte sie doch bei sich zu Hause im Bett liegen müssen, oder? Wäre das nicht das Logischste?«

»Vielleicht hat sie geschwänzt«, sagte Camilla.

Ihr Schwiegervater schüttelte den Kopf.

»Nicht Waltraut. Sie schwänzt nicht. Sie singt gern, sie liebt das Singen.«

Engen ging auf den Flur.

»Ich rufe sie an!«, rief er.

»Ja, tu das! Aber das nützt nichts. Sie geht nicht ran, ich habe es schon hundert Mal versucht.«

Das Freizeichen war zu hören, kein Anrufbeantworter, nichts. Er schaute sich selbst im Spiegel an. Er hatte vergessen, sich zu rasieren.

»Nein«, sagte er. »Es stimmt, keine Antwort.«

»Kann es sein, dass mit Waltrauts Telefon etwas nicht stimmt?«, fragte Camilla.

»Ich war sogar bei ihr zu Hause und habe nachgeschaut. Ich habe ja den Schlüssel. Aber sie war nicht da. Ihre Wohnung war leer.«

Engens Vater stand auf und ging zur Toilette. Die übrigen sahen einander an. Die Mutter senkte ihre Stimme.

»Er übertreibt gern«, sagte sie. »Jedenfalls wenn es um Waltraut geht. Sie ist sein Augenstern ..., aber das wisst ihr ja. Ich glaube, sie hätte einfach gern ein bisschen mehr Freiheit. Von ihrem geliebten Papa.«

»Ja, aber wo steckt sie?«, fragte Camilla.

»Ich weiß es nicht. Wir haben nie miteinander reden können, ich meine, so von Frau zu Frau. Viele Mütter können das ja mit ihren erwachsenen Töchtern. Kannst du das, Camilla, kannst du mit deiner Mutter wie mit einer Schwester reden?«

»Nicht direkt.«

»Wie gut. Dann bin ich jedenfalls nicht die Einzige.«

»Waltraut hat ja offensichtlich einen Freund«, sagte Camilla. Der Vater stand hinter ihr.

»Was sagst du da?«

»Ja, sie ist doch mit jemandem zusammen, er war auch auf Stefans Beerdigung.«

»Davon weiß ich nichts. Was ist das für einer, Mats, weißt du etwas davon?«

»Nun ja, das ist sicher nichts Ernstes, es ist dieser Franki Ljungberg, weißt du. Du erinnerst dich doch noch, als wir klein waren? Wir haben früher immer zusammen gespielt. Er ging auch in meine Klasse.«

»Ich kann mich doch nicht an alle Jungs erinnern, mit denen du gespielt hast.«

»Vielleicht läuft ja auch gar nichts zwischen den beiden«, sagte Camilla.

»Ja, das glaube ich auch«, fügte Engen hinzu. »Die beiden sind doch viel zu unterschiedlich.«

Die Eltern waren heimgefahren. Die Kinder schliefen. Engen und Camilla packten Weihnachtsgeschenke ein.

»Du bist so still«, sagte Camilla.

»Ich denke nach.«

»Machst du dir Sorgen wegen Waltraut? Bist du nicht der Meinung, dass dein lieber Vater vielleicht ein wenig übertreibt?«

»Ich weiß, wie er ist, wenn es um sie geht. Aber da ist trotzdem etwas, was nicht stimmt ...«

Franki. Sein Gerede über die Feuerwehr, wie fixiert er darauf war. Er konnte wirklich penetrant sein. Engen hatte das oft genug erlebt. Als er bei den Tests durchgefallen war, bekam er förmlich einen Wutausbruch.

»Guck mal, Engen, sieh dir meine Muskeln an, guck, was ich kann. Und trotzdem wollen sie mich nicht ...«

Er hatte den Bescheid per Telefon erhalten.

»Aber dich haben sie genommen, dich und diese Memme Almis. Das werde ich nie vergessen, das werden sie mir büßen, so lange ich lebe.«

An dem Abend schlug er eine Kneipe zusammen. Das Leben war für ihn zusammengebrochen. Später trafen sie sich wieder. Franki war zynisch und spitz.

»Na, löscht ihr jetzt schön Feuersbrünste, oder?«

»Franki, hör auf!«

»Dieser Spulwurm Almis. Er hat sich mit seinem Gelaber reingeschmeichelt, weißt du. Er ist so verdammt feige, du glaubst es nicht. Ich kann dir da Dinge erzählen, die sonst niemand weiß. Dinge, ich sage dir! Wenn ich das verraten würde, würde er sofort gefeuert werden.«

Ab und zu tauchte er auf der Wache auf. Sie wollten ihn dort nicht haben, brachten es aber nicht über sich, ihn rauszuschmeißen. Als stünden sie in seiner Schuld, weil sie es geschafft hatten und er nicht. Er hatte so etwas Jämmerliches, Verletzliches an sich, etwas manchmal geradezu Rührendes. Aber sein Gehetze über Almis!

Engen warf die Schere hin.

»Camilla«, flüsterte er.

»Was ist, Mats, was ist los.«

»Oh verdammt, warum ist mir das nicht früher eingefallen. Wenn *er* es nun war! Vielleicht will er uns eine reinwürgen. Vielleicht will er sich rächen. Wenn er es nun war, der das getan hat, stell dir vor, wenn er es war, der da in dem Feuer war, mit Almis und mir! Er konnte es Almis doch nie verzeihen, dass er genommen wurde. Stell dir nur vor, wenn er ihm einfach die Maske heruntergerissen hat!«

Er stand auf und lief mit kurzen, hektischen Schritten auf und ab.

»Ich muss zur Polizei. Er hat ja Recht, mein Vater. Es kann was mit Waltraut passiert sein, etwas ganz Schreckliches. Ich muss zur Polizei ... aber erst muss ich ... bist du so gut und gibst mir das Telefonbuch.«

Franki wohnte in der Persikogatan. Engen ließ es dort eine Weile klingeln. Niemand nahm ab. Und seine Mutter, Agneta? Richtig, es gab eine Agneta Ljungberg im Glädjevägen, das musste sie sein. Er tippte ihre Nummer und flehte zu Gott, sie möge zu Hause sein. Nach mehrmaligem Klingeln antwortete sie, aber es dauerte eine Weile, bis sie überhaupt verstand, wer am Apparat war.

»Darf ich mal kurz vorbeikommen? Es gibt da eine Sache, die ich mit Ihnen bereden möchte.«

Sie lachte unsicher auf, er hatte das Gefühl, als wäre sie nicht ganz nüchtern.

»Es dauert nicht lange!«, sagte er flehend.

Sie willigte ein.

Engen zog seinen Jogginganzug an. Er hatte ein großes Bedürfnis nach frischer Luft. Er lief den Sandviksvägen entlang, vorbei an dem gelben Kiosk, dann hoch und an Kirche und Schule vorbei. Als er an den Reihenhäusern auf der rechten Seite vorbeikam, fiel ihm ein, dass sie sich vor langer Zeit dort eins angesehen hatten, aber damals nicht genügend Geld gehabt hatten. Ein Stück weiter sah er das Folkets hus, hier hatte es in einer früheren Welt Tanzveranstaltungen und Feste gegeben. Jetzt lag es meistens dunkel und verlassen da. Es gab keinen Zusammenhalt mehr in Hässelby, keine Lust, sich mit den Nachbarn zu vergnügen, wenn man sowieso schon am selben Fleck wohnte. Manchmal wurde die Hütte für private Feste und Veranstaltungen vermietet. Engens Vater hatte seinen fünfzigsten Geburtstag dort gefeiert.

Er durchquerte die lange, gespenstische Allee zum Ridderviks Hof hin und kam am Lövstavägen wieder heraus. Dort war einiger Verkehr, er musste feststellen, dass er in seiner dunklen Joggingkleidung nicht gut zu sehen war. Also wartete er eine Weile, bis er über die Straße und dann weiter zum Glädjevägen laufen konnte.

Agneta Ljungberg wohnte im Erdgeschoss. Rechts vom Eingang war ein Schaufenster mit allen möglichen Tuben und Fußpflegeprodukten. Es war erleuchtet und weihnachtlich geschmückt, aber ein Teil der Lichterkette schien kaputtgegangen zu sein. Das ließ die ganze Dekoration etwas verkommen erscheinen.

Engen klingelte, und gleich kam Frankis Mutter zur Tür und ließ ihn herein. Sie trug einen langen, weinroten Morgenmantel aus dickem Frottee. Sie war barfuß.

»Ich habe nachgedacht«, erklärte sie, während er sich die Joggingschuhe aufknüpfte. »Du bist doch der Bruder der kleinen Waltraut. Ich erinnere mich noch, dass ihr oft zusammengespielt habt, Franki und du. Und außerdem dieser arme Junge Stefan, seine Mutter war Polin, oder?«

»Ja.«

»Komm rein! Die Tür dort führt zu meiner Fußpflegepraxis. Das mache ich jetzt schon reichlich lange. Die Geschäfte könnten besser gehen, aber was soll man machen? Außerdem habe ich jetzt auch noch Konkurrenz gekriegt, vom Einkaufszentrum. Ich habe zwar immer meine festen Patienten gehabt ... aber viele sind schon etwas älter, die springen nach und nach ab ... wenn man das so sagen kann. Und neue Patienten zu werben, das ist nicht so leicht. Die Zeiten sind härter geworden, weißt du, Mats. Sehr viel härter.«

Er murmelte etwas Zustimmendes.

»Wir können uns ins Wohnzimmer setzen. Möchtest du etwas zu trinken? Einen Wein?«

»Danke, lieber nur ein Wasser.«

Es war ein typisch weibliches Wohnzimmer. Er versuchte herauszufinden, woran man das erkennen konnte. Vielleicht an den kleinen Kissen, die das ganze Sofa bedeckten, sodass man kaum Platz zum Sitzen fand. Oder an den Kerzenständern mit ihren Seidenbändern. Sie hatte das Radio laufen, es gab eine Sendung, in der den Leuten bei ihren Weihnachtsgedichten geholfen wurde. Auf dem Sekretär an der Stirnseite standen gerahmte Fotos. Eines war ein Hochzeitsfoto. Engen erkannte Frankis Eltern. Sie waren dort noch sehr, sehr jung. Es gab auch Fotos von Franki als Kind, das klassische, auf dem er nackt auf einem Fell oder so lag und eins, auf dem er etwas größer war.

Sie war offensichtlich dabei, Weihnachtsgeschenke einzupacken. Er bemerkte eine Rolle mit Weihnachtspapier und einen Miniaturfeuerwehrwagen aus Balsaholz.

Agneta Ljungberg kam mit einem kleinen Silbertablett und zwei Gläsern zurück. Mit einer unsicheren Geste schaltete sie das Radio aus.

»Da kriegt man jedenfalls ein paar Anregungen«, sagte sie. »Aber jetzt habe ich genug gehört. Hier ist Eiswasser für dich. Ich selbst nehme ein bisschen Weißwein. Und sag Bescheid, wenn du doch etwas anderes möchtest. Ich bin gerade dabei, Geschenke einzupacken, siehst du das schöne Feuerwehrauto, ist das nicht unglaublich? Ich habe es in Riddersvik gekauft, da war vor einer Weile Weihnachtsmarkt. Erinnerst du dich an Bent Karlsson, den Feuerwehrmann? Er ist übrigens der Vater von Johnny, mit dem ihr zusammen gespielt habt.«

Engen nickte.

»Weiß du, er hatte da einen Stand und hat diese kleinen zauberhaften Feuerwehrwagen verkauft. Er baut sie selbst. Und so sehr teuer waren sie auch nicht. Dreihundertfünfzig für das hier, das ist doch nichts.«

Sie hob es hoch, damit Engen es besser ansehen konnte.

»Ja. Das ist wirklich gut gearbeitet. Sogar mit einer kleinen Leiter.«

»Die kann man auch noch hochziehen. Franki soll das zu Weihnachten kriegen. Meinst du nicht, dass er sich freuen wird?«

»Ja. Bestimmt.«

Sie trank einen Schluck Wein. Ein wenig Lippenstift klebte an den Vorderzähnen.

»Übrigens haben wir vor einer Weile deiner Schwester zugehört. Bei einem Konzert in der Storkyrkan. Franki und ich sind hingegangen. Mein Gott, wie schön sie singen kann, deine Schwester. Wie eine kleine Nachtigall.«

Sie sah so einsam aus, so ahnungslos. Sie griff ihn beim Arm.

»Ach Mats, du bist doch Feuerwehrmann. Da kann ich dich vielleicht etwas fragen. Du weißt, meine Fußpflegepraxis da drinnen. Ich habe zwar einige Patienten, aber wie ich ehrlicherweise schon angedeutet habe, läuft es nicht so recht. Jetzt überlege ich, ob ich nicht die Praxis erweitern und mir ein paar Solarienplätze anschaffen könnte. Was meinst du? Braucht man dafür eine Genehmigung? Und ist meine Wohnung geeignet für so viele elektrische Apparate? Ich weiß nicht, wie viel Strom die brauchen, aber vielleicht muss ich erst mal einen vom Brandschutz herbestellen? An wen wendet man sich da, weißt du das? Ich will ja nicht, dass es hier zum Großfeuer kommt.«

»Da müssen Sie als Allererstes mit dem Hausmeister sprechen.«

»Aha. Gut, dann mache ich das.«

Sie trank wieder einen Schluck Wein.

»Möchtest du was essen?«

»Nein. Nein danke. Ich bin gekommen, weil ...«

Weiter kam er nicht, wieder packte sie ihn beim Arm.

»Du bist verheiratet, nicht?«

»Ja.«

»Hast du auch Kinder?«

»Zwillinge, Jungs.«

»Ach, wie schön. Zwillinge. Wie alt sind sie?«

»Zweieinhalb.«

»Das muss ja ganz toll sein. Deine Mutter ist bestimmt überglücklich, dass sie Oma geworden ist. Und dann gleich mit zwei Enkeln!«

»Oh ja. Sie vergöttert und verwöhnt sie.«

»Was mich betrifft, so hab ich ja keine ... Franki, der ...«

»Genau wegen Franki bin ich hier«, unterbrach er sie.

Ein Hauch von Angst huschte über ihr Gesicht.

»Aber es ist doch nichts mit ihm?«

»Nein, ich denke nicht. Ich wollte ihn nur gern sprechen.«

»Hast du es schon bei ihm versucht?«

»Ich habe angerufen, aber er antwortet nicht.«

»Nein, bei Franki kann man nie wissen.«

»Schon möglich. Aber wissen Sie etwas ... es scheint, als ob er und Waltraut ...«

»Er und Waltraut?«

»Ja. Als ob die beiden zusammen sind.«

»Du musst wissen, so etwas erzählt er mir nie. Manchmal überlege ich wirklich, was er so treibt. Dann mache ich mir direkt Sorgen ... du weißt, wie er ist, Mats, du kennst ihn.«

»Ja. Ein bisschen. Aber was macht Ihnen denn Sorgen?«

Da krümmte sie sich in ihrem Sessel zusammen und verbarg ihr Gesicht in den Händen.

»Ich möchte doch für ihn nur das Beste …«, schluchzte sie. »Aber er hat da ganz andere Ideen.«

»Ja …«

»Aber jetzt wird sicher alles gut. Er wird ja bald bei euch anfangen, soweit ich verstanden habe.«

»Bei uns? Bei der Feuerwehr?«

»Ja.« Sie hob das Gesicht, ihre Nase war glänzend rot geworden.

»Nein, das … Davon habe ich nichts gehört, dass …, soweit ich weiß.«

»Aber es ist doch ein Platz frei geworden …, der von Stefan … Er hat mir gesagt, dass es so gut wie abgemacht sei.« Und jetzt weinte sie wieder und zog den Morgenmantel fester um sich, presste ihn an den Körper und weinte.

»Das hat er gesagt?«, fragte Engen. Am liebsten hätte er sie in die Arme genommen und festgehalten, ihr über das blondierte Haar gestrichen. Er war hier einfach so hereingestürmt, hatte sie bei ihrer Beschäftigung gestört und die Zukunftsträume für ihren Sohn zerstört.

»Er hat so dafür gekämpft, du weißt, wie eisern er trainiert, er hat nur auf einen freien Platz gewartet, und sobald der da ist, kann es losgehen. Dann schieben sie ihn einfach so mit rein … ohne viel Brimborium, ohne großes Auswahlverfahren und so.«

»Aber Entschuldigung … so läuft das ja nicht.«

»Nein? Soll er denn nicht bei euch anfangen?«

»Dann hätten wir jedenfalls was davon gehört«, erklärte er ausweichend.

Sie holte ein Taschentuch aus ihrer Manteltasche und putzte sich die Nase.

»Ich begreife ja nicht, warum er kein Feuerwehrmann geworden ist wie ihr anderen alle!«, sagte sie, und ihre Stimme klang jetzt eine Spur schärfer. »Er war doch nicht schlechter als ihr? Oder war er das? Ich habe so oft darüber nachgedacht. Sag es mir, Mats, gib mir eine ehrliche Antwort!«

»Ich weiß es nicht.«

»Er hat es so schwer genommen. Jemand von der Feuerwehrzentrale hat ihn damals angerufen. Ich weiß nicht mehr, wie er hieß, aber Franki hat auf der Sache noch monatelang herumgekaut. Leute, die anderen negative Bescheide übermitteln, sollten ein bisschen rücksichtsvoller sein, findest du nicht auch?«

»Oh ja. Ganz meine Meinung.«

»Er war so traurig, Mats, so verzweifelt. Alle seine Pläne … einfach dahin! Und dann passierte noch das Dumme mit der Polizei und so. Ich fand ja, er hatte diese Belohnung verdient, angenommen zu werden. Wie er sich all die Jahre danach gesehnt und es schon geplant hatte. Schon seit seiner Kindheit. Weißt du, er hat einmal ein Mädchen gerettet, ihre Perlonbluse hatte Feuer gefangen. Das stand auch in der Zeitung, ich habe den Artikel immer noch. Und dann in der Schule … erinnerst du dich, der Luciazug, als das Haar der Lucia zu brennen anfing. Da hat Franki reagiert, vor allen anderen. Es war, als könnte er die Gefahr eines Feuers schon vorher erahnen. Er lief hin und konnte sie umwerfen, hat sie dann in eine Jacke eingerollt.«

»Ja. Ich erinnere mich.«

»Wenn es so gelaufen wäre, wie er sich das gedacht hat, dann …, dann wäre alles anders gekommen. Er wäre dann nicht so … Ach, ich weiß auch nicht.«

Und wieder weinte sie, aber jetzt ruhiger. Sie sah ihn an und die Tränen tropften ihr vom Kinn.

»Warum bist du eigentlich gekommen?«, fragte sie nuschelnd.

»Ich wollte ihn nur gern erreichen. Meine Schwester Waltraut ist …, nun, wie soll ich sagen, verschwunden. Sie ist nicht in ihrer Wohnung, meine Eltern sind beunruhigt und deshalb versuche ich jetzt verschiedene Möglichkeiten. Wissen Sie … Sie haben nichts gehört?«

»Dann ist es also Ernst? Ich meine, Waltraut und Franki, die …?«

»Ich möchte es jedenfalls überprüfen.«

»Nun ja, ich hatte ja schon so eine Ahnung, dass ein Mädchen im Spiel ist. Aber dass sie es ist ... Ich habe Franki auch schon gesucht, wirklich. Ich war am Nachmittag in seiner Wohnung, aber er war nicht da. Ich weiß nicht, wo er ist. Aber das kommt oft vor. Wir können ja noch mal versuchen, dort anzurufen, ja?«

Engen nickte.

Sie stand unsicher auf und ging ins Schlafzimmer. Er hörte, wie sie wählte. Nach einer Weile kam sie zurück.

»Nein. Er geht immer noch nicht ran«, flüsterte sie. »Und bald ist doch Weihnachten und alles.«

# 28

Sie bekamen eine Kabine in der Seaside-class auf dem siebten Deck. Das bedeutete, dass sie ein Fenster hatten. Waltraut kuschelte sich an ihn, sie war wieder verschmust und fröhlich.

»Komm«, flüsterte sie. »Wir legen uns eine Weile hin!«

»Zuerst müssen wir herausfinden, wie wir rauskommen. Falls was passiert, falls es anfängt zu brennen.«

»Du immer mit deinen Bränden!«

Er packte sie fest am Arm.

»Sag das nie wieder, Waltraut!«

Sie riss sich los, schwieg.

Es gab eine Tafel an der Wand mit Instruktionen für den Notfall. Das Alarmsignal war siebenmal kurz und einmal lang. Ja, das würden sie hören. Er merkte sich auch, dass gelbe, ganz durchgezogene Pfeile den Weg zum Sammelpunkt wiesen und gestrichelte rote einen Ersatzweg.

»Gut, jetzt weiß ich Bescheid«, sagte er. »Mit so was darf man nie spaßen. Du erinnerst dich doch wohl daran, was mit der Estonia passiert ist?«

Sie lag mit dem Gesicht zur Wand da. Er hängte seine Jacke an einen Haken und legte sich dicht neben sie. Fand den Knopf ihrer Hose, zog gleich danach ihren Reißverschluss auf.

»Wenn es Alarm gibt, müssen wir unseren Sammelpunkt aufsuchen. Weißt du, wo unser Sammelpunkt ist? Nun, weißt du es?«

»Au«, jammerte sie. »Du kneifst.«

Er würde sich um sie kümmern, ihr Bodyguard sein. Sie war der kleine Engel und sollte nie wieder für einen kranken, verrückten Dirigenten singen müssen.

Ihr Bauch war so unfassbar weich. Sein Zeigefinger spielte mit ihrem Slipsaum. Da legte sie sich auf den Rücken und schloss die Augen.

Er schaffte es nicht, wurde nicht steif. Ihre Brustwarzen standen glühend hoch.

»Was ist …«, flüsterte sie, »stimmt was nicht?«

Er dachte an Ilmari Koivisto, einen Namen, der sein Gedächtnis nie verlassen würde. Er strich die Haare zur Seite und schaute ihren Hals an. Die Abdrücke waren immer noch zu sehen, er bekam Lust, ihr wehzutun. Sie zu bestrafen. Weil sie so gutgläubig gewesen war. Ihr auf den Po zu schlagen, bis sie weinte.

»Guck mal!« sagte sie und zeigte nach oben. Das Bett über ihnen war herausgeklappt, auf der Unterseite war der Abdruck eines Schuhs zu sehen.

»Da hat jemand gelegen und sich dagegen gestemmt. Überleg nur mal, was alles schon in dieser Kabine passiert ist.«

Sie ging auf die Toilette. Nach einer Weile rief sie:

»Was meinst du, wie viele Kabinen gibt es hier auf dem Schiff?«

»Keine Ahnung, vielleicht fünf-, sechshundert.«

»Dann muss es ja auch fünf-, sechshundert Toilettenbürsten geben. Was für ein Großeinkauf. Wer so was wohl einkauft, glaubst du, das macht der Kapitän? Ja, guten Tag, ich hätte gern sechshundert Toilettenbürsten.«

Sie kicherte unkontrolliert. Genauso hatte sie gekichert, als er die Tasche aufs Rollband gestellt hatte, das ging so schnell, schneller, als man gehen konnte. Die Tasche glitt ihm aus der Hand und huschte davon, es sah aus, als würde sie auf dem Band vor ihm fliehen. Es war ihm peinlich gewesen. Leute hatten kichernd zugeguckt.

»Was ist mit dir los?«, fragte er. »Hast du was getrunken?«

Es sauste laut von der Kabinendecke. Franki stand auf, schraubte und drehte an der Klimaanlage, aber nichts passierte.

»Verdammter Mist!«, sagte er.

Sie stand nackt im Raum.

»Wollen wir essen gehen?«, fragte sie.

Sie hatte ein Kleid mitgenommen. Es war schwarz und tief ausgeschnitten. Während sie sich anzog, erklärte sie, sie wolle in seinem Schoß liegen, später, wenn sie ins Bett gingen. Dass sie sich schon danach sehne, ganz gleich, was sie am Abend machen würden. Er betrachtete die Betten, sie waren schmal und kurz.

»Wir schieben sie zusammen!«, sagte sie. »Dann haben wir besser Platz.«

»Nein, das geht nicht, die sind an der Wand festgeschraubt.«

Aber sie las einen Hinweis neben dem Bett.

»›Hör mal. Wenn Sie die Betten zu einem Doppelbett zusammenschieben möchten, nehmen Sie den Tisch zwischen den Betten heraus und bewegen Sie dieses Bett, indem Sie die Vorderkante anheben, bis die Beine wieder einrasten‹.«

»Dieses Bett?«, wiederholte er.

»Ja, das steht hier.«

Er sah rot.

»Verdammt, was du alles weißt. Du bist wohl schon mal hier mitgefahren, mit einem deiner Tenöre!«

Sie schrie laut auf.

»Aber woher kannst du es denn sonst wissen, das da mit den Betten?«, schrie er zurück.

»Du bist so widerlich, du bist so dumm und widerlich, manchmal hasse ich dich direkt!«

Und sie schnappte sich ihre Handtasche und lief auf den Korridor.

Sie war in eine Damentoilette gegangen, hatte sich die Tränen abgewaschen und ihre Lippen dunkel, dunkelrot angemalt. Wenn sie an Franki dachte, kamen die Tränen wieder hoch, aber sie schluckte sie herunter und unterdrückte sie. Eigentlich sollten sie jetzt zusammen hier entlanggehen, einen Drink in der Bar nehmen, sich mit den verschiedenen Decks vertraut machen. Am Büfett essen, sich eine Flasche Wein teilen.

Das war ihr erster großer Streit.

Dabei wollte sie ihm doch nur eine Freude bereiten.

Sie war so stolz gewesen, als ihr die Idee mit der kleinen Kreuzfahrt gekommen war und sie auch noch zwei Plätze in einer schönen Kabine erwischen konnte. Nach der Estonia wollte sie nie wieder unter der Wasserlinie schlafen. Eines der Chormitglieder war auf der Katastrophenfahrt dabei gewesen. Waltraut entdeckte einen Übersichtsplan über das Schiff und sah, dass es ganz oben eine Bar gab. Sie nahm die Treppen dort hinauf, so schnell, dass Franki sie nicht entdecken konnte. Hier oben war es ganz leer. Sie trat an den Tresen. Ein Kellner in ihrem Alter fragte nach ihren Wünschen.

»Ein großes Pils«, sagte sie schnell.

Er hatte ein pfiffiges, dunkles Gesicht.

»Sie wollen ein großes Pils, dabei sind Sie doch so klein und nur eine halbe Portion«, scherzte er.

»Gerade deshalb!«

Er stellte ihr das Glas hin. Sie reichte ihm einen Fünfziger. Er gab ihr das Wechselgeld und wischte den Tresen ab.

»Sie sind also auf Kreuzfahrt«, sagte er.

»Mmm.«

»Allein!«

»Na, im Augenblick fühle ich mich gerade verdammt allein!«

Er drehte sich ihr ganz zu und betrachtete sie.

»Streit mit dem Freund?«

Da waren die Tränen wieder da, und er bemerkte es und wollte gerade etwas sagen, aber da kamen andere Gäste. Er musste sie bedienen. Waltraut nahm ihr Glas und setzte sich auf eines der halbmondförmigen Sofas. Sie zog ein Papiertaschentuch heraus und konnte damit die Tränen aufsaugen, bevor sie über den Augenrand kullerten.

Sie hatte angerufen und erklärt, sie wäre krank. Warum

nicht? Warum sollte sie nicht das Recht haben, sich von dem zu erholen, was sie durchgemacht hatte.

Arbeitsunfall, dachte sie.

Der Chorleiter meinte, sie klinge erkältet.

»Sieh zu, dass du was Warmes trinkst und nicht so viel redest. Du musst fürs Konzert Heiligabend in Form sein.«

Sie fuhren an Lidingö vorbei. Alle Fenster dort waren hell erleuchtet. Sie trank von ihrem Bier, und da erklang Musik aus den Lautsprechern. Strangers in the night.

Oh, Franki.

Plötzlich war er da. Neben ihr. Sie hatte ihn nicht kommen hören. Er hatte ein Glas in der Hand, sein Mund war stramm und angespannt.

»Darf man bei der Dame Platz nehmen?«

Waltraut nickte.

Er setzte sich ein Stück von ihr weg.

»Du trinkst Bier?«

»Ja.«

Sie starrten auf die Strände und Häuser, die so nah zu sein schienen, dass man sie hätte berühren können, zumindest mit einem Stock. Franki trank von seinem Bier und rutschte ein Stück näher.

»Waltraut«, murmelte er. »Mein Engelmädchen.«

Da schob sie sich auf seine Knie, und seine Handflächen bedeckten sie, beschützten sie vor allem Dummen und Bösen. Sie gingen in den Dutyfreeladen, und dort testete sie verschiedene Parfüms.

»Das stinkt ja wie im Bordell!«, rief er aus.

»Ach ja …, was weißt du denn davon?«

»Das kannst du wirklich fragen.«

Sie hielt ihm ihre Handgelenke hin, er schnupperte und nieste.

»Welches magst du, ich möchte eins haben, das du magst. Du sollst den Duft mit mir verbinden, jedes Mal, wenn du ihn riechst, sollst du dich nach mir sehnen.«

»Die riechen doch alle gleich.«

Sie lachte und konnte gar nicht mehr aufhören. Eine der Verkäuferinnen kam zu ihnen.

»Kann ich Ihnen helfen?«

»Ja, vielleicht können Sie meinem Verlobten den Unterschied zwischen den Düften erklären.«

Verlobten. Hatte sie das wirklich gesagt? Sie hatte einen leichten Schwips, nahm irgendeine Parfümflasche und kaufte sie. Sie hieß Fleur d'Interdit.

Seine Arme führten sie, lenkten ihre Schritte.

»Jetzt gehen wir essen!«, beschloss er. »So langsam habe ich einen Bärenhunger.«

Sie gingen in das Restaurant mit dem Büfett. In einer Ecke fanden sie zwei freie Plätze. Sie dachte kurz, sie hätten Plätze reservieren sollen, dann hätten sie am Fenster sitzen können. Franki stellte sich in die Schlange. Sie sagte, sie wolle noch warten, könne so die Plätze besetzen. Sie sah seinen Rücken, ein schönes weißes Hemd und die hübsche schwarze Hose. Eine unbändige Lust, ihn zu lieben überfiel sie, stärker als sie es je empfunden hatte. Er sollte in sie eindringen, alle Spuren des anderen überdecken, er sollte ihr Leben und ihr Licht sein.

Er kam mit einem überladenen Teller zurück. Sie konnte nicht anders, sie musste lachen. Das Schwere, Schwierige war weggeschmolzen, sie war wieder albern und wollte ihn necken. Franki saß ruhig da.

»Nun hol dir auch was zu essen«, sagte er. »Du musst noch ein bisschen wachsen. Ich habe nämlich vor, mich sonst auf dich zu legen und dich wie einen Marienkäfer platt zu drücken.«

Sie stibitzte sich ein Fleischbällchen von seinem Teller.

»Soll ich dir was sagen?«, fragte sie, emsig kauend.

Er schnitt sein Fleisch, schaute nicht auf.

»Soll ich?«

»Ja, ja. Was denn?«

»Ich glaube, ich …, ich habe dich lieb.«

Da hob er seinen Blick, und seinen Augen waren blau und ganz sanft.

Nach dem Essen liefen sie herum und guckten sich alles an. Franki wechselte in finnische Mark und brachte ihr bei, am Spielautomaten zu spielen. Am meisten freute sie sich über die Früchte, bei denen man drei gleiche in einer Reihe haben sollte. So etwas hatte sie vorher noch nie gespielt.

Gegen Mitternacht landeten sie in der Karaokebar.

Sie tranken jeder einen Irish Coffee. Mehrere Leute waren auf der Bühne und sangen, einige gar nicht so schlecht. Waltrauts Lippen an seinem Hals, sie sagte, sie wolle auch singen.

»Für dich, Franki, ich singe für dich.«

Er hatte keine Kraft mehr um zu protestieren.

Und dann stand sie da auf der Bühne in ihrem kurzen schwarzen Kleid und hielt das Mikrofon in der Hand und ließ ihn nicht aus den Augen.

*Ein Abend, wie gemacht*
*für schöne Worte*
*Ich will sie von dir hören*
*Auch wenn das Feuer niederbrennt*
*Sollen deine Küsse mich betören*
*und die Flammen in mir neu entzünden*

*Ich traf dich erst vor ein paar Tagen*
*Doch ich weiß, da traf ich meine Liebe*
*Ein Spiel mit dem Feuer*
*das tun wir dann und wann*
*Und wer mit dem Feuer spielt*
*wer mit dem Feuer spielt*
*einen Brand entfachen kann*

Der Applaus war enorm. Die Karaokeveranstalterin hielt Waltraut fest und wollte sie nicht gehen lassen.

»Mein Gott, hier haben wir ein Mädchen, das singen kann!«

»Mehr!«, riefen alle.
»Darf sie zurück an ihren Tisch gehen?«
»Nein!«
»Soll sie noch mehr singen?«
»Jaa!«

Eigentlich sollte ihn das stören, wie er und sie so im Mittelpunkt standen. So etwas versuchte er immer zu vermeiden, diese Blicke, die Gefahr wiedererkannt zu werden. Aber er spürte einen Stolz in sich, eine prickelnde, wachsende Freude.

Ich werde sie zu mir nehmen, dachte er. Sie kann in meinem Bett bei mir wohnen.

Und Waltraut stand auf der Bühne und schwankte nur ein wenig, das konnte natürlich auch am Schiff liegen, sie waren jetzt auf offener See.

»Jetzt werde ich ein Lied singen für jemanden, den ich ... sehr, sehr gern mag!«, sagte sie ohne Zögern zum Publikum. »Er sitzt da hinten und sein Name ist – Franki Ljungberg!«

Waltraut in dem schmalen Bett, gewaschen und fein. Er hatte ihr die Kleider ausgezogen, sie hing in seinem Arm wie ein Schwan mit gebrochenem Hals. In der Tasche fand er ihre Haarbürste, und er strich damit vorsichtig durch das Engelhaar, immer nach hinten, sodass die Stirn frei lag, die kleinen, zarten Ohren.

Die Schuhe hatte er unter den Tisch gestellt, vorher hielt er sie eine Weile in der Hand und hob sie an die Nase. Wie konnte eine Frau nur mit solchen Absätzen laufen! Und dann die Kleidung, wie ein schwarzer, schlottriger Fetzen und dann die Strumpfhose und der Slip. Einem Frauenkörper so nahe zu kommen, seine Finger mit den kratzenden Nägeln.

Er wollte sich jetzt auch hinlegen, ins andere Bett, sie hatten es nicht geschafft, die beiden zusammenzuschieben. Er zog sich die Socken aus und stellte die Taxfreetüte auf den Boden, bekam wieder Durst und holte eine Flasche heraus. Wein. Paul Masson. Sie hatte gemeint, man könne die Flasche hinterher noch benutzen, für Blumen, als Vase.

Mit dem Messer stocherte er den Korken auf. Die Klinge war schmutzig, er wischte sie an den Strümpfen ab und nahm einen Schluck aus der Flasche.

Er trank so selten Wein.

Der Schiffsrumpf dröhnte und knackte. Er hatte Eis entdeckt, als er an Deck gegangen war. Dort draußen war es kalt und dunkel gewesen, und er musste schnell wieder hinein. Waltraut hatte drinnen gestanden und Fratzen geschnitten, da zog er sie mit sich hinaus, damit sie es auch spürte. Sofort bekam sie eine Gänsehaut auf den Armen.

»So standen sie da«, sagte er und hielt ihren Kopf fest.

»Diejenigen, die es geschafft hatten, nach oben zu kommen. Die anderen waren unten zurückgeblieben, und alles war das reinste Chaos. Kabinentüren hatten sich verklemmt, die Treppen standen Kopf. Sie trampelten übereinander hinweg, schlugen sich um ihr Leben. Aber einige schafften es also, kamen nach oben, die Stärksten. Du hättest es auf der Estonia nie geschafft. Du wärst in die Tiefe gerissen worden.«

»Musst du ausgerechnet jetzt über so was reden«, schimpfte sie und versuchte sich loszureißen.

»Ich möchte jedenfalls, dass du daran denkst. Deshalb war ich vorhin so gewissenhaft, obwohl du meintest, ich würde übertreiben. Aber jetzt habe ich alles überprüft. Dieses Fahrzeug erfüllt alle gesetzlichen Sicherheitsvorschriften. Es gibt sogar ein eigenes Sicherheitsteam an Bord, das zum Einsatz kommt, sobald es notwendig ist.«

»Lass uns jetzt aber reingehen«, jammerte sie. »Ich friere.«

Als sie mit ihren Taxfreetüten zu ihrer Kabine gingen, stand ein Mann auf dem Flur und rauchte. Fast hätte es eine Prügelei gegeben. Franki wies ihn zurecht.

»Es ist verboten auf den Fluren zu rauchen«, sagte er. Der Mann zuckte vor Überraschung zusammen.

»Machen Sie die Zigarcttc aus!«

»Was wollen Sie denn von mir?«

Waltraut zog mit ihren Vogelhänden an Franki. Er merkte es

kaum. Er streckte die Hand aus und nahm dem fremden Mann die Zigarette aus dem Mund. Zerbröselte sie zwischen den Fingern, und erst jetzt, so viel später, spürte er, dass er eine Brandblase bekommen hatte.

Der Mann blies sich auf und wollte ihn verprügeln. Waltraut, wie ein Lappen zwischen ihnen, »fassen Sie ihn nicht an, er weiß, was er da sagt, er ist ein Feuerwehrmann, er hat schon Dinge gesehen, die …«

Das gab offensichtlich den Ausschlag. Der Mann schüttelte sich und ging.

Franki sank aufs Bett. Ihm gegenüber lag Waltraut, hübsch und ruhig auf dem Rücken. Die Klimaanlage sauste und sang, er hatte daran geschraubt und gedreht, aber es war ihm nicht gelungen, sie leiser einzustellen. Er legte sich auf die Seite und schloss die Augen.

# 29

Engen rief Jompa an. Der antwortete sofort, sprach dann aber langsam und leise.

»Ihr habt sie noch nicht gefunden?«, fragte Engen.

»Nein. Nicht die geringste Spur.«

»Du, kann ich mal zu dir rüberkommen, ich weiß, es ist spät, aber es ist sehr wichtig.«

»Ja, ja, natürlich. Komm nur.«

Er hatte vergessen nach dem Türcode zu fragen. Das fiel ihm ein, als er einparkte, aber Jompa stand auf dem Hof und wartete auf ihn. Sie gaben sich die Hand, obwohl sie Arbeitskollegen waren und sich fast täglich sahen, gaben sie sich die Hand.

»Wie geht's?«, fragte Engen.

»Schrecklich. Du kannst dir nicht vorstellen, wie leer es ohne einen Teenager sein kann.«

»Und wie geht es Lotta?«

»Immer mal auf und ab. Aber sie kann nicht mehr arbeiten, sie ist krankgeschrieben worden.«

In der Wohnung roch es muffig. Lotta kam auf den Flur, Engen erkannte sie fast nicht wieder. Er nahm sie vorsichtig in die Arme.

»Willst du einen Kaffee?«, fragte sie. »Wir sitzen in der Küche, Bernt ist auch hier, Johnnys Vater.«

»Ja, gut, wenn Kaffee da ist, nehme ich auch eine Tasse. Aber mach für mich keinen frischen.«

Er hatte Bernt Karlsson seit mehreren Jahren nicht mehr gesehen. Der Mann war grauhaarig geworden, aber sonst hatte er sich überraschend wenig verändert. Er stand von seinem Stuhl auf und begrüßte ihn.

»Hallo mein Junge. Wie geht's?«

Engen seufzte.

»Meine Schwester ist verschwunden.«

»Waltraut? Die kleine Sängerin?«

Er nickte.

»Was meinst du damit, verschwunden?«

»Wir wissen nicht, wo sie ist. Sie hat nichts gesagt. Eigentlich sollte sie gestern in der Kirche singen. Aber sie ist nie dort angekommen. Dem Chorleiter hat sie gesagt, sie sei krank. Aber bei sich zu Hause ist sie auch nicht.«

»Ach …«

»Und damit nicht genug. Franki Ljungberg ist auch weg. Ich habe nach ihm gesucht, komme gerade von seiner Mutter. Sie hat keine Ahnung, wo er sein könnte. Vielleicht sind sie zusammen verschwunden. Ich weiß zumindest, dass sie was miteinander haben. Du hast es doch auch gesagt, Jompa. Du hast sie doch gleich nach der Beerdigung gesehen.«

»Ja.«

Es war still am Tisch. Nach einer Weile waren zögerliche Schritte zu hören, und ein Junge kam in die Küche. Er trug einen Pyjama, kroch sofort Lotta auf den Schoß. Sie strich ihm gedankenverloren über den Kopf.

Engen erzählte von seinem Verdacht.

»Ich fürchte, Franki ist krank«, rief er aus und zeigte an seinen eigenen Kopf. »Er will uns eine reinwürgen und sich rächen.«

»Aber wieso sollte Franki etwas mit Jessicas Verschwinden zu tun haben? Weiß er überhaupt, wer Jessica ist?«

»Er ist doch bestimmt oft genug auf der Wache gewesen, um uns so gut zu kennen, dass er genau weiß, wo er ansetzen muss.«

Bernt Karlsson räusperte sich.

»Das sind aber ernsthafte Beschuldigungen, die du da aufstellst, Mats.«

»Das sind nur meine höchst privaten Verdächtigungen. Aber Tatsache ist doch, dass in letzter Zeit ein bisschen viel passiert ist … man muss versuchen, einen Zusammenhang zu finden.«

»Hast du schon mit der Polizei gesprochen?«, fragte Jompa.

Engen schüttelte den Kopf.

»Noch nicht. Ich wollte erst eure Meinung hören. Was ihr davon haltet.«

Der Junge auf Lottas Schoß rührte sich nicht. Er starrte Engen mit Augen an, die ganz rund vor Besorgnis waren. Engen versuchte ihm zuzulächeln, brachte aber nur ein schiefes Grinsen hervor.

»Solltest du nicht lieber schlafen gehen«, sagte er, bereute seine Worte aber sofort. Das war nun weiß Gott nicht seine Sache, über Kinder anderer Leute zu bestimmen.

Der Junge reagierte nicht.

Lotta sagte:

»Hier ist sowieso alles durcheinander, manchmal vergessen wir sogar, dass wir was essen müssten. Ich selbst habe überhaupt keinen Hunger, ich habe in diesen Tagen schon mehrere Kilo abgenommen.«

»Ich habe auch keinen Appetit«, sagte Engen.

Bernt Kalsson stand auf, zupfte eine Kugel Kautabak unter der Oberlippe hervor. Er warf sie in den Müll und stellte sich mit dem Rücken zu den anderen hin.

»Es schneit wieder«, sagte er.

Niemand reagierte.

»Ich kann mir vorstellen, dass es dieser Franki war …«, fuhr er seufzend fort. »Erinnert ihr euch, als ihr noch kleiner wart … ich habe euch mit zur Wache genommen. Er war so eifrig, das war schon nicht mehr normal. Wie ein Floh ist er zur Stange gehüpft, als es losging, man konnte nie wissen, was er gerade vorhatte. Bevor man sich nur umschaute, war er schon runtergerutscht, ich wollte euch doch erst mal ein bisschen Technik und so beibringen, schließlich hat man da auch eine Verantwortung. Man kann sich da verdammt wehtun, wenn man den Trick nicht raus hat.«

»Ach, so was haben wir doch im Sport gelernt«, widersprach Jompa.

»Ja, schon. Aber auf jeden Fall trug ich die Verantwortung für euch. Und dann ist er noch mehrere Male wieder gekommen und hat eine Unmenge von Fragen gestellt, und ich kann mich noch daran erinnern, dass ich ihm erlaubt habe, am Steuer eines der Fahrzeuge zu sitzen und dass er sogar einmal die Sirenen ausprobieren durfte. Da war so etwas Überhitztes ... entschuldigt den Ausdruck ... in ihm.«

»Ach, ist er später noch mal da gewesen?«, fragte Jompa. »Ohne uns?«

»Oh ja. Er hat sich reingeschlichen, hatte sich offenbar irgendwo einen Schlüssel organisiert. Wir mussten das Schloss auswechseln, das war vielleicht ein Aufstand. Ich habe versucht, ihn mit Worten zur Vernunft zu bringen, ihm erklärt, dass er uns störte und so ... ich werde nie seinen Blick vergessen, als ich das gesagt habe. Du kannst nicht mehr herkommen, habe ich gesagt. Er sah aus, als hätte ich ihn mit dem Schlauch nass gespritzt. Scheiße ... ich war einfach gezwungen, das zurückzunehmen. Nein, Franki, so habe ich das nicht gemeint. Natürlich darfst du herkommen. Aber du musst mich erst fragen, ob es gerade passt. Er hatte etwas Merkwürdiges ... etwas geradezu Manisches an sich.«

»Als Jungs haben wir uns geschworen, dass wir Feuerwehrmänner werden, wenn wir groß sind«, sagte Jompa. »Aber das machen doch wohl alle Jungs, und es ist schon komisch, dass wir tatsächlich dabei geblieben sind. Dass es uns gelungen ist, unseren Traum zu erfüllen. Schließlich gibt es so viel anderes, was ...«

»Erinnert ihr euch«, unterbrach Engen. »Damals beim Tempelhügel. Da hatten wir doch irgend so ein Ritual, wer war dabei? Du, ich, Almis und Franki. Die Viererbande.«

»Wir haben Blutsbrüderschaft geschlossen. Das war Frankis Idee, wir haben uns in die Fingerspitze gestochen, unser Blut vermischt und irgend so einen Eid geschworen, den er erfunden hatte. Dann holte er eine Flasche mit irgendwelchem Dreck hervor, Brandy war das, ja, Brandy. Er war so stolz, dass er den hatte mitgehen lassen, er meinte, das passte so gut dazu. Woher er den hatte, das weiß ich nicht ... vielleicht von seiner Mutter.«

»Oh ja. Wir wurden reichlich blau davon!«

»Und Almis ... man soll ja nicht schlecht über Tote reden, aber so war er nun einmal. Er traute sich nicht, sich mit einer Nadel in den Finger zu stechen. Franki ärgerte ihn deshalb. Zum Schluss war er sozusagen gezwungen es zu tun, aber das hat wirklich reichlich lange gedauert.«

Das Telefon klingelte. Lotta schob den Jungen von ihrem Schoß und lief auf den Flur. Alle hörten zu.

»Nein«, murmelte sie. »Nein, noch nicht. Ich weiß. Ja, vielen Dank. So ist es nun einmal. Ja, ich lasse von mir hören. Tschüs.«

Sie kam zurück und legte die Arme um ihren Sohn.

»Das war Irene, meine Arbeitskollegin«, sagte sie.

Engen trank den letzten Tropfen Kaffee.

»Okay«, sagte er. »Dann müssen wir wohl mit der Polizei reden, oder was meint ihr?«

»Ja«, meinte Jompa und nickte. »Das wird das Beste sein. Hier habe ich die Karte, die ich von dem Polizisten gekriegt habe, der neulich bei uns war. Mejer heißt er, scheint ganz in Ordnung zu sein.«

»Wir machen doch nichts falsch? Ich denke da nur an Frankis Mutter ... sie ...«

»Aber verdammt noch mal, die sind doch beide verschwunden, Franki und deine Schwester. Da muss man die Polizei drum bitten, nach ihnen zu suchen. Das kann doch wohl nicht verkehrt sein.«

# 30

Ein heulendes Geräusch wie von Sirenen. Franki zuckte zusammen und wachte auf. Zuerst wusste er nicht, wo er war. Dann hörte er den schweren Schiffsmotor und das Eis, das am Bug zerbrach. Er lag auf der Decke, vollkommen angezogen. Seine Blase tat weh, er musste aufstehen und Wasser lassen. Er schlurfte zur Toilette. Als er dort Licht machte, sah er Waltraut, sie lag auf dem Rücken, den Mund halb offen. Die Sirenen waren verstummt. Vielleicht war das nur ein Traum gewesen.

Er legte sich wieder hin, und ihn überfiel ein Schwindel. Er lag da und starrte auf das Licht der Lüftung neben der Türschwelle. Alles drehte sich, so dass er stöhnend die Augen schließen musste.

Doch, das musste ein Traum gewesen sein, einzelne Bildfetzen tauchten auf. Er war klein, er lag in einem der Löschwagen, auf dem Boden zusammengekauert, und sie entdeckten ihn erst, als sie schon losgefahren waren. Da zogen sie ihn auf den Sitz hoch, dass er die Sauerstoffflaschen in den Rücken kriegte. Das tat weh. Jemand schimpfte auf Berka, Jompas Vater.

»Dieser blöde Berka mit seinem Kindergarten.«

Er presste die Hände auf die Ohren und schwieg.

Jemand drückte ihm einen Helm auf den Kopf.

»Jetzt bleibst du, wo du bist, du Lausebengel.«

Es brannte. Züngelnde Flammen, die ins Schwarze übergingen. Das heiße, schmelzende Metall, alles zerrann, Glas zersprang. Knistern, Scherben und Ruß.

Ich will dabei sein, dachte er. Ich würde mich durchkämpfen und sie ersticken, die Flammen. Ich würde mich zum Herd vorarbeiten, ich würde Leben retten.

Er war allein im Wagen zurückgeblieben, sah sie wie Schatten herumspringen. Eine Frau in einer Wolldecke mit einem Mund wie eine Kröte, ein Mädchen, eine Lucia, die brannte.

Nein. Das war in der Schule, und alle trugen Kerzen mit runden, weißen Pappmanschetten. Sie ließen die Kerzen kippen, denn das machten Kinder nun mal, und heißes Wachs tropfte herunter. Dann zischte es, der Geruch brennenden Haars. Franki schnappte sich eine Jacke von einer Bank. Er warf sie über die Lichterbraut. Er erinnerte sich, dass die Jacke auch brannte, aber alles sprang hinzu, und Almis stand ganz bleich an der Wand.

»Du hast sie in Brand gesteckt, Franki, ich habe es gesehen.«

»Was sagst du da, du feiger kleiner Wurm?«

»Du hast Lenas Haar angesteckt, ich habe gesehen, dass du das gemacht hast, ich habe es gesehen.«

Er schloss die Augen und schlug zu. Etwas Feuchtes, Hartes lag in seiner Hand. Ein Zahn.

»Wenn du das noch mal behauptest, dann schneide ich dir deinen Pillermann ab. Kapiert?«

Almis' Kopf auf dem Boden, von Tränen und Rotz verschmiert. Das dunkle Loch war Almis Mund, es roch nach Knoblauch und Milch.

»Lass mich los.«

»Sag so was nie wieder!«

»Nein, nein, ich verspreche es.«

Und er hielt sein Versprechen. Aber da war der Blick, dieser stumme, drohende Blick, ich weiß etwas, du hast mich zwar zum Schweigen bringen können, aber ich weiß es.

Das war nicht wahr.

Ich habe sie gerettet.

Es gab ein Gedränge, als sie im Luciazug gehen sollten. Alle wollten die Ersten sein, alle wollten möglichst dicht hinter Lucia gehen. Ich stand so nah dabei, dass ich es gesehen habe, wie das Haar geradezu von den Flammen angezogen wurde, wie die trockenen Locken zischten, wie das Feuer sich dann schnell zum Kopf vorarbeitete.

»Seht doch!«, hatte er geschrien und die fremde Jacke an sich gerissen.

Was hatte er mit der Kerze gemacht? Warf er sie einfach fort, blies er sie kurzerhand aus?

Ein Feuerwehrmann fuhr sie nach Hause. Berka war auch dabei, Jompas Vater. Er erinnerte sich an die Schultern seiner Mutter, wie sie sie hochzog, als wollte sie davonlaufen.

»Er hat sich in die Wache eingeschlichen. Dort darf er nicht rein. Es ist Ihr Sohn, Sie tragen die Verantwortung.«

»Wir wussten nichts davon, wir haben ihn überall gesucht ...«

»Wenn das noch einmal passiert, müssen wir leider die Polizei einschalten.«

»Ich werde mit Franki reden. Und mit meinem Mann ...«

»Ja, das müssen Sie. Schließlich war das nicht das erste Mal.«

»Er ist einfach so interessiert an Ihrer Arbeit. Er möchte später so schrecklich gern auch Feuerwehrmann werden.«

Endlich. Der Blick des Gruppenleiters.

»Ja, wirklich, Franki? Feuerwehrmann? Dann musst du aber warten, bis du groß genug dafür bist, sind wir uns da einig?«

Was blieb ihm anderes übrig als zu nicken.

Lena fehlte bis Mitte März. Die Klasse malte Bilder für sie und schickte diese ins Krankenhaus. Sie schrieb ihnen dafür einen kleinen Brief, den die Lehrerin laut vorlas. Das war um Ostern, denn Franki erinnerte sich an die Fastnachtsrute mit den gelben Federn.

Eines Tages war sie wieder da. Als er sie da in ihrer Bank sitzen sah, bekam er Angst. Sie war so verändert. Die Haut in ihrem Gesicht zeigte Spuren großer Hitze. Das Haar war kurz, man konnte die Kopfform sehen. Keiner wollte neben Lena sitzen. Man konnte nicht mit ihr reden. Sie antwortete kaum, hielt die Hand vor den Mund und kicherte nur.

Ihre Mutter holte sie jeden Tag ab und führte sie wie eine Blinde nach Hause. Eines Tages ging Almis auf der anderen Seite. Das machte Franki leicht nervös.

Er radelte zur Riddersvik hinaus, aber die kleinen Kätzchen waren nicht mehr da und die Katzenmutter auch nicht. Er trieb sich am Gatter herum, hinter dem sich die Pferde befanden, sie trugen lehmige Decken. Jedes Mal bemerkten sie ihn, bevor er nahe genug herankam. Sie drehten ihm den Hintern zu, schlugen mit dem Schweif und drehten ihre Ohren nach hinten. Ein Mann mit einer Schirmmütze kam aus einem Stall heran.

»Ärgerst du die Pferde, Junge?«

»Nein …«

»Ein wütendes Pferd ist ein gefährliches Pferd. Vergiss das nicht.«

Franki hatte sie nicht ärgern wollen. Er mochte Tiere gern, die Worte des Mannes hatten ihn verletzt. Als der Mann gegangen war, öffnete er die Tür zum Stall. In den Boxen standen ein paar Pferde mit gewickelten Schweifen und Fesseln. Er drückte sich neben eines von ihnen, ein weißes. Sein Name stand auf einer Tafel geschrieben, Samt hieß es, und er wollte es streicheln und die weiche, warme Schnauze fühlen. Da stellte es seinen hufeisenbeschlagenen Fuß auf Frankis Fuß und trat zu.

Am Abend war der Fuß angeschwollen und tat weh, er konnte nicht mehr auftreten. Seine Mutter meinte, er müsse am nächsten Tag zu Hause bleiben. Aber er musste unbedingt mit Almis reden, also ging er am Nachmittag hinaus.

»Komm mit zum Tempeludden«, sagte er. »Ich will dir was zeigen.«

Almis traute sich nicht, Nein zu sagen. Er ließ Franki hinten auf seinem Rad sitzen und schob ihn durch die Allee und an allen Scheunen vorbei. Als sie am Gut vorbei kamen, sah Franki dort Samt grasen.

»Mein Vater hat sich das weiße Pferd gekauft«, rutschte es ihm heraus. »Es soll für uns Trabrennen mitmachen. In Valla.«

»Ach.«

»Ein richtiges Pferd, du. Schnell wie der Wind. Das wird uns jede Menge Kohle bringen. Weißt du, wie es heißt? Es heißt Samt. Und zwar, weil es sich so anfühlt, am Maul. Willst du mal fühlen?«

Almis schüttelte heftig den Kopf.

Sie kamen den Hügel hinauf, auf dem der Pavillon lag. Der ganze Boden war mit Buschwindröschen bedeckt, es duftete nach Honig und Sonne. Ganz oben hielten sie an. Hinter den Bäumen konnten sie den glitzernden Mälarvattnet sehen. An dessen Ufer stand ein Mann und warf für seinen Hund Stöckchen.

»Was willst du mir zeigen?«, fragte Almis. Er sah bockig, nicht ängstlich aus. Seine braunen Augen schaute grimmig drein. »War es das mit dem Pferd?«

»Ja. Und dann habe ich gedacht, dass die Katze hier wäre. Sie hat Junge. Wir können uns jeder eins nehmen.«

»Wir haben schon eine Katze.«

Das hatte Franki vergessen.

»Bist du mit ihr zusammen, mit dieser Lena?«, brachte er hervor.

Almis bekam rote Ohren.

»Bist du – hast du mit ihr gebumst, ist sie geil?«

»Halt's Maul«, flüsterte Almis.

Dass er das sagte, war nur gut. Denn so konnte Franki ihn zu Boden drücken, und das tat er auch und hielt ihn da fest.

»Du sagst nicht noch mal halt's Maul zu mir.«

»Nein..«, kam es gepresst.

»Und das andere?«

Almis spuckte Erde aus.

»Ich habe nichts gesagt, ich schwöre ...«

»Dann ist ja gut. Obwohl es ja gar nichts zu sagen gibt.«

# 31

Sie lag in Fötusstellung, aber nicht wie ein ungeborenes Kind, sondern wie ein gealterter, verwitterter Rest eines Menschen.

Sie war allein. Sie hatte gehört, wie die Tür zuschlug und einen Luftzug im Raum gespürt. Die Binde um ihre Augen war noch da, Hände und Füße gefesselt. Sie konnte vorsichtig ihre Finger bewegen, würde es aber nie schaffen, sich freizumachen.

»Sie kommen doch zurück?«

Es war nicht schwer, das zu sagen. Es entsprang einem Bedürfnis nach Erniedrigung und Vernichtung. Sie wusste, was er antworten würde. Und das tat er dann auch.

Sie lag auf einer Matratze, und der Geruch ihrer Füllung drang in ihr Haar und ihren Mund. Anfangs hatte es sie gestört, dass sie ihre Position nicht ändern konnte, aber jetzt nicht mehr. Es gab eine Art von Sicherheit, so still zu liegen, von Dunkelheit und Stille umhüllt zu werden.

Es war vorgekommen, dass sie geweint hatte, dass Tränen unter dem Tuch hervorgetreten und bis zu ihren Lippen vorgedrungen waren. Sie brachten einen salzigen, bitteren Geschmack auf die Zunge. Er würde ja zurückkommen. Aber das würde seine Zeit dauern. Sie musste nur stillliegen und warten.

Ein klirrendes Geräusch von Glas. Wasserspritzen. Halluzinationen.

Sie meinte, Sara wäre hier. Habe ich Schuhe an oder nicht, da ist etwas Feuchtes an meinem Fuß. Kleine, nagende Zähne und Krallen.

In einem gefassten Moment siegte die Panik.

Sie zählte: vier, fünf, sechs, sieben, acht. Wie ein Pendel, das hin und her schlug. Sie lag in einer Hängematte, und zwar bei der Großmutter unter den herunterregnenden Blütenblättern der Obstbäume. Wenn du genau hinhörst, kannst du den Kuckuck hören, Jessica. Wenn er aus dem Süden ruft, musst du laut singen und schreien, um ihn zu übertönen.

In einem plötzlich aufblitzenden Bild unter der Binde sah sie die großen roten Wangen und Johnny mit Helm und Anzug. Wenn es jetzt hier anfängt zu brennen, dann werde ich eine verkohlte, verzerrte alte Leiche sein.

Nein. Das machte ihr keine Angst.

Aber später, als der Schwarm zäher Erinnerungsfetzen herangespült wurde. Vielleicht werden sie mich nicht finden. Wenn sie mich nun nicht finden, was dann. Wie sehr sie auch suchen, was ist, wenn sie mich erst finden, wenn der Schnee geschmolzen ist und jemand hier vorbeigeht und … den Geruch bemerkt.

Sie wurde so grenzenlos traurig. Da ließ sie die Tränen zu, weinte laut und jammervoll und Tränen und Rotz flossen an ihr herab, und sie bekam kaum noch Luft. Warum, warum, warum? Sie konnte darin keine Logik entdecken, sie kannte diesen Roland nicht, hatte ihn nie zuvor getroffen, nur mal mit ihm telefoniert. Hatte das Ganze spannend gefunden.

Er schien sie dagegen zu kennen. Er hatte sie ausgesucht und er wusste alles über sie und ihre Familie. Warum ausgerechnet sie? Warum hatte er sie entführt und behandelte sie nun so? Warum tat er ihr weh und erniedrigte sie? Er musste sie hassen, von Grund auf hassen. Aber warum, warum, warum?

Sie würde ihm verzeihen können. Oh ja. Das würde sie. Wenn er nur herkäme, ihre Fesseln aufbände und sie gehen lassen würde. Sie würde alles machen, was er von ihr wollte. Sie würde nie jemandem davon erzählen, würde für alle Zeiten seine Sklavin sein. Wenn er nur zurückkäme.

Und das Blut schoss ihr in den Kopf, und eine unbändige Wut erfüllte sie, mit welchem Recht hast du mir das angetan! Ihre Arme und Beine zuckten wie im Krampf, sie zog und zerrte an den Seilen, schrie, dass ihr der Hals wehtat.

Wenn sie es doch nur jemandem gesagt hätte. Wenn sie ihm nicht so blind vertraut, nicht auf ihn gehört hätte! Dann hätte Sara es gewusst und vielleicht auch Henke. Der kleine Bruder Henke, mit dem sie immer wieder stritt, der aber auch ihr Freund war. Sein Gesicht kam ihr vor Augen, die kindlichen Lippen, er war noch ein kleiner Junge, und sie liebte ihn, liebte sie alle, Mama, Klein-Pelle, Johnny, ja, sogar ihn.

Sie glitt wieder in einen Dämmerzustand. Da spürte sie keinen Schmerz mehr von der Wunde am Kopf oder von der aufgescheuerten Haut. Da glitt sie davon, und das war notwendig, denn sie konnte ihre Gedanken nicht mehr festhalten, sie zerstoben in alle Richtungen und lösten sich auf.

# 32

Das Passagierschiff Silja Festival traf um Uhr 19.15 am Mittwochabend im Värtahamn ein. Waltraut stand im Gedränge und wartete, dass sie endlich von Bord gehen durften. Ihr war ganz schwindlig vor lauter Müdigkeit, sie fühlte sich verletzlich und ausgelaugt.

Ach, am liebsten würde ich mit Franki hier auf dem Schiff bleiben, dachte sie, und in den zusammengeschobenen Betten schlafen, ich möchte einfach nur immer weiter zwischen Schweden und Finnland hin- und herfahren und nichts anderes mehr in meinem Leben tun.

Als sie an Oxdjupet vorbeigefahren waren, waren ihr ihre Eltern in den Sinn gekommen. Das hatte ihr ein schlechtes Gewissen gemacht. Ihr Vater regte sich so schnell auf, er hatte bestimmt Himmel und Hölle in Bewegung gesetzt, als er bemerkt hatte, dass sie bei dem Konzert nicht dabei war.

Aber sie hatte sich schließlich krankgemeldet.

»Können wir nicht umziehen, Franki«, flüsterte sie und ergriff seine Hand, klammerte sich an ihr fest, als wollte sie so einer drohenden Gefahr entkommen.

Er warf ihr einen Blick zu. Er hatte rote Augen und gähnte unverhohlen.

»Was sagst du da, umziehen?«

»Ja, irgendwohin, nach Bollnäs oder nach Korpilombolo. Nur weg von hier, hier findet man ja doch nie seine Ruhe.«

»Das geht doch nicht.«

»Aber ich will es … nur wir zwei!«

»Jetzt bewegt sich da vorn was. Beeil dich, dann schaffen wir noch die U-Bahn!«

Plötzlich hatte er es eilig. Sie verstand das nicht. Schließlich gingen die Züge doch häufig genug.

Sie beeilten sich und konnten gerade noch in einen Waggon springen, bevor die Türen sich schlossen. Sie setzten sich einander gegenüber, keuchten.

»Du, können wir nicht erst kurz bei der Feuerwache vorbeischauen?«, fragte sie. »Du kennst die Männer dort doch. Und vielleicht ist Mats ja da. Wir können dann erst mal mit ihm reden, sozusagen die Lage peilen. Ich glaube, mein Vater wird ziemlich sauer sein. Ich hätte ihm Bescheid sagen sollen, dass ich wegfahre, ja, das hätte ich.«

Er erstarrte, sagte aber nichts.

»Aber ich wusste ja, dass es dann nur Generve geben würde«, fuhr sie fort. »Das wollte ich nicht riskieren. Er ist ja lieb, mein Vater, er will ja nur mein Bestes, aber manchmal …«

Er sagte immer noch nichts. Sie schaute zu seiner kräftigen Mundpartie auf. Er war jetzt verschlossen und unnahbar.

»Franki …, das können wir doch machen, wir steigen am Karlaplan aus, schauen dort vorbei und reden mit denen nur kurz. Das dauert doch nicht lange.«

»Nein«, schnitt er sie ab. »Ich will direkt nach Hause fahren.«

»Warum denn?«

»Ich will es einfach.«

»Aber …?«

»Außerdem weißt du doch gar nicht, ob dein Bruder im Augenblick Dienst hat. Vielleicht hat er gar nicht die Abendschicht.«

»Nein …, das stimmt schon.«

Sie saß eine Weile verdutzt da, sagte nichts mehr, beugte sich zu ihm vor, suchte seinen Duft, seine Wärme.

»Möchtest du allein sein …, oder darf ich mit zu dir kommen?«

Da pustete er ihr aufs Haar.

»Natürlich kannst du mitkommen.«

Es roch in seiner Wohnung, ein saurer, muffiger Gestank. Ihm fiel ein, dass er vergessen hatte, den Müll auszuleeren. Waltraut legte ab und ging ins Schlafzimmer.

»Meine Güte, wie müde ich bin!«, rief sie aus. »Ich will nur noch eins: schlafen. Kommst du?«

»Ich will nur erst den Müll rausbringen!«

Er verknotete die Tüte und ging ins Treppenhaus. Da standen zwei Männer draußen. Sie gingen nicht zur Seite, er musste sich an ihnen vorbeizwängen, um zum Müllschlucker zu kommen. Als er sich umdrehte, waren sie ihm gefolgt. Einer von beiden zeigte ihm seinen Ausweis.

»Polizei«, sagte er. »Wir suchen Franki Ljungberg, sind Sie das?«

Spontan wollte er einfach leugnen. Sie in die Brust stoßen und weglaufen. Aber das tat er nicht.

»Ja«, sagte er und holte tief Luft.

»Sie stehen unter Verdacht, Leif-Axel Antonsson ermordet zu haben. Außerdem möchten wir gern mit Ihnen über Stefan Almgren reden und hören, ob Sie etwas über Jessica Grauns Verschwinden zu sagen haben.«

»Leif-Axel Antonsson«, rief er aus. »Wer verdammt noch mal ist das denn?«

Waltraut stand barfuß im Flur.

»Was ist los, Franki, was ist?«

Der ältere der beiden Polizisten stellte sich vor.

»Appelgren«, sagte er. »Sind Sie die Waltraut?«

Sie nickte wortlos.

»Wissen Sie, dass Ihre Eltern Sie suchen?«

»Was wollen Sie von Franki, er hat nichts gemacht, lassen Sie ihn in Ruhe!«

Der jüngere Polizist sagte:

»Er wird mit uns kommen müssen. Wir haben so einiges mit

ihm zu besprechen. Franki, gehen Sie hinein, und holen Sie sich, was Sie brauchen, Jacke, Schuhe und so.«

»Aber er hat nichts gemacht, ich schwöre es Ihnen!«

Franki schaute sie an. Sie stand in ihrem kurzen schwarzen Kleid da. Die Knie ragten wie Beulen vor. Er konnte nur mit Mühe schlucken.

»Keine Angst, Waltraut!«, sagte er. »Ich gehe mit und rede mit ihnen. Du kannst hier bleiben und warten, wenn du willst.«

»Ihre Eltern suchen Sie«, wiederholte Appelgren. »Und Ihr Bruder.«

Sie trat zwischen sie. Sie stellte sich hinter Franki, er spürte ihre Arme um seinen Körper.

»Sie sollten sich so schnell wie möglich bei ihnen melden!«, drängte Appelgren.

Ihre Stimme klang wütend.

»Warum verhaften Sie ihn?«

»Wir verhaften ihn nicht. Wir wollen nur mit ihm reden.«

»Und worüber?«

Franki hob ihre Arme.

»Tu, was er sagt, Waltraut, es hat keinen Sinn, mit Bullen zu diskutieren. Du kannst auch meine Mutter anrufen und ihr von uns erzählen ... wie schön wir es hatten ... bis diese Bande hier aufgetaucht ist. Und alles in den Dreck gezogen hat.«

Sie ging nach Hause. Als sie die Tür öffnete, sah sie, dass jemand dort gewesen war. Die Post lag auf der Anrichte, ein paar Weihnachtskarten und Reklame. Wieder kam ihr in den Sinn, dass sie wegziehen wollte.

Sie fror, die Kopfschmerzen hatten zugenommen. Während sie ein Bad einlaufen ließ, hörte sie Geräusche auf dem Flur. Sie wickelte sich ein Handtuch um und ging hinaus. Ihr Vater stand draußen, hinter ihm Mats. Sie starrte die beiden an.

»Wo bist du gewesen?«, fragte Mats. Sie bekam Angst, als sie seine Augen sah.

Vater trat auf sie zu, sie konnte sehen, dass er geweint hatte.

Er wollte sie anfassen, aber sie wich ihm aus, schlüpfte ins Badezimmer und warf die Tür zu. Schloss ab.

»Mach auf, Waltraut!«, rief ihr Vater. »Was ist nur in dich gefahren, Kind! Ist was passiert? Hast du einen Schock, oder was ist mit dir los?«

»Lasst mich in Ruhe!«, schrie sie.

Im Spiegel sah sie ihr Gesicht. Verblüht, durchfuhr es sie, sehe ich wirklich so aus? Das Haar war fettig, es roch nach Rauch und schalem Bier.

»Mach die Tür auf, Waltraut, und benimm dich wie ein erwachsener Mensch!« Das war Mats. Er benutzte seine Vernunftsstimme, die hatte er sicher eingeübt für den Fall, dass er bei einem Brand mit verstörten Leuten konfrontiert wurde.

»Wie ein erwachsener Mensch«, schrie sie zurück. »Dann müsste ihr mich aber auch so behandeln und nicht einfach hier reinplatzen und mit mir wie mit einem Baby umgehen. Die ganze Zeit habt ihr mich im Blick, keinen Schritt kann ich tun, ohne dass gleich die Welt zusammenbricht.«

»Aber meine kleine Waltraut ...«

Das war wieder ihr Vater. Sie hörte, wie sie da draußen miteinander murmelten. Dann blieb es eine Weile still.

»Wir müssen mit dir reden, über ... über etwas äußerst Wichtiges!«, rief Mats nach einer Zeit. »Es geht um Franki Ljungberg.«

»Was habt ihr mit dem zu tun?«

»Mach jetzt die Tür auf!«

Ein kleiner Holzhocker stand im Bad. Sie besaß ihn schon seit ihrer Kindheit, er war rot, mit kleinen Blumen bemalt. Sie hob den Hocker hoch, ihre Hände umklammerten das Holz, und sie schlug zu. Ein klirrendes Geräusch, als der Spiegel zersprang und all die kleinen Flaschen mit Shampoo und Cremes in alle Richtungen flogen.

Sie hörte die Männer an der Klinke rütteln. Sie hörte sie ihren Namen rufen. Sie schlug weiter zu, und die ganze Zeit hörte sie

sie schreien und sie hörten erst auf, als sie die Tür aufbekommen hatten und bei ihr drinnen waren.

Sie lag im Bett und starrte zu den beiden Engeln hoch. Diese bewegten sich kaum, sie sah die gehäkelten Füße. Mats verpflasterte die kleinen Schnittwunden, die sie sich zugezogen hatte. In ihren Schläfen pochte es, ihr Mund war trocken, ihre Stimme heiser.

Ich kann nicht mehr singen, dachte sie. Das ist jetzt vorbei, alles ist vorbei.

Er fasste sie vorsichtig an, ganz zärtlich und sanft. Sie drückte ihren Hinterkopf ins Kissen und fixierte die Haken, an denen die Fäden der Engel befestigt waren.

»Ich will doch nur wissen, wo du gewesen bist«, hörte sie die weinerliche Stimme ihres Vaters aus dem Korbstuhl.

»Halt den Mund, Vater«, sagte Mats. Er hielt ihre Hand ins Licht hoch, drückte sie leicht und wischte Blut ab.

»Wenn du nur etwas gesagt hättest ...«

Waltraut schloss die Augen.

»Was ist passiert?«, flüsterte sie. »Was ist los mit Franki?«

Da spürte sie, wie seine Finger innehielten. Er schob ihr Haar zur Seite, besah sich ihren Hals.

»Was hast du hier denn, Waltraut?«

Sie war nicht in der Lage, es zu verbergen.

»Das sieht aus, als ob ... als ob jemand versucht hätte, dich zu würgen! Verdammt, was hat der Teufel mit dir gemacht!«

Langsam richtete sie sich auf. Erst da bemerkte sie, dass sie ihren Morgenmantel anhatte, und sie dachte, dann mussten sie sie ja nackt gesehen haben, und es war, als träte ihr ein Schleier vor die Augen.

»Das war er nicht!«, schrie sie. »Das war Franki nicht, gebt ihm nicht für alles die Schuld!«

»Aber wer war das dann?«

»Das ist einzig und allein meine Sache, lasst mich jetzt in Ruhe.«

»Was ist denn, was hat sie da?« Vater stand nun auch übers Bett gebeugt, seine schlaffen Wangen, die hängende Haut unterm Kinn. Die Kraft verließ sie.

»Papa!«, sagte sie flehend.

Er sank an ihrer Bettkante zusammen, aber er fasste sie nicht an, berührte sie nicht. Seine Stimme klang spröde.

»Hat er dir das angetan? War er das?«

Sie schüttelte wortlos den Kopf.

»Sie haben ihn jetzt geschnappt«, sagte Vater. »Mats hat mit der Polizei geredet. Jetzt kannst du ganz ruhig sein, mein Herzchen, er wird dir nie wieder wehtun.«

Ihr ganzer Körper wurde so schlaff und schwer.

Mats hielt sie am Kinn hoch.

»Sieh mich an, Waltraut! Hör zu, was ich dir sage! Franki Ljungberg ist ein gefährlicher Mann, begreif das doch. Er ist sogar fähig, einen Menschen zu töten. Und wir glauben, wir sind uns so gut wie sicher, dass er das bereits getan hat. Und zwar nicht nur einmal, sondern mehrere Male.«

# 33

Sie nahmen ihn in ihrem Auto mit. Er saß auf dem Rücksitz, den Kopf voller Watte. Der jüngere Polizist saß neben ihm. Sie sprachen miteinander, nicht mit ihm, ein murmelndes Surren, das ihn nicht betraf. Er schaute aus dem Fenster, sie waren schon am Fridhemsplan, er konnte die Weihnachtsdekorationen von Ahlens erkennen.

Waltraut, dachte er. Du kleines Knochengerippe.

Und morgen ist Heiligabend.

Er musste seine Cordjacke ausziehen und alles abgeben, was er in den Taschen hatte. Ein Mann mit schweren Augenlidern notierte alles auf einem Bogen. Brieftasche, Armbanduhr, Schlüsselbund, ein paar finnische Münzen und die Fahrkarte vom Schiff.

Sie brachten ihn in ein Zimmer. Es sah aus wie ein normaler Büroraum mit Schreibtisch, Computer und einer Sitzgruppe in hellem Holz. Im Fenster stand die Bronzefigur eines uniformierten Mannes mit Gewehr, und am Notizbrett hing eine Kinderzeichnung. Sie stellte eine merkwürdige Mischung aus Tier und Mensch dar und war mit bunten Farben gemalt. »Für Opa von Viveca« stand mit krakeligen Buchstaben darauf. Die Stirnwand bedeckte ein Bücherregal, Franki kannte die Sorte, es war das Regal Billy von Ikea. Er hatte selbst seiner Mutter im Sommer geholfen, so eins zusammenzubauen. Sie hatte plötzlich die Idee gehabt, mehr Ordnung in ihre Bücher zu bringen.

Ein Mann kam mit Kaffee herein. Der Geruch ließ in ihm eine leichte Übelkeit aufkommen.

»Ihr habt also einen kleinen Trip nach Finnland gemacht«, sagte der ältere der Polizisten, der Appelgren hieß. Er war in den Fünfzigern, mit rundem Gesicht, ziemlich dichtem Haar, aber einem kurzen, gedrungenen Hals, der ihn dicker aussehen ließ, als er eigentlich war.

Franki schlug ein Bein über das andere. Seine Schenkel zitterten, er fühlte jetzt deutlich die Übelkeit in sich aufsteigen.

»Ich wusste nicht, dass das verboten ist«, brachte er heraus.

Appelgren lachte.

»Waltraut Engens Eltern haben sich wirklich Sorgen gemacht. Sie haben nach ihr gesucht.«

»Ach.«

»Es ist nämlich noch jemand verschwunden, ein fünfzehnjähriges Mädchen, Jessica Graun. Das hat die Stimmung reichlich angeheizt.«

»Aha.«

»Kennen Sie Jessica Graun?«

Franki schüttelte den Kopf.

»Wissen Sie, wer das ist?«

»Nein.«

Appelgren fuhr sich mit den Fingern durch das buschige, grau melierte Haar.

»Und diese Waltraut. Kann man sagen, dass ihr beide sozusagen ein Paar seid?«

»Warum fragen Sie?«

»Schließlich befand sie sich in Ihrer Wohnung, als wir Sie abgeholt haben.«

»Ziehen Sie Waltraut nicht in die Sache mit rein.«

»In die Sache?« Martin Persson, der jüngere Polizist, der ihn mit abgeholt hatte, ließ sich auf dem Stuhl gegenüber nieder. Er schien schärfer zu sein, schneller in allem, was er tat. Er trank Kaffee und schob auch Franki einen Becher hin. Ein Goldring mit Monogramm blinkte auf seinem rechten kleinen Finger.

Franki ließ ihn nicht aus den Augen.

»Waltraut Engen ist ja Sängerin«, fuhr Persson fort. »Und zwar eine ziemlich anerkannte, soweit ich es verstanden habe. Wie kommt es, dass ihr beide …? Sie scheinen nicht gerade zur Kulturelite zu gehören. Wenn ich das mal so sagen darf.«

»Ja, da können Sie sich so Ihre Gedanken drüber machen.«

»Sie sollte bei einem Konzert singen. Stattdessen seid ihr beide auf Kreuzfahrt abgehauen.«

»Na und … Schließlich hat sie angerufen und sich abgemeldet.«

»Ja, schon. Es wundert mich einfach nur.«

Appelgren nahm eine Büroklammer aus einer Schale, die auf dem Schreibtisch stand. Umständlich begann er sie aufzubiegen.

»Hören Sie mal, Franki«, sagte er, »der Name Leif-Axel Antonsson, was sagt der Ihnen?«

»Nicht das Geringste! Warum fragen Sie mich danach?«

»Sie sind doch reichlich interessiert an der Feuerwehr, soweit ich gehört habe.«

»Kann schon sein.«

»Wir wissen, dass Sie versucht haben, zur Ausbildung zum Feuerwehrmann zugelassen zu werden, das aber nicht geschafft haben.«

»Ja, und?«

»Außerdem wissen wir, dass Sie zu der Zeit Kontakt mit Antonsson hatten. Er war es, der Sie hat durchfallen lassen, stimmt's?«

Franki schwieg.

»Oder stimmt das nicht?«

»So was merke ich mir nicht.«

Diese schmale, spitze Person mit ihrem Wolfsgrinsen.

»Was haben Sie am Abend des elften Dezember gemacht?«

»Am elften?«

»Das war ein Freitag, wenn das Ihrem Gedächtnis auf die Sprünge hilft.«

»Ich war wahrscheinlich unterwegs, was weiß ich, verdammt, man kann sich doch nicht an alles erinnern, was man so gemacht hat – was haben Sie denn an dem Abend gemacht?«

Persson ließ ihn sich etwas abreagieren. Dann fuhr er in unverändertem Ton fort:

»Wenn ich jetzt behaupte, Sie sind an dem Abend nach Abrahamsberg gefahren. Wenn ich behaupte, Sie haben die Wohnung am Galonvägen aufgesucht, in der Leif-Axel Antonsson wohnte. Wenn ich behaupte, Sie haben ihn erstickt, indem Sie ihm mit aller Kraft sein Kopfkissen aufs Gesicht gepresst haben.«

»Ich weiß doch gar nicht, wer das ist, ich kenne den Kerl nicht!«

Appelgrens Büroklammer fiel mit einem leisen Klicken auf den Tisch. Er hob kurz seinen Daumen an die Lippen, nahm ihn aber gleich wieder herunter.

»Ich kann ja verstehen, dass man enttäuscht ist, wenn jemand einem alles kaputt macht, die Karriere, alles, was man geplant hat. Dass man so etwas nur schwer vergessen kann …, so eine …, ja, fast Schandtat. Dass man geradezu besessen ist von dem Gedanken an Rache.«

Das Herz pochte jetzt heftig in seiner Brust, er konnte sich noch genau an das kurze Gespräch erinnern, leider. Ljungberg, tut mir Leid, aber wir fürchten, dass Ihre Nerven das nicht durchhalten werden. Er hob seinen Blick, Appelgren war noch da, sein Blick war ruhig und besorgt.

»Franki, was ist los, geht es Ihnen nicht gut?«

Dann lag er plötzlich auf dem Boden. Er sah kleine Sandkörner. Jemand hielt ihm ein Glas an die Lippen, stützte seinen Kopf, vorsichtig.

Unbeholfen kam er wieder auf die Beine. Er hatte Schwierigkeiten, die Worte auszusprechen. Mit größter Mühe brachte er schließlich hervor:

»Ich sage nichts mehr, ich habe das Recht auf einen Anwalt.«

Er war allein. Er hatte seine Uhr nicht mehr, aber ihm war klar, dass es auf Mitternacht zuging. Aber was spielte das denn noch für eine Rolle, wie spät es war?

Sie hatten ihn durch kahle Flure geführt und in eine Zelle gesperrt. Er hatte noch das Geräusch im Ohr, als die Tür wieder ins Schloss fiel, wie Luft, die eingeatmet wurde, ein leises, jammerndes Flüstern. So war es damals auch gewesen, nach seinem Ausraster in der Kneipe. Damals, nachdem Antonsson ihm erklärt hatte, er würde nichts taugen.

»Und die anderen?«, hatte er gefragt. »Dann sind die wohl auch nicht dafür geeignet?«

Schließlich waren sie schlaffer als er, schwächer, dünner. Sie wussten bei weitem nicht so viel über Feuer wie er, wie Feuer entstehen kann, wie es atmet. Denn Franki kannte das Feuer, dessen innerste Seele, und indem er sich zu seinem Verschworenen machte, konnte er es erst richtig bekämpfen. Er wusste um die Schwächen des Feuers, er war dazu geboren, es zu bekämpfen.

Antonssons überhebliche Stimme am Telefon:

»Welche anderen, Ljungberg? Es geht allein um Sie, versuchen Sie, das in Ihr Gehirn zu kriegen, soweit Sie eins haben.«

Er hatte diese Kneipe kurz und klein geschlagen. Er erinnerte sich noch an den Tisch, massives Holz, fast nicht zu bewegen. Er hatte ihn in die Luft gehoben und auf den Boden gedonnert. Das Geräusch von splitterndem Holz, Leute, die schreiend wegliefen. Die klaren, schrillen Frauenschreie, wie er sie einfangen und zum Schweigen bringen musste. Wie es in seinem Gehirn wie eine Glut brannte. Plötzlich wurde es dunkel, er lief durch Glasscherben und etwas Nasses, dann blaue Lichter und Sirenen.

Er hatte damals zugeschlagen, verzweifelten Widerstand geleistet. Länger als eine Woche danach hatte er es immer noch im ganzen Körper gespürt. Polizeibrutalität wurde das genannt. Und die Zelle. Sie war genau wie diese hier gewesen. Ein an der Wand befestigtes Bett, ein festgeschraubter Tisch und ein Stuhl.

Und die summende Stille der Wände.

Auf dem Bett lag Papierbettwäsche. Mechanisch begann er, das Bett zu machen. Zog den Kopfkissenbezug über das Kopfkissen, breitete das steife, poröse Laken aus. Er musste sich ausziehen, obwohl er fror, wollte seine schwarze Hose nicht zerknittern.

Waltraut hatte sie gut gefallen, er schüttelte sie aus und legte sie quer über den Tisch.

Er stand in Unterhose und seinen grauen Socken da, deren Gummizug ausgeleiert war. Er schaute sich um, ein knappes, unterdrücktes Schluchzen drang aus seinem Körper. Er ließ sich aufs Bett fallen und zog die kurze, dünne Decke über sich.

Waltraut, dachte er. Kleine arme, arme Waltraut.

Nie kam es wie geplant. Sein ganzes Leben lang war es so gewesen. Was er sich auch vorgenommen hatte, immer hatte es Leute gegeben, die ihm dazwischengefunkt und alles kaputt gemacht hatten. Warum war das nur so? Warum traf das immer ihn?

Und was wussten sie eigentlich? Dieser aalglatte, unangenehme Martin Persson mit seinen rollenden Rs. Er konnte ja nicht einmal akzentfrei reden.

Aber er hätte nicht sagen sollen, er wisse nicht, wer Antonsson war, so was konnten sie ja überprüfen. Nein, er hätte stattdessen mitspielen und nicht versuchen sollen, sich rauszuwinden. Das machte die Sache nicht besser. Er musste in Zukunft daran denken.

»Welchen Anwalt wollen Sie haben«, hatte Persson gezischt, als ob Franki ein ganzes Adressbuch voll mit Namen von Rechtsanwälten hätte.

»Das ist mir egal, von mir aus Blondies Mann!«

Persson starrte ihn verwirrt aus schmalen Augen an, aber Appelgren hatte aufgelacht, offenbar las er selbst Comics. Am nächsten Morgen sollte irgendein schmieriger Typ in Seidenhemd und Krawatte auftauchen, der würde dann eine Menge

Fragen stellen und sich aufblasen, als ob er Feuer und Flamme wäre, seinen Klienten zu verteidigen.

Aber er würde auch etwas Gehetztes an sich haben, schließlich war Weihnachten, und er wollte so schnell wie möglich wieder nach Hause, um Kekse zu essen und seiner Frau dabei zu helfen, den Baum zu schmücken.

Wie lange würden sie ihn festhalten? Länger als drei Tage? Was heckten sie da aus?

Franki lag auf dem Rücken, die Arme fest um sich geschlungen, wie ein Gefangener, wie ein großer, eingesperrter Gefangener. Nein, nicht *wie* ein Gefangener, Franki, du *bist* ein Gefangener, du kommst hier nicht raus, auch wenn du dich gegen die Tür schmeißt und dich noch so sehr anstrengst.

Eine leichte Panik überkam ihn bei diesen Gedanken. Als ob der Sauerstoff zur Neige ginge. Und wenn jetzt ein Feuer ausbrach, wie sollten sie das schaffen mit all den Türen, die geöffnet werden mussten ... Würde sie das überhaupt interessieren? Das würde ja das reinste Chaos werden mit all den gefährlichen Typen im Knast, die dann die Flucht ergreifen konnten.

Nein. Sie mussten ihn freilassen. Dieser nette Polizist, Appelgren, er würde bestimmt zu ihm kommen und ihm erklären, dass es sich hier um ein bedauerliches Missverständnis handelte. Sie können gehen, Franki, Sie sind frei.

Aber dann war da noch der andere, dieser dünne kleine Mistkerl, das war so einer, der gern alles in den Dreck zog. Er genoss es geradezu, das war schon von weitem zu sehen.

Franki würde hier bleiben müssen, die ganzen langen Weihnachtstage über, nichts würde passieren, und zum Schluss würde er verrückt werden, einfach verrückt!

Und dann noch seine Mutter. Mit ihrem Knoten.

Er drehte sich herum, legte sich auf den Bauch, warf das Kopfkissen an die Tür und heulte wie ein Tier.

# 34

Eine Frau stand vor der Feuerwache. Sie rief in die Gegensprechanlage, bat darum, hereingelassen zu werden.

»Ich möchte nur kurz mit Anker sprechen«, sagte sie.

Engen öffnete ihr. Verdammt noch mal, wer ist denn Anker, dachte er, aber dann fiel ihm ein, dass Tuborg so hieß. Die Frau war um die vierzig, sie trug eine Jacke und Mütze aus Rotfuchs, ein kurzes braunes Kleid und hochhackige Stiefeletten. Als sie in die Wagenhalle kam, nahm sie ihre Pelzmütze ab und schüttelte vorsichtig den Schnee herunter. Auf dem Boden bildete sich ein kleines Tropfenmuster.

»Igitt, was für ein Wetter«, sagte sie und lächelte ihm zu. Schneeflocken hatten sich in ihren Wimpern verfangen und die Wimperntusche ein wenig verlaufen lassen. Sie zog ein Taschentuch heraus und wischte sie vorsichtig ab, der Hauch eines Blumendufts schlug ihm entgegen.

»Bitte, hier nach links«, sagte er und ging voran, die Treppe hinauf.

»Vielleicht sollte ich mich erst einmal vorstellen«, hörte er hinter sich. »Pia Larsson ... aber vielleicht haben Sie ja auch keine Zeit, sind mit wichtigen Sachen beschäftigt?«

»Kein Problem.«

Sie trug eine Einkaufstüte aus Plastik, die schien schwer zu sein. Als sie in die Küche kamen, blieb sie eine Weile dort stehen und schaute sich unsicher um.

»Da ist Besuch für dich, Tuborg«, sagte Engen.

»Für mich?«, Tuborg schaute von seiner Zeitung auf. Die Frau trat an den Tisch und stellte die Tüte darauf. Es klirrte leise.

»Hallo«, sagte sie. »Erkennen Sie mich nicht wieder, Anker?«

»Äh …, nein.«

»Aber es hat doch am fünften Dezember bei uns gebrannt …, in Pias Boutique in der Surbrunnsgatan.«

»Ach so.«

Sie sank ein wenig in sich zusammen.

»Sie erinnern sich wirklich nicht?«

»Nun ja …, wir haben ja jede Menge Einsätze. Wenn ich das mal so sagen darf.«

»Ja, natürlich …, ich verstehe. Aber …«

»Wie ist es gelaufen? Haben wir das Feuer löschen können?«

»Ja, ja, natürlich. Ist doch klar. Ihr seid so schnell gekommen … Ich weiß nicht, was sonst passiert wäre. Da war offensichtlich ein defektes Kabel oder was das nun war, jedenfalls reichlich Rauch, ganz dick und schwarz, ich dachte, ich würde mir die Lunge raushusten. Aber ihr habt das geschafft, ihr habt das hingekriegt und Sie haben gesagt, dass ich … Ja, ihr wart ja alle so süß.«

Sie errötete und schaute zu Boden, sie tat Engen fast Leid.

»Deshalb … habe ich ein paar Flaschen Glühwein gekauft, ich habe gedacht, das würde zu einer Feuerwache passen.«

Sie lachte unsicher.

Tuborg stand auf, ging um den Tisch.

»Vielen Dank, das ist ganz lieb. Aber das wäre doch nicht nötig gewesen, wir sind der Allgemeinheit gern zu Diensten … Wir sind ja dazu da, Leben, Güter und die Umwelt zu schützen!« Er streckte sich bei diesen Worten, reichte ihr dann die Hand. Sie ergriff sie und hielt sie fest.

»Ihr seid so …, so beeindruckend, ihr Feuerwehrmänner, so stark und doch gleichzeitig so …, ja, irgendwie weich … Ich wollte gern … Ja, ich wünsche euch allen richtig schöne Weihnachten!«

»Ihnen auch schöne Weihnachten«, erklang es um den Tisch,

dann wurde weiter in den Zeitungen geblättert, es war Mittagszeit, Zeit für die Pause.

»Ich bringe Sie zur Tür«, sagte Tuborg.

Es kamen häufiger Frauen in die Wache. Die Feuerwehrmänner hatten gelernt vorsichtig zu sein. Fast ein halbes Jahr lang waren sie von einer Verrückten heimgesucht worden, die Margot hieß und ihnen eindeutige Angebote unterbreitete. Eines Nachmittags, als sie beim Kaffee auf dem Hof saßen, tauchte sie im Bikini auf. Sie breitete direkt vor der Hauswand ein Handtuch aus, legte sich darauf und sonnte sich oben ohne.

»Wie gefällt euch meine Brust, Jungs?«, hatte sie ihnen zugerufen. Sie wussten nicht, was sie machen sollten, keiner wollte sie anrühren, keiner wollte ihr zu nahe kommen. Sie standen auf und gingen hinein. Schlossen sorgfältig hinter sich und blieben den ganzen sonnigen Nachmittag im Haus.

Als sie gegen fünf wieder rausguckten, war sie weg. Aber richtig sicher konnten sie sich nicht fühlen, sie konnte sich ja reingeschlichen haben und in einer der Kammern auf sie warten.

»Ein Seitensprung?«, fragte Myran, als Tuborg zurückkam.

»Ach, halt die Schnauze«, fauchte Tuborg.

»Du hättest sie ja jedenfalls zum Kaffee einladen können.«

Tuborg schnappte sich eine Zeitung und warf sie in seine Richtung.

Engen war müde. Viel Schlaf hatte er nicht gekriegt. Sein Vater hatte erst Ruhe gegeben, als Waltraut mit ihm nach Hause gekommen war, Engen hatte sie gefahren.

Er machte sich ihretwegen Sorgen, sie schien ziemlich labil zu sein. Wenn sie jedenfalls von diesem Franki Ljungberg lassen würde, aber sie schien ganz fixiert auf ihn zu sein. Engen hatte das Gefühl, sie gar nicht zu kennen, sie war seine kleine Schwester, aber er wusste nichts von ihrem Leben.

Er hatte auf der Wache erzählt, dass Franki festgenommen worden war.

»Die werden ihn bald so weit haben, dass er alles gesteht, das können sie gut. Es wäre doch schön, wenn das vor Weihnachten überstanden wäre.«

»Ich glaube trotzdem nicht, dass er was mit Jessica zu tun hat«, sagte Jompa. Er hatte viele kleine Falten um die Augen bekommen, saß da und rieb mechanisch die Handknochen aneinander. LB hatte ihm gesagt, er solle nach Haus gehen.

»Du kannst dich krankschreiben lassen, Jompa, wir haben vollstes Verständnis dafür, dass du es nicht schaffst, hier zu sein.«

»Nein.« Jompa weigerte sich. Er sagte, er würde es nicht aushalten, zu Hause am Küchentisch zu sitzen und endlos auf ein Telefongespräch zu warten.

»Das ist so verflucht still da«, murmelte er. »Keiner traut sich etwas zu tun. Lotta läuft wie ein Zombie herum, und die Jungs sitzen nur da und starren vor sich hin. Nicht einmal die Glotze läuft mehr.«

Svempa kam mit seinem Eimer herein. Er grüßte und begann den Fernsehraum aufzuwischen.

»Es ist Weihnachten!«, rief LB. »Komm, trink eine Tasse Kaffee mit uns. Du kannst auch einen Glühwein kriegen, eine von Tuborgs Damenbekanntschaften ist mit ein paar Flaschen hier gewesen.«

Der Putzmann stand in der Küche, mit krummem Rücken. Er roch leicht nach Achselschweiß.

»Danke, aber nur einen kleinen Schluck.«

»Komm, setz dich!« Engen zog einen Stuhl heraus. Was für einen trostlosen, blöden Job er hat, dachte er. Jeden Tag das Gleiche, wischen, putzen, den anderen hinterherräumen. Svempa trank einen Schluck, das kleine Glas verschwand fast in seiner Hand. Gedankenverloren starrte er auf die Straße.

»Na, jedenfalls kriegen wir dieses Jahr weiße Weihnachten«, sagte er, aber es war keine Freude in seiner Stimme zu hören, nur Müdigkeit.

Es war schon ziemlich dunkel, als das eintraf, was unter Feuerwehrleuten als der schlimmste, unangenehmste Auftrag lief, den es überhaupt gab. Die Wache bekam einen PUZ-Alarm, Person Unterm Zug. Es war 17.14 Uhr.

Na, das war ja haargenau das, wonach man sich am Abend vor Heiligabend sehnt, dachte Engen, während er zu seinem Schutzanzug lief. Irgend so ein Idiot, der das große Fest nicht ertragen konnte, so ein einsamer armer Teufel, der aufgab.

Solche Einsätze fielen ihm immer schwerer. Es war, als wäre er im Laufe der Jahre weicher geworden, nicht abgehärtet, wie man glauben konnte. Seit die Jungs geboren waren, fiel es ihm außerdem sehr viel schwerer, mit anzusehen, wie Kinder verletzt wurden. Es gab ein kleines Kuscheltier, einen Affen aus Plüsch, im Rettungswagen, Flammy hieß der, und davon hatten sie einige auf Lager, um sie Kindern zu geben, die unter Schock standen.

Engen erinnerte sich an ein Mädchen von vielleicht drei Jahren, die mit dem Arm in eine Mangel geraten war. Ihre Mutter war Einwanderin und konnte nur ein paar Brocken auf Schwedisch sagen.

»Helfen, helfen«, rief sie und zerrte verzweifelt an der Walze, als sie kamen. Das Mädchen schrie laut, er konnte heute noch die kleinen weißen Zähne vor sich sehen.

Engen hatte sich den Affen geschnappt, als sie in die Waschküche gerufen worden waren. Er gab ihn dem Mädchen, und sie wurde still und fast ruhig. Ab und zu musste er an sie denken? Wie war es ihr ergangen? War ihr Arm wieder ganz gesund geworden? Er war übel mitgenommen gewesen. Er sah Simon und Lukas vor sich, wenn das nun einer von ihnen gewesen wäre. Ihm wurde ganz flau bei dem Gedanken.

Alle drei Wagen fuhren los. Das Unglück war in der Radmansgatan geschehen, in einer U-Bahn-Station bei der Wirtschaftshochschule. Es kam häufiger vor, als man dachte, dass Leute vor einen Zug sprangen, so um die fünfzig Personen pro Jahr. Oft überlebten sie und bereuten es zutiefst, es nicht auf andere Weise versucht zu haben, da sie, statt tot zu sein, für den Rest ihres Lebens verkrüppelt und gelähmt blieben.

Jompa und auch Evert waren zweimal zu demselben unglücklichen Mann gerufen worden. Beim ersten Mal war es am Odenplan, da lag er unter dem Zug, das rechte Bein abgetrennt. Ein halbes Jahr später versuchte er es wieder, nun am Hötorget mit einer Prothese am Bein. Diesmal wurde das gesunde Bein zertrümmert. Aber der Kerl lebte, er heulte vor Verzweiflung und Enttäuschung.

Als sie zum U-Bahn-Eingang kamen, hatte die Polizei bereits alles abgesperrt und die Fahrgäste herausgeschleust. Eine Gruppe Neugieriger hatte sich zu beiden Seiten des Weges versammelt. Engen sah ihre Gesichter, als er vorbeilief.

Fahrt zur Hölle, dachte er.

Er fühlte manchmal so einen Ekel, sehnte sich beinahe nach einem normalen Job. Morgens mit allen anderen losgehen, gegen sechs nach Hause kommen, die Wochenenden frei und neben Camilla ins Bett kriechen, wenn es Zeit war zum Schlafengehen. Am schlimmsten wurde es an den hellen Sommerabenden, wenn die Nachbarn in der Reihenhaussiedlung ihren Grill anzündeten, er selbst sich aber verabschieden und zur Wache fahren musste.

Schwer beladen gingen sie die Treppen hinunter. Es war wichtig, alles Material gleich von Anfang an dabeizuhaben, damit keiner wieder hoch musste, um noch etwas zu holen. LB forderte die Leitzentrale auf, den Strom abzuschalten. Als es das Okay-Zeichen gab, kletterten beide Erdungsgruppen auf die Gleise, eine vor und eine hinter dem Zug. Man konnte nie vorsichtig genug sein.

Engen stand daneben und sah zu, wie sie mit dem Erdungsgerät den Stromabnehmer und die Schienen testeten. Ja. Es schien in Ordnung zu sein. Es gab keine Spannung mehr, sonst hätten die Dioden am Handgriff rot geblinkt. Er holte seine Ausrüstung hervor. Die fast nackte Frau, die die diesjährige Weihnachtsunterwäsche präsentierte, lächelte ihm einladend von der Wand aus entgegen. Sie war hübsch. Sie ähnelte Almis' Maria.

Auf dem Bahnsteig lief ein Mann in Bahnuniform herum. Es war der Zugführer.

»Wissen Sie ungefähr, wo er liegt?«, fragte LB.

Der Mann nickte, seine Wangen waren grau, er packte LB an der Jacke.

»Es war nicht meine Schuld, hören Sie ... Ich wusste ja nicht ... Das ging alles so schnell, ich hörte nur ... Und dann ...« Er zog sich den Zeigefinger über den Hals.

»Es gibt niemanden, der Ihnen Vorwürfe macht«, erwiderte LB ruhig. Man kann sich ja nicht dagegen schützen. Es gibt immer wieder Leute, die vor den Zug springen. Was meinen Sie, können Sie uns zeigen, wo er ungefähr liegt?«

»Unter dem dritten Wagen, dem dritten Wagen.«

»Okay.«

Es war ein alter, grüner Zug. Sie gingen zum dritten Wagen, leuchteten mit ihren Lampen darunter.

»Ich glaube, hier ist was«, sagte LB.

Der Fahrer hockte sich hin, wendete sich ab und krümmte sich zusammen. Engen konnte Erbrochenes riechen. Der Mann kam auf ihn zu, redete stockend und unzusammenhängend.

»Man weiß nie, wann so etwas passiert, plötzlich sind die einfach da, plötzlich hat man sie vor sich ... wie einen Lappen, ich hasse sie, ich hasse sie, die machen mir meine Nächte kaputt, man sieht sie im Traum, man sieht, wie sie auf die Schienen runterflattern, und man hat nicht die geringste Chance, den verfluchten Zug zu stoppen ...«

Zwei andere Männer, auch in Bahnuniform, traten zu dem Mann und legten ihm eine Decke um. Behutsam führten sie ihn weg, die Treppen hinauf, nach oben. Engen und Myran zogen sich um. Sie legten ihre Einsatzuniform auf den Boden und zogen jeder den Overall aus kräftigem weißem Papier an. Heute Abend werde ich mir einen ordentlichen Whisky gönnen, dachte Engen. Und die ganze Zeit, während er Mundschutz, Handschuhe und Schutzbrille überzog, sah er das Whiskyglas vor sich, die zähe goldbraune Flüssigkeit darin und die Eiswürfel, er hörte das spröde Klirren, wenn sie aneinander stießen, er konnte den Geschmack auf der Zunge spüren. Und den Geschmack des Whiskys spürte er immer noch, als er auf die Schienen hinuntersprang und sich mühsam unter den dritten Wagen zwängte. Doch da verschwand er und wurde von einem scharfen Geruch nach Metall und Menschenblut ersetzt.

Er konnte es durch den Mundschutz riechen, dagegen konnte man sich nicht schützen, es drang in seine Schleimhäute und setzte sich darin fest.

Ein Stück weiter hinten im Dunkel konnte er ein Bündel erkennen.

»Hallo?«, rief er.

Ein wimmerndes Geräusch war die Antwort, die Person unter dem Zug lebte. Engen stieß gegen etwas, in dem flackernden Schein der Taschenlampe sah er, dass es zwei Schuhe waren. Sie waren braun, geputzt und standen nebeneinander, als hätte sie jemand ordentlich dort hingestellt. Als er mit der Taschenlampe hinleuchtete, entdeckte er, dass die Füße noch in ihnen steckten. Abgeschnitten, in Höhe der Knöchel.

Die nehme ich später, dachte er, weiter jetzt, weiter nach vorn. Es war schmutzig und klebrig hier unten, eine rußige Fettschicht. Licht fiel streifenweise zwischen den Rädern herein. Direkt über ihm befand sich der zwanzig Tonnen schwere Waggon, leicht konnte einen da die Panik überkommen. Reden, er musste reden.

»Ich nähere mich jetzt der Person«, rief er zum Bahnsteig hinauf. »Er lebt, aber …«

Ja. Der Mann lebte. Er bewegte einen Arm, und als Engen näher kam, drehte er ihm das Gesicht zu. Das Licht fiel auf ihn, und Engen sah, wer es war. Eine große Müdigkeit überkam ihn.

»Oh nein«, flüsterte er.

Der Mann bewegte seine Lippen.

Von oben kam Everts Stimme.

»Wie läuft es, Engen, alles unter Kontrolle?«

Er zwang sich zu antworten.

»Ich habe ihn gefunden. Er lebt. Es ist Svempa, unser Putzmann ... ja, er lebt, aber ...«

Der Mann unter dem Zug war bei Bewusstsein.

»Ach, du bist's , Engen«, rasselte er, und die aufgesprungenen Lippen rissen ganz auf. »Dann hast du also die Niete gezogen. Es tut mir Leid für dich ... Ich habe schon überlegt ..., wer von euch es wohl sein wird.«

Engen nahm seine Hand, sie war blutig und zerschrammt. Der Mann schien keine Schmerzen zu spüren, offenbar hatte er nicht begriffen, dass seine Füße abgetrennt worden waren.

»Wie geht es, Svempa? Sitzt du irgendwo fest ... nein, es scheint nicht so, es scheint nicht so.«

Der Mann schien ihn nicht gehört zu haben.

»Ich dachte, ich würde es schaffen, ich dachte, ich würde es hinkriegen, aber ... ich habe euch ja oft genug zugehört, da hätte ich eigentlich einsehen müssen, dass das hier keine ... keine hundertprozentig sichere Methode ist.«

Engen strich sich über die Stirn.

»Rede nicht so viel, versuch lieber, deine Kräfte zu sparen.«

Svempa drehte den Kopf, eine leere Coladose schepperte und rollte davon.

»Das bringt nichts, Engen, kapier doch, es ist vorbei, alles ist vorbei. Und auf dem Schreibtisch im Büro ... habe ich einen Brief hinterlassen ... du weißt doch, man soll immer einen Brief zurücklassen ...«

Er keuchte leicht, seine Augen traten hervor, Speichelstreifen auf dem Kinn.

»Geht es dir schlecht, Svempa? Hilfe ist unterwegs ... Du kriegst gleich eine Spritze ..., dann spürst du nichts mehr ...«

Der Mann zupfte an seinem Arm, eine angespannte, genervte Stimme.

»Engen ..., rede nicht so einen Mist, hör lieber zu ... Ich habe es aus Zuneigung gemacht ..., daran sollst du immer denken ...

Es ist doch so, dass ich ... euch gern habe, wir haben so lange zusammen gearbeitet ..., dass ihr wie eine Familie für mich geworden seid, und ich mag euch so gern ... Jompa und dich und ... Obwohl, Tuborg, dieser Idiot ... Er hätte lieber herkriechen und die Teile zusammenkratzen sollen, so hatte ich es mir jedenfalls gedacht ... Aber du sollst wissen ... und das habe ich auch in dem Brief geschrieben, da drinnen ist alles erklärt ..., dass diejenigen, die einem nur Leid tun können ..., diejenigen, die sowieso nicht mehr können ..., die muss man rausreißen, Engen ... Kapierst du ..., wie Unkraut ... Das ist wirklich ... genau das Gleiche ...«

Der Griff um seinen Arm wurde schlaffer. Das Blut tropfte es jetzt, hatte sich seinen Weg in den abgenutzten, geschockten Adern gesucht und kam jetzt herausgelaufen, frisch und rot.

»Svempa«, murmelte Engen. »Verfluchter Scheiß, Svempa ...«

Als sie ihn auf den Bahnsteig hoch gebracht hatten, atmete er nicht mehr. Die Sanitäter übernahmen, Engen konnte die Verantwortung abgeben. Vorsichtig stellte er die beiden Schuhe auf die Bahre zwischen die Beinstümpfe.

LB half ihm, den Overall auszuziehen. Er bebte, zitterte, dass die Zähne klapperten.

Genau wie Svempa gesagt hatte, fanden sie einen Brief im Büro der Wache. Es dauerte eine Weile, bis sie ihn gefunden hatten. Er lag in einem weißen Umschlag mit dem Zeichen der Feuerwehr in der oberen linken Ecke. LB riss ihn auf und las den handgeschriebenen Text.

> *Die Menschen können einem Leid tun. So spricht Indras Tochter. Was kann ein Mann dabei machen? Ein stummer Mann sieht und hört. Ein stummer Mann hilft. Wir haben doch alle Stefan Almgrens Trauer bemerkt. Da konnte man nichts mehr machen, also blieb alles an mir hängen.*

*Ich habe den Brand beim Gaswerk gelegt. Ich habe da auf euch gewartet. Ich habe Stefan von seiner TRAUER erlöst. Jetzt ist er glücklich, ich weiß es, denn letzte Nacht habe ich mit seiner Seele geredet.*

*Einer muss die Kraft zum Handeln haben. Das versteht ihr doch wohl? Ich hatte diese Kraft. Ich war einer, der das Leid der anderen bemerkte. Verurteilt mich nicht, weil mir aufgefallen ist, was ihr versäumt habt.*

*Ich sah wie Antonsson sich quälte. Ihr habt nie den Krampf in seinen Mundwinkeln bemerkt und diesen Ausdruck der Angst. Nein, ihr habt das nicht bemerkt, ihr musstet euch so etwas vom Leib halten. Ihr habt ihn mir überlassen, und ich bin mit Blumen in seine Wohnung gekommen. Er konnte ruhig in seinem Bett einschlafen.*

*Mit Jessica Graun war das was anderes. Damit konnte ich nicht klarkommen. Ich habe sie Johnny zuliebe weggeholt. Aber ich schaffe es nicht mehr, denn jetzt ist es mit mir schief gegangen, und es fehlt nur noch der SCHLUSS.*

*Doch eins sollt ihr wissen: Ich bedaure das in keiner Weise. Es war notwendig!!!*

*Also: Jetzt vereine ich mich mit den Seelen, gehe mit eurer Hilfe in den Tod. Und euer Leben, das überlasse ich EUCH SELBST, darum müsst ihr euch kümmern. So gut ihr es könnt.*

*Denkt nur gut von mir, Freunde. Umhüllt mich mit GUTEN GEDANKEN.*

*Wie ich es bei euch auch getan habe.*

*Hochachtungsvoll*

*Sven-Inge Lindgren.*

*(ehem. Putzmann)*

## 35

Im Umschlag lag außerdem eine zusammengefaltete Wegbeschreibung zu einem Ferienhaus ein Stück außerhalb von Södertälje. Kurz vor Mitternacht fand man das Haus. Es sah verlassen aus, keine Spur von Autos oder Füßen. Als die Tür aufgebrochen wurde, fand man die fünfzehnjährige Jessica Graun auf einem Bett, gefesselt und mit einer Augenbinde, stark ausgetrocknet und mit einem kaum wahrnehmbaren Puls. Viel länger hätte sie es nicht mehr ausgehalten.

Sie wurde in der Nacht zum Heiligabend um Uhr 02.07 in die Notaufnahme gebracht.

Die Zellentür ging auf. Franki hörte Chormusik: Jetzt war Heiligabend. Zum Stalle will ich gehen.

Ein Duft nach frisch gekochtem Kaffee.

»Guten Morgen und schöne Weihnachten«, sagte eine Stimme. Appelgren trat zu ihm herein, fasste ihn bei den Schultern. »Wie geht es, haben Sie schlafen können?«

Franki knurrte zur Antwort.

»Ich habe ein schönes Weihnachtsgeschenk für Sie«, sagte der Mann.

Franki dachte, er schliefe noch, es wäre noch Nacht, seine nackten Knie waren ganz kalt.

»Sie sind frei, Franki. Das wollte ich Ihnen selbst mitteilen. Gehen Sie nach Hause, und feiern Sie mit Ihrer Mutter und Ihrem Mädchen Weihnachten.«

»Dann bin ich also kein Mörder?« Er blinzelte zu dem Polizisten hoch, das Licht war weiß und blendete.

»Nun hören Sie mal, es tut mir Leid, was gewesen ist. Aber so viele Sachen deuteten auf Sie hin. Ja, es tut mir wirklich Leid.«

Schritte auf dem Flur, ein Schließer kam mit seinen Sachen.

»Könnten Sie mir das hier quittieren?«, fragte er freundlich.

Franki unterzeichnete den Schrieb, stand auf und zog sich die Hose an.

»Und wer war es?«, fragte er dumpf.

»Ein Mann, der auf der Wache immer sauber macht, vielleicht haben Sie ihn schon mal getroffen? Sven-Inge Lindgren.«

»Was! Svempa?«

»Er ist tot. Er ist gestern Abend vor die U-Bahn gesprungen.«

»Oh …«

»Auf der Wache haben sie später einen Brief gefunden, den er dort hinterlassen hat. Darin hat er zugegeben, Stefan Almgren und Leif-Axel Antonsson getötet zu haben. Er wollte auch dieses Mädchen, Jessica, aus dem Weg räumen, sah das als gute Tat an. Aber bei dem Mädchen hat er es nicht fertig gebracht. Sie liegt jetzt im Krankenhaus.«

Franki stopfte seine Schlüssel in die Tasche.

»Gute Taten?«, wiederholte er.

»Er war krank und allein. Da ist er durchgeknallt. So etwas ist ja nicht so ungewöhnlich. Ich erinnere mich an einen Fall in den USA …«

»Sie haben geglaubt, ich wäre das«, unterbrach ihn Franki.

»Ist das denn eigentlich so verwunderlich?«

Er zuckte mit den Schultern.

»Wann haben Sie es erfahren?«, fragte er.

»Spät. Da haben Sie schon geschlafen.«

»Und das ist sicher?«

Appelgren nickte.

»Ganz sicher. Möchten Sie etwas frühstücken, bevor Sie gehen, eine Tasse Kaffee und ein Stück Brot?«

»Nein. Ich möchte so schnell wie möglich weg von hier, das ist alles, was ich will.«

»Das verstehe ich. Sollen wir Sie nach Hause fahren?«

»Nein. Ist nicht nötig.«

An der Tür gaben sie sich die Hand.

»Auf jeden Fall wünsche ich Ihnen schöne Weihnachten«, sagte Appelgren. »Und ein richtig gutes neues Jahr.«

»In Ordnung«, sagte Franki. »Dann sollte ich das wohl auch wünschen.«

Er ging zur U-Bahn-Station am Fridhemsplan. Er wollte die grüne Linie nach Hässelby nehmen, aber der Bahnsteig war überfüllt mit Menschen. Eine Lautsprecherstimme verkündete etwas von Verspätungen, das hatte mit dem neuen Signalsystem zu tun.

Nachdem er eine Weile gewartet hatte, ging er wieder nach oben ans Tageslicht. Es schneite leicht. Er öffnete seine Brieftasche und schaute nach, wie viel Geld er noch hatte. Einen Hunderter und ein paar Zwanziger. Gut.

Er huschte bei Ahlens hinein und kaufte zwei Marzipanschweine. Deren Po war in Schokolade getaucht und sie hatten glänzende Silberaugen.

Am Packtisch machte er zwei kleine Päckchen daraus. Eines wollte er seiner Mutter geben. Das andere Waltraut.

Sie ist so eine dünne, kleine Schlampe, dachte er. Sie braucht wirklich ein bisschen mehr Fleisch auf den Knochen.

# Danksagung

Bei der Arbeit an diesem Buch habe ich zum ersten Mal als Autorin mit einer Reihe von Experten zusammengearbeitet. Das war überhaupt die Voraussetzung dafür, dass ich dieses Buch schreiben konnte. Mehrere Tage und Nächte lang habe ich auf der Östermalm-Feuerwehrwache in Stockholm ein »Betriebspraktikum« absolviert. Das Buch spielt zwar auf eben dieser Wache, dennoch sind alle Personen ganz und gar frei erfunden. Ich möchte der ganzen Wache Östermalm danken, ganz besonders der Gruppe vier, dass sie mich so vorbehaltlos empfangen und bei sich aufgenommen hat.

Mein größter Dank geht an den Brandmeister Anders »Jakan« Jacobsson, der das, was ich geschrieben habe, auf Fehler hinsichtlich des Berufsbilds durchgelesen hat. Mit bewundernswürdiger Geduld hat er mir viele komplizierte Dinge erklärt, unter anderem, wer die Befehle für den Schlaucheinsatz gibt oder wie das Atemschutzgerät funktioniert.

Tommy »Rydis« Rydberg danke ich unter anderem dafür, dass er mir T-Shirt, Strümpfe und sogar ein Paar funkelnagelneue Gymnastikschuhe geliehen hat.

Jens »Jensa« Forsman saß eine halbe Nacht mit mir zusammen und hat mir alles über die Ausbildung zum Feuerwehrmann erzählt.

Thomas »Gerhard« Gerhardsson machte mit mir einen Konditionstest – leider mit niederschmetterndem Resultat. (Irgendwann werde ich doch noch Liegestützen machen können!)

Lasse Ekfeldt wich den ganzen ersten Tag nicht von meiner Seite und zeigte mir die Ausrüstung im Einzelnen. Außerdem nahm er mich dreißig Meter hoch in den Leiterkorb mit und breitete alles, was es in den drei Fahrzeugen gibt, vor mir aus – von Leichensäcken bis zu Eispickeln.

Ein großes Dankeschön auch an die anderen in der Gruppe: Ove »Gnistan« Söderberg, Lars »Roddan« Rodenkirchen, Ronny »Rompa« Erkisson, Kurt »Kurre« Jonsson, Björn Eriksson sowie die beiden Brandmeister GI Kjell »Kjelle« Gisslar und MQ Stig »Stickan« Malmqvist, mit denen ich zahlreiche Einsätze zur Oper mitmachte, wo nur allzu oft der automatische Alarm ausgelöst wird.

Von Gruppe zwei möchte ich dem Brandmeister Torgny »Torpan« Jonsson danken, der das Manuskript ebenfalls auf seine sachliche Richtigkeit hin überprüft hat. Ich werde nie vergessen, wie wir nach einem Einsatz nachts in der Küche saßen und über das Debriefing-Gespräch sprachen.

Außerdem möchte ich ganz besonders Stephan »Mercan« Bendz danken, der mir beigebracht hat, wie man sich auf dem Bauch in dichtem Rauch voranschlängelt, um zum Brandherd zu gelangen. Stefan Andersson, der mich beim Einsatz dabei sein ließ und dem Chef von Agesta, Anders Asplund.

Dank auch an die »Feuerwehrmannlegende« Kaare Brandsjö, dessen Ratschläge und Bücher mir gute Dienste geleistet haben, sowie an die ehemaligen Feuerwehrmänner Calle Högas und Sven-Erik Gornitzka.

Ich möchte außerdem den Kriminalinspektoren Maude und Crister Åström danken, die jene Passagen durchgesehen haben, die die Polizei betreffen, und die mir Einblick in die Ermittlungsarbeit der Polizei gegeben haben. Ferner der Abteilungsärztin Berit Astridsdotter Svensson von der Gerichtsmedizinischen Abteilung in Stockholm, mit der ich diverse Mordmethoden diskutiert habe.

Mein Dank geht auch an Oberstleutnant Lars Ekeman, der mir die Beschaffenheit von den Rauchgranaten erklärte.

Last but not least ein Dank an meine Tochter Helena, die mir die Idee und den Mut für diese schöne und lehrreiche Arbeit gab, sowie an meinen Mann Jan, der mich immer beim Schreiben unterstützt, auch wenn das Zusammenleben mit einer Autorin unweigerlich gewisse Komplikationen mit sich bringt.

Hässelby im April 1999
Inger Frimansson